SOLO UN SECRETO

SIMONA AHRNSTEDT

SOLO UN SECRETO

Traducción de

Francisca Jiménez Pozuelo

PLAZA & JANÉS

Título original: *En enda hemlighet*
Primera edición: enero, 2017

Printed in Spain – Impreso en España

ISBN: 978-84-01-01861-9
Depósito legal: B-19.865-2016

Compuesto en Comptex&Ass., S.L.

Impreso en Romanyà Valls, S. A.
Capellades (Barcelona)

L 0 1 8 6 1 9

Penguin
Random House
Grupo Editorial

1

Alexander De la Grip se despertó sin saber bien dónde estaba. A juzgar por la luz era de día, pero estaba confuso respecto al país en que se encontraba, la ciudad y con quién había pasado la noche.

Algo que por otra parte no era inusual.

Hizo un rápido repaso a la situación. Estaba desnudo en una cama desconocida. Tenía resaca, aunque no de las peores. Extendió el brazo para coger su teléfono. Vio que solo eran las ocho, pero estaba despierto. Era la ventaja de beber e ir a menudo de fiesta: al final adquirías una buena tolerancia y al día siguiente estabas relativamente fresco. Aunque en el mismo momento en que acudieron estos pensamientos recordó el champán, las copas y las mujeres de los distintos clubes donde había estado hasta que al parecer fue a parar a ese lugar.

Y ahí estaba. Alexander hizo memoria. Empezó en Chelsea y continuó en el distrito de Meatpacking, pero después había más bien una neblina. Se rascó la barba. Mierda, hoy tenía que tomar el avión a Estocolmo y enfrentarse, si no a sus demonios, sí al menos a algunos miembros de su familia.

Se deslizó fuera de la cama donde dormía profundamente la conquista de la noche anterior. Contempló su cabellera revuelta en la almohada, su piel algo bronceada y su espalda desnuda. Le había resultado agradable el día anterior, cuando empezaron a flirtear en la azotea. Era atractiva y tenía esa energía que suelen tener las jóvenes que llegan a Nueva York en busca de fortuna. Sueca, creía recordar, y llamativamente ambiciosa. Y además ceceaba, lo que a él le parecía muy excitante. En realidad, en caso de que tuviera tales escrúpulos, era un poco joven para él. Veinteañera, con los ojos grandes y risueña. A veces había cierta crueldad en su mirada, algo que el día anterior no le había preocupado porque estaba demasiado borracho, pero que ahora recordaba.

Se conocieron en el restaurante Romeos y empezaron a hablar. Ella era despierta, divertida y audaz, por lo que la conversación rápidamente se convirtió en algo más que un rifirrafe. Tenía un nombre muy sueco: Linda o Jenny y era... Frunció el ceño mientras miraba alrededor en busca de su ropa. ¿Periodista? No, eso no. Encontró la ropa interior y los pantalones y se los puso; luego siguió buscando la camisa, la chaqueta de cuero y los zapatos. ¿Estudiante? ¿Modelo? No, eso tampoco. Sin duda estaba lo bastante delgada para ser modelo pero le sonaba que trabajaba en algo que no solo estaba relacionado con piernas largas y trastornos de alimentación. Se guardó el teléfono, se palpó la billetera, estiró la colcha arropando la espalda a la chica y fue hacia la puerta. La abrió sin hacer ruido y enseguida llegó a la calle, donde se quedó inmóvil un momento. Exacto, ella vivía en Brooklyn. Se puso las gafas de sol y se orientó. Además, residía sin duda en la mejor zona. Pidió en un bar un café para llevar y miró a su alrededor en busca de un taxi.

Se alegró de que hubieran ido al apartamento de Jessica (¡así se llamaba!) y no al suyo, aunque ahora estuviera algo lejos de su casa. No es que tuviera nada en contra de llevar mujeres a su casa. Le encantaba su apartamento del Upper West, y hasta los invitados más apáticos solían quedarse impresionados por los porteros, el lujo y las vistas de Manhattan. Pero tenía que volver a casa a hacer las maletas y ambos sabían que aquello había sido una aventura de una sola noche. Era más fácil acabar así: largándose.

Le sonó el teléfono mientras entraba en un taxi. Miró la pantalla, notó esa conocida sensación de disgusto al ver quién era y después rechazó la llamada de su madre. Ya estaba prácticamente de camino a Estocolmo, así que cuanto más tardara en hablar con ella, mejor.

Cuando volvió a sonar el teléfono estaban cruzando el puente de Brooklyn. Esta vez vio que en la pantalla aparecía el nombre de Romeo.

—*Talk to me, baby* —contestó alegre mientras miraba al exterior.

Hacía tiempo que la primavera había llegado a Nueva York, y en todas partes florecían cerezos y tulipanes. El tráfico de la mañana no era excesivo y notó que el café iba dispersando los restos de la juerga nocturna.

—Solo quería comprobar que estás bien —dijo Romeo Rozzi, el cocinero al que apodaban «la maravilla italiana», célebre en el mundo de la restauración internacional y el mejor amigo de Alexander.

—¿Y por qué no iba a estarlo?

—Te fuiste de mi restaurante borracho como una cuba.

—Es uno de mis mejores estados —respondió Alexander evasivo—. Por cierto, ¿sabes a qué se dedica la chica con la que he pasado la noche?

Al otro lado de la línea, Romeo suspiró de forma audible.

—¿No te acuerdas? Te repetí varias veces que tuvieras cuidado con ella.

—¡Eso es! Bloguera, ¿no?

—Un blog de chismes bastante conocido. Y uno de los peores. Dijiste que le ibas a dar algo sobre lo que escribir. ¿Al final lo hiciste?

Alexander recompuso las piezas de la noche que había pasado con la desinhibida sueca. Pensó en las preguntas que ella le había formulado y en las cosas que habían experimentado.

—Sin duda lo hice —respondió.

—Su objetivo es lograr un récord de visitas. Ya te lo advertí: cuando te vio parecía un misil. ¿Quieres que la detenga? Hay gente con la que puedo hablar.

Alexander intentó analizar si le importaba aparecer una vez más en un blog de chismes o en cualquier otro sitio.

—¿Gente? —replicó mientras empezaba a cruzar Central Park—. Si te refieres a lo que creo, ¿no podríamos intentar mantener al margen a la mafia italiana por un rato? No me importa, deja a la chica en paz.

Otro suspiro profundo.

—¿No te tomas nada en serio?

—No seas tonto. Me tomo muy en serio las juergas.

—Ya sabes a lo que me refiero.

Alexander se quedó en silencio porque sabía muy bien a qué se refería Romeo. Los últimos seis meses había salido de fiesta más que nunca y a veces se sentía como si estuviera esforzándose en conseguir titulares lo suficientemente grandes para que hasta sus padres los viesen desde Europa.

El otoño anterior había vivido un romance con la estrella pop Zoe Taylor. Después de la breve pero intensa relación, ella escribió a toda prisa *My Favorite Swede*, que batió una especie de récord en Spotify. Nadie estaba seguro sobre si la canción se refería de hecho a Alexander, pero Zoe —que era una de las mujeres más famosas del mundo— no lo negó y la prensa le persiguió como si él fuera un animal. Aunque Zoe tenía una relación en esos momentos con su guardaespaldas, *My Favorite Swede* seguía siendo una de las canciones más reproducidas.

—Alessandro. Me preocupas, de verdad.

Alexander era consciente de que Romeo pensaba en serio que tal vez se estaba desmadrando con la bebida, las juergas y las mujeres.

Pero ¿acaso era tan raro, teniendo en cuenta lo que había ocurrido? Se quedó mirando fijamente por la ventanilla del coche: taxis amarillos, quioscos de prensa y personas, calle tras calle.

Después de Zoe estuvo con una serie de mujeres hasta que conoció a Lana, heredera de un imperio inmobiliario: permanecieron juntos veintidós días. Lana era la heredera más escandalosa de Estados Unidos y su romance con el príncipe de la jet set sueca tuvo gran repercusión, tanto en la prensa estadounidense como en la europea. A decir verdad, Alexander no recordaba bien el tiempo que pasaron juntos. Fue una fiesta continua a la que pusieron fin de forma mutua y amistosa justo antes de Navidad. Lana regresó al rancho de su familia en Texas, donde se comprometió con un amigo de la infancia, con el que se casó pocas semanas después. Alexander incluso le envió un regalo de bodas a la pareja: consiguió localizar a la mayor parte del conjunto musical más indecente que haya existido nunca en Broadway y les pagó el viaje en avión y la manutención, así como una actuación exclusiva en el festejo nupcial. El grupo estaba formado únicamente por hombres, que interpretaron una de las canciones más escandalosas del musical, repleta de tacos, sexo obsceno y groserías. Alexander llegó a pagar un suplemento para que cantaran vestidos solo con corbata y pantalón corto. No trascendió la opinión de la familia del novio, que era muy religiosa, sobre el espectáculo. Pero él estaba bastante seguro, o casi, de que a Lana le había gustado la broma.

No recordaba bien cómo celebró la Navidad. ¿En las Maldivas? ¿En las Seychelles? Acudieron a su cabeza vagos recuerdos de mujeres desnudas y yates de lujo. ¿O era Nochevieja?

Alexander regresó al presente cuando el coche giró en un cruce y vislumbró el Upper West Side.

—Casi he llegado a casa, ¿te puedo llamar cuando aterrice en Estocolmo?

—Es cierto, hoy vuelves a casa. ¿Cómo te sientes?

De puta madre. Miró el reloj: eran casi las nueve.

—Como si necesitara tomar una copa.

—El príncipe que tenéis en Suecia es muy atractivo, por cierto. Me encantaría cocinar para él.

—Si veo al príncipe se lo diré —dijo Alexander antes de colgar.

Duchado, recién afeitado y con ropa limpia, Alexander llegó a Newark con la antelación necesaria. El conductor recibió la propina con una sonrisa y Alexander facturó el equipaje sin ningún problema. Nunca había tenido problemas con eso. Se limitaba a desplegar una encantadora sonrisa a quien estuviera sentado tras el mostrador y todas sus maletas se deslizaban hacia el interior.

En la sala VIP le guiñó un ojo a la gruesa mujer que estaba detrás del mostrador y vio que la rigidez de su postura se suavizaba mientras se acariciaba el pelo y le servía un vodka con hielo. Las mujeres de Nueva York estaban entre las más difíciles de seducir de todo el mundo, pero hasta ahora nunca le habían fallado sus encantos cuando ponía en marcha todas sus habilidades. Funcionaba de un modo absolutamente automático y, al fin y al cabo, se trataba de un sistema en el que todos salían ganando: él obtenía su servicio y ellas se ponían contentas.

Cuando se abrió su puerta de embarque, dejó pasar cortésmente a una señora con un bebé, ayudó a una anciana con su bolsa y luego subió a bordo. Se dejó envolver por el discreto lujo de la primera clase, pidió una copa antes de la comida y logró dormir la mayor parte del viaje. Solía tomar ese vuelo a Estocolmo, era en un horario óptimo y siempre se encargaba de beber lo suficiente para quedarse dormido.

Cuando aterrizó en Arlanda a primera hora de la mañana estaba descansado. Pasó rápidamente la aduana con su pasaporte sueco y recogió sus maletas sin ningún problema, otra de las ventajas de viajar en primera clase. Hizo una señal al conductor de un taxi.

—Hace frío —le dijo al taxista, que respondió con toda una relación de las temperaturas y horas de sol que habían tenido en abril hasta ese día.

El tiempo era el tema de conversación favorito de los suecos. Cruzaron los suburbios. En Nueva York, el Central Park era una especie de mar de tulipanes y narcisos, pero allí la primavera no estaba tan avanzada ni mucho menos. Alexander siguió el monólogo del taxista haciendo exclamaciones puntuales. Le gustaba escuchar a la gente y le gustaba Suecia, con su aire limpio y su atmósfera tranquila. Lo que no le gustaba era su familia. Intentaría aplazar el mayor tiempo posible su encuentro con ellos. Tal vez hasta el domingo, el día del bautizo. Había logrado con éxito evitar todas las reuniones familiares desde el otoño anterior, pero ahora se trataba de un bautizo y una boda que ni siquiera él se quería perder, así que solo era cuestión de apretar los dientes y estar a las duras y a las maduras. Dedicaría los días a recuperarse del jet lag, las noches que pasó entre mujeres y alcohol, y obviamente —suspiró con solo pensarlo— tendría que ver a todos sus contactos bancarios.

Pasaron Roslagstull y entraron en Birger Jarlsgatan. Observó las calles pequeñas y limpias de la ciudad. La gente iba bien vestida, aunque el número de mendigos había aumentado de forma deprimente. Stureplan y el distrito financiero se encontraban a un lado. Las discotecas y los bares parecían lanzarle guiños de bienvenida. Ese era su casco antiguo favorito. No importaba lo hastiado que estuviera tras las juergas de Nueva York, Bangkok o Londres, Estocolmo tenía algo especial. Decidió que saldría esa misma noche: era justamente lo que necesitaba.

El taxi se detuvo frente a la puerta del hotel Diplomat, donde Alexander se alojaba siempre que estaba en Estocolmo. El agua en Nybroviken destellaba y, a pesar del aire frío, unos suecos ansiosos de primavera paseaban con ropa ligera por la explanada de Strandvägen. Cogió una bolsa del maletero y dejó que el personal del hotel se ocupara del resto. Iba a quedarse unas semanas, por lo que venía preparado para cualquier eventualidad. Aunque adoraba Estocolmo, era difícil conseguir ropa decente allí, al menos si uno quería ropa de alta calidad confeccionada a medida. Y ese era su caso.

Sacó un billete y se lo dio a la mujer que estaba sentada mendigando. Se avergonzó de intentar acallar así su mala conciencia y entró en el vestíbulo. Ahora tenía una sobrina en Suecia y debería buscarse un apartamento en Estocolmo, pensó al menos por vigésima vez durante los últimos meses. Sonrió a la mujer de la recepción y le lanzó un billete de quinientas coronas en cuanto le registró. Ella se sonrojó pero aceptó el dinero, consciente de que cuando Alexander De la Grip se hospedaba en el hotel, ciertas normas quedaban derogadas. Alexander pensó que si iba a tener que ver a su familia, lo mejor era disfrutar de su libertad un poco más.

No es que Alexander odiara a su familia, al menos no directamente, ni tampoco a todos. Era algo... complicado. Y no le gustaba lo complicado; había dedicado toda su vida a evitarlo, y además con mucha habilidad. Se duchó, deshizo las maletas, cogió la billetera y el teléfono y salió del hotel.

El plan era volver, por supuesto, pero nunca se sabía qué podía pasar. Se bajó las gafas de sol y le echó una ojeada a su lista de contactos. Pensaran lo que pensasen del asunto, Alexander De la Grip había vuelto a la ciudad. Y Estocolmo le amaba.

2

Isobel Sørensen dejó pasar a un automovilista y se detuvo ante un semáforo en rojo en Valhallavägen. Hacía frío pero esperaba que el paseo en bicicleta hasta Nybroplan la ayudara a entrar en calor. Iba a llegar tarde a la reunión en Medpax y en cuanto cambió a amarillo empezó a pedalear.

Al llegar, le puso el candado a la bici, se quitó el casco y subió rápidamente la escalera. Una vez en el interior saludó a Asta, la voluntaria que hacía a la vez de recepcionista y asistente, y después vio a Blanche Sørensen.

—*Bonjour, maman* —dijo Isobel desabrochándose la chaqueta y dando a su madre dos rápidos besos a la francesa en la mejilla.

—Estás sudando —replicó Blanche.

Isobel se retiró el cabello de la frente y se la secó mientras miraba a su madre. Observó que acababa de pasar por la peluquería, a juzgar por el brillo de su pelo rubio, y que el traje de Chanel que llevaba era nuevo, seguramente de la primera colección del año. Su madre no tenía escrúpulos morales cuando se trataba de gastar dinero en su apariencia física.

—Vas muy arreglada, ¿tienes pensado asistir a la reunión?

Con su madre nunca se sabía. Blanche había sido presidenta de Medpax durante casi treinta años, además de ser su imagen. A pesar de que desde hacía dos años había renunciado a todas sus funciones oficiales, mantenía una fuerte posición extraoficial y a veces decidía asistir a las reuniones semanales.

No solían ser las más productivas.

—Solo he venido a buscar el correo.

Isobel contuvo un suspiro de alivio. Su madre había sido deslumbrante, un valor intelectual y social a tener en cuenta, pero sus últimos años habían sido algo turbulentos.

—Isobel, veo que has venido —dijo Leila, la secretaria general de Medpax, a modo de saludo, mientras se dirigía hacia ellas en la recepción. Los ojos oscuros de Leila recorrieron a Blanche antes de arquear una de sus negras cejas.

—Blanche, me alegro de verte de nuevo.

Hablaba sueco a la perfección pero su acento grave revelaba su origen persa.

—Leila —respondió Blanche en tono distante.

Oficialmente, Blanche había decidido por su cuenta retirarse de Medpax y, al mismo tiempo, jubilarse como jefa del servicio médico del hospital de Huddinge. Extraoficialmente había sido la junta directiva la que la forzó a irse, por la simple razón de que generaba mucha confusión. Al mismo tiempo, la jefa de administración de Medpax por aquel entonces, una señora de cierta edad que sobre todo era una prolongación de Blanche, aprovechó la oportunidad para retirarse y dedicarse a cultivar geranios. La junta anunció la elección de un nuevo jefe, y en ese puesto entró Leila Dibah, con la fuerza de un comandante persa. A partir de entonces nada fue igual.

La psicóloga de cincuenta y dos años, que después de media botella de rioja le murmuró a Isobel que había asumido el cargo de Medpax a causa de la grave crisis que sufrió al cumplir los cincuenta, se nombró a sí misma secretaria general un par de días después. Seguidamente introdujo reuniones semanales para todo el personal, y después siguió reparando el desorden que se había producido tras años de liderazgo opaco y autocrático. Gracias al trabajo tenaz de Leila, Medpax superó por los pelos la auditoría adicional a la que se vio sometida tras recibir duras críticas de la Agencia Sueca de Control de Recaudación de Fondos. La contratación de la despierta psicóloga fue, por decirlo de otro modo, un movimiento ingenioso de la todavía algo aturdida junta directiva.

—Lamento llegar tarde —dijo Isobel a Leila una vez concluyó

el juego de frías miradas que habían intercambiado las dos mujeres mayores—. Había una situación de caos en el trabajo.

Blanche no dijo nada, pero Isobel sabía exactamente lo que pensaba su madre. Que Isobel tenía tendencia al caos y que la única culpable era ella por no saber manejarlo. La crítica silenciosa era la especialidad de Blanche.

Henri Pelletier, el abuelo de Isobel, fundó Medpax en 1984. La primera sede estaba en París y seguía existiendo una somnolienta unidad administrativa en un viejo edificio de apartamentos a las afueras de la capital francesa. Isobel había estado allí el invierno anterior hablando con las dos damas empleadas, tomando café francés y escuchando historias de los viejos y buenos tiempos. Su abuelo Henri había sido un médico brillante, moderno para su tiempo, comprometido en mejorar las condiciones de vida de «los negros» en los países africanos que eran o habían sido colonias francesas. La organización humanitaria Medpax creció gracias a su dedicación. Resultó algo obvio que su hija siguiera sus pasos, se hiciera cirujana y acabara dirigiendo Medpax. Sin embargo, la elección por parte de Isobel de un camino algo distinto, otra especialidad médica y otros intereses, era todavía un tema de conversación tan minado como un prado afgano.

—No llegas tarde —dijo Leila haciendo que Isobel regresara al presente—. Precisamente estamos a punto de empezar. Gracias por la visita, Blanche, cuídate. Adiós.

Era toda una insinuación e Isobel contuvo la respiración. Los enfrentamientos de los últimos años entre Blanche y Leila habían disminuido en fuerza, pero la tensión entre las dos mujeres seguía siendo evidente y no siempre estabas seguro de poder evitar una escena. Sin embargo, Blanche se limitó a coger la pila de su correspondencia, se despidió con un frío adiós y desapareció por la puerta de caoba.

Leila miró fijamente a Isobel. Parecía que sus ojos oscuros hubieran visto ya la mayor parte de los defectos humanos y todavía no pudiera decidir si la existencia era una comedia o una tragedia.

—¿Empezamos?

Mantuvo abierta la puerta de la sala de reuniones donde esperaba la mayoría de los pocos empleados de Medpax, por lo general no remunerados. Asta la siguió. Isobel saludó sucesivamente a la administradora financiera de Medpax, Thea Nilson; a dos estudiantes de Ciencias Políticas de pelo corto que hacían las prácticas con ellos y que al parecer se llamaban ambas Katarina, y a la señora Von Fersen, una mujer de pelo azul que estaba en todas las cuestaciones, así como en todas las comidas, cenas y galas, que constituían una gran parte —demasiado en opinión de Isobel— de la actividad de Medpax. Isobel se sentó. Siempre había pensado que las reuniones eran una enorme pérdida de tiempo, pero estas, de reciente introducción y periodicidad semanal, habían demostrado ser sorprendentemente vitales; ahora Isobel esperaba conocer a personas afines y hablar de asistencia, trabajo de campo y futuro.

Sven, un cirujano con coleta y botas de vaquero, se unió a ellas, y después de él llegó Lin-Lin, cirujana e investigadora de la sanidad pública a quien Leila había logrado reclutar o robar, según a quién se le preguntara, de Médicos Sin Fronteras. Así que todo el personal de Medpax estaba presente.

Mientras Leila sacaba la agenda, Lin-Lin se estiró para coger una de las galletas maría que había en el centro de la mesa. Las dos Katarinas tomaban nota de un modo febril e Isobel, que no había tenido tiempo de beber nada en todo el día, alargó el brazo y cogió la jarra de agua.

Empezaron con preguntas sobre horarios de vacaciones y gastos que luego derivaron hacia una discusión acerca de la ética de las ayudas al desarrollo, que a su vez degeneró enseguida en un acalorado intercambio verbal entre Sven y Asta. Isobel daba su opinión en voz alta cuando se la pedían y sentía que el cansancio tras un largo día de trabajo era sustituido por energía y estímulo. Era algo que le encantaba: tanto las discusiones apasionadas como cuestionarse una y otra vez lo que hacían.

Asta se levantó y habló de moral y responsabilidad de un modo que hasta sus mejillas se encendieron. Isobel asintió aprobatoriamente. Los subsidios y el trabajo de campo no debían convertirse nunca en un pasatiempo de occidentales ricos y blancos con mala conciencia.

—Se trata de una labor humanitaria moderna —dijo Asta—. Hay que ver a los habitantes de esos países como individuos competentes.

—Pero también se trata de siglos de experiencia —replicó Sven.

—¿Isobel? —Asta se dirigió a ella—. ¿No estás de acuerdo conmigo?

Isobel sabía que su posición era de algún modo especial. En un mundo en el que el valor de una persona se decidía tan solo por el número y la duración de las tareas que había realizado, ella era casi única. Pocas personas habían estado en tantas misiones como ella y solo ese detalle ya le daba una autoridad especial. Pero en Medpax todos sabían también que la moral y la ética eran temas que le apasionaban, por los cuales debatía y se negaba a ceder.

—No basta con querer hacer el bien. También tenemos que hacer las cosas de la manera adecuada.

Asta asintió, pero Sven resopló.

—No todo son errores y aciertos.

En realidad Isobel también estaba de acuerdo con el cirujano. A veces solo había errores y más errores. ¿Cuántas personas habían muerto ante sus ojos en Liberia? ¿A cuántos niños no había podido salvar o incluso ni siquiera atender allí abajo? Era como estar en el purgatorio. Ninguna misión era fácil, pues el objetivo del viaje era ir a los peores sitios del mundo y al llegar ayudar a las personas que había allí. Pero Liberia era como una nueva dimensión del infierno en la tierra.

—Quiero decir que tenemos que pensar qué nos mueve ante una situación determinada —dijo—. Es fácil tomar decisiones impulsivas porque nos parecen correctas en ese momento, pero tenemos que pensar siempre en las consecuencias de nuestras decisiones también a largo plazo.

—Eso puede llevar a un resultado extremadamente frío.

Isobel estaba de acuerdo. No siempre se veía con facilidad el límite entre racionalidad y decisiones inhumanas, y ella menos aún. ¿Tenía razón Sven? ¿Las exigencias morales y la integridad acababan por convertirte en una persona fría? A Isobel le hubiera gustado conocer la respuesta.

—Tenemos razones para hablar más sobre ello —dijo Leila mirando a Sven—. ¿Quizá cuando vuelvas de Chad?

En la época de esplendor de Medpax se habían construido tres hospitales infantiles: uno en Chad, otro en el Congo y un tercero en Camerún. Con los años, en Congo y Camerún el Estado se hizo cargo de los hospitales situados en su país. A Isobel aquello le pareció excelente, y lo vio como una evolución natural y deseable, pero Blanche se lo tomó como una ofensa personal. Típico de Blanche, tomarse las cosas como una ofensa personal. De todos modos solo quedaba un hospital infantil, atendido por personal médico de Chad, unos pocos voluntarios y a veces médicos militares procedentes de otras organizaciones humanitarias, aunque dirigido por Medpax. Desde el otoño anterior no había ido nadie de Medpax por allí, pero estaba previsto que Sven viajara hasta Chad para formarse una opinión acerca de las medidas necesarias que debían adoptarse en el futuro y establecer un plan de acción formal.

—Sí, a propósito... —dijo Sven lentamente—. No voy a poder viajar.

El silencio se extendió por la mesa.

—¿Por qué? —preguntó Isobel al fin—. Intentó no sonar acusadora, pero encontrar un médico de campo que pudiera desplazarse a un hospital infantil en Chad no era algo que cayera de los árboles. Era ella la que estuvo allí en otoño, antes de continuar hasta Liberia, y sabía que la presencia de Sven era necesaria. Alguien tendría que encargarse de sustituirlo.

—Mi mujer no quiere que viaje.

Leila ladeó la cabeza.

—¿Estás seguro?

—Lo siento, pero es definitivo. Recibí un ultimátum y debo dar prioridad a mi matrimonio.

La parte cínica de Isobel se preguntaba por qué Sven, de quien se sabía que se había acostado con prácticamente todas las enfermeras que conocía, pensaba en ese momento que tenía que empezar a dar prioridad a su matrimonio, pero no dijo nada. Ir de campaña debe ser una decisión del todo individual.

Leila asintió.

—Vamos a ver si podemos encontrar otra solución. Pero quiero hablar sobre un asunto —dijo cogiendo un archivador lleno a rebosar que le entregó Asta—. Tenemos problemas con un donante. Serios problemas de dinero.

La señora Von Fersen, responsable de la recaudación, que hasta ese momento había estado sentada en silencio contemplándose las uñas de color plateado, los miró a todos con semblante serio. Leila repartió unos papeles con columnas que Isobel y los otros observaron. Isobel frunció el ceño. No era ninguna experta en economía, pero...

—Parece que se trata de algún tipo de fundación —dijo levantando la vista—. ¿Tanto dependemos de ellos? ¿De un solo donante?

Leila asintió con la cabeza.

—En estos momentos sí. Donaban mucho dinero pero de repente dejaron de hacerlo. Como ya sabéis, perdimos algunos donantes antes de que yo empezara. Desde entonces nos han denegado varias solicitudes y no nos hemos puesto al día.

Leila salvó lo que era salvable cuando entró, pero el hecho era que a Blanche cada vez le costaba más entender la importancia de las relaciones con los donantes. Isobel sabía, obviamente, que no era culpa de ella, pero no podía evitar seguir dándole vueltas al asunto. Su madre se estaba volviendo más difícil e intransigente con el paso de los años y a menudo acababa insultando a la gente. ¿Tenía que haber supuesto lo mal que iban a ir las cosas? Si Isobel hubiera hecho lo que su madre quería, si se hubiera comprometido más con Medpax, podría haber controlado la situación mucho antes. Se miró las manos pecosas, que estaban muy limpias. A veces le parecía que, hiciera lo que hiciese, se equivocaba.

—No podemos permitirnos el lujo de perderlos. No sé bien por qué han dejado de donar. No devuelve nadie la llamada a pesar de que he dejado varios mensajes.

El nombre de la fundación no le decía nada, pero la dirección correspondía a una de las calles más caras de Estocolmo, así que tal vez pensaran que no valía la pena devolverle la llamada a la psicóloga de una pequeña organización humanitaria.

Isobel siguió intentando descifrar las columnas.

—Pero ¿cuándo cesaron las donaciones?

—Poco antes de Navidad.

Ella estaba entonces en Liberia, donde vio más muertos, comunidades devastadas y enfermeros traumatizados de lo que era capaz de recordar. Había trabajado en campos de refugiados, guerras y desastres naturales desde que era adolescente, pero Liberia... Tardó varias semanas en dejar de tener pesadillas.

—Tendrías que haber dicho algo entonces. ¿Cómo se llama él o ella?

—¿Quién?

—La persona que está detrás de la fundación.

—Aquí está —dijo Leila señalando con el dedo en el archivo—. Es un hombre: Alexander De la Grip.

—Estás de broma —dijo Isobel con incredulidad.

Leila alzó la vista.

—¿Sabes quién es?

Thea, Lin-Lin, las Katarinas y Asta intercambiaron al mismo tiempo unas largas y elocuentes miradas. Isobel suponía que sabían quién era exactamente Alexander De la Grip, el príncipe rubio de la juerga.

El mejor vestido de los solteros jóvenes. El sueco menor de treinta años más rico. El hombre más atractivo del mundo. Isobel había perdido la cuenta de la cantidad de listas y de artículos de la prensa amarilla en los que había visto su nombre. Y eso no se debía a que fuera buscándolo, sino a que él protagonizaba un largo y repugnante culebrón en la prensa.

—Sí —respondió ella lacónica.

Porque, además, Alexander De la Grip y ella habían tenido su propia y pequeña historia.

Se conocieron por casualidad el verano anterior. Ella viajaba mucho por aquella época: Nueva York, Escania, Chad. Y después Liberia. Él estuvo coqueteando con ella e Isobel lo mandó al infierno.

Se frotó la frente con un gesto de cansancio, tal vez varias veces. De hecho, cada vez que Alexander le dirigió la palabra, Isobel le había contestado mal, y ella era la primera en admitirlo. Parecía que todo en su apariencia la irritaba: su mirada embriagada, su existencia de divo. Pero ¿de verdad podía sentirse ofendido con tanta facilidad? ¡Qué pregunta más tonta!, pues claro que podía, su ego era más frágil que un sistema inmunológico deteriorado. Ella le había ofendido y, como venganza, dejó de enviar dinero a Medpax. Era la explicación más sencilla.

Leila la miró por encima de sus gafas de sol negras.

—¿Se puede hablar con él? ¿Se le puede hacer cambiar de opinión, tal vez durante una comida?

Isobel toqueteó el papel.

—Supongo que se puede intentar —dijo con poco entusiasmo.

No era nada raro reunirse con donantes potenciales en comidas, cenas o simples desayunos. Isobel lo había hecho muchas veces y sabía que tenía talento para ello y que la gente quedaba impresionada. Pero la idea de hacerle la pelota a ese niño mimado de clase alta casi hacía que se sintiera mareada.

—¿Te encargas tú de ello?

Isobel pensó en lo que de hecho le gustaría hacerle a un príncipe de la jet set tan susceptible pero, suavizando su expresión, dirigió una mirada tranquila a Leila y se limitó a decir:

—Por supuesto.

—Bien. Porque si no obtenemos pronto más dinero estamos perdidos. Tendremos que liquidar Medpax antes del verano.

Los demás asistentes a la reunión intercambiaron miradas preocupadas.

—Exageras —dijo Isobel.

Supuso que Leila había querido sacar su vena melodramática. Las cosas no podían estar tan mal.

Leila hizo un gesto en dirección al papel.

—Podéis volver a comprobarlo, aunque yo ya lo he hecho. Sin dinero no habrá más trabajo de cooperación. Es matemática pura.

Cuando Leila dio por concluida la reunión y los demás fueron saliendo de la sala, se volvió a Isobel.

—¿Puedes quedarte un momento?

La puerta se cerró; estaban solas.

—¿Sí? —dijo Isobel.

Leila la observó durante unos segundos.

—Solo quería saber cómo te sientes de verdad.

Isobel apoyó la mano en la mesa, tamborileó levemente con los dedos e interrumpió el gesto con la misma rapidez con que había empezado.

—Bien —respondió.

En gran medida era cierto.

—¿Qué tal duermes?

Isobel la miró con recelo.

—¿Qué es esto? ¿Una evaluación psicológica?

Leila no se inmutó.

—¿La necesitas?

Isobel se obligó a permanecer quieta y no mostrar ninguna inquietud psicomotora. Inspiró profundamente y expulsó el aire. Había olores e imágenes que todavía no podía evitar rememorar. Las primeras semanas habían sido las más difíciles, pero llevaba tres meses en casa. La vida era ya casi normal.

—He dejado de tomar pastillas para dormir. Todo va en la dirección correcta.

Se quedaron sentadas un rato en silencio.

—Ahora mismo necesitamos que haya alguien en el hospital de niños, lo sabes tan bien como yo —dijo Leila al final.

Isobel suponía que aquel tema iba a surgir.

—No soy pediatra —repuso.

Pero aquella era una objeción ridícula y ambas lo sabían, porque no había ningún hospital en el mundo que no pudiera beneficiarse de sus conocimientos y experiencia.

—¿Lo pensarás?

—Sí.

—Y mientras piensas en Chad, ¿puedes hacerlo también en lo de Escania?

Isobel había logrado relegar por completo a un segundo plano aquel espectáculo. Medpax iba a participar en un gran evento de caridad en algún punto de la zona rural de Escania. Gente rica, representantes de empresas, políticos y otras personas de clase alta iban a reunirse en un castillo maravilloso. Charlarían entre ellos, beberían vino, comerían cosas caras y, con un poco de suerte, los convencerían para que donaran mucho dinero.

—¿No es suficiente con que le haga la pelota a De la Grip?

—Les caes bien a todos, Isobel. Tercera generación Medpax, conciencia deslumbrante del mundo y todo eso. Y eres una mujer joven, eso siempre vende. Piensa en la cantidad de dinero que podremos recaudar si nos acompañas.

—¿Esto no es chantaje emocional?

—De ningún modo —exclamó Leila dando un golpecito en el papel con el dedo índice—. Pero si no resuelves esto con Alexander De la Grip, será como poner una tirita en una herida abierta. Necesitamos un buen colchón económico, obtener donaciones con regularidad.

Así que se esperaba que se arrastrase primero ante uno de los hombres más inmorales del mundo y que después viajara a Escania a hacerle la pelota a gente aún más rica. Empezaba a sentirse mal de verdad.

—¿Podrás hacerlo, Isobel?

—Sí.

Podía porque era capaz de hacerlo casi todo. Pero pensó que tal vez hubiera preferido quedarse en Liberia.

3

Alexander se tapó la boca y eructó.

Tenía una resaca horrible.

Técnicamente todavía seguía borracho.

Respiró hondo. La combinación de vodka, cócteles y champán durante dos días junto con el jet lag al final había vencido su tolerancia. ¡Qué putada! No se había sentido así desde que tenía trece años y Åsa Bjelke le enseñó el modo más eficaz de vaciar el mueble bar de los padres.

Se estiró en la silla de oficina. Llevaba traje pero no había sido capaz de encontrar una corbata, y mucho menos de abrocharse la camisa, así que solo llevaba una camiseta debajo de la chaqueta. Los ojos de los cuatro hombres de mediana edad que lo observaban desde el otro lado de la mesa de reuniones estaban llenos de asco.

Apoyó la palma de una mano sobre la mesa esperando que la superficie fría lo estabilizara.

—¿Empezamos? —dijo tragando saliva.

Uno de los hombres sacó una carpeta, los demás hicieron lo mismo con las suyas propias y sus documentos, y la mesa que había delante de Alexander no tardó en llenarse de papeles importantes. Eran sus banqueros y abogados; en otras palabras, los hombres que se ocupaban de la parte sueca de su considerable fortuna. Eran ciudadanos ocupados y responsables y, a juzgar por sus rostros, no les hacía la menor gracia que Alexander les hubiera hecho acudir a esa espaciosa oficina de su fundación. Esta se encontraba ubicada en Smålandsgatan, en el centro del distrito de Norrmalm. Una hora antes, Alexander había enviado un SMS en el que les comunicaba a todos que iban a reunirse allí en vez de ir él a sus oficinas, como estaba planeado en un principio. En el estado en que se encontraba, Alexander no habría podido llegar a la parte alta de Östermalm, y menos aún a cuatro direcciones distintas. Joder, si apenas había encontrado el camino hasta allí, y eso que la fundación estaba a dos pasos del hotel.

Ahora estaban ahí sentados con cara de perro. Pero a él le importaba un bledo haberles cambiado los planes. Siempre podían dimitir si no les convenía.

—Corregidme si estoy equivocado, pero ¿no percibís una remuneración que, más que indignante, es casi astronómica? —dijo con frialdad.

Recibió la respuesta en forma de ceños fruncidos y labios apretados.

—¿Qué quieres decir? —preguntó el que estaba sentado a su izquierda. Alexander no recordaba su nombre.

—Pensaba que podríamos reducir la hostilidad durante un momento. ¿Tal vez fingir una o dos sonrisas?

Los hombres se movieron nerviosos en sus sillas y decidió que si no le obedecían los echaría a todos. Sobraban banqueros por todas partes.

Se miraron los unos a los otros con incertidumbre. Sus labios se estiraron, la piel de sus rostros se tensó y sus dientes quedaron al descubierto.

Alexander suspiró. A fin de cuentas no le importaba. Negó con la cabeza.

—Acabemos con esto de una vez.

Se oyeron unos golpes en la puerta y entró una mujer con una bandeja. Café, gracias a Dios. Ella fue sirviendo el contenido de la cafetera plateada en unas tazas finas y les dejó un plato con esas pastitas redondas de chocolate y menta que van envueltas en un papel de aluminio de alegres colores, y que a Alexander le parecían asquerosas. ¿De verdad alguien se las comía? Cogió una taza mientras los demás empezaban a sacar bolígrafos y a ordenar montones de documentos en una especie de secuencia determinada. Alexander se tomó el café y miró con tristeza los montones de papeles que, al parecer, se esperaba que firmara. El mayor tenía casi diez centímetros de altura.

—Necesitamos que firmes todos estos papeles —dijo uno de los hombres mostrándole aquellos montones—. Me temo que debo insistirte —añadió como si supusiera que lo único que Alexander quería hacer era levantarse, salir por la puerta y no volver.

No sabía por qué odiaba tanto aquello. En Nueva York controlaba por completo sus negocios. Tal vez era porque esos tipos, con sus miradas acusatorias, le recordaban a su padre, el hombre que le criticaba y destrozaba por sistema durante su adolescencia. Tal vez sencillamente no soportaba nada que estuviera relacionado con la vida financiera sueca. Se había visto obligado a distanciarse de Suecia después de lo ocurrido el verano anterior, y lo había hecho enterrando la cabeza en la arena e ignorando sus deberes. Ahora estaba pagando el precio.

—Pues dámelos —murmuró.

Con gesto serio empezó a firmar el montón de papeles. Uno tras otro.

—Firma aquí, aquí y aquí. —Era como una letanía: inversiones, pagos, autorizaciones.

Cuando se acercaba la hora de comer, todavía no habían llegado ni a la mitad. Alexander pensó que necesitaba beber algo más que café, que tenía que respirar un aire distinto al de la sala de reuniones.

—Hacemos una pausa de diez minutos —anunció mientras salía pitando de la sala, cerraba los ojos y respiraba profundamente.

Le hubiera gustado poder decirse que se sentía bien resolviendo las tareas administrativas, que el café le había ayudado a quitarse la resaca, pero... Abrió los ojos al oír unas voces y vio a una mujer alta y pelirroja que estaba de pie, de espaldas a él, y le hacía gestos a la empleada que se encontraba tras el mostrador de la recepción.

—Pero no puedo facilitarle su número —oyó decir a la recepcionista cuando se acercó.

Le pareció que estaba irritada, como si repitiera algo que ya había dicho varias veces.

—¿Me puedes decir al menos si está en Estocolmo? Le he enviado un correo electrónico y no contesta nadie. ¿Va a venir a Suecia? ¿Sabes cómo puedo localizarle en tal caso? Debe de haber alguna manera de acceder a él.

Alexander aguzó el oído al reconocer aquella voz, que ya había escuchado alguna vez antes.

La recepcionista levantó la cabeza, vio a Alexander y le lanzó una mirada de advertencia. Pero la pelirroja debió de darse cuenta, porque se dio la vuelta y él la reconoció al instante.

Isobel Sørensen.

En efecto. Esbozó una sonrisa. Esto es más divertido que firmar papeles, pensó acercándose a la recepción. Incluso desde lejos, Isobel era tan atractiva como él la recordaba. Aunque esta no era la palabra más adecuada. Isobel Sørensen era bella. Como también lo eran los regueros de pólvora, las explosiones y las catástrofes. Le dirigió una gran sonrisa y, unos breves instantes después, ella se la devolvió, una sonrisa amable que de ningún modo incluía su mirada.

—He intentado localizarte —dijo ella tendiendo la mano.

Alexander notó un buen apretón antes de que ella se echara hacia atrás y lo mirara con curiosidad. Resistió el impulso de pasarse la mano por la barba. En ese momento deseó haberse afeitado.

—Te he enviado un correo electrónico. Pasé por aquí para intentar conseguir un número de teléfono. Es imposible localizarte.

—Y sin embargo lo has logrado.

No era de extrañar que no pudiera localizarle. Todos los correos de la fundación iban a parar directamente de la bandeja de entrada a una carpeta de correo que no había abierto desde... Hacía tanto tiempo que ni él mismo lo sabía. Era consciente de que debía de tener cientos de mensajes sin leer.

—Está bien —dijo tranquilizando a la recepcionista antes de

volverse de nuevo hacia Isobel—. No tenía ni idea de que tuvieras tantas ganas de verme. ¿Qué puedo hacer por ti? —preguntó recurriendo a sus dotes de seductor.

Algo brilló en los ojos de ella.

Se abrió la puerta de la sala de reuniones.

—¿Alexander?

Mierda, ya se había olvidado de sus sombríos economistas.

—Seguiremos después de comer —gritó despectivamente al hombre que se había asomado—. Tengo que encargarme de esto.

Sentía mucha curiosidad por saber qué querría Isobel Sørensen de él. Aunque no le había dedicado un solo pensamiento durante los últimos seis meses, la recordaba muy bien. Si alguien le hubiera preguntado qué pensaba de Isobel, le habría respondido: «Es una de las pocas mujeres que no ha sucumbido a mis encantos, algo incomprensible». En las ocasiones que se habían encontrado, Isobel se había mostrado despectiva, hostil o directamente maleducada. Por supuesto, eso le resultaba irresistible. Miró a la recepcionista con gesto interrogante.

—¿Hay alguna sala donde podamos sentarnos? —Luego se dirigió a Isobel—: ¿Café?

—No, gracias.

La recepcionista pasó taconeando junto ellos y Alexander extendió la mano indicándole a Isobel que pasara delante de él. Naturalmente, se trataba de la educación que había recibido; la tenía metida hasta la médula y no podría ser descortés con una mujer ni aunque lo intentara. Además, era una excelente oportunidad para estudiar a Isobel desde atrás. Miró el chubasquero que llevaba, su cola de caballo y sus largas piernas. Vio unas manchas en aquellos pantalones demasiado anchos y en unos instantes cayó en la cuenta de que debía de tratarse de salpicaduras de la bicicleta. ¿Cuándo fue la última vez que él había montado en bicicleta? Isobel también llevaba unos prácticos zapatos planos. Su indumentaria estaba entre lo menos sexy que había visto en su vida y se preguntó si solo se había imaginado que era atractiva. Cuando Isobel se sentó, comprobó que su atractivo no era de ningún modo producto de su imaginación. No recordaba cuándo fue la última vez que había visto una mujer tan guapa. Hubiera dado cualquier cosa por verla con un vestido ajustado. O, mejor aún, por verla desnuda, por supuesto. Bajo esas capas de tela práctica y rígida de colores discretos, imaginó curvas atractivas y secretos muy excitantes. Él también se sentó. Aquel día, que había comenzado de un modo lamentable, acababa de mejorar significativamente.

Isobel cruzó sus largas piernas y él no pudo evitar preguntarse cómo serían. Fuertes con toda seguridad, ya que iba en bicicleta a todas partes. Ella le miraba expectante. ¿Qué querría? Se le pasó una idea por la cabeza. No recordaba haberse acostado con ella. ¡Cielo santo! En tal caso se acordaría, ¿no? Intentó hacer memoria, aunque así se perdió lo que ella había empezado a decir.

—Disculpa —dijo—. ¿Puedes comenzar de nuevo?

Ella parpadeó. Su expresión era sosegada pero había cierto brillo en sus ojos, algo que se desvaneció con la misma rapidez que había aparecido, como si por un momento hubiera surgido un sentimiento en su interior pero lo hubiera apartado con firmeza. Empezó de nuevo, despacio y con claridad esta vez, como si Alexander fuera un niño.

—Tienes todo el derecho de hacer lo que quieras. Es tu dinero, lo entiendo. Pero me gustaría disculparme. Aun así, espero que puedas ver lo que hay detrás de todo esto. Tu modo de actuar afecta a muchas más personas, no solo a mí, sino a otras personas de carne y hueso.

Alexander se rascó la frente. Entendía tan poco de lo que le decía Isobel que bien podría estar hablándole en una lengua muerta.

Abrió la boca pero volvió a cerrarla cuando ella prosiguió con su discurso.

—Para los afectados, lo que ocurrió entre nosotros es una especie de catástrofe, como ya he dicho, y desearía poder arreglarlo. Pero es grave, especialmente para los niños. No exagero si digo que para ellos es una cuestión de vida o muerte.

Cogió una carpeta y empezó a sacar fotos de niños desnutridos que estaban en una especie de lechos para enfermos, y también folios con columnas.

—Isobel... —dijo Alexander después de carraspear—. Tendrás

que disculparme, he tenido una mañana muy pesada y no te sigo bien.

Ella se puso las manos sobre las rodillas, lo miró durante unos segundos y respiró hondo. Dos manchas rosadas aparecieron en sus mejillas. Se le formó una arruga entre las cejas, que por otro lado eran absolutamente fascinantes, de un rojo vivo que contrastaba con la frente clara. ¡Era tan bella! Se imaginó entrando con ella del brazo en uno de los clubes de Nueva York.

O, mejor aún, a Isobel debajo de él en su cama o sobre una alfombra de piel. ¡Vaya! Ella acababa de decir algo y no la había oído. Debería concentrarse en sus palabras.

—Somos totalmente dependientes de nuestros donantes.

—De acuerdo —dijo sin saber bien qué tendría que ver él con eso.

Parpadeó y esperó que la cafeína que había ingerido disipara de alguna manera la niebla de su cerebro y continuó:

—Entonces, si lo he entendido bien, el asunto es que falta dinero en alguna parte, ¿verdad? —preguntó a modo de resumen, aunque mientras pronunciaba aquellas palabras tenía la sensación de que había entendido mal algo importante.

Isobel parpadeó varias veces. Cierta tensión en su boca hizo que se desvaneciera su último gesto profesional.

—Te voy a repetir lo más relevante —dijo en tono grave antes de iniciar un nuevo monólogo sobre el hambre, los niños y el dinero.

En esta ocasión Alexander hizo un gran esfuerzo por seguir la conversación. Independientemente de lo que Isobel opinara de él, no era ningún retrasado. Y al final logró descifrar lo que decía.

—Dábamos dinero a tu organización y hemos dejado de hacerlo. Y tú estás... molesta —optó por decir.

—Sé que lo hiciste por venganza, pero yo...

—¿Venganza? —interrumpió él.

No le resultaba nada fácil seguir la conversación.

—Sí, ya me entiendes. Porque yo...

Entonces ella se ruborizó un poco. ¿Era una locura que le excitara una mujer que se ponía colorada? Pero ella tenía el aspecto de una auténtica amazona y la vulnerabilidad la hacía aún más sexy.

—Porque fui desagradable.

—¿Desagradable? ¡Ah, sí! ¿Te refieres a cuando me mandaste a la mierda? —preguntó amablemente—. ¿O cuando me diste la espalda en Arlanda? ¿O tal vez cuando fingiste que no entendías el sueco? Perdona, pero fueron tantas veces que no sé muy bien a cuál te refieres.

En ese momento a ella se le marcaron varias estrías rojas en el cuello. Tenía la piel casi translúcida, blanca como la seda y la nata, y salpicada de pecas doradas.

—Así que el motivo de que estés aquí gritándome... —continuó él.

—No estoy gritando —le interrumpió ella.

—Entonces ¿el motivo de esta conversación es que dijiste algo desagradable, yo me enfadé mucho, suspendí el envío de dinero a tu organización humanitaria y con ello he causado numerosas muertes de niños en África? —concluyó él.

—En África no, en Chad.

—¿No era allí adonde ibas cuando nos vimos en Arlanda?

—Sí.

—Entonces dijiste África —señaló él.

—No creía que supieras dónde estaba Chad —dijo ella malhumorada.

—Hummm.

La mayoría de las cosas que ella le contaba le resultaban totalmente desconocidas por algún motivo. Gran parte del último medio año estaba borroso para él.

—Medpax está haciendo una labor muy importante en Chad. Pero somos una organización pequeña y por lo tanto vulnerable. Si te he ofendido, lo lamento mucho. Con mucho gusto te mostraré cómo trabajamos.

Empezó a sacar más carpetas de su bolso de tela y Alexander levantó una mano para que se detuviera.

—No, por favor —dijo en tono de queja—. No más papeles.

Ella se detuvo y le dirigió una sonrisa forzada.

—¿Podrás al menos pensar en lo que te he dicho?

—Por supuesto.

Ella lo miró con recelo.

—Es muy importante.

—He dicho que lo haré —replicó con contundencia.

Tal vez era porque acababa de pasar la mañana notando el desprecio de cuatros hombres a cuyas familias probablemente mantenía. Tal vez solo era porque no estaba acostumbrado a las mujeres como Isobel. Pero la cabeza empezó a darle vueltas y sintió que ya había recibido suficiente hostilidad por aquel día.

No había ido a Estocolmo para que lo ofendiera gente a la que él no había tratado mal. Al menos de manera intencionada.

—Medpax ha iniciado varias campañas de vacunación. Estamos desarrollando una labor sumamente importante contra la malaria, la desnutrición. Hemos...

—Isobel, lo haré —interrumpió él.

Si oía una palabra más acerca de niños moribundos y médicos heroicos, iba a explotar.

—No se trata de un proyecto superficial de entretenimiento. Nuestros médicos marcan la diferencia con su trabajo. Tienes que darte cuenta de que...

Alexander se estiró en la silla. Apoyó una mano sobre la mesa y miró a Isobel.

—El asunto es que yo no «tengo que» hacer nada.

No estaba seguro de a qué se refería exactamente, ya que aún estaba borracho, pero lo que sí podía entender era que sin duda se trataba de un montón de dinero y que esa médica falsamente cortés quería obtenerlo de él.

—Voy a revisar todo el asunto, como ya te he dicho varias veces.

Hubiera querido añadir alguna frase acerca de que era elemental no mostrar un desprecio tan evidente hacia las personas de las que se pretende obtener dinero, pero no lo hizo.

—De todos modos pienso que...

—Basta —la cortó él.

Luego se puso de pie y tuvo que parpadear debido al mareo. Pensó que debía comer algo.

—Te llamaré —añadió en el tono más decidido que pudo.

Parecía que ella quería añadir algo más, pero simplemente recogió sus papeles, los guardó en el bolso desteñido y se levantó.

—Gracias por el tiempo que me has dedicado —dijo volviendo a tenderle la mano.

Alexander la cogió y la apretó con determinación, pero después sintió el extraño impulso de llevársela a la boca y besársela. Aun así, se limitó a bajar la vista a las manos de ambos mientras se las estrechaban. Ella tenía los dedos largos, las uñas muy cortas y no llevaba ninguna joya. Manos de una médica competente.

—Te llamaré —repitió.

Ella retiró la mano y se dirigió hacia la puerta con el bolso desgastado al hombro. La chaqueta se agitó suavemente.

Alexander se le adelantó y le abrió la puerta para que saliera. Ella lo miró unos instantes y, aunque no dijo nada, él vio en sus ojos, grises como un día nublado de noviembre, que la mala opinión que ya tenía de él había empeorado después de esa reunión, algo que por alguna razón le molestaba.

—Adiós, Isobel —dijo en voz baja.

Ella desapareció sin decir palabra y él se quedó un buen rato mirándola.

4

Isobel salió a buscar a su siguiente paciente, una mujer de su misma edad que tenía por un lado problemas de sueño y estrés, y por el otro conflictos con su madre. Ella también necesitaría un poco de ayuda con lo último, pensó Isobel mientras escuchaba el relato de la paciente. Se preguntó si debería pedir cita con un psicólogo pero decidió esperar. Además se daba cuenta de que, por más que lo intentaba, no podía quitarse de encima la terrible sensación de que no había manejado especialmente bien la reunión con Alexander De la Grip el día anterior.

Le dio una receta a la mujer, le prescribió menos interacción con su madre y después recibió al siguiente paciente. Pero por más que intentaba concentrarse en el trabajo, no podía librarse de la desagradable sensación de que con su actitud le había propinado una fuerte patada a la fundación.

¿Cómo es posible?, se preguntó mientras tomaba la presión arterial al paciente y le prescribía medicación para una úlcera de estómago. Isobel era conocida por su habilidad para las relaciones sociales y su trato tranquilo. Los pacientes exigentes e histéricos pedían cita para que los atendiera; era ella quien calmaba a las enfermeras molestas y a los demás trabajadores de campo cuando estaban acelerados, y también quien solía dar conferencias de formación médica acerca de la importancia de las habilidades sociales. Y aun así, se había comportado con Alexander De la Grip como si fuera una adolescente. En la lujosa oficina de él. En esa fundación exclusiva de la que Medpax dependía para su supervivencia.

¿Qué palabra era la que mejor la definía? Imbécil.

Pero se había puesto nerviosa. Alexander estaba tan guapo que casi le resultó imposible asimilarlo. Ningún hombre tenía derecho a poseer un físico tan perfecto que casi no pareciera natural. A pesar del pelo rubio alborotado, la barba rasposa y el traje arrugado, estaba tan atractivo que le resultó difícil mirarlo sin ruborizarse. Alexander De la Grip era, además, noble y rico. Y no solo rico, sino riquísimo. No es que ella hubiera creído nunca que la vida fuera justa, pero ¿cómo podía ser tan sumamente injusta? La gota que colmó el vaso fueron sus ojos inyectados de sangre y su olor a resaca. Había tenido el valor de pasearse por su fundación, para que la gente de su alrededor lo adulara, con aspecto de no haber hecho nada más que ir de fiesta la última semana, mientras ella luchaba por la supervivencia de Medpax. Simplemente era demasiado. Así que ella se dejó influir por cosas de las que no debía preocuparse, había permitido que pequeñas e inoportunas emociones controlaran su comportamiento, y el resultado había sido catastrófico. Cerró la puerta, cogió el teléfono, suspiró y llamó a Leila.

—¿Ha llamado Alexander De la Grip? —preguntó al descolgar Leila.

—No. ¿Tendría que haberlo hecho?

Isobel se reclinó hacia atrás y puso los pies encima del escritorio. Le quedaban al menos ocho pacientes, tal vez más, pero creía que tenía tiempo de mantener una breve conversación.

—Ayer le reñí, y probablemente también le ofendí. Otra vez. Así que supongo que no, que no tendría que hacerlo.

—Entiendo. ¿Cómo te sientes hoy?

—Estoy preocupada. Puedes analizarme si quieres. ¿Qué me pasa?

Leila resopló.

—No necesito analizarte porque entenderte no es ningún reto. Es muy probable que ya en el útero materno tuvieras un rendimiento alto; siempre te inquieta que puedas fracasar. Te preocupa mucho que tus colegas y compañeros sientan que estás pendiente de ellos. Todos tus conocidos te admiran pero tú no te das cuenta, ya que constantemente piensas qué puedes hacer para que tu egocéntrica madre y tu padre fallecido se sientan orgullosos de ti. ¿Se me olvida algo?

Isobel cerró los ojos; no estaba segura de que hubiera sido una buena idea llamar a Leila.

—Es bastante... exhaustivo —dijo dócilmente.

—Eres esa persona a la que todos quieren tener en su equipo, Isobel.

—Pero hice el ridículo.

—Sí. Bienvenida al mundo real, en el que la gente a veces hace el ridículo. Relájate.

—¿Qué clase de charla psicológica es esta? No es tan fácil, caramba.

—No, pero tú tampoco quieres que te resulte fácil. Ahí lo tienes. No voy a cobrarte la consulta.

Isobel recibió al siguiente paciente, un asesor de relaciones públicas que acudía con regularidad a la consulta por problemas de sueño y una hernia discal. Se abstuvo de decirle que tal vez dormiría mejor si dejaba de engañar a su esposa continuamente. En lugar de eso, le prescribió unos analgésicos y le dio cita para lo más adelante posible. Después escuchó a un periodista estresado que se quejaba de un «leve dolor de garganta» pero tenía fiebre alta y algo que Isobel ya sabía que era escarlatina antes de que le devolvieran los análisis del laboratorio confirmándolo. Cuando miró el reloj eran las tres. Decidió no ir a la sala donde los demás tomaban café y quedarse a comer en su despacho. Se comió unos panecillos untados con mermelada de naranja delante del ordenador y buscó en Google «Alexander De la Grip + fotos». Le había parecido que estaba más musculoso que en su encuentro anterior, y ya entonces era atlético. Alto, bastante más que ella, y eso que Isobel a veces tenía que mirar desde arriba a los hombres que conocía y que durante su época de crecimiento tuvo que reprimir el impulso de encorvarse.

«Pon recta la espalda, Isobel.»

«Con lo alta que eres, jugarás al baloncesto, ¿no?»

«¿Por qué siempre te quedan los pantalones cortos, Isobel?»

¿Qué importaba que fuera alto? De hecho sí que importaba. Los hombres altos y fuertes eran atractivos. Estaba acostumbrada a calcular la altura y el peso sin preguntarlos directamente; podía echar un vistazo a cualquier persona y determinar lo que pesaba y medía. Alexander medía por lo menos un metro noventa y seis y debía de pesar entre ciento cinco y ciento diez kilos; era ancho de hombros, tenía una nuca fuerte y unos músculos abdominales duros. Fue pasando imágenes y encontró la famosa foto en la que estaba semidesnudo y embadurnado de aceite con dos mujeres desnudas a sus pies; luego la comparó con las más recientes que encontró y con el recuerdo que tenía de él. Debía de haber hecho algo. ¿Gimnasio tal vez? Tiró las migajas de pan a la papelera, cerró el navegador y fue en busca de su siguiente visita.

Cuando Isobel se quitó de encima a los últimos pacientes, se ajustó el casco y fue en bicicleta por el centro de la ciudad hacia su casa. Había quedado con un grupo de médicos de campo para tomar unas cervezas en la zona sur de la ciudad, pero ahora estaba indecisa. Probablemente debía ir. No estaba bien que se escaqueara, era consciente de ello. «Mañana», se dijo. «Mañana me pongo con eso.»

Comió un plato precocinado frente al televisor, leyó un artículo sobre la malaria en *Läkartidningen* y bebió té rojo.

Mañana, volvió a pensar cuando estaba tumbada en la cama, exhausta y, sin embargo, sin poder dormir. Mañana lo resolveré todo, seré mejor persona. Cerró los ojos. Dormía desnuda, era un lujo del que disfrutaba cuando estaba en casa. En el campo, una mujer se lo debe pensar dos veces, pero en casa se podía permitir que su piel desnuda rozara las sábanas frescas. Estaba excitada. ¿Y si se acariciaba? El orgasmo liberaría oxitocina y la presión arterial le bajaría. Deslizó las manos por su cuerpo pero no funcionó; el cerebro trabajaba con algo distinto. Tal vez fuera mejor así. La vida sexual era otra área problemática que no podía abordar. Miró el reloj, cogió el teléfono y le envió un mensaje a Leila.

Ya lo he decidido. Iré a Chad.

La psicóloga no respondió.

Probablemente debido a que ella tenía una vida propia.

Isobel se puso de lado y miró por la ventana. Tardó varias horas en quedarse dormida.

5

Gina Adan se ató un delantal blanco alrededor de la cintura mientras contaba en silencio las copas que había en la bandeja de plata, unas copas altas de cristal llenas de champán sobre plata antigua maciza. La bandeja iba a pesar mucho. Ella era fuerte pero no debía llevar demasiadas copas a la vez.

Miró por la ventana del castillo. El sol primaveral caía sobre Gyllgarn. Los narcisos florecían a lo largo de la fachada amarilla y en el césped de pie, en pequeños grupos, estaban los invitados al bautizo con sus trajes, sus tacones altos y sus vestidos ondeando al viento. Las macetas y los jarrones del castillo se encontraban llenos de flores, y todas las superficies estaban brillantes y enceradas. Gina se alisó el delantal. Amaba ese castillo, cuya historia se remontaba mucho tiempo atrás: los muebles, los objetos de decoración y, sobre todo, las pinturas en las que nobles de gesto grave y mujeres con vestidos de seda de hacía varios siglos la seguían con la mirada adondequiera que fuera. Era sueco, exótico y estaba muy lejos de su país de nacimiento. En Somalia había muy pocos castillos.

—¿Cómo van las cosas? ¿Puedo hacer algo? —preguntó Natalia entrando en la cocina mientras sostenía en los brazos a su hijita, la protagonista del día.

Molly gorjeó y Gina sonrió a la oronda niña. En realidad era gracioso que una persona tan esbelta y sofisticada como Natalia Hammar pudiera tener una niña tan gordita.

—Aquí va todo bien —respondió Gina—. Todo está bajo control, vuelve con los invitados.

—Gracias —dijo Natalia en tono vacilante, como si tuviera que decir algo más—. Si no es así, dímelo —añadió simplemente, y después salió.

Gina la siguió con la mirada. Le gustaba que Natalia fuera justa sin ser empalagosa y que, aunque tuviera sus propios demonios con los que lidiar, fuera tan rica y exitosa. Después del escándalo del verano anterior, Ebba y Gustaf De la Grip, los clientes principales de Gina, abandonaron Suecia de forma precipitada y se instalaron en Francia. Pasaron un tiempo dando tumbos al borde del desastre económico. Gina perdió muchas horas de limpieza cuando más necesitaba el dinero. Pero Natalia, que sin duda tenía otras cosas de las que preocuparse en ese momento, la llamó con su habitual sensibilidad y le preguntó si iba a buscar algún trabajo extra. Gracias a Dios, porque Gina necesitaba realmente ese dinero.

Trabajaba en eventos de ese tipo desde los dieciséis años. Durante seis se había movido entre la clase alta sueca: había servido en bautizos, fiestas de graduación y bodas, había limpiado chalets en Djursholm y apartamentos en Östermalm. No tenía nada en contra. La mayoría de las veces pagaban bien y le gustaba la flexibilidad. Los hombres la molestaban, por supuesto, le hacían proposiciones asquerosas o hacían comentarios sobre el color de su piel, y algunas mujeres podían ser muy malvadas, pero para ella formaba parte de lo cotidiano y no eran peores que el resto de la sociedad.

Gina frotó la bandeja de plata hasta quitarle una mancha y después la levantó. Pero calculó mal el peso y se asustó mucho al ver que el cristal empezaba a balancearse. La cristalería era una herencia familiar y el champán caro.

Soltó una palabrota, pero un par de manos firmes le ayudaron a salvarlo todo en el último momento.

—Gracias —dijo aliviada, y a cambio recibió una sonrisa tan alegre que parecía que el sol hubiera empezado a brillar dentro de la cocina.

—Hola —respondió Alexander De la Grip sujetando con firmeza la pesada bandeja—. Esto ha estado a punto de acabar mal. Ha sido una suerte que apareciera yo.

—Hola —saludó ella devolviéndole la sonrisa. ¿Qué otra cosa podía hacer? Natalia solía tener relación con Gina; Alexander estaba como en la periferia: aparecía y esparcía su esplendor con poca regularidad—. Hacía tiempo que no nos veíamos —añadió ella volviendo a coger la bandeja.

No veía a Alexander desde el verano anterior. Tenía buen aspecto. Como siempre.

—No, no había vuelto a Suecia desde la boda de Natalia y David.

Ella lo miró de reojo y le pareció que estaba bastante borracho.

—¿Muy ocupado con tanta fiesta?

Intentó calcular cuántos titulares le había visto protagonizar durante los últimos seis meses, pero se rindió al llegar a diez.

—Es un trabajo duro, pero alguien tiene que hacer el papel de la oveja negra de la familia —dijo sosteniéndole la puerta.

Tenía esa mirada huidiza tan habitual en él durante las reuniones familiares, aunque la disimulaba bien.

—¿Y cómo está hoy la camarera más bonita del mundo? —preguntó.

—Estupendamente.

—Avísame si hay algo más que pueda hacer por ti: sostener puertas o evitar que se caigan bandejas. ¿Masajear unos pies cansados? —añadió guiñando un ojo.

—Mmm —murmuró ella mirándolo con recelo.

Alexander siempre había coqueteado con ella, pero lo hacía con todo el mundo, y aunque fuera de un modo superficial, resultaba igualmente beneficioso para todos.

Gina pasó rápidamente por delante de él y salió al exterior para trabajar.

Los sedientos huéspedes vaciaron enseguida la bandeja, así que Gina empezó a retirar copas vacías a la vez que echaba una ojeada al ambiente. Natalia estaba de pie, David le rodeaba los hombros con el brazo, y ambos hablaban con Åsa Bjelke y con Michel Chamoun. Gina no pudo evitar detenerse y mirar un instante al glamuroso cuarteto antes de volver a la cocina, sustituir las copas por unas limpias, buscar más champán y empezar a servirlo de nuevo.

Cuando Gina volvió a salir por la puerta se cruzó con Peter De la Grip, que caminaba solo por el jardín. Ella se mordió el labio. No le gustaba Peter pero, como iba en su dirección, tuvo que sostener la bandeja delante de ella y dirigirle una sonrisa amable.

—Hola —dijo él cogiendo una copa.

Después le dio las gracias y se quedó de pie y en silencio a su lado. Ella no sabía qué hacer: le parecía una descortesía marcharse, pero de los tres hermanos, Peter era el de trato más difícil. Peter De la Grip le parecía el arquetipo del hombre blanco, arrogante, convencido de su propia seguridad y de la inferioridad de la mayoría de los demás. Lo observó de reojo mientras él permanecía de pie con la copa en la mano y la mirada fija en el aire. Ninguno de los otros invitados se acercaba a él. Notó que su aspecto era diferente. Había adelgazado desde la última vez que le había visto, que debió de ser aquella mañana en casa de Natalia, antes de la tristemente célebre asamblea general. El último año no debía de haberle resultado fácil. Y ella creía que aquel castillo había sido de su propiedad, pues vivía en Gyllgarn, con su esposa. Después lo perdió, ella se divorció y ahora... Gina se dio cuenta de que no tenía la menor idea de lo que Peter hacía en la actualidad. Había desaparecido completamente de su radar. Guardó silencio, movió un pie y se preguntó si él notaría que se esfumaba.

Peter suspiró y se volvió hacia ella. Parecía estar cansado. Depositó la copa en la bandeja.

—Gracias —dijo—. Estaba muy bueno.

Cuando él se alejaba por el césped, le pareció que la gente bajaba la mirada a su paso. Miró la copa que había dejado. Aún estaba llena.

Alexander observaba a Gina por el rabillo del ojo mientras seguía hablando con la delgada condesa con la que había ido al internado. La condesa era bonita pero la belleza de Gina era impresionante:

brazos largos y delgados, excelente postura. Unos pómulos por los que cualquier modelo sería capaz de matar. Si no fuera porque trabajaba para su familia... Asintió con la cabeza a la condesa, le dirigió una sonrisa seductora y dejó volar sus pensamientos. Una cosa era que él coqueteara con Gina, pues nunca iba a traspasar la frontera con alguien que dependía de él de una u otra manera. Pero con Peter, el violador, nunca se sabía. Alexander no respiró tranquilo hasta que su hermano se alejó de Gina. La condesa parecía desconcertada y él le hizo un gesto a modo de disculpa. No era consciente de que estaba listo para lanzarse sobre su hermano si este hubiera dado el más mínimo paso en falso. La última vez que lo vio fue en la asamblea general en la que Peter votó en contra de su propio padre y contribuyó a que la familia De la Grip perdiera de golpe el control de Investum, la empresa familiar. Tampoco habían hablado ni una sola vez desde entonces, lo que a Alexander le venía de perlas. Había muchas personas que no le gustaban y a quienes despreciaba. A fin de cuentas la gente solía ser insoportablemente imbécil, pero Peter ocupaba un lugar aparte en la categoría «Personas a las que detesto». La condesa siguió relacionándose con otras personas y Alexander vio que hasta Peter era devorado por el enjambre de invitados. Con un poco de suerte podría evitar a su hermano mayor en esa ocasión, algo que desearía poder hacer también durante el resto de su vida.

—¡Alexander!

Se volvió al oír ese acento ruso tan familiar.

—Tío Eugen —respondió, mirando con ternura a uno de los pocos miembros de su familia, aparte de Natalia, a quien quería de verdad.

Su tío le dio uno de sus fuertes abrazos y un par de besos rusos en la mejilla con chasquido y todo. Tenía muy buen aspecto. Vestía una ropa de colores brillantes e iba afeitado y perfumado.

—Ya que estás en Suecia, tienes que venir a mi casa en Escania —dijo Eugen moviendo su copa en el aire—. Voy a celebrar un baile de beneficencia. Vendrá gente que quiere recaudar dinero para algunas causas. El medio ambiente, creo. Sabes lo mucho que amo el medio ambiente.

Alexander enarcó una ceja. Eugen pareció reflexionar.

—¿O era la paz mundial? Algo por el estilo. De todos modos será un fin de semana con actuaciones, conferencias y relaciones sociales. Habrá muchos como tú.

—¿Como yo?

—Bueno, ya sabes. Gente guapa con poco sentido común y demasiado dinero. La jet set. Juntos nos esforzaremos en lograr un mundo mejor.

—Intentaré asistir —mintió Alexander.

Su tío le caía bien y debería visitar el castillo, que, de hecho, era de su propiedad, pero un baile de beneficencia en el campo no se correspondía para nada con la idea que él tenía de un fin de semana perfecto.

Eugen negó con la cabeza como si supiera exactamente lo que estaba pasando por el cerebro de Alexander.

—Sería agradable que vinieras. Hace tiempo que no pasamos juntos un rato —fue todo lo que dijo.

Natalia se dirigió hacia ellos con la pequeña Molly en brazos. Alexander abrazó a su hermana y luego se fijó en su sobrina, que, entusiasmada, hacía burbujitas con la saliva.

—Eso le debe de venir del lado de David.

—Es inusualmente precoz, he de admitirlo —replicó Natalia con un gesto sincero mientras miraba la barbilla pegajosa de su hija—. Aunque no siempre se le nota.

Alexander se echó a reír.

—Entonces ¿por qué no soy yo el padrino de este milagro?

Le pareció vislumbrar una pizca de remordimiento de conciencia en los ojos dorados de Natalia, pero su voz fue firme cuando respondió:

—Necesito alguien en quien pueda confiar, Alexander.

Al principio le sorprendió su respuesta, luego le pareció respetable.

—Tienes razón. No soy exactamente la persona más indicada para llevar a nadie por el camino de la virtud —dijo sonriendo para quitarle hierro al hecho de que, de forma inesperada, le había herido que su hermana le considerara, al parecer, demasiado frívolo.

Natalia le cogió del brazo.

—Estoy tan contenta de que hayas venido; Gyllgarn tiene un programa completo durante toda la primavera. Habrá actividades para niños y jóvenes: equipos de fútbol, equitación...

Alexander no pudo evitar hacer una mueca al percibir la emoción en la voz de su hermana mayor. Natalia siempre había sido la más generosa de la familia, aunque esa no fuera una competición especialmente difícil de ganar.

—Al parecer está de moda salvar el mundo —constató él mirando a Eugen y cogiendo a la vez otra copa de una bandeja que vio pasar a su lado. Había planeado mantenerse relativamente sobrio, pero aquella idea le parecía cada vez peor—. Supongo que a la gente le encanta que popularices el castillo de ese modo —añadió.

—Lo que menos me importa es lo que diga la gente. Solo intento hacer algo bueno.

Alexander vio una cara conocida por el rabillo del ojo. Hombre, ya era hora.

—Y en el preciso instante en que uno creía que iba a prevalecer el bien, aparece el mal y restaura el orden —murmuró mientras se acercaba su madre.

—Mamá no es mala —protestó Natalia.

Alexander le lanzó una mirada escéptica.

—¿Pasamos juntos la infancia? —preguntó.

Era una broma, aunque en realidad no habían vivido las mismas experiencias. La diferencia estaba en que él era consciente de ello.

—Sí, claro, pero ella intenta hacerlo lo mejor que puede en función de sus circunstancias. —Natalia acomodó a Molly en sus brazos y miró con un gesto intimidatorio a Alexander y a Eugen—. No montéis ninguna escena.

—Nunca se me ocurriría hacer eso —dijo Alexander—. ¿Y qué hizo que el diablo (quiero decir, mamá) abandonara sus queridos viñedos?

Gustaf y Ebba De la Grip se habían mudado —o habían huido, dependiendo de cómo se quisiera considerar el asunto— después del revuelo del año anterior. Ese verano, Gustaf perdió rápidamente el control de Investum, despreció a Natalia por ser hija ilegítima y poco después, en la vejez, se hizo viral una grabación suya con algunos de los insultos más racistas que se habían oído nunca públicamente en el mundo de los negocios sueco. Alexander era consciente, ya que era un cínico en cuerpo y alma, de que el mayor problema no fue que Gustaf llamara a la gente «indígenas» y «vagabundos», sino que tuviera el mal gusto de dejarse atrapar. Su estallido se grabó, se montó con su foto y luego se difundió por la red. La última vez que Alexander lo había visto, el infame vídeo llevaba cerca de cuatro millones de visualizaciones. Además, al mismo tiempo se enteró de que su padre había silenciado una violación brutal que Peter había perpetrado en su juventud. Después de aquello desapareció el poco afecto que sentía por su padre. Para siempre. Si por él fuera, Gustaf De la Grip podía estar muerto.

Con su madre era más complicado, ya que Natalia se empeñaba en mantener su relación con ella. Alexander sabía en su fuero interno que apreciaba más a Natalia de lo que odiaba a su madre. Era una ecuación casi imposible, porque sus sentimientos hacia Ebba a pesar de todo rozaban el odio. Observó a su madre y recordó cuando lo abandonaba para ir a casa de alguno de sus «amigos». ¿Cuántos años tenía él la primera vez? ¿Cuatro? Natalia no sabía nada. Nadie lo sabía. Suponía que ya no importaba.

—Mamá ha venido a Suecia para asistir al bautizo —comentó Natalia—. Se quedará unas semanas en la ciudad. ¿Puedes intentar mantener las apariencias, por favor? Ha estado muy triste porque no recibimos noticias tuyas en Navidad. Ni la Semana Santa pasada. Para ella supone un gran paso dejar a papá en Francia y volver sola.

Cuando su madre se detuvo a saludar a una amiga, Alexander la estudió con la máxima objetividad. Vestido azul claro con sombrero a juego sobre el cabello rubio, piel tersa y una delicada perfección. Tenía el mismo aspecto que cualquier mujer de clase alta. ¿Cómo había podido una mujer tan anodina despertar sentimientos tan fuertes en él? Alexander recordaba aún cómo la echaba de menos de pequeño. Cómo ella le explicaba, cuando él tenía seis o siete años, que no podía estar abrazando a mamá todo el tiempo, que ella tenía sus propias necesidades y que Alexander debía dejar de asfixiarla continuamente. Se tomó aquellas palabras al pie de la letra durante mucho tiempo y le aterraba pensar que podía asfixiar a su madre sin darse cuenta. Se metió las manos en los bolsillos y esperó.

—Hola, mamá —la saludó Natalia cuando se acercó.

Ebba parecía estar a punto de darle un abrazo a Natalia, pero se conformó con una torpe palmadita en el hombro. Le dirigió una sonrisa que parecía real a la feliz y gorjeante Molly, saludó a su hermano Eugen con una inclinación de cabeza y luego miró directamente a Alexander.

Él se puso tenso mientras los ojos de su madre se llenaban de lágrimas.

—Alexander. Qué maravilla poder verte.

Notó que se acercaba esa ola de malestar que sentía cuando ella demandaba una cercanía que él ahora rechazaba. Contuvo la respiración para defenderse del familiar aroma de su perfume, siempre White Linen, que él detestaba.

Todo habría ido mucho mejor si nunca hubiera existido un tiempo en que él la amaba de verdad, pensó mientras se inclinaba ligeramente.

—Qué maravilla poder verte de nuevo, querida madre.

Si Ebba había percibido la ironía en su voz, no lo demostró. Dio otro paso hacia él, invadiendo su espacio. Alexander se quedó petrificado. A Ebba rara vez le importaban las necesidades de los demás, pero pareció darse cuenta de que había cruzado una frontera. Vaciló, parpadeó con gesto de incertidumbre y se volvió hacia Molly.

Alexander respiró aliviado.

Los invitados al bautizo se reunieron en los bancos de la iglesia mientras sonaba el reloj de la antigua capilla. Una sacerdote ofició el bautismo y Alexander se alegró de que su hermana procurara desafiar, en todo lo que hacía, los prejuicios que aún predominaban en la gente de su clase. La música fue elevándose hacia el techo y él se estremeció ligeramente. De pequeño le gustaba jugar en aquella capilla, le fascinaba el modo en que la luz del sol se abría paso a través de los cóncavos cristales de la ventana y se asustaba cuando la acústica hacía resonar el más mínimo ruido por toda la sala. Cuando eran pequeños pasaban la mayor parte de los veranos en Gyllgarn. Recordó la melena larga y de color castaño de Natalia, los caballos que tanto le gustaban a ella y los niños con los que jugaban. Algunos de ellos estaban allí, se habían convertido en adultos y habían formado una familia. Recordaba lo que hacían cuando eran pequeños pero no se acordaba de lo que él sentía. ¿Era feliz? Por más que lo intentaba no podía recordarlo, y eso le molestaba.

La música cesó y Natalia y David llevaron a Molly a la antigua pila bautismal. Los padrinos, Åsa Bjelke y Michel Chamoun, estaban de pie al lado con gesto solemne. Molly protestó ruidosamente cuando le echaron agua en la cabeza y sus padres enseguida la consolaron.

Ebba tenía los ojos brillantes y se secó el borde con un pañuelo. Tal vez su madre le había perdonado a Natalia que se casara con David, el hombre que le había arrebatado a Ebba lo que más quería en el mundo: su posición en la sociedad. Alexander cerró los ojos y luchó contra la ola de pánico que avanzaba en su interior. No quería estar allí. No quería seguir sentado en ese lugar pretendiendo ser parte de una comunidad.

Después del bautizo estrechó la mano de David Hammar. No se habían visto desde la boda de este con Natalia, a la cual solo había acudido porque David se encargó de que lo secuestraran.

—Me alegro de que hayas venido —dijo David.

No pronunció ni una palabra más, aunque podía leerse cierta condena en esa dura mirada.

Alexander murmuró algo acerca de que la ceremonia había sido fantástica, y luego se retiró; tenía que poner un poco de espacio entre él y su familia, y lo que imaginaba ver en sus rostros. Se deslizó por la puerta trasera, salió a la terraza posterior, se apoyó en una columna y miró hacia la superficie del agua.

—¿Cómo estás? —Era Gina de nuevo.

—Solo es una leve sobredosis de familia. Necesitaría algo más fuerte que el champán después de esto.

Deslizó los ojos por el cuerpo de ella. Llevaba un vestido sencillo debajo del delantal y unas zapatillas de tela.

—¿Quieres acompañarme cuando termines de trabajar?

—No, gracias —dijo ella con una ligera sonrisa—. Me halaga, creo. Pero me gusta mi trabajo, y sería demasiado complicado.

—No tenemos por qué complicarlo —dijo él con soltura.

Pero era una objeción poco entusiasta. No quería estropear su relación con Gina. Le gustaba, pero más bien como si fuera una especie de hermana pequeña. Y ella se merecía mucho más que un hombre cínico y desilusionado como él.

—Además, esta noche tengo que estudiar —dijo ella.

—Ah, perdona. No tenía ni idea. ¿Qué estudias?

—Medicina. Estoy en el segundo semestre.

Lo dijo con orgullo, aunque también con cierto aire desafiante, como si estuviera acostumbrada a que la gente lo pusiera en duda.

Al parecer, ahora lo perseguían los médicos.

—¿Así que vas a ser médico?

—Sí, con el tiempo.

—¿Para ayudar a la gente y esas cosas? —dijo sonriendo.

Gina lo miró con recelo y de repente le recordó a Isobel Sørensen. La misma integridad.

—Tengo que volver.

—Buena suerte, Gina —le deseó él. Y lo decía en serio.

Ella dudó y se mordió el labio.

—Solo pienso que el deber de cualquier persona es hacer todo el bien que pueda. Nunca es demasiado tarde para ello —dijo dándose la vuelta.

Alexander se quedó de pie en la terraza. Sacó los cigarrillos del bolsillo interior, sacudió el paquete, extrajo uno y lo encendió, lanzando el humo hacia el claro cielo primaveral.

Para él ese día había sido un suplicio.

6

—¿Qué haces aquí? —preguntó Leila observando a Isobel por encima de la montura de carey de las gafas.

—Trabajé el pasado fin de semana —respondió Isobel—. Y tengo un montón de horas extra acumuladas. Es mi día libre.

Leila cruzó los brazos sobre el pecho.

—A eso me refiero. ¿No deberías aprovecharlo para dormir y leer como una persona normal? ¿O para hacer yoga?

—Odio el yoga. Y odio a la gente que hace yoga.

—Sí, puede ser bastante repugnante —admitió Leila—. ¿Qué haces entonces?

Isobel mostró la carpeta que estaba hojeando.

—Viejos recuerdos. ¿Sabías que prácticamente crecí aquí?

Mucho antes de que llegara Leila y todo fuera eficiente y moderno, la oficina de Medpax era un oasis tranquilo y apacible para una niña solitaria. Desde los once años hasta el final de su adolescencia, Isobel iba allí a hacer los deberes después de la escuela. Las señoras mayores que había entonces, que por lo general se dedicaban a hacer crucigramas y a hablar por teléfono, le daban té y pastas antes de que volviera a su casa, que estaba vacía, y se preparara la cena. Allí se sentía más cerca de su madre, que ya por entonces era jefa del servicio médico de día, aunque luego hacía prácticamente de todo excepto pasar las tardes con su hija. Cuando Isobel empezó los estudios de medicina ya se había independizado y estaba buscando su lugar en el mundo. Su madre esperaba que Isobel siguiera los pasos de su abuelo Henri y los suyos propios, que se haría cirujana y trabajaría para Medpax. Pero Isobel se unió a Médicos sin Fronteras y se especializó en medicina general, lo que no resultaba una rebelión demasiado impresionante y ella era consciente de eso. Todavía le gustaba ir por allí. Podía ver las fotos del abuelo en la pared, sonreír mirando los premios enmarcados que Medpax recibió durante los años ochenta y noventa, el momento en que el mundo de las ayudas era una floreciente actividad no regulada y todo lo que se necesitaba era un líder carismático capaz de establecer contactos a través de la red.

—Esos espléndidos viejos tiempos le fueron muy bien a mamá —dijo Isobel.

Su madre era realmente brillante entonces. Era casi imposible imaginar lo buena que era, lo mucho que trabajaba, lo bien que se le daba organizar eventos. Antes de que envejeciera y empezara a discutir con todo el mundo.

Leila se apoyó en la puerta y la miró muy seria.

—¿Por eso estás aquí? ¿Por Blanche?

—No lo sé. Siempre les digo a mis pacientes que tienen que dar prioridad a sus necesidades. En teoría sé qué se debe hacer.

Leila se encogió de hombros.

—Sin duda hay muchas personas ambiciosas que son expertas en ponerse a sí mismas en primer lugar. En concreto ciertos hombres deberían darse cuenta de que el mundo no gira alrededor de ellos y de sus necesidades. Pero sí, muchos tendrían que cuidar mejor de sí mismos e ignorar las expectativas de otros acerca de lo que deberían hacer.

Isobel toqueteó la carpeta. Se echó hacia atrás en la silla y suspiró frustrada.

—Entiendo lo que dices y es lo mismo que predico. Pero, Leila, hay una cosa que no entiendo. Si es correcto hacer lo que uno quiere, ¿por qué sentimos tan a menudo que estamos cometiendo un error?

—Porque hay diferencias entre las consecuencias a corto plazo y a largo plazo. Puede parecer un error hacer lo que es bueno para uno mismo. Tienes mala conciencia, te sientes egoísta en ese momento. Pero es peligroso obedecer tales sentimientos. Tienes que pensar en las consecuencias a largo plazo.

Isobel se preguntó si esa sería la razón de que le gustara tanto ir de misión. A veces era casi inhumano, pero de algún modo extraño la existencia resultaba más sencilla cuando te desprendías de todo excepto de la vida y de la muerte.

—Me siento mejor ahora —dijo—. Lo de Liberia fue duro, el ébola es lo peor que he visto. Pero estoy recuperada, quiero que lo sepas.

—Lo sé, tienes mejor aspecto. Aunque durante un tiempo estuve preocupada.

—Gracias.

Isobel se alegró de que todo estuviera hablado y aclarado. Leila era buena en ese aspecto.

—Hablé con Idris el fin de semana —añadió.

Idris era el médico local responsable del hospital de niños de Chad y a veces chateaban por Skype.

—Supongo que aún tienes al día los visados y vacunas necesarios, ¿no?

—Sí, en realidad mi vuelta es la solución perfecta.

Isobel hablaba francés, estaba acostumbrada a ese tipo de tareas y de hecho tenía todos los visados y vacunas. Se quedaría cuatro semanas mientras Leila buscaba otro médico que estuviera dispuesto a viajar para una misión más larga.

—Será época de lluvias.

—Sí, pero suele ir bien. Solo estará un poco más embarrado.

—No sé cuándo asististe por última vez al entrenamiento de seguridad —dijo Leila.

Desde los dieciséis años, Isobel había trabajado como voluntaria en distintas organizaciones más o menos bien organizadas. Antes de viajar a Irak para trabajar en un campo de refugiados en su primera misión para Médicos sin Fronteras había asistido a un amplio curso preparatorio de seguridad, entre otras cosas. Más tarde, inmediatamente después de la formación médica, estuvo en Haití para colaborar durante el caos tras el terremoto. Y trabajar con el ébola exigió un grado totalmente nuevo de precaución. En otras palabras, no había mucho que ella no supiera sobre seguridad. Además, no era ninguna aficionada. Sabía que para sobrevivir había que adaptarse a los cambios y no ser imprudente.

—Fue hace algún tiempo, pero también tengo mis propios cursos — recordó.

Isobel solía hacer seminarios y talleres para los médicos que volvían de sus misiones. En ellos se debatía sobre experiencias de pacientes y situaciones de peligro, pero sobre todo —para ser honesta— hablaban de las dificultades de la cooperación. Era algo que quienes no estaban dentro no solían entender: el hecho de que lo más difícil durante las misiones no siempre fueran los pacientes que morían. Por un lado sobrevivían muchos y había un montón de historias brillantes; por el otro, era raro que un médico se sintiera tan importante como en un trabajo de campo. No, la cooperación era el mayor reto. Para estar en el campo era importante tener paciencia y saber adaptarse. Las peleas entre los trabajadores de campo se avivaban sin cesar y se requería flexibilidad; había que olvidarse del prestigio para tratar las situaciones que pudieran surgir. No servía de nada ir con exigencias y creerse protagonista. Los que no lo conseguían tenían que volver a casa. Isobel sabía que ese había sido el motivo de que Blanche, su madre, dejara de ir a las campañas ya en la década de los ochenta. No era capaz de colaborar con nadie, exigía un trato especial y se negaba a adaptarse. Su madre lo hacía mejor en el sofá frente al televisor y en alguna gala que en las misiones de campo, simplemente eso.

—Impartir cursos no es lo mismo que asistir a tu propia formación sobre seguridad —dijo Leila—. Había inscrito a Sven en uno, así que puedes ocupar su lugar.

Isobel empezó a protestar, pero fue interrumpida por el sonido del teléfono de Leila.

—No hay negociación que valga —replicó Leila antes de contestar.

Cuando Leila regresó, Isobel estaba inmersa en listas de inventarios y narraciones de campo de Chad. Su abuelo, que murió en este país, dejó numerosas notas en su académico y correcto francés. Incluso Idris y los médicos que lo precedieron habían ido enviando regularmente informes a lo largo de los años. Eran tres décadas de lectura fascinante sobre el tratamiento de la malaria, los brotes de cólera y una lucha continua contra la desnutrición. Isobel no podía evitar sentirse orgullosa de ello. Al fin y al cabo era su legado.

—Adivina quién ha llamado —dijo Leila desde la puerta.

—¿El papa? ¿El rey? No sé —respondió Isobel distraída.

Había encontrado un viejo recorte de periódico. Su madre y su abuelo delante del hospital. Edificios modestos. Un jeep. Una gran extensión de arena. En Chad no había ninguna clase de bosque, solo arena roja y calor. Y algo más de barro y agua en la época de lluvias.

—Alexander De la Grip. Quiere verte.

Isobel parpadeó y levantó la vista de la carpeta.

—¿Estás de broma? ¿Por qué?

—Quiere que le hables de Medpax y que le expliques por qué su fundación tiene que donarnos dinero precisamente a nosotros.

Isobel tragó saliva. Estaba del todo segura de que había fracasado y, para ser sincera, había supuesto un alivio para ella no tener que verlo de nuevo.

—¿No puedes encargarte tú? —preguntó—. Ten en cuenta cómo me comporté la última vez.

Leila volvió a apoyarse en el marco de la puerta.

—Quiere verte a ti.

—No entiendo por qué.

—Le causarías buena impresión.

—Se puede ver de ese modo, por supuesto. Lo que pasa es que él me molesta.

—Eso es impropio de ti, Isobel.

—Bah, lo veré. Pero quiero dejar constancia de que detesto tener que arrastrarme ante alguien como él solo para conseguir dinero —se quejó, aunque sabía que ya había perdido esa batalla.

—Ahora sí que no te entiendo. Estás acostumbrada a hacerlo, te he visto adular a la gente antes. ¿Cuál es el problema en esta ocasión?

—Ninguno, aparte de que estoy acostumbrada a tratar con

hombres mayores. Él es demasiado joven —dijo con voz débil.

Leila se quedó mirándola con incredulidad.

—Alexander De la Grip es rico y además... guapísimo —pronunció lentamente haciendo hincapié en cada sílaba—. Cumplió veintinueve años en enero, así que es veinte meses exactos más joven que tú.

Isobel no le preguntó a Leila cómo conservaba aquel último detalle en su memoria. Leila almacenaba grandes cantidades de información en su privilegiado cerebro. Era como una base de datos de las personas que conocía, de sus cualidades y debilidades.

—Entonces lo llamaré —suspiró Isobel.

No estaba muy interesada en mantener esa conversación. Seguramente estaba borracho o planeaba humillarla de muchas formas diferentes.

—No es necesario —dijo Leila mirando el reloj de su muñeca—. Llegará en cualquier momento.

—¿Aquí?

—No te hagas la tonta. El conde Alexander De la Grip, el soltero más codiciado de Suecia según fuentes fiables, viene hacia aquí. Y tú, doctora Sørensen, tienes que mostrarte en tu mejor y más adulador estado de ánimo —le explicó Leila mirándola de arriba abajo—. Has de saber que si no te vistieras como una trabajadora social cristiana ni criticaras tanto a las personas que no tienen tanto sentido ético como tú, podrías recaudar mucho dinero para nosotros.

Isobel resopló.

—¿Que yo critico a la gente? —preguntó ofendida, y decidió ignorar por el momento el comentario sobre su forma de vestir—. Haces que me sienta como una psicópata.

¿Tenía razón Leila? ¿Era ella así? No, criticar a Alexander De la Grip era prácticamente un deber cívico pero, por lo demás, no creía que ella fuera ninguna puritana. ¿O sí que lo era?

—Isobel, eres la mejor médica que he conocido. Ninguno de tus colegas es tan bueno con los pacientes como tú. Eres cálida y empática. Si alguien está enfermo o moribundo quiere tenerte a su lado. Pero incluso el ganador del mayor premio en la lotería de la vida puede ser una persona válida. No debes juzgar a nadie solo por haber nacido rico. Alexander De la Grip también es un ser humano, y además le necesitamos.

Isobel no sabía que fuera tan evidente que miraba por encima del hombro a la gente que pasaba por la vida sin hacer nada. Era vergonzoso. Toda su identidad dependía de la ausencia de diferencias entre las personas y ahora Leila hurgaba en su punto más sensible. Pero así era ella al fin y al cabo, vivía para presionar las partes más doloridas.

—Está bien —murmuró Isobel.

—No seas tan dura con él —le pidió Leila entrando en la habitación y apoyando una mano en el brazo de Isobel—. Y no seas tan estricta contigo misma. Él es atractivo, tú no tienes pareja. Intenta pasar un buen rato.

—¿No estarás insinuando que debo utilizar algún tipo de artimaña femenina?

No había nada que ella detestara más que las mujeres que ladeaban la cabeza para obtener lo que querían.

—Si empiezo a comportarme como un ganso, tienes carta blanca para analizarme hasta la muerte.

Leila puso los ojos en blanco.

—Me refiero a que si escuchas tu voz interior verás que puede llegar a ser incluso divertido.

Escuchar la voz interior. Fue el turno de Isobel de poner los ojos en blanco.

—A veces creo que los psicólogos son el peor grupo de profesionales del mundo.

—De eso nada —dijo Leila en tono despreocupado—. Los hay mucho peores: los políticos, los periodistas, los policías aduaneros. Y eso es solo dentro de los que empiezan por pe.

De todos modos Leila tenía razón en una cosa: Isobel estaba totalmente segura de que si se esforzaba, podía manejar aquella situación tal como ella quería. Y sin molestos consejos psicológicos.

—Gracias por tus comentarios —soltó con mucho cuidado de sonar fría e indiferente—. Los tendré en cuenta.

—Isobel... empezó a decir Leila, pero después negó con la cabeza y suspiró—. Le haré entrar cuando llegue.

—No —dijo Isobel poniéndose de pie—. Estaré esperándole en recepción.

Estaba dispuesta a recuperar el control de la situación. Leila podía ser un poco pesada cuando estaba dentro de tu psique dando vueltas, pero tenía razón. A Isobel la había impulsado un deseo de hacer lo que era correcto y apropiado; no quería seguir deslizándose por los límites de la moralidad. Era importante ver el contexto en general, que en este caso se trataba del futuro de Medpax. Así que iba a ponerse un poco de lápiz de labios y a hacer todo lo posible para obtener lo que quería. Iba a fascinar a ese rico inútil hasta que les diera lo que tanto necesitaban: dinero.

Alexander no se daría cuenta de lo que había ocurrido hasta que fuera demasiado tarde.

7

Alexander levantó la mirada hacia el edificio de Sibyllegatan. Una bandera con el logo de Medpax colgaba de la fachada. Una dirección cara, reflexionó en el ascensor mientras se estudiaba en el espejo. Los últimos días no había ido de fiesta, ni siquiera había bebido, algo que era un poco raro.

Había permanecido en la habitación del hotel y se había acostado temprano. Esa mañana se había quedado un buen rato bajo la ducha, había desayunado de modo frugal y luego se había puesto tranquilamente uno de sus mejores trajes italianos a medida.

Se acarició el mentón recién afeitado e intentó recordar cuándo le había ocurrido algo similar hacía poco.

En el teléfono tenía literalmente cientos de contactos, entre ellos las mujeres más bellas del mundo. Eran supermodelos, actrices y alguna que otra chica aristócrata de lo más normal. Mujeres amables y atractivas que apreciaban el glamur y el brillo que el famoso Alexander De la Grip llevaba consigo. Varias de ellas estaban en Estocolmo en ese momento. Solo tenía que llamarlas o ir paseando hasta Stureplan para que picaran el anzuelo. Pero desde que llegó no se había acostado con ninguna, ni siquiera las había tocado. En realidad, ahora que lo pensaba, no le había apetecido desde que vio a Isobel, y podría valer la pena investigar eso.

En vez de dedicarse a sus cargas habituales, los últimos días había estudiado de cerca organizaciones humanitarias en general y Medpax en particular. La información que no conociera en ese momento sobre ellas casi no merecía la pena saberla. Su cerebro trabajaba así. Se centraba en un tema, lo estudiaba a fondo y después se cansaba de él con la misma rapidez. Así era Alexander.

Un inútil, como solía decir su padre.

Aunque prefería ser un inútil que un idiota racista, como él mismo solía decir.

Se arregló la chaqueta y apoyó la mano en la manija del ascensor. Los últimos días había, por este orden, limpiado su bandeja de correo electrónico, puesto al día su economía y profundizado en el trabajo de cooperación, además de llamar por teléfono a un agente inmobiliario. Toda esa actividad no era en absoluto propia de él.

¿Se estaría poniendo enfermo?

Sonrió y abrió la puerta. Iba a ver a un médico, así que...

La recepción estaba a oscuras, a pesar del sol que hacía afuera. Le vio una mujer joven que llevaba el pelo cortado a lo garçon y una chaqueta verde de encaje. Alexander se dirigió al brillante mostrador de madera, entrando con gesto decidido y derrochando todo su encanto.

—Hola —saludó.

—Bienvenido. Me llamo Asta. ¿Qué puedo hacer por ti? —respondió la recepcionista mientras sus ojos brillaban impacientes.

—He hablado con Leila Dibah... —soltó a modo de introducción.

Alexander tenía ganas de conocer a aquella mujer de voz ronca e impresionante efectividad. Leila le había enviado al hotel todos los documentos y papeles que le había pedido. Sin ningún problema ni excusa. Él solo le había hecho una pregunta directa acerca de lo que quería, y más tarde lo había recibido todo.

—Y vengo a ver a Isobel Sørensen —añadió.

Antes de que Asta pudiera responder algo, apareció tras una pesada puerta una mujer vestida de negro que llevaba unas grandes alhajas de oro y unos zapatos de tacón alto.

—Yo soy Leila —le saludó dándole un fuerte apretón de manos.

Era sensual de un modo adulto y maduro, a la vez que infundía respeto con su mirada penetrante y esa voz que sonaba como si tomara whisky para desayunar y después fumara un cigarrillo tras otro durante todo el día. Alexander pensó en frases como «Dura como una piedra», «Nada de tonterías» y «A la gente como tú me la tomo para desayunar cada día». Recordó que esa secretaria general no era ni médico ni administrativa, sino psicóloga. No se parecía a ningún psicólogo que él hubiera conocido.

Y luego apareció Isobel. A diferencia de la estilosa ropa de Leila, Isobel vestía más o menos igual que la última vez. Una ropa práctica y fea. Sin embargo, había algo en ella. Era tan difuso que a Alexander le resultaba difícil determinar en qué consistía. Isobel tenía presencia. Todos los demás parecían diluirse en el fondo cuando ella estaba presente. Tal vez se debía a su altura o a su pelo rojo. No había visto nunca un color así.

—Hola —saludó ella.

Y después ocurrió algo que no había sucedido antes: Isobel Sørensen sonrió.

Alexander sintió que una especie de escalofrío le recorría el cuerpo. La sensación empezó en el pecho, se propagó hacia atrás y hacia afuera, y fue subiendo por la columna vertebral hasta llegar al cuero cabelludo y los brazos. Era totalmente irreal. Esa mujer tenía una sonrisa digna de una estrella de cine.

—Hola de nuevo.

Alexander le tendió la mano y la saludó envolviendo la de ella en un firme apretón. La piel de Isobel estaba fresca, sus dedos casi fríos, pero cuando capturó los ojos grises de ella, vio que algo brillaba en su mirada. Isobel continuó sonriendo mientras él le sostenía la mano y así se quedaron un segundo o dos de más.

—Isobel se ocupará de ti —le informó Leila—. ¿Verdad, Isobel?

—Por supuesto —respondió retirando la mano.

Parecía totalmente indiferente. En cambio, para Alexander había sido un apretón de manos casi erótico.

—Acompáñame —le pidió ella.

Alexander esperó cortésmente a que Isobel se sentara antes de hacerlo él. Cuando ella se dio cuenta de que la observaba le dirigió otra sonrisa. Tenía una boca maravillosa, ancha y sensual, y unos labios color rosa claro salpicados de pecas más claras aún.

—¿Trabajas aquí? —preguntó él, inclinándose un poco hacia delante para prestarle toda su atención.

Se centró en sus ojos, para evitar cometer el error de fijar la mirada demasiado tiempo en la boca o deslizarla por su cuerpo. Además, ya lo conocía: piernas largas, curvas suaves. Y todas esas pecas.

—No, no principalmente. Trabajo en un centro médico privado. En Valhallavägen.

¿Privado? No se lo esperaba de ella.

Isobel se echó hacia atrás en la silla y cruzó las piernas. Llevaba unos zapatos planos de tela y él pensó que tal vez era una de esas mujeres que siempre usan zapatos planos para no parecer demasiado altas. Eso sería una pena. Estaría elegantísima con tacones altos.

—Trabajo allí como médico eventual —dijo ella, y Alexander volvió de sus fantasías—. Eso me permite viajar avisándoles con poco tiempo de antelación.

—¿Viajar?

—Trabajo para MSF, es decir, Médicos Sin Fronteras.

Tres trabajos. Él apenas tenía uno.

—¿Pero es Medpax lo que te apasiona?

Isobel arrugó su tersa frente.

—No me gusta la palabra «apasionarse». Estoy comprometida con Medpax en mi tiempo libre.

—Pero ¿cómo puedes dedicarte a ella, con tanto trabajo y además estando en campaña?

Él se había pasado todo el fin de semana leyendo cosas acerca de esas necesidades sin fin. A cuánta gente habría tenido que ver morir. Parecía insoportable.

—Procuro recordar las veces que les ha ido bien a mis pacientes. Eso es lo bueno y de ese modo resisto. Y hay que tener expectativas adecuadas a uno mismo.

—¿Las tienes?

Ella lo miró con un gesto divertido. Balanceó uno de sus pies.

—Depende de la persona a la que se lo preguntes.

Él también cruzó las piernas, se arregló el traje, que probablemente había costado lo suficiente para mantener a más refugiados de los que él ni siquiera era capaz de calcular.

—Pero parece muy desesperado.

—¿Ayudar a la gente? —replicó en tono suave, aunque él intuyó la dureza que se ocultaba detrás.

—Es evidente que eso no se acaba nunca —afirmó él—. ¿No sientes nunca que lo que quieres es rendirte, volver a casa y tomarte unas copas?

—Lo siento a menudo. Pero cada uno debe hacer lo que pueda.

Era casi al pie de la letra lo que Gina le había dicho. Al decirlo Isobel había sonado exactamente igual de ingenua. Pero estaba claro que lo decía en serio, que eso quizá fuera lo más importante de su vida.

Alexander se preguntó por qué le había caído tan mal a Isobel desde la primera vez que se vieron. En aquella ocasión, cuando intentó ligar con ella en el aeropuerto, no lo pudo entender bien. Sin embargo ahora era como si de repente pudiera verse a sí mismo a través de los ojos de Isobel. Ella ofrecía su comodidad y su tiempo para ayudar a otras personas. Él era un hombre rico y superficial al que no le interesaba nada que no fuera su propia diversión. De hecho, la médica estaba predispuesta genéticamente a que él no le gustara.

—Lo peor es cuando sabes que se habría podido salvar a un paciente —continuó ella—. Que se habría podido salvar a tantos si tan solo hubiéramos tenido acceso a lo que hay en cualquier farmacia sueca. Eso es duro.

Toda la conversación lo era.

¿Había sido realmente una buena idea mantenerse sobrio y documentarse sobre la ayuda al desarrollo?

—Tienes un aspecto diferente —dijo ella de pronto mientras lo observaba.

Alexander enarcó una ceja, interrogante. Se alegró de que dejaran de hablar de muerte y miseria.

—¿Diferente? ¿Mejor o peor?

Ella hizo un gesto hacia el rostro de él.

—Te la has roto —dijo.

Automáticamente, él se llevó la mano a la nariz. El cirujano plástico debía de ser malísimo o tenía resaca. Sin embargo, la mayoría de las personas no se daban cuenta de ello. La gente no suele percibir tantas cosas como cree.

—Estaba boxeando y me alcanzó un directo. La verdad es que me dolió una barbaridad.

—¿Lo sigues haciendo?

—¿Boxear? No.

Le gustaba el boxeo y la fuerza que le había dado; sinceramente, le gustaba luchar. Pero había unos límites respecto a la frecuencia con que quería que le fracturaran, perforaran o magullaran partes vitales del cuerpo.

—Me parece prudente. Antes o después se reciben golpes en la cabeza —dijo ella.

—De todos modos no la utilizo mucho —replicó él sonriendo.

Ella se echó a reír, una sonrisa abierta y sensual que hizo que los dedos de los pies de Alexander se encogieran en sus zapatos cosidos a mano. En realidad era como hablar con una Isobel totalmente distinta a la que él había visto antes muchas veces. Esta mujer era como una atractiva hermana gemela de la desdeñosa y enfadada doctora Sørensen.

—Háblame de Medpax. Dime por qué sois precisamente vosotros los que os merecéis mi dinero.

—¿Porque es lo correcto?

Él le lanzó una mirada sarcástica.

—Tendrás que darme algo más que eso con lo que trabajar.

Ella asintió, pero no pareció tomárselo a mal.

—Mi madre y mi abuelo fundaron Medpax, aunque sospecho que ya lo sabes.

—Sí, pero cuéntamelo de todas formas, me gusta escuchar.

—Ambos eran unos médicos brillantes.

—¿Como tú?

Isobel negó con la cabeza.

—No, no, ellos siempre han sido especiales.

—¿Siguen vivos? —preguntó él aunque también conocía la respuesta.

—Mi madre sí. Mi abuelo falleció. Tuvo una muerte heroica.

—Suena como si hubiera muchos héroes en tu familia.

—Ni te lo imaginas —dijo ella—. Mi padre murió como un héroe en un accidente de avión durante una misión para la ONU. Y su padre fue, a su vez, un héroe de guerra danés. A veces tengo la sensación de que eso es lo que se espera también de mí. Es decir, que muera haciendo algo realmente heroico.

Alexander se quitó una mota de polvo de los pantalones.

—Qué macabro. Yo nunca me podría comprometer con algo hasta el punto de morir por ello. Excepto tal vez por el champán.

Y el sexo, añadió en silencio para sí mismo.

Isobel le mostró esa nueva sonrisa, y él pensó que podría acostumbrarse a ella con facilidad. De hecho era peligrosísima cuando se ponía en ese plan. Hacía que él quisiera tensar los músculos y lanzarse sobre su presa. Si ella jugaba así, era muy buena. ¿Cuándo había tenido últimamente tantas ganas de impresionar a una mujer?

No seas tonto, Alex. Quieres acostarte con ella, eso es todo.

—El hecho es que el dinero que recibe Medpax influye directamente en la vida y la muerte. Nuestro hospital en Chad necesita de todo: personal, equipamiento, medicinas. Las necesidades son, como tú mismo has dicho, casi inagotables. Somos una organización pequeña, tenemos pocos gastos administrativos. La mayoría del personal son voluntarios.

—¿Y tú? ¿Tienes sueldo? Disculpa que te lo pregunte.

—No te preocupes. No, yo trabajo sin remuneración.

—¿Cuánto se gana en Médicos Sin Fronteras?

La mujer no podía vivir sin recibir nada.

—Cerca de once mil. Eso cubre aproximadamente los gastos que se tienen.

—Pero es imposible vivir de eso, ¿verdad?

—Por eso trabajo como médico eventual y en centros de asistencia privada. La gente que tiene ese tipo de seguro de salud puede pagarme un buen sueldo.

Si no la hubiera estudiado con tanto detenimiento no se habría dado cuenta. Sin embargo, ahora veía el conflicto que vivía. Cielo santo. No debía de resultar fácil ser Isobel Sørensen.

—Quisiera aprovechar esta oportunidad para pedirte disculpas por lo grosera que he sido contigo —dijo en un tono de voz tan cálido como un crucero por el Caribe.

Cuando ella hablaba así, él solo quería dejar a un lado la charla sobre la cooperación y tumbarla sobre la alfombra. Quitarle esa especie de anchísimo uniforme que llevaba, descubrir su piel y sus secretos, besarla, beberse esa risa suya tan atractiva.

—¿Qué quieres decir? ¿Podrías explicarte un poco? —preguntó él después de carraspear para poner en orden la voz.

Estaba claro que Isobel había desarrollado una estrategia nueva desde la última vez. Estaba muy interesado en ver hasta dónde estaba dispuesta a llegar por su dinero. Tal vez no fuera demasiado amable por su parte, pero él tampoco era ningún héroe de una organización humanitaria.

—Cuando nos vimos...

—¿En Escania? —terminó él solícito.

Ella guardó silencio y frunció el ceño.

—Sí, eso también, por supuesto, pero me refiero...

—¿En Arlanda?

Ella parecía sentirse incómoda.

—Supongo que sí. No sabía que me había mostrado antipática tantas veces. Me refería a cuando nos vimos el otro día, en tu fundación. Fui grosera y te pido disculpas por ello. Me alegro de que me des una nueva oportunidad.

Él se fijó en su gesto sincero y pensó que a él no lo engañaba en absoluto con ese pequeño espectáculo. Sin duda tanto coqueteo y tanto enredarse los mechones de cabello en el dedo índice le afectaban, pero no era tan ingenuo como Isobel parecía creer.

—¿Qué? —preguntó ella.

Era el momento de subir la apuesta.

—Pensaba que podíamos continuar esta discusión... ¿con una copa y una cena?

Ella lo miró entrecerrando los ojos.

—Continuaré aquí y ahora con mucho gusto.

—No tengo tiempo. He de ir a que me hagan las uñas.

A juzgar por el gesto de Isobel, no tenía en muy alta estima a los hombres que se hacían la manicura.

—Además, tengo una cita con mi coordinador de colores. No quisiera ponerme una corbata inadecuada.

—Me estás tomando el pelo.

Por supuesto que sí.

—Una cita. Podrías seguir hablándome de Medpax y de por qué os vamos a dar dinero precisamente a vosotros.

Un dinero que él sabía que necesitaban con desesperación. Como es natural, Leila no había dicho nada concreto de la situación financiera de Medpax, pero Alexander no era ningún estúpido ni le faltaban contactos.

Suponía que podría calcular casi exactamente la situación económica en que se encontraban. Números rojos en las columnas, donantes que se echaban atrás. No pintaba bien. Estiró las piernas hacia delante, dejó que el traje caro que vestía se hiciera notar. Llevaba su anillo de sello con el escudo de armas familiar, el cual brilló levemente.

Los ojos grises de ella se estrecharon más aún.

—¿Así que Medpax está condenada a la desaparición si no salgo contigo?

Ella quería confirmar los prejuicios que tenía acerca de él. Pero Alexander no pensaba darle esa satisfacción y no tenía ninguna intención de permitirle que su opinión sobre él empeorara aún más.

—Isobel —dijo él—. De verdad que no te la debes tomar como una proposición ofensiva. Me gustaría conocerte mejor, entender tus motivaciones. Y llámame vanidoso, pero quisiera tener una oportunidad para intentar caerte bien.

—Me caes bien —replicó ella al instante.

Eso era probablemente lo más falso que Alexander había oído nunca.

—Sí, ¿verdad? —la cortó él en tono seco.

—Pero el hecho sigue ahí: quieres una cita a cambio de una donación de dinero.

—No, yo ya he autorizado a mi banco —repuso Alexander—. Lo hice antes de venir. El dinero dejó de llegar por un simple error administrativo. Tomaron la decisión sin consultármelo —añadió. Aquello era mejor que admitir que durante los últimos seis meses no había firmado ningún documento sueco—. El dinero pronto volverá a llegar. Y de manera retroactiva. Es probable que llame en cualquier momento un empleado del banco para explicároslo. Si rechazaras una cita conmigo, no influiría en ello de ningún modo.

El rostro de ella se relajó.

—De acuerdo, entonces rechazo tu proposición de cita —soltó Isobel en tono de alivio—. Y gracias, tu dinero cambiará mucho las cosas.

—Pero estoy dispuesto a donar aún más a cambio de una verdadera cita contigo.

Ella guardó silencio y se quedó inmóvil en la silla.

—¿Sería suficiente quedar para comer? —preguntó ella esperanzada—. Estoy muy ocupada.

—Lo siento, lo que hay en el bote es solo una cena —dijo él negando con la cabeza.

Ella se mordió el labio. Él percibió las ganas que tenía de decirle que no, lo que le parecía muy gracioso. No solía tener que pagar a las mujeres para que salieran con él. Romeo se habría muerto de la risa. Pero Alexander había encontrado el punto débil de Isobel. Al parecer le apasionaba su pequeña organización.

—No puedo tener una cita con un donante —afirmó negando con la cabeza.

Era lo más estúpido que él había oído nunca.

—Claro que puedes.

—No.

En ese momento lo vio con claridad: a Isobel le gustaba ser mejor que los demás, ser intocable. Ahora sí que no había ninguna maldita posibilidad de que él se rindiera. ¿Cuánto iba a costar conseguir que ella renunciara a uno de sus principios extremadamente exagerados?

Alexander se apoyó en el respaldo de la silla.

—Pero si ni siquiera sabes qué cantidad de dinero estás rechazando —dijo él sin alterarse.

—No importa.

—¿No tienes curiosidad?

—¿Estamos hablando tan solo de tomar algo y cenar?

—Claro.

«Si no quieres más, por supuesto.» Enseguida se la imaginó desnuda debajo de él: sus ojos oscuros de pasión, esa suave risa. ¡Mierda! Se excitaba solo de pensarlo. Se removió en la silla.

—¿Cuánto? —preguntó ella levantando la barbilla—. En teoría. ¿Cuánto donarías a Medpax por una sola cita?

Él ocultó la sensación de triunfo que le invadía.

La pudorosa Isobel Sørensen se estaba planteando en ese momento la posibilidad de venderle una pequeña parte de su inmaculada alma.

A él le encantaba eso.

—Di una cantidad —dijo él con poco entusiasmo.

Ella lo miró un momento. Él esperó. Durante el servicio militar había sido cazador y explorador, y había estado en fosos, mirando escondido detrás de las piedras. Si fuera necesario podría esperar varias horas, incluso varios días.

—Cien mil —propuso ella en voz baja.

Alexander ni siquiera parpadeó. Se había gastado más dinero durante alguna de sus noches de juerga y alcohol. Tal vez no fuera muy moral, pero nunca había pretendido dar clases de ética a nadie.

—De acuerdo —dijo, y tuvo la gran satisfacción de ver que la doctora Isobel Sørensen perdía parte de su fría compostura.

—Estás loco.

Él se echó a reír.

—Dime algo que nunca haya oído.

Ella cambió de postura en la silla.

—*Merde*, tendría que haber pedido más dinero.

—*Don't push it* —dijo él mientras pensaba que era probable que hubiera aceptado el doble.

Ella se rio y el sonido de su risa lo envolvió como una ola de deseo.

Tal vez sí que se había vuelto loco.

Pero Isobel era bonita y, además, inteligente. En realidad eso ya hubiera sido suficiente para despertar su interés. A ella no le gustaba él, lo que suponía un desafío irresistible. Pero había algo más en la médica. Algo que se vislumbraba en su interior, secreto, inalcanzable y quizá también un poco caótico, como si la doctora Sørensen tuviera unos poderes que no controlaba del todo.

—Entonces tenemos una cita —dijo ella.

Alexander se topó con su mirada y los ojos de ella, grises como una tormenta, le produjeron un cosquilleo por todo el cuerpo. Era lo mismo que sentía de pequeño, cuando sin saber nadar aún, se adentraba en una zona profunda del agua en la que no hacía pie. Isobel era una mujer seria que infundía respeto y responsabilidad. No era su tipo habitual, en otras palabras.

—Sí, tenemos una cita —repitió sonriendo.

Aquello prometía ser muy emocionante.

8

Cuando Peter De la Grip recordaba lo que le había ocurrido durante el último año, solía constatar que, por un lado, había perdido lo que una vez dio por sentado: su trabajo, su esposa y sus bienes, y por el otro, que todo había sido exclusivamente culpa de él.

Ocho meses antes se enfrentó a una elección imposible: conseguir todo lo que ambicionaba o expiar un crimen terrible. Optó por lo segundo y ello hizo que se sintiera la mar de bien.

Hasta que dejó de sentirse así.

Era tanto lo que había cambiado que ya no sabía muy bien quién era. «Crisis vital», lo llamó la terapeuta a la que acudió el invierno anterior. Y seguramente era correcto. Pero cuando empezó a hablarle de la infancia, del acoso laboral y de la relación con su padre, Peter se levantó y no volvió más.

Tal vez aquello había sido una tontería. En su fuero interno era muy consciente de que la falta de apetito, las dificultades para dormir y la sensación de pesadez en el pecho tal vez eran síntomas de depresión. Sabía que no era normal que ahora tuviera que utilizar todas sus fuerzas simplemente para levantarse cada mañana, afeitarse y vestirse. Para ir al trabajo.

Miró el correo electrónico. Ya era tarde y la oficina estaba casi vacía; la mayoría de la gente se había ido sin despedirse de él. Nunca había sido una persona popular y, después de perder su elevada posición en el mundo de los negocios, estaba a punto de hundirse hasta el fondo y convertirse en una parte anónima de una informe masa gris. Aquel puesto en una institución financiera estaba bastante por debajo de su formación, pero Peter se sentía aliviado porque exigía poco de él. La gente de su edad desarrollaba carreras brillantes pero él, que hubiera podido ser presidente de Investum, estaba allí realizando el mismo trabajo que otros a los que les sacaba diez años. Sin embargo, no se quejaba ni tampoco le importaba. Hacía su trabajo, evaluaba solvencias, concedía o denegaba préstamos sin darse mayor importancia. El resto del tiempo, la verdad es que no hacía gran cosa. La mayor parte de las personas que conocía, su propia familia incluida, lo trataban como un paria, con la posible excepción de su hermanastra Natalia. Esa relación era, por otra parte, tan complicada en muchos aspectos que él no era capaz de esclarecerla.

Al principio, justo después del escándalo y tras su separación de Louise, unos pocos amigos lo invitaron a salidas de fin de semana y a cenas, pero estas propuestas fueron disminuyendo gradualmente. Tal vez habían decidido invitar a Louise en lugar de a él. La última vez que oyó algo sobre su exmujer era que ya salía con otro. Sin duda en su compañía se divertía más que con el sombrío, meditabundo y desmejorado Peter De la Grip.

Por las tardes, todos los días, se quedaba sentado en el coche pensando que tenía que ir a entrenar; sin embargo, volvía a casa, a su nuevo apartamento apenas amueblado, y acababa frente al televisor o el ordenador. Si tenía suerte lograba dormir unas pocas horas antes de que empezara a darle vueltas a todo de madrugada.

Sonó el teléfono en el escritorio y Peter miró la pantalla: Alexander. Su primer impulso fue rechazar la llamada de su hermano. Casi nunca hablaban y dudaba que recibiera buenas noticias al otro lado de la línea. Pero el sentido del deber ganó.

—¿Sí? —respondió con cautela.

—¿Estás en el trabajo? ¿Puedo pasarme por allí?

No se habían visto desde el bautizo y entonces apenas hablaron, solo se saludaron. Peter estaba como en una burbuja, sintiendo todo el tiempo los ojos de Alexander en la nuca y percibiendo que la gente lo miraba de reojo y después apartaba la vista rápidamente.

—¿Qué quieres?

—Estaré allí sobre las diez. —Fue la única respuesta de Alexander, quien después cortó la comunicación.

Nunca hubiera pensado que Alexander sabía dónde trabajaba. Maldita sea, no quería verlo. Miró por la ventana y se preguntó qué ocurriría si simplemente se levantara de la silla y no volviera tampoco allí.

Exactamente diez minutos después, Alexander estaba sentado frente a él en la silla para visitas. Su hermano era así: siempre llegaba a tiempo cuando se trataba de algo importante, lo que molestaba a Peter.

—Al parecer necesito que firmes esto —dijo Alexander sosteniendo una carpeta de plástico con documentos.

Solía ser al revés: Peter tenía que perseguir a Alexander para que le firmara los papeles. En realidad no tenía sentido que dos personas que se detestaban tanto entre sí pudieran estar tan vinculadas en lo económico. Si bien era cierto que el poder sobre la empresa ya no estaba en manos de la familia De la Grip, todavía compartían la propiedad de distintas compañías y fundaciones que a su vez eran propiedad de otras fundaciones. Eran viejas estructuras, diseñadas para proteger una fortuna familiar aún más antigua. Ni siquiera Alexander, con su falta de interés por cuanto tuviera que ver con la familia, se podía librar del todo de ello.

—¿Qué es esto? —preguntó Peter mientras empezaba a echar un vistazo a los documentos.

—Un poco de todo —contestó Alexander encogiéndose de hombros—. Léelo tú mismo.

Tanto él como Alexander tenían personas que los ayudaban con la parte económica, cuidaban su dinero y se encargaban de los trámites administrativos. Pero él y su hermano pequeño tal vez eran más parecidos de lo que se pudiera pensar: ninguno de ellos cedía el control. Alexander se comportaba nueve de cada diez veces como un payaso que estaba de juerga, pero Peter lo había visto emocionarse y siempre había imaginado que la desidia de Alexander era en parte un juego de cara a la galería, tal vez una forma de molestar a su padre. En tal caso lo había logrado, bien lo sabía Dios. Hacía años que Peter no le había oído decir a su padre ni una sola palabra buena sobre Alexander.

Miró a su hermano, que estaba sentado con un pie sobre la rodilla y gesto de aburrimiento. Llevaba uno de sus trajes a medida. Y Peter sabía, porque una vez se lo preguntó, que mantener ese corte de pelo algo despeinado y un poco largo le costaba mil dólares cada dos semanas. Alexander siempre había llevado un estilo de vida extravagante. El apartamento en el Upper West, el castillo en Escania y esas fiestas exageradas de la jet set. ¿Cómo se lo podía permitir? Peter era rico según la mayoría de los estándares, pero se trataba de una fortuna sueca, mayormente heredada y administrada por un prestigioso bufete de abogados. Era suficiente para un modesto lugar en la parte inferior del ranking de los más ricos del país, para viajes al Caribe, un piso de lujo en Östermalm, un par de coches y un armario con algunos trajes caros. Alexander se trataba con las personas más ricas del mundo. ¿De dónde procedía el dinero?

—¿Qué hiciste con tus acciones de Investum? —preguntó mientras buscaba un buen bolígrafo.

—Las vendí. Odiaba esa empresa. ¿Y tú?

Peter se encogió de hombros.

—Se suponía que debía hacerme cargo de ella, así que yo no odiaba la empresa. Pero vendí también la mayoría.

—Hiciste un buen negocio —dijo Alexander sonriendo.

—Sí —convino Peter, a punto de devolverle la sonrisa.

Se preguntaba si su padre habría conservado sus propiedades. Pero daba igual. La familia De la Grip estaba marginada de Investum para siempre y su padre no volvería a hablar nunca de ello.

—¿Cuánto tiempo vas a quedarte en Suecia esta vez? —preguntó mientras firmaba el documento que acababa de leer.

El gesto amable desapareció de la cara de Alexander. Lanzó una mirada fría a su hermano.

—¿Cómo?

Peter se puso a la defensiva inmediatamente.

—Era una simple pregunta —replicó irritado.

—Estoy mirando pisos en Strandvägen. Así que no vas a deshacerte de mí, si te refieres a eso. Simplemente tenemos que procurar mantenernos alejados el uno del otro. No debería ser difícil. Si tú evitas todo lo que es divertido, yo intentaré evitar todos los lugares aburridos.

Peter miró hacia abajo. ¿Quería que Alexander estuviera en Estocolmo?

¿Necesitaba realmente otro hermano que le recordara su fracaso? ¿No era suficiente con Natalia, su familia perfecta y su brillante carrera?

—¿Tienes un agente inmobiliario? —preguntó al final.

Alexander hizo un gesto mirando los papeles.

—¿Puedes limitarte a firmarlos para que me vaya de aquí? No sé por qué he venido, tendría que haber mandado a alguien del banco.

Peter miró al hombre de anchos hombros que estaba sentado frente a él. Era como mirar a un extraño. Alexander, muy delgado y tímido de pequeño. Un alma sensible que protegía todo lo que tenía vida. En realidad le gustaría saber cómo recordaba Alexander la niñez de ambos. Las preguntas que le hizo la terapeuta despertaron en él muchas ideas acerca de qué era lo que modelaba un ser humano, qué le había convertido en la persona que era. Alexander recibió muchas palizas de su padre cuando era pequeño, y Peter también. Su padre era un tirano y sus infancias no fueron esencialmente distintas. Sin embargo, ellos eran diferentes en muchos aspectos. ¿A qué se debía? ¿Cuáles de sus decisiones le habían convertido en la persona que era hoy en día? Alexander era un genio en el aspecto social, querido por todos, mientras que Peter se sentía cada vez más perdido. No podía culpar solo al entorno. Debía de ser algo más, algo que había en él. ¿Tal vez había nacido enfermo sin más? Una persona defectuosa, de esas que a veces salían a la luz pública, carente de empatía y perturbada. Miró de reojo a Alexander, que estaba sentado y movía sus zapatos de piel de vaca cosidos a mano mientras miraba indiferente a su alrededor.

—¿De verdad estás bien aquí? —preguntó Alexander.

—Sí, estoy bien.

—Pero ¿no es un sitio deprimente?

—Es un trabajo, Alexander. Tal vez hayas oído hablar de ello, aunque nunca hayas tenido ninguno.

Peter no tenía intención de utilizar ese tono tan arrogante, pero no podía quitarse de la cabeza que Alexander, con todo su talento, tenía que empezar a hacer algo más útil. De hecho, ninguno de los dos necesitaba trabajar por motivos económicos, pero Peter siempre pensó que había que hacer algo, y Alexander era tan increíblemente astuto. Después del servicio militar había asistido a la Escuela de Economía de Estocolmo, un lugar donde Peter nunca hubiera logrado entrar. Naturalmente, Alexander demostró tener un brillante talento para las finanzas. Al menos antes de cansarse y marcharse de juerga a Londres. Peter, en cambio, tenía que esforzarse como un animal para conseguir cada uno de sus créditos universitarios.

—Solo quiero decir que malgastas tu vida —se corrigió.

Alexander se quitó una invisible mota de polvo de la manga de la chaqueta y después le lanzó una mirada tan fría que Peter se estremeció.

—¿Y a ti te parece que eres la persona adecuada para soltar un sermón moralizante?

El silencio y todo lo implícito que había entre ellos se extendió hasta que Peter casi no pudo ni respirar. Se inclinó de nuevo sobre los documentos mientras Alexander se ponía de pie. El leve zumbido de un aspirador se acercó.

—Mira quién está aquí. ¡Hola, Gina! —gritó Alexander a través de la puerta.

Peter había olvidado por completo que Gina había empezado a ir a limpiar por las tardes. Al parecer la recomendó Natalia y ahora estaba allí. Alexander susurró algo y Gina hizo uno de esos movimientos de cabeza que las mujeres solían hacer cuando quedaban atrapadas por los encantos de su hermano. Peter, por su parte, siempre había tenido muchas dificultades con las mujeres y sabía que uno de los motivos por los que no se lanzaba, a pesar de las pocas propuestas que había tenido después del divorcio, era su miedo a meter la pata y empeorar aún más lo que había hecho en el pasado.

—Ya casi he terminado fuera, ¿puedo empezar aquí a vaciar las papeleras y esas cosas? —preguntó Gina.

—Estamos algo ocupados —respondió Peter, y justo después de que las palabras salieran de su boca, percibió que se había equivocado, que su tono había sido altanero y despectivo.

Ella frunció los labios.

Peter siempre lo hacía todo mal cuando hablaba con Gina. No sabía por qué se sentía tan inseguro en su presencia, por qué se ponía tan tenso y refunfuñaba cuando quería decir algo.

—Enseguida terminamos, Gina —dijo Alexander, conciliador y con una gran sonrisa—. Es un placer tenerte aquí. No nos dejes interrumpir tu trabajo.

Ella se aplacó un poco. Cuando se pasó la mano por el delantal, Peter siguió el movimiento con la mirada. Intentó pensar en algo que decir, algo desenfadado y espontáneo, pero no le salió nada. Gina llevaba varios años con su familia pero él nunca había conseguido comportarse de manera relajada con ella. Todo lo que decía sonaba de algún modo estúpido, y cuando intentaba arreglarlo y demostrar que él no era tan horrible, solo lo empeoraba.

—Lo he firmado todo —informó a Alexander, que estaba en ese momento apoyado en el marco de la puerta y sonreía a Gina con gesto pícaro—. Puedes irte ya —continuó en tono distante—. Tengo que trabajar un poco más. Y ella también, así que deja de molestarla —explicó observando a la chica.

Alexander se quedó mirándole.

—Eres un maldito cabrón —le soltó al fin, cogiendo los papeles de un tirón—. No le permitas que te haga trabajar demasiado —añadió dirigiéndose a Gina.

Peter se metió las manos en los bolsillos del pantalón: se negaba a dejar que lo marginaran en su propia oficina. Alexander se marchó y él respiró aliviado.

—Me iré enseguida para que puedas trabajar en paz —le dijo a Gina.

Ella salió de la habitación sin decir una palabra y desapareció por la puerta de la oficina. Cuando media hora después Peter se marchó, no vio el menor rastro de ella.

9

Lo único bueno de que fuera viernes era que pronto habría pasado esa noche, pensó Isobel al salir de la ducha.

Desde que accedió a aquella idea tan descabellada, se había arrepentido de ello al menos un centenar de veces. Tendría que haber dicho que no; iba totalmente en contra de sus principios. Pero Alexander la había cogido por sorpresa y ahora estaba ahí con las piernas recién depiladas y rizos en el pelo.

¿Qué dirían en Medpax si llegaran a saber lo que había hecho? Porque ella podía decirse a sí misma todas las veces que quisiera que no era nada raro que saliera con él, que solo era uno más de los muchos donantes, pero le resultaba raro. Estaba acostumbrada a encontrar soluciones creativas a los problemas más inesperados. Había utilizado sus propios calcetines como vendas, palos de escoba cortados para entablillar huesos rotos y sobornos para obtener medicamentos de importancia vital. Pero ¿una cita así podía considerarse una solución creativa? El inconveniente era que de algún modo ella la esperaba, pensó mientras se untaba una loción corporal perfumada que casi nunca tenía ocasión de usar.

Recordó la apariencia de Alexander las primeras veces que lo vio, como si acabara de salir de alguna especie de infierno privado. Ya no era tan evidente, pero a veces se vislumbraba en sus increíbles ojos azules algo que le hacía preguntarse qué escondía él tras esa fachada de bromas y frivolidad.

Soltó la pinza que sostenía su cabello y sacudió los rizos.

Lo mejor sería que acudiera a la cita, asegurara las cien mil coronas y después se marchara lo más rápido posible.

Y sería aún mejor si supiera lo que se iba a poner.

Miró preocupada el armario. Sacó un vestido que había comprado en las rebajas hacía unos años para una cena de donantes pero nunca había llegado a usar. La gente le decía que era bonita. No todos los días, claro, pero de vez en cuando se lo decían. Y los hombres a veces se volvían para mirarla, sobre todo cuando llevaba el pelo suelto y no estaba de mal humor. No debería estar tan insegura de su aspecto. Aun así, su mayor recurso siempre había sido su cerebro. En la escuela su papel fue el de una chica alta y extraña que hablaba francés y danés y se sonrojaba con frecuencia. No se burlaban de ella directamente pero la marginaban sin que entendiera del todo esos códigos tan sutiles que hacían que algunas chicas fueran populares y otras... algo distinto.

Después se encontró de algún modo consigo misma justo a tiempo de empezar a estudiar medicina. Las personas florecían a diferentes edades y a ella simplemente le quedaba mejor ser una doctora adulta que una adolescente desgarbada. Pero ya era tarde. Nunca llegó a sentirse bien con su aspecto físico. Y no mejoró al enamorarse de... Ahuyentó en el acto ese recuerdo.

Miró pensativa el vestido rojo. La etiqueta se balanceaba de un modo tentador. Lo compró porque le favorecía. Le realzaba la cintura y las piernas y con un sujetador adecuado le sentaba realmente bien, hasta ella misma podía decirlo. Pero tenía que llevar zapatos de tacón alto para que le quedara bien, y a la hora de la verdad se echó atrás y eligió otro vestido más discreto y zapatos planos. Aquella cena de donantes fue excelente sin ninguna duda y de ella surgió uno nuevo.

Y ahora había un bote de cien mil coronas.

Isobel siguió dudando un rato hasta que al fin se decidió.

Alexander estaba esperando ya en el bar. Isobel se dio cuenta de que al verla abrió un poco más los ojos y también hizo algo que seguramente creía que ella no percibía. Escaneó su cuerpo en un fracción de segundo antes de mirarla a los ojos. Fue hacia ella, como un gentleman.

—Hola —la saludó en voz baja.

Ella no hubiera creído que fuera posible, pero Alexander estaba incluso más guapo que la vez anterior. Llevaba unos pantalones grises ajustados y una chaqueta oscura con una camisa negra también ajustada. Su pelo rubio brillaba como el oro en contraste con la ropa oscura.

Ella estaba lejos de ser una experta en moda pero, aun así, se dio cuenta de que ese modelito era sumamente estiloso. Y caro.

Sacudió el pelo, esperó no tener manchas de lápiz de labios en los dientes, apretó bajo un brazo el bolso y le tendió la otra mano.

Alexander miró la mano un instante. Una sonrisa se dibujó en la comisura de sus labios pero después tendió la suya con amabilidad y se la estrechó.

—¿Has estado aquí antes? —preguntó él.

—No. Pero he leído cosas acerca de este restaurante. Va a ser imposible conseguir mesa.

—Sí. Sentía que necesitaba levantar mis acciones un poco. Nuestros encuentros han sido un poco... digamos, tensos— afirmó haciéndole una indicación con la mano. Ella se sentó en el taburete de la barra que estaba junto al suyo—. ¿Champán?

Isobel se oyó a sí misma responder que sí, aunque no pensaba beber esa noche. Pero ¿qué podía importar que se tomara una copita?

Le sirvieron una copa de Bollinger casi helado. Brindaron y ella probó un sorbito. Estaba delicioso.

—No tienen menús —le informó Alexander cuando consiguieron mesa.

Le cedió el sitio con la mejor vista del restaurante y ella tuvo que recordarse, con decisión, que estaba allí por trabajo.

—Uf. Nos pondrán un plato combinado.

—¿Qué?

—En realidad soy vegetariana —confesó en tono de disculpa. No podía ser ella la que pusiera pegas—. Pero está bien. No soy demasiado estricta.

Alexander sonrió e Isobel pensó que en el aspecto puramente biológico era imposible no sentirse atraída por ese hombre. Era como si solo hubiera dos polos opuestos: la atracción por Alexander o la muerte. No importaba que se recordara a sí misma continuamente qué era lo que, de hecho, le gustaba de él. Ese hombre era como una fuerza de la naturaleza.

—No digas eso, me gusta que seas estricta —murmuró él; su voz tenía un matiz que parecía ir dirigido solo a ella.

O tal vez fuera cosa del champán. El camarero sacó la botella de la cubitera y volvió a llenarle la copa, que se había quedado vacía a saber cómo.

—¿Podrías decirle a Anna que salga un momento? —preguntó Alexander—. Es la cocinera. La conozco —le aclaró a Isobel cuando se retiró el camarero.

Por supuesto que la conocía.

La cocinera era una mujer joven de rostro serio. Alexander se levantó al verla y se saludaron estrechándose la mano.

—Mi invitada no come carne —dijo Alexander.

Anna lo miró.

—¿Pescado?

—Preferiblemente no —se disculpó Isobel.

—No hay problema. Lo arreglaremos.

—Gracias —dijo Isobel.

—Me alegro de verte, Alexander —se despidió Anna con una leve inclinación de cabeza.

Este se sentó con un gesto de satisfacción.

Sigue sumando puntos, admitió Isobel para sí misma. Estaba acostumbrada a que el tema desencadenara discusiones interminables, sobre todo con hombres que querían explicarle lo equivocada que estaba, pero Alexander simplemente lo había aceptado y se había adaptado.

—¿Por eso hemos conseguido mesa? ¿Porque conoces a la cocinera? —preguntó Isobel.

—En realidad soy socio de este restaurante. Pero el dueño y el que lo lleva es Romeo, mi mejor amigo. Aporté algo de capital cuando abrió su primer restaurante. Ahora hay varios por todo el mundo, y yo he seguido invirtiendo en ellos. Por eso siempre consigo una mesa, lo que por supuesto me viene de perlas. Anna es, además, una de las mejores cocineras del mundo —dijo mientras llegaba la comida.

Una porción minúscula.

Isobel miró el plato con recelo. ¿Se trataba de una broma? Estaba hambrienta. Había trabajado mucho toda la semana, además de montar mucho en bicicleta. Y se acababa de tomar dos copas de champán con el estómago vacío. Si no le daban más comida que esa podría llegar a matar a alguien.

—Habrá doce platos —dijo él con gesto divertido—. Te prometo que no saldrás con hambre de aquí, Isobel.

—Si tú lo dices —dijo ella no muy convencida.

Probó un bocado. Los sabores eran absolutamente sensacionales: salado y agrio, suave y crujiente.

—¿Por qué tengo la sensación de que no confías en mí? —preguntó él.

Por más afectada que estuviera ella por las feromonas y el alcohol, su capacidad cerebral aún estaba a pleno funcionamiento, de modo que sí, él estaba en lo cierto, no se fiaba ni pizca de él. Era atento y se esforzaba por ella, pero la confianza exigía algo más que eso.

Isobel dejó los cubiertos sobre la mesa y cogió la copa.

—¿Tengo que responder a eso?

—Si yo soy muy de fiar.

—Vives en Nueva York, ¿verdad? —dijo ella cambiando de tema a la vez que llegaba más comida.

Los platos eran como pequeñas obras de arte moderno. Ella no era capaz de identificar la mayor parte de ellos y se limitaba a escuchar las poéticas descripciones y a comer y beber después —con algo más de cautela, eso sí— y a disfrutar.

—Sí, desde hace varios años.

Ella sabía dónde vivía; se habían escrito varios artículos sobre ese caro apartamento de Manhattan donde residía el joven sueco, vecino de príncipes y multimillonarios. A ella le resultaba difícil el solo hecho de imaginarse ese tipo de riqueza.

—¿A qué te dedicas en Nueva York? —le preguntó mientras miraba una sopa verde que le servían de una jarra transparente.

—A nada especial.

—¿No trabajas?

Alexander la miró un momento mientras hacía girar la copa.

—La versión oficial es que estoy siempre de juerga, bebo en exceso y duermo poco.

Isobel pensó en el último chisme que había leído, no pudo evitarlo. Una sueca que residía en Nueva York describió en su blog la noche de pasión que había pasado con él. El contenido fue recogido por varias revistas suecas del corazón e Isobel, para su propia vergüenza, compró una. No llegó a entrar en el blog, pero el artículo no era demasiado agradable y ella se sintió sucia leyéndolo. Se preguntaba cómo se sentiría alguien cuya vida era expuesta de ese modo, pero no era ese exactamente el tipo de pregunta que se le podía hacer a una persona a la que no te quieres acercar, alguien con quien sabes que solo vas a pasar una velada.

—¿Y no es cierto? —preguntó ella.

Vio seriedad en su rostro y un atisbo de algo más antes de que él lo reemplazara por su blanca sonrisa habitual. Se encogió de hombros.

—Supongo que sí —contestó simplemente, e Isobel sabía que le estaba mintiendo.

Así que Alexander prefería que ella —una mujer a la que quería impresionar de un modo evidente— lo viera como un juerguista a decirle lo que hacía durante el día. Al parecer no era solo ella la que tenía problemas con la confianza.

Dejó la cuchara y lo observó con la mirada más objetiva posible. Era obvio que Alexander tenía más caras de las que ella pensaba en un principio. Sin embargo, la mayoría de las personas eran pluridimensionales. Se mostraba considerado con ella, era amable con las camareras y por el momento no había visto que fijara los ojos en otra mujer, en el restaurante. Eso eran puntos a favor de ella.

—Así que también eres conde, ¿no? —soltó mordiendo un pequeño dumpling frito.

Aunque tal vez Alexander no tenía demasiadas caras. Quizá era sencillamente lo que parecía, un hombre que lo había conseguido todo gratis en la vida y que no pensaba en nada más que en su propio placer. Ella casi esperaba que fuera así. Si era unidimensional le iba a resultar más fácil rechazarlo.

—Detesto que me llamen conde —replicó él con una mueca—. No utilizo nunca el título.

Ella mojó el resto del dumpling en la salsa picante. Había cierta arrogancia en eso, por supuesto. Solo los que tenían privilegios de nacimiento podían despreciarlos tan a la ligera. Pero decidió dejarlo pasar.

—Háblame de tu trabajo con Médicos Sin Fronteras —dijo él.

—¿Qué quieres saber? —dijo ella dejando los cubiertos a un lado del plato.

Había perdido la cuenta de cuantos les habían servido, pero esperaba que un postre o dos estuvieran incluidos.

—Cualquier cosa que quieras contar.

Él la estaba preparando, ella lo notaba; le prestaba atención para halagarla, pero no le importaba. Ella estaba allí para trabajar y tal vez ella también lo preparara un poco a él.

—Formo parte de un grupo de médicos de campo séniors, de emergencia. Vamos a misiones urgentes y nos avisan con poca antelación.

—¿Adónde vais?

—A cualquier lugar en el que se nos necesite. Guerras y desastres naturales. Asia. África. El mes pasado se produjo un huracán enorme en el océano Pacífico. Cuando ocurre algo así, acudimos a esos sitios. A cualquier lugar donde se nos necesite.

Ella pensó en Siria, donde no podían trabajar porque era demasiado peligroso, en las oleadas de refugiados y en los campamentos. El mundo era un sitio inseguro para demasiadas personas.

Él la miraba atentamente, pero en ese momento ella dudó sobre si debía seguir. Era algo que siempre resultaba difícil de equilibrar. ¿Cuánto había que contar? Algunos no soportaban oírlo. Al mismo tiempo, ella quería contarlo.

—Trabajar para MSF implica varias cosas. No solo el mero trabajo que hay que realizar en el lugar, por supuesto. A menudo somos los primeros en llegar, a veces a algunos sitios en los que no hay ningún tipo de asistencia médica. Hay que ver cosas que...

Se interrumpió.

—¿Qué quieres decir?

—Que no deberían existir. Y no solo me refiero a lo que se hacen las personas en las guerras. Las enfermedades. Los niños que mueren de debilidad, por desnutrición.

—Eso suena horrible.

—Sí. Hace que pongas en duda muchas cosas de este mundo.

—La última vez que nos vimos dijiste que lo soportas porque a veces va bien.

Se alegró de que Alexander lo recordara. Algunas personas solo querían hundirse en la miseria. Sin embargo, muchos de sus mejores recuerdos eran de algunos de los peores sitios del mundo.

—Eso es lo increíble. No me siento nunca tan valorada como médico. Y poder ver que un niño desnutrido empieza a reír otra vez. Curar la malaria, una enfermedad increíblemente fácil de tratar en realidad. Se produce una enorme paradoja. Trabajas hasta que no puedes más, tienes miedo cada dos por tres, lloras casi sin cesar, consideras tu labor insuficiente todo el tiempo y a la vez sientes que vives de forma plena.

La mirada de Alexander era cálida y ella se quedó atrapada en sus ojos un momento. Era un oyente fantástico.

—Suena como si fuera algo realmente intenso —dijo él.

—Lo es. Cuando acabas la misión te sientes agotada. Se cometen errores y se traspasan límites debido al cansancio. Y luego tal vez mueren tres niños que estaban bajo tu responsabilidad, y resulta que entras en Facebook y alguien se queja del tiempo y, simplemente, todo revienta.

Él no dijo nada. Solo apoyó la barbilla en la mano y siguió mirándola con atención. Tenía las manos más bonitas que había visto jamás, grandes y con un vello dorado. Siempre le gustaron las manos y aún recordaba cuando recitaba los nombres latinos: *carpus, metacarpus, digiti manus*. La muñeca, la parte media de la mano y los dedos.

—Y uno se acerca a los demás cuando está de misión —continuó, percibiendo que estaba bajando la voz y que tal vez se había inclinado un poco hacia delante—, de un modo nada habitual cuando estás en casa. Es muy especial.

Hizo una pausa. No solía contar tantas cosas.

—Dijiste que en MSF se tienen más cometidos —le recordó él.

—Otro es dar testimonio de lo que ocurre allí —dijo ella mientras los postres llegaban a la mesa.

Eligió una copa pequeña y cogió una cuchara. Por supuesto, estaba delicioso. Bayas ácidas, sabores caramelizados, algunos granos de maíz salados. Suspiró satisfecha.

—MSF no toma partido en los conflictos. No portamos armas y nos mantenemos alejados de los militares. Pero damos testimonio de lo que hemos visto, somos la voz de los débiles y nos oponemos a los delitos. Así que cuando vuelvo de una misión, uno de mis cometidos es hablar de lo que he visto y oído. Algunos colaboradores de MSF tienen su propio blog; otros escriben artículos de opinión o libros.

—Sí, he leído algunos de esos blogs y los artículos. Es difícil que no te impresionen.

Ella dejó la cuchara de postre. No supo qué hacer después de oír que Alexander se había estado documentando sobre su trabajo antes de que se vieran.

—Lo que te llama la atención cuando estás fuera es lo parecidos que somos los seres humanos. Los abuelos cuidan de sus nietos, los padres están preocupados por la educación y el futuro de sus hijos, las personas se enamoran del mismo modo, no importa el lugar del que procedan.

—¿No hay ninguna diferencia?

—Por supuesto que las hay. Por ejemplo, las mujeres que conozco por allí suelen sentir mucha lástima por mí.

—¿Por qué?

—Porque no tengo un marido. Al principio esto me causaba tantos problemas que ahora les digo que, en cuanto llegue a casa, me casaré y tendré hijos. De lo contrario no puedo trabajar, porque entonces todo se centra en esa pobre doctora soltera y sin hijos.

Alexander se echó a reír.

—Te lo prometo. Hasta tal punto que una vez un grupo de mujeres del pueblo fueron juntas a buscarme marido. Me escapé de milagro.

Él volvió a reírse.

—Tu apellido no es sueco, ¿verdad?

—Mi padre era danés.

Un hombre severo y ausente que, las pocas veces que estaba en casa, solo le preguntaba por las notas, pensó ella. Con su padre se hablaba de política, de lo que ocurría en el extranjero y de política internacional. Y no debías tener opiniones distintas a las suyas.

—Y por parte de madre tengo ascendencia francesa —continuó ella—. Pero mis dos abuelas eran suecas, así que soy una combinación étnica de francesa, danesa y sueca.

—No es una mala combinación —dijo él sonriendo.

—Ya te he hablado de mí —afirmó ella—. Ahora te toca a ti.

—¿Qué quieres saber?

En realidad sentía sobre todo curiosidad por saber si Alexander tenía pareja, pero se conformó con:

—¿Por qué tu fundación le donaba dinero precisamente a Medpax?

—No tengo ni idea —dijo él encogiéndose de hombros—. Donamos dinero a todo lo que podemos. Probablemente se trató de alguna estrategia fiscal.

Y ahí estaba otra vez: esa parte superficial y egoísta que ella detestaba. Resultaba casi agradable recordar que Alexander no era un hombre al que ella podía respetar.

—Creía que estabas en contra del trabajo humanitario.

—En absoluto. ¿Por qué iba a estarlo?

—Porque dijiste que era inútil —le recordó.

—No estoy en contra de que la gente intente mejorar el mundo, solo cuestiono si ello es posible. La gente es básicamente egoísta y solo busca su propio interés.

—¿Estás hablando de ti mismo? —preguntó ella sin poder evitarlo.

—Me he esforzado mucho en adquirir mis vicios. Me gustan. Y creo que la mayoría de las personas son como yo.

—¿Y aun así piensas darle a Medpax cien mil coronas por esta noche?

—Quería salir una noche con una mujer preciosa. Es un acto netamente egoísta.

Ella recordó a todas las mujeres hermosas con las que se le había relacionado. «Innumerables» fue la primera palabra que se le vino a la cabeza. ¿No había incluso una canción sobre él, escrita por una conocidísima estrella del pop?

—En ese caso, creo que deberías poder obtener algo mejor por cien mil coronas —dijo ella en tono irónico.

Él se echó a reír.

—Oh, Isobel, ahora solo estás sondeando el terreno. Permíteme que te haga un cumplido, querida y suspicaz doctora. La primera vez que te vi pensé que eras hermosa. Esta noche estás nada menos que fantástica. El pelo, el vestido. Eres sencillamente la mujer más bonita que hay aquí dentro. Y además puedo escucharte y notar ese compromiso tuyo. Créeme, ha valido la pena cada céntimo de esta cita.

Ella negó con la cabeza. Era realmente bueno en eso.

Isobel tenía veinte años cuando empezó a estudiar medicina, y entonces le ocurrió algo. Encajaba mejor en el ambiente universitario que en el reducido espacio del instituto, y se sentía más feliz, más bonita y más segura de sí misma que nunca. Durante unos meses maravillosos estuvo flotando. Los estudios, la reciente libertad, los nuevos amigos. Sentía que todo era más fácil.

Y además se enamoró de un modo tumultuoso e imprudente de un hombre mayor. Él era cuanto se había imaginado y ella, una inexperta. Era una ingenua y estaba poco acostumbrada a los hombres: se mostraba en exceso confiada. Así que permitió que se le acercara, y el final fue un desastre total.

Isobel todavía estaba profundamente satisfecha de haber sido capaz de terminar los estudios después de aquello. Aprendió mucho de esa relación. Pero ahora tenía treinta y un años y ya no era una ingenua estudiante de medicina con el corazón en la mano. Podía distinguir entre la atracción y otra clase de sentimientos, y la vida de campaña le había enseñado qué era lo que necesitaba y apreciaba. La bondad, la lealtad y la honestidad estaban en la parte alta de su lista.

Lanzó una mirada escudriñadora a Alexander y supuso que su lista sería un poco diferente.

Este se inclinó sobre la mesa.

—Esa no era exactamente la reacción que esperaba. ¿He dicho alguna tontería?

Ella negó con la cabeza.

—Lo siento, me he quedado pensando en otra cosa. Gracias por el piropo.

—¿En qué pensabas?

Ella bajó la vista hacia el negro café que había en su taza de expreso.

—Nada —dijo. Porque no era nada.

Cuando salieron a Västmanagatan era casi medianoche.

—¿Puedes andar con eso? —preguntó Alexander mirándole los zapatos.

—Sí, y me gustaría pasear un poco.

—He transferido el dinero —dijo él sosteniendo el teléfono mientras atravesaban Odenplan.

—Gracias.

Lo dijo como si valorara que lo hubiera hecho directamente, que no la dejara con la duda. Debería estar aliviada, pensó mientras continuaban bajando hacia Sveavägen. Debería estar contenta de que todo hubiera terminado, de haberlo logrado. Debería ignorar que él ya había dejado de coquetear por esa noche. Isobel dio un traspié, se tambaleó en un bache del asfalto y la mano de Alexander salió disparada a la velocidad del rayo para sujetarla.

—Con cuidado —dijo él volviendo a soltarla con la misma rapidez.

Isobel no podía evitarlo. Su estado de ánimo decaía.

Era ridículo, pero tal vez esperaba que Alexander le propusiera tomar una copa. Quizá incluso lo hubiera hecho ella si no se hubiera pasado de lista, ya que ahora le resultaba difícil arreglarlo. Miró a su alrededor. No es que hubiera muchos sitios para tomar una copa por allí. Empezó a temblar de repente. Cuando había salido de casa hacía calor y la tarde estaba soleada, era una verdadera tarde de primavera. Ahora notaba la ligereza de su ropa. Iba a tener que tomar un taxi. Doblaron la esquina en Sveavägen en silencio. Decidió que volvería a casa, se tomaría un té y después continuaría con su vida real. ¿Qué se esperaba? Él no era su tipo, y ella no le había dado ningún motivo para que creyera que estaba interesada en algo más. Y no lo estaba.

—Creo que yo... —empezó a decir.

—¿Has estado aquí alguna vez? —preguntó Alexander al mismo tiempo.

Isobel levantó la vista hacia la fachada iluminada con luz de neón. LA HABANA, leyó mientras la música salía a raudales a la calle al abrirse una puerta. Una mujer que llevaba un vestido ajustado y el cabello encrespado y un hombre con la camisa desabrochada salieron riéndose. El hombre atrajo a la mujer hacia él y la besó.

Isobel miró para otro lado.

—¿Qué clase de sitio es este?

No había visto el local antes; los rótulos luminosos estaban escritos al estilo de los años cincuenta.

—Una discoteca cubana. ¿Has estado alguna vez en Cuba?

—No, pero supongo que tú sí.

Podía verlo delante de ella: Alexander, con su belleza dorada, bajo las palmeras con un puro en la boca, sudoroso y bronceado.

Una risa asomó en los ojos de él al mirarla.

—Allí tienen la fiebre del dengue —dijo ella.

Él sonrió.

—Es posible, pero también tienen las mejores bebidas y los mejores músicos del mundo.

Cuando la puerta se volvió a abrir, una música muy fuerte salió del interior.

—Salsa —constató Alexander con gesto de entendido antes de que se cerrara la puerta. Él la sujetó. Los sugerentes tonos que se oían en el interior les incitaban a entrar dándoles la bienvenida.

—¿Entramos? —la invitó él, sin una pizca de peligro en la mirada.

Parecía que quisiera cerciorarse de que ella se atrevía a seguirle, a probar algo fuera de su zona de confort. Isobel vaciló. En realidad era ridículo. Durante toda su vida había intentado abrirse paso más allá de lo cómodo y seguro. De todos modos... ¿Ir a una discoteca con Alexander De la Grip? Estaba a punto de decir que no de forma automática. No recordaba cuándo había sido la última vez que bailó. Salsa, además. ¿No había que saberse los pasos y tener algún tipo de sentido del ritmo?

Pero entonces Alexander enarcó una ceja hacia ella y la desafió a no ser tan formal. Y allí, en ese momento, en la calle, fuera de esa discoteca un poco anticuada, Isobel sintió que —más que cualquier otra cosa en el mundo— quería evitar ser sensata, quería hacer algo loco e impulsivo. Quería alterarlo un poco.

Por una vez, pensó. Nadie tiene por qué saberlo. Levantó la barbilla y se encontró con la mirada de él.

—Es justo lo que pensaba proponerte —replicó ella.

Y después pasó por su lado como si no hiciera otra cosa más que ir a discotecas llenas de gente sudorosa con hombres de ojos peligrosos.

Alexander la agarró del brazo justo cuando pasaba a su lado e Isobel parpadeó. Cuando su hombro rozó el pecho de él, percibió el olor de su loción de afeitar. Alexander se inclinó hasta rozarle el cabello con su boca.

—Bravo, Isobel —murmuró en su oído.

Después soltó la puerta y entró detrás de ella.

10

Alexander siguió con la mirada el suave balanceo de las caderas de Isobel. Le gustaba verla con ese vestido rojo y el pelo ondulado alrededor de los hombros. Parecía una de esas estrellas de cine de antaño, de lengua ligera y réplicas ingeniosas. Y le encantaba que hubiera dejado que la desafiara a entrar allí con él, además de seguir con emoción la lucha de su rostro.

El volumen estaba alto y la pista densamente poblada de cuerpos bailando. No quiso llevarla a Stureplan, donde sin duda le reconocerían; quería tenerla para él, y cuando oyó la música supo que ese era exactamente el lugar adecuado para ellos. Pero no se esperaba una orquesta en vivo y sintió que el cuerpo se le llenaba de esa música sugerente. Le tendió la mano sonriéndole y ella la tomó y se dejó llevar hasta la pista de baile.

Le cogió ambas manos y la atrajo hacia sí.

—Solo tienes que seguir mis pasos —le gritó al oído por encima de la música.

Ella dijo algo parecido a «Dios mío» y después le empezó a seguir los pasos, al principio con cuidado y concentrada como si estuviera en medio de un complicado procedimiento, pero después cada vez más segura de sí misma. La salsa era uno de los bailes más intuitivos, la variedad cubana en concreto era la de mayor contacto físico y Alexander sabía que él era una pareja de baile aceptable. Hacía calor en el local y, al quitarse la chaqueta, Alexander vio que ella le recorría todo el cuerpo con la mirada. Él, por su parte, percibió el brillo de su escote. Isobel era atractiva pero también una pareja de baile inesperadamente divertida. Y nada tímida una vez superada la incertidumbre inicial, sino más bien atrevida y risueña.

La intensidad del sonido iba en aumento, era una salsa rápida, caliente, casi electrizante. La iluminación se atenuó: las caderas se movían y las manos daban palmas. Alexander estiró una mano y ella la agarró, caliente y sudorosa pero firme. Ella se dejó atrapar, giró y salió disparada. Él volvió a tirar de ella hacía sí, apretó su cuerpo caliente una y otra vez contra el suyo. A veces Isobel se liberaba, pero él volvía a atraparla. Cuantas más canciones bailaban, antes alcanzaban un ritmo perfecto y más se acercaban el uno al otro, llenándose del sonido de trompetas, guitarras, tambores, y luego se apartaban y volvían a juntarse. Una y otra vez, paulatinamente más deprisa, hasta que ambos empezaron a respirar de forma agitada, pecho contra pecho. El pelo de Isobel pesaba por el calor y le bajaba serpenteando por el cuello y los brazos. Después de la última canción, la música cesó y estallaron los aplausos.

Cuando los músicos anunciaron que iban a tomarse un descanso, Alexander se la llevó de la mano a la barra del bar.

—Solo agua, por favor —dijo ella secándose el sudor de la frente y mirándole sonriente.

Él hubiera querido inclinarse hacia delante y besar su boca grande, lamer el sudor que le corría por el cuello, arrastrar ese cuerpo suave hacia el suyo...

Le interrumpió la presión de una mano en el hombro. Se dio la vuelta y vio a Gina.

—Hola —saludó alegrándose mientras la abrazaba brevemente—. ¿Qué haces aquí?

—He venido con unos amigos. ¿Y tú? ¿De verdad este sitio es de tu estilo?

—Claro que sí. Esta es Gina, mi amiga —dijo él volviéndose hacia Isobel.

Gina mostró una gran sonrisa y pasó rápidamente por delante de él.

—Sé quién eres —le dijo emocionada a Isobel—. Os he visto bailar juntos y he tenido que acercarme para saludaros. Estudio medicina y estuve en tu conferencia sobre atención médica a los refugiados.

Alexander no estaba seguro de haber oído alguna vez a la taciturna Gina diciendo tantas frases seguidas.

—Me acuerdo de ti —dijo Isobel con amabilidad estrechándole la mano—. Estabas sentada en la parte delantera y después te acercaste. ¿De qué os conocéis? —preguntó mirando a Alexander.

—Gina forma parte de la familia —respondió Alexander al instante para evitar que Isobel se formara una idea equivocada de su relación. Luego se volvió hacia Gina, que prácticamente le ignoraba mientras miraba a Isobel con admiración. Se le pasó algo por la cabeza—. Gina, ¿no trabajarás aquí, verdad?

La chica volvió la cabeza en dirección a una mesa donde había gente joven.

—Estamos celebrando un examen. Es la primera vez que salgo en varios años. Pero era un examen importante.

—¿Qué examen era? —preguntó Isobel.

—La persona sana.

—Lo recuerdo, mucha química y biología. Difícil. ¿Te ha salido bien?

La chica asintió y a Alexander le pareció que se sonrojaba. ¿Era de verdad la seria Gina Adan la que estaba ahí tan fascinada?

—Sí, mucho. Pero no quiero molestaros más —dijo Gina mirando a Alexander como si quisiera decirle algo del estilo «ella-es-demasiado-buena-para-ti». Después desapareció.

Cuando la música volvió a sonar, Alexander le propuso a Isobel bailar, pero ella negó con la cabeza.

—Es suficiente para mí. Mañana voy a tener agujetas.

—¿Cómo vas a volver a casa? —preguntó él cuando estaban en la calle. No quería separarse de ella de ningún modo.

—Tomaré un taxi.

—De acuerdo —dijo él en voz baja.

Levantó una mano y le apartó un mechón de la cara. Ella lo miró y él se inclinó y la besó en la mejilla. No había planeado más que eso, pero no podía apartarse de su piel suave y no se movió, así que permanecieron de pie hasta que ella empezó a tiritar.

—Estás temblando de frío.

Empezó a quitarse la chaqueta pero ella retrocedió.

—No, Alexander, tengo que irme a casa ya.

Y él era consciente de que no se refería solo a que era muy tarde y estaba cansada. Se notaba que mentalmente se estaba apartando de él.

—Gracias por una agradable velada —dijo en un tono en el que solo había cortesía, ningún coqueteo, ninguna invitación a más besos en la mejilla y danzas íntimas.

Ella le hizo una señal a un coche que pasaba por la casi vacía Sveavägen. Alexander le abrió la puerta del asiento de atrás, ella se sentó, le dijo buenas noches y cerró la puerta.

La vio alejarse y se quedó mirando el coche hasta que este desapareció.

Se abrochó la chaqueta y se metió las manos en los bolsillos. Empezó a andar en dirección al hotel. A Isobel la había asustado algo y había huido. Seguramente creía que todo había terminado entre ellos. Pero Alexander estaba seguro de que él no había terminado con ella. De ningún modo.

Cuando Alexander despertó a la mañana siguiente, ya había elaborado un plan. Se pasó medio sábado en el sofá del hotel viendo la televisión, haciendo zapping y leyendo a la vez. Siempre había tenido dificultades para quedarse quieto mucho tiempo; se distraía con facilidad, pero se concentraba mejor con la televisión encendida. Después de pasar rápidamente por las librerías Akademibokhandeln en Mäster Samuelsgatan y Hedengrens en Sturegallerian, se quedó tumbado leyendo hasta mucho después de medianoche.

El domingo lo pasó con su agente inmobiliario, que interrumpió su partido de golf («no hay problema, puedes llamarme día y noche, Alexander») para enseñarle unos pisos que le habían entrado. En cada uno de ellos Alexander se quedaba de pie en el umbral del dormitorio principal sin poder evitarlo. Miraba el interior de la habitación vacía y se imaginaba una cama extragrande con sábanas del más fino algodón egipcio y a Isobel sin más ropa que su melena pelirroja. Piernas largas, millones de pecas y curvas suaves. No quería llevarla a la suite de su hotel; ella valía más que eso. Sin embargo, dicho esto, su prioridad principal era llevársela a la cama y pronto.

—Me quedo este —le dijo al agente al visitar el tercero. Las habitaciones estaban en fila, los techos eran altos y la cocina moderna.

—Tengo algunos más que podemos mirar.

—Quiero este. Y me gustaría tener acceso a él de inmediato. Arréglalo.

El lunes por la mañana se firmó el contrato, le entregaron las llaves y por la tarde se pusieron en contacto con la empresa de decoración de interiores que Åsa Bjelke les había recomendado. Cuando él quería, podía conseguir que le hicieran las cosas rápidamente.

Alexander estaba de un humor excelente cuando entró en el centro médico privado de Valhallavägen el martes por la mañana. Estaba recién duchado después de hacer footing y, con un objetivo claro, se sentía casi invencible.

—Me gustaría concertar una cita con la doctora Sørensen —dijo dándole a la recepcionista su documento de identidad con una gran sonrisa.

Ella se sonrojó, introdujo su nombre en el registro y le dijo que podía tomar asiento, pero Alexander estaba demasiado inquieto para hacerlo, así que permaneció de pie hasta que Isobel salió a la sala de espera.

—Hola, doctora —saludó él.

—¿Qué haces aquí?

—¿Por qué no llevas bata blanca? Me gustan las mujeres de uniforme. He pedido cita —añadió.

Isobel miró con gesto interrogante a la recepcionista, que le hizo un gesto afirmativo.

—Vamos —ordenó ella.

Alexander se sentó en la silla de las visitas mientras Isobel lo hacía delante del escritorio; luego puso la mano encima de la mesa y lo miró con calma.

—Necesito atención médica —dijo él—. Por eso estoy aquí. Gracias por lo de la otra noche, por cierto.

—Lo mismo digo. ¿Qué puedo hacer por ti?

Se preguntó qué habría hecho ella durante el fin de semana. ¿Tendría novio esa bonita y seria doctora? De algún modo él suponía que estaba casada con su trabajo, pero una cosa es suponer algo y otra totalmente distinta saberlo. Tal vez tenía un montón de amantes...

—Estoy esperando —dijo ella impaciente.

—Ayer compré un apartamento en Strandvägen —respondió.

—¿Y por qué me lo cuentas a mí?

—Intento conversar. ¿Sabías que en realidad África no necesita la ayuda del mundo occidental, sino que es al contrario? Nosotros necesitamos a África. Al robarles todos sus recursos naturales explotamos a los países africanos hasta llevarlos a la miseria.

—Sí.

—¿Y sabías que la malaria solo se puede contraer por la noche?

—Sí, lo sabía, forma parte de mi trabajo. Es más común que te piquen por la noche o al caer el sol. ¿Y tú cómo sabes eso? —preguntó ella mostrando un interés involuntario.

—He leído un libro fantástico durante el fin de semana. Varios, de hecho.

—¿Sobre África?

—Sí. Y sobre ayuda al desarrollo y Médicos Sin Fronteras. Entre otras cosas. Al final fueron bastantes libros. Y artículos de internet. Y he oído muchos podcasts. —Apoyó un pie en la rodilla.

Había investigado y había encontrado su currículum. Impresionante era la palabra que lo definía. Especialista por aquí, formación en Harvard en medicina de catástrofes naturales por allá. Y eso que solo tenía treinta años. Iba a cumplir treinta y uno en noviembre. Era nieta de la artista Karin Jansson Pelletier.

—Cuando me preguntaste a qué me dedicaba en Nueva York, mentí un poco.

—Lo suponía —dijo ella.

—¿En serio? Eres incluso más inteligente de lo que pareces. De todos modos, cuando no estoy de fiesta, estudio. Psicología, sociología, ecología, antropología. En realidad casi todo lo que termina en *-ología*.

Ella parpadeó.

—¿Por qué? —preguntó finalmente, como si hubiera intentado resolver una compleja fórmula química sin conseguirlo.

—No puedo decirlo, vas a pensar aún peor de mí.

—Yo diría que es imposible —soltó ella.

—Nada es imposible —replicó él lanzándole una mirada incriminatoria—. Y eso que creía que mis acciones habían subido.

—Objetivamente hay un montón de cosas que son imposibles. En cuanto a tus acciones, son todavía muy variables. ¿Por qué estudias cosas que acaban en *-ología*?

—Estudio temas que sé que mi padre desprecia. Sus hijos tienen que leer cosas sobre economía o derecho, así que yo estudio todo lo demás.

—Eso suena algo infantil —dijo ella.

Alexander estiró las piernas hacia delante y la miró divertido. ¿De verdad creía Isobel que era tan fácil provocarle? A lo largo de los años le habían llamado cosas bastante peores que «infantil». Sin embargo, no solo había leído un montón de libros y artículos el fin de semana. También había visto vídeos de antiguos programas de televisión. Entre otros encontró una entrevista a Blanche Sørensen. Vio una y otra vez como la madre de Isobel fruncía la boca cada vez que salía en la conversación MSF. «Vaqueros», «hippies» e «irresponsables» eran términos que usaba a menudo Blanche para referirse a la organización en la que su hija había decidido trabajar.

—¿Así que no desobedeces nunca a tu madre? Entonces ¿por qué dijiste que habías elegido trabajar para MSF?

—*Touché* —dijo ella con una sonrisa.

Él se echó a reír y pensó que quería ponerse en pie, levantarla de la silla y darle un beso. En lugar de eso se quedó mirando a su alrededor, al despacho. Las preceptivas láminas con músculos y órganos en corte transversal colgaban de las paredes junto a una pizarra. En una estantería al lado de la enciclopedia médica había un cráneo de plástico. Encima de una mesa había estetoscopios y tensiómetros. Se fijó en una pequeña foto, sujeta a la pizarra con un imán de publicidad de una medicina para la úlcera de estómago.

—¿Eso es de Chad? —preguntó acercándose para mirar la foto.

Isobel estaba rodeada de niños sonrientes, el tradicional prototipo del médico blanco entre niños de piel oscura.

Pero la risa de ella era auténtica y el fotógrafo había capturado cierta vulnerabilidad en su cara. Alexander se preguntó quién había tomado la foto.

Se quedó mirándola.

—Pronto volveré a ir —le confesó ella.

—¿Pronto? Creía que acababas de regresar de allí.

—Estamos ultimando los detalles, pero será antes del verano.

Hummm. De repente había conseguido una fecha límite con la que trabajar. No debería tener ningún problema. Una ola de excitación lo recorrió. Le encantaban los preliminares, era la mejor parte. Y ella había subido la apuesta sin ser consciente de ello. Isobel era definitivamente una de las mujeres más atractivas que él había perseguido. Sí, esa primavera prometía ser de lo más emocionante. Y había sido muy divertido pasarse el fin de semana leyendo, haciendo funcionar el cerebro. Probablemente uno de sus secretos mejor guardados era que le gustaba estudiar.

—Veamos, Alexander De la Grip, nacido el primero de enero de 1986, se ha presentado en el turno de urgencias —dijo Isobel en voz alta leyendo la pantalla del ordenador. Después lo miró con escepticismo—. No pareces estar gravemente enfermo.

Él mostró una mano.

—Me he lesionado levantando una caja de mudanzas.

Ella entrecerró los ojos sin inclinarse hacia delante.

—¿Qué es eso?

—¿No lo ves? Una herida.

—¿Conseguiste una cita conmigo por ese rasguño?

—Puedo ser muy persuasivo.

—No lo dudo, pero eso lo puede vendar la enfermera. A juzgar por lo que veo, probablemente pueda hacerlo incluso la recepcionista.

—Tengo que decirte que estoy un poco decepcionado. Suponía que ibas a limpiarme la herida y atenderme con simpatía. ¿No vas a ponerme la mano en la cabeza al menos? ¿Estás segura de que de verdad eres médica?

Isobel sonrió. Juntó los dedos lentamente hasta que formaron un triángulo y sus ojos brillaron.

—Si quieres puedo cortarte algo. O coserte algo; soy muy buena con el bisturí y la aguja de sutura aunque no sea cirujana. ¿O tal vez te gustaría que te hiciera un reconocimiento que incluya guantes de goma y, como mínimo, un dedo índice?

Él ahogó una risa cuando ella miró de forma elocuente la caja de guantes desechables.

—Por más erótico que suene, creo que me abstengo.

Ella se rio. Él no pudo dejar de seguir sus movimientos con los ojos cuando ella cruzó las piernas. El baile del viernes había sido alucinante y sensual. Isobel con ese vestido rojo que se le pegaba a las curvas. Se ponía cachondo de solo recordarlo. Ahora ella llevaba algo parecido a una camisa, y su aspecto era distante y competente. Aquella mujer era sin duda un ejemplo de contrastes. Llevaba el pelo recogido en la nuca pero algunos mechones sueltos formaban un cerco luminoso alrededor de su cara.

—Además, no quiero retrasar citas médicas importantes —concluyó Alexander.

Había insistido en que le dieran una cita, pero luego se dio cuenta de que tal vez se la había robado a alguien realmente enfermo. Había llamado por impulso; había sido una broma, aunque en ese momento se preguntaba si de verdad era tan divertida.

—Mis pacientes casi nunca vienen por necesidad —dijo ella.

Era comprensible. Aquella era una de las pocas clínicas privadas auténticamente caras. ¿Cómo influiría en una persona ver un día a personas muy ricas y al día siguiente a los más vulnerables? ¿Por qué él no había reflexionado acerca de lo injusto que era que él pudiera comprar el tiempo de Isobel mientras que otras personas se morían porque no había ningún médico para atenderlas? Se liberó de tales pensamientos. Eso es lo que pasa cuando te involucras demasiado: las cosas se complican.

—Será mejor que me marche antes de que acepte algo realmente doloroso.

—¿Tienes miedo al dolor?

—Mucho. Es algo natural.

Isobel esbozó una rápida sonrisa que cruzó por su rostro y desapareció sin que Alexander tuviera tiempo de interpretarla. Fue como si a ella se le hubiera ocurrido una broma y no hubiera querido compartirla con él.

—Ya que estoy aquí robando un tiempo importante a pacientes moribundos, me pregunto si te gustaría ir a un concierto conmigo el viernes.

Lo dijo con soltura pero se dio cuenta de que aguantaba la respiración mientras esperaba la respuesta.

Ella puso la palma de la mano sobre la mesa con gesto compungido.

—Lo siento, Alexander, no puedo.

«¿No podía o no quería?»

—¿Y el sábado? ¿Ópera? ¿Ballet? El teatro Bolshói da una función para solo invitados.

Ella negó con la cabeza.

—Voy a estar fuera el fin de semana. Me marcho a Escania para asistir a un evento en el que Leila y yo vamos a pescar donantes. Le he prometido ir.

Esa mujer no hacía más que trabajar.

—Lo entiendo. —Y realmente lo hacía, porque había resuelto el puzle en menos de dos segundos—. Otra vez será —dijo en tono despreocupado, y tuvo el gran placer de ver un atisbo de decepción en los grandes ojos grises de ella. Así que no era tan fría como simulaba.

Pero Isobel no dijo nada, solo se levantó de la silla y él hizo lo mismo. Sonrió, no con esa fría expresión de médico, sino con un gesto cálido y sincero, y luego le tendió la mano. Alexander miró un instante la mano tendida. Suspiró. Ella volvía a insistir en ese eterno apretón de manos. Alexander apoyó una mano en su brazo, vio que Isobel abría mucho los ojos, inclinó la cabeza, notó en la mejilla el roce de su pelo —un poco áspero, como suele serlo en los pelirrojos— y le dio un beso. Solo fue otro beso en la mejilla, pero tan abajo que casi rozó la comisura de los labios. Dejó que sus labios permanecieran en su cara. Ella se quedó inmóvil, como si la hubiera sorprendido, y él pasó sus labios secos y suaves por su tersa piel de seda, que, francamente, olía a algún tipo de desinfectante.

Isobel suspiró y apoyó una mano en el pecho de él, que tuvo que dejar de mala gana que los separara, y quedó atrapado en esos ojos bellos y astutos que parecían querer hacer mil preguntas.

—Hablamos, Isobel —dijo en voz baja.

Ella parpadeó lentamente.

Y la dejó así, perpleja y algo confundida. Él no lo estaba en absoluto. El destino al parecer había decidido ponerse de su lado y ahora solo era cuestión de sacarle provecho.

11

Mientras hacía su turno de limpieza en la institución financiera, Gina aprovechó para escuchar una conferencia por sus auriculares. Solía hacerlo: grababa conferencias importantes y después las volvía a escuchar. Algunas de ellas las había oído tantas veces que se las sabía de memoria. Además tenía un montón de podcasts de medicina en su biblioteca de iTunes.

Limpiar era un buen trabajo en ese aspecto. Podía estar en paz. La conferencia que estaba escuchando era una de sus favoritas: Isobel Sørensen hablando de la medicina de catástrofes en el Karolinska Institutet el otoño anterior. Isobel Sørensen. Uau. Si pudiera pedir un deseo, sería llegar a ser algún día tan buena profesional como esa mujer.

Gina se quedó prendada de ella cuando se conocieron en el La Habana. Y eso que no era una persona fácil de impresionar. Frotó otra mancha de café que se resistía a salir mientras se preguntaba qué hacía Isobel con un hombre como Alexander. Pero nunca había entendido por qué había mujeres que elegían a ciertos hombres. Lo único que ella había sentido alguna vez era una ligera atracción por algún hombre. Pero quizá suceda esto cuando se vive con el temor de que te casen al cumplir los once años, y después tienes miedo constantemente de que te viole alguno de los hombres que te ayudan a escapar atravesando África y Europa hasta llegar a Suecia. Su vida de refugiada tampoco había incrementado su confianza en la naturaleza de los hombres. Continuó hasta el escritorio siguiente, le pasó rápidamente la bayeta húmeda, vio a los hijos blancos y a la esposa rubia de su ocupante en un marco dorado. Observó la foto con rostro pensativo. Todos tenían imágenes similares encima de los escritorios. Esposas con una rebeca, dos o tres hijos bien peinados, la naturaleza al fondo. Las pocas mujeres que trabajaban allí tenían en sus fotos un marido vestido con traje y unos niños casi idénticos. Honestamente, Gina no los entendía en absoluto, a esos blancos de clase alta a los que les había tocado la lotería. Eran de lo más desconcertantes, parecía que no sabían nada de la vida. En el mejor de los casos eran solo unos juerguistas despreocupados, como Alexander. En el peor, unos cerdos racistas que, en cuanto tenían ocasión, intentaban llevársela a alguna habitación tranquila para meterle mano.

Y después estaban los que eran como Peter De la Grip, por supuesto. Gina miró hacia la puerta, donde vislumbró a Peter detrás de su escritorio. Tenía su propio despacho en la planta de oficinas y se marchaba el último. Durante mucho tiempo Peter había sido en cierto modo el prototipo y el símbolo de todos los hombres de su posición que ella había conocido. Superior y engreído, inconsciente de cómo les iba a otras personas en la sociedad. Pero había empezado a cambiar. Ella limpiaba en la casa de otras familias y sabía lo que había sucedido. La gente hablaba y chismorreaba, estaba acostumbrada a desaparecer por la parte de atrás. Así se enteró de que la mujer de Peter le dejó en un arrebato de cólera. Que él se había vuelto loco. Que se había enfrentado a su familia y que sus padres no le dirigían la palabra. Gina veía que había adelgazado y se había vuelto más introvertido, como si se estuviera consumiendo por dentro. Los malos espíritus, según dirían las mujeres de su pueblo. Pero Gina había estudiado medicina el tiempo suficiente para saber que probablemente estaba deprimido. Como si a ella le importara. De acuerdo, él había perdido un montón de cosas, pero seguía siendo rico. Para ella solo era un tipo raro que hablaba entre dientes y tenía una forma de ser muy rígida. Era irritante. Vació una papelera y cambió a otra conferencia en su iTunes. Cuando volvió a mirar de reojo hacia el despacho de Peter, este todavía seguía allí. Pronto solo le quedaría su oficina.

Arrastró el aspirador sobre la moqueta y vació otra papelera.

Una vez las había contado: Ciento treinta y dos. Y las cinco bolsas grandes de basura que había en la cocina.

—¿Gina?

Se asustó tanto que se sobresaltó. Se quitó un auricular y miró a Peter sin entender nada.

—Lo siento, no era mi intención asustarte —dijo—. Se me ha caído un poco de agua en mi escritorio —añadió después de carraspear—. Solo voy a buscar una bayeta, no te quiero asustar.

—De acuerdo. Yo lo secaré —repuso ella con desgana.

—No, no, ya voy a buscar una bayeta.

Ella vio que se dirigía a la cocina.

Volvió a introducirse el auricular en el oído. Pero la concentración necesaria para escuchar la conferencia no venía. ¿Creía alguien como Peter que era mejor que los demás solo por haber heredado un montón de dinero? Y en tal caso ¿por qué la provocaba tanto? Lo mejor era ignorarle. En casa, su padre y ella tenían ese tipo de discusiones a menudo. Él le decía que todo era por su propio complejo de inferioridad. Gina odiaba ese argumento. Ella no era inferior a nadie. Su sueco era perfecto. Aunque tenía once años cuando llegó a Suecia, hablaba el idioma tan bien como su hermano pequeño, si no mejor, porque además lo hablaba de una manera más culta. En eso eran distintos su padre y ella; sabían que les exigían más que a cualquier sueco nativo y para obtener el permiso de residencia tuvieron que estudiar incansablemente.

Su padre asistió a un curso de sueco para inmigrantes y se las arregló bien en aquella sociedad que les había abierto los brazos pero no el corazón. Por eso estudió medicina. Los médicos gozaban de gran prestigio. Ella iba a ser algo y alguien y lo iba a lograr por su cuenta, sin depender de nadie.

Gina sabía muy bien que la vida era sumamente injusta y que eso de que recompensa a los que trabajan duro era una tontería. No había visto a nadie trabajar tanto como a las mujeres en Somalia y no se las recompensaba con riqueza y poder. La vida era una lotería. Y a pesar de todo, su pequeña familia había tenido suerte. Tal vez no la misma que la familia De la Grip, pero mucha más que gran parte de sus compatriotas. Su padre había huido con ellos escapando de la opresión y las amenazas, y habían conseguido llegar hasta allí, lo que significaba que los tres formaban parte de los más afortunados. No iba a desperdiciarlo de ningún modo. Al final, lo único que tienes es tu vida y tu integridad.

Volvió a mirar hacia el despacho de Peter. Al parecer había limpiado la mesa y en ese momento estaba sentado con la cabeza inclinada. Ella siempre había sido invisible en su mundo. Una empleada de servicio silenciosa. Peter levantó la vista y sus miradas se encontraron antes de que él se agachara y empezara a hojear unos papeles sobre la mesa.

Solo le quedaba su despacho, así que fue hacia allí.

—Entra —dijo él.

Ella limpió la habitación de forma rápida y resuelta y se fue tan pronto como pudo.

Cuando al fin acabó por ese día, enjuagó todas las bayetas, cambió la bolsa del aspirador y colocó en el lavavajillas los platos sucios que quedaban por allí. Cuando se cambió de zapatos y sacó el abrigo y el bolso del armario, ya eran las siete. Tenía que darse prisa en llegar a casa; debía tomar dos metros y un autobús, pero si todo iba bien podía estar en casa antes de las ocho. Si su padre tenía un buen día, habría hecho la cena. Si sufría mucho dolor o había dormido mal, ella tendría que preparar la cena para los tres antes de sentarse a estudiar.

Lo último que hizo fue lavarse las manos. Justo cuando acababa de ajustarse el cinturón del abrigo y se disponía a salir, apareció Peter. Mierda, ella pensaba escaparse sin tener que hablar con él. Llegó a la puerta al mismo tiempo que ella. Llevaba su portafolio en una mano y un abrigo ligero colgado del otro brazo. Se cambió rápidamente el portafolio a la mano del abrigo, abrió la pesada puerta de metacrilato y la sostuvo. Bajaron en silencio en el ascensor. Ella se apresuró a salir antes de que él pudiera abrirle la puerta otra vez.

En el momento en que tomaban distintas direcciones, él dijo:

—Adiós Gina, gracias por todo.

Después desapareció al doblar una esquina.

Ella se quedó tan pasmada que no acertó a responder nada.

12

Isobel miró por la ventanilla del tren. Habían pasado los suburbios del sur de Estocolmo y el paisaje era más verde y con menos cemento. Leila le había murmurado algo acerca de otros compromisos y se había marchado a Escania el día anterior. Isobel no sabía con seguridad cuántas personas iban a asistir a aquel evento y no se lo preguntó a Leila porque la notó algo molesta, pero le pareció entender que se trataba de un equipo de especialistas inusualmente grande. Cogió un programa que le habían dado y lo utilizó como marcador en el libro de bolsillo que estaba intentando leer. Primero dejarían que los asistentes hablaran en el césped y en el parque del castillo, después tendría lugar la inauguración y, a continuación, las conferencias en distintas salas del castillo. También se llevaría a cabo la entrega de un galardón cultural recientemente instituido. Entre cada una de las actividades se podía pasear por el parque del castillo y ver una exposición de obras de artistas jóvenes. Y todo culminaba con un baile al atardecer al que había sido invitado un grupo concreto de personas, entre ellas Isobel y Leila. El anfitrión era, si lo había entendido bien, un hombre muy excéntrico, y el tema para ese fin de semana era «El círculo de la vida: arte, ayuda al desarrollo y el mundo en el que todos vivimos». Isobel no estaba segura de si le parecía repulsivo, pretencioso o bastante simpático.

A la altura de Linköping sonó su teléfono. Lo sacó del bolso y contestó.

—Hola, mamá.

—Necesito ayuda para poner un estante en mi sala de estar. ¿Estás libre el fin de semana? Me gustaría que te pasaras por aquí.

—Voy de camino a Escania.

Le había mencionado lo del evento durante la semana, pero Blanche tenía tendencia a olvidar todo lo que no estuviera relacionado directamente con ella.

—¿Qué vas a hacer allí?

—Leila y yo vamos a hablar de Medpax.

—Recuerdo cuando yo iba a esos eventos. Era una estrella. Podía conseguir todos los donantes que quisiera.

Era cierto. Su madre era una leyenda. Divertida, rápida y guapa. No había sido casualidad que la época gloriosa de Medpax y la su madre coincidieran.

—Tendré invitados el día de la Ascensión —arguyó—. Por eso estoy poniendo estantes y cambiando los muebles. Cuando vengas a casa ya me ayudarás a mover el sofá. He pensado que podrías venir también a la celebración. Así también me ayudarás con la comida.

Su madre siempre suponía que ella iba a echarle una mano. Pero era la propia Isobel la que se lo había enseñado. Isobel había vivido con su abuela sus primeros diez años de vida. Su madre vivía entonces en París e iba a verlas con regularidad. Al morir su abuela, Blanche se mudó a Suecia, pero Isobel siempre temía que se cansara de ella. Durante muchos años su único deseo fue que su madre la necesitara, que quisiera su ayuda, así que durante la adolescencia Isobel hacía lo que fuera necesario para complacerla. Con los años, Blanche se acostumbró a que su hija se encargara de hacer cualquier cosa que le pidiera. Excepto cuando se trataba de temas del trabajo. Ese era el único escenario en el que Isobel peleaba y defendía lo que quería hacer, sin importarle el precio a pagar en forma de crítica y de insatisfacción.

—Para entonces estaré en Chad —dijo ella.

—No me habías dicho nada de eso.

Isobel ya estaba cansada. Dos minutos más, luego concluiría la conversación.

—Se ha decidido recientemente. Me han dicho la fecha exacta esta misma semana.

—¿Por qué vas a ir tú? ¿No tiene Leila a otra persona?

—Sven se retiró por razones familiares.

—Los médicos de hoy en día son unos blandengues, así que supongo que tienen que recurrir a ti. Creo que es mejor que viajes para Medpax que para MSF. Pero, Isobel, esto te lo digo solo por tu propio bien. De verdad que tienes que pensar en tu futuro. Una misión es buena para tu currículum, pero no ese ir y venir que te traes. Los demás avanzan, pero tú no. Cuando yo tenía tu edad ya había empezado a escribir mi tesis.

Isobel miró por la ventanilla del tren. Esas conversaciones solían ser tan idénticas la una de la otra que le parecía que ya las había mantenido cientos de veces. Suponía que había un término psicológico para la relación que tenía con su madre, pero era difícil de analizar cuando uno mismo estaba implicado. Sobre todo, lo que no lograba entender era cómo otras personas podían verla a ella como alguien que ha alcanzado el éxito, cuando su propia madre solo veía en ella errores que criticar.

—Mamá, tengo que revisar mis anotaciones.

—No te preocupes por mí, estoy acostumbrada a arreglármelas sola. Tu padre tampoco tenía tiempo nunca. Lo único es que las hijas de mis amigas sí que les ayudan. No entiendo por qué te resulta tan difícil echarme una mano. Piénsalo. No tengas hijos, son solo una panda de egoístas.

Isobel respiró profundamente. Al menos no se podía acusar a su madre de ser sobreprotectora. Ni de querer tener nietos.

—Te llamaré cuando vuelva a casa. Intentaré pasarme por allí alguna tarde. Ahora tengo que colgar —dijo Isobel, finalizando la conversación antes de que se le escapara algo de lo que luego se arrepentiría.

Fue al vagón restaurante, pidió un café y volvió a sentarse. En el exterior, el paisaje empezaba a cambiar de coníferas y campos pálidos a árboles de hoja caduca y grandes extensiones de colza amarilla. Escania llevaba tres semanas de adelanto respecto a Estocolmo y allí abajo ya hacía tiempo que era primavera.

Se tomó el café, tiró la taza de cartón a una papelera y cerró los ojos un momento. No había vuelto a saber nada de Alexander. Suponía que eso significaba que todo había terminado entre ellos. Lo poco que hubo. La cita para cenar, el baile con música salsa, la visita de él a su trabajo, había sido tan... tan divertido. Cielo santo, ¿cuánto tiempo hacía que no se lo pasaba tan bien?

Pero él no la había llamado. Volvió a mirar el teléfono y buscó su número; así de fácil era enviarle un mensaje de una o dos líneas. Pero volvió a dejar el móvil con la pantalla hacia abajo. Si no le importara lo más mínimo, tal vez se habría puesto en contacto con él. Se habría atrevido a preguntarle si quería salir a tomar una copa. Pero había pensado en él esa semana y le disgustaba que no hubiera vuelto a llamarla. Era una señal tan buena como cualquier otra para retirarse. Emocionalmente, ella no se podía permitir el lujo de dejar entrar en su vida a un hombre como Alexander. Era demasiado intenso, demasiado impredecible. Tenía la habilidad de despertar cosas que ella no estaba segura de querer volver a avivar.

Cogió sus anotaciones y las alisó con resolución. Un fin de semana en un castillo era exactamente lo que necesitaba para librarse de esos sentimientos no deseados que pronto se calmarían. Incluso se había comprado un vestido de baile. Se lo pasaría bien. Era un buen plan, y lo más sensato que podía hacer.

Justo después de comer, el taxi dejó a Isobel delante del castillo. Se quedó impresionada al verlo, pues nunca hubiera imaginado que existían castillos como aquel en Suecia. La recibió un empleado que le preguntó su nombre con una amable sonrisa y después se encargó de que le enseñaran su habitación, situada en una torre.

—Debe de ser un error —dijo Isobel, de pie en el umbral.

La joven que le había mostrado el camino llevaba ropa del siglo XVII y le dijo que era una estudiante de la Universidad de Lund; luego miró el trozo de papel que llevaba.

—¿Isobel Sørensen?

—Sí.

—Entonces te alojarás aquí. Recibe el nombre de «la habitación de la reina» porque aquí se han alojado varias reinas suecas. El desayuno se sirve de siete a diez en el comedor del primer piso.

—Pero...

Iba a decir algo pero se dio cuenta de que la mujer ya había desaparecido.

Isobel entró en el cuarto. Grandes alfombras orientales en tonos pastel amortiguaban sus pasos. En el centro de la habitación había una enorme cama con dosel cubierta con ropa de color rojo y rosa, y el papel de las paredes parecía estar pintado con oro auténtico. Había jarrones con rosas y una brisa que se colaba por la ventana entreabierta movía las delgadas cortinas bordadas. Tal vez ni siquiera la palabra «suntuosa» bastaba para describir esa habitación.

Después de instalarse rápidamente, Isobel bajó las empinadas escaleras de caracol del castillo. Cada escalón estaba suavemente desgastado en el centro, como si miles de pies a lo largo de los siglos hubieran seguido el mismo camino que ella. En el patio exterior había gente por todas partes, así que fue hacia el foso, se detuvo un momento a mirarlo y luego vio a Leila, que iba cogida del brazo de un hombre mayor. Ella llevaba un vestido negro, como de costumbre. El hombre vestía un traje de color granate con un chaleco muy colorido y una vistosa corbata.

—¡Isobel! Permíteme que te presente a nuestro anfitrión —gritó.

—Eugen Tolstói. Nos hemos visto antes —dijo él cuando se estrecharon la mano mientras la miraba con insistencia.

—Disculpa, no lo recuerdo —confesó ella.

Lo reconoció, aunque no sabía bien dónde lo había visto. Pero empezó a llegar gente de todos lados y acapararon la atención de Eugen antes de que este pudiera replicar algo.

Leila soltó a Eugen y se fue con Isobel.

—Ven —dijo la secretaria general de Medpax—. Quiero ver la exposición antes de que haya demasiada gente.

Salieron a las zonas verdes, donde la gente ya estaba empezando a relacionarse. A través de los árboles Isobel vio un lago donde nadaban cisnes y patos. Estudiaron las pinturas que colgaban de finos alambres bajo grandes trozos de tela ondeantes, como si flotaran ingrávidas en el aire. Cuadros surrealistas, extrañamente bellos.

—Eugen ha coleccionado arte toda su vida. Dice que este muchacho es un genio —afirmó Leila con la mirada profundamente abstraída en una imagen de un ave gigante cuyas alas se abrían formando ramas de árboles.

Identidad y distanciamiento, pensó Isobel.

—Solo tiene dieciocho años. Tuvo que huir de Rusia. Hay que ver lo que le hacen a las personas en ese país. Eugen es un gran protector de los homosexuales. Y de todo lo que se sale de lo establecido.

—¿Eugen es gay? —preguntó Isobel—. Parecíais muy acaramelados. Creía que vosotros...

Leila se encogió de hombros.

—Nos conocemos desde hace mucho tiempo. Él es un hombre del Renacimiento y tenemos una relación especial. Jugamos al backgammon cuando podemos. Hablamos sobre política e historia. Está emparentado con la antigua familia imperial rusa. Mis padres estaban emparentados con la familia real persa. Los viejos aristócratas tenemos mucho en común.

—¿Al backgammon, dices?

—En realidad es un juego originario de Persia. El más antiguo del mundo. Él juega muy bien.

—Luego hablaré con él —dijo Isobel mirando el reloj—. Quiero echarle un vistazo al lugar. ¿Me acompañas?

—Por supuesto. También ha venido mucha prensa. Este es uno de los castillos privados más antiguos de Suecia y no ha estado abierto al público antes, así que los medios de comunicación tienen curiosidad. Nos aseguraremos de que Medpax consiga mucha publicidad.

—Es un sitio fantástico y los asistentes son estupendos. Lo has organizado muy bien, Leila.

—¿Te gusta tu habitación?

—Nunca había visto nada igual. Me pregunto si me la dieron por error.

—Seguro que no, eres una huésped importante.

—¿Lo soy?

—Pero ¿no te has dado cuenta de que...? —empezó a revelarle Leila, pero la interrumpió un periodista que la había reconocido—. Ahora vuelvo —dijo Leila antes de ir hacia el periodista.

Isobel se dirigió a la parte de delante para localizar la sala donde se iban a impartir las conferencias. Estrechó la mano de un par de oradores, saludó al conocido profesor del Instituto Karolinska con quien había hablado muchas veces y que era el que iba a pronunciar la primera conferencia. Sentía un gran respeto por aquel hombre que siempre intentaba convencerla de que trabajara con él. Cuando se separaron, vio sorprendida la sala donde iban a hablar. Era tan suntuosa como su habitación, si no más. Papel dorado en las paredes, muebles antiguos, filas de sillas tapizadas de terciopelo azul. Era fácil imaginarse a las mujeres de la nobleza sentadas en las sillas con sus miriñaques, susurrando tras los abanicos.

Isobel cogió las anotaciones de su discurso y decidió repasarlas por última vez. Estaba contenta de haber ido y de ser capaz de centrarse en otra cosa. Eso era exactamente lo que necesitaba para dejar los pensamientos de Alexander donde tenían que estar: en el pasado.

13

Alexander subió por una de las escaleras de atrás hasta el piso donde estaba la sala en la que Isobel iba a hacer su presentación. Había llegado al castillo el día anterior pero aún no se habían visto. Lo primero que hizo al llegar fue asegurarse de que Isobel se alojara en su habitación favorita, que estaba en una de las torres. Después estuvo bebiendo coñac con el hermano de su madre y con otros invitados, Leila entre ellos. Más tarde, cuando todos se fueron a dormir, Eugen y él se quedaron bebiendo vodka ruso hasta altas horas de la madrugada. Hablaron de la familia, un tema que Alexander detestaba, y del cuidado del castillo y después escucharon una música horrible que Eugen, en un ruso cada vez más ininteligible, insistía en llamar «tu herencia cultural».

Por la mañana Alexander hizo footing alrededor del lago, se duchó y luego se encargó sobre todo de mantenerse fuera de la vista del personal que enredaba por allí montando carpas para la fiesta, mesas largas y otros preparativos. Vio de lejos a Isobel cuando llegó, pero ella parecía estresada y decidió esperar a pesar de su impaciencia.

Abrió otra puerta lateral de las que había en el castillo y atravesó rápidamente las habitaciones. Estaban limpias y brillantes y se preguntó cuál sería el importe de la factura esta vez. La idea era que las propiedades sufragaran sus propios gastos, pero costaba mucho mantener un castillo de esas dimensiones y, como Alexander se lo podía permitir, pagaba las facturas que Eugen enviaba. Se retiró para dejar pasar a dos hombres que arrastraban una mesa enorme y después estuvo a punto de chocar con tres de los perros de caza de Eugen, que corrían alrededor y ladraban excitados. Normalmente Alexander no habría puesto un pie en un espectáculo así, pero cuando se dio cuenta de que Isobel iba a estar allí, no pudo resistirse a la tentación. Pasó por la habitación en la que Eugen acumulaba objetos de arte ruso, donde habían estado bebiendo vodka la noche anterior.

Eugen y su hermana Ebba eran de ascendencia rusa. La bisabuela de Alexander era hija de una gran duquesa y su bisabuelo uno de los primeros oligarcas. Su hija, la abuela de Alexander, se casó con un noble sueco y después la hija de ambos, Ebba, contrajo matrimonio con Gustaf De la Grip, consolidando así su posición en la nobleza sueca.

Ebba amaba su herencia sueca, pero Eugen adoptó el apellido de soltera de su madre, Tolstói, y se fue volviendo más ruso un año tras otro. Su tío era además un hombre de gustos exclusivos, pensó Alexander al verlo suspirar mientras miraba algo parecido a una escultura de hielo que sacaban de la casa. Las reuniones de Eugen en ese castillo se solían situar en algún punto entre lo legendario y lo ilegal. La Nochevieja de 2013, por ejemplo, se excedieron un poco con los fuegos artificiales. Se decía que las explosiones podían verse desde Lund, lo que tal vez no fuera un peligro en sí mismo. Pero uno de los invitados de Eugen, un joven diseñador de moda ruso, logró poco después de medianoche no solo dar de lleno con un gran cohete a un campanario medieval que había en los terrenos adyacentes, sino también prenderle fuego. El campanario, que había visto pasar a reyes como Magnus Eriksson y Gustavo Vasa, quedó consumido por las llamas. Alexander tuvo que sufragar por un lado los gastos de la reconstrucción y, por otro, hacer una considerable donación a la diócesis correspondiente. Después de eso Eugen se mantuvo relativamente tranquilo durante un tiempo.

Sin embargo, a principios del otoño anterior, Alexander recibió en Nueva York una factura por doce pavos reales y tres docenas de palomas blancas. Cuando llamó a Eugen para preguntarle qué diablos iba a hacer con cuatro docenas de aves, su tío le respondió en tono despreocupado que las aves se encontraban estupendamente y que él estaba a punto de construir un nuevo jardín de plantas aromáticas cerca del lago.

—Ilusiones, Alex, hay que tener ilusiones. Imagínate lo magnífico que va a ser.

Por desgracia, el proyecto de jardín de Eugen resultó estar compuesto principalmente de plantas que eran el alimento favorito de los pavos reales, ya que les encantaba su aroma, y más o menos al mismo tiempo que Alexander pagaba la factura, los pavos reales se posaban en la última planta de espliego. Al parecer los bichos también se multiplicaban de buena gana, por lo que el parque se llenó de delicados pavos reales que mordisqueaban todo y a todos.

Alexander se detuvo para saludar a un conocido. Como de costumbre, Eugen tenía una multitud de invitados. Representantes de la nobleza de Escania, por supuesto, al menos los que le seguían dirigiendo la palabra después del incidente de los fuegos artificiales. Un puñado de miembros de la jet set que eran realmente ricos, gente joven, a la mayoría de los cuales Alexander conocía, que habían acudido en jet privado desde Nueva York, Londres y Moscú para pasar una noche de fiesta y luego marcharse, como una langosta glamurosa. También había varios amigos LGBT, es decir, Lesbianas, Gais, Bisexuales y personas Transgénero de Eugen levantando el estado de ánimo, por no decir otra cosa. Cuando Alexander siguió caminando distinguió a algunos de los ministros suecos actuales y anteriores más sociables, que no parecían tener inconveniente alguno en que los invitaran a comida y bebida en un ambiente de lujo. Y luego había, por supuesto, una serie de personas que iban a hablar de ayuda al desarrollo. En realidad era una mezcla de gente un tanto demencial, pero Eugen era experto en ese tipo de combinaciones emocionantes. Alexander pasó por una de las cocinas, se sirvió una copa de champán que se bebió de un trago, cogió otra y luego se dirigió a la sala esperanzado por poder ver al fin a Isobel.

Se sentó en la parte de atrás de la sala mientras resonaban los aplausos de bienvenida. El primer ponente era un profesor de salud internacional cuyas conferencias TED había visto en YouTube el fin de semana anterior y le habían parecido interesantes. Después de los aplausos salieron Leila e Isobel, que llevaba un vestido gris con los puños y el cuello blancos. El sol entraba a raudales y su pelo, recogido en la nuca en un grueso moño bajo, brillaba con todas las tonalidades anaranjadas que existen. La sala estaba repleta; él estaba sentado al fondo y ella parecía estar concentrada en su discurso, así que no lo había visto.

En primer lugar Leila se presentó a sí misma, habló un poco de su puesto en Medpax y de lo que habían hecho los últimos años. Después le cedió la palabra a Isobel y se sentó en la primera fila.

Isobel se acercó y fue como si conquistara la sala con su presencia.

—Me llamo Isobel Sørensen. Soy una especialista en medicina general. Mi madre y mi abuelo fundaron Medpax. Me han invitado a venir para que hable de mi trabajo como médica de campo.

Hizo una pausa y sonrió. Esa mujer tenía una sonrisa por la que los hombres podrían ir a la guerra, pensó él.

—Y para conseguir que me deis un montón de dinero, por supuesto —dijo ella con un brillo en los ojos.

La broma hizo reír a la audiencia, que enseguida se puso de su lado. Dio unos pasos acercándose a los asistentes, a quienes recorrió con la mirada.

—He visto morir a muchos niños. Pero he visto sobrevivir a muchos más. Medpax dirige un hospital de niños en Chad y yo iré pronto allí. Nuestra organización también ha apoyado y participado en la financiación de programas de vacunación y en campañas nacionales de salud pública, además de contribuir a que muchos niños desnutridos consigan sobrevivir. Les cuento todo esto porque es fácil sentir desesperación. —Hizo una pausa y dejó que asimilaran sus palabras. La gente estaba en absoluto silencio—. Pero cuando alguien ha visto como yo los resultados que pueden proporcionar unas intervenciones relativamente sencillas, ya no duda más. Las personas que estáis sentadas aquí podéis marcar una enorme diferencia. Cada uno de vosotros puede salvar vidas.

Isobel tenía una voz increíble. Alexander no era el único que se sentía atraído por su magnetismo. El público no se movía. Nadie miraba su teléfono móvil ni bostezaba. Ella los cautivaba; primero hizo que se les llenaran los ojos de lágrimas al hablarles de los niños enfermos que había conocido y después consiguió que se echaran a reír cuando les contó que ella y dos enfermeras montaron una vez un spa muy original con cubos llenos de barro y un tubo de crema corporal. Era magnífica. Incluso él quería donar dinero, y eso que ya le había donado tanto a Medpax que sus administradores, sorprendidos, habían empezado a enviarle correos electrónicos. Sentía la necesidad de impresionarla, de lograr que lo respetara. Se podría decir que se estaba enredando de verdad. Miró a aquella mujer erguida y segura de sí misma que estaba en la parte delantera de la sala. No se sentía mal, no se trataba de eso, únicamente no estaba acostumbrado.

Una vez acabada la presentación de su conferencia, cedió la tensión, como le ocurría siempre. Isobel sabía que nadie lo solía notar, pero siempre estaba muy nerviosa al comienzo de una charla. Cuando pudo respirar con normalidad, dejó vagar su mirada por el público a la vez que hablaba y gesticulaba. Quería invitar a los oyentes a entrar en su mundo para hacerles entender lo importantes que eran. Y tal vez a una parte de ella le gustaba ser el centro de atención, aunque nunca lo reconocería. La idea le hizo sonreír y en ese mismo instante vio a Alexander en la última fila. Estaba sentado debajo de un enorme retrato al óleo de un hombre grueso montado en un caballo pequeño. Se quedó en blanco durante un momento. ¿Cómo es que estaba Alexander allí?

Isobel echó una ojeada al reloj. Habló del doctor Idris, que era tan amable con los niños en el hospital; de la madre que se atrevió a desobedecer al curandero y se fue al hospital, y de Zara, la chica de dieciséis años a quien curaron de malaria y que actualmente viajaba por los pueblos y daba conferencias acerca del uso de mosquiteros. Terminó justo a tiempo y arrancó fuertes aplausos. Leila también aplaudió mucho y la miró con orgullo. Alexander se levantó y siguió aplaudiendo de pie hasta que Isobel salió por una puerta lateral acompañada por un asistente. Después ella respiró aliviada; oyó que se presentaba al siguiente orador y vio que Alexander iba a su encuentro.

—Has estado fantástica —dijo a modo de saludo.

—Gracias. Me he quedado tan sorprendida al verte que creía que era una alucinación —confesó ella.

Aún tenía la sensación de que era totalmente irreal que él estuviera allí.

—¿Solo sorprendida? ¿No exultantemente feliz? ¿Casi embelesada?

—Eso también, por supuesto. Pero ¿qué haces aquí?

¿Había ido hasta allí por ella? ¿Era posible?

—Es mi castillo.

—No sé por qué, no me sorprende.

—No vengo aquí casi nunca. Mi tío se encarga de esto. Es el organizador de todo este circo.

—¿Eugen Tolstói es tu tío?

Pero enseguida vio el parecido: los mismos ojos azules y pelo rubio, además de cierto aire decadente.

—¿Vamos a dar un paseo o quieres escuchar a alguien más?

Isobel tenía intención de quedarse y asistir a alguna charla más, pero salir al aire libre con Alexander y disfrutar de ese tiempo espléndido era algo irresistible.

—¿Cuánto tiempo hace que es propiedad de tu familia? —preguntó ella mientras paseaban por el mullido césped.

En el parque había muchos invitados, algunos con copas en la mano. Isobel vio un pavo real picoteando un arbusto lleno de magnolias. Se rio encantada, pero Alexander se limitó a poner los ojos en blanco.

—No es un castillo de la familia De la Grip. Lo gané hace tres años.

—¿Lo ganaste?

—Al póquer —dijo él encogiéndose de hombros.

Ella negó con la cabeza.

—Nunca sé si estás de broma o hablas en serio.

—Suelo hacer ambas cosas. Pero en este caso lo gané de verdad. Había sido propiedad de la familia del chico durante varias generaciones. Ya sabes, estas cosas no se venden; las posees hasta que te hundes económicamente. Creo que en cierto modo se sintió aliviado librándose del castillo. Eugen se vino a vivir aquí y así están las cosas. Yo no vengo casi nunca.

—Entonces esta vez has hecho una excepción —dijo ella. De repente se dio cuenta de que estaba flirteando con él y se asustó. Pero ¿cómo no iba a hacerlo? Era evidente que había ido por ella—. ¿Te vas a quedar al baile? —preguntó con soltura.

—¿Y tú?

—Sí, incluso me he comprado un vestido.

—¿De qué color?

Ella arrancó una hoja de un árbol y la hizo girar entre los dedos.

—Verde.

—Mi color favorito. Habrá baile. ¿Quieres que les pida que toquen algo de salsa?

—No es un vestido de salsa —repuso negando con la cabeza—. Es un vestido de vals.

—Entonces les pediré que toquen valses toda la noche.

—No puedes hacerlo.

—En este momento siento que puedo hacer todo lo que quiera.

14

Leila se cambió de ropa en el hueco de la ventana de la habitación de la reina acompañada de Isobel. Después entreabrió la ventana, encendió uno de sus finos cigarrillos negros y expulsó el humo gris azulado por la ventana, ignorando la tos acusadora de Isobel.

—El tabaquismo pasivo no es tan peligroso como dice la gente —afirmó Leila despreocupada, dejando escapar otra bocanada de humo mentolado.

Llevaba un vestido negro ajustado y unos zapatos negros de brillo plateado con las suelas de un color rojo intenso. Con sus ojos negros como el carbón y la diadema que llevaba en el pelo negro azabache, parecía más que nunca una reina persa en el exilio.

Mientras Leila exhalaba otra bocanada de humo, Isobel sacó el vestido que se había comprado. El código de vestimenta era de etiqueta, y como su único vestido que cumplía este estándar era de hacía diez años, se había comprado uno nuevo.

—Es bonito —dijo Leila.

—Gracias.

Isobel se puso el vestido verde con mucho cuidado, y el frescor de la seda le produjo un ligero escalofrío.

—No suelo ir de punta en blanco; creo que lo importante no es la apariencia —dijo pensando que normalmente solía ser así.

Después guardó silencio como si sintiera vergüenza y se puso a elegir entre una sencilla cadena de eslabones de oro y un collar de perlas, las únicas joyas que tenía.

—Pero ahora hay un hombre para quien te quieres sentir elegante —objetó Leila—. Mi experiencia profesional me dice que es algo completamente normal. A los hombres rara vez les interesa mucho nuestro cerebro, por decirlo así.

—Eso son prejuicios.

Leila resopló.

—Supongo que hablamos de Alexander De la Grip, ¿no? Es por asegurarme. ¿No es el mismo que donó cien mil coronas el otro día solo por ir a cenar contigo?

Isobel se mordió el labio. Aquello aún le escocía en su interior.

—¿Ha habido comentarios al respecto?

—¿En la oficina? No lo sabe nadie. No es asunto suyo —dijo Leila apagando el cigarrillo en un plato con borde dorado que Isobel pensó que debía de ser antiguo e irreemplazable—. En realidad no me gusta que dos mujeres tan inteligentes como nosotras tengamos que hablar de hombres —añadió volviendo a sacar el paquete de cigarrillos.

—¿Quieres decir que prefieres hablar de algo más intelectual? Podemos hablar de la enfermedad pulmonar obstructiva crónica y del cáncer de pulmón.

—De ningún modo. En ese caso prefiero hablar de los hombres. De hecho puedo darte ahora mismo un consejo propio de hombres: no hables de enfermedades pulmonares mortales si lo puedes evitar; no resulta nada atractivo.

—Eres psicóloga. Los psicólogos no deben dar consejos, lo leí en alguna parte.

Leila dio una profunda calada.

—Tal vez, pero es difícil cuando hay tanta sabiduría que transmitir.

—¿Y qué opinas de él? —preguntó Isobel mientras oía que llamaban a la puerta. Fue a abrir.

—Lo interesante en este momento es tu opinión.

Afuera había un joven vestido con lo que Isobel describiría como ropa histórica.

—Es de parte de Alexander —dijo entregándole un paquete plano.

Leila se acercó a la puerta y miró con gran interés los ajustados pantalones que llevaba el joven.

—¿Qué es? —preguntó.

Isobel cerró la puerta, retiró el fino papel de seda del envoltorio y sacó un estuche viejo y desgastado.

—Parece muy antiguo —dijo.

—Ábrelo.

Isobel levantó la tapa y miró asombrada el contenido. Sobre el terciopelo negro había un collar y un par de pendientes.

—*Mon Dieu.* ¿Son auténticas estas joyas?

Sacó el collar y las piedras verdes resplandecieron.

—Sé que lo son —dijo Leila tocando una enorme piedra verde—. Eugen me lo ha contado. Son esmeraldas, pertenecieron a Josefina Bonaparte. La mayoría de ellas están en Noruega y forman parte de las joyas de su corona. Pero este conjunto fue a parar a una casa de subastas y Eugen lo adquirió allí.

—¿No deberían estar en una caja fuerte?

Isobel le dio la vuelta al collar. Las piedras preciosas tenían un tono verde claro casi venenoso.

—Desde luego. Pero ha debido de permitir que las sacaran. ¿Qué pone en la tarjeta?

Isobel cogió el sobrecito que había en el estuche y lo abrió.

> Tu vestido dijo que quería que le prestaran esto.
>
> A.

Leila sonrió burlonamente.

—Tienes que concederle puntos por esto, Isobel. Date la vuelta para que te ayude.

Isobel esperó mientras Leila le abrochaba el collar. Se puso los pendientes y después se miró en el espejo: las piedras verdes sobre su piel blanca, el vestido, el cabello. No se había visto tan elegante en su vida. El conjunto debía de tener un valor incalculable. Era único. Lo tocó. Estaba contenta pero se preguntaba cómo se podía permitir Alexander esa extravagancia. Los temores estaban al acecho y en ese momento salieron disparados. El apartamento en

Manhattan. El piso que acababa de adquirir en Strandvägen. El castillo. Sin duda su familia era rica pero, aun así, según la última vez que se había informado sobre ello, no se ganaba mucho dinero impartiendo algún curso suelto de vez en cuando...

—¿Qué tipo de persona crees que es? ¿Un simple playboy superficial? ¿Un criminal? ¿Un adicto al sexo?

Lo dijo en broma, pero ¿no era lo que se solía decir él? Cuando algo parece demasiado bueno para que sea verdad, la mayoría de las veces resulta que no lo es.

—Si he aprendido algo a lo largo de los años es que no hay que formarse una opinión de la gente con demasiada rapidez. Las primeras impresiones siempre engañan.

—Las primeras impresiones... Aunque te he pedido una...

—*Please.* Si solo respondiera a lo que la gente me pregunta, nunca podría decir nada interesante. Pero si quieres saber mi opinión, creo que necesitas un hombre que cuide de ti.

Isobel negó con la cabeza.

—Puedo cuidar de mí misma.

—Aun así.

—No es constante, él mismo lo dijo.

Leila resopló.

—Uno no se puede analizar a sí mismo. Bebe demasiado y necesita implicarse en algo.

—¿Y tú crees que eso es Medpax?

Leila la miró con ironía.

—No lo creo. Dona dinero a Medpax porque quiere impresionarte. No tengo nada en contra. Unas citas más y podremos sobrevivir hasta Navidad.

—¿Tan mal están las cosas?

—¡Isobel! —la reprendió Leila en tono severo.

—Lo sé, lo sé —suspiró la médica—. No tengo que tomármelo todo tan en serio. Y en realidad solo es una fiesta.

—Mmm, exacto. Solo una fiesta.

Leila sonrió con gesto diabólico, aspiró el humo profundamente y después lo expulsó formando un círculo perfecto.

—Solo una fiesta, en la que todo puede suceder.

Cuando Leila terminó de fumar e Isobel eligió al fin uno de sus dos pares de zapatos, bajaron las escaleras del castillo. El vestido verde se le ceñía al pecho y a la cintura y después caía en finas capas que parecían agitarse al menor movimiento. Era difícil no sentirse como Cenicienta o como una princesa. En el castillo se oían voces y ellas siguieron el murmullo hasta que llegaron a un gran salón donde vieron pasar por todos lados bandejas con copas de vino, champán y jerez. Se percibía cierta decadencia en la atmósfera. La expectación, el coqueteo y la emoción flotaban en el aire, se respiraba un ambiente de alegría en general y parecía que todos compartían el deseo de comer, beber y divertirse al máximo. Al ver el nivel tan alto de la fiesta y que los asistentes llevaban sedas, encajes y joyas, Isobel se alegró de haberse arreglado un poco más. Se aseguró por décima vez de que aún llevaba las esmeraldas, tomó una copa de champán de una bandeja, miró a su alrededor e intentó parecer lo más relajada posible, aunque era la primera vez en su vida que llevaba unas joyas tan antiguas y valiosas.

Vio a Alexander antes de que él advirtiera su presencia. Cuando él entró en el salón, fue como si esa parte de la habitación se iluminara con una luz resplandeciente. Le observó mientras hablaba con un invitado. Era increíblemente atractivo. Musculoso y bronceado, por supuesto, como tan solo los ricos muy ricos se pueden permitir estarlo. Pero no era solo eso. Parecía que alguien hubiera puesto en una cazuela todos los rasgos deseables en un hombre, los hubiera combinado, hubiera vertido la mezcla en un molde perfecto y el resultado fuera Alexander De la Grip, tan puro, tan rubio y tan bello. Llevaba esmoquin y, naturalmente, estaba supersexy en una prenda con la que otros hombres parecerían camareros mal vestidos.

Las mujeres que había en el salón se sentían atraídas por él como si fueran pequeños planetas gravitando hacia la estrella más brillante del universo. Alexander se detuvo de nuevo para hablar con dos jóvenes rubias, se rio, siguió adelante y volvió a detenerse una y otra vez, como si fuera el centro incuestionable de la fiesta.

De vez en cuando paseaba la mirada por los invitados e Isobel sabía que la estaba buscando a ella.

Finalmente la vio. Sus miradas se encontraron. Él se fue abriendo paso por la habitación hasta que estuvieron uno frente al otro. Vio sus largas y oscuras pestañas parpadear perezosas delante de ella. Alexander detuvo la mirada en el collar y ella sintió que el borde del vestido le oprimía los pechos al respirar. Un escote generoso y un sujetador firme eran los mejores aliados de una mujer, sin duda alguna.

—Estás preciosa —dijo dándole un beso justo encima del pómulo que duró algo más que un saludo de cortesía.

Olía bien; notó calor y cierta aspereza en su piel, a la vez que sentía un escalofrío. Nadie podía besar tan bien a una mujer en la mejilla como Alexander De la Grip. Sin duda lo habría logrado a base de práctica, pensó dando un paso atrás mientras se decía a sí misma que tenía que espabilarse.

—Hola —saludó ella.

El corazón le latía con fuerza y estaba expectante bajo la superficie tranquila. Le aumentó el pulso y la presión arterial, y fue consciente de que la sangre le corría por las venas y arterias, se vertía en los capilares y le daba tersura a su piel. La presencia de Alexander le afectaba. Pero no era el primer hombre que había hecho que le temblaran las piernas. En el fondo solo era una cuestión de biología y de química, de las hormonas y del sistema nervioso.

—Gracias por esto —dijo ella tocándose el collar mientras percibía que su voz sonaba aún fría y serena.

—Supuse que te gustaría. Y son tan antiguas que prácticamente se trata de una resurrección.

—¿Es cierto que son de la época de Napoleón?

Él asintió.

—Mi compatriota, ¿eres consciente de ello? Declaró la guerra a Rusia —dijo ella.

—Sí, era testarudo. Pero, como sabrás, machacamos a su ejército. Los rusos somos gente curtida.

Había una evidente atracción entre ellos que sería absurdo ignorar. Pero Isobel era una médica experimentada. Muchos de sus pacientes tenían problemas con el alcohol. Vio que a Alexander le brillaban los ojos y, cuando dejó la copa de vino vacía y cogió otra, ella fue consciente de que, con sus tristemente célebres asuntos de faldas y su vida un tanto disipada, era un hombre que iba cuesta abajo por ese camino resbaladizo que era el consumo de riesgo. No era prudente confiar en una persona así, en otras palabras. Pero, dicho eso, no podía negar que tanto ella como su sistema nervioso autónomo se habían alegrado mucho de verlo.

—Buenas noches —dijo Eugen Tolstói uniéndose a ellos.

Tomó la mano de Isobel, se la llevó a los labios y la besó.

—Qué bien te sientan las joyas francesas, Isobel. Alexander dice que no solo eres una médica experta, sino también una conferenciante brillante. Debo decir que es un honor tenerte aquí como huésped.

Isobel miró a Alexander de reojo. Era evidente que le había hablado a su tío de ella.

—Este castillo es fantástico. Estoy muy agradecida de que hayamos podido venir aquí a hablar de la actividad de Medpax.

—Soy yo quien debe estar agradecido —respondió Eugen al momento.

—Bueno, ¿cómo te van las cosas? ¿Hay alguien en particular que quieras que te presente?

Isobel estaba a punto de contestarle cuando de pronto vio un rostro que reconoció. Estaba de pie al otro lado del salón y ella se quedó completamente rígida. No debo reaccionar ante él, se dijo a sí misma. Había sucedido hace muchos años, pero su cuerpo había reaccionado y no podía controlarlo.

Notó el brazo de Alexander rodeándole la espalda.

—Yo me ocupo de Isobel —dijo con una sonrisa en la voz.

Ella, como en medio de una neblina, se dio cuenta de que seguía hablando con Eugen. Tragó saliva. Otra vez él. Mierda.

—Isobel, ¿te pasa algo? Estás muy pálida. ¿Te encuentras bien?

Ella respiró profundamente, retuvo el aire en los pulmones, contó hasta cuatro, lo soltó y volvió a contar hasta cuatro. Repitió el proceso.

—¿Necesitas sentarte? ¿Agua?

Alexander, protector, le ofreció su fuerte brazo y ella se inclinó un poco hacia él y se dio la vuelta. El miedo no produce el desvanecimiento, pensó. Te hace palidecer y temblar, pero no que te desmayes. Y yo no tengo miedo en realidad. Es solo una reacción automática.

—No es nada —dijo ella—. Una bajada de azúcar. Creo que tengo un poco de hambre.

La mirada preocupada de él la sobrevoló.

—De verdad. Lo prometo —aseguró.

—Si tú lo dices —replicó él con escepticismo—. Parecías asustada. ¿Estás segura de que no ha pasado nada? Puedes decírmelo.

Ella le miró y sonrió para tranquilizarle. Pero si había algo que no podía hacer era contárselo.

—¡Alexander!

Una pareja se acercó a ellos, le estrecharon la mano y después miraron a Isobel con curiosidad. Alexander también la miró, sin saber qué hacer. Ella respiró profundamente, más tranquila: ya se encontraba bien. La presentó a la pareja.

—He oído tu ponencia —dijo la mujer—. ¿Das charlas privadas? Tenemos una asociación; en concreto es un ateneo. Pagamos, por supuesto.

—Con mucho gusto.

—Entonces quedamos así. Le diré a nuestra secretaria que se ponga en contacto contigo.

—Te serán muy útiles sin duda —dijo Alexander cuando la pareja los dejó—. Si confías en mí, verás que puedo conseguir más tareas y más donantes de los que puedes manejar.

—Entonces me quedaré contigo —dijo ella riendo.

Se sentía totalmente recuperada y confirmó esta sensación cuando Alexander le presentó a otro grupo de personas. Tal vez solo se lo había imaginado. ¿Qué iba a hacer allí Sebastien?

15

—Mi familia vivió aquí cuatrocientos años. Prácticamente me lo robó.

Alexander se dio la vuelta en el salón y localizó al tipo que hablaba alzando la voz.

—Lusen, me ha parecido oír tu voz quejumbrosa —dijo mirando al hombre, Lucius af Kraft, con gesto amenazante—. La verdad es que he intentado ignorarte, pero hay que ver cómo se te oye.

—¿Alexander? ¿Qué demonios haces aquí?

—No sabía que tuviera que informarte de cuándo voy a venir. Al fin y al cabo soy el dueño de la casa. ¿Y tú? ¿Qué coño haces aquí?

Lusen se tambaleó.

—Mi jefe ha obligado a venir a todo el departamento, de lo contrario no habría puesto un pie aquí —dijo señalando a Alexander con la copa—. Me quitaste todo esto. Mi familia ya no me dirige la palabra. La culpa es tuya. Me arrebataste mi herencia.

Fue durante una noche de póquer de lo más loca, recordó Alexander. Las apuestas eran enormes. Todos estaban borrachos y al final se quedaron solos Lusen y él. Alexander había esperado pacientemente durante toda la noche y al final ocurrió: le salieron unas cartas excepcionales. Una escalera de color. Corazones. Aún podía recordar la belleza simétrica que logró en esa jugada, una de las mejores que había tenido y por la que valió la pena esperar.

—Te lo advertí. Te dije que te retiraras. Tus colegas también te lo advirtieron.

Lusen resopló.

—No tendrías que haber sido tan cabrón para hacerme eso.

Claro, podía haberlo hecho a la mañana siguiente, cuando Lusen se derrumbó, pensó Alexander negando con la cabeza. Era una cuestión de principios.

—No, tú perdiste. Yo gané.

—¿Alexander?

La voz de Isobel los interrumpió.

—Bueno, bueno, ¿qué tenemos aquí?

Lusen paseó su mirada vacilante por el vestido verde de Isobel, deteniéndose en su piel desnuda.

Alexander dudó: no quería deshonrarla de ningún modo, no quería que tuviera nada que ver con Lusen. Pero ella se le adelantó, por supuesto. A fin de cuentas no era una mujer que necesitara que un hombre la presentara.

—Isobel Sørensen —dijo ella tendiéndole la mano con cortesía.

—Hola. ¿Y tú a qué te dedicas? No eres como las otras tías que suelen ir con Alexander, por decirlo así.

Lusen la miró de arriba abajo con descaro y después volvió a fijarse en su pecho. Se formó una especie de gruñido en el interior de Alexander y dio un paso hacia él a modo de advertencia.

Pero a Isobel parecía darle lo mismo.

—Soy médica. He venido a dar una charla sobre la ayuda humanitaria.

Lusen hizo un gesto despectivo.

—¿Beneficencia?

—Nosotros no lo llamamos así. Hablamos de «ayuda humanitaria» o «trabajo humanitario».

—Es para los países en desarrollo, ¿no? En tal caso no sirve para nada. El mundo ya está superpoblado. Sería mejor dejar que la gente se muera allá abajo, dejar que la selección natural se encargue de lo suyo en vez de ir hasta allí y procurar que sean cada vez más. Sería lo mejor para todo el mundo.

—En realidad no para todos, ¿verdad? —replicó ella con tranquilidad.

—El Estado ha pagado tu educación, ¿no? Pues tendrías que trabajar en Suecia. Aquí se necesitan médicos suecos. Deja que los médicos de allí se encarguen de ellos.

—Sí, sería fantástico que el mundo funcionara de ese modo —dijo Isobel.

—Si quieres puedes ayudarme un poco a mí.

Isobel seguía completamente serena pero Alexander ya había tenido suficiente.

—En primer lugar, no hables de cosas de las que no sabes nada; solo sirve para que parezcas aún más imbécil de lo que ya eres. En segundo lugar, no insultes a una persona que es mejor que tú en todos los aspectos. Y en tercer lugar, déjala en paz —soltó con una rabia que apenas podía controlar.

Lusen se limitó a tomar otro sorbo de su bebida y a lanzarle a Alexander una mirada cargada de odio.

Años atrás, Alexander y él salían juntos de juerga por Stureplan. Pero Lusen era un canalla sin honor, y cuando invitaba a chicas jóvenes con ganas de fiesta a unas copas, esperaba obtener sexo como pago. Y si no lo conseguía se ponía agresivo.

Si Alexander hubiera visto la lista de invitados habría borrado su nombre.

—Solo estoy diciendo que no podemos contribuir a la superpoblación —explicó.

—Eres realmente imbécil, y además estás equivocado. Todos los estudios demuestran que la gente decide tener menos hijos cuando la posibilidad de que sobrevivan es mayor. Es exactamente igual que en países industrializados como el nuestro. Y también merecen disponer de atención médica.

Isobel lo miró de reojo.

—¿Qué? —preguntó él.

—Solo pensaba que yo no lo hubiera dicho mejor.

—Sin embargo, no entiendo por qué los médicos suecos se tienen que preocupar por un montón de negros. ¿No hay pobres a los que ayudar aquí? —les interrumpió Lusen.

Era como llevar mierda de perro debajo del zapato: no podías deshacerte de ella con facilidad.

—Ya es suficiente —cortó Alexander con brusquedad.

—Está bien, Alexander —terció Isobel—. No tiene sentido enfadarse, estas cosas ocurren continuamente.

Pero sus palabras no lo tranquilizaron en absoluto, sino que se enfadó aún más cuando se dio cuenta de que aquello era habitual para Isobel. Y tal vez le resultaba incómodo recordar que él tenía unos puntos de vista similares a los de Lusen hasta hacía poco tiempo, que él también era una de las innumerables personas ante las cuales Isobel tenía que defender su elección.

—Es mi opinión —insistió Lusen con la obstinación de un borracho—. Vivimos en una democracia, ¿no? Puedo decir lo que quiera.

—No cuando tus opiniones son tan estúpidas. De hecho, creo que te vas a ir de aquí ahora mismo.

—Puedes irte tú si no te gustan.

—No me has entendido bien, Lusen, pero siempre has sido una persona inusualmente lenta. Quiero que te vayas. Recoge tus cosas y márchate.

—¿Me tomas el pelo? Estamos en medio del campo. Y no puedes fingir que te importa eso, tú menos que nadie. Te conozco bien. No tienes ni un ápice de moral, no sé por qué te haces el interesante —dijo mirando a Isobel—. Aunque seguramente tu interés se deba a la doctora, y lo comprendo —añadió clavando la vista en el escote de ella—. Antes salíamos juntos a ligar. Suele cansarse enseguida, así que estaré encantado si me das a mí los primeros auxilios, ya me entiendes.

—Vete ahora mismo —dijo Alexander, y él mismo se sorprendió de que su voz sonara tan sosegada, a pesar de la rabia que le hervía a borbotones en su interior.

—Estoy invitado. Mi jefe caza con Eugen. No me puedes echar.

—Alexander, no vale la pena meterse en líos por esto. Si me molestara cada vez que alguien muestra una actitud ignorante o simplemente vulgar, no tendría tiempo de hacer otra cosa —dijo Isobel con cierto tono de reproche—. Hay que centrarse en los que no piensan así, en los que piensan que el mundo es injusto y no hay respuestas fáciles. No dejes que te estropee la noche.

Alexander se tranquilizó. Isobel tenía razón, era mejor dejarlo correr, comportarse de forma civilizada.

—La gente como tú es la que destruye este país —afirmó Lusen con ojos vidriosos.

Alexander negó con la cabeza y apoyó la mano en el brazo de Isobel.

—Ven —pidió intentando alejarla de ese borracho.

—No me refiero a ti —protestó Lusen—. No, me refiero a esa jodida izquierdista.

Sucedió todo tan rápido que Alexander ni siquiera se lo pensó, solo actuó. Se volvió, le propinó un fuerte puñetazo y poco después Lusen estaba de espaldas en el suelo gritando y sangrando por la nariz. Su copa estaba hecha añicos y el contenido se extendió rápidamente por el suelo.

Algunos invitados se quedaron mirando el revuelo.

Alexander sacudió la mano. Le dolía muchísimo.

Isobel se quedó con los brazos cruzados. Parecía imperturbable cuando ladeó la cabeza y lo miró.

—¿Qué piensas en este momento, Alexander? ¿Que la violencia va a hacer que deje de comportarse como un imbécil racista? ¿O crees tal vez que va a cambiar su opinión sobre nuestra política de cooperación al desarrollo porque lo hayas tirado al suelo?

—¿No has oído lo que ha dicho? No puedo permitir que nadie te hable de ese modo. No era mi intención que te alteraras —dijo pasándose la mano por el pelo.

—¿Alterarme?

Lusen blasfemaba pero permanecía en el suelo, derrotado.

—Sí, por la violencia y la pelea, ya me entiendes.

Isobel sonrió. Miró con gesto tranquilo el abundante flujo de sangre que Lusen, torpemente, intentaba detener con un pañuelo. Después lanzó una mirada irónica a Alexander.

—La última vez que me fui con MSF me metí en medio de una pelea entre bandas. Terminó con cuatro muertos y numerosos heridos. Una enfermera congoleña y yo vendamos lo que pudimos. Luego empezaron a pelear otra vez. —Volvió a mirar a Lusen—. Un hombre de clase alta borracho es más o menos tan excitante como un antitusivo que no necesita receta —añadió.

Tomó a Alexander de la mano mientras otra persona ayudaba a Lusen a ponerse de pie. Un miembro del personal de servicio limpió los añicos de cristal y el revuelo se calmó.

—Tienes rasguños en los nudillos. Pegas con fuerza.

—¿Vas a ponerme una tirita? Lo he hecho por ti.

—Incluso dejando de lado que no vivimos en el siglo XIX, no estoy especialmente interesada en que la gente pelee por mí —dijo con voz firme pero con una sonrisa en los ojos.

En cambio Alexander tenía intención de defenderla de todas y cada una de las personas que le dijeran algo irrespetuoso.

—Ten cuidado con él —advirtió Lusen con un hilo de voz, mientras se sacudía la ropa—. Es un jugador: juega con las mujeres y después se cansa de ellas. No creas que eres especial —concluyó, mirándola mientras agitaba la mano.

Alexander captó la mirada de su tío Eugen, quien inclinó la cabeza en señal de asentimiento. Lusen ya no iba a ser bien recibido allí. Alexander se alejó disgustado. La adrenalina seguía circulándole por el cuerpo. No encontraba ninguna explicación. Nunca había hecho algo así. Nunca le había dado un puñetazo a alguien solo por ser grosero con una mujer.

—Eres genial, doctora Sørensen, ¿te lo había dicho ya? —preguntó ofreciéndole el brazo, y ella lo agarró—. ¿Tienes hambre?

—Mucha. Soy una mujer simple. No me gusta que la gente se pelee. Pero si me das de comer seré tuya para siempre.

Él se echó a reír; sentía la euforia que siempre acompaña a un aumento de adrenalina.

—Hacia el bufé entonces —dijo.

Después de comer, Alexander propuso que salieran al aire libre. En el castillo hacía calor, había demasiada gente y él quería tener a Isobel para él solo. Cogió un bol con fresas, una botella y dos copas, y se la llevó lejos de los salones. A su paso vieron a varios grupos de personas que fumaban afuera, pero lograron dejarles atrás sin pararse a saludar. Se sentaron en uno de los grupos de asientos que había y Alexander colocó uno de los sofás de modo que pudieran sentarse de espaldas al castillo mirando hacia el lago. La tarde era templada aún, pero alrededor de ellos ya habían empezado a encender fuego en grandes recipientes y en cubos de acero para calentarse.

—Lamento mucho lo ocurrido —dijo él.

—No ha sido culpa tuya. Por desgracia, ocurre cada vez más a menudo. Yo intento no dejar que me provoquen, se pierde demasiada energía.

—Lo entiendo. No sé cómo pudiste permanecer tan tranquila. Ese tipo es un imbécil y un racista.

—Los peores son esos Demócratas de Suecia que utilizan como excusa a personas como yo y a organizaciones como MSF para difundir su odiosa visión del ser humano. Defienden que hay que ayudar a la gente in situ, pero te aseguro que no he visto a ninguno de ellos ayudando en esos lugares. Nunca.

—Maldito hipócrita. Me dan ganas de volver y darle una paliza.

—Al final te acostumbras.

La miró y en ese momento hubiera querido estrangular a todos los miserables xenófobos que los utilizaban a ella y a sus ideales.

Seguía preguntándose qué habría visto ella antes, cuando la notó tan asustada, pero no se lo dijo. Levantó la mano, le acarició el cabello y se lo retiró de la cara. Isobel parpadeó despacio y volvió el rostro hacia él de modo que el sol coloreó su piel en tonos dorados y rosas. Se inclinó hacia delante y la besó ligeramente en la boca. Ella cerró los ojos, respiró y se quedaron unos segundos sintiendo la tibieza de los labios unidos.

Pero cuando ella interrumpió el beso, lo miró muy seria.

—Alexander, tengo que saberlo. ¿Tienes novia aquí o en Nueva York? Lo lamento, pero siento que tengo que preguntarlo antes de continuar. No quiero entrometerme y no debería escuchar los rumores que corren, pero una vez leí algo sobre ti y por eso tengo dudas.

Él supuso que habría visto aquel blog. No era demasiado halagador. Negó con la cabeza.

—Se trata de una chica con quien estuve una sola vez. Ojalá no lo hubiera hecho; fue una estupidez. Soy soltero al cien por cien. De lo contrario no haría esto.

Volvió a rozar los labios de ella con los suyos, le mordió el interior del labio y después le acarició la cara con los labios con suavidad, hasta alcanzar una de las orejas. Notó su piel delicada, fina, sensible y fragante. Aspiró profundamente. Cómo le gustaba ese olor a piel y a limpio. Tan fresco como una toallita húmeda.

—Yo también estoy sola —murmuró ella.

Él le mordió ligeramente el lóbulo de la oreja.

—Lo sé —susurró—. Se lo he preguntado a Leila.

—Habla mucho para ser psicóloga —dijo ella retirándose.

—Tal vez.

La besó en la barbilla y después otra vez en la boca, despacio, no había ninguna prisa.

—Aunque soy muy hábil a la hora de sonsacar secretos a la gente.

—No es ningún secreto que vivo sola.

—Pero supongo que habrá otros secretos.

Se echó hacia delante y se estiró para coger una fresa, le quitó la parte verde y se la dio a ella. La observó con atención mientras mordía aquel fruto de intenso color rojo. El jugo coloreó sus labios y él sintió un fuerte deseo de inclinarse en su dirección y lamer el jugo que había quedado en esa boca rodeada de pecas.

—¿Te importa que te pregunte una cosa? —dijo ella.

—Te noto muy seria, así que de forma espontánea diría que no —replicó.

Prefería seguir comiendo fresas y besándola, bebiendo champán y mirando las estrellas.

—El dinero que le diste a Medpax, las cien mil coronas. —Se mordió el labio y después continuó—: ¿De dónde procede? ¿Es dinero legal?

Alexander la miró detenidamente. Vio su cabello rojo rodeándole la cara y brillando a la luz del sol.

—¿Me estás preguntando si soy un criminal? —preguntó él con calma—. ¿Si utilizo Medpax para lavar dinero? Estoy seguro de que es imposible que sea así pero, aparte de eso, ¿tan mal piensas de mí en realidad?

Ella tragó saliva, aunque no apartó la mirada.

—La mayor parte de la gente no puede regalar cien mil coronas por un impulso.

Alexander suspiró, aunque debía de haberse imaginado que le preguntaría aquello antes o después.

—Tienes razón y te mereces una explicación. Como sabrás, procedo de una familia rica.

Isobel asintió, aunque él intuía que no lo había entendido en toda su dimensión real. La familia De la Grip dominaba el mundo financiero sueco por completo hasta el otoño anterior. Siempre habían sido ricos, aunque nunca se hablaba de ese tipo de cosas, claro, y lo seguían siendo. En términos de prestigio supuso un duro golpe que su padre perdiera el control de Investum, pero Hammar Capital no acabó con ellos; al contrario, económicamente nada empeoró.

—¿Así que vives del dinero de tus padres?

Alexander negó con la cabeza e intentó recordar si alguna vez había hablado de aquello con alguna mujer. Porque se trataba de su vida en Estados Unidos y esta le pertenecía por completo. No era un asunto de los De la Grip ni tampoco una herencia. Solo era de él. Y no había dejado que ninguna mujer entrara allí.

—Te lo voy a contar, mi bella Isobel —murmuró mientras subía el dedo índice por el brazo de ella siguiéndole las pecas—. Se me da bien ganar dinero. Me gustaría que quedara entre nosotros, ya que aún tengo una reputación de playboy que mantener.

Ella lo miró con recelo y Alexander entendió lo que eso significaba: no se conformaría con respuestas vagas.

—¿Qué quieres decir exactamente?

—Heredé una fortuna y podría vivir bien de ella en Suecia. Pero el hecho es que la mayor parte de mi dinero la he ganado yo.

Guardó silencio. No importaba que se alejara de sus orígenes ni que se relacionara con personas que solían jactarse de sus posesiones; ese sentimiento estaba profundamente arraigado en él. No había que hablar de uno mismo ni de los propios ingresos, pero no quería que Isobel dudara de él. Ella le había producido una fuerte impresión.

Todas las personas eran singulares de algún modo. Sin embargo, no había conocido a nadie que lo fuera tanto como Isobel; era la más singular de todas. Fuerte y vulnerable a la vez. Segura de sí misma y competente y, al mismo tiempo, con esa fragilidad que a veces vislumbraba, esa incertidumbre que le hacía fruncir el ceño. Y luego estaba su increíble belleza, por supuesto. Su físico casi le obsesionaba; podía quedarse despierto en la cama durante horas y explorarla en su imaginación, centímetro a centímetro. La deseaba, y si el precio era la sinceridad, sería sincero.

—Pero ¿cómo puedes ganar tanto dinero? No será al póquer, supongo...

Él negó con la cabeza. No, era algo mucho más complicado. En realidad era raro que no hubiera hablado con nadie de eso. Ni siquiera Natalia o Eugen lo sabían todo. ¿Creerían también que era un criminal? Debía tenerlo en cuenta.

—Empezó con el amigo del que te hablé.

—¿El cocinero? ¿Romeo?

—Sí, nos conocimos hace diez años en Nueva York. Yo estudiaba en la Escuela de Economía y estaba allí disfrutando de las vacaciones de verano. Nos encontramos en un club nocturno. Romeo acababa de ganar un concurso de televisión y soñaba con abrir un restaurante propio.

Alexander estaba borracho, y le pareció que invertir parte de su herencia en ayudar a un cocinero italiano homosexual era la mejor idea del mundo.

—«Es una lástima que además no seas musulmán», le dije entonces arrastrando las palabras. «Eso hubiera irritado a mi padre aún más.»

Así que, todavía con resaca, al día siguiente puso en marcha la empresa Golden Griffin Business Growth para poder darle a Romeo el capital inicial para su proyecto.

—Invertí en ese restaurante y ahora tenemos varios por todo el mundo. Romeo es un genio.

De lo único que se arrepentía era de aquel nombre tan estúpido, pero habían decidido mantenerlo.

—¿Seguro que se puede ganar tanto dinero como propietario de unos restaurantes?

Notó la duda en su tono de voz.

—No, un día apareció otra cosa, por pura casualidad. Conocí a un chico que había grabado un sonido que a él le parecía divertido y dijo que quería crear tonos de llamada para teléfonos móviles. Mi empresa también le dio dinero. Hoy en día es uno de los tonos de llamada más descargados del mundo. Y mi racha ha continuado. Fui una de las primeras personas que invirtieron en juegos para móviles.

Lo que empezó como una broma durante una noche de juerga se había convertido en un negocio, y en la actualidad le permitía ser completamente independiente de su familia.

—Soy capaz de ver los problemas y el potencial en varios pasos. Es como si se extendiera un abanico delante de mí. En ese aspecto se parece al póquer.

Los juegos de cartas y los negocios empezaron a dar sus frutos. Ambas cosas requerían paciencia para esperar el momento adecuado, atreverse a asumir riesgos pero al mismo tiempo ser racional. Diez años atrás, las soluciones móviles y digitales eran todavía algo inusual y difícil de entender; sin embargo, Alexander lo captó al instante. Su empresa invirtió sistemáticamente en nuevos negocios en los que a veces solo había dos chicos en un sótano, y después también chicas, que desarrollaban distintos servicios digitales, aplicaciones y otras soluciones. Cuando explotó el mercado de la telefonía móvil, al principio en los países occidentales y después en los del Este, el dinero empezó a fluir en serio. Hoy por hoy, el modo de lograr una riqueza inimaginable se llama internet.

—El dinero que obtuvo Medpax era blanco como la nieve, te doy mi palabra.

Isobel parecía tan aliviada que Alexander no sabía si reír o sentirse ofendido. Nunca se le hubiera ocurrido que fuera a pensar eso de él.

—Debería darte vergüenza tener una opinión tan pobre de mí —dijo mientras levantaba la mano, la apoyaba en la nuca de ella y se la acariciaba con el pulgar, notando que el pulso golpeaba con fuerza bajo su dedo.

Alexander no lo diría nunca en voz alta pero, según su experiencia, cuanto más guapa era una mujer, menos se implicaba en la cama. Era como si las mujeres muy guapas pensaran que el simple hecho de estar allí era suficiente. No se trataba de una queja, solo que le resultaba divertido que una mujer quisiera lo mismo que él. Sin embargo, en Isobel, que era la mujer más bonita que había conocido, percibía una especie de ardor bajo esa fría superficie, algo que le hacía sospechar que esa teoría no siempre se cumplía. Podría apostar cualquier cosa a que se estaba humedeciendo mientras la besaba, que buscaba la presión de la tela del vestido porque le excitaba la fricción de la seda contra la piel. Sospechaba que los dos juntos...

No, no quería que Isobel desconfiara de él, no quería obstáculos innecesarios entre él y aquella mujer a la que planeaba seducir.

—Soy inmoral casi todo el día, pero no soy un criminal —murmuró él junto a su boca.

Luego la besó suavemente en la clavícula y notó que ella empezaba a respirar de forma entrecortada mientras se apretaba contra él.

—¿Estás satisfecha? —susurró.

—Gracias por decírmelo —dijo ella en voz baja.

Su boca volvió a rozar la de ella. Fue un simple beso, solo labios y respiración, nada de lengua, pero él no tenía prisa; le encantaba aquello, los preliminares, los inicios. Le puso una mano en su rostro, vagamente consciente de que la concentración de Isobel se había alejado de él.

Se inclinó hacia delante. Isobel parpadeó y se apartó.

—¿Has oído eso? —preguntó.

Al principio no entendió bien de qué hablaba, pero después él también lo oyó. Música.

—¿No me digas que es una orquesta?

—Una orquesta de cuerda. Después de todo es un baile en el castillo. Y resulta que yo dispongo de un salón de baile. ¿Quieres entrar?

—Con mucho gusto.

Él se levantó y le tendió la mano.

—Vamos, estoy totalmente seguro de que al menos habrá un vals.

16

Era de esperar que Alexander tuviera su propio salón de baile, pensó Isobel mirando la extravagante habitación. Paredes tapizadas con papel dorado, grandes lámparas de araña en el techo y coloridos arreglos florales por todos lados con tulipanes y otras flores de primavera. La orquesta tocaba en uno de los extremos. Los brillantes instrumentos relucían y los invitados ya se movían por la pista de baile.

Alexander se dirigió a ella y se inclinó haciendo un gesto formal.

—¿Me concedes este baile? —dijo tendiéndole la mano.

Ella se deslizó entre sus brazos mientras sentía por el cuerpo un cosquilleo constante de felicidad. Él se había peleado por su honor. No era ningún criminal, sino un genio de las finanzas, y la había besado como si fuera la mujer más sexy y deseable del mundo.

Cuando empezaron a moverse, pudo confirmar que Alexander era una pareja de baile incomparable. Ya era consciente de ello, pero resultaba especial deslizarse con él por un salón de baile de varios cientos de años de antigüedad.

—¿Decías algo? —murmuró él atrayéndola más hacia sí.

—Es la segunda vez que bailamos juntos. Empezamos a ser buenos en esto.

Él le apretó la mano y se pusieron a dar vueltas y vueltas. Después de unos cuantos giros suaves propios de un vals, llegó un tema más rápido que hizo que a ella le aumentara el ritmo cardíaco, un baile alegre y vital que la hizo reír, y luego otro vals. Con poco entusiasmo, con la boca pegada a su cuello y la mano fuertemente cerrada en la de él, Isobel le sugirió que tal vez deberían bailar con otras personas, pero él se limitó a apretarle la mano aún más.

—No —dijo—. Quiero bailar contigo. No soy el anfitrión de la noche, así que no tengo obligaciones; quédate conmigo.

Esa fuerza... Le parecía tan tentador que la atraparan. No era frecuente que la gente se dejara llevar por la pasión. En parte, la razón de que le atrajera tanto el trabajo de campo era todo lo que movilizaba en su interior.

Cuando la orquesta hizo una pausa, Alexander la llevó hacia las puertas abiertas de par en par. Ella tenía calor y el aire fresco que entraba del jardín era delicioso. Salieron y dieron un paseo por el césped entre los árboles. Alexander se detuvo, le pasó un brazo alrededor de la cintura y la empujó suavemente hacia atrás hasta que ella recostó la espalda en un tronco de árbol liso. Isobel volvió a experimentar esa fuerte sensación. Él apoyó la palma de una mano por encima de su cabeza y se inclinó hacia ella. La joven médica se preguntó cómo podía ser tan superficial como para excitarse ante la estatura y la posición dominante de él, pero así era. Después le acarició la mejilla con la otra mano y le dio un beso, que fue tan perfecto como suponía que sería.

En realidad lo que queremos es que nos besen, pensó.

Alguien se lo había dicho en el pasado, y era exactamente así. No hay nada como el primer beso. Y Alexander era muy hábil. Esos labios duros que se volvían suaves, esa lengua que al final jugaba con la suya y los leves mordiscos que sentía en el labio inferior. La otra mano, que en ese momento estaba sobre su pecho; los dedos que se movían por la tela buscando lo que había debajo, acariciándola. Notó sus piernas entre los muslos y lo deseó más de lo que había deseado a ningún hombre desde hacía mucho tiempo. La boca de él volvió a cubrir la suya y se besaron frenéticamente, jadeantes. Ella puso las manos sobre sus brazos; le encantó notar su dureza y se dejó llevar. Por un fin de semana podía ser joven e irresponsable, besar y acariciar a Alexander De la Grip bajo las estrellas. El mundo no se iba a hundir solo porque ella perdiera el control un momento.

Hasta que eso fue lo que realmente ocurrió.

Al principio Isobel solo oyó el murmullo confuso de alguien que se dirigía hacia ellos. Después oyó la voz que menos quería oír del mundo. Un elevado tono de voz masculina que le produjo unos sentimientos tan complicados que todavía le resultaban difíciles de entender.

Una voz que Isobel primero amó y luego temió.

Y ahí estaba delante de ellos. Sonriendo y mirándolos desafiante, sin preocuparle que pudiera molestar.

—*Bonjour, Isobel.*

No estaba equivocada: Sebastien estaba allí. Se pasó las manos por el vestido para arreglárselo mientras percibía que Alexander la miraba extrañado. Los ojos oscuros de Sebastien la recorrieron de arriba abajo.

—Hola —contestó ella en sueco, marcando una distancia entre ellos al negarse a hablar en francés.

Él dio un paso hacia ella y, antes de que pudiera reaccionar, la besó en la mejilla, como si Alexander no estuviera de pie a su lado. Notó su olor, exactamente el mismo de antes, la misma loción, la misma colonia, y los recuerdos se apoderaron de ella como si volviera a tener veinte años. ¿Cómo era posible que reaccionara de ese modo? Notó la boca seca y tragó saliva buscando palabras. En ese momento Alexander se adelantó.

—Alexander De la Grip —dijo tendiéndole la mano a Sebastien—. Esta es mi casa, así que se supongo que eres uno de mis invitados. ¿Cómo te llamas?

Su voz era educada y pulida, pero bajo ese tono cortés y esos movimientos cordiales, Isobel percibió la frialdad del acero.

—Sebastien Pascal.

Cuando los hombres se estrecharon la mano, Sebastien no pudo ocultar una mueca de dolor e Isobel miró de reojo a Alexander. ¿Le habría apretado la mano a Sebastien como si aquello fuera una película mala? Alexander la miró con gesto inocente.

—Y bien, Sebastien, ¿de qué os conocéis? —preguntó.

—Isobel y yo hemos trabajado juntos —respondió Sebastien—. Entre otras cosas.

Si Alexander entendió correctamente el significado de su tono de voz, no lo demostró.

—Entonces ¿también eres médico? —preguntó sin más.

—*Oui.* ¿Y tú, te dedicas a la medicina? —dijo Sebastien con un leve sonrisa, como si todos supieran que la pregunta era absurda.

—No, realmente no —respondió Alexander.

Isobel se dio cuenta en ese momento de que el verdadero Alexander empezaba a asomar por detrás de su máscara. Había perdido la cuenta del tiempo que hacía que no le oía hablar y comportarse de esa manera.

—Soy un playboy internacional. Nunca tendría tiempo ni ganas de estudiar una carrera tan seria como la de medicina. Pero me gustaría saber algo más acerca de cómo trabajabais los dos juntos —dijo mirando a Isobel de un modo vacuo e inexpresivo.

De no haberse tratado de Alexander, habría pensado que lo que vislumbraba en sus bellos ojos era inseguridad, pero en él aquello era totalmente impensable.

—Fui su instructor —afirmó Sebastien, esbozando una sonrisa que hizo que ella se sintiera incómoda—. Era muy aplicada —añadió levantando la mano y acariciándole la mejilla.

—Es maravilloso verte, Isobel.

Alexander observó a aquel francés de cabello oscuro con la mayor objetividad que pudo. Sebastien tendría poco más de cuarenta años. No llevaba anillo. Debía de resultar atractivo a quien le gustara ese tipo de persona autosuficiente que irradiaba talento y seguridad.

Alexander le odió de inmediato.

Y al ver cómo le rozaba la cara a Isobel, deseó haberle apretado la mano con más fuerza aún.

«A todos los hombres les preocupa cómo destacan en comparación con aquellos que hayan estado con una mujer antes que ellos.» Alexander había leído esa frase en alguna parte y en aquel momento le había parecido una tontería. Solo los hombres inseguros se preocupaban por lo que en parte no podían evitar y en parte no tenía nada que ver con ellos.

Pero ahora... Era evidente que Isobel había tenido una relación con ese médico presuntuoso.

Aunque nunca se rebajaría a sentir los celos, había algo que no encajaba. Isobel estaba rígida y llevaba un rato sin decir nada. Sebastien, por el contrario, no cesaba de hablar.

—*Chérie*, me sorprendes. No es tu tipo.

—Tonterías, soy el tipo de todas —dijo Alexander.

—Sin duda debería... —empezó a decir Isobel al mismo tiempo, pero se detuvo en medio de la frase.

Algo no funcionaba como debía, sin ninguna duda. Alexander buscó su mano y la notó helada. Sebastien no era solamente un novio del pasado. Percibía que en el aire flotaba algo más que estaban intentando disimular envolviéndolo en frases cotidianas. Pero Alexander había crecido con unos padres que eran expertos en comunicarse por medio de una crítica más o menos encubierta, así que para pillarlo hacía falta algo más que la pulla de Sebastien. Pasó un brazo alrededor de la espalda de Isobel y, como ella no parecía tener nada en contra, la atrajo hacia él.

—No queremos entretenerte —dijo con firmeza a Sebastien—. Hay barra libre, o sea que solo hay que proveerse. Si nos disculpas... —añadió abriéndose paso con Isobel y dejando atrás al francés sin esperar respuesta.

—¿Qué ha ocurrido ahí en realidad? —preguntó cuando él ya no los podía oír.

Isobel respiró hondo, negó un poco con la cabeza y finalmente lo miró esbozando una débil sonrisa.

—Disculpa. No sé bien qué ha ocurrido. Ha sido un día muy largo.

La llevó por un pasillo, empujó una puerta pequeña y la sostuvo abierta.

—Entremos aquí.

—¿Dónde estamos? —preguntó ella al entrar. Él le acercó un sillón.

—Siéntate.

Ella se hundió en el sillón, se apoyó en el respaldo y respiró aliviada.

—Estoy realmente agotada.

Él fue a buscar una manta ligera y se la puso sobre las rodillas. Ni siquiera pensó en todo lo que Isobel había tenido que hacer ese día, solo la quería para él.

—Esta es la pequeña biblioteca —explicó poniendo otro sillón enfrente de ella y sentándose—. ¿Quieres hablar de ello?

Isobel se mordió el labio.

—Sabía que Sebastien estaba aquí. Ya lo había visto.

Entonces era a él a quien había visto cuando se asustó tanto. Le dieron ganas de volver y, de un puñetazo, arrancarle uno o dos de sus dientes perfectos a ese doctor francés.

—A él le gustan este tipo de reuniones. Es un buen médico —añadió Isobel casi con cautela.

—Pero ¿una mala persona?

Parecía que quería que ella estuviera de acuerdo con él, que dijera que Sebastien Pascal era la peor persona que había conocido nunca.

—Todas las personas tienen defectos.

—Tú no —replicó él.

—Por supuesto que los tengo —dijo ella riendo.

Él se apoyó en el respaldo y estiró las piernas.

—Enumera alguno.

—A veces puedo ser un poco crítica.

—¿De verdad? No lo he notado.

Ella se volvió a reír en voz alta y él se alegró de que aquella conversación desenfadada surtiera efecto. Le había vuelto el color al rostro y había desaparecido esa horrible expresión de agobio que vio en sus ojos. ¿Qué le habría hecho realmente ese Sebastien?

—¿Estuvisteis juntos? —preguntó él.

Ella suspiró e hizo uno de esos movimientos con los dedos que hacen las mujeres para quitarse el maquillaje de debajo de los ojos.

—Sí. Yo era muy joven. Y él daba conferencias en la facultad. Sobre cirugía traumatológica.

Un médico mayor que ella, compatriota, inteligente. Estaba claro que había caído en sus redes. Y Sebastien Pascal no parecía un hombre que tuviera problemas para mantener relaciones con estudiantes jóvenes en situación de dependencia.

—¿Qué ocurrió?

—Es muy complicado —contestó Isobel negando con la cabeza.

—¿No lo es siempre?

—Supongo que sí.

—¿Isobel?

—¿Sí?

Él observó su rostro, su cuerpo curvilíneo y sus largas piernas. ¿Cómo sería a los veinte años? No podía ser más bonita de lo que era ahora.

—¿Sebastien te pegaba? —preguntó con voz neutra.

Ella no contestó de inmediato, solo se quedó mirando hacia el exterior de la habitación con una expresión imposible de descifrar.

Alexander esperó mientras el corazón le latía con fuerza en el pecho. Sabía que él seguramente también había roto corazones. Llevaba casi la mitad de su vida acostándose con mujeres casadas y a menudo se comportaba como un egoísta. Pero nunca le había causado un daño físico a una mujer. Solo pensarlo le producía náuseas. Sabía que el mundo era así, por supuesto, y que había hombres que se comportaban como cerdos, pero eso lo tenía muy claro: a las mujeres no se les maltrataba.

—Lo cierto es que no sé qué responder a esa pregunta —dijo ella lentamente volviendo la cabeza hacia él—. Todo eso sucedió hace mucho tiempo. Solo ha pasado que me quedé impactada al verle y me sorprendió mi propia reacción. En cierto modo me alegro de que nos hayamos visto y podido hablar. Ha sido bueno para mí. Como si le hubiera puesto punto final a esa historia, supongo.

Él dejó escapar el aliento; ni siquiera se había dado cuenta que lo aguantaba. ¿Respondía deliberadamente con ambigüedad? ¿Debería salir a buscar a Sebastien y matarlo?

—¿Estabas enamorada de él?

Ella bajó la vista, se miró las manos y toqueteó un fleco de la manta.

—Sí, mucho.

—¿Y ahora? ¿Qué sientes?

—Que ha llegado el momento de mirar hacia delante. He seguido con mi vida, por supuesto. Fue hace diez años y he tenido un montón de novios desde entonces.

—Es muy agradable escuchar eso.

Ella se echó a reír.

—No lo digas en ese tono. Seguramente no he tenido tantos como tú.

—No creo, yo no he tenido ni un solo novio —dijo sonriendo al oírla reír.

Ella apoyó la barbilla en una mano.

—¿Has estado enamorado alguna vez, si no te importa que te lo pregunte?

Él pasó un dedo por el brazo del sillón.

—No del modo que tú describes —dijo pensando que no solo Isobel tenía cosas en su pasado que resultaban difíciles de explicar a otra persona.

No había estado nunca tan enamorado. A veces le parecía un defecto, a veces una enorme ventaja. Lo pasaba bien en compañía de una mujer, se sentía bien con ellas, pero siempre se quitaba de en medio antes de que las cosas empezaran a ponerse serias.

Isobel asintió sin presionarle. La emoción había desaparecido de su rostro y en ese momento solo parecía joven y vulnerable. Animada y un poco despeinada después de sus besos.

Alexander se echó hacia atrás en el sillón e intentó mirar la situación de un modo objetivo. Ella era una profesional apasionada, idealista y competente. Y sexy como ella sola. Los besos que se habían dado eran puro erotismo, promesas de ardor y pasión más allá de lo cotidiano. Pero también era una mujer con un pasado complicado que podía no estar finiquitado. En realidad era entonces cuando él debía dar un paso atrás. Las apuestas eran cada vez más elevadas y el resultado incierto. Sabía que, si continuaba, todo se complicaría más. En el peor de los casos Isobel empezaría a hacerse ilusiones. Ella podía hablar de novios y tener secretos, pero en lo referente a ese juego no tenía tanta experiencia como él. Tal vez era hora de prestar atención a las señales de alarma. De terminar aquella historia mientras estuviera a tiempo, retroceder antes de que todo fuera desorden y confusión, antes de que alguien fuera herido sin necesidad. Al otro lado de la puerta de esa habitación seguía la fiesta, a pesar de que las doce de la noche ya habían dado hacía rato. Al menos dos decenas de las mujeres que había allí afuera estarían encantadas de recibir a Alexander en sus camas para ofrecerle lo que a él más le gustaba: sexo e intimidad sin más expectativas que pasarlo bien mientras durara. Allí fuera todo era seguro y no había riesgos. Siempre había sido un jugador hábil. Debería levantarse del sillón, decir algo superficial e indiferente y retirarse.

Alexander era consciente de todo aquello cuando se inclinó hacia delante, apoyó la mano en una de las piernas de Isobel, notó el calor allí abajo a través de la manta y de la fina tela verde, y la sintió temblar como siempre hacía cuando la tocaba. En ese momento traspasó un límite que después tal vez lamentaría.

Tal vez.

—Mañana —susurró él en voz baja—. ¿Te gustaría acompañarme a Copenhague? Podríamos sobrevolar el mar en avión, comer...

—¿Sobrevolar el mar en avión?

Él le acarició la rodilla lentamente, casi con cautela. Varios invitados habían acudido en jet privado. Podía pedir que le prestaran uno e invitarla a pasar un día entero en la tierra natal de su padre, alejarla de borrachos idiotas y de médicos sádicos y entrometidos del pasado.

—Allí está uno de los mejores restaurantes del mundo —dijo persuasivo mientras la acariciaba—. ¿Qué te parece? ¿Puedo invitarte a comer mañana?

—Copenhague —murmuró ella en voz baja.

—Solo se trata de un almuerzo, y algo debes comer.

Ella inclinó la cabeza asintiendo, como si asumiera que lo que él decía era lógico y que siempre tenía que serlo.

—Sí, tengo que hacerlo, por supuesto.

En ese momento ella sonrió y su sonrisa hizo que algo se empezara a agitar en el cuerpo de él. Era evidente que no podía dejarla marchar aún. No era responsable de los sentimientos y expectativas de ella, solo de los suyos. Y todo iba a ir bien entre ellos, mejor que bien. Nadie saldría decepcionado de aquello, se lo prometía a sí mismo.

Isobel se llevó la mano a la boca y ahogó un bostezo.

—Disculpa —dijo avergonzada—. Simplemente me he quedado sin energía.

Él miró el reloj.

—Son casi las tres. ¿Quieres que te acompañe a tu habitación?

Ella enarcó una ceja.

—Solo me refería a escoltarte hasta la torre, nada más —mintió en tono desenfadado.

—Entonces ¿fuiste tú el que se encargó de que me dieran esa habitación tan bonita? Gracias, eres todo un gentleman, Alexander. Pero si es posible prefiero que nos despidamos aquí abajo.

Retiró la manta y se puso de pie, y él hizo lo mismo. Se miraron. Él quería levantar la mano, acariciarle la mejilla, abrazarla, pero ella tenía aspecto de estar agotada en extremo. No parecía una mujer que tuviera que viajar a Chad, sino una que necesitaba unas vacaciones.

—Buenas noches —dijo en voz baja.

—Que duermas bien, Isobel.

Cuando ella lo dejó, Alexander fue a por una botella de whisky y volvió a sentarse en el sillón. Mientras daba unos sorbos a su vaso —en realidad prefería el vodka, pero no era tan caprichoso como para no apreciar un whisky puro de malta de dieciocho años—, pensaba su siguiente jugada. Siempre había sido un jugador de póquer audaz. No era descuidado y tampoco tenía miedo. Amaba el juego y lo respetaba. Pensó en Isobel: era una mujer sensata y tenía razón en muchas cosas.

Sin embargo, estaba completamente equivocada en algo: él no era en absoluto un gentleman. Y jugaba para ganar. Siempre.

17

Isobel subió los últimos peldaños y llegó a su habitación. Después de cerrar la puerta apoyó la espalda contra la misma y se fue resbalando hasta quedar sentada en el suelo.

«Dios mío.»

Se quitó los zapatos de tacón alto y se sentó en la cama. Los pensamientos se sucedían en su mente. ¿Qué estaba haciendo exactamente? No podía iniciar una relación con Alexander, lo sabía muy bien. No estaba loca.

¿Cómo podía siquiera plantearse la idea de hacer algo más que coquetear un poco? Palpó el cierre del collar y casi sintió pánico al no poder abrirlo, pero al final lo consiguió. Se levantó y volvió a dejar el collar en el estuche junto a los pendientes. Era como si se rompiera un hechizo, como si hubiera sido temporalmente otra versión de sí misma y en ese momento debiera entrar en razón.

Había un montón de motivos para no tener nada más que ver con Alexander, pensó mientras se quitaba el vestido. Cien, tal vez mil motivos racionales. Y también un par del todo irracionales.

La intensidad. Los sentimientos.

Se quitó la ropa interior, se desmaquilló, fue a buscar un vaso de agua y después se deslizó entre las sábanas planchadas de aquella cama grande hasta lo absurdo. Aún oía un leve murmullo y alguna que otra nota musical que se difundía por el castillo.

Miró por la ventana y se quedó observando el cielo nocturno y las brillantes estrellas.

«Oh, Dios mío —volvió a pensar—. ¿Dónde me he metido?»

Cerró los ojos, pero sabía que no iba a poder dormir.

A fuerza de voluntad intentó obligar a su corazón a que redujera la velocidad, que dejara de palpitar con tanta fuerza, para que el sistema nervioso parasimpático asumiera el control y su cuerpo se calmara. Pero seguía despierta todavía cuando el sol empezó a brillar afuera, cuando los pájaros iniciaron sus trinos y cuando oyó algo que hizo que se preguntara si era posible que los pavos reales emitieran esos elevados sonidos dignos de un trompetista.

Se levantó al oír arrastrar un aspirador a la vez que empezaba a percibir un aroma a café. Se duchó a toda prisa y bajó con la cara lavada por la escalera de caracol. Suponía que el castillo estaría lleno de huéspedes que habían pernoctado allí, pero apenas eran las siete y era prácticamente la única persona que estaba levantada. Siguió el olor del café y llegó a una cocina donde una mujer con un delantal de rayas le dio una taza de café recién hecho y un sándwich.

Crujió un periódico y al darse la vuelta vio a Eugen Tolstói.

Él cerró el periódico y se levantó.

—Buenos días —dijo—. Te has levantado temprano.

Ella cogió la taza y el sándwich y se sentó junto a él.

—Leila está durmiendo aún —dijo él—. Nos quedamos jugando y hablando hasta muy tarde.

Isobel se tomó el café humeante, fuerte, muy caliente y con ese aroma especial de Escania. Se había olvidado de Leila por completo.

—¿Va todo bien? —preguntó Eugen mirándola con curiosidad—. Me han dicho que ayer te pasaron algunas cosas, ¿no es así?

—¿Te lo ha contado Alexander?

—Algo me dijo. Se sentó con nosotros después de que te fueras a la cama. No es necesario que hablemos de ello si no quieres. Pero quiero pedirte disculpas; eres mi invitada y lamento que te afectara. Ninguno de esos hombres volverá a ser bienvenido aquí, eso está claro. Significas mucho para Alexander. Y para Leila. Por lo tanto eres importante para mí, si me permites decirlo, a pesar de que no nos conocemos demasiado.

Isobel sonrió tras su largo sermón.

—Gracias —dijo.

Eugen pasó los dedos por la fina taza de té.

—¿Sabías que conocí a tu madre?

—No. ¿Cuándo?

—Conocí a Blanche en París en los años ochenta. De hecho, también conocí a tu abuela. Karin Jansson, ¿verdad? Era una artista fantástica. Vi un cuadro suyo en el Institut Tessin de París. ¿Lo has visto?

—Representa a una chica pelirroja —dijo cogiéndose un mechón de pelo y sosteniéndolo—. Soy yo.

—Lo suponía. Es muy bonito. Igual que tú.

Se quedaron en silencio: Isobel bebiendo su café y Eugen removiendo su té.

—Ha sido agradable tenerte aquí —dijo Eugen—. Espero que me puedas ver como un amigo. Y si alguna vez necesitas algo, no dudes en pedírmelo.

Isobel recogió una miga de pan.

—¿Podrías pedirme un taxi?

Él la miró sorprendido.

—¿Vas a irte? Pero creía que Alexander y tú...

Isobel negó con la cabeza. No podía negar de ningún modo la atracción física que sentía por Alexander. Tenía la experiencia suficiente para darse cuenta de que era único y ella había estado a punto de dejarse llevar. Pero ese era el problema. Alexander era una amenaza para todo lo que ella intentaba tener controlado en su interior.

—Debo volver a casa. Tengo mucho que hacer.

—¿Lo sabe Alexander? Perdona, no tengo nada que ver en lo vuestro. Pero le gustas, lo noto.

Ella suspiró. Esa escapada de un día a Dinamarca que Alexander le había propuesto le parecía absolutamente maravillosa. Adoraba el idioma, la comida y la cultura del país, y hacía años que no visitaba Copenhague. La propuesta de Alexander le había resultado casi irresistible.

—Le dejaré una nota. Ya he reservado los billetes de tren —dijo ella.

—Entonces me encargaré de que llegues a la estación, por supuesto. Si me das cinco minutos, te llevaré yo mismo.

—Sí, claro. Te lo agradezco mucho —contestó Isobel, y sintió una punzada en el pecho al pensar que tal vez no volverían a verse nunca. Le había cogido cariño a Eugen, pero no se movían en los mismos círculos.

Cuando Isobel estaba ya en el tren, sentada y con la cabeza apoyada en la ventanilla, sonó el teléfono que llevaba en el bolso. Vio que era Alexander, así que esperó hasta que su móvil quedó en silencio. Le envió un SMS diciéndole que estaba volviendo a casa y después ignoró el teléfono durante todo el trayecto hasta Estocolmo.

Recorrió a pie la corta distancia desde la Estación Central hasta su apartamento, situado en la intersección de Kungsgatan y Vasagatan. Dejó el bolso abierto en el suelo y luego se quedó de pie mirando el interior del frigorífico con la mirada vacía.

Nunca lo reconocería, pero Isobel sabía bien lo que acababa de hacer. Había huido y se avergonzaba de su propia cobardía. No solía ser cobarde, pero la cuestión era que la última vez que sintió algo parecido a lo que ahora sentía por Alexander, la última vez que experimentó una sensación tan intensa que le resultaba difícil pensar con claridad, todo terminó en nada más y nada menos que una catástrofe.

Cerró el frigorífico y se tumbó en el sofá mirando hacia el techo. Tenía ocho mensajes de Alexander sin abrir, pero era mejor cortar por lo sano ahora, por más que doliera. Porque la última vez que sintió algo parecido fue por Sebastien y en aquella ocasión estuvo a punto de costarle la vida.

18

En aquel momento Peter solo veía personas trabajando dondequiera que mirara. Nunca había visto el mundo de ese modo hasta entonces. Gente que trabajaba en quioscos, en cafeterías y detrás de mostradores. Que vendían, limpiaban y estaban al servicio de los demás.

Apoyó una mano en el escritorio, observó el dorso e intentó recordar cuántas labores de limpieza y de mano de obra había realizado. Él y sus hermanos crecieron con sirvientes y eso era algo que siempre dio por sentado. Pero últimamente pensaba cada vez más en todas esas personas cuya existencia era tan distinta a la suya. En general era como si de un tiempo a esta parte viera la vida de un modo diferente, como si se hubiera levantado un pequeño filtro que hacía que el mundo tuviera otro aspecto y se hubiera poblado de personas a las que antes no percibía. Solía estudiarlas. A algunas se la veía felices y satisfechas mientras que otras parecían llevar una pesada carga. ¿A qué se debía? ¿Por qué determinadas personas estaban tan satisfechas con su vida y otras tan descontentas? ¿Por qué había esa diferencia?

Peter miró a Gina mientras pasaba el aspirador a las caras alfombras del suelo de la oficina. Ella era una de esas personas que trabajaban duro, que estaban en segundo plano. ¿Formaba parte de las satisfechas o de las descontentas?

No le había dicho ni una palabra desde la semana anterior, desde aquella tarde que salieron de la oficina al mismo tiempo y él se dirigió a ella. No recordaba siquiera lo que dijo, solo que lo miró como si fuera un imbécil.

Peter se levantó de la silla. Gina no se inmutó cuando él empujó la puerta para cerrarla y atenuar el ruido sordo del aspirador. Estaba terriblemente cansado. Por la noche no podía dormir en ningún sitio, ni en su casa ni en su cama. Los pensamientos le roían. Hubo un tiempo en el que solo se preocupaba de lo difícil que le resultaba sentir; sin embargo, ahora lo único que hacía era eso: sentir.

Se sentó en el pequeño sofá que había ido a parar a su despacho. Oyó el débil sonido del aspirador que era arrastrado hacia delante y hacia atrás. Se apoyó en el respaldo. Solo iba a cerrar los ojos un momento.

—Hola.

Peter se despertó y se sentó en el sofá, del todo desorientado. Parpadeó intentando sacudirse el sueño de encima. Cuando vio a Gina en la puerta, se llevó rápidamente la mano a la boca temiendo haber roncado o babeado. La joven estaba expectante. Lo miró como si buscara signos de... algo.

—¿Va todo bien? —preguntó ella mientras enrollaba los auriculares alrededor del teléfono y después lo guardaba en el bolsillo del delantal.

—Sí, discúlpame —dijo Peter arreglándose la camisa y la corbata.

No tenía idea de cuánto rato había dormido.

—¿Qué hora es?

—Las ocho.

Se levantó del sofá. Se sentía estúpido allí sentado y estaba desorientado del todo.

Ella retrocedió.

Probablemente solo quedaban ellos dos allí. ¿La había asustado?

—Perdona, Gina —dijo él—. Tengo problemas con el sueño; no era mi intención quedarme dormido. Perdona —repitió.

—Me marcharé enseguida —le contestó ella—. Solo tengo que comer algo antes. Puedes irte si quieres, ya activo yo la alarma.

Gina fue hacia el comedor y parecía natural que Peter la acompañara. Cogió un vaso de agua mientras ella comía algo que llevaba en un bote de plástico redondo, que olía a especias y era muy colorido. A él le rugía el estómago y esperaba que ella no lo oyera. Permanecieron de pie en silencio mientras él se bebía el agua.

—¿Por qué no puedes dormir? —preguntó ella al fin, después de limpiarse la boca y dejar el recipiente.

—Llevo un tiempo así.

—Mi padre también tiene esos problemas.

Peter sonrió.

—¿Qué edad tiene tu padre?

—No lo sé. Cuarenta, más o menos. O cincuenta. ¿Y tú?

—Treinta y seis.

Peter no se atrevió a preguntarle la edad, pero parecía joven. Hablaba sueco a la perfección aunque él notaba un ligero acento que no podía identificar. Se preguntaba dónde habría nacido. ¿Sería racista preguntarlo? No tenía ni idea, no recordaba haber mantenido nunca una conversación con una persona de tez morena. ¿Se podía decir «tez morena»? Empezaba a notar los sudores; le aterraba sonar racista. Creció con los prejuicios de su padre. Este los odiaba a todos: extranjeros, negros, feministas. Peter no había reparado antes en ello, y ahora le avergonzaba pensar que se había mantenido callado adaptándose a ello. Sin embargo, muchas cosas eran distintas en la actualidad y tenía curiosidad por saber cómo era el sitio donde creció Gina. La única asignatura que le gustaba en la escuela era la geografía, tal vez porque no solo se trataba de letras y números, sino también de fotos e historias. Pero no se atrevía a preguntárselo, a romper esa frágil situación en la que no percibía desprecio por parte de ella.

—¿Cómo es posible que no sepas la edad exacta de tu padre, si no te importa que te lo pregunte? —dijo simplemente. Luego contuvo la respiración esperando que no le riñera.

Ella abrió el grifo, echó detergente y fregó su recipiente.

—Papá tampoco lo sabe. En nuestro país no es importante. Soy de Somalia y allí no te define la edad ni lo que haces en particular, sino tu familia.

Peter enjuagó el vaso y lo secó. Se preguntó si de verdad era mejor que te juzgaran por lo que era tu familia.

—¿Sois solo tú y tu padre?

—Tengo un hermano menor —dijo ella; le había cambiado la voz.

Era evidente que el tema no le gustaba, pero Peter no quería que se encerrara en sí misma; estaba ansioso de hablar de algo que no fuera el trabajo.

—Yo también —admitió.

Ella sonrió sin hacer ningún comentario.

Imbécil, pensó. Ella había visto a Alexander un montón de veces.

Gina secó su recipiente, tiró el papel, secó el fregadero y Peter se dio cuenta de que estaba a punto de marcharse. Miró el reloj: eran casi las nueve. ¿Cómo podía haber pasado el tiempo tan rápido?

—¿Dónde vives? —preguntó.

Ella lo miró como si fuera a preguntarle «¿Por qué?», pero respondió escuetamente:

—En Tensta.

—¿Tienes coche?

Ella le lanzó una mirada irónica.

—¿Que si tengo coche?

—Lo siento —se disculpó él—, pero entonces ¿cómo vas a volver a casa?

Tensta quedaba de camino a Gyllgarn. Debía de haber pasado por esa zona cientos de veces, pero estaba lejos. No tenía ni idea de cómo se llegaba allí sin coche. ¿En tren? ¿En autobús? Era muy tarde. ¿Sería realmente seguro?

—Volveré a casa del mismo modo que he ido los últimos años —explicó ella recuperando su habitual tono de voz despectivo—. Se llama «transporte público».

Gina empezó a desatarse el delantal, mientras él rozaba su estrecha cintura con la mirada.

—¿Vas a seguir trabajando? ¿Podrás poner tú la alarma? Mi padre me está esperando y llego tarde.

—Por supuesto —dijo él, algo avergonzado pensando que tal vez la había entretenido—. Vete, no hay problema.

Diez minutos después Peter apagó la luz. Activó la alarma y bajó en el ascensor. Al salir, Gina estaba en la acera hablando por teléfono. Colgó, suspiró profundamente y entonces lo vio a él.

—¿Va todo bien? —preguntó.

Ella frunció el ceño.

—Me ha llamado mi padre. No hay ningún tren que vaya a Tensta. Alguien ha lanzado cohetes en los túneles y está todo lleno de humo, así que no sé cómo volver a casa —dijo rascándose la frente con gesto de cansancio—. Tampoco hay un servicio alternativo de autobuses. Y mi padre tiene una mala noche, por lo que no han cenado, y yo tengo que estudiar. ¡Maldita sea! —exclamó negando con la cabeza.

Peter estuvo a punto de decirle que podía coger un taxi, aunque se detuvo a tiempo.

—Te puedo llevar en coche.

Fue un impulso, pero en cuanto pronunció aquellas palabras, le pareció que eran las correctas. Él tenía coche. Lo llevaba todos los días al trabajo pensando que luego iría a jugar al tenis, pero al final nunca tenía ganas. Y no era porque alguien le estuviera esperando en casa.

—¿Por qué?

El rostro de ella reflejaba cierto recelo.

—Veo que estás preocupada por tu padre. Será más rápido.

No parecía estar muy convencida. Llevaba un abrigo ligero y se había apretado el cinturón alrededor de la cintura. Cuando la miró de reojo, vio que iba sin medias y llevaba unas zapatillas de lona.

—Estarás en casa en un cuarto de hora —dijo en tono persuasivo—. Tengo el coche en la esquina y te dejaré en la puerta.

Gina se mordió el labio y pareció vacilar, pero Peter vio que había ganado.

—Gracias, sería estupendo —contestó ella asintiendo con la cabeza.

Fueron andando unos pocos metros hasta llegar a la calle donde estaba aparcado el coche. Peter sacó la llave y se oyó el clic de la cerradura. Si Gina quedó impresionada por el parpadeante y espectacular automóvil —un flamante Mercedes Sport de color gris claro—, no lo demostró. Peter abrió la puerta y la sostuvo hasta que ella se sentó en el asiento del copiloto.

Arrancó el coche y condujo en medio del tráfico.

—¿Música? —preguntó.

Ella se encogió de hombros y él se quedó indeciso: no quería poner algo que no le gustara y que ella no se atreviera a decírselo.

—Puedes poner la emisora de radio que quieras —dijo para resolver el dilema, y después vio por el rabillo del ojo los dedos largos y delgados de Gina deslizándose por el panel.

Se detuvo en una emisora comercial y una suave música de los ochenta los envolvió. Se preguntó si ella habría nacido ya en los ochenta.

—¿Te gusta tu trabajo? —se interesó Peter, disimulando una mueca al reparar en la pregunta.

Se dedicaba a la limpieza, era obvio que no le gustaba.

—Está bien. El trabajo es duro pero bastante independiente —dijo bajando la vista y mirándose las rodillas.

—¿Has dicho que tenías que volver a casa a estudiar?

—Sí.

Peter esperó su respuesta pero ella no le dio más información. Giró en Norrtull, puso los intermitentes y siguió en dirección norte.

—Medicina —continuó ella un momento después—. En el Instituto Karolinska.

—¿Es divertido?

Él siempre había odiado estudiar; además de esas letras que parecían bailar, estaba la constante decepción de su padre, que siempre lo comparaba con sus brillantes hermanos: Natalia con su facilidad para los números y Alexander con su carisma. A los dos hermanos los adelantaron un curso; en cambio, él tuvo que luchar para conseguir un mero aprobado.

—Solo estoy en el segundo semestre, pero mi sueño siempre ha sido ser médico, y me encanta.

—Se nota en tu voz, pero no sé cómo puedes dedicarte a limpiar al mismo tiempo.

Él conocía a gente que estudiaba medicina y, según recordaba, tenían que dedicarle casi todo el día.

—Tengo que hacerlo. No quiero pedir ningún préstamo para estudiar y mi familia necesita el dinero.

De repente, a Peter sus problemas le parecieron preocupaciones propias de un país industrializado. ¿Gina mantenía a su padre y a su hermano menor a la vez que estudiaba medicina?

—¿Qué edad tienes, si no te importa que te lo pregunte?

—Veintidós.

Intentó recordar qué hacía él la primavera en que tenía veintidós años. Salir de fiesta. Irse de vacaciones a esquiar. Recibir un millón en acciones como regalo de cumpleaños.

—Gira aquí —ordenó ella señalando una salida.

Él fue siguiendo el camino por Tensta con la ayuda de sus instrucciones. Se detuvo cuando ella se lo dijo y resistió el impulso de salir a abrirle la puerta, pues pensó que podía molestarla.

—Gracias por el paseo —dijo ella inclinándose.

Él percibió que se sentía incómoda. Era una situación rara.

—Ha sido un placer —respondió con sinceridad.

Ella sonrió brevemente antes marcharse. Peter esperó hasta que la vio abrir la puerta y desaparecer en el interior del bloque gris. Se quedó un rato allí para ver si podía deducir en qué piso vivía. Pero no se encendió ninguna luz.

19

Alexander saludó con la mano a Natalia, que lo esperaba en Djurgårdsbron con el cochecito de bebé. Ella le devolvió el saludo y, cuando llegó a su lado, abrió los brazos y la abrazó con fuerza.

—¿Todo bien, hermanita?

Natalia se retiró de la cara el pelo oscuro y le sonrió.

—Me alegro de que hayas llamado. David dijo que se iba a la oficina un par de horas y es agradable salir.

—¿Así que solo tienes tiempo para mí cuando David está ocupado?

—Oh, *please*, Alex. Solo quieres que nos veamos cuando necesitas algo, así que no intentes que me sienta culpable.

Alexander sonrió porque Natalia tenía razón: necesitaba que le hiciera un favor. Miró el cochecito en el que Molly chupaba con fruición su chupete.

—Qué bonita es —dijo con sinceridad—. Pero no es raro siendo hija tuya.

Siempre supo que Nat sería una buena madre, aunque solo fuera porque era completamente distinta en todos los aspectos a la madre de ambos. Cuando la rodeó con un brazo y ella se apoyó en él, notó un inesperado nudo en la garganta. La quería mucho, pero le costaba tanto demostrarlo... Si Natalia no existiera...

La abrazó con más fuerza. Cuando eran pequeños, Natalia representaba para él el calor y la seguridad; siempre procuraba protegerle, lo consolaba cuando estaba triste y jugaba con él cuando estaba solo. Ella era también casi una niña, así que muchas cosas no podía evitarlas, pero Alexander estaba totalmente seguro de que sus buenas cualidades se las había enseñado e inculcado ella. El vacío interior hubiera sido mucho peor sin su hermana.

Natalia le sonrió y después se inclinó para arropar bien a su hija. Él observó sus movimientos seguros. Habían estado muy cerca el uno del otro en la infancia, pero no creía que pudiera llegar a imaginar todo lo que él había tenido que pasar cuando eran adolescentes, lo que hizo y lo que le hicieron. ¿Cómo reaccionaría ella si se enterara? Porque Nat le había protegido cuando eran pequeños, pero él también la había mantenido apartada de algunas de las peores cosas. Ella levantó la vista y lo miró un instante. ¿Qué opinaría su hermana de su trabajo en Nueva York? A ella no le preocupaba su modo de vida frívolo, los escándalos, la falta de objetivos y de sentido. Probablemente creyera que consumía esto y lo otro. Había estado a punto de decírselo varias veces, aunque lo último que quería era que sufriera por su culpa. Pero el problema era que la conocía bien: si se lo contaba a su hermana, ella insistiría en decírselo a su madre y a Peter. Y entonces todos lo sabrían y él se quedaría... indefenso. Procuraba no pensar en eso, pero a veces, como en ese momento, le remordía la conciencia. Era más fácil que su familia creyera que siempre estaba de fiesta, porque si no tenían expectativas, no podía decepcionarlos. Pero a Natalia no debía ocultarle las cosas, tenía que ser más considerado. Lo raro era que se lo hubiera contado a Isobel. Apenas se conocían y, sin embargo, se lo había explicado todo.

—¿Decías algo? —preguntó Natalia con una sonrisa detrás de sus gafas de sol.

—Cuando conociste a David, ¿supiste enseguida que estabais hechos el uno para el otro?

—No, uno siempre se da cuenta después. ¿Por qué lo preguntas? ¿Has conocido a alguien?

Él se rio y negó con la cabeza.

—Solo me lo preguntaba. Como sabes, no siempre he sido el mejor de los hermanos y..., bueno, te he llamado porque necesito que me ayudes en algo. Pero espero que sepas que me alegro mucho por ti y de que tengas a David y a Molly. Tú, querida hermana, eres mi favorita entre todas las personas del mundo.

—Aparte de todos esos ligues sobre las que leo a diario —dijo ella para hacerle rabiar, pues percibió alegría en sus ojos.

Tendría que decirle más a menudo lo mucho que significaba para él.

—Aparte de ellas, por supuesto. Puedes comprobarlo por ti misma, los quioscos están abiertos. ¿Me dejas invitarte a un helado?

Dieron un paseo a lo largo del Djurgårdskanalen, cada uno con su helado en la mano.

—¿Estás a gusto en tu nuevo apartamento? —preguntó Natalia cuando Molly se durmió después de lloriquear un poco.

Él asintió con la cabeza.

—Está todo pintado de blanco, es muy escandinavo. Ninguna reliquia familiar a la vista. Me gusta.

Después de que los decoradores hicieran su trabajo, Alexander pasó los últimos días arreglándolo por su cuenta. Compró la cristalería y la vajilla. Candelabros y ropa de cama. Y todo el tiempo tenía delante la imagen del momento en que Isobel iba a visitarlo y él le enseñaba el apartamento. Si ella no había roto con él para siempre, por supuesto.

Cuando bajó a desayunar, lleno de expectativas por la excursión que habían planeado, lo único que ella le había dejado era una nota. Al principio pensó que se trataba de una broma de mal gusto, pero cuando no respondió el teléfono y se limitó a enviarle un mensaje disculpándose porque ya estaba en el tren, se dio cuenta de que se había marchado de verdad.

Con la ayuda de Eugen, pues el muy traidor la había llevado a la estación. Alexander no podía recordar la última vez que alguien se lo había quitado de encima de ese modo.

Escania no le resultaba nada divertida sin Isobel, así que volvió a casa para considerar su próximo paso. Le resultaba difícil creer que se había equivocado respecto a la química que existía entre ellos. Una cerilla y habría empezado a arder. Pero había algo más en Isobel que él no había descifrado aún. Algo que a veces veía pasar como un destello o percibía en un tono de voz, en una palabra pronunciada a medias, como si se le hubiera escapado algo. No, lo que había hecho que se fuera espantada de Escania era otra cosa, y Alexander podía apostar uno de sus fondos de inversión a que se trataba de un sentimiento complejo.

Por lo tanto solo había que encontrar otra estrategia. Él ya había planeado su próximo movimiento y allí era donde entraba Natalia.

—¿Puedes hacerme un favor? ¿Podrías hablar con Åsa? Quiero llevar a una invitada a su fastuosa boda con Michel.

Natalia lo miró con recelo y él recordó que su hermana tenía una de las mentes más brillantes del mundo de las finanzas, y eso que acababa de ser madre.

—¿No puedes decírselo tú?

Él protestó.

—¿Has hablado con Åsa últimamente?

Natalia tiró lo que le quedaba del helado y suspiró.

—La verdad es que es un poco complicado —admitió.

Sí, un poco complicado... Eso significaba que era casi imposible. Alexander no se atrevía a correr el riesgo, prefería pedírselo a Natalia. Åsa nunca le negaría nada a ella.

—No la he visto nunca así —admitió Natalia—. ¿Quién hubiera pensado que la reina del autocontrol se transformaría en una insoportable Bridezilla a la hora de casarse? Pero como soy una buena persona y me has invitado a un helado, se lo preguntaré. Michel tiene cerca de dos mil parientes, así que estoy segura de que Åsa se alegrará de que vaya alguien más de su parte. ¿Quién es? ¿La última que ha llegado? ¿No será esa horrible bloguera?

Alexander miró la superficie del agua. Se sentía raro hablando de Isobel con Natalia, como si quisiera conservarla solo para él. No solía tener problemas para hablar de sus ligues. De hecho, le gustaba entretener tanto a Natalia como a Åsa contándoles sus aventuras. Pero aquello era distinto, más privado.

—Es una médica que he conocido. Trabaja para Médicos sin Fronteras. Y para una organización que se llama Medpax.

Natalia hizo visera con la mano.

—¿No será Isobel Sørensen?

—¿La conoces?

—No mucho, pero nos hemos visto alguna vez. Fue quien me dijo que yo estaba embarazada.

—¿De verdad?

Ella no se lo había mencionado en ningún momento, pero la doctora Isobel Sørensen era muy estricta con la confidencialidad. Por lo que tenía entendido, Isobel podía tratar a todos sus conocidos sin luego decir ni una palabra sobre ello en público. Era admirable. Y un poco irritante.

—¿De qué os conocéis? ¿Coincidisteis en Båstad?

—Sí, entre otros sitios. Nos hemos visto varias veces —dijo él vagamente.

Pero se tendría que haber figurado que su hermana mayor no iba a soltar la presa con facilidad.

—¿Cuántas veces? ¿Estáis saliendo?

—Estuvimos los dos en Escania. Con Eugen.

Ella se detuvo y lo miró con los ojos muy abiertos.

—¿Estás de broma? ¿Eugen la ha conocido? Nunca le has presentado a nadie de la familia a ninguna de tus chicas.

—Ella no es mi chica. Por favor, no conviertas esto en un problema.

Natalia parecía estar a punto de estallar, pero solo dijo:

—Hablaré con Åsa.

—Gracias.

—¿Sabes algo de Peter?

—No.

—Al parecer está muy desmoralizado.

—Lo supongo —dijo Alexander sin ningún interés.

Por él, Peter podía hundirse en una depresión para toda la eternidad. Ningún castigo era lo suficientemente duro para él.

—Eugen va a asistir a la boda. Y mamá.

—¿Sin papá?

—Sí.

—Siempre hay algo por lo que estar agradecido. Pero ¿cómo te sienta que mamá venga a la boda de Åsa y que no fuera a la tuya?

—No deseo enemistarme con ella. Quiero tener una abuela para mi hija, además de paz y tranquilidad, no pelear más. Permíteme que tenga miedo a los conflictos, si quiero; a ti no te afecta.

Él quiso protestar, decir que Natalia era demasiado buena, que Ebba no merecía su perdón, pero hizo de tripas corazón.

—Alex, hay otra cosa que debo decirte —añadió con cierta indecisión mordiéndose el labio—. He conocido a mi padre.

Él se detuvo. El verano anterior había salido a la luz que Gustaf no era el padre de Natalia. No habían hablado mucho de ello y Alexander se dio cuenta de que ni siquiera le había preguntado por el tema.

—¿Así que lo encontraste al fin? ¿Quién es?

—Vive en Uppsala. Es profesor de matemáticas en la universidad de allí.

—Está claro que eres hija de un genio de las matemáticas.

—No tiene más hijos. Ni siquiera sabía que yo existía. Mamá no se lo había dicho.

Ebba tenía muchas cosas de las que rendir cuentas, pensó Alexander.

—¿Os habéis conocido?

—Estuve tomando un café con él. Fue una sensación realmente extraña. Se parece a mí: los mismos ojos y el mismo color de pelo. Congeniamos muy bien.

Estaba seria y él pensó que aquello era algo grande: Natalia había encontrado una parte importante de sí misma. Después vio que resplandecía como una supernova, como solía brillar cuando veía a David. Alexander puso los ojos en blanco.

—Pórtate bien —murmuró ella.

Alexander se volvió y esperó a que David los alcanzara. Se saludaron con cortesía y los ojos azul grisáceo de David lo miraron como si estuvieran juzgándolo, valorándolo, y en una milésima de segundo constataran que Alexander no había cambiado, o al menos no lo había hecho para bien. Podría describir la relación entre él y su cuñado como neutral en el mejor de los casos. No fría, pero sin duda tampoco cordial. Alexander le cogió antipatía a David el verano anterior, antes de que él y Natalia fueran pareja oficial, y a pesar de que era evidente que David hacía a su hermana mucho más feliz de lo que él la había visto nunca; mantener la distancia era una especie de cuestión de principios. Además Alexander estaba seguro de que a ese David Hammar, duro como una piedra y hecho a sí mismo, no le gustaban demasiado ni él ni su estilo de vida. Pero a los dos les importaba Natalia, así que eran educados y civilizados el uno con el otro, como si entre ellos hubiera un acuerdo tácito.

David se inclinó sobre el cochecito y miró a su hija, que dormía plácidamente. David Hammar había sido antes una fuerza a tener en cuenta, uno de los empresarios más despiadados que Alexander había conocido. Como padre reciente, era del todo asombroso y tan protector como un oso pardo.

—Alexander se ha comprado un apartamento en Estocolmo —dijo Natalia mirando a su hermano con complicidad—. Si sigues aquí cuando David se tome la baja por paternidad, quizá podáis veros un poco más, ¿no?

«Sí, cuando las ranas críen pelo.»

—Hablaremos de ello más adelante —respondió David en tono indiferente.

Alexander lo interpretó como que David tenía las mismas ganas de que se vieran más a menudo como él de que le sacaran una muela sin anestesia. Así que le sonrió con ironía, le dio una sonora palmada a su cuñado en la espalda y le dijo:

—Lo estoy deseando.

Después se despidió de ambos y se dirigió a su casa.

Antes de que Alexander entrara por la puerta, llegó un SMS de Natalia en el que le decía que no había inconveniente en que llevara a Isobel a la boda.

Se tumbó en su sofá recién comprado, cruzó los brazos detrás de la cabeza y pensó en el siguiente paso. Ahora faltaba que Isobel aceptara.

20

—Estaré allí en poco más de dos semanas —dijo Isobel mirando el rostro de Idris a través del irregular enlace de Skype. Vio al fondo la oficina del hospital, solo unas mesas con patas de acero y una cortina de tela. Un occidental no podía imaginarse lo elementales que eran las condiciones allí abajo. Isobel apoyó los pies encima del escritorio y se puso el ordenador sobre las rodillas. Estaba casi sola en Medpax: Leila estaba en su despacho, pero los demás se habían ido a casa.

Al otro lado de la pantalla, a medio mundo de distancia, Idris se secaba la frente con un paño. Él era uno de los mejores médicos que Isobel conocía y uno de los pocos médicos locales que se habían quedado en su inestable país. La mayor parte de los que se formaban como médicos en Chad se rendían antes o después y se iban a países en los que recibían un sueldo de manera regular y seguridad para sus familias, y donde las luchas entre clanes y la violencia no hacían que la existencia fuera peligrosa y el futuro incierto.

—Estamos deseando que vengas, pero todo está bajo control —dijo él ajustándose sus sencillas gafas en el puente de la nariz. Siempre hablaban francés entre ellos. Chad había sido una colonia francesa y el francés de Idris era culto y estaba salpicado de frases en árabe.

—¿Cómo van las cosas?

Idris parecía llevar varios días sin dormir, lo que probablemente era así.

—Hemos tenido tres cesáreas esta noche —dijo negando con la cabeza, y no tuvo que añadir más, pues Isobel sabía lo que significaba.

Se trataba de un hospital de niños, pero si una mujer estaba a punto de dar a luz no era rechazada, especialmente en mitad de la noche. En Chad la noche estaba llena de animales salvajes y de hombres con malas intenciones. Pero contaban con recursos limitados y a veces las mujeres llegaban demasiado tarde. No todas las cesáreas tenían buen resultado. Un médico en Suecia tal vez podía ver morir a un puñado de niños durante el ejercicio de su profesión. Idris había visto fallecer a más, muchos más. Ella observó detenidamente su cara. La larga cicatriz de machete iba desde el cuero cabelludo hasta la mejilla. Una vez Isobel le preguntó qué le había ocurrido y él le respondió en tono lacónico que era obra de un paciente insatisfecho. Se preguntó si ese era el motivo de que hubiera elegido trabajar en el hospital infantil. Eran pocos los niños que mostraban su descontento con violencia y la mayoría de los padres estaban agradecidos.

—¿Tengo que llevar algo?

—¿No te sobrará una máquina de oxígeno?

—¿Tan mal están las cosas?

Idris asintió. Un hospital infantil se mantenía y se hundía según la disponibilidad de oxígeno. Las máquinas que tenían en el hospital estaban obsoletas y se les daba un uso excesivo. Pero Medpax tenía que abonar los salarios del hospital y encargarse del mantenimiento, además de pagar una serie de sobornos para que hubiera un mínimo de seguridad. Un aparato de oxígeno costaba mucho dinero.

—Sacaré el tema en la próxima reunión —prometió ella.

—Marius está aquí. Quiere ganchitos de queso de esos que trajiste la última vez.

Isobel oyó risas y protestas fuera de la pantalla. Le ardieron los ojos. Conoció a Marius la última vez que estuvo en Chad. Era un niño huérfano de ocho años del que nadie quería hacerse cargo. Pensaba en él a menudo y esperaba que le fuera bien.

—Llevaré ganchitos de queso. Saluda a Marius.

Idris asintió con la cabeza y terminaron la llamada.

Ella permaneció sentada. Siempre era una sensación extraña hablar con alguien que estaba tan lejos y en unas circunstancias totalmente distintas. Se frotó los ojos. Eran las siete en punto, había trabajado mucho los últimos días y debía irse a casa. O salir. ¿No empezaba el fin de semana el miércoles por la tarde o algo así? De todos modos debería hacer algo en vez de quedarse ahí sentada machacándose sobre lo que había dicho y dejado de decir.

Era un hecho que no sabía nada de Alexander. Y no le sorprendía lo más mínimo, sino al contrario. Él le había enviado mensajes y la había estado llamando todo el sábado, pero ella solo respondió con un breve SMS de disculpa; suponía que había desistido. Estaban a miércoles, así que había logrado lo que quería, es decir, que él la dejara en paz.

Se avergonzaba de cómo había manejado la situación. Se puso a navegar en el ordenador. Era casi irresistible buscar el nombre de él en Google, pero logró evitarlo. Todo había pasado ya, y estaba bien.

Cerró la tapa del ordenador y se levantó.

Entonces sonó el teléfono y miró la pantalla. Era Alexander De la Grip. ¿En serio?

En realidad no debía contestar, no debía hacerlo... Bueno, ¿por qué no?

—¿Sí?

—Hola, doctora Sørensen. Vives. ¿Cómo estás?

La voz de Alexander a través del auricular sonaba a resplandor del sol y a aventura. Oh, Dios, cómo le gustaba esa voz. No solo el calor y la risa que contenían, sino también esa fuerza y esa estabilidad totalmente inesperadas. Era un hombre que había luchado por ella, que se había enfrentado a Sebastien y que además se había documentado sobre ayuda humanitaria tan solo por ella. Sabía, por supuesto, que en cierto modo se trataba de manipulación por su parte, que él se proponía algo con todo lo que hacía, pero aun así...

—Bien. Estoy trabajando —respondió ella.

—¿Qué otra cosa podías hacer? Empiezo a sospechar que no tienes vida propia.

Tenía razón. Ella sonrió.

—¿Y tú? ¿Sigues en Escania?

—¿Donde me abandonaste, quieres decir?

—Lo siento —dijo ella.

—Me encanta que pidas disculpas. Me has ignorado de tal modo que ahora tienes que reparar el daño que me has hecho.

—¿Tengo que hacerlo?

—Desde luego. Me pregunto si quieres acompañarme a un evento. Se trata de una boda. Un amigo mío se va a casar.

Ella sabía que no podía decir que sí, pero una boda... Isobel tenía debilidad por las bodas.

—¿Cuándo es?

—El sábado.

—¿El próximo sábado? Es muy pronto.

—En Storkyrkan —añadió él—. Cena en Riddarhuset.

Isobel frunció el ceño; los únicos que sabía que se habían casado en Storkyrkan formaban parte de la casa real. ¿Y Riddarhuset? ¿No era allí donde también celebraba sus fiestas la realeza?

—¿De qué boda se trata? —preguntó recelosa.

—Mi amiga Åsa Bjelke se casa con un financiero llamado Michel Chamoun.

—¿Es una broma?

Hasta Isobel había oído hablar de esa boda. Era difícil no hacerlo. La denominaban «la boda del año de la alta sociedad». Se esperaba la asistencia de famosos de todo el mundo.

—Puedes salvar mi ego y a la vez conseguir un poco de comida para ti. Sé que te pones de muy mal humor cuando no te dan de comer.

El tono de él era alegre, pero se trataba de sus amigos y era probable que toda su familia estuviera allí. Ella parpadeó, no sabía qué hacer. Tenía que organizar el viaje a Chad. Y ya había decidido que era absurdo haber contestado a esa llamada.

—Lo siento, Alexander, pero tengo que decir que no. Es mejor que no nos veamos más. Quería decírtelo, no solo enviándote SMS o negándome a contestarte. Lo he decidido.

—¿Estás segura? —dijo en un tono de voz más grave, más serio—. Esperaba que pudiéramos seguir viéndonos... Pensaba que... Me gustas.

«Y a mí también me gustas tú. Demasiado.»

—No lo dudo.

—De acuerdo —dijo él.

Ella percibió decepción y calidez en su voz, pero sin el menor tono de reproche. No era un hombre que culpara a los demás de su frustración, algo que a ella le encantaba. Él guardó silencio y ella aguantó la respiración sin saber por qué, acercándose más el teléfono a la oreja.

—Entonces solo te deseo buena suerte con todo —susurró Alexander en voz baja—. Estás haciendo un trabajo fantástico, espero que lo sepas. Me alegro de haberte conocido. Ha sido muy agradable.

«¿Qué estás haciendo, Isobel?», se oyó decir en su interior como un aullido.

—Gracias —contestó en voz baja.

—Adiós, Isobel.

Ella dudó, pero cortó la comunicación antes de que pudiera arrepentirse. Una pequeña parte de ella ya lo había hecho, pero era demasiado tarde y sabía que había hecho lo correcto. Respiró con fuerza, aliviada. El suspiro resonó en la habitación vacía.

—¿Quién era?

Isobel se sobresaltó al oír aquella voz y se volvió. Leila estaba apoyada en el marco de la puerta con los brazos cruzados y una ceja levantada.

—No tiene nada que ver contigo, pero era Alexander.

—¿Qué quería?

—Nada que tenga relación con Medpax. Quería invitarme a una boda el fin de semana. Le he dicho que no.

—Sí, lo he oído. —Leila entró, cogió una silla, se sentó y dirigió a Isobel una mirada penetrante—. Deja que lo adivine. Blanche necesita que le coloques algo durante el fin de semana, así que has descartado ver a un hombre atractivo al que evidentemente le gustas para ayudar a tu madre.

Isobel se cruzó de brazos. Una cosa era que su madre le irritara y otra, escuchar las críticas de Leila.

Leila apoyó las manos en la mesa y tamborileó los dedos con las uñas pintadas de negro brillante.

—Voy a darte un consejo.

—¿Otro más? Porque todavía conservo los que me diste antes.

Leila le dirigió una mirada escrutadora.

—Llama a Alexander y dile que has cambiado de opinión. Vive un poco.

—No sé qué resultados sueles obtener, Leila, pero tus consejos pueden ser pésimos. Hemos terminado hace un momento.

Sonaba a algo definitivo, a pesar de que nunca habían estado juntos.

Y cómo dolía.

—No digas eso, la gente paga un montón de dinero por mis consejos. De todos modos te irás a Chad dentro de dos semanas. ¿Qué importancia puede tener? Sal con Alexander. Os gustáis el uno al otro; saltan tantas chispas a vuestro alrededor que hacen daño a las córneas. Si no funciona, pronto te irás de viaje y todo se acabará sin más.

Ella pensaba lo mismo. ¿No era exactamente eso lo que necesitaba, una pequeña aventura con uno de los hombres más atractivos y divertidos del mundo, antes de irse a trabajar? Tras la relación con Sebastien, empezó a salir con otros hombres después de un tiempo. Un par de médicos mayores, algunos hombres que conoció en distintas circunstancias de trabajo. Un cirujano. Tipos serios, inteligentes e interesantes. Pero eran tan aburridos... No le entusiasmaban nada.

—No puedo llamar y decirle simplemente que he cambiado de opinión —se quejó mientras Leila seguía creándole esperanzas estúpidas.

¿O sí podía?

—Acabamos de decirnos adiós para siempre.

—Hay muchas cosas que no se pueden hacer en la vida, estoy de acuerdo en eso. Pero esta no es una de ellas. Por supuesto que puedes hacerlo.

—¿Por qué te preocupas por esto?

—¡Yo que sé! —dijo Leila poniéndose de pie—. Ser tan considerada es pesadísimo, debe de ser mi bondad innata. Y encima está toda mi formación de psicóloga. Soy casi incapaz de no preocuparme. Salgo a fumar. Llámale antes de que avise a cualquier otra mujer. Es encantador, pero tiene algo de canalla.

Isobel dudó, pero se decidió en cuanto Leila cerró la puerta después de salir.

Alexander contestó después del primer tono, como si esperara con el teléfono en la mano.

—¿Sí?

—¿Puedo cambiar de opinión?

«Oh, por Dios, que no se lo haya pedido a otra.»

—Me encantaría.

—En tal caso, cambio de opinión. Quiero ir contigo a la boda.

—No sabes cuánto me alegro.

Se quedaron en silencio hasta que ella formuló la única pregunta realmente importante.

—¿Qué ropa hay que llevar?

—La boda es por la tarde; por lo tanto, vestido largo.

Merde. No iba a darle tiempo a comprar nada. ¿Cuánto costaría un vestido así? ¿Podría ponerse el verde? No sabía bien qué diferencia había entre los códigos de etiqueta. ¿No era la gente de la alta sociedad muy puntillosa con eso?

—Isobel, tal vez puedo ayudarte.

—¿En qué?

—Sé que trabajas mucho y soy consciente de que un médico de campo que gana once mil coronas al mes para mejorar el mundo tiene otras prioridades. Por ello he resuelto la cuestión. Una conocida mía tiene un taller donde puedes alquilar un vestido. Ya he hablado con ella. Mejor dicho, mi hermana se ha encargado de hacerlo. También me ha dicho que os conocéis.

Isobel ignoró la última frase y fingió ignorar que Alexander había hablado de ella con su familia.

—¿Estás seguro de que se puede alquilar?

—Es casi como de segunda mano.

—De acuerdo —convino ella—. Me encantará alquilar un vestido.

—Una cosa más.

—¿Sí?

—Me alegro de que hayas llamado.

—Yo también —respondió Isobel en voz baja.

—Te enviaré todos los detalles por SMS.

—Gracias.

—Va a ser divertido.

Isobel sintió que su sonrisa se ensanchaba hasta abarcar todo el rostro. Sí, iba a ser muy divertido.

—Sí —dijo.

No estaba segura, pero le pareció oír un suspiro de alivio antes de que Alexander cortara la comunicación.

21

Gina volvió a pasar el aspirador por el suelo, hacia delante y hacia atrás. Miró de reojo el despacho de Peter. Él la miró, levantó un poco la mano y esbozó una leve sonrisa, como si no se atreviera a sonreír del todo. Gina se detuvo en medio de un movimiento del aspirador y levantó su mano devolviéndole el gesto antes de que él bajara la vista y siguiera trabajando. Cuando volvió a mirar hacia allí, lo vio inclinado sobre el ordenador. Estaban solos y él parecía que tenía mucho que hacer.

Gina fue a su despacho y llamó con unos golpes en el marco de la puerta.

—Hola —dijo Peter—. Adelante. ¿Te importa que trabaje mientras pasas el aspirador?

«Como si yo pudiera tener una opinión al respecto.»

—Por supuesto que no.

Peter siguió absorto en la pantalla frente al ordenador, y de vez en cuando escribía un renglón en un bloc que tenía al lado, mientras ella seguía moviéndose por la habitación.

—Gracias —dijo cuando ella terminó con el aspirador y lo apagó—. ¿Funcionaban ayer las líneas de metro como debían?

Gina frunció el ceño desconfiada. ¿Qué insinuaba? ¿Es que quería que volviera a darle las gracias? Ya se las había dado varias veces.

—Sí —respondió en tono tajante.

—¿Y hoy? ¿Funcionan como es debido? Solo lo pregunto porque es la noche de Walpurgis.

—Normalmente no hay problemas por eso —respondió ella, insegura aún de lo que hacían. ¿Estaba charlando Peter con ella? ¿Por qué?

—¿Has ido hoy a clase o estáis de vacaciones?

—Siempre hay charlas, por lo general no tenemos vacaciones. Y se espera que estudiemos los días de fiesta —dijo mirando hacia la cocina—. Tengo que comer algo antes de irme.

Él se puso de pie.

—¿Te importa que te acompañe?

Gina se encogió de hombros. No podía negarse, no sabía siquiera por qué había dicho nada. Prefería comer sola. La gente solía hacer comentarios sobre lo que ella comía y no le gustaban nada, pero tal vez no importarse que Peter la acompañaba. No era tan insoportable como creía.

Mientras Gina calentaba su comida, —arroz condimentado con cardamomo, clavo, comino y verduras—, Peter le quitó el plástico a uno de esos sándwiches suecos que se compran ya preparados. Ella miró el plato que daba vueltas en el interior del microondas y se preguntó qué opinaría Peter si le dijera que nunca había comprado café en una máquina ni un sándwich preparado. ¿Cuánto podía costar con esas brillantes lonchas de queso y esas hojas de ensalada rizadas? ¿Cuarenta coronas? Con ese dinero ella podía prepararle varias comidas a su familia.

Sacó el plato. El olor se extendió por la habitación pero Peter no dijo nada, solo fue a por agua para los dos. Dejó los vasos y fue a buscar una taza de café.

—¿Cómo está tu padre?

Gina no podía evitarlo: la sospecha era automática.

—¿Qué quieres decir?

Peter tocó su taza. Ella pensó que él tomaba mucho café y tal vez eso le afectaba al sueño, y entonces lo relacionó y recordó la conversación que habían mantenido.

—Ah, ¿te refieres a cómo duerme? Tiene altibajos. En realidad es difícil decir de qué depende.

Pero luego no quiso contarle más. No quería decirle que su padre se despertaba algunas noches gritando, no tan a menudo como antes, pero seguía haciéndolo. Aún. No le había dicho a nadie lo que le asustaban esos gritos cuando era más joven. Que una forma de mostrar cariño en esa minúscula familia consistía en proteger a los demás del miedo, el dolor y la preocupación que tenían. Habían visto tanto juntos... Amir solo tenía dos años, pero ella y su padre habían vivido cosas de las que no hablaban. Se protegían el uno a la otra. Era difícil de explicar.

—El tema del sueño es complicado —dijo él, y Gina atisbó algo en su mirada que nunca habría creído que vería en Peter De la Grip: calor.

Cogió el sándwich, pero no lo probó. Estaba mucho más delgado últimamente. ¿Sería porque no comía? Había muchas cosas que hacían que la gente perdiera el apetito: depresión, ansiedad, cáncer.

—¿Qué asignatura estás estudiando ahora?

—Durante el primer año se dan asignaturas sobre el ser humano sano.

—¿Un curso entero?

—Sí, es que hay que saber mucha materia antes de poder empezar con el siguiente grupo de asignaturas: las diferentes patologías.

Él mordió el sándwich, masticó y lo dejó. Se limpió la boca con una servilleta.

—¿Como qué?

Ella sonrió ligeramente.

—Química y biología. Términos latinos.

—Se te ve feliz cuando hablas de ello, así que supongo que te gusta. Yo era pésimo en la escuela. ¿Cuándo decide uno en qué se quiere especializar?

Volvió a coger el sándwich, lo mordió, masticó y lo dejó otra vez. Ella siempre había querido comer así, de forma controlada y educada. Cuando estaba sola, solía practicar los modales de los suecos en la mesa.

—No se decide hasta que terminas la carrera. Se hacen prácticas como médico residente y después obtienes el título de especialista. Queda mucho aún.

Ella dejó los cubiertos y bebió un sorbo de agua. Decidió que esperaría cinco minutos para digerir la comida. Podía seguir sentada y hablar durante ese tiempo.

—¿Y tú? ¿Trabajas en lo que querías? —preguntó.

—Naturalmente. Siempre deseé por encima de cualquier cosa ser un financiero mediocre.

Ella se echó a reír. Vio que él tenía unos ojos muy bonitos cuando sonreía.

Cuando se levantó, Peter también lo hizo. Ella lo fregó y secó todo. Se secó las manos con una toalla mientras él enjuagaba su taza de café. No se había comido el sándwich, pero un detalle que le agradó de él fue que no lo tiró, sino que lo envolvió de nuevo en el plástico y lo volvió a poner en la bolsa.

—Tengo que irme —dijo ella.

—¿Estás libre mañana? Es fiesta.

—No tenemos clase. Pero me han pedido que limpie unas horas aquí, así que vendré hacia la hora de comer.

—Entonces aquí nos veremos —dijo él.

Cuando volvía en metro a casa, Gina se dio cuenta de que, por lo visto, Peter tenía intención de ir al trabajo aunque fuera fiesta.

Al día siguiente también coincidieron en la cocina. Peter dejó de trabajar al mismo tiempo que ella apagaba el aspirador, y una vez más se sentaron juntos a la mesa. Le sirvió agua mientras ella sacaba las servilletas y calentaba el guiso. Era un plato pequeño con empanadillas, las samosas que hacía su padre, y no sabía si ofrecerle una, pero como él llevaba otro sándwich, decidió comerse lo que llevaba.

—¿Vuelves a casa después? —preguntó Peter—. ¿O vas a salir? Es viernes.

Ella casi se echó a reír. Se limpió un resto de fritura que tenía en la comisura de los labios. Su padre preparaba unas samosas divinas. Solía ayudarla en la cafetería del centro cultural cuando podía, y sus empanadillas siempre se vendían como churros.

—No, me iré a casa, no salgo casi nunca. ¿Y tú? ¿Vas a salir?

Lo miró a hurtadillas. Iba vestido con pulcritud, parecía que acabara de afeitarse y olía ligeramente a loción. La verdad es que hacía tiempo que no tenía tan buen aspecto. A ella le sorprendió incluso que hubiera aparecido por allí un día de fiesta que, además, era el inicio de un fin de semana largo. Ni siquiera había ido ninguno de los jóvenes trepas: solo estaban ella y Peter en toda la oficina. Seguro que él se iría después a dar una vuelta, tal vez por Stureplan. Muchas veces, cuando volvía a casa después de su trabajo de limpieza, oía gritos de muchachos de esa zona, borrachos como cubas, intentando llamar su atención. Esos chicos tenían el mismo aspecto que Peter y el resto de sus colegas de la oficina. Unas veces eran solo comentarios sexistas acerca de distintas partes de su cuerpo, lo que obviamente le resultaba bastante incómodo. Otras eran incluso racistas y a veces no paraban de insultarla diciendo que no habían estado nunca con una chica negra. Gina solía decirse a sí misma que no le importaba, pero tantos años de comentarios y miradas la corroían, así que procuraba evitar los sitios en los que estaba al cien por cien segura de que se meterían con su aspecto físico. Le bastaba con ser, por lo general, la única trabajadora que no tenía la piel blanca.

Peter negó con la cabeza. Se había comido todo el sándwich.

—No voy a ir a ninguna parte. Si quieres te puedo llevar a tu casa con mucho gusto. Hoy es día festivo y supongo que los trenes no funcionan como de costumbre.

—Eres muy amable, pero no tienes ninguna obligación de hacerlo. He utilizado el transporte público toda la vida y me gusta.

—Sé que no es ninguna obligación —dijo él en voz baja—. Pero lo hago con mucho gusto, por eso te lo digo. Si tú quieres, por supuesto.

Ella pensó en ese coche tan cómodo, en el rápido viaje de vuelta a casa. Una vez no importaba, pero dos ya era una estupidez.

Gina vaciló.

—Si no es demasiada molestia...

—Sigue sintonizado el canal de radio que pusiste la última vez —dijo Peter mientras conducía el coche alejándose del centro de la ciudad.

Era un buen conductor, tranquilo y paciente, lo que ya le sorprendió la vez anterior. Gina miró por la ventana. Esa parte del viaje era su favorita, cuando acababan de sentarse y todo el cuerpo podía descansar, cuando pasaban por la ciudad y ella la podía mirar desde otra perspectiva.

—¿Te esperan en casa? —añadió.

—Sí.

—¿Y cómo se siente uno?

—Muy bien. Somos una familia muy unida.

Su padre, Amir, y ella formaban una unidad indivisible y se complementaban. Pero la fuerte era ella, la que se movía en ese gran mundo exterior. Los dos confiaban en ella.

—Suena bien.

—Mi hermano me preocupa a veces.

Dijo esas palabras en voz baja, sin saber de dónde venían. ¿Por qué las había pronunciado?

—¿De verdad?

Apartó la mirada de Peter y miró por la ventana.

—No es que esté enfermo ni nada por el estilo, pero no sale nunca. Está siempre en casa, en su cuarto, con sus juegos de ordenador.

—¿Qué edad tiene?

—Trece años.

—Entonces ¿es mucho más joven que tú?

—Sí, solo tenía dos años cuando vinimos de Somalia.

—Así que tu padre vino de Somalia con dos niños pequeños... Debió de ser duro para él.

—Sí.

—¿Y tu madre?

—Había muerto.

Peter se quedó en silencio.

—¿No va a la escuela? —preguntó enseguida—. Me refiero a tu hermano.

Gina empezó a toquetear el bolso. No tenía con quien hablar de ello, pues no quería preocupar a su padre. Le sorprendió lo fácil que le resultaba hablar con Peter.

—Claro que sí, pero no tiene amigos. No sé, se enfada cuando hablo con él de este tema.

—Tal vez tener amigos le cueste mucho.

Ella nunca lo había visto de ese modo. La soledad de su hermano siempre había sido para ella como una espina clavada en el corazón, y solo quería ayudarle.

Peter cambió de carril. Pasaron el restaurante de Järva. Se estaban acercando a Tensta rápidamente.

—¿Quiere tener amigos?

—No lo sé. Él dice que no, pero no tengo ni idea.

—Tal vez haya tenido malas experiencias. En tal caso es mejor estar solo.

Gina se quedó en silencio con los dedos entrelazados sobre el bolso. Empezó a darle vueltas a un sencillo anillo que llevaba en el dedo índice. Se lo había regalado Amir. Tendría cinco o seis años cuando se lo compró en la plaza de Tensta con su propio dinero. Pero ¿por qué no se había dado cuenta ella de que si le reñía por no tener amigos, lo único que hacía era empeorar las cosas? ¿Le ocurriría lo mismo a Peter? Casi nunca le veía hablar con nadie. Ni en el trabajo ni en otros ámbitos sociales. El hecho era que Peter parecía estar solo. Hasta el punto de que tal vez llevaba a casa a una limpiadora solo para tener alguien con quien hablar.

—El tema de las relaciones es difícil —dijo él con la mirada puesta en la autovía—. ¿Hay grupos de música somalí que sean conocidos en el extranjero? —preguntó, y ella agradeció que cambiara de tema.

—No lo sé. En realidad no estoy muy interesada en mi herencia cultural.

—¿Por qué?

—Veo mi futuro en Suecia.

—Pero te gusta la comida somalí, ¿no?

—Sí, mucho —dijo ella riendo.

Se detuvo junto a su puerta.

—Hemos llegado —dijo en voz baja.

—Gracias, eres muy amable. Supongo que nos veremos mañana en la boda. Serviré allí.

—No lo sabía.

Aceptó el trabajo cuando la llamó el coordinador de la ceremonia porque estaba bien pagado y ya lo había hecho antes. Pero ahora se preguntaba si se sentiría rara. ¿La saludaría Peter o fingiría que no se conocían?

—¿Cómo irás allí? —preguntó él.

Ella parpadeó. No podía hablar en serio.

—Supongo que eres consciente de que no puedes llevarme. Eres un invitado y yo una empleada. Parecería raro.

—Pero...

—Ellos me pagan el taxi —lo interrumpió rápidamente.

Su voz sonó seca, aunque no pudo evitarlo. Se sentía vulnerable y, como de costumbre, reaccionó con ira. Todavía no había hecho el curso de psiquiatría pero, aun así, sabía que esa era la defensa clásica ante sentimientos de inferioridad, lo que le parecía odioso.

Sin embargo, Peter era amigo íntimo de Åsa Bjelke, formaban parte del mismo grupo de amigos de Djursholm y ambos pertenecían a la alta sociedad. ¿Qué pintaba ella allí?

—Sabes lo que soy yo, ¿no? Una empleada, una mujer de la limpieza, una criada.

—Pero tú dijiste... No era mi intención. Creía que te gustaba —dijo confuso—. ¿He dicho algo que no debía?

Gina intentó salir, se quedó atascada en el cinturón de seguridad y se desenredó.

—Adiós —dijo cerrando la puerta para dirigirse a su casa a toda prisa, sin mirar atrás.

Solo tú tienes la culpa de esto, pensó mientras esperaba el ascensor. En ese momento casi deseó que él la ignorara al día siguiente. Entró en el ascensor y apoyó la frente en la pared. Era una imbécil.

22

Isobel miró la nota con la dirección y después encima de las puertas de los edificios. Estaba mal señalizado, como si quienes vivían allí supieran ya donde estaba todo y no quisieran ayudar a los forasteros a encontrarlo. Nunca había estado en esa parte de la ciudad, justo en el límite con Djurgården y las embajadas. Pasó dos veces por delante sin darse cuenta de que la puerta anónima que había al lado del gran escaparate en el que solo había una silla era el estudio. Lo estuvo buscando en Google sin encontrar nada. ¿Cuándo se había oído hablar de una empresa que no estuviera en internet, al menos en Suecia?

—¿Hola? —gritó ella por la ranura de la puerta.

Oyó que se corría una cortina y le abrió una mujer de unos veinte años muy delgada, casi escuálida. Detrás de ella Isobel vio un local sorprendentemente grande con telas, maniquíes, revistas y percheros por todos lados. Una música suave y un olor que Isobel identificó como de té de frutas flotaba en el ambiente.

—¡Bienvenida!

La mujer, que llevaba un acerico alrededor de la muñeca y una cinta métrica en el cuello, la saludó extendiendo la mano.

—Eres Isobel, ¿verdad? Me llamo Lollo Chanel. Entra.

Se quitó un alfiler que llevaba en la comisura de los labios y observó detenidamente a Isobel con una mirada que daba la impresión de que estuviera contando y calculando, hasta tal punto que a Isobel le pareció que la estaba dividiendo en centímetros y tallas.

—¿Chanel? ¿De verdad?

Lollo se encogió de hombros.

—Se podría decir que con ese nombre no tenía otra elección posible que ser diseñadora de moda. Talla cuarenta y dos, ¿verdad? Excepto el contorno de busto, por supuesto. He trabajado sobre las medidas que me enviaste, así que ahora podemos hacer los últimos ajustes.

Isobel le había enviado por correo electrónico todas las medidas corporales posibles, inclusive su número de pie. Vio una foto suya de color que Lollo le había pedido, y que luego había imprimido y fijado con alfileres en una plancha de corcho. Por el momento, aquella experiencia estaba siendo una de las más surrealistas que había vivido.

Lollo siguió con su trabajo y detuvo la mirada en las caderas de Isobel con gesto crítico.

—Curvas, eso me gusta. La mayoría de mis clientas no han comido desde 1970. ¿Has traído la ropa interior que te pedí? No puedo creer que este sea tu color de pelo natural. Y esas pecas... Estoy muy contenta de que el vestido deje al descubierto tanta piel. Ponte allí.

Isobel, algo aturdida por la verborrea de Lollo, se puso delante de un enorme espejo de cuerpo entero. Se observó a sí misma, irguió la espalda y metió el vientre todo lo que pudo.

—¿Conoces a Åsa? Date la vuelta.

Isobel se limitó a negar con la cabeza.

—No, solo conozco a Alexander.

—Es una de mis clientas habituales. Llevo varios años queriendo hacerle el traje de novia, y ahora, cuando por fin se va a casar y vienen todos, de repente quiere que sea de Valentino. Ese chapucero.

—¿No fue él quien hizo el último traje de novia de la princesa? A Isobel le parecía maravilloso.

—Sí, pero yo soy mejor y Åsa debería saberlo. ¿Qué te parece un vestido impresionante? Solo te lo pregunto por educación. Tendrás un vestido mucho mejor que cualquiera de los que Valentino puede siquiera soñar.

—¿Qué cs esto? ¿Una especie de vendetta entre modistos? Porque en tal caso no quiero...

Lollo sacó una percha con un vestido de color bronce e Isobel se quedó muda en medio de la frase. No porque supiera algo sobre alta costura, sino porque no había visto nunca nada igual.

—Uau —logró decir al fin.

—¿A que sí? —preguntó Lollo satisfecha.

Balanceó un poco la percha y el vestido pareció cobrar vida, transmitiendo energía a la habitación y lanzando llamas de color como una criatura indomable.

—Es mi mejor creación y parece que estuviera hecho para ti. Nadie lo lucirá mejor que tú. He encontrado unos zapatos a juego y espero que puedas ponértelos. Son italianos, hechos a mano. Te harán altísima.

Cuando sonrió de ese modo tan descarado parecía una loca con el cabello apuntándole en todas direcciones y los hilos que llevaba por todas partes, como si fuera una chiflada de la alta costura.

—No estoy acostumbrada a llevar tacones altos —dijo Isobel.

—No importa. Quítate la ropa —ordenó Lollo señalando un biombo—. La combinación está allí.

Isobel se deslizó detrás del biombo, se quitó la ropa obediente y empezó a abrir el envoltorio que protegía la fina combinación. La sostuvo delante de ella.

—¿De qué está hecha? ¿De aire?

—La mejor seda del mundo. Y no puedes usar pantis, pues se notarían todas las costuras —dijo Lollo desde el otro lado—. Deberías llevar medias y liguero; por supuesto, iría más acorde con el estilo —añadió con cierto anhelo en la voz que Isobel percibió—. Pero no puede ser, ¿no te has puesto aún la ropa interior?

Isobel miró el ligero sujetador y las bragas aún más ligeras que había comprado. Eran de licra de seda sin apenas costuras y le habían costado una fortuna.

—Me voy a morir de frío —dijo Isobel.

Estaban a dos de mayo y, aunque era un día soleado, la temperatura no superaba los quince grados.

—Probablemente. Pero es algo que no se puede evitar. Esto es arte, así que hay que sufrir un poco. Además, resultará muy atractivo que los pezones se te endurezcan ligeramente. Será sexy.

Isobel se puso enseguida las finas prendas íntimas mientras se preguntaba cuándo fue la última vez que usó tanga. Era la prenda más tonta que había visto, pero Lollo le había recomendado que usara seda y tanga, e Isobel obedeció porque, como toda mujer, quería estar elegante con la prenda más exclusiva que iba a llevar en su vida.

Acto seguido se puso la fina combinación.

—Estoy lista —dijo vacilante.

Con esa ropa interior se sentía casi más desnuda que antes.

—Sal —ordenó Lollo.

—Dentro de dos semanas me iré de misión —dijo a modo de disculpa cuando salió de la bendita protección del biombo.

Se puso la mano en el vientre y se sintió más como una adolescente pendiente de su cuerpo que como una médica con mundo y cosmopolita.

—Siempre gano un poco de peso —añadió—. Y no he hecho todo el ejercicio que debería.

—Deja de decir tonterías, estás estupenda y con mi vestido vas a parecer una diosa. Todas las mujeres merecen afirmarse a sí mismas alguna vez. Solo es cuestión de dejarse llevar por la corriente, querida.

Lollo descolgó el vestido y en ese momento Isobel sintió algo que realmente se parecía al deseo. ¿Cómo podía sentirse así ante un poco de tela? Extendió la mano y rozó la seda de color bronce. Dejó que la diseñadora le ayudara a ponerse el vestido.

Lollo dio un paso atrás.

—No me lo puedo creer, es maravilloso.

Isobel se miró en el espejo. El vestido hacía algo con su figura. No se veía ningún defecto y resaltaba sus mejores atributos. La piel le brillaba como seda blanca, las pecas resultaban bonitas y personales, sus ojos parecían enormes y el vientre había desaparecido; ella era solo pecho, piernas y cintura.

—Dame también los zapatos —dijo con repentina avidez.

Iba a acudir a una boda de alta sociedad y se lo iba a pasar genial.

Lollo la ayudó a ponerse laca en el pelo y a darle forma a sus rizos hasta que quedaron ondulados como los de una estrella de cine. Isobel se retocó los labios y comprobó que el maquillaje siguiera como debía. Lollo le dio un chal para ponerse sobre los hombros.

—Pero solamente en la iglesia —advirtió—. Este vestido no hay que llevarlo con chal, ¿entendido?

Isobel asintió obediente.

—¿Qué te parece esto? —preguntó.

En un impulso Isobel se había llevado unas pulseras de escaso valor, aunque anchas y fantásticas, que compró en una de sus misiones. No eran auténticas pero sus tonos dorados y bronceados le aportaban cierto aspecto de amazona. Brillaban como una puesta de sol en un desierto de África central. Lollo les echó un vistazo y dio su aprobación.

—Buena suerte, preciosa. Tu coche te está esperando para ir a la iglesia. Los vas a volver locos.

Isobel fue en taxi hasta Storkyrkan, en el casco antiguo de la ciudad. El coche se detuvo justo delante la puerta de la iglesia. La ceremonia iba a tener lugar a las tres y los invitados ya habían empezado a entrar. Pagó y salió con mucho cuidado sobre los altísimos tacones. Los adoquines eran viejos e irregulares y no andaba con seguridad.

Incluso antes de entrar en la iglesia, vio a mucha gente que le pareció reconocer de las revistas del corazón: actores, estrellas de la música y del deporte.

—Hola, Isobel.

Se volvió al oír la voz y vio una cara familiar. Sonrió a Natalia De la Grip, o Natalia Hammar, como se llamaba ahora. Avanzó unos pasos.

—Me alegro de que hayas venido —contestó Natalia con naturalidad.

—Gracias —respondió Isobel ajustándose el chal alrededor de los hombros.

—¿Has venido con Alexander?

—No.

Se había ofrecido a llevarla, pero una rebeldía interior había hecho que ella se negara. No era tonta y podía ir a una iglesia por sí misma. Pero cuando miró a su alrededor se preguntó si no debería haber accedido. Había parejas dondequiera que mirara, parejas, parejas. ¿Acaso no había mujeres solas en la alta sociedad?

—Santo cielo, ¡cuánta gente famosa! —dijo.

—Sí, Åsa y Michel están muy bien relacionados socialmente —explicó Natalia mirando con discreción a un hombre que Isobel identificó como un expresidente estadounidense. Impresionante—. Era amigo del padre de Åsa. Y esa de allí —apuntó Natalia señalando con la cabeza a una señora vestida de azul y de aspecto decididamente británico que debía de estar relacionada con la realeza o con algún aristócrata— era amiga íntima de su madre. Los padres de Åsa fallecieron.

Natalia saludó a un hombre corpulento y barbudo acompañado de una rubia de cuyo vestido se podía decir sin duda que iba adherido al cuerpo. Incluso Isobel, que no tenía el más mínimo interés por el deporte, sabía que era un famoso jugador de hockey.

—Compañero de Michel —aclaró Natalia.

Y así sucesivamente. La flor y nata hizo su entrada y Natalia fue indicando a Isobel quiénes eran las personas que no conocía. Una de las hijas del rey, con su pareja, estuvo a punto de provocar disturbios entre los fotógrafos de prensa. Jóvenes financieros opulentos, tanto hombres como mujeres.

—No hay duda de que Åsa y Michel conocen a todos los ricos y famosos de alrededor de treinta años —concluyó Natalia cuando apareció otra conocida empresaria rubia con su marido.

La hermana de Alexander le dijo el nombre de dos condes y condesas más. A Isobel le extrañó no ver por allí a ninguno de los asistentes al baile del castillo, pero en esta ocasión había gente algo más joven e incluso más glamurosa.

—Y él es David, mi marido —dijo Natalia, e Isobel sonrió al percibir el orgullo que contenía su voz cuando se volvió hacia el hombre que se acercaba.

Isobel saludó a David, cuyo físico le impresionó favorablemente, y a continuación miró a la pequeña que llevaba en brazos.

—Esta es Molly —la presentó Natalia mirándola a los ojos.

—Un pequeño milagro —afirmó Isobel—. Me alegro de que todo se arreglara.

—Sí —dijo Natalia—. Al final así fue —añadió, poniendo una mano en el brazo de Isobel y presionándolo suavemente.

Y después la médica notó que algo le corría por la piel. Empezó en la parte inferior de la espalda, subió por la columna vertebral y se extendió hacia fuera. Natalia tenía la atención centrada en David e Isobel cerró los ojos. Nunca hubiera creído que se podía sentir una mirada, pero en ese momento comprobó que era cierto.

Abrió los ojos y se dio la vuelta despacio, movió el cabello de modo que los rizos le cayeran sueltos por los hombros y la espalda. Irguió la espalda y el cuello hasta mostrar entera su esbelta figura sobre los altos zapatos italianos. Entonces su mirada se encontró con la de Alexander y vio dilatarse sus pupilas.

Los ojos de él comenzaron a brillar e Isobel percibió la atracción que ejercía sobre ella. Con una generosa sonrisa, la médica le mostró todo lo que tenía, el encanto que había adquirido al nacer y que rara vez utilizaba.

Él se quedó mirándola fijamente, como si de verdad ella fuera la estrella que se sentía en ese breve instante.

Para Isobel fue uno de los mejores momentos de su vida.

23

—La doctora Sørensen, supongo —dijo Alexander en voz baja a modo de saludo.

Pero después no pudo evitar sonreír y hacer eso tan poco sofisticado que ella odiaba que hicieran otros hombres: se comió a Isobel con los ojos; mejor dicho, la devoró. Porque le parecía la persona más atractiva del mundo. El vestido, los rizos de estrella de cine, las joyas anchas, exóticas y eróticas como eslabones en torno a sus muñecas.

Era mágico. Parecía una reina.

Le dio un abrazo. Tomó entre sus brazos la seda de color bronce y la apretó con fuerza.

—Me alegro mucho de que hayas cambiado de opinión. Estás absolutamente impresionante —susurró él con la boca pegada a su pelo.

Era altísima, más que la mayoría de los que había a su alrededor; Alexander nunca había estado tan orgulloso de su propia altura. Al resto de los hombres les convenía tener cuidado. Isobel le pertenecía ese día.

Ella le devolvió el abrazo y deslizó sus brazos por la espalda de Alexander hasta que él sintió el calor del cuerpo de ella contra el suyo. Percibió un olor que por una vez no se trataba del habitual antiséptico, además de una suavidad que en el acto hizo que su cerebro dejara de funcionar. Cada vez aquello le parecía menos una atracción y más una obsesión. La siguió estrechando entre sus brazos y pensó que debía aumentar el ritmo y llevársela pronto a la cama para no volverse loco. No podía explicarlo de otro modo. Hasta el último momento no había estado seguro de si aparecería o de si volvería a cambiar de opinión. Tuvo miedo de que se echara atrás y ahora podía constatar la gran diferencia que había teniéndola allí, lo agradable que era sentirla en sus brazos, el panorama tan gris que veía delante de él si hubiera tenido que soportar ese día sin ella.

Un carraspeo nada sutil le recordó a Alexander que no estaban solos, sino todo lo contrario. Cambió la expresión del rostro, se retiró de mala gana de los brazos de Isobel y se volvió hacia Natalia, que le obsequió con una divertida sonrisa de hermana mayor.

—Hola, hermana —dijo arrastrando las palabras—. Me gustaría decirte que tú también estás espectacular, pero ¿sabes que tienes el hombro manchado de vómito?

Ella resopló.

—Espera a que te conviertas en padre y verás lo fácil que es. Ya eres feliz si puedes llevar la ropa del derecho.

Mientras Natalia sacaba una toallita, Alexander le estrechó la mano a David. Aunque su cuñado llevaba a Molly en brazos, lograba la hazaña de mantener su apariencia de magnate de las finanzas. Natalia frotó la mancha mientras miraba una y otra vez a Alexander y a Isobel con disimulado interés.

—Deja de hacer eso —susurró él.

—No estoy haciendo nada —respondió ella con una mirada rebosante de alegría.

—Entonces ¿qué te pasa?

—No es nada. Solo estoy contenta de que hayas traído a Isobel. Me cae muy bien.

—Es mía —dijo él con firmeza—. Tú puedes tener tus propios amigos.

—Entonces ¿no estáis juntos?

Él no soportaba que algunas mujeres empezaran a planear el futuro en cuanto un hombre y una mujer intercambiaban más de dos palabras. Pero Natalia nunca había entendido el encanto de las relaciones abiertas.

—Deja de imaginarte cosas. Y deja de mirar —dijo Alexander.

Un coche oscuro se acercó rodando por los adoquines. Un guardia de seguridad retiró una de las vallas y el coche pasó por delante de ellos y luego se detuvo.

—Es mamá —dijo Natalia.

Se abrió la puerta del coche y Eugen salió del asiento trasero, dio la vuelta al automóvil y ayudó a salir a Ebba. El coche siguió su camino y Natalia los saludó con la mano. Ebba le dio un rápido abrazo a su hija y saludó a David con una inclinación de cabeza no del todo hostil. Molly se había quedado dormida en los brazos de su padre y Ebba acarició suavemente la mejilla de su nieta antes de volverse hacia Alexander.

Él se enderezó. Solo tenía que pasar por ese momento.

—Mamá, ella es Isobel Sørensen. Isobel, esta es mi madre, Ebba —las presentó.

Isobel se ajustó el chal alrededor de los hombros, sonrió con su mirada profesional, extendió la mano y estrechó la de Ebba con cortesía.

—Encantada de conocerte.

—Lo mismo digo, Isobel.

Alexander no recordaba haber oído hablar nunca a su madre en ese tono, con esa amabilidad.

—¿Es posible que tu madre sea Blanche Sørensen? Si es así, la conozco. Ambas formamos parte de un comité una vez. Una mujer fantástica —dijo Ebba con una cálida sonrisa.

Eugen se acercó y le dio un gran abrazo y unos sonoros besos en las mejillas.

—Me alegro de volver a verte. Estás radiante. Como siempre.

—Es verdad, vosotros ya os conocéis —dijo Natalia mirando de reojo a Alexander con más alegría aún, si eso era posible.

Eugen sonrió entusiasmado.

—Nos vimos en Escania el fin de semana pasado. Isobel fue a hablarnos de ayuda humanitaria y Alexander también estuvo allí. Nos lo pasamos muy bien.

Natalia volvió a mirar fijamente a Alexander.

—Fascinante.

Alexander negó con la cabeza en señal de advertencia. Una cosa era que tuviera dificultades para controlar sus sentimientos hacia Isobel y otra totalmente distinta que a su hermana mayor se le ocurrieran un montón de ideas.

—¿Se está muriendo mamá? —preguntó Alexander mirando a Eugen y a su madre, que continuaron hacia delante para saludar a un viejo conocido.

—Por lo que sé, no más que cualquier otra persona. ¿Por qué lo preguntas? —respondió mirando a su madre desde lejos.

—Porque se comporta como una persona normal. Te ha abrazado. ¿Estás segura? ¿Un tumor cerebral, tal vez?

—Si vinieras a casa más a menudo y no estuvieras siempre de fiesta por todos los continentes, verías por ti mismo que mamá se está esforzando.

—Mmm —replicó él escéptico.

Siempre había sido un firme defensor de la teoría de que la gente no podía cambiar.

Las campanas de la iglesia comenzaron a sonar. Había llegado el momento.

—¿Entramos? —preguntó a Isobel tendiéndole el brazo.

Ella aceptó. Había mucha gente e Isobel terminó apretada contra él. El calor y el peso de sus pechos vestidos de seda contra la manga de la chaqueta de Alexander hicieron que se acercara aún más. Por el momento aquella boda era muy prometedora.

Había guardias de seguridad en las puertas de la iglesia. No se permitía la entrada a la prensa y se registraba a todos los invitados. Alexander vio a Tom Lexington. Era el jefe de seguridad de Hammar Capital y, naturalmente, mantenía el orden allí. Tom vestía traje oscuro y corbata, pero si la intención era que se confundiera con los invitados, no funcionaba. Parecía lo que era: un hombre acostumbrado a la violencia y a la mano dura.

—¿Así que trabajas de esto cuando no estás secuestrando a la gente? —dijo Alexander a modo de saludo cuando llegó con Isobel a la puerta.

Tom le lanzó una mirada siniestra. Llevaba un cable de color carne colgando a un lado del cuello.

—Siempre es agradable asistir a una boda a la que los invitados van voluntariamente para variar —respondió en un tono seco.

Alexander esperó en el interior de la iglesia a que Isobel y su madre, que ahora llevaba a Molly en brazos, se sentaran en el banco; luego él se puso al lado de su pareja. Natalia era la madrina y David el padrino de la boda, así que iban a acompañar a los novios hasta el altar.

La iglesia se llenó, especialmente de familiares de Michel. Adultos, niños y ancianos ocuparon los bancos y el murmullo se elevó hacia el techo.

—¿No es ese tu hermano? —preguntó Isobel.

Alexander vio llegar a Peter a pie, solo. Este se detuvo, vio dónde estaban sentados, pasó la mirada por encima de ellos y después se dio la vuelta y se sentó en el borde del banco.

—¿No va a sentarse aquí? —dijo Isobel mirando a Alexander.

—Hace lo que quiere —respondió.

Isobel lo miró estupefacta.

—Lo siento, no tenía intención de ser tan tajante. No nos llevamos muy bien. Es un poco complicado.

—¿Te puedes creer que no he estado nunca en esta iglesia? —dijo ella, y Alexander se mostró agradecido de que cambiara de tema.

Isobel volvió a colocarse el chal. Era fino y resbaladizo y con el movimiento sus piernas rozaron las de Alexander. Miró hacia abajo. Vio que los muslos de ella, cubiertos de seda, descansaban al lado de los suyos ataviados con el pantalón del traje. Quería poner una mano en esa pierna, en lo alto, abrir la palma, rozar la suave parte interior de su muslo, inclinarse y besarle la boca. Se sabía de memoria los besos que se habían dado, recordaba cómo sabía y cómo sonaba ella. ¿Pensaba Isobel en esas cosas? ¿Significaba todo aquello que había cambiado de opinión, y había accedido a ir a ver a Lollo para que le prestara ese vestido tan sexy porque quería más de él? Y en tal caso, ¿cuándo?

No oyó siquiera el inicio de la música, solo vio que todos se ponían en pie. Rápidamente los imitó y le dio tiempo a arreglarse el traje antes de que los novios hicieran la entrada por el pasillo de la iglesia. Formaban una llamativa pareja caminando uno al lado del otro: Åsa Bjelke vestida de blanco y su futuro esposo Michel Chamoun. Natalia y David iban detrás de ellos.

Isobel suspiró al lado de Alexander mientras Ebba se secaba la comisura del ojo. Åsa estaba muy bonita, de verdad. Llevaba el cabello rubio claro recogido en un sencillo moño bajo. Un velo largo blanco, un elegante vestido blanco como la nieve y un ramo de novia totalmente blanco le daban un aspecto casi inocente, algo que Alexander no pudo evitar que le pareciera cómico, teniendo en cuenta todas sus escapadas. Sin embargo, se la veía glamurosa y feliz a la vez, así que tal vez era eso lo que quería: prometer fidelidad a una sola persona por el resto de su vida. Él le guiñó un ojo cuando pasó por su lado. Los ojos azul turquesa de ella brillaron, le temblaron las comisuras de los labios y entonces la pareja pasó de largo.

—Es la novia más bonita que he visto —susurró Isobel, y Alexander puso los ojos en blanco.

Había algo entre las mujeres y las bodas que nunca entendería.

Los novios se dirigieron hacia el oficiante de las nupcias. Natalia y David se pusieron cada uno a un lado de ellos y los invitados se volvieron a sentar. La ceremonia del matrimonio se celebró en sueco, inglés y francés alternativamente. Alexander escuchaba a medias, dejando vagar la mirada por la iglesia. Cuando oyó un sollozo ahogado a su izquierda no pudo evitar sonreír. Él no estaba en particular preocupado, lo de Dios y sus promesas no era asunto suyo, pero había estado en suficientes bodas para saber dos cosas: las mujeres lloraban siempre y nunca llevaban pañuelo. Sacó del bolsillo un pequeño paquete de pañuelos, cogió la mano de Isobel y se lo puso en ella.

—Gracias —susurró ella.

Un punto a favor de Alexander, pensó él satisfecho.

Llevaba más de tres semanas persiguiéndola. No recordaba la última vez que le había costado tanto llevarse a una mujer a la cama, la verdad, y empezaba a impacientarse.

Isobel se limpió la nariz y se puso las manos en las rodillas. Alexander extendió la suya y le tomó una mano. Solo pensaba en acariciarla, llevársela a la boca tal vez, besarla ligeramente, susurrarle algo gracioso e inteligente, pero ella la apretó con fuerza y se quedaron sentados cogidos de la mano en el banco de la iglesia. Él miró hacia delante. Debería pensar que eso era cursi y ridículo, y tal vez lo fuera.

Pero la pregunta era: entonces ¿por qué no la soltaba?

24

—Tampoco he estado nunca aquí, ¿sabes? —dijo Isobel mirando el salón de celebraciones de Riddarhuset, que se estaba llenando de invitados a la boda.

Había una larga mesa repleta de regalos, el personal de seguridad se movía alrededor de la gente con discreción y de vez en cuando en el salón se oía estallar una risa.

—Sí, la clase alta es experta en esto; nadie sabe divertirse como nosotros.

—Supongo que eso también es un don —dijo ella.

—Tiene sus ventajas.

Isobel le sonrió y la reacción de Alexander fue inmediata: se sintió atraído por ella como si fuera fuego y él... algo que no podía resistir la atracción por el fuego. Era divertido. A Isobel nunca se le había dado bien flirtear, pero con Alexander le pasaba lo mismo que cuando bailaron juntos: era fácil seguirle y junto a él se sentía hábil y deseable.

La recorrió con la mirada. Su avidez era todo un halago.

—¿Te he dicho ya que tu vestido es...? No sé qué puedo decir.

Ella recordó las instrucciones de Lollo. Se quitó el chal lentamente y fue dejando a la vista toda la piel y el escote. El vestido no era del todo decoroso sin el chal, pero el decoro no era precisamente la mayor preocupación de Isobel esa noche.

Los ojos de Alexander se abrieron de un modo muy sugestivo. Debía de ser aquel el preludio más sofisticado de Isobel.

¿Le había atraído alguna vez una persona tanto como Alexander? Sin duda tenía un físico espectacular, pero había algo más que eso. Su evidente interés por ella lo potenciaba. Aunque por parte de él solo fuera un juego, una estrategia para llevarla a la cama —y ella era lo suficientemente cínica para darse cuenta de que podía ser así, de que no se trataba de amor a primera vista—, esos ojos que siempre la seguían, a veces mirándola de reojo con una sonrisa, otras con un vago deseo que no se molestaba en ocultar, toda la atención que le prestaba y que se centraba en ella... Era algo embriagador.

Leila tenía razón: necesitaba eso. Ahora era una adulta, no sería como con Sebastien. Antes sentía atracción por hombres mayores, y no hacía falta tener un cociente intelectual elevado para darse cuenta de que se trataba de distintas figuras paternas. No estaba orgullosa de ello, pero era lo que era. Su padre era estricto, recto y ausente, y a ella le atraían ese tipo de hombres: psicología elemental. Sin embargo, nunca había sentido algo así por nadie, ni siquiera por Sebastien. Él había sido el primer amor de una mujer joven, una proyección de cosas de todo tipo, una fantasía, una decisión tomada con poco juicio y un anhelo por un hombre que le recordaba a su padre.

Pero Alexander era solo... Alexander.

Los novios entraron en el salón de celebraciones y estallaron los aplausos. La maestra de ceremonias, una mujer alta que Isobel reconoció porque era presentadora de un programa de noticias, dio un discurso a los recién casados mientras los camareros servían más champán. Isobel tomó un sorbo de burbujas, emocionada de un modo absurdo por el discurso. No conocía a los novios, pero todo resultaba muy bonito. Captó la mirada divertida de Alexander y recordó sus palabras acerca del amor. El amor era como el fanatismo religioso, había dicho él en una ocasión: hacía que la gente se comportara como si estuviera loca. Tal vez tenía razón.

De pronto vio un rostro conocido entre los invitados.

—Hola, Gina —exclamó.

El rostro de la mujer se iluminó.

—¡Doctora Sørensen! —respondió ella, y fue abriéndose paso a través de la multitud con la bandeja por delante.

—Por favor, llámame Isobel. ¿Qué tal?

—Es estresante —dijo Gina señalando con la cabeza las copas que llevaba en la bandeja—. Lamentablemente no tengo tiempo para detenerme a hablar con los invitados, pero si necesitas ayuda con algo, dímelo.

En la cena había dos mesas de separación entre ellos. Alexander se sentó cerca de los recién casados e Isobel se dio cuenta de que había una morena muy guapa a su lado, a quien él amablemente retiró la silla antes de sentarse. Después le dijo algo a la mujer que estaba sentada al otro lado, cuya posición era importante en el mundo de las finanzas suecas, que se encontraba en avanzado estado de gestación y de quien Isobel había leído en fecha reciente una larga entrevista, en el último número de *Amelia*. Isobel tenía a un lado a un joven de barba corta y con acento de Gotemburgo que se presentó como Axel y que también le retiró la silla para que se sentara. Al otro lado había un hombre de unos cuarenta años que se presentó como Christer, le dijo que trabajaba en una editorial e inmediatamente empezó a competir con Axel para ganarse la atención de Isobel.

—No hay nadie más egocéntrico que los escritores —dijo Christer más serio que un ajo, y después bebió un largo trago de su Dry Martini servido en una cantidad generosa—. Excepto las escritoras —añadió.

Isobel no pudo evitar reír. Poco después los tres se enzarzaron en una conversación intensa y animada sobre libros, el mundo editorial y algo que Isobel solo podía describir como historias locas pero que, aun así, le hicieron reír tanto que empezó a dolerle el costado antes de empezar el plato principal. La maestra de ceremonias se puso de pie y presentó a la primera oradora de la noche: Natalia Hammar.

Natalia empezó contando que Åsa se fue a vivir con ellos cuando toda su familia falleció en un accidente de tráfico. Isobel no lo sabía y observó con curiosidad a esa mujer tan elegante que parecía una estrella de Hollywood junto a su esposo, también superatractivo, a pesar de su aspecto de gángster. Qué poco se sabía de las personas. Natalia siguió contando que Åsa fue a visitarla a la clínica de maternidad con una botella de champán y que también le juró en algún momento que nunca haría algo tan burgués como casarse, hasta que un día le dijo que iba a celebrar la boda más espectacular que se había visto en Estocolmo después de la que había celebrado la princesa heredera, y que no quería oír ninguna protesta.

Tras el discurso sonaron muchos aplausos. Isobel vio que Alexander se levantaba, iba hacia su hermana y la besaba en el pelo.

Cuando empezaron a servir el plato principal, un camarero se acercó a Isobel.

—Otro vegetariano, ¿verdad? —preguntó.

Ella miró de reojo a Alexander.

Estaba sentado escuchando a sus compañeras de mesa, pero pareció darse cuenta de que le estaban observando, porque levantó la cabeza y sus miradas se encontraron por encima de la mesa, el tintineo de las copas y los costosos arreglos florales; todo alrededor de ella se quedó en silencio y le pareció oír la voz de él, sentir su tacto, imaginar sus pensamientos.

«Gracias», gesticuló.

Él sonrió e inclinó la cabeza en una reverencia irónica.

Era tan atento que ella no sabía qué pensar. Utilizaba esa fachada superficial todo el tiempo, pero ¿cuándo había estado con un hombre que recordara de ese modo todos sus detalles, que le hubiera prestado incluso joyas de la corona y pañuelos, que le hubiera pedido la comida y la mirara continuamente desde el otro extremo del salón? Si se trataba de un juego por su parte, era muy hábil jugando.

El siguiente orador al que presentaron era David Hammar.

A Isobel le parecía una persona seria que inspiraba respeto, pero en el discurso hizo una descripción bastante hilarante de su visión acerca de la historia de amor de Åsa y Michel, que, al parecer, comenzó muchos años atrás y se avivó el verano anterior con una gran cantidad de SMS, peleas y pasión. Al final del discurso la gente casi se estaba desternillando de risa sobre la mesa.

Siguieron los discursos, se brindó con entusiasmo y cuando retiraron los platos calientes, los dos compañeros de mesa de Isobel estaban muy borrachos y sus bromas iban a peor.

Levantó la vista y sorprendió a Alexander observándola otra vez. Le sonrió antes de entrar en otra de las intensas conversaciones sin sentido con Axel y Christer.

A los postres Alexander se puso de pie y pronunció un discurso dedicado a Åsa. Estaba borracho, no mucho, pero Isobel vio que tenía los ojos vidriosos. Sin embargo parecía estar contento y su discurso fue sumamente divertido. Se sentó mientras continuaban las risas y los aplausos, y levantó la copa saludando a Isobel.

Cuando ella volvió a levantar la vista mientras servían el café, el sitio de Alexander estaba vacío. Parpadeó preguntándose dónde habría ido. Entonces lo vio junto a ella, dirigiéndose en voz baja y autoritaria a su compañero de mesa.

—Cámbiame el sitio.

—Pero... —protestó Axel.

—Nada de peros. Vete ahora mismo.

El joven de Gotemburgo se puso lentamente de pie. Isobel le sonrió a modo de excusa y Alexander se sentó enseguida a su lado.

—Eso lo has hecho con mala idea.

—Estoy convencido de que la bondad no está muy valorada entre las mujeres.

Ella negó con la cabeza. Si había algo que había aprendido era eso.

—La bondad es en extremo importante.

—¿Lo es? ¿Por qué?

—Sin bondad no puede haber confianza.

—¿Es tan importante?

—Sabes que lo es.

Trajeron la tarta nupcial, una enorme creación blanca.

—Parecen estar muy enamorados —dijo Isobel cuando Michel besó a Åsa por enésima vez antes de que empezaran a cortar la tarta.

Alexander se limitó a negar con la cabeza.

—¿De verdad no has estado nunca enamorado?

—Puede que una vez —respondió él.

Ella era la única culpable: le había preguntado y ahora tenía que soportar esa pequeña punzada de celos. ¿A quién habría amado? ¿Quién había sido lo bastante extraordinaria para quc Alexander la amase?

—¿Quién era? —preguntó.

Él se inclinó hacia delante y la miró muy serio.

—Lo había olvidado por completo. Debo de haberlo bloqueado. Duele demasiado, ya me entiendes.

Se detuvo; parecía afligido. Se inclinó hacia delante y aguantó la respiración.

—Era una de mis compañeras de clase en la Escuela de Economía de Estocolmo. Le gustaban los diagramas y eso a mí me parecía tan sexy que me enamoré de ella. Estaba tan enamorado que me dolía. Fue la peor mañana de mi vida.

Isobel se rio en voz alta. Aliviada.

Mientras él estaba allí mirándola con satisfacción, ella pensaba que era el símbolo perfecto del dandi decadente. Le sonrió y parpadeó de forma lenta y calculadora. ¿Hasta qué punto le resultaría difícil seducirlo esa noche? Él ladeó la cabeza y la miró como si fuera un león hambriento y ella una gacela que pasaba por allí.

No era nada difícil, decidió.

25

Había sido demasiado lento, ese era el problema, y por supuesto, que no le había clavado los dientes al vecino de mesa de Isobel cuando había tenido la oportunidad. Alexander se cruzó de brazos y miró la pista de baile, que estaba atestada de gente. Eso era lo que ocurría cuando uno no actuaba con rapidez. Se había tenido que quedar de pie mirando a Isobel mientras ella se deslizaba bailando un vals en los brazos de su barbudo compañero de mesa. La pareja pasó por delante de él y el barbudo le sonrió maliciosamente.

Alexander bailó en primer lugar con su compañera de mesa y después con la novia, pero ya había cumplido con sus obligaciones de invitado y ahora quería bailar con Isobel. Lo que quería en realidad era irse de allí y acostarse con ella, pero si ella deseaba bailar la mitad de la noche, él era lo bastante caballeroso para esperar.

Cuando volvió a pasar rápidamente por delante la vio bailando con Eugen y en esta ocasión recibió un guiño de su tío. Se dio por vencido, se marchó de donde estaba y se sentó con un grupo formado por varias de las amigas más salvajes de Åsa. Había cubiteras y copas por toda la mesa, así que cogió una copa de Pommery y buscó a Isobel con la mirada. Ella bailaba y reía con otro hombre, y Alexander pensó que eso de los celos estaba perdiendo a marchas forzadas el eventual placer de la novedad. No había estado celoso en toda su vida y debía admitir que le fastidiaba bastante. Se sirvió más champán, estiró las piernas hacia delante y miró hacia la pista de baile. En algún momento se acabaría la música.

Eugen se acercó, se sentó y miró a Alexander con una sonrisa burlona.

—Te veo muy animado aquí sentado —dijo.

Su sobrino lo miró irritado.

Eugen sirvió champán y bebió con gesto de satisfacción.

—La gente debería casarse más a menudo.

—Si es una indirecta, puedes olvidarte de ello.

—No era una indirecta, sino una reflexión. Bueno, hablando de otra cosa, que para nada tiene que ver con mi deseo de que encuentres una chica que se case contigo, ¿qué has hecho con Isobel?

Alexander señaló con la cabeza en dirección a la pista, donde la maldita música por fin había finalizado. Isobel lo vio. Él se levantó al llegar ella, que se dejó caer en el sillón al lado de Eugen.

—Tengo que sentarme, los zapatos me están matando.

Estiró una pierna y Alexander se quedó mirándola. Nunca se había considerado un hombre que se fijara demasiado en las piernas de las mujeres, era más de pechos y de nalgas. Pero las piernas de Isobel... y esos zapatos que parecían estar hechos más que nada para la seducción... Y ella ni siquiera parecía darse cuenta de lo endiabladamente sexy que estaba.

—¿Quieres beber algo? ¿Champán?

«¿O prefieres que vayamos a casa, te quite la ropa y te bese?», pensó.

—Agua, por favor —dijo sonriendo.

Alexander se levantó.

—Iré a por el agua, pero tienes que prometerme una cosa.

—¿Qué?

—Quédate aquí hasta que vuelva. Siéntate. No bailes.

Ella le dedicó una de esas sonrisas que a él le habría gustado atrapar con la mano y llevar siempre consigo.

—Lo prometo —dijo.

Y la sonrisa burlona de Eugen se ensanchó aún más.

Debido a que todo el personal de servicio parecía estar ocupado sirviendo alcohol y recogiendo las copas, Alexander encontró una pequeña cocina en la que entró. Había montones de bandejas y vajilla de porcelana pero encontró unos vasos limpios en un armario y sacó uno. Percibió un movimiento por el rabillo del ojo y cuando se dio la vuelta vio a Tom Lexington, que había salido a fumar a un pequeño balcón.

—¿Todo bien? —preguntó Alexander mientras dejaba correr el agua del grifo.

Buscó a su alrededor una jarra o una botella que pudiera llenar para llevarla también.

—Menos mal que todo se está calmando —dijo Tom expulsando el humo.

Cuando Alexander cerró el grifo, se oyó una especie de revuelo.

—¿Oyes? —preguntó a la vez que un fuerte grito cruzaba la sala.

Tom apagó el cigarrillo, aguzó el oído y prestó atención. Alexander fue hacia la puerta y la empujó. Una inquietud indefinible se movía por el extremo más apartado de la sala. La mayoría de los invitados se comportaban como de costumbre, pero Alexander vio que varias personas se dirigían hacia una puerta. Volvió a oír un grito.

El sitio donde estaban sentados Isobel y Eugen estaba vacío y no la veía a ella por ningún lado. Tom se abrió paso entre la multitud y Alexander siguió sus pasos. Allí estaba toda su familia, todas las personas que le importaban, pero lo único que pensó fue: «¿Le habrá ocurrido algo a Isobel?». Y luego la vio. Estaba sentada junto a un hombre que yacía de espaldas en el suelo. El vestido se le había subido hasta los muslos al inclinar su rostro hacia el de él, a la vez que le ponía una de las manos en la garganta.

—¿Qué pasa aquí?

La voz autoritaria de Tom se oyó a través del alboroto. Isobel levantó la vista. Se retiró el pelo de la cara, vio a Alexander y después volvió a mirar a Tom.

—Pide una ambulancia. Tiene dificultades para respirar. Le ha dado un shock alérgico.

La voz de ella era muy aguda; la mirada, firme.

—Alex, ¿puedes ayudarme? ¿Me has oído?

—Sí, ¿qué puedo hacer?

—Busca a Gina.

Ella volvió a inclinarse. Le dijo algo al hombre cuyo pecho subía y bajaba con dificultad. Tom ya tenía el teléfono en la oreja. Alexander miró a su alrededor y vio a Gina en la puerta.

—¡Dejad que se acerque! —gritó. Entonces tiró de su mano y llevó a Gina a través de la multitud hasta donde estaba Isobel.

—Debe de haber una inyección de adrenalina en una chaqueta. ¿Puedes buscarla? —preguntó Isobel con voz tranquila, y eso le llamó la atención.

Ella permanecía fría como el hielo en medio de todo ese caos. Si alguien hubiera tirado una bomba allí dentro, la médica habría reaccionado exactamente igual, pensó Alexander. Analítica, concentrada en ayudar.

Gina salió corriendo.

—Tom está pidiendo una ambulancia. ¿Qué puedo hacer yo? —preguntó Alexander.

—Saca a la gente. Dile a alguien que se encargue de buscar un botiquín de primeros auxilios. ¿Gina?

La joven había vuelto con una inyección. Ya le había quitado el envoltorio. Entre las dos desabrocharon los pantalones del hombre. Mientras Gina le ponía la inyección en el muslo, Isobel seguía hablando con él.

Alexander ya había empezado a desalojar a la gente cuando llegaron Michel y David. Los saludó a ambos y también a Peter, que estaba en la puerta.

—Isobel y Gina lo tienen todo bajo control, la ambulancia está en camino y aquí llega Tom con el botiquín de primeros auxilios. ¿Alguien puede conseguir una manta?

David se dio media vuelta y desapareció.

Isobel abrió el botiquín y echó un vistazo al contenido. David volvió con una manta y la extendió sobre el hombre, mientras Gina hacía una almohada con el cojín de una silla y un mantel, y se la ponía debajo de la cabeza.

Alexander oyó que Isobel le hacía algunas preguntas en voz baja.

—¿Sabes dónde estás? ¿Cómo te llamas?

—En una boda. Fares Nassif.

—De acuerdo, Fares. Soy médica. Has tenido un shock alérgico, se te ha puesto tu epipen y ya respiras mejor. Ahora voy a ponerte un gota a gota. ¿Has venido con alguien?

Michel se arrodilló junto a ellos.

—Es mi primo —dijo en voz baja—. ¿Quieres que vaya a buscar a Nour, su esposa?

—Sí, hazlo.

Michel volvió con una mujer que se llevó la mano a la boca y se dejó caer al lado de Fares.

—¿Padece alguna otra enfermedad? —preguntó Isobel mientras buscaba una vía e introducía lentamente la aguja en el brazo de Fares.

—No —respondió Nour parpadeando una y otra vez.

—Gina, encárgate de esto —dijo Isobel, y mientras la joven arreglaba el gota a gota, ella cogió la mano de la mujer. Alexander acercó una silla e Isobel la sentó con cuidado.

La médica miró a Alexander.

—Se ha asustado pero se la ve bien. Escúchame, Nour, tu marido ya se encuentra mejor, pero van a llevarlo al hospital por seguridad. ¿Quieres acompañarlo? ¿Hay alguien más aquí que pueda ayudaros?

—Está bien.

Nour se mordió el labio y cuando enderezó la espalda, Alexander pudo ver que le había vuelto el color a la cara.

—Yo lo acompañaré —dijo decidida, y en ese momento llegaron dos enfermeros con una camilla.

Isobel habló con ellos utilizando palabras cortas y efectivas y una terminología que sonaba a serie de televisión. A Fares le pusieron oxígeno y cogió la mano de su esposa. La situación parecía dramática aún, pero se percibía en el aire que lo más grave ya había pasado.

Tom entró, Alexander se apoyó en el marco de la puerta y miró haciendo una mueca a Isobel, que estaba dándoles un informe e instrucciones a los enfermeros.

—Ella viene conmigo. Es muy fuerte, ¿verdad?

Los ojos negros de Tom lo miraron fijamente pero no dijo nada. Los enfermeros empujaron la camilla hacia la salida, escoltados por Tom y su personal, y la sala se fue vaciando hasta que solo quedaron allí Isobel, Gina, Alexander y Peter.

—Yo llevaré a Gina a su casa cuando termine —dijo Peter.

Alexander lo miró desconcertado.

—¿Te parece bien, Gina? —preguntó observándola con atención.

Pero ella se limitó a asentir.

—Sí.

Alexander los vio salir juntos de la sala. Cuando se recuperó de la sorpresa, se volvió hacia Isobel, que se había sentado en una silla y estaba respirando profundamente. Él levantó una silla que se había caído y le sonrió. Iba despeinada y se le había arrugado el vestido.

—¿Quieres irte a casa también? ¿Llamo a un taxi?

—¿Crees que a los novios les parecerá bien que dejemos la fiesta antes que ellos?

—Acabas de salvarle la vida al primo de Michel. Creo que en lo que respecta a los novios tienes bula suficiente para hacer lo que quieras.

Isobel se dejó caer en el asiento trasero. Apoyó la cara en una mano y permaneció sentada mientras el coche se alejaba de Riddarhuset y de Gamla Stan.

—Me he puesto un poco nerviosa —dijo al rato.

—No se ha notado —repuso Alexander, estirando el brazo a lo largo del asiento y por detrás de ella.

—La cuestión es que no importa lo buen médico que seas. Si no hubiéramos encontrado la inyección, no habría sobrevivido.

—Pero lo hizo.

—Sí, su esposa dijo que me enviaría un mensaje diciendo cómo le va, pero no estoy preocupada por él.

Apoyó la cabeza en el brazo de Alexander y este inclinó el cuerpo hasta rozarle el cabello con la mejilla. Debía admitir que no era el momento adecuado para intentar seducir a una mujer que acababa de salvarle la vida a alguien, era consciente de ello, pero a ese paso le saldrían canas antes de que pudiera lograr llevarla a la cama. Cerró los ojos y sintió su olor. No era lo que esperaba, pero con Isobel nada era como él quería, aunque no se quejaba por ello. Ella se movió y su mejilla descendió hasta la clavícula de él. Una rodilla cubierta de seda le rozó una pierna. Un pecho suave descansó sobre su tórax. Él tragó saliva. El aire del coche desapareció y su pulso comenzó a aumentar el ritmo sin cesar. Isobel se movió otra vez. Parecía tener dificultades para encontrar una posición cómoda. En esa ocasión una de sus manos fue a parar a la parte superior del muslo de él. Debería moverla, pensó él de un modo difuso. Se estaba excitando. Le daba vergüenza, pero si pensaba egoístamente estaba hambriento de sexo. No era nada del otro mundo, por supuesto. No es que fuera ningún adicto al sexo, pero le gustaba practicarlo con regularidad e Isobel le hacía perder el control por completo. Se dio la vuelta, pero entonces ella pareció seguirlo y se apretó más contra él.

—Isobel —dijo sin querer.

Ella volvió lentamente la cabeza hasta que sus rostros quedaron demasiado juntos. Cuando el coche pasó por debajo de una farola, vislumbró las pecas que se extendían como un polvo fino por su nariz y sus mejillas.

—¿Qué? —preguntó ella con voz ronca y muy baja.

Él se inclinó y la besó suavemente en la nariz.

—Tienes pecas en la frente —murmuró, y enseguida pensó que había sido un error besarla, aspirar su aroma, pasar el brazo a su alrededor hasta que el contacto con su cuerpo hizo que cada centímetro cuadrado de él rugiera de impaciente expectación.

—¿Estás cansado? —preguntó ella parpadeando lentamente. Se humedeció los labios, que se volvieron brillantes. Él no dejaba de mirarla—. ¿O quieres que continúe la noche?

Alexander no había rechazado una invitación en su vida y nunca habría pensado que podía llegar a hacerlo, pero tardó unos segundos en entender las palabras de Isobel, su tono de voz y su sonrisa burlona.

—¿No estás...? —empezó a decir, pero tuvo que aclararse la voz—. Creía que estabas cansada —añadió, pasando la palma de la mano por la suave piel de su brazo desnudo.

—No —respondió ella, y sus hermosos ojos brillaron—. Salvar vidas no me cansa. Todo lo contrario.

En ese momento sonó el teléfono de Isobel. Lo sacó y leyó rápidamente un SMS:

> Todo ha ido bien. Pasará aquí la noche pero no parece nada serio.

Guardó el teléfono en el bolso.

—¿Dónde estábamos?

—Querías continuar la noche conmigo, doctora Sørensen. ¿Quieres acompañarme a casa? Se rumorea que tengo un mueble bar bien surtido.

Ella se desperezó con la elegancia de una gata salvaje.

—No lo dudo —dijo—. Un whisky muy chiquitito me vendría bien.

—¿Te gusta el whisky?

No se lo creía, pero de repente la vio delante de él, desnuda, en un sillón de cuero con un vaso de whisky en una mano y un grueso cigarro en la otra.

—De acuerdo, Alexander. Me encantará que me enseñes tu apartamento. Y tu mueble bar. —Hizo una pausa y añadió—: Y el resto también, si quieres.

Después de oírla decir aquellas palabras, Alexander casi no se acordaba de su nueva dirección cuando se la tuvo que facilitar al taxista.

26

Cuando Isobel miró hacia el exterior, el taxi se había detenido delante de un edificio tan fascinante que casi le produjo risa. Alexander pagó, salieron y la llevó hacia la puerta.

—Parece caro —dijo ella.

—Me gusta lo caro.

Le puso la mano en la parte baja de la espalda. Tenía una gran habilidad para hacer que ella se sintiera especial, deseable. ¿Cuántas veces habría hecho eso? ¿Cuántas veces habría cortejado a una mujer hasta lograr que perdiera la cabeza por él y solo pudiera pensar en el sexo?

Isobel entró en el ascensor. Tal vez no debía sentirse atraída por un chico de la jet set de moral dudosa. Porque suponía que eso era Alexander. No importaba que leyera cosas acerca de Medpax o repartiera miles de millones entre los jóvenes internautas. Su dedicación principal era la seducción y la conquista. Tampoco importaba que ella hubiera visto otras facetas de él, que él tuviera sin ninguna duda sus propios secretos, que también pudiera ser astuto y amable cuando quería. Ella sabía lo que era en el fondo. Nadie podía cambiar tan deprisa.

El vestíbulo olía a fresco y a recién limpiado, e Isobel recordó que se trataba de un hombre que disponía de un grupo de personas que le ordenaban, limpiaban y preparaban todo.

Alexander dejó las llaves sobre una cómoda y se quedó observando a Isobel en silencio.

—¿Va todo bien? —preguntó.

Ella sonrió, dio un paso hacia él y le puso una mano en el pecho.

—Muy bien.

Tal vez no debería sentirse atraída por Alexander, pero así era; ni siquiera recordaba cuándo sintió por última vez algo parecido. La excitación le produjo un estremecimiento que le recorrió el cuerpo. Le daba igual si él estaba jugando a algo porque ella podía decidir qué parte entregaba de sí misma. Tal vez incluso era lo que ella necesitaba, saber que solo iba a ser sexo y erotismo, que lo peor que le podía ocurrir era enamorarse de un hombre como Alexander. Por suerte ella no se enamoraba fácilmente.

—Pero necesitaría refrescarme.

Él le indicó dónde había un cuarto de baño. Isobel se enjuagó la boca, se lavó las manos y se miró en el espejo. Tuvo que hacer memoria para recordar la última vez que se había acostado con alguien. Después de lo de Sebastien, tardó mucho tiempo en volver a hacerlo. Ligaba poco a pesar de dedicarse a una actividad profesional de las más promiscuas del mundo. ¿Un cooperante en París el verano anterior? ¿Realmente estaban tan mal las cosas?

Cuando salió, él le rodeó la cintura con un brazo y la besó. Oh, era inigualable besando, seguro y decidido. Y debía de tener más cuartos de baño porque sabía a dentífrico. ¿Tal vez podría enamorarse un poco, solo por esta noche?

—Ven —dijo él.

La tomó de la mano y la condujo a través del enorme apartamento. Tenía la mano firme y su tono de voz era estable, pero ella vio sus pupilas oscuras de excitación, lo sintió endurecerse y su propio cuerpo respondió.

Isobel entró en una gran sala de estar y dio unos pasos mientras él permanecía detrás de pie. Vio grandes sofás, estanterías y una alfombra enorme, mullida como si fuera de Cachemira. En realidad no le sorprendería nada que en efecto procediera de allí. Si alguien podía tener una alfombra de diez metros cuadrados de lana clara y nada práctica era Alexander De la Grip.

—Qué te parece? —preguntó con indiferencia.

Ella se volvió.

—Es muy acogedor.

—Pareces sorprendida —dijo riéndose.

Pero ella vio alivio y alegría brillando simultáneos en esos ojos mágicos, azules como el hielo ártico. ¿O era antártico? No estaba segura, siempre confundía los dos polos.

Alexander fue hacia un aparador lleno de botellas y recipientes de cristal, abrió una de ellas, sirvió whisky a los dos y le ofreció uno de los vasos. Isobel se sentó en el sofá; era profundo y suave y creía que él iba a sentarse a su lado, que iba a empezar a seducirla. Sin embargo, lo hizo en un sillón enfrente de ella, estiró sus largas piernas y la observó por encima del borde del vaso. Ella cruzó las piernas, oyó el leve crujido de la seda y vio el brillo de sus ojos. Siempre había pensado que los hombres rubios eran un poco más blandos, más flácidos, pero ese hombre no tenía nada blando. Sus musculosos hombros y piernas se marcaban por debajo de la tela; sus rasgos eran masculinos y maduros. Ella, que creía que el sexo era cuestión de algo más que cuerpo y atracción física, de repente apenas podía esperar a verlo desnudo.

—¿En qué diablos piensas? —preguntó él, e Isobel se dio cuenta de que se había quedado en silencio mirándolo.

—Me pregunto cómo estarás sin ropa —dijo ella.

Él tomó un sorbo de whisky y después dejó el vaso. Puso los brazos y las manos en el apoyabrazos y separó las piernas. Ella vio que estaba excitado.

—¿De verdad? ¿Qué quieres saber?

Isobel notó que se le erizaba el vello de la piel y se puso en estado de alerta.

—¿Tienes algún tatuaje?

Normalmente odiaba los tatuajes, pero le parecía que Alexander podía salir airoso incluso con uno. Pero él negó con la cabeza.

—¿Y tú?

—No —respondió ella con un resoplido—. Soy médico.

Él enarcó una ceja.

—¿Quieres decir que los médicos no se tatúan?

—Pensamos y analizamos todo con demasiada antelación. No hacemos las cosas de forma impulsiva.

—Pero estás aquí.

Ella tomó un sorbo de whisky, que era excelente. Le gustaba mucho ese sabor ahumado, que además combinaba muy bien cuando, por una vez, pretendías ser sofisticada.

—Venir aquí fue una decisión elaborada.

—Entiendo —dijo él.

Parecía un ángel caído, allí sentado, con el pelo alborotado y la nariz levemente hundida. Un ángel que había caído con fuerza y que después tuvo que arreglárselas solo a través de un trabajo corporal largo y pesado.

—¿Y qué te parecen los piercings?

—¿Tienes alguno?

—Adivínalo.

—No, detesto las adivinanzas —dijo ella.

Tal vez era la bebida, tal vez la excitación que veía en su rostro. No importaba si ella era una entre muchas: en ese momento era la elegida y él hacía que se sintiera así. ¿Había un afrodisíaco más poderoso que ese?

—Enséñamelo —ordenó ella en tono imperativo.

Él se quitó la corbata de lazo y se desabrochó la camisa. Isobel no podía apartar la mirada de su cuerpo. Se abrió la camisa.

Lo miró asombrada. Era evidente que estar con hombres jóvenes tenía sus ventajas.

—¿Cómo diablos se consigue un cuerpo así? —murmuró ella dejando vagar sus ávidos ojos por el cuerpo de él.

Le recordaba los mapas de anatomía y pensó que ese hombre era el modelo de todos aquellos dibujos. Tenía los músculos abdominales muy marcados, tanto los transversales como los oblicuos, y el pecho hinchado. Tenía vello dorado en el pecho —una franja estrecha que desaparecía en la cinturilla del pantalón— y a ella le gustó que no utilizara cera y tonterías por el estilo. Vio el piercing que llevaba en el pezón, un anillo brillante y dorado. Nunca hubiera creído que un anillo de oro en un pezón masculino pudiera ser excitante.

—Ven, Isobel —le pidió él—. Ven y tócalo.

Ella se puso en pie.

—No es que nunca haya visto algo así —dijo mientras se sentaba a su lado en el brazo del sillón.

Alexander la rodeó con un brazo y ella le pasó la palma de una mano por el pecho. Se detuvo a la altura del corazón y sintió su latido constante.

Él deslizó un brazo por su espalda, fue subiendo la mano por detrás del cabello hasta llegar a la nuca, luego la cerró y tiró de ella hacia abajo hasta que cayó en sus rodillas.

—No —murmuró ella—. Peso demasiado.

Él respondió cogiéndola con fuerza con el otro brazo y después la besó. Ese beso era de los que a ella le gustaban, con lengua, mordiscos y un punto de crueldad, y no tardó en estar medio tumbada sobre él, nada elegante, con el vestido enrollado en las piernas y una de las manos de él entre sus muslos. La acarició por encima de las bragas y ella se apretó contra su mano. ¡Cuánto tiempo hacía que no sentía algo así! Además, era mucho, mucho mejor de lo que se había atrevido a imaginar. Podían decir lo que quisieran sobre esos príncipes amorales y juerguistas que carecían de conciencia del mundo, pero este sabía lo que hacía, pensó obnubilada mientras de algún modo inexplicable iban a parar al suelo. La besó en el hombro, a la vez que buscaba algo con la mano por encima de la tela.

—Hay botones ahí atrás —dijo Isobel como si le diera instrucciones.

Él le dio la vuelta y ella cayó boca abajo y sonrió contra la alfombra de Cachemira al pensar lo sexy que se sentía. Alexander empezó a desabrocharle el vestido.

—Ten cuidado. Tengo que devolverlo.

Le quitó el vestido con sumo cuidado y también los zapatos. Isobel hizo un intento de darse la vuelta pero él le puso una mano en la espalda.

—Quédate así —dijo poniéndole la otra mano en el trasero—. Eres tan increíblemente atractiva... —añadió con voz pesada.

Acarició con un dedo el hilo del tanga y ella sintió que valía la pena llevar siempre uno, pues era evidente que a él le gustaba. Él tiró un poco del hilo y ella jadeó en la suave alfombra.

—¿Te gusta? —murmuró deslizando los dedos por el cuerpo de ella.

La ayudó a quitarse el tanga y el sujetador. Se quedó mirando fijamente sus pechos y se puso encima de ella. Alexander también estaba desnudo, aunque ella no sabía cuándo se había desvestido. Luego se retorcieron el uno sobre el otro y toda la cautela desapareció: solo había manos, dedos y lenguas que se entrelazaban.

Pero cuando se tumbó entre sus piernas, ella dijo de repente:

—No sin protección.

Tendría que haberse encargado de eso antes. Era evidente que a él no le importaba: era hombre, irresponsable, él...

Ella se incorporó y se apoyó sobre los codos.

—Tenemos que utilizar preservativo. Las enfermedades de transmisión sexual no son ninguna broma.

Él se retiró un mechón de pelo, la besó y después le mordisqueó la oreja.

—Si eso es todo lo que se te ocurre, en cuanto a conversaciones guarras eres un desastre —murmuró él.

—Lo tengo en cuenta.

—¿De verdad?

—Controlo ciertas cosas.

—No todas. Me lo puse hace unos sesenta segundos.

Hizo un movimiento y ella miró hacia abajo. Tenía razón, no se había dado cuenta de nada. No le había ocurrido nunca.

—Me lo tomaré como un cumplido —dijo él—. No sé lo que piensas de mí. Hay cosas que prefiero ignorar, pero esto lo domino. Túmbate para que te la pueda meter de una vez.

Ella obedeció y él la besó antes de penetrarla, de poseerla, de llenarla. Isobel cerró los ojos mientras hacían el amor en la mullida alfombra, le rodeó con los brazos y lo abrazó fuerte. Le mordió el hombro y sintió que él se acercaba al clímax poco antes de disfrutar intensamente y abrazarla con tal fuerza que ella estuvo a punto de quedarse sin aliento.

—De todos los sitios en los que he imaginado que haríamos el amor, no era el suelo el primero que se me ocurrió —dijo él al terminar, mientras la apretaba con fuerza contra él.

—¿Has tenido fantasías con nosotros? —preguntó ella.

Estaba tumbada y tenía la mejilla apoyada muy cerca de su corazón; notó la piel caliente de él contra la suya y sintió que en ese momento no deseaba nada más de la vida. La mano de Alexander se movió por encima de su espalda. Su voz era profunda, perezosa y relajada, esa clase de voz que solo la satisfacción es capaz de producir.

—¿Tú no?

—No —mintió ella, y él se rió.

—¿No has tenido un orgasmo?

Ella dudó a la hora de responder.

—No —contestó al fin. Pero había estado cerca y había sido maravilloso hacer el amor con él.

—¿Por qué?

—Simplemente es así.

Él volvió la cabeza y la miró.

—Suena como si fuera algo frecuente. ¿Por qué?

—¿No podemos seguir tumbados así sin más?

Ella no quería hablar de sexo. No con Alexander, y tampoco sobre lo que le gustaba o le dejaba de gustar. No era tan estúpida para plantearse siquiera la idea de dejarlo entrar en su mundo. El daño que podía causarle un hombre como él era ilimitado. Porque una cosa era pensar que se puede mantener la distancia y otra totalmente distinta estar ahí tumbada entre sus brazos y sentir la tentación de contarle cosas de las que se había prometido a sí misma no volver a hablar. Él le acarició el vientre.

—Pero es una pregunta importante. Llegar al orgasmo es la mitad de la diversión.

—Me ha parecido agradable, ¿no es suficiente? Además, hay diferencias entre mujeres y hombres.

Él resopló.

—¿En qué siglo dijiste que habías nacido? Si no hablamos el uno con el otro, no aprendemos nada de lo que el otro quiere. Al fin y al cabo el sexo tiene que proporcionar algo a ambos. ¿Suele irte bien con otros hombres?

Ella empezó a desear haber mentido. O haber fingido.

—Estoy más que satisfecha —dijo ella intentando esquivar sus preguntas.

Él la agarraba cada vez con más fuerza, inmovilizándola.

—No te creo —dijo él.

—Lo siento, Alex, pero ¿tenemos que hablar de esto?

Él se quedó en silencio al principio y luego ella notó que se relajaba.

—De acuerdo, no tenemos que hablar de eso —dijo él—. Al menos en este momento. ¿Tienes hambre?

Ella estaba a punto de decir que no cuando su estómago empezó a rugir. Él sonrió, se puso de pie, le tendió la mano y la levantó como si pesara menos que un estetoscopio.

Alexander sacó cosas del frigorífico mientras Isobel se apoyaba en una isla de cocina. Él se había puesto unos pantalones ligeros y una camiseta con cuello en V con la que, por supuesto, parecía un modelo de Vogue. Isobel, por su parte, se había envuelto en una de sus finas mantas.

Él le ofreció un gran vaso con algún tipo de agua mineral superexclusiva y después se puso a buscar cacerolas, encender placas y sacar más cosas del frigorífico, que parecía una estación espacial futurista. Puso un poco de mantequilla en una sartén y empezó a cortar verduras. Isobel miró el reloj. Le agradaba que cocinara para ella a las tres de la mañana.

—¿Así que eres una especie de dios de la cocina?

—Mi mejor amigo es cocinero. Y fui a un curso de cocina una vez. En París.

Por supuesto. Y la cocina estaba totalmente equipada. Isobel no recordaba que hubiera tenido nunca unas cacerolas así. Él puso platos y cubiertos en una bandeja. Olía de maravilla y ella comió con un apetito voraz.

Después de comer volvieron al sofá. En esta ocasión Alexander se sentó a su lado. Le besó el hombro y aspiró su olor. Era tan bueno... Isobel no sabía muy bien de dónde le salían esas palabras, pero él era bueno. Al menos era estable bajo esa superficie frívola.

Y había llevado muy bien la situación con el primo de Michel. Ella estaba preparada para ello, pero él no había tenido un ataque de pánico ni empezado a comportarse de modo irracional. Era difícil encontrar gente de la que te puedas fiar cuando realmente hace falta. Y el sexo había sido fantástico. Daba igual que ella no hubiera alcanzado el orgasmo, aquello no era importante. Lo importante era que se sentía bien con él, estaba relajada. Se rascó la frente cuando los sentimientos empezaron a causar estragos en su interior. Mierda, lo del sexo sin complicaciones era mucho más difícil de lo que pensaba.

27

Alexander observó a Isobel mientras estaba sentada a su lado en el sofá. Había vuelto a desaparecer dentro de sí misma. Fuera lo que fuese lo que intentaba poner en claro en su mente, era algo que parecía que le costaba un gran esfuerzo.

—¿Qué ocurre, Isobel?

Ella lo miró y le sonrió a modo de disculpa.

—Lo siento. No es nada.

Ella ladeó la cabeza y el pelo le cayó sobre los hombros. Había levantado los pies y se estaba apretando los dedos. *Yeah right,* nada.

—¿Te duelen? —preguntó él mirándole los pies.

—Creo que no estoy hecha para llevar tacones altos.

—Estabas tan sensual con esos zapatos. Dame el pie —dijo él.

Ella lo miró con recelo.

—Aunque pueda parecerlo, no soy ningún fetichista de los pies. Dámelo.

Ella estiró la pierna hacia él. Él le cogió el pie y empezó a masajeárselo con cuidado.

—Tienes unos pies bonitos. Tal vez sí que soy de todos modos un poco fetichista de los pies. ¿Qué te parece el masaje?

—Es agradable.

Apretó el dedo gordo de ella con sus dedos índice y pulgar.

—¿Te gusta que te apriete así?

—No mucho —dijo ella negando con la cabeza.

—¿Y esto?

Le oprimió el arco del pie con el pulgar y a ella se le escapó un gemido.

—Sí, continúa.

—Ya ves, es tan sencillo como eso. Di lo que te gusta y lo conseguirás.

—La verdad es que te has quedado obsesionado con eso.

—Creo que es importante para ti. Se trata de una práctica feminista para llegar al orgasmo, pero también es importante para mí.

—¿Por qué?

—¿No te das cuenta de lo extraña que es la pregunta? ¿Por qué no iba a desearlo?

¿Quién le había enseñado a Isobel a conformarse con menos de lo que se merecía? ¿Y por qué lo aceptaba?

Isobel se puso el pelo detrás de la oreja mientras parecía reflexionar.

—Creo que es una cuestión de control. Me cuesta soltarme.

No shit, Sherlock. Isobel debía de ser la persona más controlada que había conocido.

—Y en cuanto lo dices, la gente empieza a apretar, a tocar, a intentar esforzarse y a alardear —añadió, y después guardó silencio bruscamente, como si hubiera dicho más de lo que quería.

—Y con lo de «la gente» supongo que te refieres a tus aburridos amantes, ¿no? Dame el otro pie.

Le apretó con el dedo pulgar el otro arco del pie y ella gimió.

—Para ser sincera, creo que el masaje suele ser mejor que el sexo.

Pero él no mordió el anzuelo.

—Al fin vamos avanzando. Sinceridad. Si te pones de espaldas a mí te masajearé también el cuello.

Vio inseguridad en su rostro, como si no pudiera imaginar que él hiciera algo por ella sin una segunda intención.

—Vamos, Isobel, sabes que quieres. Tengo unas manos mágicas.

Ella dudó pero luego se dio la vuelta en el sofá y se quedó de espaldas. Alexander bajó la manta, puso las manos en los hombros de ella y hundió los dedos en su cabello.

—Por Dios, qué agradable —murmuró Isobel mientras él la preparaba.

Alexander se inclinó hacia delante y le mordió el hombro. Ella se estremeció; por lo tanto le gustaba. Siguió masajeándole la nuca, se dirigió hacia los hombros y fue bajando por la espalda. Enseguida empezó a brillarle la piel y dejó escapar unos gemidos sordos. Fue bajando lentamente una mano hasta uno de sus pechos, lo acarició y le masajeó el pezón.

No dijo nada pero él notó que a ella le cambiaba la respiración. Isobel levantó un brazo y lo pasó alrededor de su cuello, atrayéndolo hacia sí. Él se incorporó y se puso de rodillas detrás de ella, apretado contra su espalda. Se inclinó, le cogió el pecho con una mano y deslizó la otra por su vientre hasta abarcar con la mano su rizado vello rojo.

Estaba mojada y la oyó respirar con dificultad cerca de su oído. Sin duda le gustaba.

—Quiero que te resulte agradable —murmuró él.

—Lo es.

—Túmbate de espaldas.

El sofá era muy blando y Alexander se tumbó al lado de ella porque no quería estropear el momento proponiéndole que fueran al dormitorio.

—Muéstrame cómo te gusta. Muéstramelo con tus manos —dijo él cogiéndole una mano y apoyando la suya encima—. Acaríciate.

Al principio ella no se movió.

—Hazlo, Isobel, por favor.

Ella se pasó la mano por el muslo. Él la siguió y le separó las piernas con cuidado. Isobel volvió la cabeza y lo miró asombrada.

—Sigue, no te detengas. Quiero verlo.

Isobel se deslizó la mano por el vientre y después la volvió a bajar. Cerró los ojos, levantó un poco las piernas y se acarició la parte interna de los muslos.

—Sigue —murmuró él quitándose la ropa a toda prisa y tumbándose de nuevo a su lado.

Puso una mano en la parte interna de sus muslos. Eran suaves como sábanas de seda. La abrió un poco más.

—Sí —dijo ella respirando profundamente mientras movía las caderas—. Ven.

Se incorporó y se tumbó sobre ella apoyándose en las manos. Isobel seguía con los ojos cerrados, como si estuviera en un mundo propio; Alexander observó su rostro, las largas pestañas, los párpados apretados, los pómulos altos. Después le separó más aún las piernas con las rodillas. La oyó jadear y retuvo la información.

—Sigue —dijo él.

Su respiración era cada vez más pesada. Se colocó entre sus piernas, se introdujo suavemente y ella dejó escapar un gemido a la vez que abría los ojos. Él pensó que amaba esos ojos mientras empezaba a moverse dentro de ella. Pero no se trataba de lo que él quería, sino de obligarla a ella, a Isobel Sørensen, a que perdiera un poco el control, así que se retiró.

—¿Qué haces?

Una buena pregunta. ¿Por qué le importaba tanto que le fuera bien a ella? Él se lo estaba pasando bien; ¿por qué era tan importante ser mejor que todos sus amantes anteriores? La respuesta sencilla era la vanidad, por supuesto. La respuesta más complicada era... que no tenía ni idea.

—Ya sabes lo que quiero —dijo él—. Quiero que te acaricies mientras te miro. Te gusta, puedo verlo.

—Eres muy terco, ¿lo sabías?

Se llevó la mano de ella a la boca, cogió uno de sus dedos, se lo introdujo en la boca y lo chupó. A ella le gustó. Luego hizo lo mismo con el siguiente dedo; sabía que eso le estimulaba cada una de las zonas erógenas del cuerpo. Se sacó el dedo de la boca, le cerró la mano y la apoyó sobre su pecho.

—Ahora te voy a follar —dijo en voz baja mientras se ponía un condón—. Y tú te vas a acariciar todo el rato. Si hago algo que te guste en especial me lo dices. ¿De acuerdo?

Esperó hasta que ella volvió a ponerse la mano derecha entre los muslos. Isobel cerró los ojos y una pequeña parte de él lo lamentó. Pero después se dejó llevar del todo por las sensaciones, le cogió el dedo corazón y empezó a chuparlo de nuevo. Notó que ella se estremecía y la penetró mientras la observaba detenidamente. Cuando era cuidadoso, aparecía un gesto de frustración en su rostro, pero cuando era violento se empezaban a mover sus caderas. Así que a su Isobel le gustaba el sexo más duro. Se movió con más fuerza, e inclinó su cuerpo para que ella pudiera llegar mejor a él con la mano. Estaba sudorosa y parecía inmersa en sí misma. Él la penetró con mucha más fuerza que la vez anterior, y ella respiró con dificultad al tiempo que levantaba las caderas y tenía un orgasmo explosivo e inesperado que lo excitó de tal modo que él también se corrió.

—Isobel —dijo jadeando contra su cuello. Ella solo respiraba.

Alexander se dejó caer a su lado; le temblaba el cuerpo. Se dio la vuelta para poder mirarla: estaba sudando. El pelo le cubría la frente y él se lo retiró; la besó, juntó su cara con la de ella, la besó en la boca. La miró de cerca.

—¿Estás llorando?

—No. Un poco tal vez. Solo estoy sorprendida. Sorprendida no, impresionada.

Él le retiró el cabello de la cara.

—¿Puedo preguntar una cosa?

—En realidad no —dijo ella negando con la cabeza.

—¿Cuándo fue la última vez que sentiste placer?

—El otro día.

Él se rio.

—Con un hombre. Isobel, ¿cuándo llegaste al orgasmo con un hombre por última vez?

Ella cerró los ojos, dejándolo fuera como solía hacer. Él esperó. La oyó suspirar resignada.

—No es tan fácil para mí. No puedo entender que seas tan terco. De haber sabido que hablabas tanto no habría venido a tu casa.

—Prácticamente te tiraste encima de mí —protestó él.

—Sí, claro.

—Pero creo que es por mi propio interés. Cuantos más orgasmos tengas conmigo, más querrás hacerlo conmigo. En el fondo es un acto netamente egoísta. Soy egoísta, ya lo hemos comprobado. Tú eres la idealista; yo, el cínico.

Isobel apoyó la barbilla en su pecho. Tocó el anillo de oro con uno de sus delgados dedos. Le gustaba.

Ella hablaba de control, de sexo seguro y de sentido común como si fuera lo más importante del mundo, pero había algo más bajo su pulida superficie. Le gustó que se mostrara duro y mandón. Y le excitó que le susurrara obscenidades; podía burlarse del lujo y el glamur, pero en el fondo le gustaba.

Él suponía que eso debería alegrarle. La atrajo hacia sí y la besó. Todo funcionaba mejor cuando discutían o hacían el amor, pero cuando pensaba, solo había confusión en su mente.

—¿Quieres que traiga algo de beber? —dijo él.

Ella negó con la cabeza lentamente.

—Debes quedarte aquí —dijo—. Necesito tu pecho para apoyar la barbilla.

Luego besó su piel, sacó la lengua y lamió su anillo de oro.

—Me parece que tengo que apreciar más eso de los piercings.

¿A cuántas mujeres habría seducido para mantener después con ellas conversaciones similares? Mujeres a las que le gustaba el concepto Alexander De la Grip, que se sentían cómodas en esa superficie de glamur aunque no le conocían en profundidad. Él había visto muchas veces esa mirada complacida y satisfecha y no había tenido nada en contra de ello; al contrario, la había buscado una y otra vez.

Ellas le veían como un entretenimiento, como una hermosa conquista. Él sabía exactamente lo que tenía que hacer para que una mujer disfrutara. Ni siquiera Isobel, con sus «secretos», se había resistido cuando él se había propuesto conseguirlo. Ahora estaba ahí ronroneando como una gata feliz. Le había dado justo lo que quería. Ella estaba conforme y él, satisfecho. Todo estaba como debía estar. Todo.

Ni siquiera era la primera mujer a la que había pedido que se acariciara hasta alcanzar el orgasmo. El sexo era básicamente una actividad bastante solitaria. Siempre se decía a sí mismo que él no tenía ninguna necesidad de intimidad y que no se sentía excluido solo porque una mujer cerrara los ojos y se procurara placer. Él siempre había pensado que era suficiente con llegar al orgasmo y pasarlo bien.

Isobel no tenía más expectativas respecto a él.

De hecho, él tampoco.

28

Peter miró el reloj y se preguntó dónde estaría Gina. Cuando la llevó a casa después de la celebración de la boda, todo marchó como solía ir entre ellos. Durante la fiesta intentó no perderla de vista porque le preocupaba que alguien se aprovechara de ella. Él sabía cómo eran los hombres de su propia clase social cuando estaban borrachos, los blancos en especial. Se pasó todo el tiempo con un nudo en la garganta y muy preocupado, no bebió y apenas habló con nadie; solo se dedicó a vigilarla. Y luego ocurrió aquel incidente totalmente surrealista del hombre que se puso enfermo.

Gina había estado fantástica. Pero cuando la elogió en el coche, ella no se quiso dar importancia y solo habló de lo mucho que admiraba a Isobel Sørensen, que al parecer estaba saliendo con Alexander, su hermano menor.

Peter miró a través de la puerta hacia su oficina. Esperaba que todo continuara como de costumbre, pero Gina no había acudido el día anterior y tampoco ese, y ya no sabía qué pensar. ¿Habría ocurrido algo? Miró el reloj: eran más de las seis. Se levantó y caminó por la cocina. Gina seguía sin aparecer. Abrió el frigorífico para ver si estaba el recipiente de su comida, por si había llegado sin que él se diera cuenta, pero no, solo había envases medio vacíos de comida tailandesa y distintos batidos de proteínas.

Dio una vuelta por la recepción, pero no se atrevió a preguntarle a ninguna de las recepcionistas si sabían dónde estaba. Le encantaría llamarla o enviarle un mensaje, solo para preguntar si estaba bien, pero no se habían intercambiado los teléfonos, así que le parecía que no debía hacerlo, aunque podía conseguir su número.

¿Le habría dejado?

¿Sin decirle nada?

Una hora después la oficina estaba vacía. Había llegado la primavera, los cerezos florecían en Kungsträdgården y la gente aprovechaba cualquier excusa para escaparse a tomar el sol. En la recepción ya estaba el personal de tarde, constató al pasar por allí por tercera vez. Se quedó de pie tamborileando con los dedos mientras la recepcionista hablaba con un vigilante. ¿Sería capaz de preguntarles si esperaban que acudiera personal de limpieza ese día?

Estaba a punto de volver a su despacho cuando vio abrirse las puertas del ascensor.

Era ella.

Iba buscando algo en el bolso y Peter se quedó de pie. Gina levantó la vista al mismo tiempo que él reaccionaba. Se adelantó y le abrió la puerta antes de que la recepcionista le facilitara el acceso y de que a ella le diera tiempo a sacar el pase.

—Gracias —dijo.

—Hola, Gina.

Pensó desesperadamente en algo inteligente que decir, desenfadado o al menos cotidiano. Ella lo miró como si no entendiera nada.

—¿Ha ocurrido algo?

—No. Ayer no viniste —dijo él—. Me preocupó un poco. ¿Va todo bien?

—Ayer no tenía que venir. He estado estudiando y he asistido a algunas clases. Todo va bien.

—Me alegro de oírlo.

Le abrió la siguiente puerta y se quedó de pie a su lado mientras ella colgaba el abrigo.

—¿Y tu hermano? ¿Se encuentra bien?

—Sí.

—¿Y tu padre? ¿Cómo duerme?

—Bastante bien, la verdad.

Ella se cambió de zapatos y colgó el bolso en el armario.

—Entonces ¿dices que estás bien? —preguntó Peter mientras Gina cerraba el armario.

—Todo bien. ¿Qué tal estás tú?

—De maravilla. La boda fue muy bonita. ¿Sabías que Alexander está saliendo con tu doctora Sørensen?

—Lo suponía.

—Él se encuentra bien; me refiero al hombre al que ayudasteis. He llamado a Åsa y se lo he preguntado. Pensaba que tal vez querrías saberlo.

—Gracias. Isobel me envió un mensaje —repuso ella con una gran sonrisa—. Entre tú y yo, sé que suena fatal pero fue una pasada. Isobel lo hizo casi todo, desde luego; sin embargo, yo casi me sentí como una médica de verdad. ¿Te parece que está mal que lo diga?

—Creo que es una señal de que vas a ser una médica estupenda. ¿Pesa mucho el aspirador? Déjame, yo lo sacaré.

—Gracias.

Gina se quedó en silencio, dubitativa.

—Tengo que empezar a trabajar.

—Sí, claro. Luego nos vemos.

Peter volvió a su despacho.

Trabajaría hasta que Gina terminara de limpiar. Ella solía estar unas dos horas. Esperaba que durante ese tiempo se le ocurriera una razón convincente para poder llevarla a casa.

29

—Hola, me llamo Tyra y voy a impartir el curso hoy, el primero de una serie de dos.

Isobel intentó concentrarse en la conferenciante, que empezó facilitando una gran cantidad de información práctica sobre el curso de seguridad. Tyra era una mujer rubia de pelo corto, militar de profesión, y en realidad lo que decía resultaba de interés y relevante. Pero Isobel, que normalmente podía confiar en su cerebro, tenía dificultades para concentrarse mientras Tyra explicaba el contenido del curso.

—Durará dos días. Por la mañana nos centraremos en la seguridad y la cultura de los países a los que vais a ir. Después hablaremos de la asistencia sanitaria.

A Isobel le parecía que estaba flotando. El sexo con Alexander había sido una locura. Él era fantástico: apasionado, provocador, obsceno, como la fantasía sexual más secreta y húmeda de una mujer. Sin duda, era el mejor amante que había tenido. Dio unos golpecitos con el bolígrafo en el bloc. Alexander De la Grip tal vez era el mejor amante que podía tener cualquier mujer. Le gustaba lo que hacía, se centraba en ella y era maravillosamente experto, así que nada podía ir mal.

Al final se quedaron dormidos. Al despertar se ducharon, hicieron el amor y se acariciaron. Ella se puso una camiseta y empezó a dar vueltas por allí mientras él preparaba un capuchino en una sofisticada cafetera; y sí, la verdad es que tenía la sensación de estar viendo una de esas películas que te hacen sentir bien. Volvió a casa el domingo por la tarde, después de que se acariciaran e hicieran el amor otra vez.

Había sido como si se hubiera dejado llevar. O tal vez se había desatado. Lo que estaba claro era que se habían abierto de manera definitiva las puertas que estaban cerradas desde hacía tiempo. Y sí, había sido mágico. Y preocupantemente íntimo.

Well, no parecía que fuera a ser ningún problema el hecho de que Alexander llegara demasiado dentro con tanta rapidez, porque era evidente que aquello había terminado.

—No tenéis que tomar nota de esto; os entregarán unos apuntes con toda la información. Excepto de aquello que, por motivos de confidencialidad, no queremos que salga de esta habitación.

Isobel levantó la vista. Vio la pizarra llena de palabras y de flechas.

—Mañana dedicaremos todo el día a escenarios de secuestros y rehenes.

Isobel asintió y después siguió dándole vueltas en la cabeza a sus preocupaciones. Alexander la había dejado. Él no la llamó por la tarde y ella estuvo pensando qué hacer hasta que cayó en la cuenta de que vivían en el siglo XXI. Las mujeres podían llamar a los hombres igual que hacían ellos, y seguro que Alexander se alegraría. Se puso en contacto con él de una forma especialmente humillante: le envió un breve SMS. Después se sintió intranquila por el hecho de haberse expresado de un modo tan conciso, así que le envió otro complementario. Luego tuvo que esperar. Empezó a sudar solo de pensarlo. La respuesta de él no llegó hasta el lunes por la mañana, casi un día después, y fue fría como la de un conocido lejano, impersonal como la de un vendedor.

Dedicó toda la tarde y la noche a interpretar cada una de las palabras, la puntuación y los saltos de línea del SMS. Pero no importaba cuántas veces lo leyera porque cada vez sacaba la misma conclusión: había sido una aventura de un solo día y ya había terminado. Bienvenida a 2015. Madura y sigue adelante.

Isobel golpeó con tal fuerza el bloc con el bolígrafo que uno de los asistentes al curso, un galardonado periodista al que siempre había admirado, la miró por encima del hombro.

—Perdón —susurró ella.

Hizo un esfuerzo y se puso a escuchar a medias a la profesora, pero perdió el hilo en algún momento en el punto «Cosas que deben tenerse en cuenta en los países musulmanes».

Se preguntaba si Alexander se habría ido ya de Suecia. Era lo más probable: él le había hablado de volver a Nueva York. Además, ella no esperaba que hubiera una continuación, sino más bien lo contrario. ¿No se había acostado con Alex precisamente porque sabía que él se iría de Suecia? Claro que sí, reconoció, ese era el plan y ella era consciente de ello, aunque siempre se le olvidaba.

Después de la introducción —iba a tener que pedir a alguien que le prestara los apuntes— hicieron una pausa para estirar las piernas y, cuando volvieron, Isobel intentó concentrarse de verdad, pero el tema era «El tratamiento de los traumatismos», y si ella sabía de algo era sobre reanimación cardiopulmonar y detención del sangrado. En realidad no tenía por qué asistir a esa clase de formación, pero simuló estar escuchando al conductor de ambulancias que en ese momento les estaba enseñando cómo se vendaba una pierna fracturada por un disparo, aunque apenas captaba su interés. Isobel había visto ya a muchos discapacitados. Hasta la hora de la comida consiguió dejar de lado el recuerdo de esos ojos burlones, esos músculos trabajados y aquel sexo que la había vuelto loca.

Ya se esforzaría por la tarde, pensó mientras seguía a la corriente de personas que se dirigían al comedor. Pronto se iría a Chad y se olvidaría de Alexander. Todo lo demás sería una locura, y la vida continuaba adelante, como siempre lo había hecho.

Alexander miró el menú del almuerzo. Hizo un gesto y, aunque no había oído una palabra, asintió a lo que acababa de decir su compañera de mesa. Miró por la sala del Riche en busca de un camarero. Necesitaba alcohol para pasar esto.

—Me sorprendió un poco que contestaras cuando te llamé. Había oído que estabas en Estocolmo, pero tenía la sensación de que me evitabas —dijo la chica frunciendo los labios.

Tenía una boca bonita. Pequeña y de color rosa brillante, como la goma de mascar. Se había retocado los labios tres veces desde que estaban allí.

—Por eso pensé que había llegado el momento de recompensarte, Qornelia —replicó él con rapidez.

Deslizarse al interior de esa charla fue algo automático. Debería estar satisfecho, pensó mientras se centraba en la lista que le hacía Qornelia de sus últimos patrocinadores. Había sido actriz de telenovelas y en la actualidad participaba en programas de entretenimiento y tenía una marca de alguna prenda de ropa. O tal vez era de maquillaje o de bolsos. Ni siquiera se acordaba.

—Es tan agradable —susurró ella—. Y sé que puedo decírtelo sin que te lo tomes a mal. El hecho de que me vean contigo beneficia a mi marca.

—Obviamente —murmuró él.

Qornelia se puso a enumerar una lista de las personas conocidas a las que había visto las últimas semanas, las fiestas a las que iban a invitarla y los viajes de placer en los que intentaría conseguir patrocinadores, pero para él era muy difícil que todo aquello le despertara el más mínimo interés. No entendía por qué de repente le irritaba tanto su superficialidad. Antes no le importaba, más bien al contrario.

—Dos combinados de vodka y tónica —le pidió al camarero cuando este se acercó a la mesa.

—Nada de alcohol para mí —rectificó Qornelia moviéndose, segura de sí misma, mientras mostraba su esbelto y perfecto cuerpo—. Engorda mucho.

—Son para mí. Champán para mi acompañante —dijo él.

—Pero Alexander... —protestó Qornelia con una risita estúpida.

Él se bebió el primer combinado de un solo trago y respiró. Levantó el segundo para indicar que quería otro.

—¿Qué pedimos? ¿Quieres ostras?

—Pide lo que quieras.

Los ojos de ella brillaron. Seguro que no tenía más de veinticinco años, aunque su piel estaba tan impecable que pensó que debía de cuidársela en una de esas clínicas que frecuentaba su madre.

No entendía por qué eso también le molestaba ahora. Nunca le había importado que las mujeres intentaran mejorar su aspecto. «Eso es lo que pasa cuando te relacionas con gente con ideales. Que se te ocurren cosas raras y lo confundes todo.» Pero se olvidaría de eso. Isobel había sido un reto que se propuso y conquistó con éxito. Tardó más de lo que pensaba en llevársela a la cama, aunque la espera valió la pena porque todo fue terriblemente mágico. De todos modos, ya habían estado juntos y ahora tenía que seguir adelante. ¿No era algo que estaba siempre en el aire entre ellos? ¿No sabían que después de acostarse cada uno seguiría por su camino? Por ejemplo, ella no había dejado de hablarle de su viaje a Chad.

Tamborileó con los dedos sobre el mantel blanco. Y además ya llevaba más de un mes en Suecia. ¿Tal vez por eso sentía esa desazón? Estaba inquieto. Era eso, por supuesto. Había visto a su familia, a su sobrina... ¡incluso a su madre!, cielo santo. Había firmado los papeles pendientes y había logrado no matar a Peter. Maldita sea, casi deberían canonizarlo.

Qornelia miró la carta.

—Yo pediré el entrecot. Pero solo carne. Sin salsa ni hidratos de carbono —dijo sonriendo a Alexander—. Era lo más caro que tenían. Y me encanta la carne.

—Yo tomaré el risotto —le pidió al camarero.

Ella lo miró con unos ojos asombrados, rodeados de unas pestañas larguísimas y unas cejas esculpidas a la perfección.

—Pero ¿eso no es solo arroz? Suena triste.

—Me apetece algo vegetariano —replicó él.

Ella volvió a fruncir la boca.

—Alexander, por favor —dijo ella, y él sintió una caricia por debajo de la mesa—. No es propio de ti ser tan aburrido. Vamos, dijimos que hoy nos lo pasaríamos bien. ¿Desde cuándo el arroz es divertido?

Ella tenía razón. ¿Qué diablos estaba haciendo? Cerró la carta de golpe.

—Dos entrecots —rectificó.

—Estoy llena —jadeó Qornelia dejando los cubiertos a un lado.

No se había comido ni la mitad de la carne.

—Hay muchos niños que mueren de hambre, ¿no te lo vas a comer?

Ella se echó a reír.

—Se lo puedes enviar a ellos. ¿Vas a beber más o quieres que sigamos adelante?

Ella se inclinó sobre la mesa y apoyó su mano en la de él. Llevaba unas largas uñas postizas de color rosa. Tenía la piel impecable, sin mancha ni señal alguna, como si estuviera hecha de porcelana. O de plástico. Pero había estado coqueteando descaradamente durante toda la comida y se había reído sin parar; era muy bonita, alegre y lujuriosa. Era su tipo habitual, en otras palabras. Así que se obligó a sonreírle para impedir que ese extraño estado de ánimo tomara el control. Qornelia no tenía la culpa de que a él le irritara todo y todos de repente.

—Me he comprado un apartamento en Strandvägen. ¿Tal vez podríamos continuar allí?

A Qornelia se le iluminó la cara.

—¿En serio?

—Tengo un mueble bar bien surtido. Y champán en el frigorífico.

Y la cama recién hecha, pensó.

Pagó la cuenta y le retiró la silla a su acompañante, que, contenta, se cogió de su brazo y se apoyó en él.

—Estoy deseando ir a tu casa.

—¿Hay algo en particular que desees hacer?

Ella presionó el pecho contra el brazo de Alexander.

—Ya se nos ocurrirá algo.

—¿Se puede saber qué tienes contra los niños de África? —preguntó mientras le abría la puerta.

Qornelia sacudió su largo y brillante cabello. Caía con tal perfección sobre sus delgados y moldeados hombros que él supuso que debían de ser extensiones. Después se rio mostrando sus labios de color rosa y sus dientes casi fosforescentes.

—Los problemas de otras personas no son asunto mío. La gente tiene que valerse por sí misma; yo tengo suficiente con mi propia vida.

Volvió a reírse y entonces él también lo hizo. Si ella pensaba que su risa sonaba hueca, no dijo nada. Alexander se había sentido vacío antes, pensó, si bien no era un estado incurable. Sabía perfectamente cómo se curaba aquella sensación de vacío y se había prescrito una Qornelia. Si no le iba bien, tendría que esforzarse más. Y beber más.

30

Isobel había cometido una estupidez la noche anterior y ahora estaba pagando el precio de ello. Se apoyó contra la pared y esperó a que les permitieran entrar en la sala el segundo día de curso. Saludó a algunos participantes y después se colocó a un lado, apartada de los demás.

Contra todo buen juicio, había buscado en Google a Alexander antes de irse a la cama. Había sido una enorme estupidez. Sabía que no conduciría a nada bueno, y de hecho así fue. Vio unas fotos recientes de Alexander comiendo en Riche con una chica muy joven y atractiva. Cogidos de la mano, apoyados el uno contra el otro y brindando en la mesa. Sin duda se trataba de algo más que una simple cita para comer. Les habían visto, les habían hecho fotos y después las habían colgado en varias redes sociales. El príncipe de la jet set de Estocolmo y alguien con el perfil de Stureplan. Las fotos se habían acabado publicando, como era de esperar.

Aquello le dolió mucho. Alexander había logrado que se sintiera única y especial. Pero solo había sido una mierda de principio a fin, así que ahora, de un modo bastante humillante, tenía que aceptar que era una más entre todas las mujeres que Alexander había cazado, seducido y abandonado. ¿No podía haber esperado un poco, solo eso?

Cuando entraron en el aula, Isobel se sentó en la parte de atrás de la sala. Había dormido muy mal, lógicamente.

Entró un hombre alto y bronceado. Tenía la espalda muy recta y una mirada excesivamente seria, como si quisiera demostrar que él sí que sabía cómo era la vida en realidad, ya que vivía en ella.

Isobel se preguntó por un momento si Leila podría llegar a enterarse de que había faltado a clase. Era una pregunta retórica, naturalmente. No se había saltado una clase en su vida.

—Me llamo K-G. Ayer hablasteis sobre seguridad. Hoy vamos a explicar cómo tenéis que actuar si esta desaparece. Si os secuestran o capturan.

Al final su voz empezó a parecer un rugido, por lo que el estado de ánimo de Isobel se hundió aún más. Había conocido a ese tipo de hombre antes; siempre merodeaban por los campamentos de refugiados y en las bases. Militares machistas que querían demostrar quiénes tomaban las decisiones.

—En primer lugar no os van a liberar. Debéis entender que cualquier tipo de rescate es muy, muy peligroso, por lo que no nos ocuparemos de eso. En tales operaciones lo más común es que mueran todos los rehenes, así que es inútil afrontarlas.

La gente estaba sentada en silencio e Isobel sintió unas inoportunas ganas de reír. Miró su bloc y pensó que prefería a Tyra. Cuando volvió a levantar la vista, K-G había iniciado una presentación en PowerPoint.

—Fases del cautiverio —rugió.

Ella echó un vistazo a los títulos. En teoría estaban bien. Pero ella sabía, por experiencia propia, que cuando te hacían prisionero te subía el pulso a casi doscientas pulsaciones por minuto. Se perdía la visión periférica y tenías tanto miedo que dejabas de pensar de forma lógica. La probabilidad de recordar algo de lo que habías leído en una diapositiva de PowerPoint en un aula de Estocolmo era casi inexistente.

—¿Hay algo más que podamos tener en cuenta? —Era el periodista rubio el que hacía la pregunta.

«Sí. No ser capturado», pensó Isobel.

—Con toda seguridad intentarán deshumanizaros, así que debéis procurar que os vean como personas. Manteneos limpios si es posible, lo más aseados que podáis. Recordad a vuestros captores que tenéis una familia. Sed educados. Intentad aprenderos sus nombres y a quién tenéis que evitar porque está loco, es un psicópata o está drogado. Quién puede ser amigo vuestro. Siempre hay alguno en el grupo con menos motivación, menos ideología.

—¿Debemos decir quiénes somos?

Otra vez el periodista. Ella escribía en su iPad todo lo que K-G decía y se podía oír su incesante teclear. Clic, clic.

—Está bien que los convenzas de que vales dinero, de que pueden obtener un beneficio de ti.

En ese momento la gente empezó a levantar la mano.

—¿Cuánto tiempo mantienen a las personas como rehenes?

—Algunos permanecen allí durante años. Dos o tres meses se considera poco tiempo.

—¿Qué hay acerca de las violaciones?

—Se producen torturas y también violaciones; por desgracia hay que contar con ello. Aunque no es tan frecuente como se cree, especialmente en los países musulmanes. Hablaremos de ello después de comer. ¿Más preguntas? ¿No? Entonces continuamos.

Isobel miró sus notas mientras K-G continuaba. Ella no había preguntado nada.

Revisó las palabras que había escrito. Cortas y descriptivas.

«Rehén.» «Tortura.» «Violación.»

Muy alegres, la verdad.

Probablemente había sido una mala idea ir allí, pensó Alexander mientras entraba en el ascensor y pulsaba el botón de su planta. Pero cuando llamó a Leila no tenía la mente muy clara y ahora se disponía a ir a un centro de formación para buscar a Isobel.

Se apoyó en la pared del ascensor mientras esperaba a que se le pasara la sensación de náusea. Hacía tiempo que no tenía una resaca así. La última debió de ser cuando Isobel fue a la oficina de su fundación. ¿En serio había pasado un mes desde entonces? Las últimas semanas habían sido tan tranquilas con respecto al alcohol que había perdido parte de su tolerancia. El día anterior se había puesto al día después de casi un mes y había hecho todo lo posible para dejar vacío el mueble bar. Ahora se sentía como suponía que se merecía.

Se abrió el ascensor. Salió a un pasillo con las puertas numeradas y un panel digital informativo que mostraba las actividades que se llevaban a cabo, así como el número de aula correspondiente. Se abrió una de las puertas y de ella salió un hombre con barba que se dirigió hacia los aseos. Alexander fue hacia la puerta que había quedado entreabierta, la empujó y miró en el interior. Unas doce personas, sentadas en los típicos bancos de conferencias, escuchaban a un hombre alto que, de pie y con las piernas separadas, señalaba una pizarra que tenía detrás con grandes y elocuentes movimientos. Pelo rapado, bronceado, botas de combate. Exmilitar. Alexander era capaz de identificar a alguien así en medio segundo. Camiseta negra con el logotipo de la empresa. Gafas de sol colgadas del cuello.

El hombre lo vio.

—¿Puedo ayudarte?

Tenía un tono de voz alto. Inspiraba respeto sin llegar a ser desagradable.

Alexander recorrió con la mirada las filas de bancos. Vio pelo rojo y con eso logró averiguar lo que quería.

—¿No has visto que el aula estaba ocupada? —dijo el militar casi a gritos.

Alexander lo ignoró y cerró la puerta. Leila le había dicho que el curso terminaba a las seis.

Dos minutos después de las seis, Alexander oyó ruido de sillas que se movían, abrió la puerta y volvió a mirar al interior.

—¿Sigues aquí? ¿Buscas algo?

Pero él ya la había localizado.

—Busco a alguien. ¿Isobel?

Ella levantó la vista de lo que estaba haciendo y se quedó helada.

—¿Qué haces aquí?

El tono de voz de ella era casi tan amable como el del exmilitar. Pero era una buena pregunta.

Había estado pensando en ella. Había estado sentado con el teléfono en la mano a punto de llamarla por lo menos veinte veces desde que se separaron el domingo. ¿Por qué no lo había hecho? No tenía la menor idea. Solo sabía que pensaba que era mejor dejar que las cosas se desvanecieran antes de complicarse más. Le seguía pareciendo la opción más inteligente.

—¿Has terminado? ¿Podemos sentarnos en algún sitio a hablar?

Todo el cuerpo de ella indicaba que «preferiblemente no».

—Ha sido un curso intensivo...

—Por favor, solo un momento. Podemos ir a cualquier sitio por aquí cerca. ¿Has venido en bicicleta?

Fueron a una terraza de una calle perpendicular a Stureplan. La tarde era soleada y había mucho movimiento de gente. Isobel le puso el candado a la bicicleta, se sentó en una silla donde daba la sombra, y pidió un café y una botella de agua mineral.

—¿Cómo has sabido dónde estaba? ¿Leila?

Él asintió. Oh, Dios, no se había dado cuenta de lo mucho que la había echado de menos.

—Solo quería saludarte, que nos viéramos.

Isobel le miró a la cara. Esa mañana no se había afeitado y suponía que su aspecto debía de traslucir el cansancio que sentía.

—¿Estás borracho?

—No —respondió con sinceridad.

Ella lo miró con escepticismo médico.

—Tengo resaca —reconoció él.

—Entiendo.

Ella balanceó el pie y dio unos golpecitos en la taza con el dedo índice. No eran buenas señales.

—Isobel, yo... —empezó a decir hasta que lo interrumpió un saludo entusiasta.

—¡Pero, bueeeno, Alexander! ¡Hooola!

Él se levantó de mala gana.

—Hola, Petra —saludó.

Era una conocida del internado, una de las mujeres con las que había flirteado por sistema.

Petra se lanzó sobre su cuello y le dio un largo abrazo.

Él notó que Isobel les observaba y supuso que estaba a punto de levantarse e irse.

Había elegido mal el sitio. Si su cabeza hubiera funcionado como debía, habrían ido a algún otro lado.

—Me alegra mucho verte, Petra, pero estoy en medio de algo... —dijo apartándose de ella.

—¿Tanto? —Petra miró a Isobel con curiosidad y luego sonrió a Alexander. Se inclinó hacia delante y lo besó en la mejilla—.Llámame alguna vez —susurró antes de marcharse.

Alexander se volvió a sentar. Isobel lo observó con la mirada perdida.

—Perdona —dijo él.

—¿Por qué?

El rostro de Isobel reflejaba una absoluta tranquilidad, y si no fuera porque la estaba estudiando con detenimiento, solo habría visto en ella una apariencia fría. Pero los ojos la traicionaban.

Alexander se encogió de hombros.

—Por todo, supongo.

«Porque soy un imbécil, porque no te trato como te mereces, porque debería dejarte en paz pero no puedo.»

—Creía que ya estarías en Nueva York.

—No. Estaba aquí.

Los ojos de Isobel refulgieron y él hubiera deseado no ser capaz de interpretar ese brillo. Pero la había herido. Había logrado lo último que quería hacer.

—Entonces ¿qué has hecho esta semana?

De nuevo esa voz fría y desapasionada.

—Tenía algunas cosas pendientes.

—¿Cosas?

Aunque su tono de voz era neutro, él percibió un indicio de algo que tardó unos segundos en identificar: ira. Pero ¿por qué? No se habían prometido nada mutuamente. Y solo hacía cuatro días que se habían separado, no cuatro semanas. ¿No era su reacción un poco exagerada?

—Solo quería que nos viéramos —dijo él—. No es nada

raro. Me gustas mucho, Isobel, y espero habértelo demostrado.

Ella le lanzó otra mirada gris y fría.

—Podríamos quedar algún día. No te vas hasta la semana que viene, ¿verdad?

Isobel se quedó mirándolo y él tuvo la impresión de que había dicho alguna tontería.

—¿Así que pensabas que podríamos volver a vernos antes de que me fuera a Chad? —dijo ella lentamente.

—Sí, estaría bien. Podríamos quedar para comer.

—¿Quieres decir cenar?

Algo no iba bien. No es que creyera que lo primero que iba a hacer Isobel era ponerse a saltar de alegría, pero Alexander tenía la sensación de que no entendía algo.

—Isobel, disculpa que no te haya llamado. Pero me gustaría que volviéramos a vernos.

Ella ladeó la cabeza.

—Solo para pasarlo bien un rato, ¿verdad? ¿Para ver adónde llegamos?

—Exactamente —respondió él aliviado.

Ella negó con la cabeza.

—Ha sido un error.

—¿Quieres decir que hay algo malo en ello?

—No, en absoluto. Tú eliges cómo quieres vivir tu vida. Pero para mí todo esto ha terminado —dijo haciendo un movimiento con la mano que los abarcaba a los dos y esbozando luego una sonrisa carente por completo de alegría—. Tendrás que buscar a otra persona con la que quedar para comer o cenar. Así podrás ver lo que pasa.

Mierda. Le había visto con Qornelia. Eso explicaba en parte su actitud.

—Puedo explicártelo, era...

Ella levantó las dos manos, como si fuera a detener un coche.

—Mira, no hay nada peor que eso. Nunca se ha dicho nada bueno después de «Puedo explicártelo». Y, honestamente, no tienes por qué darme ninguna mierda de explicación. Lo entiendo todo de sobra.

Isobel se puso en pie y se colocó bien el bolso.
«Pero ¿qué demonios?»
—¿De verdad te vas? ¿Así, tan fácil?
—Sí.
—Maldita sea, Isobel, tu reacción es exagerada. Siéntate.
Ella enarcó una ceja.
—No hay nada que una mujer valore tanto como que le digan que reacciona de forma exagerada.
—No era mi intención...
—Adiós, Alexander.
Se alejó de la mesa con paso rápido. Él quería gritarle que no tenía intención de sonar como un idiota, que quería arreglar lo que había hecho mal, que sentía cosas, pero se quedó allí mirándola mientras le quitaba el candado a la bicicleta, tiraba el bolso dentro del cesto y se iba sin mirar atrás ni una sola vez. Lo último que vio Alexander fue la llama de su pelo rojo iluminado por el sol, justo antes de que doblara una esquina.
Miró su taza de café, que estaba intacta.
Aquello había sido un desastre de principio a fin.
—¿Va todo bien?
Asintió a la camarera.
—¿Me cobras?
Dejó la tarjeta de crédito encima de la mesa y después sacó el teléfono. Buscó un número en la marcación rápida, lo pulsó y apoyó la frente en la palma de la mano.
—Soy yo.
—¿Alexander? Hacía tiempo que no sabía nada de ti. ¿Qué tal estás?
—Ya he tenido suficiente de Suecia. Llego mañana.
—Ya era hora —dijo Romeo—. Empezaba a pensar que había ocurrido algo.
Tecleó la contraseña de la tarjeta, dejó algo de propina y se puso en pie.
—No ha pasado nada.
Nada importante a fin de cuentas, solo he estropeado algo con lo que debería haber tenido cuidado.

—Enviaré un coche al aeropuerto para que te recoja. Mándame un mensaje con la hora de llegada. Y una cosa más.

—¿Sí?

—Bienvenido a casa.

31

—Bueno, me voy —dijo Isobel a su jefa de servicio, que era a su vez la médica jefe de la clínica privada.

Era su último día de trabajo antes de marcharse a Chad. Ya había escrito y firmado todos los informes médicos, había terminado todos los asuntos pendientes y había enviado todas las recetas electrónicas. Le tendió la mano a Veronica.

—Nos veremos cuando vuelvas —dijo Veronica dándole un abrazo—. Buena suerte en Chad.

Isobel se montó en la bicicleta y empezó a pedalear. El sol le calentaba la espalda y a medio camino se detuvo para quitarse la rebeca. Al llegar a la puerta de Medpax, le puso el candado a la bicicleta y entró.

—Hola, Asta, ¿cómo llevas tu alergia al polen?

La recepcionista estornudó sin poder responder. Tenía los ojos rojos e inflamados.

—Avísame si necesitas alguna receta. ¿Está Leila?

Asta volvió a estornudar y luego le señaló la sala de reuniones.

—Hoy solo estaremos tú y yo —dijo Leila a modo de saludo—. Los demás han cancelado su asistencia uno detrás de otro; supongo que influirá el clima y que hoy es viernes. La señora Von Fersen iba a jugar al bridge y Asta toma tantos antihistamínicos que no tendrá nada útil que aportar. ¿Cómo fue el curso?

Isobel dejó el montón de papeles que llevaba encima de la mesa, cogió el agua y se sirvió un vaso.

—Mucha teoría y mucha repetición de cosas que ya sé. Supongo que en parte estaba bien, pero si vamos cortos de dinero, no creo que sea la máxima prioridad.

Isobel era consciente de que un curso teórico, aunque durara solo dos días, era muy caro. Quienes se lo podían permitir enviaban a su gente a cursos prácticos: una semana con juegos de rol y ejercicios realistas. Menos mal que al menos se había librado de eso. Ya había recibido su dosis de realismo de otro modo.

—¿Qué te pareció? ¿Fue difícil?

—No —respondió concisa.

Tal vez mintió o quizá Leila se dio cuenta de ello.

La psicóloga la observó por encima de la mesa mientras Isobel se bebía el agua y se preparaba para la pregunta que sabía iba a llegar.

—¿Viste a Alexander?

—Pasó por allí un momento.

Entonces Leila hizo algo que Isobel detestaba muchísimo. Se quedó esperando. Isobel ya había visto antes cómo conseguía que la gente hablara: solo tenía que mirarla esperando que continuara. Era profundización o alguna tontería psicológica por el estilo que a Isobel no le apetecía nada. Estuvo a punto de empezar a tamborilear contra la mesa con los dedos, pero se contuvo. Solo hacía una semana que Leila le había dicho que fuera a la boda y que se lo pasara bien. No podía ser tan ingenua para creer que sería capaz de manejar todo lo que ocurrió después.

Leila le lanzó una mirada escrutadora.

—¿Quieres hablar de ello?

Isobel negó con la cabeza. No estaba enfadada con Leila, sino consigo misma. Porque no había podido evitar fijarse en lo bien que estaba Alexander a pesar de su orgullo herido. Porque le seguía atrayendo a pesar de que no se había afeitado, tenía resaca y, al parecer, se acostaba con todas las celebridades de pechos recauchutados que se cruzaban en su camino. Era humillante darse cuenta de que un hombre así la excitaba tanto, que sus mejores momentos de placer sexual los había vivido con un hombre que representaba todo lo que ella detestaba. «Pero él también posee otras cualidades, Isobel, lo sabes muy bien, y eso es lo que más te duele.»

—En realidad no —respondió Isobel—. No hay nada de que hablar porque tampoco hay nada entre nosotros.

Por un lado estaba contenta de haber actuado como lo hizo. Sería más fácil superarlo si él se comportaba como el jugador que ella sabía que era.

—Si tú lo dices —dijo Leila con un gesto profundamente escéptico—. Solo me preguntaba si sabías por qué se había marchado de repente a Nueva York.

El tono de voz de Leila era suave, pero Isobel sabía que en ese momento se dedicaba a otro de sus pasatiempos favoritos: fisgonear.

—¿Está allí ahora?

No sabía por qué enterarse de aquella información le había dolido tanto.

—Lo llamé y me respondió que ya estaba allí. Parecía un poco bajo de ánimos. Y tú pareces un pobre animal desvalido cada vez que menciono su nombre. ¿Estás segura de que todo va bien?

Isobel miró por la ventana. Habían reducido los gastos y en el interior se veía el polvo moviéndose bajo el sol.

—Aparte de que dentro de poco acudiré a casa de mi madre a una cena formal con invitados, todo está bajo control.

No se le había ocurrido ninguna buena excusa cuando esta la llamó y, más que invitarla, la había obligado a ir a su casa. Ahora solo era cuestión de apretar los dientes.

—Por cierto, ¿sabías que mi madre y la de Alexander se conocen?

Uf, le resultaba difícil decir su nombre en tono indiferente, y en especial a Leila, que estaba a un paso de poder leer la mente.

—No, pero no me sorprende. Ebba De la Grip y Blanche frecuentan círculos similares. A ella no la conozco, solo a Eugen. Ni siquiera sabía que Alexander era su sobrino. Los suecos sois todos muy parecidos, me cuesta bastante distinguiros.

—Eugen es ruso en un cincuenta por ciento; yo tengo un veinticinco por ciento de francesa y otro tanto de danesa, así que no me doy por aludida.

—Sí, sí, digamos entonces europeos. Pero ¿me estás diciendo que Ebba va a acudir esta noche a casa de tu madre?

—No, solo era una reflexión. Los invitados son viejos amigos de mi madre. Le prometí ayudarla con el servicio —dijo ocultando una mueca de deslealtad.

Pero sabía exactamente lo que iba a oír en la cena: «Mi hija todavía no ha resuelto su vida.» «Ha heredado esa osamenta de su padre; en mi familia todas las mujeres son delgadas y delicadas.» «Antes comía carne; no sé qué mosca le ha picado.»

—Siempre puedes negarte —dijo Leila.

Isobel la miró sonriendo.

—¿Tú crees?

Tenía que llegar con tiempo suficiente a casa para poder ducharse antes de ir en bicicleta al apartamento de su madre en Karlaplan. Si fingía que iba a llevar a cabo una complicada misión de campo, si no bebía, si podía contenerse y no responder a las indirectas, si no se dejaba provocar y no se metía en ningún conflicto relacionado con el trabajo humanitario, el feminismo o la política, podría despedirse y volver a casa antes de las diez.

Isobel dejó a Leila y a Asta, que no paraba de moquear, y luego bajó las escaleras. Miró hacia arriba mientras se ajustaba el casco de la bicicleta. Los árboles florecían en tonos blanco y rosa, el aire era fresco y olía a limpio. En dos días habría reemplazado todo aquello tan delicado y fresco por algo totalmente distinto: el calor pegajoso, los insectos de la temporada de lluvias y el típico paisaje de color rojo de Chad.

Un largo vuelo de bajo coste, un transbordo nocturno en Adís Abeba y luego estaría en uno de los países más pobres del mundo. Allí le esperaban privaciones, muerte y un calor casi insoportable. Trabajaría todo el día, vería cerca de un centenar de pacientes enfermos de gravedad a diario armada con solo un estetoscopio, experimentaría toda clase de sensaciones extremas, desde la alegría más intensa hasta la tristeza más profunda, y estaría agradecida por cada minuto que estuviera libre de cólera. Se montó en el sillín y miró hacia atrás antes de iniciar su camino. Se preguntó qué decía de ella el hecho de que estuviera impaciente por marcharse.

32

—Y entonces llamó y me dijo que a su esposa le gustaba más Louise y que lamentablemente él no podía quedar conmigo nunca más.

—¿Y tú qué le dijiste? ¿No era amigo tuyo? ¿No te dio pena?

—No tanta como creía. Suponía que se iban a poner de parte de Louise. Pero una noche fui a su casa y me meé en el huerto de la cocina. Sobre la albahaca.

Gina soltó una carcajada.

—Me parece que se lo merecía —dijo.

Peter asintió.

—Lo suponía. Eres la única que lo sabe. Ni siquiera se lo he dicho a mi terapeuta, aunque fue idea suya.

—¿Tu terapeuta te dijo que orinaras en un huerto?

—Me dijo que debía expresar mis sentimientos. Fue una interpretación libre de sus palabras.

Gina se llevó la mano a la boca al sentir que se le volvía a escapar la risa.

Le gustaba que Peter no hablara mal de su exesposa, ni siquiera cuando tenía oportunidad de hacerlo. Gina había visto muchas veces a Louise —que, por cierto, tenía decididamente el nombre sueco más feo del mundo— y podía entender que estuviera resentido por la forma en que lo expulsaron de la vieja comunidad. Pero él nunca decía nada despectivo de ella, y Gina apreciaba que no lo hiciera.

La risa se apagó y le dejó una sensación agradable y cálida en el cuerpo. Ese coche y sus viajes con él se estaban volviendo adictivos. Le gustaba cómo Peter la hacía reír. A lo largo de su vida no había tenido demasiadas ocasiones para reírse de algo. Miró a Peter de perfil: hacía tiempo que no lo veía tan contento y descansado. Se había comprado ropa nueva y le quedaba mucho mejor que la que vestía antes. Seguía llevando traje y corbata, por supuesto, pero el corte era más moderno y solía quitarse la corbata cuando salían de la oficina. Y además olía bien. Gina volvió la cabeza y miró por la ventanilla con una sonrisa. Vio pasar los edificios conocidos y los tramos en obras. Peter se colocó en el carril de Tensta. Parecía que cada vez tardaban menos en realizar ese viaje en coche.

—¿Te parece posible? —dijo ella.

—¿El qué?

—Nunca he seguido más al norte de aquí por esta carretera nacional.

—Pero has estado en Gyllgarn.

—Quiero decir aún más lejos. Debe de haber un mundo más allá de Gyllgarn.

Llevaba media vida viendo las señales: Oslo, Enköping. Se preguntaba qué habría más allá.

—Sin embargo, la E18 no va en realidad al norte —dijo Peter—. Se abre más hacia el oeste. De hecho, atraviesa Noruega y llega hasta Irlanda del Norte. Hacia el otro lado va incluso hasta San Petersburgo. —Hizo una mueca de disculpa—.Lo siento, no era mi intención parecer un pedante. Siempre me ha gustado la geografía.

—Nunca pareces un pedante. De hecho, me gusta que me enseñes cosas.

Se quedó en silencio, avergonzada.

Él miró al frente y el silencio se extendió por el ambiente.

—¿Quieres que vayamos un poco más lejos?

—¿Ahora?

—Solo era una idea. No sé cómo se me ha ocurrido. No era mi intención...

—Con mucho gusto, me encantaría. Solo me he quedado pasmada.

Peter cambió de marcha y pronto dejaron atrás los altos bloques de apartamentos de Tensta que había a su izquierda y Järvafältet a su derecha. Su padre había salido con un amigo y Amir iba a pasar unas horas en el centro recreativo, donde se había organizado una tarde de música disco. Por una vez Gina disponía de unas horas que eran solo suyas. El coche rugía por la carretera. Los suburbios aparecían y desaparecían, junto a las estaciones de servicio y las indicaciones de salida, y esa sensación de resplandor en el pecho seguía estando ahí.

—¿Por qué empezaste a ir a terapia? —preguntó ella.

—Fue después del divorcio. Tenía cosas que aclarar.

—¿Y lo has conseguido?

—No lo sé. Depende de qué día me lo preguntes. Hay cosas que no he conseguido superar del todo.

Ella esperó a que continuara, pero al ver que él no decía nada, añadió:

—Conocí a varios psicólogos en el centro de refugiados. No me gustaron.

Aún tenía dificultades a la hora de tratar esa profesión, para ser sincera. No estaba muy interesada en el curso de psiquiatría.

—Solo fui una vez, pero ella me cayó bien. No juzgaba.

—Eso está bien.

Si ella encontraba alguna vez un psicólogo que no la juzgase, seguro que cambiaría de opinión.

Pasaron una señal que indicaba Sigtuna. Y de repente Gina supo exactamente adónde quería ir. Hacía mucho tiempo que quería verlo. Cuando apareció aquella señal de color marrón, ella dijo:

—¿Podemos ir allí?

—¿A Wadenstierna? Por supuesto.

—Me encantan los castillos suecos.

—En realidad perteneció a un pariente lejano de la familia durante un tiempo —aclaró él. Luego se mordió el labio—. Disculpa si ha sonado mal —añadió.

Hacía aquello a menudo: pensar si lo que le decía a Gina podía sonarle mal. Antes no lo tenía en cuenta.

—Supongo que no tienes la culpa de ser un hombre blanco y privilegiado de clase alta —dijo Gina.

¿Había dicho alguna vez en su vida algo así?, pensó.

—De todos modos el castillo pertenece ahora al Estado. ¿Quieres entrar o prefieres verlo desde el exterior?

—Desde fuera.

—Entonces sé cuál es el sitio perfecto.

Atravesaron en coche varias aldeas pequeñas, pasaron por prados con ovejas y viviendas cada vez más chicas, tanto rústicas como de recreo.

Gina observó aquel paisaje desconocido. No sabía dónde estaba. Era una sensación rara. Pero no tenía miedo, sino todo lo contrario. Qué distinto era cuando se sentía segura con alguien, cuando no tenía que preocuparse de lo que él iba a decir o hacer. Peter era considerado con ella, discreto y educado.

Giró y cogió un camino forestal lleno de baches. El coche daba botes y de vez en cuando notaban unos golpes en el chasis.

—¿No ponía que era un camino privado? —preguntó ella.

—Bueno, hablando estrictamente, no es legal ir por aquí. Pero espera y verás. Mira.

El bosque se abrió bajo ellos: se encontraban en una pequeña colina. Al otro lado del agua se extendía el castillo blanco.

—Uau.

Gina había visto fotos del castillo pero no desde ese ángulo. La edificación se elevaba majestuosa en la parte más alta y en la torre había banderolas ondeando al viento.

—Es tan hermoso —dijo ella casi en un susurro mientras pensaba que de todos los castillos suecos ese era su preferido—. ¿Has estado dentro?

—Estuve una vez en una boda. Tienen una colección de retratos muy bonita. ¿Qué es lo que te gusta en realidad de los castillos suecos? —preguntó con curiosidad.

—La sensación. La historia. Las imágenes de todos los que han vivido allí.

—Lo siento, pero yo no conozco mucho la historia de Somalia.

Ella se rio.

—Yo tampoco. Papá siempre me regaña por eso, pero no tengo mucho interés en conocerla.

—Tal vez lo tengas cuando te hagas mayor. Pero conozco esa sensación. Mi madre es de ascendencia rusa.

—¿Hablas ruso?

—Solo si no hay más remedio. Lo tengo bastante olvidado. ¿Hay somalíes famosos? ¿Alguien a quien debería conocer?

—Creo que la más famosa es una mujer: Waris Dirie. Es una modelo y escritora. Uno de sus libros trata sobre su infancia en Somalia. ¿Has oído hablar de ese libro?

—No lo creo. ¿De qué trata?

—De su infancia, de la mutilación genital. Es algo muy extendido en Somalia.

Peter le lanzó un vistazo rápido y Gina se quedó en silencio. No era un tema de conversación con el que se sintiera cómoda; había surgido por casualidad y era mucho más difícil de tratar de lo que creía.

—Gina, yo...

—No, no quiero hablar más de eso.

—Perdona.

Ella se alisó la falda por encima de las piernas e intentó revivir lo que había sentido. Había sido una de las mejores tardes de su vida y quería conservar ese estado de ánimo. No quería hablar de cosas terribles que no podía evitar. Y que solo podía entender quien las había vivido.

Pero el silencio se extendió de forma irremediable entre ellos mientras volvían al coche.

Peter tenía el ceño fruncido, parecía estar profundamente concentrado en la conducción y agarraba con fuerza el volante. Gina iba sentada en absoluto silencio.

Permanecieron así el resto del viaje.

Como si ambos tuvieran mucho que aclarar y hubieran de hacerlo por sí mismos.

33

—Entonces ¿cómo se llama ella? —preguntó Romeo mirando los ojos medio cerrados de Alexander.

Se oía el estruendo de la música a su alrededor, el río Hudson se extendía varios metros por debajo de ellos y la terraza era un hervidero de gente con ganas de fiesta.

—¿A quién te refieres? —dijo Alexander mirando hacia la barra del bar.

—A la mujer que has conocido, la que es tan interesante que, desde que has llegado, no has flirteado con ninguna otra. No es propio de ti.

Alexander se encogió de hombros. Miró la carta de bebidas. El día antes había probado todos los combinados que contenían vodka. El anterior solo tomó champán. Ahora había decidido beber todo lo que había en la lista empezando por orden alfabético.

—¿Qué defecto tenía la última?

—Tenía el pelo liso.

—¿Y la actriz de ayer?

—No me gustaba cómo se reía.

Romeo negó con la cabeza.

—Simplemente no estoy de humor.

Terminó de beber su cosmopolitan. ¿Qué empezaba por D?

—Un dry martini —pidió al camarero, y a continuación miró a Romeo.

—¿Quieres uno?

—Todavía no he acabado mi caipirinha. Y no me he recuperado aún del appletini. ¿No te lo deberías tomar con más calma?

—¿Por qué?

—Porque tu hígado necesita unas vacaciones. Y yo tengo que trabajar mañana; no puedo permitirme el lujo de beber hasta caer redondo.

Él también debería trabajar. Había descuidado sus negocios y se le habían retrasado durante su estancia en Suecia por complicarse la vida.

—Se llama Isobel —confesó—. La conocí en Estocolmo. Me echó una buena bronca y así están las cosas.

Romeo sonrió.

—¿Y a qué se dedica tu enfadada Isobel?

—Es médica.

Romeo enarcó las cejas.

—No me digas.

—Sí —dijo Alexander.

Le sirvieron la copa y se la bebió a sorbos regulares. Odiaba la ginebra. Pero llevaba una semana pensando en Isobel y el alcohol era lo único que impedía que su mente le causara estragos. No tenía intención de contarle nada sobre ella a Romeo, pero ¿cuándo había ido algo tal como estaba previsto durante las últimas semanas? Y lo cierto era que sentía una especie de alivio hablando de ella, pronunciando su nombre en voz alta.

—Es muy atractiva y divertida. Inteligente. Enrollada. No he conocido a nadie como ella.

Romeo ladeó la cabeza y le observó.

—¿Has dicho algo? —preguntó Alexander.

Empezaba a notar los efectos del alcohol. Se sentía embotado. Debería tomárselo con tranquilidad, no perder el juicio, reflexionó. «Bah, ¿qué importa?, a la mierda», pensó apurando su copa. Luego pidió un vodka con tónica. «A la mierda el alfabeto también.» Lo había jodido todo con Isobel y ahora iba a beber hasta sentirse como un idiota. Era un buen plan.

Romeo siguió con la mirada a un hombre moreno y delgado. Este se volvió, vio a Romeo y levantó su copa en un brindis.

—¿Algún conocido? —preguntó Alexander.

Romeo dejó la copa.

—Todavía no. Entonces ¿por eso estás tan raro? Has caído en la trampa. Ya era hora.

—Eso es lo que más me gusta de ti: tu empatía.

—Al principio creía que tenías cáncer o algo así; te comportabas de un modo muy raro. Ahora me siento aliviado.

El análisis de Romeo era absurdo, por supuesto; sin embargo, en el plano teórico era interesante. ¿Se había enamorado de Isobel? Alexander comprendía que pudiera sonar así, pero él no era ese tipo de persona. Tomó otro sorbo de su bebida. Aunque si ese era el caso, tendría que haberla dejado ya. Habían discutido y él había tenido que recorrer medio mundo para pensar en otra cosa, así que ya debería haberla olvidado y haber seguido adelante. Antes eso no suponía ningún problema para él, así que no debía permanecer despierto con el jet lag pensando en cosas que se habían dicho. Tampoco debía sonreír a solas de repente cuando recordaba algo que ella había dicho. Ni avergonzarse de lo que había sucedido.

No debía sentirse tan... No debía sentir. Apuró la copa.

—¿Otra?

—Pero con más vodka y menos tónica —indicó al camarero.

Tenía que poner fin a esa locura. De inmediato. Siempre había sido capaz de cortar por las buenas, solo era cuestión de actitud y voluntad mental. Y de distracción, por supuesto.

Así que, cuando dos chicas sonrientes se acercaron a él para preguntarle si era Alexander De la Grip y, en tal caso, si podían hacerse un selfie con él, les mostró su mayor y más tentadora sonrisa.

—Somos suecas —dijeron.

—De las mejores —añadió sentando a cada una en una rodilla. Ellas se recostaron contra su pecho mientras reían a carcajadas.

—¿Él no es Romeo Rozzi? —preguntó una de ellas con una expresión de asombro.

Este se inclinó ligeramente.

—*Ciao.*

Las chicas se rieron entre ellas y Alexander las abrazó con fuerza.

—No os preocupéis por Romeo, es gay. ¿No había un conocido tuyo en la barra del bar?

Romeo negó con la cabeza.

—¿Podrás arreglártelas solo?

Alexander puso una mano en los muslos de una de las chicas y la miró profundamente a los ojos.

—Puedes irte, estaré bien.

La mujer respondió apretando el trasero contra su entrepierna. Era menuda, risueña y estaba en buena forma. Su amiga era igual que ella. Quería tener algo más en lo que pensar que en médicas serias de ojos grises y con millones de pecas, así que eso era lo mejor que podía hacer.

—¿Qué os parece? ¿Pedimos una botella de champán? —dijo él.

Las mujeres aplaudieron y gritaron entusiasmadas. Romeo se alejó con diversión y preocupación en su mirada.

Cuando Alexander se despertó, estaba por completo desorientado. El corazón le latía a toda velocidad. Había soñado algo. Respiró hondo. Su casa, estaba en su casa. Jet lag, resaca y pesadilla: no era un infarto. Miró a su alrededor. Estaba solo, por suerte. Tenía unos vagos recuerdos en los que Romeo iba con él en el ascensor, lo metía en un taxi y le decía que volviera a casa.

Se tapó los ojos con una mano y esperó mientras los latidos de su corazón se calmaban. Se levantó de la cama, fue tambaleándose hasta la cocina y bebió agua. Con el vaso en la mano observó la silueta de los edificios de Nueva York a través de la ventana de la cocina. Normalmente le encantaba estar en ese apartamento, y en general en Nueva York, pero esos días habían sido por completo inútiles. No había hecho nada de nada: ni entrenar ni tampoco trabajar. ¿Qué gracia tenía estar siempre de fiesta y bebiendo si no servía de nada? Y si no se sentía tranquilo allí, ¿adónde diablos iba a ir? Se quedó mirando el exterior. No podía continuar así.

Cogió el teléfono, pulsó el icono del reloj y luego la hora mundial. Isobel debía de estar en Chad en ese momento. Había añadido la hora de Yamena, la capital. Miró la pantalla: allí era por la mañana.

Había visto unas imágenes a través de Google Earth. Había contemplado aquel paisaje estéril y se preguntaba cómo sería aquello. El sol brillaba y probablemente estaban ya cerca de los cuarenta grados.

Dejó a un lado el teléfono. Volvió a cogerlo. Marcó un número y se quedó esperando con impaciencia.

—Sí. ¿Eres Leila? Soy Alexander De la Grip. Me gustaría que me dieras el nombre de Isobel en Skype. ¿Puedes encargarte de ello?

Silencio.

—¿Leila?

—Supongo que sabrás que no puedes darme órdenes solo porque nos has donado dinero.

Él resopló.

—Y tú también sabrás que sí puedo hacerlo.

Silencio de nuevo.

—Me gusta Isobel. Puede parecer fuerte y dura. No sé lo que está pasando entre vosotros, pero es una persona complicada —respondió Leila.

—Lo sé.

—Llámala después de las seis de la tarde, hora de allí. Tienen toque de queda, así que ella estará en la base entonces. Te enviaré el nombre por SMS, pero quiero decirte algo, Alexander.

—¿Sí?

—Piénsatelo muy bien.

«Ya es demasiado tarde», se dijo Alexander.

—Adiós —contestó simplemente.

Luego llegó el SMS.

Se daría una ducha, luego se tomaría un café y reflexionaría.

34

«El tiempo pasa volando cuando estás de misión», pensó Isobel cuando, entre un paciente y otro, constató que ya llevaba cinco días en Chad.

—Respira hondo —dijo en francés al paciente, un niño de cuatro años con los ojos brillantes y una fiebre muy alta.

El hospital infantil de Medpax estaba en medio de la nada. Los pacientes procedían sobre todo de aldeas de los alrededores. A veces llegaban algunos que eran miembros de los grupos nómadas que vivían en el desierto, a menudo después de caminar durante varios días. Casi siempre traían con ellos a niños que estaban en muy malas condiciones de salud. Uno de los mayores problemas era que la gente esperaba demasiado tiempo y llegaban al hospital cuando ya era tarde. En el peor de los casos los niños morían al poco de llegar al hospital y a veces se echaba la culpa a los médicos. Todo estaba increíblemente subdesarrollado allí, más o menos como los países occidentales en la Edad Media, incluso con todas sus supersticiones. Gran parte del trabajo a largo plazo consistía en viajar por los pueblos e informar a la población de los beneficios de llevar a sus hijos al médico en vez de visitar a chamanes que utilizaban métodos peligrosos. «Espero estar aportando algo», pensó Isobel, porque la muerte de los niños era igual de dolorosa allí que en Suecia. Lo único distinto era que los padres de los niños chadianos debían buscar estrategias para sobrevivir después de la muerte de uno o más de sus hijos, algo que cada vez era más frecuente. Pero la pena era la misma.

Isobel continuó. Revisó a un bebé de seis meses con dificultades para respirar. Desnutrición e infección respiratoria. Era lo más habitual.

—¿Ha tenido diarrea? —preguntó en francés.

La madre, una chica que no aparentaba más de dieciséis años, asintió.

—Le pondremos suero —dijo Isobel a la enfermera, a la vez que sonreía a la madre para tranquilizarla—. Puedes sentarte con él. Te darán algo de comer.

—*Merci, docteur* —susurró la madre.

Isobel continuó. Aún le quedaban por lo menos veinte pacientes. A algunos de ellos ya los había conocido en otoño y la alegría del reencuentro solía ser recíproca. Un brazo fracturado que se había curado como debía, un niño desnutrido que había crecido y le sonreía. Sin embargo, otros habían muerto, según le dijeron. Los accidentes de tráfico, la inanición y las infecciones arrebataban vidas continuamente en uno de los países del mundo donde era más difícil sobrevivir. Pero la gran mayoría de los pacientes a los que veía eran nuevos, una corriente que no terminaba nunca. Se secó el sudor de la frente. No había termómetros, pero le sorprendería que estuvieran a menos de cuarenta y cinco grados.

Después de acabar con los pacientes nuevos de la mañana, que tenían malaria, infecciones respiratorias y llagas que no se curaban, se pasó por el despacho médico. Consistía en una mesa y un frigorífico conectado a un generador que estaba detrás de una cortina. Abrió la nevera. Como casi todo, las botellas pequeñas escaseaban, pero ella había comprado un refresco en el aeropuerto, había guardado el envase y lo llenaba regularmente con agua filtrada que bebía a sorbos lentos.

Vio que la cortina se movía y entró Idris.

—¿Cómo va todo? —preguntó él.

—He controlado el dolor abdominal y le he puesto suero. ¿Qué tal ha ido la cesárea?

En realidad estaban en un hospital infantil, pero aquella mujer necesitaba una intervención urgente y no había tiempo para enviarla a Yamena, donde había un hospital mayor. El viaje duraba tres horas en coche pero sus pacientes no tenían automóviles. Ni teléfonos. Ni radios. La mayoría no tenía nada.

—Ha ido bien —respondió Idris mirando el reloj—. Pero son casi las seis. Tienes que volver.

Era frustrante tener que dejar a todos sus pacientes sin saber cuántos sobrevivirían hasta el día siguiente. Pero romper el toque de quede era una locura que ella no solía cometer sin necesidad. Una doctora muerta no servía de nada.

—¿Vas a trabajar esta noche? —dijo ella.

—Sí.

Idris trabajaba más que cualquier otra persona que ella conociera. Estaba todos los días en el hospital infantil, además de quedarse allí cada dos noches. Así, un mes tras otro. En el hospital había también personal nativo y el nivel de conocimientos era mucho mayor de lo que la gente en Suecia creía. Cuando Isobel le preguntó una vez a Idris cuál era su especialidad, este le respondió de manera lacónica: «Todas». Los médicos en Chad tenían que encargarse de la atención médica básica, además de ser capaces de hacer cesáreas, operar una apendicitis y saber asistir a las futuras madres en los difíciles partos de nalgas, y todo justo después de acabar los estudios. Había menos médicos per cápita y al mismo tiempo se ocupan de muchos más pacientes que cualquiera de sus homónimos occidentales. Obviamente, ello generaba médicos muy expertos. Pero también producía una constante y colosal fuga de cerebros hacia los países desarrollados.

—Estamos al completo. Esperamos que no ocurra nada.

Y con «nada» se refería a accidentes graves de tráfico, acciones de guerra o brotes de cólera.

Generalmente era esperar demasiado.

—*Inshallah* —dijo Isobel.

Idris, que era tan cristiano como ella, asintió con la cabeza.

Hugo, el chófer que ayudaba con todo, desde la conducción de automóviles hasta la limpieza del hospital, la llevó de nuevo a Massakory, el pueblo donde ella vivía. Los suecos siempre preguntaban a qué distancia estaban los diferentes lugares en Chad. ¿A cuántos kilómetros de la capital? ¿A qué distancia del pueblo está el hospital? Pero allí abajo esas cuestiones no eran relevantes. Lo que en el mapa parecía un trayecto de diez minutos en coche se podía convertir con facilidad en una hora de viaje interminable lleno de traqueteos y zarandeos. La lluvia podía haber borrado el camino. O podía haberse caído un árbol. O podía aparecer una barrera de control de repente. Nunca se sabía. Pero ese día el viaje de vuelta a casa duró menos de un cuarto de hora y no hubo ningún contratiempo.

—Te recogeré mañana —dijo Hugo, y desapareció mientras sonaba la llamada a la oración de la tarde.

Isobel saludó al guardia y entró. En Chad tenían guardias todos los que se lo podían permitir. Estaba cubierta de arena. Soplaba el viento del Sáhara que, junto con el sudor y el polvo, formaba una especie de película sobre la piel. Se lavó más o menos bien, se puso una camiseta limpia y se dirigió a la cocina. La cocinera le dio un bol con comida. Era una mujer que aparentaba tener cincuenta años, aunque Isobel sabía que era más joven que ella y que se mantenía a sí misma y a sus seis hijos limpiando y cocinando para los occidentales que llegaban a Massakory.

—*Merci* —dijo Isobel.

Era la misma comida todos los días: guiso de judías con cebolla y algo parecido a los tomates. La gente solía creer que la comida en los países africanos se componía de mangos frescos y frutas exóticas, pero allí no había casi nada que echarse a la boca.

Después de comer cogió su ordenador y buscó un rincón donde, si tenía suerte, podía conectarse a internet mediante wifi. Vio en el icono de Skype que había recibido un mensaje. Lo clicó y se abrió la ventana de Skype. Supuso que era Leila. Leyó el mensaje.

Alex_Grip would like to add you as a contact.
Accept. Decline.

Parpadeó varias veces. Dudó. ¿Se trataba realmente de Alexander? Y en tal caso, ¿qué podía querer?

Aceptó con un clic y esperó con las manos enlazadas sobre el teclado.

Cuando llegó la voz, con su típico sonido burbujeante, se trataba de una videoconferencia. Clicó en el icono verde y esperó.

Alexander llevaba dos horas esperando aquella conversación de Skype. Chad estaba en el mismo huso horario que Suecia, lo que significaba que para Isobel eran seis horas más tarde que para él. Según Leila, el toque de queda entraba en vigor a las seis, hora de Chad, así que él estaba sentado delante de la pantalla en Nueva York desde las doce del mediodía. Se levantó con rapidez a preparar café y al volver ella lo había aceptado.

Algo empezó a moverse en la pantalla y luego apareció Isobel. Sintió que por fin podía respirar tranquilo después de varias horas, pues no estaba completamente seguro de que ella quisiera hablarle. Pero ahora estaba allí, delante de una pantalla al otro lado del mundo.

—Hola, Alexander.

Llevaba una camiseta blanca y el pelo recogido en una coleta. El sol brillaba en algún sitio detrás de ella, y vio unas simples paredes de hormigón y unos carteles descoloridos con el logotipo de Unicef. Ella no sonreía, solo lo miraba expectante.

—Hola. ¿Cómo estás? —preguntó él.

—He tenido unos días muy largos —respondió ella con soltura tomando un trago de una botella de cerveza—. ¿Y tú?

Él pensó que no le quedaba mal beber directamente de la botella.

—Estoy bien.

Y era verdad. Ahora que la tenía delante se sentía mejor que en mucho tiempo.

—¿Qué haces?

—No gran cosa. Hay toque de queda por las tardes y por las noches; es demasiado peligroso salir. Tengo que quedarme en la base desde la puesta del sol hasta el amanecer, así que bebo cerveza e intento descansar. Asimilar las impresiones.

—¿Cómo está la seguridad?

Ella enarcó una ceja.

—En este momento bien. Ha habido una serie de combates en un pueblo vecino, pero aquí no.

—¿Dónde vives?

—Vivo sola en un chalet que es propiedad de Medpax, pero al lado hay una casa con gente de la Cruz Roja. A veces jugamos a las cartas.

—¿Cómo van los niños?

—Hoy ha sido un buen día. No ha muerto ninguno.

—Lamento muchísimo lo que ocurrió la última vez que nos vimos. ¿Tienes tiempo para poder hablar un momento?

—Espera a que me ponga los auriculares.

Vio que en primer lugar introducía la clavija de unos sencillos auriculares blancos en el ordenador y a continuación en sus oídos. Le parecía algo muy íntimo saber que su voz entraría directamente en los oídos de ella sin que la oyera nadie más. Ella asintió con la cabeza para indicarle que estaba lista. Él se acercó a la pantalla.

—Entiendo que puedas pensarlo, pero no me acosté con esa chica.

—De acuerdo —repuso ella, aunque él vio duda en su rostro.

Alexander buscaba un modo de demostrarle que decía la verdad. Dos segundos después de que Qornelia y él salieran del restaurante, él había pedido un taxi para que ella se marchara. Supo en todo momento que no deseaba tener ninguna relación con ella.

—Quería que lo supieras. Y que lamento que... No sé. Haberme comportado de un modo inapropiado.

«Porque siento algo que nunca antes había sentido y me produce un miedo espantoso.»

Ella sonrió.

—Gracias por contármelo. Me alegra que hayas llamado.

La imagen empezó a fallar y la conexión empeoró.

—¿Alexander?

—¿Hola?

—La red está sobrecargada aquí, la conexión va a desaparecer. ¿Me oyes?

La imagen se congeló y empezó a dar saltos.

—Te veo fatal. Cuídate, Isobel. Volveré a llamarte mañana, ¿de acuerdo?

Oyó que ella decía sí y después se interrumpió la conversación.

Cerró el portátil. Se puso de pie y miró hacia el exterior. Nueva York se desplegaba a sus pies. Debía salir a correr. Y llamar a Romeo. Había llegado el momento de serenarse.

35

A la mañana siguiente, Hugo la estaba esperando fuera de la casa. Tiró la colilla de su cigarrillo en medio de la calle e Isobel vio cómo rebotaba contra la arena roja. El pueblo estaba compuesto por unas sencillas casas de hormigón de dos pisos y numerosas casitas de barro. Unos animales escuálidos y gente en duras condiciones laborales coexistían allí con una de las mayores poblaciones de insectos del mundo. En Yamena, la capital, donde vivían la mayoría de los extranjeros, había universidad, hoteles de lujo y centro comercial, pero Massakory parecía estar situada varios cientos de años atrás en el tiempo. Apenas había tiendas que pudieran llamarse así y casi no había agua corriente. El servicio de salud local consistía en médicos que trataban a sus pacientes con remedios caseros, ineficaces en el mejor de los casos y por lo general peligrosos.

—*Bonjour, le docteur* —dijo Hugo abriéndole la puerta.

Isobel se sentó en el coche y Hugo condujo el ruidoso jeep fuera de Massakory. En esa ocasión también tuvieron suerte. La carretera no había sido borrada por la lluvia y no tuvieron que pasar ni un solo puesto de control. Isobel miró por la ventana, que estaba bajada. El vehículo dio una sacudida y ella se sujetó con la mano en el techo.

—Uno de los equipos de oxígeno ha dejado de funcionar —dijo Idris como saludo en cuanto ella entró en el hospital.

—*Merde.*

Sabía que iba a ocurrir antes o después, y necesitaban sus máquinas de oxígeno.

—Cuando hable con Leila le daré prioridad —dijo ella, aunque se preguntó si aquello serviría de algo.

¿Cuánto costaba un equipo de oxígeno? Y aunque Medpax se lo pudiera permitir, ¿cómo iban a traerlo?

—¿Ronda? —preguntó ella.

Idris cogió su bloc y se dispusieron a hacer la ronda matinal.

—*Docteur!*

Isobel se volvió al oír el grito, esbozó una sonrisa y se puso de rodillas extendiendo los brazos.

—¡Marius!

Se había preguntado muchas veces si lo llegaría a ver, le había buscado todos los días con la mirada, y había preguntado por él al personal y a Idris. Por fin. Le estrechó entre sus brazos, notó lo delgado que estaba, ese cuerpo de niño de huesos duros y sin ninguna grasa bajo la piel. Parpadeó para contener las lágrimas que ardían en su interior, y se dejó llenar de alivio y agradecimiento.

«Creía que no estabas vivo.»

Abrazó al muchacho durante un poco más de lo que tal vez debería, intentando transmitirle algo de su energía.

Estiró los brazos y lo miró de arriba abajo observando el saludable tono blanco de sus ojos y su tez pálida. Estaba desnutrido y tenía esa expresión de ansiedad que casi solo había visto en los niños huérfanos y sin hogar, pero por lo demás parecía estar sano.

—¿Estás bien? —preguntó Isobel.

Sabía que Idris estaba impaciente por que siguieran la ronda. Tenía más de un centenar de pacientes en el hospital y la necesitaba. Para alguien ajeno a aquella situación podía parecer despiadado que tuviera demasiada prisa para permitirse incluso un abrazo, pero ella lo entendía. Idris siempre tenía en cuenta los pros y los contras, y un centenar de niños enfermos pesaba más en la balanza que solo un chico.

Marius levantó la mano y le mostró un rasguño muy pequeño. Ella lo miró.

—¿Puedes esperarme? Quédate aquí para que te lo vende. Y te he traído un regalo.

Iba contra todas las reglas, por supuesto, contra todos los principios éticos, mantener una relación personal con la población local, regalar cosas. Todos sabían que eso daba lugar a complicaciones.

—Espérame —dijo ella acariciándole la mejilla.

Después se levantó y fue corriendo detrás de Idris.

La ronda duró varias horas e Isobel no pudo volver a pasar por la administración hasta después de comer. Para entonces Marius estaba sentado debajo de una mesa jugando con unas piedras. Se levantó al entrar ella, la miró con atención, como si tuviera que convencerse de que no era una amenaza, y después relajó los hombros y le sonrió con cierta desgana. Ella le robó otro abrazo.

—¿Has comido? —preguntó mientras veía que llevaba unos pantalones demasiado pequeños y una camiseta deshilachada.

Marius asintió, pero ella era consciente de que tal vez solo lo hacía para tranquilizarla. Su confianza en otras personas era prácticamente inexistente; eso era lo que sucedía cuando se vivía sin ninguna seguridad. Había conocido a muchos niños de la calle en su vida, había visto morir de hambre a chavales muy pequeños, de cuatro y cinco años, que se veían obligados a valérselas por sí mismos en el mundo, había visto a niños desnutridos de nueve y diez años vendiendo sus cuerpos a cambio de comida y drogas. Era una realidad que como médica de campo tenías que aceptar para poder llevar a cabo tu trabajo. Pero Marius era diferente para ella. No sabía por qué se había encariñado tanto con él. Eso solo sucedía con ciertas personas.

Abrió la bolsa de plástico que había guardado en la administración dentro de una caja cerrada. La traía todas las mañanas y por las tardes volvía a llevársela al pueblo, cuidándola como si en su interior hubiera oro. Le entregó a Marius los ganchitos de queso. Era un regalo nada práctico que ocupaba mucho sitio en el equipaje y no contenía nada de alimento, pero valía la pena solo por ver la alegría de Marius. Le dio también una pequeña barra de chocolate, que al menos contenía grasa y algunos minerales, pensó; esperaba que lograra retenerlos. Había comprado diez con la intención de ir fraccionándoselas y dándoselas poco a poco.

—¿Dónde vives ahora? —preguntó mientras le limpiaba y vendaba con rapidez la herida.

El niño se limitó a encogerse de hombros. Empezó a comer los ganchitos de queso uno detrás de otro, masticándolos bien con los ojos cerrados. Isobel pensó que debía volver al departamento, mientras sentía un nudo en la garganta. ¿Cómo era posible que la vida fuera tan injusta? No podía entenderlo.

—¿Marius?

—*Oui?* —dijo él observándola con aquella mirada inteligente que siempre percibía como un cuchillo clavado en el corazón.

Era tan bueno y considerado, uno de esos niños que prefieren jugar y soñar despiertos a pelearse y molestar. Un chico que hubiera podido realizarse y llegar muy lejos si existiera la más mínima justicia en el mundo. En cambio, vivía en la calle, y ese miedo y esa desolación que veía acechar en sus ojos le partían el corazón.

—Estaré por aquí, no te vayas.

—*Oui* —repitió él.

Isobel tenía la esperanza de que el niño volviera al hospital, lograr que comiera algo y poder mantenerlo vigilado durante las pocas semanas que ella estuviera por allí.

Una voz estresada la llamó.

—*Docteur?*

Isobel sabía que tenía que salir corriendo, que sus atenciones eran un lujo que no se podía permitir. Se puso de pie. Lo último que oyó fue el crujido de los ganchitos de queso y el leve masticar de Marius.

Después de una larga tarde en el hospital le esperaba el zarandeo irregular del viaje hasta llegar al pueblo, y después el guiso de costumbre.

Isobel se lavó rápidamente. La inmensa mayoría de los habitantes de Massakory eran musulmanes, y eran tan limpios que ella casi se sentía como una occidental sucia, así que procuraba lavarse las manos, los pies y la cara lo más a menudo que podía. Se puso una camiseta limpia, se cepilló el pelo y se lavó los dientes antes de volver a sentarse delante del ordenador portátil.

Ya que su dormitorio no consistía en mucho más que una cama dura, un taburete y una mosquitera, prefirió sentarse en la sala de estar. La cocinera estaba fumando en la puerta de la casa y el humo entraba flotando a través de la mosquitera. Se oían voces en el exterior y algún que otro grito, pero por lo demás reinaba el silencio.

Cuando Alexander llamó, ella clicó al momento encima de la llamada.

—Hola —saludó Isobel.

Alexander tenía un aspecto descaradamente fresco, como si se acabara de duchar. Ella imaginó muebles caros y grandes ventanas detrás de él, en una vivienda clara, limpia y al estilo occidental.

—¿Cómo estás? —preguntó él, y ella se quedó embobada mirando su sonrisa.

—Bien —respondió con sinceridad. Había sido un día intenso, también en el plano sentimental, aunque siempre lo era—. Hoy tampoco ha muerto nadie, lo que es fantástico.

Ya llevaba casi una semana allí. Quince días más tarde la relevaría un médico de campo belga. Si todo seguía así unos días más, sería una de las mejores misiones en las que había participado.

—Sin embargo, hemos perdido uno de nuestros equipos de oxígeno —añadió ella.

—¿Son importantes?

—Sí, resultan fundamentales. Se pueden tratar muchas cosas con oxígeno y los equipos son fáciles de utilizar, no requieren ninguna formación. Son nuestros mejores aliados. Sin él morirán niños.

—Maldita sea.

—Sí, es muy frustrante.

—¿Hay algo que pueda hacer?

—¿No tendrás por ahí algún equipo de oxígeno?

—Miraré en el trastero, pero creo que no.

Ella se rio, se acercó más a la pantalla y apoyó la barbilla en la mano. Vio unas brillantes superficies de acero inoxidable y un bol con unas manzanas verdes frescas. Alexander estaba en la cocina.

—Dime lo que has comido hoy.

—¿Siempre quieres hablar de comida?

—Puedo decirte con total sinceridad que el noventa por ciento de mi tiempo está ocupado por fantasías sobre comida.

—Tortitas con fresas y sirope de arce.

—¿Americanas? Cielo santo, qué rico. Cuéntame más.

—Ayer comí pizza. Una porción de mi pizzería favorita, un pequeño restaurante familiar. Me senté con mi amigo Romeo en un parque y cada uno se comió dos porciones largas y secas con mozzarella.

Isobel se quejó.

—¿Sabes qué es lo que más echo de menos?

—Me gustaría que fuera yo, pero supongo que será algo que se pueda comer. Dime.

—El café. Negro, muy caliente, recién hecho. Con pan blanco. Aquí no hay pan.

Alexander sonrió. Los ojos de Isobel brillaron: sabía que él se estaba acordando de cuando cocinó para ella. De cuando se rieron en la cocina. De cuando hicieron el amor.

—¿Qué hiciste ayer? —preguntó Isobel observando su rostro con detenimiento—. ¿Saliste? —No tenía ningún derecho a preguntárselo, pero lo hizo de todos modos.

Él negó con la cabeza.

—No, he empezado a trabajar para ponerme al día. La verdad es que he decidido descansar un poco de tanta fiesta.

—¿De verdad? ¿Por qué?

Ella se enrolló un mechón de pelo en el dedo, se convenció de que el cosquilleo que sentía en el cuerpo se debía a la fatiga, al estrés o alguna otra cosa, no a una esperanza que albergaba en su interior, un sentimiento que no solo no había concluido, sino que tal vez estaba volviendo a nacer. Alexander había sido sincero el día anterior e Isobel había decidido creer que decía la verdad, que no se había acostado con aquella Barbie.

—Porque creo que es el momento adecuado.

Alexander vio que la médica sonreía y fue consciente de que había superado una encrucijada en la que había decidido reducir de manera drástica su consumo de alcohol. La idea se le había ocurrido mientras corría por Central Park esa misma mañana. Así, simplemente. Y entonces tomó la decisión. Por su propio bien. Había estado viviendo en un limbo desde el verano anterior. No lo había analizado hasta ese momento, pero cuando se puso a pensar en ello lo vio con claridad.

El verano anterior había tenido la prueba definitiva de la infidelidad de su madre. Mucho antes ya había sospechado que Ebba necesitaba ese tipo de autoafirmación, y él había odiado la infidelidad toda su vida. Una cosa era acostarse con mujeres casadas y otra, por completo distinta, ser tú el que engañaba, y él nunca lo había hecho. Sin embargo, le aterraba ser como Ebba, que buscaba la autoafirmación, y haber heredado los peores rasgos de su bella y superficial madre. Después de descubrir que Nat era el producto de una infidelidad, las dramáticas revelaciones llegaron una detrás de otra y Alexander empezó a perder el punto de apoyo que supuestamente se había creado. Esa era la explicación trivial que estaba dispuesto a dar a las pocas personas que le importaban. Natalia, Romeo. Åsa, tal vez. Isobel, si alguna vez ella le preguntaba por su conducta ante las mujeres y el alcohol. Pero después estaba lo demás, por supuesto. La infancia. En realidad nunca creyó que ciertas cosas pudieran reprimirse. Sin embargo, había hecho y experimentado algunas que luego había enterrado tan profundo que llegó a creer que se habían desvanecido.

No obstante volvieron a aparecer en aquella fiesta en Båstad. Ahora era consciente de ello. Allí se encontró con mujeres a las que hacía tiempo no veía, pasó demasiados ratos con su familia, surgieron ciertas cosas y aquello fue el detonante de que empezara a enloquecer cada vez más. Ya llevaba cierto tiempo bebiendo y saliendo de juerga antes de que ocurriera eso, y para quienes lo observaban desde fuera, seguramente no había cambiado nada después de aquellos acontecimientos. Pero de vuelta a Nueva York entró en un círculo autodestructivo. Más que nunca, y él sabía que iba cuesta abajo a toda velocidad.

Pero había ocurrido algo. Ahora era un adulto y podía elegir si continuar por ese camino. Quería hacerlo por su propio bien y, cuando vio la sonrisa cautelosa de Isobel y que no había perdido su confianza, sintió que era digno de ella. Fue una sensación fantástica.

—Tengo que colgar —dijo Isobel desde el otro lado de la pantalla.

La imagen estaba empezando a fallar.

—Te llamaré mañana —contestó Alexander, y empezó a contar las horas hasta que volvieran a verse.

Cuando cortaron la comunicación, cogió una manzana y las gafas de sol que había dejado en la encimera de la cocina. Se guardó una tarjeta de crédito, bajó en el ascensor, saludó al portero y llamó a Romeo.

—¿Qué haces?

—Estoy discutiendo con uno de mis cocineros. Putos divos.

—Tú eres un divo. ¿Te vienes conmigo de compras?

—¿Qué vas a comprar?

Alexander pensó en todos los regalos que había hecho a mujeres a lo largo de los años. Flores sobre todo. Joyas y alhajas. Ropa, viajes. La mayoría de las veces usaba su tarjeta de crédito. Pero había algo que nunca había adquirido para una mujer.

—Un equipo de oxígeno.

—Es domingo. ¿No están cerradas esa clase de tiendas hoy?

—Por eso me he traído la tarjeta de crédito especial. ¿Vienes?

—Pareces diferente.

—Soy diferente.

36

Al día siguiente ocurrió lo que solía pasar tarde o temprano cuando estabas de misión.

Todo dio un vuelco.

—Los gemelos han muerto esta noche —dijo Idris en cuanto Isobel llegó al hospital. Estaba en la escalera fumando y parecía cansado.

Merde. Habían nacido el día anterior mediante cesárea, y pesaban muy poco al nacer.

—¿Cómo está la madre? —se interesó Isobel.

—Ha venido su familia a buscarla. ¿No notas algo raro? —preguntó él.

Ella asintió. Había una especie de preocupación en el aire. Un silencio nuevo, como cierta pesadez en el ambiente, falta de sonido. Ella ya había experimentado antes aquello.

Era una premonición de que algo estaba a punto de estallar.

—Han desaparecido varios miembros del personal —dijo él.

A menudo empezaba así. La población local era la primera en saberlo. Un rumor se desataba durante la oración de la tarde. Algunos hombres se armaban. Algunas mujeres empezaban a buscar protección para ellas y sus hijos.

Isobel siguió a Idris por el interior del hospital. Se preguntó dónde estaría Marius. Hacía más calor que antes, y se dio un cachete en el cuello. ¿Era su imaginación o ahora picaban más los insectos?

—Tenemos muchos pacientes —dijo Idris mientras se lavaba las manos. Después miró su bloc—. Debo volver a cuidados intensivos. ¿Puedes echarle un vistazo a esto?

Le entregó una nota manuscrita.

—¿Qué es esto?

—Ha llegado esta mañana. Niño. Dos años. Dificultades respiratorias. Han tenido que caminar durante varios días hasta llegar aquí.

—¿Tanto? ¿De dónde vienen?

—Del desierto. Sus valores sanguíneos son malos —Idris negó con la cabeza—. Tendrían que haberlo traído mucho antes.

—Yo me encargaré de él.

Idris desapareció e Isobel fue a ver a la familia. Saludó rápidamente al padre, Mohamed, que llevaba un tatuaje en la mejilla con forma de huella de ave. Halima, la madre, que no parecía tener más de quince años, estaba sentada con el niño en brazos.

—¿Cómo se llama? —preguntó Isobel en voz baja mientras miraba al paciente.

—Ahmed —susurró Halima.

Iba vestida con una pieza de tela de colores vivos manchada de arena por todas partes. En la mejilla llevaba el mismo tatuaje que su esposo.

El niño apenas se movió mientras Isobel lo examinaba, lo que no era buena señal. Un niño que lloraba y gritaba quería seguir viviendo. Cuando Isobel intentó ponerle una inyección, estaba tan deshidratado que no logró introducirle la aguja.

—Medicinas —dijo el padre—. Necesita medicinas.

Sí, Ahmed necesitaba medicinas. Y alimentarse. Y evitar que lo volvieran a tocar esos curanderos que le habían hecho las cicatrices que tenía en el vientre.

Isobel llenó una pipeta con una solución de nutrientes.

—Dadle esto. Gota a gota hasta que se acabe —prescribió.

—¿Adónde va? —preguntó el padre bloqueándole el paso—. Usted es médica. Tiene que quedarse.

—No tardaré en volver. Mientras tanto dadle las gotas. Debo ver a mis otros pacientes. Volveré en cuanto pueda —añadió.

Mohamed se quedó mirándola pero luego se apartó. Isobel dirigió una sonrisa de ánimo a Halima, que ya había empezado a darle a su hijo la solución de nutrientes, y después pasó al siguiente paciente.

Cuando volvió, Isobel vio que Ahmed estaba algo más despierto. Esta vez logró introducirle la aguja en una vena y le puso un gota a gota. Pensó que tal vez podría sobrevivir. Le dio unas palmaditas en la cabeza, saludó a los padres inclinando la cabeza y volvió a dejarlos. Ese era uno de los aspectos más frustrantes, que nunca disponía de tiempo para detenerse, que el flujo abrumador de pacientes la obligaba a ser dura y hacía que pareciera antipática, cuando en realidad lo que intentaba era atender al mayor número de pacientes posible.

Cuando volvió a ver a la familia, a última hora de la tarde, Ahmed estaba envuelto en una manta de aluminio. Respiraba a jadeos y le prescribió oxígeno, agradecida de que el último de los aparatos que tenían siguiera funcionando. Le tomó el pulso y la temperatura. Le midió la frecuencia cardíaca. Le iluminó los ojos pero el niño no reaccionó.

Ella no podía hacer nada más por él. A pesar del gota a gota, de la manta, de haber hecho todo lo que podía, veía que Ahmed empezaba a irse, que se escapaba lentamente y se moría ante sus ojos. La cabeza se hundió en el pecho, que ya no se movía. Lo miró y lo auscultó con el estetoscopio a pesar de que ya lo sabía.

Apoyó una mano en aquel cuerpo diminuto, luego se volvió y miró en primer lugar a Mohamed a los ojos y justo después a Halima, mientras negaba con la cabeza.

Halima se llevó una mano a la boca y empezó a sollozar en silencio. Isobel sintió que las lágrimas acudían también a sus ojos.

—Estaba mejor antes de venir —dijo Mohammed con voz dura y gesto hermético.

—Se encontraba muy enfermo —respondió Isobel suavemente, deseando poder aliviar de algún modo el brutal dolor de perder un hijo.

Mohammed dio un paso hacia ella y de repente sacó un cuchillo. Las armas estaban prohibidas dentro del hospital pero él lo había escondido en la ropa y en ese momento lo levantó amenazándola.

—Lo siento mucho —le dijo Isobel intentado transmitir tranquilidad.

¿Les estaría oyendo alguien?

—Lo ha matado usted. Con su medicina.

Ella empezó a moverse hacia la cortina, mientras esperaba que llegara alguien antes de que la situación empeorara más.

—Deja el cuchillo, por favor. Ahmed estaba muy enfermo. He actuado bien. Las medicinas que se le administraron eran buenas pero estaba débil. Su corazón no podía más.

Isobel había estado antes en situaciones de peligro, pero era difícil acostumbrarse a ver un cuchillo amenazándote.

Mohamed la miró con desconfianza y ella se preguntó si le daría tiempo a empujarle antes de que la apuñalara. Era casi improbable. *Merde, merde.* No se atrevía a mirar a Halima. ¿Cómo habían cometido el error de no quitarle el cuchillo? Allí todos llevaban uno, por eso tenían guardias cuyo trabajo era garantizar la seguridad.

Entonces se corrió la cortina e Idris entró en la habitación.

—Basta —dijo con tranquilidad, interponiéndose entre Isobel y Mohamed—. Es una buena doctora y ha hecho todo lo que ha podido. Vuestro hijo estaba enfermo. Ahora está con Alá.

Mohamed la miró con odio pero bajó el cuchillo lentamente. Idris extendió los brazos para protegerla.

—Vete, Isobel, yo me encargo de esto.

—¿Estás seguro?

—Vete.

Isobel salió de la habitación, se dirigió a la administración con piernas temblorosas y se hundió en una silla. Sacó su botella de agua, bebió y cerró los ojos. Se dio cuenta de que se estaba poniendo el sol y de repente oyó la voz de Hugo.

—*Docteur?* Tenemos que marcharnos. Esta noche no hay seguridad en las calles —dijo el chófer muy nervioso sin mirarla a los ojos.

—¿Tan tarde es?

Ni siquiera le había dado tiempo a comer. Hugo la miró y le dijo con determinación:

—Vamos.

Isobel se levantó y vio una sombra por el rabillo del ojo. Era Marius, que también la miró con sus grandes ojos, asustado. ¿Adónde iría él esa noche?

—*Docteur* —repitió el conductor en tono de súplica.

Ella dudó.

Idris entró en la habitación.

—Ya se han marchado. Vete a casa a dormir —dijo en tono tranquilo.

Isobel buscó a Marius pero no lo vio por ningún lado; era como si hubiera desaparecido. Subió al coche muy preocupada por él.

Cuando llegó a la casa, sacó el teléfono y se sentó en la esquina donde había wifi.

Milagrosamente consiguió cobertura; algún satélite había debido de pasar hacía poco por allí. Llamó a Leila.

—¿Has oído algo?

—No. ¿Qué ocurre?

—No lo sé pero se nota inestabilidad en el ambiente. ¿Puedes preguntarlo en el Ministerio de Asuntos Exteriores y a la empresa de seguridad?

Leila prometió llamarla de nuevo e Isobel colgó, agotada. Cuando se viajaba con MSF había un gran dispositivo de seguridad, pero Medpax era una organización pequeña y ella tenía que confiar en su propia experiencia y en lo que Leila pudiera hacer desde casa. La sensación de malestar iba en aumento.

Llegó la cocinera y le puso delante un bol con un guiso.

—*Merci* —dijo Isobel.

Encendió el ordenador portátil que tenía al lado y abrió Skype. Alexander debía de estar esperando que ella apareciera conectada, porque llamó en cuanto se inició el programa.

—¿Cómo van las cosas por Chad? —preguntó con una gran sonrisa.

Isobel parpadeó varias veces y sintió un nudo en la garganta. Se había propuesto dejar a un lado los sentimientos, no ceder ante ellos hasta que se acostara y pudiera llorar tranquila. Pero simplemente surgieron, como una reacción física. Era algo que no podía controlar y en un par de segundos estalló. Era incapaz de articular palabra y las lágrimas se deslizaban por su rostro sin control.

—Isobel —susurró él desde la otra punta de la tierra—, ¿ha sido un día duro?

Ella se secó los ojos pero las lágrimas seguían fluyendo sin que pudiera evitarlo.

Alexander guardó silencio mientras ella lloraba: por la pérdida de las vidas que no había podido salvar y por el niño que había muerto al tener que dar prioridad a otros. Por Marius. Por el miedo al cuchillo que la había amenazado.

—La vida es muy injusta —sollozó.

—Sí.

Se secó las lágrimas e intentó reponerse.

—Lo siento —dijo entre sollozos.

Él tendió la mano e hizo como si acariciara la pantalla, como si intentara tocarla. Ella puso su mano cerca de la de él.

—Gracias —dijo—. Gracias por llamar.

—¿Quieres hablar de ello?

—Hoy no —respondió negando con la cabeza—. Está todo demasiado fresco.

—Si supieras que para mí eres una heroína.

—No digas eso. Odio esa palabra.

En ese momento no se consideraba una heroína, solo una médica incompetente.

—De acuerdo —dijo Alexander.

—Estoy muy cansada.

—Vete a dormir. Mañana volveré a llamarte.

Ella empezó a sollozar de nuevo.

—Gracias.

Isobel se acostó pero no podía conciliar el sueño. Se quedó en la cama escuchando a través de la mosquitera, imaginando que oía cosas, susurros, tambores.

Cuando bajó a la mañana siguiente, todo estaba tranquilo. No había ni rastro de la cocinera. No funcionaba Skype ni el móvil, así que se sentó y le envió a Leila un correo electrónico.

¿Cómo diablos se las arreglarían antes de internet?, pensó mientras esperaba la respuesta, que llegó de inmediato.

> Ha aumentado el estado de alerta. La situación se considera insegura. Tendrías que empezar a pensar en volver a casa.

Isobel leyó aquellas breves líneas. ¿Cuándo no había sido insegura la situación en Chad? Pero ella no quería irse. Podía marcharse perfectamente dentro de dos días.

> Quiero quedarme.

Pulsó «Enviar», cerró el ordenador y salió para ver si había llegado Hugo. Cuando este se acercó en el coche, Isobel vio un gesto de determinación en su rostro, y al acomodarse junto a él en el asiento delantero, pudo percibir el olor a tensión que había en toda la cabina.

—Gracias por haber venido —dijo ella.

—Ahora es peligroso estar fuera.

Llevaban una semana haciendo ese trayecto a diario y nunca nadie les había mandado detenerse.

El camino estaba bloqueado. Un carro les impedía pasar. Dos hombres con armas automáticas les estaban esperando.

Hugo blasfemó en voz baja y frenó. Isobel observó la barrera de control: estaban en peligro.

No se atrevió a mirar a Hugo mientras los dos hombres armados, que apenas eran unos adolescentes, se dirigían hacia ellos. Uno se detuvo delante del coche mientras el otro se acercaba a ellos. Metió la cabeza por la ventanilla, que tenía el cristal bajado, y miró el interior.

—¿Adónde vais?

—Al hospital.

—¿Quién es ella?

—Médica.

Isobel aguantó la respiración. Contó varios segundos en silencio.

—Podéis pasar —dijo por fin, indicándole a su compañero con la mano que podía retirar el carro.

El coche cruzó lentamente mientras Isobel sentía que apenas podía respirar. Pero pasaron el control sin que ocurriera nada y, cuando Hugo pisó el acelerador a fondo, ella se apoyó en el asiento y respiró aliviada.

Al mirar a Hugo vio sus nudillos blancos de apretar al volante.

—*Bonjour, le docteur.*

Era una de las enfermeras anestesistas del hospital, que fue al encuentro de Isobel cuando esta salió del coche.

Hugo aceleró y se alejó tan deprisa que ni siquiera le dio tiempo a despedirse de él.

—Creíamos que no iba a venir hoy. ¿Ha oído que han empezado las luchas en el pueblo de al lado? Ya hemos recibido algunos heridos.

—¿Aquí?

—No les importa que se trate de un hospital infantil. Pero el doctor Idris se alegrará de que haya venido usted.

Luchas.

Isobel sabía lo que eso significaba, lo había visto demasiadas veces. Mujeres violadas. Hombres y niños heridos. No importaba que el suyo fuera un hospital infantil, no era el momento de enviar a personas gravemente enfermas al hospital de Yamena.

—Los pondremos en los pasillos —dijo Isobel—. ¿Tenemos mantas?

Empezó a vendar heridas, a entablillar piernas y a suturar heridas, junto con el personal que no había huido del conflicto. Solo tenía tiempo para pensar en el siguiente paciente, no había tiempo para el miedo.

Cuando cayó el sol y Hugo no apareció con el coche, decidió que lo más fácil era pasar la noche en el hospital. Isobel y el resto del personal se turnaron para dormir unas cuantas horas en algún sitio. La afluencia de heridos disminuyó hacia el amanecer, pero entonces el hospital estaba tan lleno que apenas podían moverse entre los pacientes. El olor y los gritos eran como una alfombra llena de angustia que cubría el hospital.

—Tenemos que empezar a dar de alta a los que puedan andar por sí solos —dijo Isobel esforzándose por sonar tranquila, negándose a ceder a la ansiedad y el miedo.

Idris asintió. Tenía muy mal color de cara. Estornudó.

—¿Estás enfermo? —preguntó al ver su aspecto.

Pero pensó que el de ella debía de ser más o menos igual.

—He empezado a dar de alta a la gente. ¿Cabe esperar que lo peor haya pasado?

—Esperar no cuesta nada.

—*Docteur* Isobel?

Se volvió al oír aquella voz, que procedía de una de las integrantes del personal nativo.

—*Oui?*

—Tiene una llamada en la administración.

Isobel fue hacia allí.

Antes de sentarse ya sabía lo que iba a oír. Cogió el teléfono, que tenía conexión por satélite.

—Hola, Leila, ¿cómo estás?

—Volverás a casa esta noche. He estado discutiendo con mucha gente hasta conseguirte un sitio en uno de los aviones de la Cruz Roja.

«Maldita sea, no quiero.»

—Es una orden —dijo Leila como si le hubiera leído sus pensamientos—. No es negociable de ningún modo. Volverás a casa. Ni se te ocurra contradecirme.

Idris había entrado en la oficina y se quedó mirándola sin entender nada. No era de extrañar: Leila gritaba tanto que su voz le retumbaba en los oídos. Isobel puso la mano en el auricular.

—Quiere mandarme a casa.

—Lo suponía. Tiene razón. Eres blanca, occidental. Y mujer. Es demasiado peligroso. Vete, nos las arreglaremos bien.

—Pero los pacientes...

«Haz la más mínima señal y me quedaré.»

—*Non,* Isobel —dijo Idris con voz firme—. Ha llegado el momento.

Se puso de pie y le tendió la mano. Ella también se levantó y se la estrechó con fuerza durante un rato.

—*Au revoir.*

Nos volveremos a ver.

Ojalá tuviera razón.

Hugo estaba esperándola fuera del hospital como si no hubiera ocurrido nada. Ella no tuvo fuerzas para preguntarle por qué no había ido el día anterior. Tampoco le preguntó cómo sabía que tenía que viajar. Se limitó a sentarse en el coche y dejar que la llevara de regreso. La sensación de derrota le había dejado un sabor amargo en la boca.

En esa ocasión no había ninguna barrera de control.

El camino estaba vacío, como si nunca hubieran estado allí unos jóvenes con armas automáticas y la mirada perdida. Llegaron a Massakory sin ningún percance.

Isobel entró en la casa, cogió sus maletas, dejó todo el dinero que pudo a la cocinera por si volvía y luego se quedó de pie. Pensó en Marius. Si las cosas fueran distintas... Pero no importaba lo injusta que era la vida ni lo mucho que dolía, no había nada que ella pudiera hacer por él en ese momento; solo era un niño más entre todos los que tenía que abandonar. Dejó también el chocolate y luego salió de la casa y volvió a meterse en el coche. Diez minutos después, Hugo y ella iban hacia Yamena y el aeropuerto.

Alexander no podía dormir. Isobel no había respondido a la llamada de Skype del día anterior. Leila le había hablado de disturbios. Estaba tan preocupado que sentía malestar por todo el cuerpo. Había estado un rato sentado consultando en Google temas relacionados con médicos de campo y conflictos, pero tuvo que dejarlo.

Se puso a mirar por la ventana, expectante.

Sonó el teléfono. Era Leila.

Lo cogió de un tirón y luego lo apretó contra su oído.

—¿Sí?

—La he enviado para casa. Los rebeldes han intentado ocupar el pueblo de al lado.

—¿Dónde está ahora?

Alexander tenía la boca tan seca que le costaba hablar.

—Espera —dijo Leila, y luego se retiró.

Él aguardó. Procuró concentrarse en la respiración y no asustarse. Se apretó más el auricular contra la oreja, como si intentara obligar a Leila a que se diera prisa en decirle lo que estaba pasando.

«Los rebeldes han intentado ocupar el pueblo.»

¿Qué demonios significaba eso? ¿Estaban en guerra allí? Era algo totalmente surrealista.

—¿Hola? —dijo Leila al volver.

—¿Qué ocurre?

—Isobel está de camino a casa. Me lo acaban de confirmar. Tuvo que viajar con Cruz Roja desde Yamena; tenían un avión a París al que ella pudo acceder en el último momento. La situación fue caótica durante unas horas, pero al parecer ya se ha calmado. He hablado con Idris. El hospital está a salvo. Fue una especie de demostración de poder entre dos clanes. Ya ha pasado.

—Pero ¿Isobel vuelve a casa?

—Sin ninguna duda. Pasará la noche en París y pasado mañana aterrizará en Arlanda.

Alexander colgó el teléfono.

Inmediatamente después empezó a hacer las maletas.

37

—Ella quería demostrar que ya no tenía ninguna fobia a las agujas, pero en cuanto el profesor sacó la jeringuilla se desmayó —contó Gina riendo.

—Las agujas son horribles —admitió Peter riendo también.

Puso a calentar el hervidor y sacó dos vasos altos en los que metió dos bolsitas de té. Té rojo para Gina, negro común para él. Vertió el agua, dejó algo de sitio para leche en el vaso de ella y le añadió tres terrones de azúcar.

—Te van a salir caries —dijo mientras dejaba caer el último terrón de azúcar y veía cómo se disolvía.

—No lo creo. Tengo unos dientes fuertes y me encanta el hilo dental ¿Me das un plato para esto?

Cogió el tarro con las pequeñas samosas que preparaba su padre. A él se le hacía agua la boca solo de pensar en las samosas somalíes.

Le dio una fuente, puso dos platitos y servilletas, y colocó los vasos.

Gina sacó unas cucharas, leche, y dejó el plato con las samosas encima de la mesa.

—Esto parece una fiesta de verdad —dijo mirando las rosas rojas que Peter le había regalado, y se sonrojó un poco.

—Y también tenemos algo que celebrar —añadió él con alegría y entusiasmo, sin ánimo de avergonzarla. Le dio el vaso de té—. Brindemos por tus magníficas notas.

Ella bebió un sorbito de té rojo y dejó el vaso encima de la mesa al lado del platito.

Peter puso en una tabla de cortar los sándwiches que había comprado y los cortó por la mitad. Había uno con queso brie —a Gina no le gustaba el queso sueco— y otro con mayonesa y gambas que ella aseguraba que sabía a pescado aunque siempre se lo comía de buena gana.

Él la observó con disimulo: le encantaba ver sus movimientos rápidos, casi impetuosos, cuando cogía los cubiertos y cerraba de golpe las puertas del armario, y siempre estaba a la espera de que estallara su risa.

Ahora se reía más a menudo. Él también.

Se sentaron a la mesa. Peter tuvo que hacer un esfuerzo para no dar la vuelta y retirarle la silla; se limitó a sentarse enfrente de ella y rodear el vaso de té con las manos. El té no era precisamente su bebida favorita, pero era lo que Gina bebía y durante las últimas semanas había decidido ampliar su mundo y probar cosas nuevas. Así que ahora bebía té amargo muy caliente.

Gina añadió aún más azúcar al vaso y lo removió con rapidez con la cuchara antes de estirar el brazo para coger un trozo de sándwich de mayonesa. Lo comió cortando el pan en trocitos, cogiendo la mayonesa con una cuchara, untándola en el pan y luego metiéndoselo en la boca. Las verduras se las comió aparte: una rodaja de pepino, una ramita de eneldo y un trozo de tomate.

Peter sonrió.

—¿Qué? —preguntó ella limpiándose la comisura de la boca.

—Nada —dijo él mordiendo una empanadilla.

Las migajas cayeron en la mesa. Nunca hubiera creído que la felicidad podía llegar en forma de doradas y crujientes empanadillas.

—Bueno, bueno, ¿qué está pasando aquí?

Peter levantó la cabeza al oír aquella voz.

Eran casi las ocho y media de la tarde y los únicos que quedaban allí eran Gina y él.

El hombre que acababa de entrar, Dag Billing alias Dagge, era uno de los compañeros de trabajo que peor le caían a Peter. Se limpió la boca y vio que Gina bajaba la mirada, dejaba el trozo de sándwich a un lado y se quedaba sentada inmóvil, como si algo la hubiera paralizado.

Dagge estaba de pie con los brazos cruzados. Echó un vistazo a Gina antes de sonreír a Peter mirándole con complicidad.

—No pasa nada. Estamos tomando café —dijo él, y enseguida se enfadó por haber dicho aquello. ¿Cuándo se había convertido en una persona que creía que debía excusarse por todos sus actos?

—¿Tomando café? ¿Así se le llama ahora?

—¿Qué quieres?

—Me he dejado el teléfono. Pero de pronto me han entrado ganas de tomar un poco de chocolate. Chocolate negro, ya me entiendes.

Peter se levantó de golpe.

—Eso es una total y absoluta estupidez.

—¿Estás diciendo que soy un estúpido? No soy yo el que está ahí babeando con el personal de limpieza.

Recorrió con la mirada el cuerpo de Gina, de arriba abajo, y se detuvo en los pechos.

—Aunque ahora entiendo el porqué. Las mujeres negras tienen algo.

La chica se levantó de la silla bruscamente.

—Gina, espera —dijo Peter.

—Tengo que irme —respondió ella.

—No, se va a ir él.

Pero Gina inclinó la cabeza e intentó salir de allí. Dagge extendió la mano y la sujetó del brazo para impedírselo.

—Tal vez puedas ir a limpiar mi escritorio. Iré después a ver qué tal lo has hecho.

—Suéltala —ordenó Peter a la vez que ella lograba liberar el brazo.

—Tranquilízate —dijo Dagge—. ¿Es que ya no se pueden gastar bromas en este país? Discúlpeme, señorita de la limpieza, ¿la he ofendido? ¿No es así como se siente todo el mundo hoy en día, ofendido?

—¡Basta! —gritó Peter.

Buscó la mirada de Gina pero ella simplemente se frotaba el brazo y evitaba mirarlos.

Dagge observó a Peter y él solo vio odio en su mirada; sabía que era así como lo veían en el trabajo, como alguien a quien se podía ignorar.

Dagge negó con la cabeza.

—Puto imbécil, tú no puedes darme órdenes —le soltó.

—Peter, ya está bien —dijo Gina.

Pero para él no lo estaba. ¿Con qué frecuencia tenía que soportar ella esas cosas? ¿Todas las semanas? ¿Todos los días?

—No vuelvas a hablarle así. Nunca más. Me importa un bledo lo que pienses de mí, pero si vuelves a mirarla siquiera, yo...

—¿Tú qué?, perdedor de mierda. ¿Qué vas a hacer?

Dagge dio un paso hacia Peter e invadió su espacio personal. En esas situaciones él solía retroceder y abandonar. Pero esta vez, en lugar de hacer eso, él también dio un paso adelante y vio la incertidumbre que transmitía la mirada de su oponente.

—Vete de aquí. Sin café y sin tu puto teléfono. No digas ni una palabra. Solo lárgate.

Dagge no se movió un ápice. Peter se acercó aún más a él hasta que casi rozó la frente de su compañero de trabajo con la suya. Era consciente de que él no iba a retroceder un centímetro, así que tendrían que sacarlo de allí a rastras. Dagge debió de percibir esa determinación porque parpadeó, dudó y se retiró bajando la mirada.

Después se marchó. La puerta volvió a cerrarse.

Gina se quedó allí. Se mordía el labio pero ya no parecía estar tan asustada, y eso era lo que importaba.

Peter estaba de pie, en medio de la cocina. Respiraba con cierta irregularidad, aún inseguro de lo que acababa de ocurrir. Nunca en su vida había ganado una lucha cuerpo a cuerpo, ni se había atrevido a enfrentarse en solitario a alguien. Únicamente se atrevía a pelear en grupo, a luchar contra los que eran más débiles. Siempre había sido su mayor vergüenza, un rasgo del que era consciente pero que nunca creyó que podría cambiar. Siempre había oído que era un cobarde. Y siempre lo había sido. Miedoso. Reprimido.

Hasta ahora.

Se sentó y notó que estaba temblando. Pero no del modo como lo hacía antes.

Gina se sentó enfrente de él. Cogió su servilleta y se la puso en el regazo.

Peter seguía respirando de manera entrecortada. Se había quedado frío como el hielo durante su enfrentamiento con Dagge, pero ahora sentía otro tipo de reacción. Apoyó las manos en la mesa.

Gina lo miró. Pestañas largas, ojos negros.

—Gracias —dijo ella.

—Lamento no haberle frenado antes.

Ella levantó un hombro.

—Dag es un mierda. No es la primera vez que me acosa.

—Prométeme que me lo dirás si vuelve a hacerlo.

Gina partió un trozo de pan, cortó el queso brie, lo untó y se lo metió en la boca. Masticó mientras miraba a Peter fijamente.

—Lo prometo —dijo.

38

Después de pasar una noche en un hotel barato en París, donde durmió como un tronco, Isobel fue al Charles de Gaulle. Subió al avión, se dejó caer en el asiento al lado de la ventanilla y miró hacia fuera mientras el avión despegaba. Cuando ya estaban en el aire cerró los ojos e intentó relajar la mente. De todos modos sería agradable volver a casa. Antes de pagar y marcharse del hotel por la mañana, Leila había recibido la confirmación de que la calma había vuelto al hospital infantil. Las luchas se habían detenido con la misma rapidez con la que habían empezado y todo volvía a ser como antes. Los pacientes estaban fuera de peligro y tanto el personal como la población local habían empezado a regresar.

Por un momento Isobel pensó en volver a Chad, porque no le gustaba la forma tan abrupta en que había ocurrido todo. Pero ni siquiera le había dado tiempo a abrir la boca antes de que Leila dijera:

—Ni pensarlo. Vuelves a casa.

El avión aterrizó en Arlanda a las cuatro y media de la tarde en punto, y en menos de veinte minutos ya tenía la maleta, había pasado el control de pasaportes y cruzaba las puertas de la sala de llegadas. Estaba llena de gente esperando a alguien: parientes, familiares y algún que otro conductor que acudía a recoger a pasajeros procedentes de París, Londres, Nueva York y Pakistán. Isobel se quedó atascada detrás de una familia que llevaba una enorme cantidad de maletas y bolsas, los adelantó apretándose contra ellos y se estaba planteando si tomar el Arlanda Express o ignorar tanto el medio ambiente como la economía y subir a un taxi, cuando oyó una voz familiar:

—Isobel.

Miró a su alrededor. ¿De verdad estaba sucediendo aquello? Y entonces le vio, como si se hubiera encendido un foco en el interior de aquella deteriorada sala iluminada con luz fluorescente. Alto y rubio, con las gafas de sol en el pelo y una chaqueta de cuero fino, y ella sintió que estallaba en una sonrisa que no quería tener fin.

Alexander se abrió paso en su dirección y enseguida ella se vio en sus brazos. No quería soltarse; apoyó la cara en su camiseta y aspiró ese olor a sol, a cuero y a ropa limpia.

—¿Qué haces aquí?

Nadie había ido nunca a esperarla en su vida.

—¿Qué pregunta es esa? —dijo él retirándole el cabello del rostro.

«Bésame.»

—Isobel —murmuró él mientras ella le pasaba una mano detrás de la nuca y lo atraía hacia su cuerpo para besarse apasionadamente. La apretó con tal fuerza que estuvo a punto de quedarse sin aliento.

Isobel le puso una mano en el pecho, sintió el calor que emitía a través de la camiseta, le pasó un dedo por donde sabía que llevaba el anillo de oro y lo miró a los ojos.

«Quiero poseerte.»

Él parpadeó como si hubiera oído sus pensamientos.

—He alquilado un coche —dijo con voz ronca y una mirada electrizante. Le cogió la maleta y pasó un brazo alrededor de su espalda—. Vámonos antes de que montemos un escándalo —añadió.

—¿Me acompañas a casa?

—Oh, Dios, claro que sí.

Isobel le hizo pasar a su apartamento. Olía a cerrado pero al menos lo había limpiado antes de irse.

—Yo... —empezó a decir, pero él la interrumpió cogiéndole la cara entre las manos y besándola hasta que ella se agarró con fuerza a él.

—Tengo que ducharme —dijo Isobel señalando con la cabeza en dirección al cuarto de estar—. ¿Me esperas allí?

—¿Quieres que prepare algo? ¿Tienes hambre?

Ella negó con la cabeza. Solo quería sexo. Debía de ser por todo lo que había pasado, pensó mientras dejaba correr el agua caliente para que se llevara los restos de polvo y de cansancio. Se secó y se cepilló los dientes con movimientos cortos. Le hubiera gustado tener alguna bata de seda que ponerse. Vaciló, se puso unas bragas, una camiseta de tirantes y una ligera chaqueta de punto, y después salió de puntillas con la estela del vapor del cuarto de baño detrás de ella.

Alexander se levantó al oírla salir y fue a su encuentro. Isobel llevaba una chaqueta blanca tan fina que se le trasparentaba la piel, unas bragas blancas y una camiseta de color rosa claro. A él le pareció ver unos rizos rojos a través del fino tejido de las bragas y sus pezones claros bajo la camiseta. El pelo suelto le caía alrededor del rostro, con las puntas húmedas. Había adelgazado desde la última vez que se vieron. Él se encargaría de que ganara peso, decidió mientras iba hacia ella. Cogió su cara entre las manos, la acercó a la suya y la besó con toda su habilidad, con toda su ternura, sus ganas, su deseo y su sosiego. El beso se convirtió en un mordisco y después en otro beso más. Ella también era una experta en besar. Su lengua encontró la de él, la acarició y la chupó. Fue un beso que hizo que la sangre de Alexander se le subiera a la cabeza. Él respondió besándola en el cuello, jadeando contra su piel recién lavada y limpia, salada por el sudor que había empezado a acumularse a lo largo del cuello. Isobel volvió a aferrarse a él rápidamente. Él puso una mano en uno de sus pechos y alguno de los dos gimió, tal vez ambos. Esa noche él iba a rendir culto a esos pechos. Besó uno de ellos a través de la fina camiseta.

—Ven —dijo ella tomándole de la mano—. Vamos al dormitorio.

El dormitorio de Isobel era como ella. Limpio y fragante. Sin adornos innecesarios. Una cama hecha a conciencia, con unas sábanas alegres. En la casa de una médica de campo no había plantas, pero sí piedras y pequeños objetos de distintas partes del mundo colocados en el marco de la ventana.

Isobel empujó la puerta para cerrarla a pesar de que estaban solos, puso las manos en el pecho de él, extendió los dedos y movió el índice de un lado a otro por encima del anillo.

—Quiero verlo otra vez. Si supieras todas las fantasías que he tenido con él.

Alexander se quitó la camiseta, le cogió la mano y volvió a colocarla sobre su pecho. Su corazón galopaba bajo la piel. Isobel acarició el anillo de oro.

—Es muy, muy sexy —murmuró. Se inclinó hacia delante y se lo puso con suavidad entre los dientes tirando un poco de él.

El deseo de Alexander se desató a través del pezón, las caderas y del vientre. Se desabrochó los pantalones. Isobel deslizó la fresca palma de su mano por el vientre de él y después la introdujo dentro de los pantalones. Lo miró con intensidad y luego abrió la mano y acarició sus partes más sensibles subiendo y bajando la mano por toda su piel.

—¿Te he dicho que me encanta lo grande que eres? —dijo ella con la voz apagada y ronca.

Vio que brillaba una gota en el extremo, pasó con lentitud un dedo por encima y después se lo llevó a la boca sin dejar de mirarle a los ojos en ningún momento.

«Oh, Dios.»

Se desnudaron mutuamente. Él le quitó la chaqueta que le cubría los hombros y los brazos. Mientras ella se tambaleaba la acarició por encima de las bragas y presionó la suave zona del pubis. Ella cerró los ojos.

—No quiero esperar —dijo Isobel.

La empujó hacia atrás hasta que cayó sobre la cama y se lanzó también encima. Se puso de rodillas entre los muslos de ella, le acarició lentamente la parte interior de estos, apartó las bragas y le introdujo un dedo, no muy adentro, solo para notar su calor, su suavidad.

Ella respiraba con dificultad: su piel clara brillaba y sus ojos parecían arder.

—Alex —dijo ella—. Tengo que pedirte...

Él se levantó, cogió el paquete que había comprado, abrió un envoltorio y se puso protección más rápidamente nunca en su vida.

—Gracias.

Deslizó el pulgar por encima de sus bragas y ella se puso a temblar. Estaba tan húmeda que la tela parecía transparente. Notó que le gustaba que la acariciaran así.

—Es muy agradable, pero necesito que estés dentro de mí —dijo Isobel.

—Entonces no más preliminares. ¿Solo quieres que te penetre, sin más?

Ella asintió.

—Avísame entonces —dijo él mientras movía el pulgar arriba y abajo por encima de las finas bragas.

Ella había separado sus largas piernas aún más y seguía temblando. Continuó acariciándola por encima de las bragas con tres dedos y presionando la tela con suavidad.

—Fóllame —le pidió Isobel en el tono de voz más apagado que él había oído nunca, casi desesperado.

Él se inclinó sobre ella. Le cogió una muñeca con una mano y la colocó encima de la cabeza de Isobel. Después le agarró la otra e hizo lo mismo para poder sostenerle ambas manos con solo una de las suyas. Los ojos de Isobel brillaron.

—Sí —susurró elevando los pechos en su dirección.

Alexander le subió la camiseta para verle los pechos y notó cómo se movían. Apartó a un lado las suaves bragas de algodón blanco sin llegar a quitárselas, la penetró ayudándose de la mano y después empezó a embestirla con movimientos rápidos, sin soltarle en ningún momento las muñecas.

—Oh, Dios —jadeó ella mientras movía las caderas para poder sentir mejor el movimiento de su miembro dentro de su cuerpo.

Alexander siguió penetrándola mientras la inmovilizaba con firmeza. Ella cerró los ojos e hizo lo mismo que había hecho la última ocasión: desaparecer en su mundo. Él le sujetó las muñecas con más fuerza, le subió más las piernas y después simplemente la volvió a penetrar con una fuerte embestida. Las caderas de ambos chocaron entre sí. Ella tenía los párpados cerrados con fuerza y la boca entreabierta, y respiraba de manera entrecortada cada vez que él se introducía más y más en su interior. Vio que Isobel estaba a punto de correrse con unos violentos y rápidos estremecimientos, y entonces él también sintió un orgasmo que sonó como un grito.

Alexander le soltó las manos, respiró con fuerza contra su garganta sudorosa, cerró los ojos e intentó luchar contra la caída de presión arterial que hacía que todo se oscureciera en el interior de sus párpados. Habían transcurrido como mucho cinco minutos desde que él había empezado a sujetarle las muñecas con tal fuerza hasta que él había alcanzado un orgasmo demencial, y ahora temía haberle dejado alguna marca.

—Uau —dijo él resoplando y desplomándose al lado de ella en la cama.

Ni siquiera les había dado tiempo a meterse debajo de las sábanas; aún estaban encima. Alexander se puso un brazo encima de la cabeza.

—¿Estás bien? —dijo sin poder hablar apenas.

Ella asintió a su lado mientras tiraba de un mechón de su pelo, que había quedado atrapado debajo de él.

Alexander volvió la cabeza.

—¿Seguro?

Ella volvió a asentir mientras se bajaba la camiseta, se tapaba el pecho y el vientre y se ponía bien las bragas, que no había llegado a quitarse.

—¿Isobel? Ha sido duro, pero me ha parecido que te gustaba. Pero tienes que decirme si he ido demasiado lejos.

A él le invadió la preocupación. ¿La habría interpretado mal? Había sido intenso, casi agresivo, y ella estaba inusualmente silenciosa.

—Me ha gustado. Mucho.

—Tenía miedo de hacerte daño.

—No.

Isobel apoyó la mejilla en su pecho y Alexander la atrajo hacia él.

—Ha sido agradable —dijo ella.

Su mano fue a parar al pecho de él, que apoyó la suya encima. Nunca había sentido una atracción física así. Para Alexander había sido sumamente agradable, más incluso que el sexo más ardiente. Más que todo. Con ella.

Siguió acariciándole la mano y el brazo, no se saciaba de esa mujer fragante, caliente y suave que tenía entre los brazos. Le besó el cabello y se acurrucó a su lado.

Ella seguía en silencio.

Algo extraño flotaba en el aire. Él le acarició el hombro y se preguntó si serían imaginaciones suyas.

Miró a su alrededor en aquel pequeño dormitorio. Isobel había enmarcado un cartel de un paisaje francés con una mujer pelirroja de perfil.

—¿Quién es? —preguntó Alexander.

—Una artista danesa. Se llama Helene Scherfbjerck.

—Tu abuela era artista, ¿no?

—Sí, eso lo hizo ella —dijo volviéndose hacia una elegante figura blanca—. Es la única obra que poseo suya.

—Es preciosa.

—Me crie con ella.

—No me digas. ¿No te criaste con tus padres?

—Mis padres estaban casados pero no vivían juntos. Llevaban vidas separadas. Mi abuela materna se hizo cargo de mí. Viví en su casa hasta que murió, cuando yo tenía diez años.

—¿Cómo es eso?

Isobel se encogió de hombros.

—Mi madre y su madre no se llevaban bien, eran muy distintas. Mi abuelo dejó a mi abuela. Mi madre lo adoraba y pensaba que su madre era débil. Pero todo fue bien. Mi abuela era buena y yo la quería.

—Entonces ¿no te sentías mal? Suena a algo parecido a la soledad.

—Sentirse mal es algo relativo. Tenía suficiente para comer y un techo sobre mi cabeza. Pero solía jugar a que era una niña pobre y desnutrida y a que mi madre tenía que venir a cuidarme.

Guardó silencio y él se la acercó aún más, puso una pierna encima de la suya y le besó la frente. Se dio cuenta de que aquella conversación la ponía triste.

—¿Qué se siente al estar de nuevo en casa?

—Bueno, el recibimiento ha sido fantástico —dijo, lo que hizo que él se riera—. Pero por lo demás tengo sentimientos encontrados. Tenía miedo, pero siempre se tiene —dijo acariciándole, mientras seguía alguna línea invisible con el índice primero y después con el pulgar.

—Mi abuelo murió en Chad.

—¿No me digas? ¿Cómo ocurrió? —preguntó sorprendido.

Al principio no contestó, se limitó a hacer pequeños movimientos circulares con la yema de los dedos. Isobel tenía las manos más bonitas que había visto: largas y delgadas; diestras y sensibles. Él le cogió la mano y le besó las yemas de los dedos una tras otra, con suavidad, poniendo la palma de la mano contra su boca y aspirando su aroma.

—Fue asesinado —dijo ella lentamente.

Alexander se quedó de piedra. No tenía la menor idea. ¿Cómo podía no haberse enterado?

—¿Es cierto?

—Fue secuestrado y asesinado.

—Qué horror. Debió de ser terrible. ¿Quiénes eran?

—Sucedió hace mucho tiempo, antes de que yo naciera. Fue algún grupo local. Desde entonces mi madre se niega a viajar allí.

Pero no tenía ningún inconveniente en enviar a su hija, pensó él. ¿Se daba cuenta Isobel de cómo sonaba aquello? Probablemente no.

—Mi madre lo trajo a casa. Está enterrado en París. Me alegro de que así sea.

Alexander se tumbó de lado y apoyó la cabeza en una mano. Ella hizo lo mismo y él extendió la mano sin poder evitar seguir con un dedo la curva de sus pechos. Ahí tenía menos pecas y la piel era más clara. Isobel se estremeció.

—¿Tienes frío? —murmuró él acercándose más.

—Antes me has preguntado si había sido demasiado duro para mí —dijo Isobel con parsimonia.

—Sí, lo siento, no sé lo que me ha pasado.

Ella acababa de volver a casa de un viaje horrible. Los recuerdos de lo que le había ocurrido a su abuelo debían de haberla alterado y él se había comportado con ella casi como un animal durante el sexo, cuando tal vez lo que más necesitaba por encima de todo era ternura y cercanía.

—No, no quiero decir eso, sino todo lo contrario.

Sus ojos parecían enormes en su pálido rostro, grandes y grises, y sus pestañas eran las más densas que él había visto. No parecía alguien que acababa de pasar dos semanas en África, sino una sílfide que bailara por las noches bajo la luna.

Isobel pareció dudar un momento antes de decidirse a seguir hablando.

—Creo, no, más bien estoy segura de que necesito algo más que sexo normal para excitarme de verdad. No tiene que ver con ninguna otra persona, solo conmigo. Cuando fuiste..., no sé cómo decirlo..., cuando fuiste duro conmigo, eso me excitó muchísimo.

—No estoy seguro de que entienda del todo lo que me estás diciendo —dijo él creyendo que la había interpretado mal—. ¿Qué significa exactamente «sexo normal»?

Ella respiró hondo y miró a su alrededor hasta que al final bajó la vista. Se puso a hablar sin mirarle: ya era bastante difícil hablar de aquello como para, además, tener que mirarle a los ojos.

—Resulta difícil de explicar... Ocurre algo cuando yo... Cuando tú... Oh, es muy difícil.

Se retiró el pelo con un gesto de frustración y se sentó con las piernas cruzadas. Cogió una manta, se la puso sobre los hombros y Alexander, decepcionado, no se atrevió a protestar. No tenía que sentarse y taparse con mantas, sino tumbarse desnuda en sus brazos; todo lo demás era una pérdida de tiempo. Pero le interesaba saber qué sería aquello sobre lo que le resultaba tan difícil hablar. Isobel entrelazó los dedos y suspiró profundamente.

—No puedo explicarlo. Pero cuando alguien toma el control, cuando me abrazas así, es como si yo... —Se rascó la cabeza una y otra vez hasta que el cabello la rodeó como un halo enredado—. Me parece que no soy capaz de hablar de ello. ¿Podemos olvidar lo que he dicho?

¿Qué? ¿Olvidar que a ella no le excitaba el sexo normal? No era nada fácil.

—¿Qué quieres decir? Cuando yo te sujeto... —dijo él intentando ayudarla.

Ella suspiró.

—Me gustó la sensación cuando me sujetabas las muñecas, ¿vale? Me gustó mucho. Me excito solo de pensarlo. Me da vergüenza, pero es así. Para mí no fue demasiado violento.

—Tenía miedo de hacerte daño.

—Y yo me excité mucho cuando me di cuenta de que tal vez me saldrían hematomas por la presión de tus dedos. Bueno, ya está dicho. Ya lo sé. Es un trastorno. Estoy trastornada.

—¿Quieres decir que te gustaría llegar más lejos de donde lo hicimos?

Ella guardó silencio y miró la manta. Toqueteó un hilo que estaba suelto.

—Sí, más lejos.

Él había practicado juegos sexuales con mujeres, por supuesto. Unos grilletes rosa, decir guarradas, pero no parecía que Isobel se refiriera a esas pequeñas travesuras.

—Es la única forma de relajarme —añadió—. Es como si por una vez se hiciera el silencio en la mente. Estoy aquí y ahora, por completo presente. No en lo que ha sido. No en lo que va a venir más adelante. Solo aquí. No sé qué sienten las demás personas durante el sexo. Nunca se habla de esas cosas, en especial las mujeres. Solo sé que para mí es así. Pero no hablo de ello. Solo lo había hecho una vez antes que hoy.

—¿Cuándo fue? —preguntó él, porque de todo lo que daba vueltas en su cabeza era la única pregunta que se le ocurrió. Estaba muy aturdido en ese momento.

—Hace diez años. Once, tal vez. Yo tenía veinte.

—¿Qué ocurrió?

—Era muy inmadura a los veinte años, al menos respecto a los chicos. No tuve novios ni una adolescencia emocionante. En el aspecto sexual era ignorante hasta el ridículo. Tal vez debido a ello nunca me identificaba con aquello que las otras chicas hablaban respecto a los chicos y el sexo y lo que les gustaba. Entonces empecé la carrera de medicina y encontré al hombre de mi vida. Era mayor que yo. Y yo no sabía diferenciar las fantasías de los verdaderos deseos. Era inexperta, insegura y me enamoré de él como una estúpida. De la manera en que te enamoras la primera vez. Parecía que quisiera hacerlo todo con él. Se lo contaba todo, mis fantasías oscuras, por ejemplo. A él eso le excitaba muchísimo y enseguida quería probarlas. Decía que todos los hombres soñaban con dominar mujeres, que es lo natural, que me iba a dar lo que yo quería. Creo que todo sucedió de manera demasiado precipitada para mí. No fue en absoluto como me había imaginado. Me daba pánico, lloraba. Él creía que yo fingía, así que seguía hasta que estaba totalmente histérica. Después me reñía y me decía que reaccionaba de un modo exagerado. Que era culpa mía. Que era una tonta.

Isobel se encogió de hombros, como si no valiera la pena hablar de eso, pero Alexander percibió en su tono de voz que se estaba tambaleando.

—Después de aquello me asusté tanto que decidí suprimir esa parte de mí. Y siempre he pensado que él tenía razón, que era yo la que estaba equivocada. Es decir, ¿a qué mujer le gustan esas cosas? Cuando estaba estudiando la carrera se hablaba de eso como de una desviación patológica. Un psiquiatra dijo que era un trastorno mental, que se debía a algo que te había pasado.

—¿Te ha ocurrido algo parecido alguna vez?

Isobel negó con la cabeza.

—No, estoy segura de que es algo innato.

—¿Quién era él? —preguntó Alexander.

Lo que ella había descrito era prácticamente un caso de abuso sexual. Pero fue consciente de cuál iba a ser la respuesta en el mismo instante que formuló la pregunta.

—Lo conoces. Es Sebastien —confirmó ella—. Cuando terminamos me quedé destrozada.

«Qué hijo de puta.»

—Decidí que aquel era un camino equivocado para mí. Prefería el sexo vainilla normal que volver a pasar por aquello. Nunca he hablado de este tema después de Sebastien.

En cambio, has tenido una vida sexual insatisfactoria desde entonces y te has matado a trabajar para ayudar a todo el mundo.

—Me ha sentado bien contarlo —dijo ella.

—Gracias —respondió él en voz baja.

Isobel lo miró y vio vulnerabilidad en cada uno de sus músculos y movimientos. Alexander se incorporó y observó su bello rostro. Tenía una peca justo debajo de un ojo y la nariz más recta del mundo. La besó suavemente, con cuidado, como si fuera la última mujer que iba a besar, como si quisiera tomarse todo el tiempo del mundo.

Comenzó como un beso amable y tierno, pero la respuesta de ella fue apasionada y a toda velocidad se convirtió en otra cosa, algo más salvaje y primitivo. Isobel se retorció debajo de él y movió su cuerpo de modo que rozó el de Alexander en mil sitios a la vez. Él le quitó la fina ropa interior, la mordisqueó, la acarició y empezó a excitarla, a tantear. Cuanto más duro se mostraba, más gemía ella, y cuando la tumbó en la cama vio el brillo de sus ojos. Vio lo que ocurría. Que ese control, tan propio de ella, se empezaba a desvanecer y en su lugar aparecía algo distinto, una Isobel más dócil, de mirada suave y cuerpo ardiente. Dios, ¿estaba mal que le excitara eso? Pero resultaba tan increíblemente atractivo que ella, anhelante, se sometiera de repente a él. Toda la fuerza que la caracterizaba quedaba a un lado y la reemplazaba esta otra actitud.

—Ponte boca abajo —ordenó él.

Sin decir una palabra, ella obedeció sus órdenes. Él rasgó el envoltorio de un preservativo, se lo puso y luego le cogió las manos, se las unió a la espalda y mantuvo las muñecas presionadas contra sus riñones. La oyó suspirar y gemir, y entonces le separó las piernas con las rodillas.

—Sí —gimió ella.

Isobel acababa de tener un orgasmo y aún estaba cerrada y caliente, pero él empujó y la penetró con tal fuerza que habría podido decirse que era cruel y despiadado, si ella no hubiera jadeado encima de las sábanas. Tiró de sus muñecas y continuó, peligrosamente cerca de perder el control, penetrándola cada vez con más ímpetu, obligando al cuerpo de Isobel a que recibiera su miembro, presionándola hasta que ella se notó llena.

Le introdujo una mano por debajo y la abrió más aún para poder penetrarla aún más.

—Oh, Dios —gimió ella.

—Acarícíate —ordenó a la vez que le dejaba una mano libre. Al ver que ella no podía tocarse bien, la incorporó y la puso de rodillas—. Acarícíate, Isobel —repitió.

Ella se metió los dedos entre las piernas, empezó a acariciarse y Alexander subió la mano que ya no le sostenía la muñeca hacia la nuca de ella y la agarró con fuerza. Notó el temblor de sus muslos, cómo su cuerpo se agitaba y empezaba a apretarse contra él, y después sintió que ella tenía un orgasmo de una intensidad increíble.

—Isobel.

Eso fue todo lo que él pudo decir mientras el cuerpo de ella se sacudía bajo el suyo temblando. Alexander apoyó ambas manos en las caderas de ella, la agarró con fuerza y después la poseyó de una manera casi brutal. Poco después se corrió y sintió uno tras otro los violentos espasmos del orgasmo, hasta que Isobel se derrumbó y él cayó encima de ella.

Había sido sublime.

Con las últimas fuerzas que le quedaban, Alexander se apartó de ella y se tumbó a su lado. Se dio cuenta de que la cama estaba revuelta como si allí hubiera tenido lugar una guerra.

Se quedaron uno al lado del otro, jadeantes, llenos de sudor y de sexo. Él se puso un brazo sobre la cara: necesitaba evadirse del mundo mientras se recuperaba.

—¿Estás bien?

Se sobresaltó y se volvió hacia ella abriendo los ojos. Debía de haberse quedado dormido un momento. Isobel lo miró, con ese aspecto relajado que solo produce un verdadero orgasmo. Sus rasgos faciales se habían suavizado y no se notaba ninguna tensión. Parpadeó con lentitud y poco a poco fue apareciendo una sonrisa en su cara.

—Sí. ¿Y tú?

—Muy bien. Estabas muy serio.

—Para nada. Quédate aquí e iré a buscar algo de beber —dijo él, consciente de que intentaba no mostrar esa extraña sensación que se estaba apoderando de él poco a poco.

Alexander se levantó, buscó la cocina y abrió el frigorífico, que, por supuesto, estaba vacío. Se sirvió un vaso de agua y se quedó allí un momento. Luego volvió a donde estaba ella y le dio el vaso.

—Voy a bajar un momento a la tienda —dijo.

Ella se bebió el agua y lo miró sin decir nada. Él evitó su mirada, se vistió y bajó al 7-Eleven que había en los bajos del edificio. Compró café, mantequilla y queso, además de una tableta de chocolate, un zumo y una barra de pan blanco. Luego cogió una caja de galletas y se quedó esperando mientras el cajero lo guardaba todo en una bolsa y se lo entregaba.

Cuando subió las cosas, las guardó y al final volvió a la habitación. Isobel parecía estar agotada. Había pasado diez días en la misión, había sido evacuada, había tenido una sesión de sexo duro y le había contado sus secretos más oscuros. No era extraño que no le quedaran fuerzas.

Se había acostado en la cama, de lado, con la mano debajo de la barbilla y el pelo desgreñado a su alrededor.

—¿Estás seguro de que todo va bien? —preguntó ella en voz baja.

—Claro que sí —dijo él, y se metió en la cama a su lado, totalmente vestido.

—¿No te vas a quitar la ropa?

—Enseguida —dijo él acariciándole el hombro.

—¿Qué has comprado?

—Pan. Café. ¿Quieres que te prepare uno?

Ella negó con la cabeza y bostezó.

—Ahora no, estoy muy cansada.

—Duerme entonces, yo lo guardaré todo —dijo, aunque ya lo había hecho.

Isobel cerró los ojos y apoyó la mejilla contra su pecho.

Alexander esperó hasta que notó que su respiración era regular y luego aguardó un poco más para estar seguro de que dormía profundamente antes de bajarse de la cama. Se quedó de pie mirándola, pero ella no se movió; dormía como un bebé.

Se duchó, se vistió, cogió sus gafas de sol y su móvil, y se quedó de pie en el pasillo. Indeciso.

Nunca se había sentido así. Primero aquella sensación tan visceral durante el sexo. Había sido una especie de droga. Su cuerpo se había disparado completamente, su mente iba a una velocidad desconocida. Era como si hubiera estado de manera temporal en un mundo paralelo con ella, un lugar donde no importaban sus creencias habituales. Había sido más que embriagador. Después todo había pasado casi con la misma rapidez pero había dejado algo... Algo que ahora, una vez experimentado y a falta de un modo mejor de expresarlo, podría llamar estado de shock.

Lo que le había hecho a ella...

Iba en contra de todo lo que creía.

No era él. Era otra persona. Un hombre que no le gustaba, que no podía soportar.

Lo que había hecho estaba mal.

Y Alexander ahora era consciente de dos cosas.

Esa noche, Isobel y él solo habían rascado la superficie de lo que ella quería de la vida. De lo que necesitaba. Quería más, necesitaba más.

Y él no iba a ser capaz de dárselo.

39

«No debería haberle dicho nada.»

Las palabras se abrieron paso en medio del sueño y despertaron a Isobel. «No debería haberle dicho nada.»

Estaba sola. El otro lado de la cama estaba vacío y cuando se acercó de puntillas a la cocina vio una nota que decía:

> Gracias por lo de ayer.
> Tengo mucho que reflexionar. Te llamaré, ¿de acuerdo?
>
> A.

Cerró los ojos y se pasó la mano por la cara. No tendría que haberle dicho absolutamente nada. Ya lo había advertido en Alexander; esa misma noche se dio cuenta de que le había impactado. No resultaba extraño, incluso a ella le había impactado un poco. Había revelado lo único que se prometió a sí misma que no le diría nunca a nadie más. Tendría que haberse dado cuenta de que aquello iba a ser demasiado para él. Y también para ella, por supuesto. Era evidente que se había asustado. ¿Cómo había podido ser tan tonta?

Isobel conocía la respuesta. Después de tanto estrés, estaba desequilibrada. El peligro, unido a la evacuación de Chad en medio de todo aquel pánico, había hecho que ella bajara la guardia. Y la sensación de haber sobrevivido a un grave peligro podía desencadenar graves comportamientos compensatorios. Lo había visto a menudo. Las personas que habían estado cerca de la muerte se sentían agradecidas por vivir, querían vivir. Buscaban intimidad, y esta cercanía conducía de modo indefectible al sexo. ¿Cómo había podido ceder ella a algo tan primitivo?

El sexo no la definía como persona, eso lo tenía claro. Tras un par de días de recuperación volvería a ser la misma de siempre. Durante la mayor parte de su vida adulta había ido tirando con sexo aburrido y normal, así que no entendía por qué había sido tan estúpida, y menos con Alex. ¿Solo porque él le había proporcionado algunos de los mejores orgasmos de su vida? Un orgasmo duraba unos segundos. Aquello no valía la pena.

La vergüenza.

«No tendría que haberle dicho absolutamente nada.»

En la mesa de la cocina había un paquete de café sin abrir y una bolsa con pan blanco, unas galletas Maryland y una tableta grande de chocolate. Cuando abrió el frigorífico, vio que dentro había mantequilla, queso y zumo de naranja de una marca de calidad.

Apoyó la cabeza contra el frigorífico. No sabía qué pensar ni qué sentir. Todo era un caos.

Se tomó un café y cortó varias lonchas finas de queso, que enrolló y se comió antes de abrir el paquete de galletas. Lanzó una mirada rápida al teléfono.

Pero el sábado pasó sin que Alexander llamara. Y el domingo por la tarde, cuando todavía no había tenido noticias suyas, bajó a la tienda, compró helado y sirope de chocolate y se lo comió sentada en el sofá delante del televisor.

«Te llamaré.»

Vale, pero ¿cuándo?

Estaba trastornada, muy trastornada. Y había ahuyentado a Alexander para siempre. Buen trabajo, doctora Sørensen.

El lunes por la mañana Leila la despertó con una llamada.

—Tienes el día libre. Iré a buscarte para que comamos juntas.

Isobel refunfuñó. Su primer impulso fue decir que no. No tenía ganas de ducharse ni tampoco de hablar.

—Te recogeré a las once y media —indicó Leila antes de colgar.

Y como le resultaba más complicado llamarla para decirle que no quería que se vieran, a las once y media en punto estaba esperándola en Vasagatan. Un coche deportivo negro con la capota bajada y el famoso jaguar en el capó llegó a toda velocidad y frenó en la parada del autobús que se encontraba delante de la puerta de Isobel.

—¿Qué te parece? —dijo Leila con una mueca.

Isobel abrió la puerta.

—¿No me digas que todo el dinero de Medpax se ha destinado a esto?

Leila resopló.

—Se lo he pedido prestado a Eugen. Mi sueldo en Medpax apenas alcanza para unos zapatos decentes.

Isobel se montó en el coche y Leila arrancó derrapando justo cuando el conductor del autobús que estaba detrás de ellas tocaba el claxon. Leila hizo un ilegal y vertiginoso giro en U y el Jaguar salió volando del centro.

—Has adelgazado —afirmó Leila, mirando de reojo a Isobel antes de cambiar de carril y adelantar a un camión que le hizo señales con las luces largas.

Isobel se cogió al asidero de la puerta.

—Es una ilusión óptica. Llevo tres días alimentándome a base de helado.

—Lo que necesitas es auténtica comida persa. Las mujeres persas tenemos unos cuerpos perfectos gracias a lo que comemos.

—¿Supongo que no será uno de esos restaurantes en los que hay que sentarse en el suelo?

Isobel no tenía en realidad ningún interés en ir a comer a un restaurante de las afueras; quería seguir tumbada en el sofá de su casa comiendo helado. Un 7-Eleven abierto toda la noche y un sofá cómodo era todo lo que necesitaba una mujer. Y además no quería ir en coche con Leila. ¿Quién lo hubiera dicho? Esa mujer conducía como un ladrón de coches bajo los efectos del crack.

—No. Podrás sentarte a la mesa. ¿Qué te pasa?

—Tengo una aversión natural a la muerte. He estado en algunos de los países más peligrosos del mundo y nunca he tenido un accidente de coche. Te agradecería que no me matases de camino a Sollentuna.

Se tocó el cinturón de seguridad para verificar que lo llevaba bien ajustado mientras Leila tomaba una curva muy por encima del límite de velocidad.

—Enseguida llegamos —dijo Leila—. En la autovía sí que voy a exprimir a este bicharraco.

Isobel entornó los ojos. Si sobrevivía a eso prometía que sería mejor persona.

—¿Quieres contarme qué tal fue? —preguntó Leila cuando se sentaron.

El restaurante estaba pintado con colores claros, las sillas eran rojas y los olores que procedían de la cocina resultaban apetitosos. Tal vez no era tan mala idea comer algo que no fuera azúcar y grasas trans, pensó Isobel.

—En realidad ha ido como siempre.

Se sirvió unas berenjenas sobre el pan recién horneado y se lo llevó a la boca. Leila había reservado una mesa en la que habían colocado unos pequeños aperitivos y a Isobel de repente le entró hambre.

—Me refiero a lo demás, dejando de lado la guerra de la que fuiste evacuada —señaló Leila mirándola por encima de la mesa del modo más penetrante que pudo.

—Sabes que no es la primera vez que me sucede. He pasado cosas peores.

Leila le dirigió una mirada penetrante que Isobel evitó.

—Aparte de eso, ¿qué sientes al volver a casa? Sé que puede resultar difícil.

La gente solía pensar que era muy agradable volver a casa, que era un alivio regresar a una sociedad que funciona bien. Pero la verdad era mucho más compleja. Te ibas con tantas ideas de cambiar las cosas. Volvías a casa y te dabas cuenta de que solo habías arañado un poco la superficie. A pesar de que esta última vez no había estado mucho tiempo fuera de Suecia, seguía costándole aterrizar. Era difícil acostumbrarse a ver a los niños en las calles, limpios y seguros, a que la gente fuera de compras y gastase dinero como un hobby. A pagar sin dudarlo cincuenta coronas por una taza de café, una cantidad que podía marcar la diferencia entre la vida y la muerte en otra parte del mundo que compartimos. A que la gente se quejara en las redes sociales del tiempo y otras cosas sin sentido mientras había niños que morían sin que nadie se preocupara por ellos.

—Intento cuidar de mí misma —respondió.

En el fondo pensaba que le gustaría superarse. Los médicos que no lo hacían se volvían cínicos y hastiados. Le daba pánico llegar a convertirse en uno de ellos, el típico médico de campo que ha perdido la fe en la posibilidad de cambiar las cosas, por pequeñas que sean, y de mejorarlas.

—Alexander estaba preocupado por ti. ¿Habéis hablado?

—Mmm —murmuró Isobel mientras se estiraba para alcanzar un plato de yogur e intentaba evitar la aguda mirada de Leila.

«Hemos hablado. Entre otras cosas.»

—¿Qué pasa, Isobel? Ya sabes que si ha ocurrido algo me lo puedes contar.

La voz de Leila inspiraba tanta confianza que Isobel vaciló. ¿Sería tan peligroso preguntar y pedirle consejo acerca de cómo resolver la confusión que reinaba en su interior? Sin embargo, no creía que sirviera de nada hablar de sus sentimientos. Mejor dicho, pensaba que podía ser útil para otras personas, las que eran normales. Ella no hablaba de sus sentimientos porque era un bicho raro. Lo sabía desde que era una adolescente. Se fue dando cuenta poco a poco de que se le ocurrían fantasías e ideas que otras chicas no parecían tener. Pero era una friqui que «funcionaba bien». No suponía una carga para nadie. Salvaba vidas y no le hacía daño a nadie. No importaba cómo se sintiera por dentro mientras no dijera ni hiciese nada mal.

—¿Cómo van las cosas por el hospital? —preguntó cambiando de tema.

Era una pregunta sin sentido, puesto que ella misma había hablado con Idris por la mañana temprano. Él había pillado un buen resfriado pero por lo demás todo estaba bien.

—Se han estabilizado. ¿No sabes que controlar tu estado de ánimo forma parte de mis responsabilidades?

Eso era lo malo de los psicólogos brillantes: no se los distraía con facilidad.

—Me encuentro bien, no te preocupes.

Leila se quitó las gafas de sol, les echó el aliento y las limpió con una servilleta.

—Pues mi trabajo consiste precisamente en preocuparme.

¿Leila no parpadeaba nunca o aquello era solo producto de su imaginación? Todo el mundo parpadeaba, ¿no? Un promedio de quince veces por minuto, si Isobel lo recordaba bien.

—Sé que te resulta difícil confiar en la gente —continuó Leila cuando llegó a la mesa el plato principal: cuencos y fuentes con comida humeante y frescas guarniciones.

—No es cierto —replicó Isobel mientras llenaba su plato de arroz con azafrán, un guiso con espinacas y una salsa de yogur que olía a ajo—. Confío en todo el mundo, pero no es culpa mía que la mayoría de la gente sea tan poco fiable.

—Yo solo deseo tu bien, supongo que lo sabes. —Isobel asintió—. Y te prometo que no podrías sorprenderme aunque lo intentaras. Nada de lo que puedas decir haría que te despreciara, que pensara peor de ti.

—¿Ni siquiera si eso demostrara que soy una mala persona?

—Tú no eres una mala persona.

Isobel negó con la cabeza. Odiaba ese tipo de frases que no querían decir nada.

—Hace ya casi dos años que nos conocemos, pero hay muchas cosas de mí sobre las que no sabes nada.

—Seguramente sé más de lo que crees. Pero ¿por qué hay ser bueno o malo, un extremo o el contrario? Las personas son complejas, la mayoría de nosotros somos tanto una cosa como la opuesta. Es imposible ser de una sola manera.

—No estoy de acuerdo. Hay una frontera entre ser bueno y ser malo, y no siempre se puede elegir.

Leila sonrió.

—Ahora estás hablando de cómo deberían ser las cosas, no de cómo son. ¿Crees de verdad que eres una mala persona?

—Acabas de decir que todos somos buenos y malos.

—¿Por qué crees que eres mala? —le preguntó Leila mirándola fijamente a los ojos.

Isobel tenía la boca llena de comida. Leila esperó hasta que su interlocutora se la tragó y se limpió la boca.

—Tienes razón, no me gusta mostrarme a los demás.

—Has elegido una palabra muy interesante.

—Si dices cosas, la gente puede utilizarlas contra ti. ¿No vas a comer más?

—Dejo de comer cuando me siento llena en un setenta y cinco por ciento. ¿Qué pensarías si pusiera en duda tus palabras? ¿Si dijera que la gente no quiere utilizar automáticamente tus secretos y habilidades contra ti?

—Pensaría que has realizado un curso acerca de cómo hablar con médicos difíciles.

—Sí, fue un curso muy útil —admitió Leila con una sonrisa—. ¿Qué temes que pueda suceder?

«Que la gente se dé cuenta de lo mala que soy en realidad.»

La idea surgió sin ninguna intención. Ella tenía fantasías sobre cosas que no debían gustarle a ninguna mujer. ¿A qué mujer moderna y normal podían excitarle aquellas cosas? No, ella estaba trastornada, y si Leila lo supiera, le daría la razón. Tal vez no de manera abierta, porque era demasiado profesional, pero sí en silencio, para sí misma. Y entonces Isobel se quedaría allí desnuda, desprotegida, avergonzada.

—No tengo miedo, Leila. Y no quiero hablar más sobre este tema. ¿Está incluido el postre? Si muriera en el camino de regreso, al menos quisiera haberlo hecho después de tomar un café.

Cuando Leila la dejó en la puerta de su casa, Isobel se quedó de pie delante de la misma con la llave en la mano. La conversación la había sacado de una especie de estupor. Era una mujer independiente, una médica cualificada y una colaboradora de confianza. Pero también era un estereotipo ambulante. Una chica aplicada que basaba su autoestima en los resultados. Una mujer adulta que a los treinta y un años todavía necesitaba continuamente la aprobación de su madre.

Y no lo conseguía nunca.

Isobel miró a su alrededor. Estaba llegando el verano. Estocolmo estaba en flor y se empezaban a ver los primeros turistas. Las calles y las terrazas estaban llenas de gente hasta altas horas de la noche. Basta de autocompasión, lo había decidido. Esa noche pensaba salir, no iba a quedarse en casa deprimiéndose. La vida de campaña le había enseñado a valorar a las personas que cumplían sus promesas. La bondad, la lealtad y la estabilidad era lo mejor que conocía. No los hombres que se largaban cuando las cosas se complicaban. Se arreglaría un poco, se tomaría una copa y conocería a hombres, a un montón de ellos. Porque si el cuerpo quería vivir, era el momento de que lo hiciera. Abrió la puerta y subió rápidamente a su apartamento.

Un plan fantástico, si estaba permitido decírselo a ella misma.

40

Alexander había hecho muchas cosas en su vida de las que no se sentía orgulloso. Demasiadas. Pero nunca le había hecho daño a una mujer físicamente. Siempre se había caracterizado por ser un hombre que no maltrataba a las mujeres.

No quería serlo.

Los hombres que maltrataban a las mujeres eran lo peor de lo peor. Nunca se había dejado intimidar. Nunca le había excitado ser agresivo o dominante. Nunca.

¿O sí?

Puso los pies encima del escritorio de su recién decorado despacho. Miró las paredes vacías.

No podía decir que no le hubiera agradado.

Sí que le había gustado.

¿Qué demonios decía eso de él?

¿Significaba que era como Peter?

Probablemente lo peor que Alexander podía pensar de sí mismo era que hubiera alguna similitud entre su hermano mayor y él. Peter había violado a una mujer. La forzó contra su voluntad. Le produjo un daño terrible.

Cuando Alexander se enteró, lo hubiera matado.

Y ahora él estaba en esa situación. Se había acostado con una mujer. La había forzado en la cama, la había poseído como si fuera un animal. Sin embargo, había sido el mejor polvo de su vida.

Recostó la silla hacia atrás y se quedó mirando el techo. Era tan... ¿desconcertante? ¿Estremecedor?

Sonó el teléfono. Alexander enderezó la silla y echó un vistazo a la pantalla. Era Romeo. Llevaba casi tres días dándole vueltas a lo que había pasado. Tal vez era el momento de contárselo a alguien.

—Has desaparecido de Nueva York —dijo Romeo a modo de saludo—. ¿Dónde estás?

Alexander no le había dicho nada de la posible guerra en Chad, solo había actuado por impulso y había desaparecido de repente sin previo aviso.

—En Estocolmo, perdona que desapareciera. ¿Cómo estás?

—He pasado el fin de semana con mi familia, así que estoy un poco cansado.

Romeo era el benjamín de cinco hermanos. Sus padres eran católicos profundamente creyentes, y sus hermanos eran bomberos, corpulentos y heterosexuales. Romeo solía volver de las reuniones familiares con un gesto desolado y alicaído.

—Lo siento.

—Sí. ¿Sabías que hay un círculo especial en el infierno para los sodomitas?

—Si los creyentes dedicaran más tiempo a ser tolerantes no tendrían tanto tiempo de regodearse en la vida privada de los demás —dijo Alexander.

—Yo puedo hablar mal de mi familia pero tú no, *capisce?*

—*Sorry*. Tengo que hablar contigo de una cosa. ¿Te va bien hacerlo ahora?

—Tengo un rato antes de que el diablo venga a reclamar mi alma. Dispara.

—¿Has practicado el *bondage* con alguna de tus parejas?

—Defíneme *bondage*.

—Todo lo que no es sexo vainilla.

—Sabes que me acuesto con hombres, ¿verdad? Eso no tiene nada de sexo vainilla.

—Si tú lo dices...

—¿Te refieres al uso de fustas e inmovilización?

—Tal vez. Sí, supongo.

—Pero ¿por qué me lo preguntas a mí? ¿No lo has experimentado nunca en ninguna de tus relaciones? Perdona que te lo diga así, pero eres la persona más promiscua que he conocido jamás.

—Adelante, no te cortes.

—Solo me ha sorprendido. Creía que ya lo habías probado todo.

—No se ha dado la ocasión. Tal vez no estaba receptivo. Pero la mayoría de las mujeres no está tan interesada como crees en que les den una azotaina y las aten mientras estás follando.

—Si tú lo dices. Yo no me he acostado nunca con una mujer, así que no lo sé. ¿Hasta qué punto es frecuente?

—A fin de cuentas, parece bastante habitual.

Alexander había usado la misma técnica que utilizaba siempre que quería superar algo: estudiar el tema. Se había pasado todo el fin de semana leyendo, tanto en voz alta como en voz baja; había consultado distintos foros de debate, había leído artículos, había seguido los temas de discusión.

—Pero ¿qué es exactamente lo que quieres saber? Porque supongo que no se trata de una discusión teórica, sino que estamos hablando de tu Isobel, la doctora, ¿verdad?

—Ella no es *mi* Isobel.

Romeo se quedó un rato en silencio, pensando.

—Esto no es propio de ti —dijo al final—. Suenas distinto, como si estuvieras preocupado. Pero no puede ser. Nunca tienes dudas cuando se trata de mujeres. ¿Qué ha ocurrido?

—Me contó ciertas cosas. Me dijo lo que le gustaba. Y yo me quedé alucinado.

—¿Cómo?

—Follamos el fin de semana. El sexo fue duro. Después me entró el pánico y me fui de su casa.

—¿Te fuiste?

—Sí, volví a mi piso.

—Ah, ya. ¿Y a ella qué le pareció?

—No hemos hablado desde entonces.

—Pues no lo entiendo. ¿No te gustaba esa mujer?

—Claro que sí.

—Entonces ¿no habría sido mejor que te quedaras?

—Suena razonable. Maldita sea, no sé si podré manejar la situación.

—¿Resultaría más fácil si solo fuera sexo?

—Sí.

—¿Y no lo es?

—No.

A Alexander le gustaba Isobel y además sentía algo por ella. En su ventilado piso hacía más bien fresco, pero empezó a sudar de repente.

—Vosotros los heteros siempre tenéis que complicarlo todo —dijo Romeo en un tono divertido, por no decir malicioso.

—Estoy casi seguro de que eso no es exclusivo de los heteros.

—Tal vez no, pero Alessandro, he esperado diez años a que te enamores; puedes resultar bastante insoportable cuando hablas de los problemas amorosos de los demás como si se tratase de entretenimientos menores. Si te gusta Isobel, estoy seguro de que puedes encontrar un modo de darle lo que necesita. ¿O estás en contra del sexo duro? Si es así, voy a tener que sentarme; no podría soportar más sorpresas por hoy.

Alexander quería creer a Romeo y pensar que aquello no era nada raro. Sin embargo...

—Pero hacer daño a una mujer...

—Sí, debe de ser complicado en el plano emocional. ¿Te refieres a que tendrías que hacerlo contra su voluntad?

—¿Estás loco? No haría eso nunca.

—Pues precisamente es eso lo que quiero decirte. Se trata de algo que ella quiere. Tendrás que aclararte las ideas.

Si Alexander era realmente sincero consigo mismo, debía reconocer que había una parte oscura en su interior que se excitaba ante la idea de una Isobel sumisa que le dejara hacer lo que quisiera con ella. Pero ¿y si actuaba mal? ¿Y si iba demasiado lejos y le hacía daño? ¿Y si perdía el control? El miedo era paralizante.

—No sé si seré capaz.

—Siempre puedes confiar en tu intuición. Y tú... digamos amplia experiencia con las mujeres. Alex, eres uno de los tipos más legales que conozco. Eres consciente de ello, ¿no?

Alexander se echó a reír.

—*Yeah, right.*

—Estoy hablando en serio. He conocido a muchas personas malas y tú no eres una de ellas. Si tuviera que poner mi vida en manos de alguien, ese serías tú.

Alexander no estaba del todo seguro de querer tener la vida de alguien en sus manos.

—Oye, una cosa más.

—Dime.

—Ni se te ocurra practicar ese tipo de sexo conmigo. Conmigo tienes que ser bueno.

—Que te den.

Aquella tarde Alexander se decidió finalmente. Con una taza de café en la mano le envió un mensaje a Isobel.

> Hola, disculpa que desapareciera. Me gustaría mucho que habláramos. ¿Estás ocupada?

Esperó un rato.

No estaba acostumbrado a ello.

Tamborileó con los dedos. Le envió otro SMS.

> ¿Te encuentras bien?

Dos mensajes de texto seguidos era algo aceptable. Más de dos ya era patético.

¿O no? No se lo había planteado nunca. Solía llamar a las mujeres, contestaran o no, y por lo general obtenía la respuesta que quería. Aunque a veces no. Entonces seguía adelante con su vida. Sin pensárselo.

Continuó esperando y esperando. ¡Mierda!

Había abandonado a Isobel después de que ella le contara su secreto más oscuro. Se había acostado con ella recién llegada de una guerra. Luego la había abandonado, sin decirle nada, como si ella fuera un ligue sin importancia.

Debía de estar furiosa. Y con razón. Él era un cerdo, un... Oyó el aviso del teléfono.

Un mensaje de ella. Contuvo la respiración y lo leyó:

> Todas las constantes vitales siguen como deben estar. ¿Y tú?

Espiró, con un largo suspiro de alivio que debió de llegar al centro de la ciudad o dondequiera que ella estuviera. Si se ponía en contacto con él, tal vez no le odiaba. A pesar de expresarse en un lenguaje de médico. Él respondió al instante:

> Me gustaría verte.

Oh, Dios, cómo la echaba de menos. La respuesta no llegaba. Esperó y esperó.

Inquieto, se puso a dar vueltas por el apartamento. Estaba a punto de ignorar su dignidad y llamarla, cuando volvió a oír el teléfono.

> A mí también me gustaría verte.

Nunca había sudado esperando un SMS. Tendría que ducharse después de aquello. Preguntó:

> ¿Esta noche?

Esta vez la respuesta le llegó al instante.

> Lo siento. Voy a salir.

Pero ¿qué demonios? Él quería verla enseguida. Y no le gustaba que saliera. ¿Con quién iba a hacerlo? ¿Por qué habría esperado tanto? Sin embargo, a pesar de que todo ese asunto de los celos era completamente nuevo para él, Alexander no era tan estúpido como para no entender que él no tenía nada que hacer con respecto a quién y a dónde iba Isobel. Le envió un mensaje.

De acuerdo. ¿Hablamos mañana?

Recibió la imagen de un pulgar hacia arriba como respuesta. Nada más. Aunque aquello era más de lo que se merecía.

Se quedó mirando la pantalla y revisó todos los mensajes que se habían enviado. Esperaba que ella lo llamara, aunque era consciente de que no lo haría. Cuando oyó el teléfono, el sonido le atravesó como una descarga, pero solo había recibido una foto de Åsa. Ella y Michel estaban de luna de miel en isla Mauricio y parecían asquerosamente felices. Apagó la pantalla del móvil y encendió el ordenador. Se sumergió un rato en el trabajo, echó un vistazo a unos planes de negocio que le había enviado su asesor fiscal neoyorquino, escribió sus puntos de vista al respecto en un correo electrónico y luego entró en las páginas más oscuras de internet. La red era una especie de cuerno de la abundancia para los que querían documentarse acerca del bondage.

A las diez oyó que su teléfono sonaba de nuevo. Antes de mirar la pantalla terminó de leer un artículo que daba diez consejos para principiantes acerca de cómo atar a tu pareja.

Estamos en el Beefeater Inn. Götgatsbacken. ¿Puedes venir?

Alexander volvió a leer el mensaje de Isobel: temía haberlo malinterpretado. Sí que podía. No había nada que quisiera más que ir a su encuentro, dondequiera que ella estuviese. Y fuera lo que fuese el Beefeater Inn.

Se puso la chaqueta, le envió un mensaje diciéndole que iba de camino y en cinco minutos estaba montado en un taxi.

Una vez dentro del bar miró a su alrededor. Era uno de esos sitios que hay a la vuelta de cualquier esquina para bailar y pasar el rato. No había estado allí antes, ni tampoco hubiera entrado nunca en un lugar así.

Olía a cerveza rancia y a patatas fritas. Había plantas de plástico llenas de polvo en las esquinas y unos bancos verdes de piel sintética pegados a las paredes.

—¡Aquí! —gritó Isobel haciéndole un gesto con la mano desde una mesa que estaba en un rincón, al fondo del local.

Cuando se acercó, ella lo miró con una gran sonrisa.

Tenía los ojos brillantes y enrojecidos. La mesa estaba atestada de vasos de cerveza, botellas y cuencos con frutos secos. Estaba acompañada de cuatro hombres. Tres de ellos, barbudos y corpulentos.

Y Sebastien Pascal.

Isobel volvió a sonreír igual que antes, pero en esta ocasión Alexander percibió algo más tras su gesto, como si ocultara algo. Se los presentó.

—Sven y Christian son médicos de MSF. Llevamos muchos años trabajando juntos. Øystein es uno de nuestros expertos en logística, uno de los mejores. Estuvimos juntos en Liberia. Y a Sebastien ya lo conoces —añadió después de una espera que le resultó desagradable.

Su voz era completamente neutra, pero las palabras que no pronunciaba se quedaban suspendidas en el aire y sonaban como gritos en sus oídos.

Alexander estrechó la mano a los cuatro hombres, uno tras otro. A Sebastien en último lugar. Le apretó la mano con mucha más fuerza que en Escania. Si le rompía algo, había un montón de médicos presentes a quienes consultar.

Alexander se sentó en la única silla vacía, enfrente de Isobel. Tenía a su derecha a Sebastien, mientras que los demás estaban distribuidos alrededor de Isobel. Alexander no podía apartar los ojos de ella, que sonreía sin cesar, radiante. No era una mujer despechada, sino una reina con su corte: tres caballeros y un tipo que era más bien una víbora.

—Sebastien pasaba por aquí —dijo ella sin darle mayor importancia.

Así que ese hombre era una especie de añadido. Mejor para él.

Se acercó una camarera y encargaron otra ronda. Alexander pidió un botellín de cerveza, se echó hacia atrás en su silla y se puso cómodo. Isobel sacó el móvil, escribió algo rápido y él recibió un SMS:

Es amigo de Christian. Yo no tenía ni idea de que iba a venir.

La miró por encima de la mesa, contento de ser para ella el caballero del caballo blanco.

A Isobel le entró hipo.

«¿Estás borracha?», preguntó mediante señas.

—Mucho —respondió ella, y lo demostró con su sonrisa.

—Alexander, ¿de qué conoces a Isobel? —dijo uno de los superhéroes barbudos.

Había olvidado sus nombres; solo le importaba Isobel.

—Es un príncipe de la jet set internacional. Así fue como nos conocimos —aclaró ella.

Nadie reaccionó ante una respuesta tan ilógica. Cuando Alexander reparó en la cantidad de botellas que había encima de la mesa entendió el porqué. Parecía que todos estaban sufriendo una intoxicación etílica aguda.

—Supongo que sabrás que ella es un mito.

Alexander se quedó mirando el bello y sonriente rostro de Isobel. Ella brillaba dondequiera que estuviese, incluso allí, un lunes por la noche en un sucio pub del sur de Estocolmo.

—No me sorprende —dijo, con la mirada clavada en los ojos grises de Isobel—. Es una de las personas más admirables que he conocido nunca.

Los dos se miraron fijamente por encima de la mesa, y Alexander se dio cuenta de que Isobel era consciente de que él quería disculparse.

—Cuéntamelo —pidió él—. Háblame de la doctora Sørensen, la leyenda.

—Exageran —dijo ella agitando un vaso de cerveza.

—De eso nada. Cuéntale lo de aquella vez que compraste un montón de medicinas en Puerto Príncipe.

Ella negó con la cabeza.

—Me gustaría escucharlo.

—Ja,ja,ja, de acuerdo. Fue después del terremoto. Nos llegaron unos pacientes que se habían envenenado con algo. Resultó que les habían dado medicinas en un centro médico que alguien había abierto aprovechándose de la situación. Mi colega y yo fuimos allí y descubrimos que habían llegado en un envío de medicinas contra el cáncer y que las recetaban para todo. Intentamos comprárselas pero se negaron porque se dieron cuenta de que podían conseguir más dinero de otros. Al final les dije que conocía a Zlatan y que si me vendían las medicinas les conseguiría su autógrafo.

—¿Conocían a Zlatan?

—Vayas adonde vayas, en cualquier parte del mundo, saben quién es Zlatan. Compramos todas las medicinas que tenían y luego nos pasamos un día entero rompiendo las ampollas.

—Dile cómo te fue con Zlatan —pidió el experto en logística, golpeando la mesa con la mano mientras se reía.

—Me puse en contacto con su mánager. Zlatan me envió dos fotos firmadas que después mandé a Haití.

Los barbudos aullaron de la risa y brindaron con tal fuerza que la cerveza salpicó por todas partes.

—¿Así que eso es lo que hacen los de MSF cuando salen? ¿Contar historietas?

—En una de nuestras misiones había una médica que tenía piedras en el riñón. ¿Sabes cómo duele eso?

Alexander asintió.

—Se considera uno de los peores dolores posibles: en una escala del cero al cien está en lo máximo. Duele tanto que literalmente no puedes estarte quieto. Tuvimos que llevarla a un hospital y allí le dijeron que se quedara ingresada, pero ella se negó a hacerlo, ya que no quería ocupar el sitio de otro paciente. Tampoco quería interrumpir de ningún modo la misión y volver a casa, que hubiera sido lo más normal. Nos dieron analgésicos para ella y nos fuimos todos a la cama. Le dijimos que nos despertara cuando tuviera que ponerse la siguiente inyección pero, en vez de llamarnos, dejó que todo el mundo durmiera y se las aplicó ella misma, lo que es tremendo, y al día siguiente intervino en unas diez operaciones.

—Mierda.

—Pero la historia no termina ahí. Pocos días después le sobrevino una grave infección en una herida que ella misma se había tratado con antibióticos y se había vendado. Y después tuvo una neumonía. A pesar de todo eso, se negaba a irse a casa. Eso fue en un campo de refugiados en Irak. Trabajaba todo el día y tosía más que sus pacientes. Al final utilizó una aguja hipodérmica desechada. En esos casos la norma dicta que recibas medicación contra el VIH como medida preventiva. Puedes ponerte muy mal con ese tratamiento, y eso es lo que le ocurrió a ella: sufría tantos efectos secundarios que no se aguantaba de pie.

—¿Y qué pasó?

—Tuve que volver a casa —murmuró Isobel—. A regañadientes.

Todos se rieron.

Él los miró.

—Estáis locos. ¿Eras tú?

—Era mi primera misión con MSF; me aterraba que pensaran que era una cobarde.

—Lo que te digo, es una leyenda.

—Isobel lo hace todo mejor que nadie —afirmó Sebastien torciendo un poco la boca—. Como una máquina en miniatura. *Oui?*

—Es mejor que una máquina, Sebastien —replicó uno de los barbudos, e Isobel sonrió.

Pero Alexander se dio cuenta de que a ella le habían dolido las palabras de Sebastien. Isobel siempre luchaba por ser tan perfecta, por hacerlo todo lo mejor posible. Y esa carroña estaba allí burlándose de ella.

Alexander miró a Sebastien fijamente, mientras pensaba en mil maneras diferentes de estrangularlo.

El francés resopló y se puso de pie.

—A ver si tienen algún vino decente —dijo, y se dirigió a la barra.

Alexander lo siguió con la mirada y vio que se quedaba de pie, junto a la barra. Tuvo dudas, pero oyó que los demás empezaban a hablar de otro viaje y entonces se decidió. Se levantó y se acercó también a la barra con gesto indiferente. Caminó hasta ponerse al lado de Sebastien.

El francés lo miró asombrado y Alexander adoptó un gesto

educado, nada peligroso, como si solo hubiera ido a pedir una cerveza e intercambiar alguna de esas perogrulladas tan propias de los hombres. Era una táctica elemental del póquer: ocultar tus intenciones al oponente y al mismo tiempo buscar sus debilidades, analizar qué tipo de jugador tenías delante. Sebastien era excesivamente fácil de catalogar. Alexander había crecido entre acosadores y podía identificar a uno al instante. El francés era un caso típico, una hiena que solo se metía con los más débiles. Alexander podía manejar a alguien así en seis idiomas diferentes.

—Bueno... —dijo Alexander en el tono más jovial que pudo.

—¿Qué?

Alexander enseñó sus dientes brillantes y, en un alarde de fuerza física, empujó a Sebastien contra la barra, como si la gente de atrás le estuviera empujando a él.

—¿Así que estuviste con Isobel?

Sebastien se puso a la defensiva. No era un jugador experimentado, al menos cuando se enfrentaba a alguien con una resistencia similar.

—No sé qué te habrá contado ella.

—¿No?

—Tuve una relación adulta con Isobel. Nada más.

—Era alumna tuya.

—Ella ya era adulta y yo impartía un curso; no creo que fuera nada por lo que tuviese que llamar a casa llorando. No recibió ningún tratamiento especial. Además, fue ella la que se lanzó sobre mí.

Alexander dio otro paso hacia delante. Dejó a un lado todas las analogías con el póquer y cambió de estrategia. Sacó pecho, le empujó y lo miró.

Sebastien le esquivaba la mirada.

—No sé qué mentiras te habrá contado, pero no me gusta que me amenaces.

—Me importa un bledo lo que te guste o te deje de gustar. Y no te estoy amenazando.

—Entonces ¿qué quieres de mí?

—Lo diré del modo más claro posible para que no haya ningún malentendido entre nosotros dos, aunque hablemos idiomas distintos: si te atrevieras únicamente a pensar algo que Isobel pudiera considerar desagradable, si la llegas a tocar, si le dices una puta palabra que yo pueda considerar como un indicio de un abuso, te echaré la mano al cuello y apretaré y apretaré hasta que se te salgan los ojos.

Levantó la mano y Sebastien se echó hacia atrás. Alexander sonrió. Apoyó la mano en el hombro del francés y le dio unas palmaditas.

—¿Ves la diferencia? Esto sí que era una amenaza.

Alexander consiguió que le sirvieran su cerveza, la cogió y volvió a la mesa. Le dirigió una gran sonrisa a Isobel.

—¿De qué hablabais? —preguntó ella con recelo.

—No me acuerdo muy bien. Quizá de anatomía.

Tal vez había sido una tontería y probablemente no sirviera de nada, pero ¿qué iba a hacer? De todos modos él estaba allí en calidad de caballero de Isobel. Y un caballero debe defender a su reina.

Se sentó y miró a los barbudos. Eran engreídos y arrogantes, pero si había alguien en el mundo con derecho a considerarse importante, eran los de MSF.

—La próxima ronda invito yo —les dijo—. Contadme qué más hazañas legendarias habéis hecho.

41

Isobel sabía que algo había ocurrido en el bar, pues Sebastien parecía haber recibido un golpe en el plexo solar, mientras que Alexander volvía a estar sentado en su silla con gesto inocente, aunque él nunca lo era. El francés abandonó la barra, se acercó a la mesa con paso apresurado y ella comprendió que, fuera lo que fuese lo que acababa de suceder, iría a peor.

Cuando Sebastien apareció en aquel pub, Isobel sintió pánico y, sin pensarlo, le envió un mensaje a Alexander. Pero ahora se encontraba sorprendentemente bien, como si Sebastien fuera de verdad tan poco importante en su vida como ella deseaba. Era una mala persona y un manipulador, sin duda. Pero no era importante en absoluto.

Isobel estaba tan absorta en sus pensamientos que se perdió lo que se dijeron los dos hombres. Oyó unas frases lacónicas y después vio que Sebastien apoyaba una mano pesada en el hombro de Alexander.

Vaya, eso tenía pinta de ser un gran error.

Alexander estaba quieto, sentado en la silla, y de repente pareció que se transformaba en una pantera dorada preparada para el ataque. Sebastien, hecho una furia, dijo algo en voz baja y Alexander se levantó. Todo ocurrió tan rápido que si hubiera parpadeado se lo habría perdido. El puño de Alexander salió volando y Sebastien se tambaleó hacia atrás de un modo que a ella le pareció en exceso dramático, la verdad. De la boca de Sebastien brotaron algunas frases en francés que ella no estaba acostumbrada a oír demasiado a menudo. Alexander, sin embargo, lo ignoró por completo y dirigió una gran sonrisa a Isobel, como si esperara unas palabras de elogio. A ella no le parecía bien que se peleara, pero había que reconocerle que solo golpeaba a hombres que se lo merecían de verdad.

—Isobel, yo... —empezó a decir Alexander, pero justo en ese momento apareció un enorme guardia de seguridad por detrás de él y le rodeó el cuello con una mano gigantesca.

—Fuera —rugió.

Alexander puso los ojos en blanco.

—Lo siento —masculló por encima del hombro, aunque no tenía pinta de estar demasiado triste. En realidad parecía más bien que estaba silbando. Ella ahogó una risita cuando reconoció la melodía: *La Marsellesa*, el himno nacional francés.

—Ha sido interesante —comentó Sven reflexivo, después de que escoltaran a Alexander hasta la salida.

—¿Cómo estás, Sebastien? —preguntó Christian, mientras enderezaba la silla que había caído al suelo cuando Alexander se levantó de golpe.

—Es un psicópata —respondió retirándose el pelo hacia atrás y frotándose la mandíbula.

Isobel los miró a todos, uno tras otro. Se levantó poco a poco e hizo algo que nunca había hecho antes. Un gesto que solo había visto en las películas y que en circunstancias normales no se habría rebajado a hacer: cogió su vaso de cerveza, que estaba lleno, y lanzó su contenido directamente a la cara de Sebastien.

—*Va te faire voir, s'il te plaît* —dijo ella apartándose el cabello de la cara e ignorando las palabras que Sebastien farfullaba—. Buenas noches —se despidió de los demás, que la miraban con la boca abierta, y después salió del restaurante.

Respiró el aire frío de la noche.

—*Hey, babe* —oyó, y al volverse vio que Alexander la miraba con las manos en los bolsillos del pantalón.

—¿Te han echado a ti también? —preguntó.

—No, diría que por poco —respondió Isobel con una sonrisa.

—¿Qué le has dicho?

—Que hiciera el favor de irse a la mierda.

Alexander soltó una carcajada. Ella sonrió. Estaba muy borracha, y ese estado le hacía perder la sensatez; precisamente en ese momento le gustaba aquella sensación. Al día siguiente con toda seguridad se arrepentiría de ello, pero lo bueno de estar ebria era que no le importaba el día de mañana. Abrió el bolso, sacó el brillo de labios y luego se retocó el maquillaje.

—¿Qué quieres hacer ahora? —preguntó él mientras fijaba su mirada en los labios de ella.

—No lo sé. Mi plan de esta noche era acostarme con ellos. Pero ahora tendré que revisarlo.

—No me digas. ¿Con todos o solo con alguno?

—Con todos excepto con Sven, por supuesto, porque está casado. Ahora que lo pienso, Christian también lo está. Y con Øystein ya me he acostado.

Alexander levantó una ceja, divertido.

—No recientemente —aclaró.

—Debo decir que me alegra.

—Creo que mi plan no era demasiado bueno —dijo ella mientras empezaban a bajar caminando hacia Slussen.

Ella se rio. Él la cogió de la mano mientras cruzaban la calle y ya no se la soltó.

—A Øystein le gustaba el sexo con plumas.

Él le apretó la mano.

—¿Sexo con plumas?

—Bueno, ya sabes. Acariciarse mutuamente con una pluma durante horas para acercarse el uno al otro.

Alexander negó con la cabeza y los ojos le brillaron al aguantarse la risa. Cuando reía se le formaban unas finas arrugas en las comisuras de los párpados que le hacían más parecido a un ser humano y menos a una perfecta estatua griega.

—Me dormí a la mitad. Él cortó conmigo poco después.

—Se pueden entender cosas como esa. ¿Y Sebastien? ¿Qué planes tenías con él?

Lo soltó en tono despreocupado pero Isobel sabía que era una pregunta importante, incluso para ella misma.

—No quiero tener nada que ver con él. De ningún modo.

—¿Por eso me enviaste un mensaje?

—Sabía que vendrías.

—¿Cómo?

—Porque poco antes de salir de casa me informaron de que el hospital de Medpax en Chad había recibido un equipo de oxígeno completamente nuevo. Un hombre que encuentra, compra y logra enviar un equipo de oxígeno a un hospital infantil en Chad es alguien a tener en cuenta.

—A veces puedo ser bueno —convino él.

—Sí, es verdad.

La atrajo hacia él.

—Pero también puedo ser malísimo. Perdóname por haberme ido. Eran demasiadas cosas para mí. Tenía que reflexionar. Es una explicación inútil, pero de todos modos me gustaría disculparme.

—Estoy muy arrepentida de habértelo contado. Te he echado de menos todos estos días.

—No tanto como yo a ti.

Le puso una mano en la mejilla y la besó. Ella se recostó contra él y aspiró su aroma.

—Puedo plantearme incluso el sexo con plumas —murmuró ella con la boca pegada a la de él.

Él empezó a temblar de risa.

—Dispárame si llego a proponértelo. ¿Entramos aquí?

Estaban delante del restaurante Gyldene Freden y ella asintió.

Les dieron una mesa y Alexander pidió una botella de champán que Isobel sospechó debía de costar aproximadamente una semana de su sueldo. Decidió no pensar en ello.

—También quiero queso. El alcohol me abre el apetito.

—Queso —convino Alexander.

En una zona nebulosa de su cerebro, Isobel era consciente de que había cosas que había hecho y que iba a hacer esa noche de las que se arrepentiría al día siguiente. No solo por haber bebido tanto, pensó mientras un camarero descorchaba la botella y les servía dos copas altas. Pero por el momento ese día no había terminado, y le parecía maravilloso que las burbujas le produjeran esa risa tonta, y estar sentada delante de Alexander en un restaurante de lujo del casco antiguo y dejarse llevar una vez más por su magnetismo.

Él le cogió la mano por encima de la mesa.

—He pensado mucho en lo que me dijiste.

—¿Que estoy trastornada?

—Las personas trastornadas sois las mejores.

—Ahora entiendo por qué Leila y tú os lleváis tan bien. A ella también le gustan las personas trastornadas.

Él le acarició la palma de la mano, le pasó el pulgar por las líneas, se la llevó a la boca y la besó.

—He pensado en lo que hicimos. Quiero que me des otra oportunidad. ¿Podrás concedérmela?

Isobel parpadeó.

—De acuerdo —respondió, y enseguida se preguntó si una de las cosas de las que se arrepentiría al día siguiente sería haber aceptado volver a acostarse con Alexander.

Mucho más tarde volvieron paseando a casa de ella. Cruzaron el casco antiguo, atravesaron el centro de la ciudad tambaleándose y finalmente llegaron a Vasagatan. Cada diez metros se detenían para besarse, como si fueran dos adolescentes que no tenían adónde ir.

—¿Quieres subir? —preguntó Isobel en la puerta.

Pero, para su sorpresa, él negó con la cabeza.

—Te llamaré mañana. Y nos veremos pasado mañana.

—No —protestó ella contrariada—. Quiero verte mañana.

—Mmm. Entiendo que te sientas así ahora. ¿Puedo preguntarte cuál es tu tolerancia al alcohol?

—Bastante mala —admitió ella.

—Lo suponía. Me atraes mucho y quiero hacerlo bien esta vez. He bebido. Y tú también, mucho.

—No estoy segura de que me guste ese lado noble tuyo.

—Yo tampoco.

—Entonces ¿mañana hablamos?

—Por supuesto. Te llamaré —dijo mirando el reloj—. Dentro de diez horas —añadió.

—¿Y después nos veremos?

Alexander se inclinó hacia delante, apoyó un brazo en la pared por encima de Isobel, se apretó contra ella, la tomó por la cintura y la besó. Ella le devolvió el beso hasta que él gimió contra su boca.

—Después, Isobel, iremos de compras tú y yo. Si vamos a tomar este camino, tenemos que hacerlo bien. Entra ahora en tu casa antes de que olvide que soy una persona noble.

42

—Mi padre dice que quiere conocerte —dijo Gina mordiéndose el interior de la mejilla.

Se sentía tan insegura de cómo iba a reaccionar Peter que se lo había pensado mucho antes de decírselo. Pero ya casi habían llegado y finalmente logró pronunciar aquellas difíciles palabras. Hasta entonces había esquivado todas las preguntas en casa, y ya no podía más. Resultaba complicado. Era una mujer adulta pero ¿podía comprender un sueco la importancia que tenía para ella la opinión de su padre? Las costumbres de los suecos eran muy distintas, se identificaban a sí mismos sobre todo como individuos. Y aunque era cierto que ella se sentía sueca en muchos aspectos, no lo era en todos. La familia era lo más importante y el individuo siempre estaba subordinado a ella.

—Supongo que se preguntará quién es el hombre que lleva a casa a su hija —reflexionó Peter.

—Le he dicho que somos amigos —afirmó Gina mirándole de reojo.

—Está bien —dijo él.

¿Qué diría su padre cuando se conocieran? Suponía que Peter era algo mayor, al menos con respecto a ella. Y no pareció gustarle que le dijera que el hombre que la llevaba a casa era uno de sus jefes.

Gina empezó a toquetear el bolso. Ella tenía pocos, mejor dicho, ningún amigo sueco. Apenas sabía cómo relacionarse con ellos, al menos más allá de lo superficial: trabajo, estudios y bares de estudiantes.

Si salieran juntos del coche, si Peter la siguiera y entrara con ella en su ambiente, entonces todo cambiaría.

Nunca había llevado a nadie a casa, a ningún amigo y, por supuesto, a ningún novio. Aunque Peter no era su novio, se dijo avergonzada. ¿Qué tipo de relación mantenían en realidad? ¿Eran al menos amigos? La gente siempre decía que las diferencias eran buenas, pero dondequiera que Gina mirase solo veía conformismo. Los blancos se relacionaban con blancos; la gente de clase media y alta lo hacía a través de conversaciones sobre cultura y buenos vinos. Y en Tensta, donde ella vivía, solo se veían inmigrantes. ¿Habría algún lugar, aparte del lujoso coche de Peter, donde fuera posible una relación entre ellos? ¿Era prudente salir de aquella burbuja? ¿Qué ocurriría cuando la gente empezara a fijarse en los dos?

Peter aparcó el coche delante de la puerta de su casa.

—Subiré contigo —afirmó finalmente él.

—Está bien —dijo ella, y notó cómo se le secaba la boca.

Gina intentó quitarse el cinturón de seguridad. No se soltaba.

—No puedo aflojarlo. Se ha atascado.

—Déjame ver —dijo él inclinándose hacia ella.

Peter rozó sus pechos con la cabeza y ella se quedó inmóvil, abrumada por un sentimiento que no supo identificar.

—Así —le indicó él levantando el cinturón de seguridad.

Se miraron.

—Gracias —dijo ella.

Gina pensó que debían salir del coche y dejar de mirarse. Parpadeó.

—Gina... —empezó a decir él con inseguridad.

Ella le puso una mano en la mejilla, sintió la aspereza de la barba y el calor. Él contuvo el aliento y se quedó inmóvil, como si estuviera congelado. No parecía estar contento, sino más bien asustado e inquieto.

Peter desvió la mirada.

—Deberíamos... —continuó, mientras se apartaba de ella y la mano de Gina resbalaba y caía—. No deberías...

Gina tragó saliva. No sabía lo que le había pasado.

—Lo siento —dijo.

—No tienes por qué disculparte —dijo él abriendo la puerta de su lado, saliendo rápidamente y dando la vuelta al coche para abrir la de ella.

Gina salió, se dedicó a colocarse bien la ropa y después miró si llevaba el bolso cerrado. No lo había hecho de manera intencionada, la mano había actuado casi por sí misma. Sabía que si se llevaba la mano a la nariz, aún permanecería allí el aroma de su loción de afeitar.

—¿Me acompañas arriba? —preguntó al fin.

Estaba avergonzada por su reacción, que él debía de haber considerado muy inadecuada.

Peter miró el bloque de viviendas.

—Sí —respondió escueto.

Peter subió con ella en silencio en el desgastado ascensor de aquel gris edificio de apartamentos. Miró a su alrededor y fijó la vista en las puntas de sus zapatos, ridículamente bien pulidos y brillantes bajo la luz parpadeante del fluorescente. Levantó la mirada y percibió el calor del cuerpo de Gina en aquel reducido espacio, pero no se atrevió a mirarla de forma directa. Los números de algunos botones del ascensor estaban borrados y alguien había hecho una pintada con spray en el espejo. Se preguntó qué decía de él como persona el hecho de que nunca antes se hubiera montado en un ascensor de ese tipo.

No sabía qué pensar de lo que había ocurrido en el coche. Se pasó la mano por el pelo; estaba sudando y hubiera preferido llevar cualquier otra cosa en vez de un traje hecho a medida.

Iba a conocer al padre de Gina, un hombre a quien ella tenía un profundo respeto, lo sabía. Un hombre cuya aprobación deseaba de forma desesperada, sin saber bien por qué.

—Oye... —empezó a decir.

El ascensor se detuvo: ya no había vuelta atrás.

—Hemos llegado —le anunció ella.

Se quedó detrás mientras Gina abría la puerta. Ella se hizo a un lado. Él titubeó al entrar en aquel oscuro vestíbulo. ¿Qué estaba haciendo? ¿Qué hacía él ahí, en esa casa con sus olores extraños y su vida privada?

—¿Papá? —gritó Gina, y le pareció que sonaba inquieta, lo que disparó su propio nerviosismo—. Tenemos visita.

Un hombre alto pero algo encorvado se dirigió hacia ellos por el oscuro pasillo.

—¿Papá? —repitió de nuevo Gina con un tono nervioso—. Este es Peter. De mi trabajo. Me ha traído a casa. A veces lo hace, como sabes. Ha querido subir conmigo para saludarte.

Peter nunca la había oído parlotear de ese modo, con esa voz nerviosa y algo estridente. Y además no estaba siendo por completo sincera. No había sido él quien había querido subir. Él se habría conformado con ir juntos en coche, con no tener sentimientos. Con no ser arrastrado a la vida familiar de ella. Luchó contra el pánico y luego buscó apoyo en la educación que le habían inculcado desde su infancia, más o menos literalmente. Extendió la mano y dijo con calma y autoridad, como si se dirigiera a un cliente o a un subordinado:

—Encantado de conocerle. Peter De la Grip.

El padre pulsó un interruptor y el recibidor se iluminó un poco.

Peter vislumbró carteles y fotografías en las paredes. Cartas, zapatos y chaquetas colocados en bandejas y colgados de ganchos. Un par de puertas cerradas y una cocina al fondo del pasillo. Eso era todo, un apartamento pequeño que casi cabía en su sala de estar.

Unos desconfiados ojos oscuros lo miraron. El padre de Gina tenía un semblante serio. Pelo gris. Zapatillas y una chaqueta de punto, y una capacidad de atracción que a Peter le hizo pensar en presidentes de Estados Unidos y en actores carismáticos. Cuando Peter empezaba a sentirse como un idiota con la mano tendida, el padre de Gina extendió la suya y se la estrechó.

—Ismail Adan —se presentó.

Peter tuvo que contener un estremecimiento y reprimir una mueca de dolor, ya que el apretón fue tan fuerte que le pareció que hubiera metido la mano en una hormigonera. Aquel era un hombre que había huido de guerras y de terroristas, y había soportado privaciones que Peter no se atrevía ni siquiera a imaginar. Un hombre que cogió a sus dos hijos pequeños, se fue de su país y de algún modo llegó ileso a Suecia, un país que sin duda no siempre lo había tratado como se merecía.

—Gracias por haber traído a casa a mi hija tantas veces —continuó él cuando al fin le soltó la mano.

Tenía un ligero acento pero hablaba un sueco impecable en el aspecto gramatical. Gina le había contado lo mucho que había tenido que estudiar su padre para aprender un idioma nuevo siendo ya adulto.

Aquellos ojos oscuros no se apartaban de él ni un segundo. Peter notó que estaba valorándolo y juzgándolo, y nunca en su vida se había sentido tan mal. Gina desconocía los años que tenía su padre, pero Peter supuso que el hombre no había cumplido aún los cincuenta. Ello significaba que, en cuanto a edad, él estaba más cerca de su padre que de la propia Gina. Por si necesitaba más motivos para sentirse como un viejo verde. Santo cielo, ¿qué pensaría ese hombre de él? Se irguió para intentar transmitir confianza y no parecer un hombre blanco de cierta edad con dudosas intenciones.

—¿Cómo está Amir? —preguntó Gina rompiendo aquella situación de estancamiento.

—Es tarde —dijo el padre—. Tu hermano necesita ayuda con los deberes. Hay comida en la cocina. Para ti —añadió antes de dejarles allí, abrir una de las dos puertas y dirigirse a lo que parecía ser un pequeño cuarto de estar.

Gina se mordió el labio y sonrió levemente a Peter.

—Le has caído bien —dijo.

Él casi se echó a reír. Era una mentira evidente.

—Sí, ya me he dado cuenta.

Pero había sido capaz de hacerlo. Había conocido al padre de Gina y había sobrevivido.

—Te acompañaré abajo —le dijo ella.

—¿Puedo preguntarte algo? —dijo Gina con mucho cuidado. Peter asintió y le sujetó la puerta del ascensor—. Si no quieres hablar de ello, no hace falta que me contestes.

—Pregúntame lo que quieras.

—¿Por qué actuaste de ese modo contra tu familia y contra vuestra empresa el verano pasado?

Él se quedó en silencio. Había supuesto que en algún momento ella podía llegar a preguntárselo.

—Tiene que ver con algo que hice cuando era joven —respondió al fin.

Ella llevaba una ligera chaqueta de punto a rayas y se la ajustó. Soplaba algo de aire y él no quería que pasara frío.

—¿Qué hiciste?

—¿Me has tenido miedo alguna vez? —preguntó él con sutileza—. Me refiero a cuando estamos solos.

Gina negó con la cabeza.

—No. En absoluto.

—Tal vez deberías tenerlo.

En el rostro de ella apareció un gesto de inseguridad.

—No puede ser tan grave.

—Violé a una chica cuando era joven —dijo él en voz baja.

Gina se llevó la mano a la boca.

Ahora se acabará todo, pensó él.

Ella se quedó mirándolo desde detrás de su mano y él odió el miedo que destellaba en el fondo de sus ojos. Le pareció que Gina retrocedía un paso pero tal vez solo lo imaginó.

—Lo que hice el verano pasado en la reunión fue para intentar volver a poner las cosas en su sitio.

—¿Lo conseguiste? —preguntó ella sofocada—. ¿Pusiste las cosas en su sitio?

—Durante un tiempo creí que lo había conseguido. Ella me perdonó. No tenemos mucho contacto pero a veces nos vemos. Lo que te he contado debe quedar entre nosotros.

Gina respiraba con dificultad. Parecía que se esforzaba por superar el shock y él solo esperaba que se diera media vuelta y huyera.

—De acuerdo —convino ella finalmente.

—Era la hermana menor de David Hammar.

—¿Carolina? —preguntó frunciendo el ceño.

—Ocurrió hace mucho tiempo, cuando éramos muy jóvenes. En mi escuela. Mi padre lo silenció todo. Yo creía que ella había muerto y durante toda mi adolescencia me sentí culpable; de hecho, más de la mitad de mi vida, hasta que me enteré de que seguía viva.

—No sé qué decir.

—Violé a una chica y maltraté a un compañero de clase. Comprendo que puede ser un shock para ti.

—Pero ¿por qué?

—Me gustaría de verdad tener una buena respuesta. Nunca he sido una persona fuerte. Era débil e irascible. No es ninguna excusa, porque es algo inexcusable, pero cuando intento comprender lo que pasó es lo único que se me ocurre. Aunque no te pido que lo entiendas.

—¿Qué edad tenías?

Peter pensó en aquel otoño. Sus recuerdos eran a menudo difusos, solo unos pocos fragmentos brillaban con claridad.

—Me gustaría poder decir que era un niño, pero acababa de cumplir los dieciocho años. Ella tenía quince.

—Es horrible.

—Sí. Por eso el verano pasado voté a favor de que Hammar Capital se hiciera cargo de la empresa. Porque en cierta manera tenía la oportunidad de reparar mínimamente lo que le había hecho a Carolina y a su familia. Mi padre no me ha vuelto a hablar desde entonces, pero siento que hice lo correcto.

Gina lo miró como si fuera un extraño y él pensó que ese era el precio que debía pagar, una y otra vez, por sus actos. Sabía que se lo merecía, pero le dolía tanto que empezó a tener problemas para mantenerse de pie. Casi deseaba que Gina se alejara para poder volver a casa y rendirse.

—¿Cómo está Carolina?

—Está bien. Se ha prometido. Nunca se puede expiar un delito así, lo sé. Pero ella parece haberlo dejado atrás.

En medio de algo tan terrible, era un consuelo que Carolina Hammar pareciera sentirse feliz de verdad.

—Todo lo contrario a lo que te sucede a ti, ¿verdad?

Él miró hacia abajo.

—Sí.

Deseaba no haberse quedado, no haberla acompañado a su casa. De ese modo el problema tal vez no hubiera surgido. La familia era muy importante para Gina y, obviamente, se preguntaría cómo eran las relaciones de él con la suya.

—Gina, veo que estás sorprendida. Puedes preguntarme lo que quieras. ¿Cómo te sientes después de lo que te he dicho? Entendería que tú...

Se detuvo, no se atrevió a decir aquellas palabras: que podía entender que ella no quisiera tener nada que ver con él nunca más.

Gina frunció el ceño y se mordió el labio inferior. Dibujó algo con el zapato sobre el asfalto.

—Una violación es una agresión terrible. Estoy sorprendida, por supuesto, como acabas de decir. —Hizo una pausa y evitó la mirada de él—. Lo siento. Es horrible —añadió.

De nuevo se hizo el silencio. A Peter le sudaban las manos y tenía un nudo en la garganta que le impedía tragar.

—Ya sabes. En mi país... ocurren cosas que son difíciles de imaginar aquí en Suecia —continuó ella, mirándolo por fin a los ojos. Su expresión era difícil de interpretar, pero ya no parecía estar tan sorprendida, solo infinitamente triste—. Hay muchas mujeres a las que les destruyen la vida.

—Sí —dijo él, y sintió que el nudo de la garganta era cada vez mayor.

Él le había destrozado la vida a Carolina. Y lo sabía.

—Pero, Peter, también sé que se puede superar, igual que sucede con otros crímenes violentos. ¿Sabes si Carolina recibió ayuda?

—Hizo terapia. Dijo que se sentía bien, que lo había dejado todo atrás. Y su hermano haría cualquier cosa por ella.

—Conozco a David Hammar. Es... está... impresionante.

En medio de aquella desgraciada situación, Peter sonrió. Era lo mínimo que se podía decir de él.

—Me gustaría tanto volver atrás y deshacer lo que hice —afirmó él.

—Pero no puedes.

—No.

—Perdona que sacara este tema. Debe de ser difícil para ti hablar de ello.

—Supongo que tendrá consecuencias.

—¿Para quién?

—Para nosotros.

—Sí, supongo que sí. Tendré que pensarlo.

—Lo entiendo —dijo él mientras sentía desmoronarse la esperanza.

La entendía.

Ella se ajustó la chaqueta aún más.

Él hubiera querido estirar la mano hacia ella, decirle algo que evitara que lo que había entre ellos se hiciera añicos. Pero no se le ocurrió nada, así que se conformó con decirle en voz baja:

—Buenas noches, Gina.

43

—¿Qué haces? —preguntó Alexander.

—Nada especial —respondió Isobel moviendo los dedos de los pies en el sofá.

Por la mañana había trabajado unas horas con la documentación de la última misión. Después se quedó navegando por la red mientras esperaba a que él la llamara.

—¿Te encuentras mejor hoy?

—Mucho mejor. No volveré a beber en toda mi vida. La resaca de ayer fue épica.

Él se echó a reír.

—¿Qué llevas puesto?

Ella echó un vistazo a la ropa que llevaba, su chándal favorito. Gris y lleno de bolitas.

—Estoy desnuda —mintió.

—Vístete. Te pasaré a buscar en una hora. Vamos de compras.

Cuando salió al portal, exactamente una hora después, Alexander ya la estaba esperando. Seguro de sí mismo y radiante. Isobel quedó atrapada en esa peligrosa mirada. Nunca más pensaría que los ojos azules eran reflejo de inocencia y bondad; los de él eran como mares sin fondo y espacios infinitos.

—¿Adónde vamos? —preguntó, satisfecha por el tono de voz alegre y sofisticado en que lo dijo.

—Vaya pregunta —respondió él tomándole la mano y encaminándose hacia el centro—. Vamos a un sex shop, por supuesto.

Atajaron por Norra Bantorget, siguieron hacia arriba por Drottninggatan y, cuando entraron en la tienda, el corazón de Isobel latía con tal fuerza que tenía dificultades para concentrarse. Apretó la mano de Alexander. Había visitado algunos de los lugares más peligrosos del mundo, había visto morir a bastantes personas, había salvado vidas, pero entrar en una tienda en la que vendían juguetes sexuales le producía un miedo terrible. Alexander, por el contrario, parecía completamente relajado. Ella miró a su alrededor por la tienda, que estaba bien iluminada y aireada.

Rosa, blanca y femenina. Se fijó en un estante lleno de plumas de distintos colores y después miró a Alexander con gesto interrogativo.

Alexander sonrió.

—Quisiéramos ver algunos látigos y cosas del estilo —dijo en tono despreocupado a la vendedora.

Isobel bajó la vista, se miró los pies y entendió por primera vez el concepto de querer que te trague la tierra.

Siguieron a la vendedora, Isobel con la mirada fija en el suelo. «Me voy a morir.»

—Puedes mirar hacia arriba —dijo Alexander divertido—. Ya se ha ido. ¿Qué te parece?

Isobel levantó la cabeza. Notó aliviada que estaban solos. Habían descendido al piso de abajo y en esa parte de la tienda la combinación de colores era más oscura. Vio una sucesión de látigos, cuerdas y vendas para los ojos. Estantes llenos de vibradores de distintos colores y tamaños. Perchas con corsés de cuero y ropa interior muy cara confeccionada en seda, charol y encajes. Cajas y envases que contenían cosas que no sabía qué eran. Sintió la excitación y el miedo corriendo por su cuerpo a partes iguales.

—No sé si yo...

—¿Quieres marcharte?

Ella se rascó una oreja. Paseó la mirada por un conjunto de esposas blancas de grueso cuero blanco y hebillas de metal dorado mate. Parecían más dos anchos brazaletes que unas esposas.

Negó con la cabeza.

—¿Te gustan estas? —dijo él cogiéndolas.

«Me encantan.»

—¿Y estas otras? —le preguntó mientras sostenía algo parecido a unas pequeñas pinzas de la ropa plateadas—. Ah, sí, son pinzas para pezones.

Isobel negó con la cabeza con determinación. Tenía los pezones sensibles.

Alexander dejó las pinzas y cogió un pequeño consolador de color lila. «Consolador anal», leyó ella en la caja. Volvió a negar con la cabeza. Por el momento no, pensó, tal vez nunca.

Cuando ella logró superar el nerviosismo, se pusieron manos a la obra y empezaron a repasar todos los estantes, cada vez más decadentes. Alexander se mostraba curioso y tranquilo y ella se sentía cada vez más relajada. La mayor parte de los artículos de ese departamento hacía que sus propias inclinaciones parecieran bastante inofensivas, pensó ella mientras se fijaba en un collar de perro con su correspondiente correa.

Al final había una cesta de cosas que hacían que el pulso de Isobel se acelerara. A ella no le gustaban las fustas largas pero, en cambio, asintió algo avergonzada ante un látigo con nueve colas del mismo cuero blanco que las esposas y una paleta blanca. Alex pagó; se negaba incluso a discutir la mera idea de compartir los gastos. Cuando Isobel vio el precio de un vibrador con cristales que él había elegido, guardado en el interior de una caja lujosamente forrada, se dio por vencida.

—¿Estás nerviosa? —preguntó Alexander cuando salieron del taxi y entraron en su apartamento.

—Un poco. O tal vez mucho.

—Tengo que preparar algunas cosas —dijo Alexander—. Busca algo de beber en la cocina y nos vemos en la sala de estar dentro de un rato.

Isobel hizo lo que le había dicho: fue a la cocina, se sirvió un vaso de agua y se lo llevó a la sala de estar; lo dejó en la mesa de centro y se sentó a esperarle en el sofá.

Él volvió, se sentó a su lado y la besó en el cuello. Ella tomó aliento; se sentía insegura y tenía dificultades para relajarse. Todavía no era de noche y la luz entraba por la ventana. ¿No iban al dormitorio? O al menos podían correr las cortinas...

—¿Te ocurre algo, Isobel?

—No sé dónde me he metido.

—¿De qué tienes miedo?

—Supongo que de la decepción.

Cuando practicaba el sexo, muchas veces todo empezaba bien y luego ella terminaba con los dedos de los pies helados, en una postura incómoda y más preocupada por el placer de su pareja que por el suyo propio.

—Te ruego que confíes en mí. ¿De acuerdo? —Isobel asintió—. Gracias. Lo primero que vas a hacer es decirme qué esperas de esto.

O sea, que tenía que hablar de ello. Incluso se sintió casi peor.

—No sé si podré hacerlo.

—¿Hablar? Por supuesto que sí. Ahora mismo.

—Pienso que para ti solo se trata de un momento de diversión —dijo intentando ser lo más sincera posible—. Que empieza bien pero luego termina como siempre; es decir, que yo tengo que elegir entre fingir o decepcionarte.

—Entonces ¿no se trata solo de tu propia decepción? ¿Temes decepcionarme a mí?

—Sí.

—¿Mis sentimientos son responsabilidad tuya?

Ella negó con la cabeza.

—¿Tan acostumbrada estás a responsabilizarte de todo y de todos? —dijo él lentamente—. Soy un hombre adulto, Isobel, asumo mis propias responsabilidades. Lo único que tienes que hacer hoy es avisarme si algo no te parece bien.

¿Tenía razón Alexander? ¿Intentaba ella controlar todo y a todos?

—Ahora me gustaría que me dijeras qué quieres que haga.

Isobel frunció el ceño, irritada. El tema era no tener que controlar. ¿Acaso él no se daba cuenta?

—Quiero que decidas tú —añadió ella con frustración.

Alexander le puso una mano en la pierna. Ella casi dio un salto.

Deslizó la mano por la parte interior de su muslo, lo acarició, le subió el vestido y le separó las piernas, sin brusquedad pero con determinación. Ella contuvo el aliento.

—Lo entiendo. Pero tienes que involucrarte y decidir el camino que vamos a seguir. ¿Qué deseas? ¿Quieres que te ate? —dijo obligándola a separar las piernas un poco más. —Ella jadeó—. ¿Qué dices?

—Sí —respondió ella sofocada.

—¿Es difícil?

—Un poco.

La mano buscó su camino por debajo del vestido corto de Isobel, que abrió aún más las piernas de forma automática. El pulgar frotó ligeramente sus bragas.

—Estás mojada —dijo.

Ella empezó a respirar con dificultad. ¿Cómo pudo creer en algún momento que Alexander era inmaduro, infantil? Ese hombre mandaba sobre su cuerpo. Pero no le daba ningún miedo.

La tomó de la mano.

—Levántate.

Siempre había sentido debilidad por los hombres dominantes cuya voz transmitía seguridad en sí mismos, y hasta ahora no se había dado cuenta de la fuerza de la voz de Alexander y de que podía excitarla solo con hablarle.

—Cierra los ojos —le ordenó.

Ella obedeció, se agarró con fuerza a su mano y se dejó arrastrar fuera de la sala de estar, a través del pasillo. Notó que se abría una puerta.

—Ahora puedes mirar —dijo él en voz baja.

Isobel abrió los ojos y parpadeó un poco hasta que su vista se acostumbró a la luz.

Estaban en el umbral de su dormitorio. Pero la moderna habitación que había visto la vez anterior, propia de un hotel cosmopolita, se había transformado en algo que ahora parecía más bien una fantasía erótica. La cama era nueva. La que tenía antes, con uno de esos cabeceros actuales tapizados y suaves, había sido sustituida por una enorme cama de hierro. No tenía cobertor, solo sábanas y almohadas, y más cojines por el suelo. A los pies de la cama había colocado un arca de madera y encima estaban puestas todas las cosas que habían comprado: el conjunto de cuero blanco; la paleta; los vibradores, los frascos de aceite, las cuerdas y cintas de seda.

Ella lo miró y tragó saliva. Él la empujó hacia el interior de la habitación.

—Quítate el vestido.

Al principio dudó pero luego se lo desabrochó y lo dejó caer al suelo. Hizo un intento de dar un paso para alejarse del vestido, pero él negó con la cabeza. Recorrió su cuerpo con la mirada, lentamente.

—No, quédate ahí pero quítate el sujetador.

Siguió observándola mientras ella se lo desabrochaba y lo dejaba caer también al suelo.

—Ponte de rodillas con las manos en la espalda.

Ella parpadeó incrédula y buscó su mirada. «¿Lo dices en serio?»

Él se quedó mirándola, tranquilo, con absoluta seguridad en sí mismo y en su autoridad. Luego señaló al suelo con la cabeza y le ordenó:

—Vamos, abajo.

Ella se dejó caer de rodillas sin ninguna gracia, pero notó al tocar el suelo la alfombra que había puesto para ella, tan suave como la piel de una oveja. Procuró mantener el equilibrio, aunque no pudo evitar meter el vientre. La luz entraba a raudales y entornó los ojos.

—Las manos.

Obediente, se llevó las manos a la espalda. Tendría que sentirse mal, pero no era así.

Alexander dio una vuelta por la habitación. Corrió las cortinas. Eran pesadas, quitaron toda la luz de forma efectiva y sumieron la habitación en una indulgente semioscuridad. Prendió una cerilla y empezó a encender velas, muchas y de distintos tamaños. Ella seguía de rodillas sobre la blanda superficie, entrelazó los dedos sobre la espalda y miró los distintos objetos que él había sacado. En la tienda, tanto el látigo blanco de nueve colas como la pequeña paleta parecían inofensivos, pero allí se habían convertido de repente en algo muy serio. Alexander se acercó a ella y le retiró un mechón de pelo de la cara.

—¿Estás cómoda? —preguntó en voz baja.

Asintió inclinando la cabeza hacia su mano. Él le acarició la mejilla con el dedo. Isobel se quedó quieta por un momento, volvió el rostro hacia su mano, cerró los ojos y aspiró su olor. Olía a recién duchado; se acababa de afeitar y le encantó que se hubiera arreglado para ella.

Alexander empezó a desabrocharse el cinturón y lo sacó del pantalón. Era nuevo, de cuero brillante, y ella siguió sus movimientos con suma atención desde la posición en que se encontraba. Él cogió el cinturón y se lo enrolló en una mano. Isobel contuvo la respiración y sintió una inoportuna oleada de miedo.

—Chiss —dijo él, y se puso detrás de ella.

Oyó cómo se inclinaba, sintió la presión del cinturón alrededor de sus muñecas y que daba varias vueltas. Notó la respiración de él en la espalda y que le besaba los hombros, a la vez que tiraba con fuerza pero sin hacerle daño.

—Voy a darte una palabra de seguridad. ¿Sabes lo que es?

Una palabra que haría que interrumpiera lo que estaba haciendo en caso de que fuera demasiado para ella.

—Si dices «París», me detendré de inmediato. ¿De acuerdo?

Alzó la cabeza hacia él. Su mirada era cálida y no había nada en él que la hiciera sentirse insegura. No entendía cómo había podido preocuparle alguna vez que Alexander no fuera capaz de dominarla. Lo suyo era un talento natural y lo hacía de maravilla.

—Te favorece mucho esa postura.

Deslizó el dedo índice por el labio inferior de ella. Puso el pulgar sobre la barbilla y presionó hacia abajo para que abriera la boca.

Se desnudó y se quedó de pie delante de ella. Se cogió el pene, fue hacia Isobel y ella abrió la boca y lo recibió en su interior, mientras notaba el sabor ligeramente salado del líquido de la punta; luego él empezó a moverse muy despacio. A ella siempre le había gustado el sexo oral. Era un acto íntimo y tal vez aquello tenía algo que ver con su lado oscuro, pensó, y después cerró los ojos. Alexander le retiró el cabello hacia un lado, se apartó y detuvo los movimientos de ella. Isobel lo miró sin entender nada.

—Quiero que me mires mientras me la chupas.

—Pero... —protestó ella.

Ya era lo bastante duro estar con las manos atadas en la espalda. Además interfería su concentración.

Él le recogió el pelo con una mano y le tiró de la cabeza hacia atrás, no con fuerza, sino para recordarle cuál era su papel en ese juego. Ella asintió con la cabeza. Al principio le resultó difícil y ridículo. Nunca había entendido qué sentido tenía mirarse profundamente a los ojos durante el sexo. Pero después de un rato parecía que fueran uno solo, como si se comunicaran sin decir ni una sola palabra. Él la dirigía moviendo la mano con la que le sujetaba el cabello, a veces dura y firme, otras deteniendo el ritmo, ordenándole que usara los labios, que lo besara.

—Ponte de pie —dijo en voz baja mientras la sujetaba del brazo para ayudarla a levantarse.

Le quitó el cinturón con mucho cuidado, le cogió las manos y le besó las yemas de los dedos una por una.

—Túmbate en la cama —ordenó—. Boca abajo. Con las manos en el cabecero.

Ella se subió y se puso a cuatro patas.

—Espera —dijo él—. Quédate así, quiero verte.

Obediente, ella permaneció en esa posición mientras él se movía a su alrededor en la cama. Le oyó preparar los objetos pero no se atrevió a mirarlo.

—Ahora puedes tumbarte.

Isobel le hizo caso. La sábana estaba fresca y olía a limpio. Estiró los brazos hacia delante y se quedó inmóvil mientras él sacaba las esposas de cuero blanco. Las fijó a los barrotes de hierro de la cama y luego le inmovilizó las manos uniendo los brazaletes que ella llevaba a las esposas.

—¿Estás cómoda? —preguntó mientras ella le oía moverse por la habitación.

—Sí.

—Te voy a dar diez latigazos. ¿Podrás soportarlo?

Ella parpadeó contra la sábana. «¿Cómo diablos voy a saberlo?»

—¿Isobel?

—Sí —respondió.

Luego notó las manos de él sobre su cuerpo acariciándole la espalda y las nalgas y, poco después, le quitó las bragas con un movimiento rápido en el que era un experto. Le introdujo una mano entre las piernas y ella emitió un quejido. Era como si pasara algo dentro de su cabeza cuando él la dominaba de ese modo.

—Ahora estoy detrás de ti —dijo él.

Ella parpadeó. Pero no tenía miedo. Tal vez un poco. Llegó a sentir miedo con Sebastien, pero era de otra clase. Este era agradable. Un miedo que ella sabía que podía mantener bajo control si quería.

—¿Estás preparada? —dijo dejando que el látigo la acariciara.

Sonaba tan tranquilo y natural que Isobel no estaba del todo preparada cuando empezó. El latigazo le dio de lleno en el culo. No sabía qué se esperaba. Tal vez que él tendría cuidado, que jugaría un poco con las colas del látigo pero con mucha suavidad. Sin embargo, el latigazo le dio de lleno y produjo un fuerte chasquido, hasta el punto de que ella se quedó sin aliento por el dolor. Pero un instante después llegó el siguiente y entonces le escoció de verdad. *Mon Dieu.*

—Respira, Isobel —le ordenó.

Inspiró profundamente y luego expulsó el aire. El siguiente latigazo fue aún más fuerte y tiró de las esposas de cuero.

¡Zas!

Ese golpe resultó algo más débil e Isobel dejó escapar un suspiro tembloroso. Tal vez lo peor ya había pasado.

¡Zas!

Isobel gritó.

Él se quedó inmóvil detrás y ella supuso que esperaba que le pidiera que se detuviese. Pero no quería, así que apretó los dientes y tomó aliento. Otro latigazo más, también asestado con fuerza. Le dolió muchísimo, pero en ese mismo momento empezó a notar otra sensación, un calor que se le extendía no solo por los glúteos, sino también por las caderas, los muslos y el vientre. Se retorció sobre la sábana y se apretó contra el colchón; quería restregarse, quería correrse, no podía pensar.

—No —le prohibió él en tono autoritario—. Quédate quieta.

Ella balbuceó una protesta pero obedeció. Esperó.

Él le propinó otros tres latigazos, que también le hicieron daño, aunque el dolor se había convertido al fin en placer.

Isobel empezó a temblar.

¡Zas!

No se podía quedar quieta. Le parecía que estaba a punto de disolverse, de desmembrarse. Tiró de las esposas y recibió el último latigazo. Era fuerte, mucho más que los anteriores, pero fue capaz de soportarlo, pues el dolor se transformaba en algo que no sabía cómo denominar. En eso se centraban sus fantasías, eso era lo que... Y de repente Alexander estaba a su lado. Introdujo una mano entre el cuerpo de ella y la cama, y ella sintió que el orgasmo le llegaba con tal celeridad que apenas tuvo que esperar. Él notó cómo temblaba y se sacudía contra su mano. Isobel se quedó jadeando contra el colchón, sin poder hablar ni pensar. Él se tumbó sobre ella, apoyó el peso de su cuerpo en sus fuertes brazos, que colocó a ambos lados de su cuerpo, le abrió las piernas y la penetró con fuertes y casi brutales embestidas mientras Isobel permanecía atada a su cama.

Volvió a introducir una mano por debajo de su vientre.

—No más, por favor —dijo ella con voz ahogada.

Pero él siguió acariciándola con suavidad mientras se movía dentro de ella. Le mordió el cuello, le mordisqueó la nuca y notó que temblaba de pies a cabeza. Tenía los brazos entumecidos y los mechones sudados de su pelo caían esparcidos a su alrededor cuando Alexander se deslizó fuera de su cuerpo y al final le quitó las esposas. Aliviada, acercó los brazos al cuerpo, a la vez que él la ponía boca arriba. Vio cómo Alexander se quitaba el preservativo y lo envolvía en una servilleta de papel antes de retirarle el pelo de la cara y mirarla.

—¿Estás bien? —preguntó.

—Sí, pero creo que no puedo hablar.

—Eres increíblemente atractiva —dijo besándole los pechos—. Es decir, siempre me lo has parecido, desde la primera vez que te vi —murmuró mientras la besaba—. Pero, la verdad, esta ha sido la mejor experiencia erótica de mi vida. Eres perfecta. La mujer más suave y más excitante que he conocido.

Alexander se incorporó apoyándose en un brazo y hundió el rostro entre sus pechos. Ella se apretó contra él.

—Ha sido increíble —añadió mientras sus dedos recorrían la piel de la parte interior de sus muslos.

Isobel cerró la boca y se besaron.

Volvió a deslizar la mano entre sus piernas.

—Vas a gozar otra vez, Isobel —dijo.

Ella quiso protestar, decirle que eso nunca le había pasado, que en su opinión médica los orgasmos múltiples eran un mito, pero luego él hizo algo con sus magníficos dedos, mientras le susurraba al oído lo que planeaba hacerle con las manos. Su tono de voz y la sensación de cómo volvía a deslizarse en su interior la llevaron directamente a otro orgasmo y, mientras ella se sacudía debajo de él notando cómo su cuerpo se contraía en intensas convulsiones, Alexander también se movía con sacudidas fuertes y profundas hasta alcanzar el clímax. Después se quedaron tumbados uno encima del otro, sudorosos y jadeantes. Ella pasó las manos por su espalda, y disfrutó del placer de notar sus músculos bajo las yemas de los dedos, de oír su respiración junto a su cuello, de sentir el violento latido de su corazón, que se iba desacelerando poco a poco.

Al final él rodó y se dejó caer a su lado en el colchón.

—¿Cómo lo haces? —preguntó ella cuando vio que se quitaba otro preservativo—. Nunca me doy cuenta de cuando te los pones.

Él no dijo nada, solo extendió el brazo y la acercó con fuerza a él.

—¿Cómo estás? —preguntó después.

Estaba pendiente en todo momento de ella. Debería tener cuidado con su corazón porque ese hombre se lo podía romper con suma facilidad. ¿Cuándo había mostrado alguien tanta preocupación por ella? Isobel, tan fuerte e inteligente, siempre se las arreglaba bien sola. Siempre se podía confiar en ella. Lo solucionaba todo. Pero nunca se había dado cuenta de lo hambrienta que estaba de las atenciones de alguien y también de poder confiar y contar con alguien.

—Bien —respondió.

Él se levantó apoyándose en un codo y la miró a la cara. Le cogió la mano y giró la muñeca.

—Tienes marcas. ¿Ha sido demasiado duro? ¿Por qué no has dicho nada?

Avergonzada, retiró la mano. Había una gran diferencia con respecto a antes. Con Sebastien tenía miedo, pero con Alexander... Quería tener marcas de él.

—Me gusta.

—Espera aquí. Vuelvo enseguida —dijo él levantándose de la cama, y al volver notó que le ponía algo encima, una manta ligera y suave, una nube de algodón—. Toma. Bebe.

Ella se tomó el agua fría y burbujeante, permitió que la arropara y que le acariciara el pelo. Se acurrucó en sus brazos. Dejó que le pasara la mano por la espalda y por los hombros, que la besara, la abrazara y la acunara.

Y eso fue lo último que recordaba, porque después Isobel se durmió.

44

Alexander se quedó despierto en la cama escuchando la respiración de ella. Eran poco más de las ocho de la tarde, así que no creía que durmiera toda la noche. Aún había claridad en la calle y se oía el canto de los mirlos al otro lado de la ventana. Se entretuvo enrollándose uno de los mechones de su cabello en el dedo índice. Le besó la frente y aspiró el olor de su piel. Ella se estiró, suspiró profundamente, satisfecha, y él sonrió. Afuera, en el mundo exterior, en la realidad, ella era una de las mujeres más competentes, seguras de sí mismas y hábiles que nunca había conocido. Allí, en su cama, seguía siendo todo eso, pero también una mujer que disfrutaba jugando a la sumisión y que se había atrevido a practicarla con él. Tal vez no debería sentirse como un rey, pero así era. «Es probable que te suceda esto cuando acabas de disfrutar del mejor sexo de tu vida.» Oyó que Isobel respiraba de forma distinta y notó cómo se movía. Se despertó y el estómago le rugió.

—¿Tienes hambre? —susurró él.

—Muchísima —respondió ella con un bostezo.

—¿Cómo estás?

Volvió la cabeza, lo miró y le sonrió adormilada.

—Bien.

—¿Estás segura?

Alexander no podía evitar la preocupación por haber traspasado algún límite o haber hecho algo mal.

—Al ciento diez por ciento. Pero me gusta que seas tan amable.

—No suelo serlo.

—Conmigo te comportas así.

—¿No acabo de atarte y azotarte?

—Oh, sí, y espero que quieras volver a hacerlo en el futuro —dijo, mientras se incorporaba y pasaba levemente su meñique por las cejas de él—. ¿No sabías que no existe el dolor objetivo? ¿Que siempre es subjetivo?

—Sabes unas cosas fascinantes —repuso él.

Le cogió la mano y le besó las yemas de los dedos. ¿Habría en el mundo otra mujer con un sabor y un olor tan sensuales como los suyos?

— ¿Qué has sentido tú? Dijiste que era complicado para ti.

—Hay tantas cosas que no se deberían sentir ni tampoco disfrutar... Me gustó muchísimo lo que hicimos. Fue casi aterrador descubrirlo en mi interior.

Pero le había gustado. Era un lado oscuro y primitivo de sí mismo que no había analizado nunca.

—A mí me pasa lo mismo —dijo Isobel enarcando sus largas cejas pelirrojas—. No sé cuántas veces he oído o leído que es algo incorrecto, una desviación, un trastorno, un trauma de la infancia. Terminas creyendo que eres una mala persona.

—Entonces ¿eres mala en comparación con los pedófilos, asesinos y violadores? ¿Es eso lo que quieres decir?

—Tal vez no si lo planteas así. Pero como mujer te deben gustar determinadas cosas y tienes que alejarte de otras. Es difícil ir en contra de lo establecido. Te sientes muy vulnerable cuando te desvías. Y te avergüenzas.

—¿Te avergüenzas de lo que hemos hecho?

—No, he decidido negarme a sentir vergüenza. Es algo entre tú y yo. —Hizo una pausa—. Pero ¿sabes qué? —dijo al fin.

—¿Sí?

—¿Crees que podré comer algo antes de que me desmaye?

Alexander asintió, le robó un beso, se dio una ducha rápida, se vistió y envió a Isobel al cuarto de baño mientras él se metía en la cocina.

—Hay toallas y también he dejado un albornoz —gritó empezando a sacar sartenes y cacerolas.

Cuando Isobel entró en la cocina tenía el pelo húmedo. Se había atado con un gran lazo el cinturón de la bata de seda de hombre que él le había dejado. Era una mujer alta y curvilínea pero, aun así, se perdía en la bata. Alexander peló una zanahoria y se la dio.

—Para que no te mueras de hambre.

—Es como en las películas —respondió ella satisfecha mientras mordisqueaba la zanahoria y miraba a su alrededor. Se apoyó en la isla de la cocina—. Un chico atractivo prepara la comida con cierta languidez en una cocina superestilosa.

—¿La escena no suele acabar con la chica guapa encima de la isla de la cocina recibiendo una azotaina?

—Yo diría que eso pasa muy pocas veces.

Él se rio. Le encantaba esa parte juguetona de ella. Así era Isobel Sørensen cuando se sentía segura. Sonriente y un poco frívola. Y muy sexy.

Dejó la sartén que había sacado y fue hacia ella; la cogió de la nuca y la besó hasta que ella empezó a gemir y a rodearlo con las piernas. Él le pasó una mano por los muslos. Ella no hacía demasiado deporte y él adoraba tanta suavidad.

—¿Sabías que tienes la piel más suave del mundo? —murmuró él rozándole el cuello con los labios.

Por un momento se vio dándole la vuelta, poniéndola boca abajo encima de la isla de la cocina, quitándole la bata y deslizándose en el interior de su cuerpo cálido y acogedor. Podía oír incluso los leves jadeos que emitía Isobel mientras él la llenaba por todas partes cuando, de pronto, escuchó un ruido que le hizo volverse. El agua de la pasta estaba hirviendo.

—La comida primero —dijo él.

Enjuagó unos tomatitos en un colador, sacó un cuenco con una mozzarella de color amarillo claro, echó albahaca fresca y buscó la miel y los ajos.

—Huele de maravilla —comentó ella olfateando el aire.

Alexander llenó dos cuencos con pasta, salsa y una generosa

porción de parmesano, mientras Isobel servía un vino italiano normal y corriente. Brindaron y se lanzaron sobre la pasta.

—No era una broma. Es verdad que sabes cocinar. ¿Hay algo que no seas capaz de hacer?

Él enrolló la pasta con el tenedor.

—No puedo salvarle la vida a la gente. No puedo dirigir un hospital en medio de la nada. No me conviertas en lo que no soy.

—También eres bueno en la cama —dijo ella como a la ligera.

—En tal caso tengo que trabajar más en ello. Por tu manera de decirlo, espero que creas que soy más que eso.

—Es evidente que soy un monstruo, así que quizá yo no sea la persona indicada para juzgar. Sin embargo, tú me pareces fenomenal.

—Tú no eres ningún monstruo, ni mucho menos —dijo, y le llenó la copa de vino.

—Si supieras con qué frecuencia tengo que oír que hay algo que no funciona bien en mí porque no puedo llegar al orgasmo como las mujeres «normales y corrientes» —replicó dibujando unas comillas con los dedos.

—Eres médica y habrás estudiado anatomía. ¿No has pensado que las mujeres pueden tener constituciones interiores diferentes? No eres tú la que tiene problemas, lo que pasa es que solo has estado con idiotas, con hombres inseguros. Menos mal que me encontraste a mí para arreglarlo todo.

—De todos modos resulta raro que me guste —dijo ella mientras bebía un sorbo de vino—. Que me resulte tan excitante someterme.

—Pero ¿no te has dado cuenta?

—¿De qué?

—De que me gustan tus rarezas. Joder, ha sido el mejor polvo de mi vida.

—Y el mío —dijo ella estirando las piernas hacia delante.

Piernas largas, piel clara, pecas y unos pies perfectos. Él le iba a separar bien esas piernas y después las iba a atar, se prometió. Y luego la iba a lamer y chupar.

—¿Cómo aprendiste a preparar esta pasta? —preguntó Isobel.

—A fin de cuentas, mi mejor amigo es un chef italiano. La receta es suya.

—Supongo que no soy la primera mujer a la que seduces con la comida —dijo ella riendo.

Alexander se quedó callado, no quería confesar cuánta razón tenía.

—¿Cuándo vuelves a Nueva York? —preguntó ella inclinándose de nuevo sobre la comida—. Porque en realidad vives allí, ¿no?

—No lo sé. Allí tengo mi verdadero hogar y a la mayoría de mis amigos —dijo negando con la cabeza—. Tendré que pensar sobre eso.

Alexander toqueteó su copa; quería decirle que nunca se le había ocurrido establecerse en ningún sitio, con nadie, y que todo iba tan deprisa que no sabía lo que sentía.

—Alex, no te preocupes —dijo Isobel en un tono tranquilo.

Él no vio decepción en sus ojos y aquello debía de suponer un alivio. Naturalmente, el sexo podía ser impresionante sin que hubiera necesidad de hablar enseguida del futuro, como ella acababa de indicarle.

Se levantó con brusquedad de la mesa.

—¿Quieres más? —preguntó escueto mirando su bol casi vacío.

Ella negó con la cabeza.

—No, gracias, pero estaba delicioso.

—Gracias a ti —dijo él. Se sentía el hombre más imbécil del mundo por haber estropeado el ambiente.

Isobel lo miró con cierta inseguridad y luego lanzó un vistazo al reloj de pared.

—Huy, qué tarde es. Debería volver a casa.

Alexander dejó los boles en el fregadero, se secó las manos y regresó a su lado. Se puso en cuclillas y apoyó las manos en las piernas de Isobel.

—Perdona que haya sido tan torpe. Soy un desastre para esas cosas. Y no sé lo que quiero en el futuro. Esto... ha ido muy rápido y me siento aturdido.

—Sí —dijo ella pasándole el índice por la nariz con un gesto de ternura.

—Quiero que te quedes conmigo, que no te vayas. Por favor.

Ella se inclinó hacia delante y lo besó en la comisura de los labios.

—Tienes razón, es muy erótico que la gente esté de rodillas delante de ti. Me quedaré con mucho gusto. ¿No podemos simplemente olvidarnos de la presión y ver lo que ocurre?

Las palabras eran como un eco de otras que el propio Alexander les había dicho innumerables veces a innumerables mujeres, solo que nunca se había dado cuenta de lo incómodo que te podías sentir estando en el extremo receptor de una frase así.

Sin embargo era experto en guardarse para él aquella clase de sentimientos , así que sonrió, deslizó las manos por los muslos de ella y preguntó:

—¿Vamos al sofá?

—Si tu padre era danés y tu madre francesa, ¿cómo se conocieron?

Alexander miró a Isobel, que estaba acurrucada en el sofá sujetando la copa de vino con ambas manos. Él se había pasado al agua y juntos habían recuperado el estado de ánimo desenfadado. Siguieron hablando, mirándose, tocándose. Él quería poseerla una vez más. Y luego otra. Pero no tenía prisa. Le encantaba estar ahí sentado mirándola mientras ella hablaba, ver cómo se le salía un pecho cuando la seda brillante se resbalaba hacia abajo, observar cómo retiraba su abundante cabello cuando le caía a la cara por duodécima vez, contemplar cómo sus finos dedos se movían en el aire mientras explicaba algo.

—En un cóctel en Casablanca. ¿Has estado allí?

Él asintió. Salió durante un tiempo con una locutora de un programa de noticias de televisión de allí. Aprendió árabe y mejoró su francés, entre otras cosas. No iba a hablar precisamente de ello con Isobel.

—¿Viajaban mucho tus padres? —preguntó evitando extenderse en su respuesta.

Recordó las fotos de distintos países y en diferentes partes del mundo, de la bella Blanche y su sombrío cónyuge militar. Cócteles, reuniones en embajadas, estrenos. Ocupados en lo suyo.

—Viví con mi abuela desde que era un bebé. Ella optó por quedarse en casa conmigo para que mi madre pudiera centrarse en crear Medpax en París. Yo vivía en Suecia y mi madre iba a verme cuando podía. Mi padre aparecía de vez en cuando.

Guardó silencio. Había mucho que leer entre líneas.

—Entonces no es raro que te guste que te dominen —repuso él con cautela.

Ella resopló.

—¿Qué quieres decir?

—Me refiero a todas esas exigencias imposibles con las que has tenido que vivir. Padres que iban a salvar el mundo, heroísmo. De alguna manera tenías que buscar una salida por alguna parte, de lo contrario te habrías vuelto insoportablemente magnífica.

—Yo no soy magnífica —protestó.

—En absoluto. No puedo entender aún que el mejor polvo de mi vida haya sido con una idealista a la que le gustan los juegos eróticos violentos. Va en contra de todas mis creencias.

—¿Te molesta?

—Para nada, es evidente que me gusta.

Ella le dio una palmadita en el brazo.

—De eso nada. Yo no soy idealista.

—No me molesta, pero no lo entiendo.

Isobel apoyó la barbilla en una mano.

—¿A ti no te exigían nada? Tu familia está llena de tradiciones. ¿Cómo fue tu infancia?

—Sí que me exigían cosas, pero yo elegí el camino contrario —repuso—. He dedicado mi vida a provocar a mis padres.

—Entonces ¿a los dos nos influye lo que nuestros padres piensan de nosotros?

—Quisiera que no fuera así —afirmó, aunque sabía que ella tenía razón. Tal vez había llegado el momento de crecer y dejar de tomar decisiones basadas en lo que podía irritar más a su padre y de empezar a pensar en lo que quería en la vida.

Isobel sonrió e hizo girar el vaso con la mano.

—Tal vez por eso te gusta golpear a las mujeres —soltó ella en un tono arrogante.

—A las mujeres no. A ti.

Ella volvió a sonreír y Alexander fue consciente de que no iba a poder superar aquello. A partir de ese momento se iba a esforzar en mejorar lo que había tenido con Isobel. Y no lo lograría.

La observó y notó el brillo de su mirada. Pero esos problemas llegarían más adelante; por el momento Isobel era suya y él tenía intención de definir y satisfacer todas las necesidades que ella tuviera.

Le quitó el vaso de la mano y lo puso encima de la mesa.

—Túmbate.

Ella se pasó un dedo por los labios y él percibió la pugna entre su orgullo natural y su deseo.

Alexander hizo un gesto autoritario señalando el sofá.

—Boca arriba.

Ganó el deseo, como él suponía. Isobel se hundió contra el asiento.

—Ábrete la bata.

Ella obedeció. Él se inclinó hacia delante, le pasó el dedo pulgar por el rojizo y rizado vello púbico, y siguió hacia la hendidura. Ella tembló.

—Levanta los brazos por encima de la cabeza.

Ella volvió a obedecerle. Alexander rodeó uno de sus tobillos con una mano. A él le gustaba aquello: empujarla e incitarla para que fuera cada vez más lejos. Le separó con lentitud las largas piernas. El sofá era uno de los modelos más anchos de Svenskt Tenn, y ella tenía espacio de sobra. Él apoyó una mano en cada una de sus piernas, se inclinó y la besó de abajo arriba antes de mirarla tumbada allí, atractiva y tentadora. Ella se relamió, tenía la piel caliente, la leve respiración se atascaba en su garganta y hacía que jadeara levemente. Él se inclinó hacia delante, la abrió con los dedos y empezó a lamerla, lo que hizo jadear y suspirar a Isobel. Sin embargo, él sabía, con esa intuición que había desarrollado cuando se trataba de la doctora, que eso no era suficiente para ella. Así que se levantó, le puso los brazos a lo largo del cuerpo y, tras montarse encima de ella, le inmovilizó los brazos con las rodillas. Miró a su alrededor y se dejó arrastrar por su intuición. En realidad quería atarla, pero en su sala de estar solo había muebles modernos tapizados, no había nada que pudiera utilizar. Mierda, no se había dado cuenta de lo complicado que podía llegar a ser eso.

—Quédate como estás —le ordenó mientras se ponía de pie.

Al final fue a buscar la cuerda que había comprado, de nailon, roja y suave, y le ató las piernas completamente abiertas; primero le sujetó un tobillo a una pata del sofá, antes de repetir el proceso con la otra pierna. Justo después volvió a sentarse encima de Isobel. Notó que la respiración de ella se volvía más pesada. Levantó el pequeño látigo que había traído, de color blanco, mango corto estriado en un extremo y varias tiras finas de cuero en el otro. Lo hizo chasquear en el aire. Ella siguió sus movimientos con la mirada y él vio el efecto que le producían el ruido y la visión del látigo. Cuando se puso de rodillas entre sus piernas y volvió a lamerla, ella se corrió rápidamente. Sonrió al comprobar que podía dominarla. El sexo oral normal y corriente no significaba nada para ella, pero si la ataba y sacaba un látigo, *voilà*. Le brillaron los ojos cuando, después de ponerse una vez más un condón, se montó encima de ella, le levantó la cadera con una mano y la penetró. Isobel seguía con las piernas atadas y muy separadas, algo que resultaba excitante, al menos por un rato. Pero hacer el amor con una mujer en esa posición no era tan fácil como podía parecer, así que Alexander le desató las piernas a toda velocidad y la llevó a la cocina. Allí ella solo tuvo que inclinarse en la isla de la cocina mientras él bajaba una mano hasta su cadera para penetrarla.

—¡Oh, Dios! —murmuró ella con voz ahogada.

Isobel tuvo otro orgasmo gracias a Alexander, que se ayudó de la paleta y el látigo y, mientras Isobel se retorcía debajo de él, se apartó, se quitó el preservativo y eyaculó sobre sus nalgas y riñones, para marcarla de un modo primitivo. Después le puso las manos en las caderas mientras respiraba con dificultad y esperaba que sus latidos se calmaran y que el cerebro empezara a funcionar otra vez. Ella no dijo nada y permanecieron de pie hasta que él fue a buscar unas servilletas de papel suave y la limpió con sumo cuidado. Notó que estaba casi extenuada, así que la levantó en brazos y ella apoyó el rostro en su pecho. Notaba el cosquilleo de sus pestañas sobre la piel cada vez que parpadeaba.

—Si me sueltas o te pones derecho me moriré —murmuró ella.

Él se rio y se hundió en el sofá con ella en brazos. Fue algo muy intenso, como si estuvieran en otra parte y empezaran a regresar de allí poco a poco. La voz de Isobel se estremecía en sus brazos y Alexander sabía que estaba en caída libre. Aquel juego era como drogarse con sexo y de endorfinas, pero eso también implicaba que después había que volver a la tierra, y ella estaba cayendo a toda velocidad. Él ya conocía las señales. La sensación de frío, el silencio, la vulnerabilidad. La estrechó entre sus brazos, la meció lentamente, la apretó contra él, escuchó su respiración. Estiró la mano y cogió una manta de viaje que le echó por encima. Le acarició el pelo con suavidad y se permitió quedarse allí sin más, con Isobel entre sus brazos.

—Tengo que ir al baño —murmuró ella al rato.

Intentaron desenredarse. La soltó y vio que no se aguantaba de pie. Mientras Isobel estaba en el baño, fue a la cocina y empezó a preparar cuencos, cucharas y vasos.

Cuando volvió, él había puesto unos cojines en el suelo y había encendido unas velitas cuya luz revoloteaba por la chimenea.

—¡Es precioso! —exclamó ella.

Parpadeó y luego sonrió, y Alexander pensó que no había casi nada que él no fuera capaz de hacer para poder recrearse en esa sonrisa.

—Ven —le pidió, y ella se sentó a su lado, como una princesa en un campamento beduino.

Puso más cojines. Le dio una cuchara y un pequeño bol.

—¿Qué es?

—Mousse de chocolate. Otra receta de Romeo.

Ella se comió el bol entero. Cuando lo terminó, Alexander le dio lo que le quedaba del suyo. También lo devoró.

—Vas a dormir aquí, ¿no?

Él no deseaba nada más. Ella asintió y se relamió el chocolate que tenía alrededor de la boca.

—¿Quieres ir a la cama?

Ella negó con la cabeza.

—No puedo. Estoy muy cansada. Creo que he liberado toda la tensión que he sentido durante toda mi vida.

—¿Quieres que te lleve yo?

—No, no desafiemos al destino.

Así que él le preparó una cama en su sala de estar con unas suaves almohadas y unos amplios y lujosos edredones. Ella se acostó y él le cepilló el pelo con los dedos, cogiendo uno a uno sus rizos y extendiéndolos a su alrededor hasta formar un abanico de color rojo vivo.

Se acostaron muy juntos, casi pegados el uno al otro, mirándose a los ojos sin hablar. Ella le puso una mano en la mejilla. Él apoyó la suya encima y la miró mientras se quedaba dormida, y permaneció así hasta que Isobel, en sueños, se dio la vuelta. Solo entonces cerró los ojos.

Alexander se despertó mucho antes que ella. La miró detenidamente mientras seguía acurrucada bajo sus sábanas. Su piel pecosa, su respiración tranquila...

Siempre le habían gustado los preliminares y la caza, pensó. Pero en la misma medida que le agradaba perseguir la emoción y explorar, le desagradaba la mañana siguiente.

Con Isobel era diferente, por supuesto. Todo lo demás era distinto, así que eso también lo era.

—Buenos días —dijo cuando ella al fin se despertó.

—Buenos días.

—Me alegro de que te hayas quedado a dormir.

—Yo también.

—¿Tienes que ir a algún sitio hoy?

—No. ¿Y tú?

Alexander negó con la cabeza.

—Solo deseo estar contigo. ¿Tú también?

—Hmmm. ¿Me preparas el desayuno?

Él se tumbó sobre ella apoyándose en los brazos y miró su rostro sonriente.

—¿No lo sabes? Te voy a dar todo lo que necesites.

—¿Todo?

—Más aún.

—Entonces me quedo.

Y él pensó que nunca se había sentido tan a gusto en su vida.

45

Gina estaba estudiando en la mesa de la cocina de su casa. Su padre jugaba al ajedrez con un amigo en la sala de estar, como hacía todos los sábados. Amir estaba en su cuarto, con la puerta cerrada. Gina oía el ruido de un juego de ordenador. Ella nunca había tenido paciencia para jugar a esas cosas, le parecían una pérdida de tiempo, pero a Amir le gustaban y se podía pasar horas jugando. Dejó a un lado las preocupaciones sobre su hermano, que siempre estaba muy callado, no se apartaba del ordenador ni tampoco tenía amigos. Esa semana tenía el último examen del semestre, una prueba muy importante, pero lo llevaba bien y solo debía repasar.

Era un típico día de principios del verano, muy distinto a los que ella recordaba de su niñez, con esos tonos ocres y ese calor húmedo. Tenía once años cuando llegó a Suecia, pero sus recuerdos de la infancia eran borrosos e incompletos. Siempre se preguntó si sería culpa suya que se acordara de tan pocas cosas, pero un día en que estaba estudiando psiquiatría leyó que los niños que habían vivido experiencias terribles de pequeños solían reprimirlas. ¿Había sido terrible su infancia? Ella recordaba olores y sensaciones. A veces rememoraba los ruidos de los animales y las voces de las mujeres, pero nada más. Se quedó escuchando a través de la ventana abierta. Tensta era como una ONU en miniatura. Si prestaba atención, Gina podía distinguir el dialecto que hablaban las mujeres que reían abajo en el patio. No recordaba risas durante su infancia. ¿No se reían nunca o simplemente lo había olvidado?

Miró lo que había subrayado. Ya casi se lo sabía de memoria, pero decidió repasarlo una vez más. Sus exámenes siempre eran perfectos y cualquier nota que estuviera por debajo del cien por cien era un fracaso para ella. Sus compañeros saldrían el sábado, les había oído hablar de ello toda la semana. Alguien le preguntó si se animaba —siempre eran correctos con ella y la avisaban—, pero Gina solía darles las gracias y por lo general decía que no. No podía permitírselo. Ni tenía tiempo ni estaba en condiciones económicas de salir. Era una elección que había tomado, y no tenía ningunas ganas de gastar dinero en cosas que no eran absolutamente necesarias. Además podía utilizar el tiempo para estudiar. Así se labraría el futuro que deseaba, y tampoco le suponía ningún sacrificio, al menos a largo plazo.

Pero a veces, como ese día, había una pequeña parte de ella a la que le gustaría liberarse un poco.

—¿Va todo bien?

Era su padre, que había asomado la cabeza.

Gina asintió mientras dejaba el bloc de notas sobre la mesa de la cocina para que su padre no viera que estaba pintarrajeando. Repasó una y otra vez en su cabeza la conversación con Peter. Parecía muy angustiado y a ella le impresionó lo que le había contado. Había pedido unos días libres para poder estudiar y llevaban varios días sin verse. Se preguntó cómo se sentiría él.

Su padre sacó del frigorífico una jarra para beber algo.

—Deberías salir un poco —dijo dándole un beso en la cabeza, antes de volver a su partida de ajedrez.

Su padre tenía razón, pensó ella guiñando los ojos al mirar hacia el sol. Más que nada por la vitamina D. Los pensamientos volaron. No solía tener dificultades para concentrarse ni solía soñar despierta. Cuando otras personas se quejaban de que pasaban demasiado tiempo en internet, delante del televisor o con el móvil, ella no lo entendía. En su mundo no había sitio para dejarse llevar por la pereza. Todo lo decidía uno mismo, y punto. Pasó las hojas del examen que estaba repasando y clavó los ojos en el texto. Diez segundos más tarde los pensamientos habían echado a volar de nuevo.

Se levantó y se dirigió inquieta hasta la ventana.

—¿Gina?

Era su padre otra vez. Se volvió.

—¿Sí?

—Te llaman al móvil.

Su padre le tendió el teléfono. Ella lo cogió con el ceño fruncido.

—¿Quién es? —preguntó.

Casi nunca la llamaban, y menos los fines de semana. Pero su padre se limitó a darle el teléfono; parecía que quería decir algo pero negó con la cabeza y salió de la cocina.

—¿Dígame? —respondió Gina con cautela.

Resultaba curiosa la cantidad de ideas que se le pasaron por la cabeza. ¿Sería alguien que los detestaba? Casi nunca los molestaban, eran discretos y su padre era respetado allí. Pero aun así... Ella odiaba las sorpresas porque rara vez implicaban algo bueno. Aunque tal vez era alguien que necesitaba personal de catering o de limpieza en el último minuto. La mayor parte de las fiestas de fin de curso ya habían pasado, pero nunca se sabía.

—Hola, Gina. Soy Peter.

—¿Peter? —Reconoció la voz de inmediato, aunque nunca habían hablado por teléfono—. ¿Sucede algo?

Curiosamente, lo primero que pensó fue que era un día normal y que se le había olvidado ir al trabajo. De todos modos, ¿qué quería decirle? Ella ni siquiera sabía que él tenía su número de teléfono. Su tarjeta prepago no estaba registrada en ningún sitio.

—¿Suceder? —dijo él—. ¿El qué?

—Quiero decir en la oficina —respondió, aunque se dio cuenta de que aquella conclusión era una idiotez—. No sé lo que me digo. Me ha sorprendido mucho tu llamada.

—¿Es este tu número? —preguntó él con cierta preocupación—. Ha contestado tu padre.

Gina sonrió.

—Es mi teléfono, pero mi padre estaba más cerca que yo y por eso ha respondido él.

Seguía sin entender por qué la llamaba. No lo hacía nunca. ¿Necesitaría ayuda con la limpieza? Estuvieron tanto tiempo en silencio que ella pensó en colgar. Tal vez se había equivocado de número o algo así.

—¿Cómo has conseguido mi número? —preguntó ella.

—Me lo ha dado Natalia.

No podía ser de otro modo.

De nuevo hubo un largo silencio.

—¿Dónde estás? —preguntó Gina, a la vez que Peter decía:

—Hace un tiempo muy bueno.

—Sí —respondió ella, a la vez que él decía:

—En el coche.

Otro silencio. Pero en esta ocasión ella oyó de fondo el ruido grave del motor del Mercedes.

—¿Estás seguro de que no pasa nada? —preguntó.

—Gina, entiendo que no puedas, o no quieras. La voz de tu padre me ha parecido bastante áspera. Preferirías estar con tu familia y seguramente no tienes tiempo. Y tal vez me odies por lo que te conté, ya sabes.

—No te odio.

Ella esperó. El corazón empezó a latirle un poco más deprisa.

—¿Quieres dar un paseo conmigo? —preguntó al final.

A pesar de que se trataba de la pregunta que esperaba, le sorprendió tanto oírla que se quedó sin palabras.

Los viajes en coche podía justificarlos pensando que eran un favor que él le hacía.

Pero aquello no. Aquello era un paso diferente en una nueva dirección. Decir sí significaba que asumía riesgos. Y ella los odiaba tanto como detestaba las decepciones.

Volvió a mirar por la ventana y vio el verano al otro lado del cristal. Estaba centrada, sabía lo que quería en la vida, era organizada e inteligente. Pero también era joven. Y le gustaba Peter. Y tenían que hablar de lo que le había dicho. De muchas cosas.

—Sí —contestó simplemente.

Era consciente de que al decirlo cambiaba el rumbo de las cosas. Pero por primera vez desde que huyó con su padre y su hermano cuando no era más que una niña aterrorizada y se prometió a sí misma no solo sobrevivir, sino también no tener que depender de nadie nunca más —ya fueran tratantes de personas o la Dirección General de Migración—, iba a hacer algo a corto plazo y tan solo por su propio bien. Haría eso de lo que todos hablaban pero que ella nunca había intentado: vivir en el presente.

—Sí, me encantaría dar un paseo contigo. ¿Vienes a buscarme?

Mientras Peter esperaba la respuesta de Gina, estuvo apretando el teléfono con tal fuerza que tuvo que limpiar el sudor de la pantalla para poder cerrarlo. Se quitó el auricular y lo dejó todo en el asiento del copiloto. Dejó escapar un suspiro de alivio. Al final se había atrevido a llamar y ella le había dicho que sí. En vez de poner el aire acondicionado, abrió la ventana y dejó que la brisa de principios de verano le golpeara en la cara, mientras esta se le iluminaba con una sonrisa. Gina había dicho que sí, no lo odiaba y se iban a ver. Si alguien tenía que mover una montaña, él sería capaz de hacerlo en ese momento.

Cuando se detuvo ante su puerta y salió del coche, vio que ella se acercaba. La observó a través del vidrio desgastado de la puerta y por un momento sintió pánico. ¿Cómo se iban a saludar? Hubiera querido ser más valiente, pero no se atrevía a abrazar a aquella persona perfecta.

Gina salió sonriendo. Peter se metió las manos en los bolsillos.

—¿Te parece bien Djurgården?

Ella asintió con la cabeza.

Estacionaron en el puente Djurgårdsbron y caminaron a lo largo del canal. Había mucha gente en la calle y era inevitable que Peter viera a conocidos suyos. Por allí solía pasear la gente de clase alta. Saludó a una pareja. Se detuvieron, hablaron un poco, saludaron a Gina, la miraron con curiosidad y luego siguieron su camino cuchicheando. El hecho se repitió una y otra vez. Gina estaba cada vez más silenciosa.

—¿Te pasa algo? —preguntó él finalmente.

Gina negó con la cabeza, aunque su rostro reflejaba cierta preocupación.

—¿Gina?

Ella cruzó los brazos, apartó la mirada y se puso a observar las copas de los árboles.

—He vivido en Estocolmo más de diez años y es la primera vez que vengo a Djurgården. Es bonito, muy bonito.

—¿Pero?

—Me siento diferente aquí. Y tus amigos seguramente son buenas personas, pero ¿no te das cuenta de cómo me miran? He servido en fiestas en las que ellos estaban como invitados, ¿sabes? Y ahora no me reconocen. La verdad es que quisiera volver a casa.

La desesperación lo embargó. Y la vergüenza al ver la inseguridad de ella. Era como si él la hubiera expuesto a aquello. Quería ofrecerle un buen día pero había fracasado. Gina tenía razón, era un idiota.

—Lo siento —se disculpó Peter—. No me di cuenta de que podía pasar esto. Perdóname, Gina.

Se pasó la mano por el pelo y sintió que las lágrimas le quemaban en la garganta. Todo lo que hacía le salía mal. Debería haberlo sabido. Tendría que haberla protegido, haberse puesto en su lugar.

—No es culpa tuya —dijo ella.

—Por favor, Gina. No te vayas —le pidió casi como una súplica.

Ella se mordió el labio.

—¿No podríamos ir a otro sitio? —propuso ella en un tono vacilante.

Peter se sintió tan aliviado que le tembló la voz al preguntar:

—¿Adónde quieres ir?

—Si vamos a donde yo vivo, te sentirás igual de excluido que yo aquí. ¿Qué te parece si vamos a Södermalm?

—No he estado nunca allí.

Le miró con gesto pícaro.

—Entonces te propongo un paseo por Tanto.

Peter logró llegar a Södermalm siguiendo las indicaciones y el GPS. Aparcó en una calle de la que no había oído hablar nunca y pensó que él, con su chaqueta a medida y su impecable pantalón de algodón, tal vez se sentiría igual de extraño allí en Södermalm, con sus diminutos cafés y los hipsters con su look perfectamente estudiado, como en el barrio de Gina. Pero brillaba el sol, ninguno de los residentes de la zona se quedó mirándolo y Gina ya no parecía estar incómoda, así que sintió que su estado de ánimo se elevaba. Cuando fueron paseando hacia el agua resplandeciente y el esbelto brazo de Gina rozó el suyo, se quitó la chaqueta, se arremangó la camisa y decidió disfrutar de lo que parecía ser el mejor sábado de su vida.

—¿Tienes ganas de empezar las prácticas? —preguntó él. En el coche habían hablado del semestre siguiente, en el que Gina intentaría hacer las prácticas en un hospital.

—Dicen que entonces te sientes más como un médico, así que sí, estoy deseando empezar. Pero según tengo entendido, es bastante duro.

Él sonrió. Sabía que le encantaban los desafíos.

—¿Tienes algún plan para este verano? —preguntó él.

El calor había llegado muy deprisa, él no había planeado las vacaciones y le dolía pensar que tal vez no se vieran durante todo el verano. Y tampoco le gustaba pensar que Gina estaría muy ocupada en otoño con su nueva e intensa vida.

Gina negó con la cabeza.

—Me quedaré en casa. He conseguido algún trabajillo y quiero ahorrar todo lo que pueda. Bueno, ya lo sabes.

Él era consciente de ello. Y aunque era muy egoísta por su parte, se alegró de que Gina no fuera a desaparecer de su vida por el momento.

Compraron helado. A ella le costó mucho elegir entre tantos sabores. Peter escogió uno de los que había visto que le gustaban y le dijo sinceramente:

—Si no me dejas que te invite, no sé lo que voy a hacer.

Ella le dijo que por esa vez lo aceptaba, y se sentaron en una roca cerca de la orilla. Comieron los helados en silencio. Peter no hablaba nunca cuando tenía comida en la boca y Gina se sentó con la espalda muy recta y la mirada fija en el agua, y él estaba satisfecho, más que satisfecho, observando su perfil.

—¿Está bueno tu helado? —preguntó ella.

Peter le dio el resto del helado verde, que de todos modos solo había pedido por ella. Gina se lo comió poco a poco mientras él pensaba con qué frecuencia compraría helado o cualquier otra cosa para sí misma.

—¿Cómo está tu hermano? —preguntó él—. ¿Va a hacer algo este verano?

—No.

—¿Crees que estará fría el agua? —preguntó cambiando rápidamente de conversación.

Sabía que había personas para las que el verano no significaba vacaciones y relajación, pero en realidad no se había relacionado nunca con alguien que no pudiera permitirse hacer alguna cosa en esa época. Y no estaba orgulloso de ello.

Unos niños pequeños salpicaban en la orilla un poco más allá y un perro nadaba con una pelota en la boca, pero la temperatura debía de ser más bien baja.

—No lo sé —dijo ella limpiándose la boca con una servilleta de papel—. No me he bañado nunca.

—¿Ni siquiera en la escuela? —preguntó sorprendido—. ¿Durante las vacaciones de verano?

Peter se pasaba los veranos navegando en veleros por el archipiélago sueco y en el Mediterráneo. Había viajado un par de veces al Caribe con amigos, había pasado largos fines de semana en chalets del archipiélago con parejas amigas de él y de Louise. Pero bañarse en Suecia era gratis, ¿no? Vaya por Dios, de repente se dio cuenta de que no tenía ni idea.

—Fui a clases de natación —dijo ella en voz baja—. Cuando llegamos aquí no sabía nadar. Papá insistió mucho en que aprendiera a hacerlo porque había leído que los niños se ahogaban en Suecia. Pero no me he bañado nunca al aire libre, en el mar, en lagos o cualquiera de esos sitios —admitió. Luego encogió su naricita y preguntó con escepticismo—: ¿Qué haces? Parece que está muy fría.

—Voy a remojarme los pies —dijo Peter con decisión mientras se quitaba los zapatos y los calcetines y los ponía junto a él en las rocas, calientes por el sol. Se arremangó los pantalones y después fue arrastrando los pies hacia la orilla, que estaba a poca distancia. Metió un pie en el agua: estaba helada. Estaría a unos doce o trece grados como mucho.

—Los suecos estáis obsesionados con el agua.

—¿No quieres probarla? Es muy agradable después de un rato.

—La gente siempre dice eso. A mí me parece que la gente se equivoca.

—Vamos, ¿o es que eres una cobarde? —la desafió, ya que suponía que Gina no dejaría que nadie creyera que había algo que ella no se atrevía a hacer.

Después de algunas dudas, la chica se quitó los zapatos y mostró sus pies delgados y sus uñas pintadas. Iba siempre muy pulcra, con una falda lisa y una blusa. Ese día llevaba un vestido claro y unas zapatillas de lona, así que sus uñas brillantes de color lila claro parecían el colmo del libertinaje.

Peter no quería mirarla, pero tenía unos pies muy bonitos. Esbeltos y elegantes, con las plantas un poco más claras y los tobillos más delgados que había visto nunca.

Él apartó la mirada. La roca en la que estaban sentados no era muy empinada pero de todos modos le tendió la mano cuando ella se dejó caer con mucho cuidado. Se le subió la falda. Gina tiró de ella hacia abajo con firmeza y luego puso su mano en la de él. Peter mantuvo el equilibrio mientras ella se mojaba un pie y sintió una corriente de alegría que procedía del punto donde sus manos se unían.

Ella se agarró con más fuerza.

—¡Está helada! —gritó.

—Ven —dijo él mirando una cala que había a poca distancia.

—Vamos hasta allí.

Al final los dos se quedaron de pie con el agua transparente hasta los tobillos. Unos pececillos nadaban alrededor de sus pies y él vio que Gina sonreía encantada.

—Ahora ya me he acostumbrado —afirmó ella al cabo de un rato—. O probablemente se me hayan congelado los pies.

—En algún momento iremos a bañarnos —dijo él esperando que fuera cierto.

Tal vez podía invitar a toda la familia de Gina. Podría alquilar un barco. ¿Qué diablos? Podría incluso comprar un barco y llevarlos al archipiélago.

—Creo que paso de esa experiencia —murmuró ella—. ¿Podemos subir ya?

Peter puso su chaqueta sobre el desgastado césped, que estaba lleno de grupos que hacían picnic. Gina se sentó cerca de él, encima de la chaqueta, y dejó que sus pies se secaran al sol. A él le hubiera gustado volver a cogerle la mano pero no se atrevió; esta vez no tenía ninguna excusa, así que no lo hizo.

Gina movió los dedos.

—Es más agradable al salir —constató.

—Sí —convino él.

Se quedaron sentados en silencio, dejando que el sol los calentara.

—Eso que me dijiste antes. Sobre Carolina —dijo ella en voz baja mientras él jugueteaba con una brizna de hierba.

«Dios, ahora sale eso.»

—¿Sí?

—¿Es por lo que te flagelas continuamente?

—Yo... —empezó a decir, pero enseguida se dio cuenta de que no tenía ni idea de qué contestar. ¿De verdad era así? ¿Se castigaba a sí mismo? ¿Acaso no era justo, dadas las circunstancias?—. Destrocé su vida.

Gina lo miró.

—Pero ¿en realidad lo hiciste? ¿Toda su vida? Porque conozco a Carolina. Y también a ti. De los dos, no es ella la que se comporta como una muerta en vida.

—No me siento con derecho a seguir adelante.

—No, pero que tú sientas eso no significa que sea así —dijo ella.

—¿Cuántos años has dicho que tienes?

Ella sonrió.

—Tengo que volver a casa. Prometí preparar la cena.

Se pusieron de pie, recogieron sus cosas y emprendieron el camino de regreso. Siguieron el estrecho camino de gravilla paralelo al agua mientras charlaban.

—Espera —dijo Gina.

Se detuvo al lado de un árbol, apoyó una mano en el tronco y levantó el pie para quitarse un trozo de gravilla del zapato. Sin pensarlo, sin haberlo planeado, Peter extendió su mano hacia ella. Le rozó suavemente la mejilla con los nudillos. De una manera leve, como una brisa de mar, preparado para que Gina se enfadara por haberse tomado unas libertades a las que no tenía derecho. Pero no lo hizo. Ella puso el pie en el suelo, se enderezó y lo miró. Peter dio un paso hacia ella, hacia esa criatura erguida que ocupaba sus pensamientos hasta el punto de que no podía dejar de pensar en ella, y colocó una mano en el tronco, por encima de su cabeza. Ella se quedó entre el árbol y él, y su pecho casi rozaba el de Peter, quien apoyaba la mano contra el áspero tronco. Peter esperó y le dio tiempo suficiente para que escapara si quería. Pero Gina se quedó quieta. Él se inclinó poco a poco hacia ella y le rozó los labios con la boca, como si le pidiera permiso. Ella cerró los ojos y se quedó por completo inmóvil, con la espalda apoyada en el árbol y la barbilla un poco levantada. Entonces Peter se atrevió. Volvió a darle un beso, esta vez más largo. Y otro más. Entonces se detuvo en su boca suave.

«Estoy besando a Gina.»

Le separó los labios y dejó que la punta de la lengua se deslizara por su boca con cuidado, esperando su reacción. Ella seguía inmóvil, con las manos a ambos lados del cuerpo. Él le apretó los labios. A ella se le escapó un suspiro y él bajó la mano que tenía apoyada en el tronco del árbol, la puso sobre sus hombros y la atrajo con suavidad hacia él, hasta sentir la presión de sus pechos y su boca contra él. Se le escapó un suspiro, que sonó como un gemido. Después ella por fin lo besó a él, y la punta de una lengua suave y cautelosa rozó la suya. Fue un beso tierno, el más bonito y más íntimo que había recibido. Como si besar a Gina implicara que podía volver a empezar.

Cuando se apartó, él la soltó al instante. El corazón le latía en el pecho como si hubiera subido corriendo una colina empinada.

—Disculpa —dijo él.

Ella se tocó la boca con sus finos dedos, como si quisiera percibir lo que acababa de ocurrir.

—¿Por qué pides disculpas?

—No debería... ¿Sabes qué edad tengo? Y tu padre...

Estaba diciendo cosas que no debía, él mismo se daba cuenta, pero no había estado con una mujer desde su divorcio, y ni siquiera entonces «estuvo» mucho con una mujer. Louise no tomaba ninguna iniciativa y él no era un hombre que se atreviera a opinar sobre si iban a tener relaciones o no. Asumió la falta de proximidad física como un castigo que se merecía más de cien veces. Ahora no sabía cómo hacerlo ni tampoco qué estaba permitido.

—Sé la edad que tienes —dijo—, ya que lo has señalado casi cada vez que nos hemos visto. Pero yo no soy ninguna niña. Ha sido un beso muy bonito.

Peter no se atrevió a decir nada más: tenía miedo de pronunciar algo que borrara esa sonrisa, esa mirada. Cogió su chaqueta con una mano y le tendió a ella la otra, y cuando Gina la tomó y fueron cogidos de la mano por la orilla del agua resplandeciente, Peter sintió algo que no sentía desde hacía más de veinte años.

Sintió que él también tenía derecho a un poco de felicidad.

46

Isobel no podía concentrarse en aquella reunión de trabajo. Ya que el viaje a Chad había terminado de una forma tan lamentable, llegó a la conclusión de que lo mejor que podía hacer era trabajar un poco. Tenía un par de citas programadas y esperaba recuperar pronto su capacidad cerebral. Uno de los médicos estaba hablando de planes de atención y responsabilidad médica. Después se levantó el gerente financiero y mostró unas cifras en una presentación de PowerPoint. A continuación tomó la palabra la directora de operaciones, quien habló de ofertas y objetivos. Isobel miró de reojo a los demás. ¿Se notaría su estado de confusión? ¿Se darían cuenta de que en realidad no estaba presente del todo y que no podía concentrarse a pesar de intentarlo?

Se esforzó en mirar atentamente la pizarra y escuchar la discusión. Pero ¿cómo iba a poder hacerlo cuando lo único que veía era a ella misma, una y otra vez, tumbada en la cama de Alexander, encima de su butaca, apoyada en la isla de su cocina, dominada y teniendo un orgasmo detrás de otro? La médica que había en su interior podía explicar de un modo racional que las endorfinas se liberaban con el dolor y después tomaban el control y originaban placer. Pero la parte psicológica le resultaba más difícil. ¿Por qué le resultaba tan agradable lo que él le hacía?

Aunque «agradable» era una palabra inadecuada y ridícula en ese contexto. Se trataba de mucho más. Era como si por primera vez pudiera ser ella misma en el aspecto sexual, estar con alguien que no la juzgaba, sentirse segura y atreverse a tener confianza.

Miró en torno a la mesa y vio a sus colegas y colaboradores. Todos tenían un aspecto muy normal. ¿Guardarían ellos también secretos? ¿Quizá al economista que aprobaba los informes salariales le gustara que lo azotasen? ¿O tal vez a aquella de allí, la responsable médica que llevaba un collar de perlas, le gustaba vestirse de charol y cuero y dominar a sus parejas sexuales en su tiempo libre? Eso no se veía a simple vista.

¿O tal vez sí?

¿Verían los demás que la doctora Sørensen era una mujer distinta, que lo único que tenía ahora en la mente era sexo? Bajó la mirada e intentó concentrarse. Nunca había sido tan libertina, joven y alocada. En lo más profundo de ella, bajo la apariencia de la doctora Isobel, la cooperante Isobel, la experta Isobel en la que podías confiar, siempre existió una mujer que ansiaba alcanzar una razón de ser y no tener que ocultarse como si tuviera un secreto desagradable. Había reprimido esa parte de sí misma mucho tiempo, pero siempre la tenía ahí, incordiando a su alrededor. Y ahora eso. Si no lo hubiera experimentado por sí misma, nunca habría creído que se podía perder el control con otra persona como le había pasado a ella. Y además con Alexander. Era irreal.

No se habían separado en todo el fin de semana. El día antes ella había llamado a su madre, la había felicitado a toda prisa por el día de la madre y, a continuación, había vuelto a entregarse a él. A primera hora de la mañana estaba duchándose para ir al trabajo. Alexander entró en la ducha, hicieron el amor de manera apasionada y después él preparó el desayuno. Luego la siguió hasta la calle, se negó a que viajara en transporte público, pidió un taxi y pagó al conductor por adelantado.

¿Era exagerado? Sí. ¿Le gustaba a ella? Sí, mucho.

Y Alexander había hecho lo correcto, aunque fuera sobreprotector.

Isobel estaba demasiado aturdida para pensar de un modo lógico. Cuando se metió en el ascensor pulsó un piso equivocado, olvidó el código para entrar y luego se quedó un rato esperando en una sala de conferencias equivocada, mientras se preguntaba por qué no acudía nadie a la reunión.

No podía seguir juzgándose a sí misma y a ese juego. ¿Era discriminatorio? ¿Se había metido en una relación patológica? ¿Debería preocuparse por haber renunciado a su independencia? Quisiera preguntárselo a alguien, tal vez escribir a un experto: «Mi nuevo novio, aunque no sé si es mi novio, tal vez solo sea mi amante... Tenemos un sexo no convencional que es fantástico, una locura; él me cuida y me llama por teléfono y consigue meterse en mi vida, y yo no puedo pensar en nada más que en lo que hacemos. ¿Es normal? ¿Hay algo en mi interior que no funciona bien?». Alexander era un hombre con mucho talento que había liberado algo en ella. Como si se tratase de un talento oculto que había estado latente a la espera de ser utilizado.

Isobel levantó la cabeza al oír el ruido de las sillas arrastrándose. Al parecer la reunión se había terminado. Los demás se pusieron en pie e Isobel hizo lo mismo. Pero mientras los otros iban a ver a los pacientes o se quedaban charlando en la sala de descanso, Isobel se escabulló y se metió en una de las habitaciones para las visitas. La cerró con llave, corrió las cortinas, se dejó caer en una silla tapizada con piel de oveja y apoyó la cabeza en el respaldo. Le ardía el cuerpo, era una locura. Se desabrochó los pantalones, metió la mano en el interior y se acarició hasta llegar al orgasmo en menos de un minuto. Volvió a ajustarse la ropa, avergonzada, cruzó las piernas y se quedó con la mirada perdida en el aire.

Nunca había hecho algo parecido, pensó riéndose. Su relación con Alexander era simplemente lo mejor que había experimentado en su vida. Aunque tenía miedo de perderse, al mismo tiempo se sentía más ella misma que nunca, así que no había nada que le molestara. Alexander la cortejaba de un modo casi anticuado, y se mostraba tan amable y considerado que le resultaba imposible defenderse de él, incluso aunque quisiera. Parecía estar viviendo una experiencia de otro mundo. Pero Isobel tenía mucho miedo de lo que le fuera a ocurrir cuando todo terminara. Porque algo así no podía continuar, era obvio. ¿Debería consultárselo? ¿Se atrevería a preguntarle a Alexander si él veía algún futuro para ellos? ¿Respondería él con sinceridad?

Esta era la peor parte. No había garantías. En su trabajo conocía y podía enfrentarse a esa clase de situaciones a la perfección. La doctora y médica de campo Isobel Sørensen sabía cómo manejarse. Pero, de algún modo, la Isobel mujer no era mayor que esa niña de seis años que se quedaba con un nudo en la garganta mirando a papá y a mamá cuando se iban, con independencia de lo triste o asustada que estuviera. La hija capaz y preparada que no hablaba de sus propias necesidades. Una mujer adulta que nunca pensó que un hombre iba a querer quedarse con ella el día que se presentara otra mujer más interesante.

Se había convertido en una persona que nunca sería lo bastante buena para ser la primera opción de alguien.

Isobel salió de la habitación llena de ideas contradictorias. No era una niña. Era ridículo culpar a los acontecimientos de su infancia.

Intentaría poner algo de distancia por medio y trataría de obtener una imagen de sí misma. No se perdería, sino que se protegería tanto a ella como a su corazón.

El teléfono sonó.

SMS de Alexander. El corazón casi se le salió del pecho.

¿Cena?

Leyó el mensaje con el pulso cada vez más acelerado. Ahora tenía que decir que no. Lo había decidido. Sabía que debía tomar distancia y hacer algo de manera independiente, algo señalado. Suspiró y dijo simplemente:

—Sí.

Alexander la esperaba fuera cuando ella terminó su jornada laboral. Rubio y sonriente, estaba de pie bajo el sol en la acera de Vallhallavägen. Los transeúntes lo miraban de reojo pero Alexander solo tenía ojos para ella. Cuando la tuvo a su lado, la tomó en sus brazos y la besó hasta que ella hubo de agarrarse a él. La gente seguía pasando junto a ellos y algunos los miraban abiertamente, pero Isobel los ignoró y se dejó llevar por lo que tal vez era algún tipo de locura clínica.

—¿Fuera o en mi casa? —preguntó Alexander mientras sus manos se movían por el cuerpo de ella buscando su cuello y deslizándose por su espalda.

Isobel no podía pensar; todo su cuerpo gritaba «Tómame, tómame»; por eso dijo en el tono más firme que pudo:

—Fuera.

Así tendría tiempo de exponer algún pensamiento intelectual antes de verse de tumbada en la cama de Alexander con solo sexo y orgasmos en su cabeza.

Siempre había despreciado a las personas que se dejaban dominar por la pasión; le parecía que era una tontería. *Well*, mírala ahora.

Alexander la llevó a Mathias Dahlgren, habló con tranquilidad con el camarero y consiguió una mesa de esa forma incuestionable en que lo lograba todo.

Pidieron un menú vegetariano y champán. Caro, exclusivo, una locura. Él le tomó la mano y le acarició la muñeca.

—Esto es demencial —murmuró ella.

—Sí.

Alexander le besó la palma de la mano y ella cerró los ojos.

Isobel retiró la mano.

—¿Qué ocurre? —preguntó él.

—No lo sé. No puedo pensar con claridad.

—¿Sucede algo?

—Lo que estamos haciendo...

—Sí.

—Es tan...

—Sí, lo es —la cortó él con una sonrisa.

Isobel se echó hacia atrás en la silla y lo observó, tan atractivo y seguro de sí mismo.

—¿Me dejarías hacerlo a mí? —preguntó con lentitud—. Me refiero a lo que me haces, a cambiar los roles.

Había estado pensando en eso, en cómo se sentiría Alexander, en qué diría.

Silencio.

—¿Alex?

—¿Hay algo en particular que te gustaría hacer? —preguntó él mientras le sostenía la mirada, sin que ella pudiera interpretar su reacción.

Sus ojos eran de un azul limpio, sin una sola sombra. Ese era el color más poco común de la naturaleza, según recordaba ella de las clases de biología.

—Tal vez. —No había reflexionado demasiado sobre ello, pero en cuanto pronunció aquellas palabras en voz alta, le pareció bien—. Sí, me gustaría probarlo.

—¿Por qué?

Ella lo había dicho para retarle, para intentar encontrar algún tipo de equilibrio en aquella locura en la que se había metido.

—Quiero saber lo que sientes tú. Y viceversa: que tú sientas lo mismo que yo.

Isobel contuvo la respiración. ¿Era una proposición absurda? ¿Y cómo se sentiría si Alexander le dijera que no, si él solo quisiera ser el dominante?

—Supongo que sería una manera de que yo experimentase lo que supone para ti —dijo en tono reflexivo mientras le volvía a coger la mano y se la llevaba a la boca, le besaba un dedo y se lo mordía ligeramente—. Dime, Isobel —continuó en un tono de voz tan bajo que era casi un ronroneo—. ¿Qué harías si tú pudieras decidir?

Para Isobel fue como si la sangre y todas las funciones se redistribuyeran en su cuerpo. Esa mirada, esa voz...

—No creo que llevara a cabo nada distinto de lo que ya has hecho tú —respondió con voz ahogada. En realidad no había pensado demasiado sobre ello.

—Pero si vas a tomar tú el mando —siguió él mientras le besaba el siguiente dedo—, debería poder contarte mis fantasías.

—De acuerdo —convino ella.

El corazón se le disparó. Una cosa era hacerse la valiente y proponer dominar a Alexander y otra muy distinta darse cuenta de que ello implicaba intentar controlar a un hombre de más de cien kilos. Se trataba sobre todo de fuerza mental, era consciente de ello, pero aun así... Dios mío. ¿Sería capaz de hacerlo cuando llegara el momento?

—Bella, seductora, y adictiva Isobel, ¿sabes lo que quiero?

Tenía los párpados entrecerrados y las pestañas oscuras proyectaban sombras sobre la piel dorada y los rasgos angulosos. Respiró y el soplo cálido de su aliento la hizo temblar.

—Quiero que hagas conmigo aquello que te gustaría que yo te hiciera después a ti.

—¿Qué quieres decir?

Él le cogió otro dedo y lo besó suavemente.

—Que hay cosas que quieres de mí y no te atreves a pedirlas. Que todavía crees que debes guardar tus secretos.

—Nunca le he contado a nadie tantas cosas como a ti —repuso ella con sinceridad.

—Estoy deseando que llegue una noche en la que puedas hacer conmigo lo que quieras.

—¿No crees que ya soy capaz de hacerlo?

Él sonrió.

—*Au contraire, ma chérie.*

¿Cuántas veces se había metido en discusiones en las que los hombres querían que ella se pusiera en su lugar? A menudo aquello era tan sutil que Isobel no se daba cuenta hasta mucho tiempo después. Esa rara sensación que no se podía quitar de encima estaba formada por pequeños pinchazos que se repartían por todo el cuerpo y que no empezaban a escocerle hasta que llegaba a casa. Por otra parte, no era que ella no pudiera soportar que le llevaran la contraria. Cuando te dedicabas a la ayuda humanitaria, era necesario discutir y pulir tus argumentos. Pero había muchos hombres cuya única meta en una discusión era aplastarla. Alexander, que ya hablaba de ayudas, trabajo de campo y aportaciones al Tercer Mundo como si hubiera estudiado el tema toda su vida, no intentaría brillar a costa de ella.

La violenta atracción que sentía Isobel se centraba precisamente en aquello, en la combinación de arrogancia y respeto. Sí, ella deseaba dominarlo. Quería obligarle a que se pusiera de rodillas tal como él había hecho con ella.

Los ojos de él, tan fijos en los suyos que parecía que oyera cada palabra que ella pronunciaba en su cabeza, se oscurecieron. Tal vez era producto de la iluminación. Las velas ardían, el cielo que había al otro lado de la ventana tenía un tono celeste como solo se veía unos pocos días al año, y parecía que se comunicaban sin pronunciar una sola palabra. Ese juego, esa partida que estaban disputando los dos, había puesto en marcha algo. Isobel vio aquello como una puerta que ella había abierto y había traspasado.

Pero no era una puerta.

Se trataba más bien de una trampilla que se había abierto y la había succionado hasta llevarla a diez mil metros bajo tierra.

Iba a empezar una lucha entre los dos. Le encantaba que Alexander la dominara, probablemente más de lo que se atrevía a reconocer ante sí misma. Pero Isobel pensaba aprovechar aquella oportunidad para crear una especie de equilibrio.

—Para que esto funcione tienes que contarme cosas —dijo.

—Lo que tú quieras, *baby*.

—No —soltó ella negando con la cabeza—. No me refiero al sexo, sino a cosas personales.

Los delicados rasgos faciales de Alexander reflejaron su estado de alerta. Al parecer no estaba tan cómodo con ese asunto como quería dar a entender. Excelente.

Isobel se recostó hacia atrás. Lo miró y buscó un modo de entrar en su interior. Recordó todas las veces que había pensado que Alexander había debido de experimentar cosas que prefería mantener ocultas.

—¿Qué es lo más duro que te ha pasado?

Él se rio y abrió las piernas.

—No tengo ningún trauma en especial. Estoy demasiado ocupado viviendo aquí y ahora.

—No, esto no funciona así. No puedes exigirme a mí una absoluta sinceridad y ofrecerme a cambio lugares comunes.

Los ojos de Alexander brillaron y en su rostro se reflejaron distintos sentimientos. Isobel vio cautela, excitación, un poco de ira. Y miedo.

«Alexander, encanto, ¿qué me ocultas?»

—Me di cuenta el verano pasado. Tienes tus demonios, sin ninguna duda.

—¿No los tiene todo el mundo?

—En realidad no —respondió ella—. He conocido a bastantes personas que no han vivido experiencias demasiado complicadas. Pero, por otra parte, son muy aburridos. Cuéntamelo. Quisiera llegar a conocerlas, de verdad.

Alexander se recostó contra el respaldo. No dejó de mirarla a los ojos en ningún momento, ni siquiera cuando estiró la mano para coger la copa y beber un trago de champán.

—No es nada especial —comenzó—. Me gustaría poder decirte que sufrí un trauma, pero...

«Hummm... ¿o sí que lo sufriste?»

—¿La escuela?

Alexander se encogió de hombros y pasó un dedo por el borde de la copa.

—¿Qué ocurrió en la escuela?

—Fue una experiencia difícil pero no hubo nada en lo que siga pensando en la actualidad. Pasé un período de aislamiento. Me puse de parte de un compañero de clase del que los demás se burlaban. Me castigaron con la exclusión total. Nadie hablaba conmigo.

—¿Se lo dijiste a alguien?

—No. En mi familia no se podía mostrar debilidad. No habría servido de nada. Apreté los dientes y me acostumbré.

—¿Fue en la escuela primaria?

Él asintió.

—Después te enviaron a un internado, ¿no?

—Sí. Estuvo bien, aparte de lo habitual. Las novatadas son muy desagradables, aunque inevitables.

—¿Les gustabas a las chicas?

Sonrió con cierta indolencia.

—Sí, Isobel —confirmó con un brillo en los ojos—. Yo les gustaba a las chicas. Y ellas a mí. Tengo mucho que agradecer a las mujeres.

Isobel sabía perfectamente lo que él estaba haciendo. Le molestaba que ella se acercara tanto e intentaba recuperar la posición de ventaja. Pero ella no quería que le hablara de sus múltiples historias con mujeres.

—Háblame de tus padres —dijo cambiando de tema, segura de que había muchas más cosas que aún no había encontrado.

Alexander la miró con rostro inexpresivo y guardó silencio.

Sin embargo, Isobel había observado cómo Leila esperaba a que su interlocutor hablara. Así que hizo lo mismo.

—Mi madre no es una persona cálida —afirmó él al fin, de forma escueta y reticente—. Siempre fui su favorito.

—¿Cómo te sentías?

Él la miró unos segundos.

—¿Tú qué crees? —preguntó con suavidad.

—Creo que debió de ser difícil —respondió Isobel—. Ser amado por una persona a la que tal vez lo que más le importaba eran sus propias necesidades.

Ella sabía muy bien lo que se sentía.

—Les di a entender esta situación a mis hermanos. A Peter en primer lugar. Pero él me detestaba. Es seis años mayor que yo, así que no había ninguna posibilidad de que me comprendiera. Nunca entendí que no se diera cuenta de que nuestros padres nos estaban enfrentando. Cuando me hice adulto descarté llegar a él. Ahora tenemos el menor contacto posible.

Isobel pensó que había algo más con respecto al hermano de Alexander. Intentaría averiguarlo después, ahora solo quería seguir.

—Háblame de tu padre.

Alexander hizo una mueca, estiró las piernas y se rascó la barbilla.

—Mi padre es un racista. Un machista homófobo. Un cliché.

—¿Qué tipo de relación mantenéis?

—Inexistente. De pequeño yo era lo que mi padre llamaba un niño «sensible». Un pecado mortal para él. Tenía que endurecerme.

—¿Cómo?

—A fuerza de golpes.

—¿Te pegaba?

—Una barbaridad. Tanto a mí como a Peter. Y además yo tenía que dedicarme a practicar aficiones masculinas: caza, deportes.

—¿Te gusta la caza?

—No, la odio, y mi padre lo sabía. Para mí solo se trata de animales inocentes que unas personas hartas de comer van a sacrificar.

—Por eso soy vegetariana. He visto cómo sacrifican a los animales y no puedo soportarlo, así que te entiendo.

Se quedaron en silencio mirándose. Él se mordió el labio y ella rescató al fin un fragmento de una idea a la que llevaba tiempo dándole vueltas en su mente. Marius. Se parecía a Marius cuando hablaba de su familia, tenía la misma desolación en la mirada. La misma expresión ansiosa y vigilante.

—Ser sensible no es ningún defecto. Eres una persona inteligente, así que lo sabes. Pero te lo digo de todas maneras, por si acaso.

—Pero eso está detrás de mí. Mi padre pasa de mí y yo de él.

—¿Y qué significa eso, Alexander? ¿Qué me quieres decir?

Él suspiró.

—Supongo que no tienes intención de parar hasta que te lo cuente.

—Por supuesto.

Él le hizo una señal al camarero.

—Para hablar de eso necesito algo más fuerte que el champán.

47

Alexander se puso a toquetear el cuchillo que había al lado del plato. De repente y sin ningún motivo aparente, le pareció que el aire del restaurante se hacía irrespirable.

Estiró el brazo y cogió el vodka *on the rocks* que habían dejado encima de la mesa. Su instinto le incitaba a engañar a Isobel, a no dejarla entrar. Pero habían surgido nuevas necesidades y ya no era posible caer en los viejos hábitos. Quería ser sincero con ella, no decirle algo absurdo ni una de esas frases vacías que le había dicho con toda seguridad a un centenar de mujeres.

«Quiero ser sincero contigo. Esto no es ningún juego.»

Frases hechas que había utilizado innumerables veces. Frases que solo significaban que quería acostarse con ellas y después poder seguir adelante sin que le acusaran de haber roto alguna promesa.

No, ahora quería ser sincero de verdad, y a quien más le sorprendía esto era a él mismo.

Pero eso no significaba que resultara fácil, sino todo lo contrario. Demonios, qué complicado era. Hasta el punto de que casi deseaba haberse quedado en Nueva York y haber seguido con su vida vacía y medio alcoholizada, pero sin complicaciones.

—No sé cómo empezar —dijo—. En realidad no es nada comparado con las cosas que has visto. No hay torturas ni privaciones.

Hizo una pausa. ¿Cómo había ocurrido aquello? Se suponía que la relación con Isobel Sørensen, esa conciencia mundial, solo se iba a tratar de sexo. ¿Cuándo dejó de ser «solo»? Pero él lo sabía. Isobel no era una mujer más. Había empezado a sospechar que era «la mujer». Y que con el tiempo él no iba a ser digno de ella, por irónico que pareciera.

—Cuéntamelo de todos modos. Y empieza por el principio.

Se dio por vencido.

—Tienes que comprender que sé que en la vida me han tocado todos los boletos. Blanco, hombre, occidental, rico y nacido en Suecia. Sé que he ganado uno de los mayores premios posibles. Lo sabía antes de que tú y yo empezáramos... antes de que empezáramos a salir.

Alexander volvió a guardar silencio. Ni siquiera sabía cómo llamar a lo que tenían Isobel y él. ¿Se veían? ¿Estaban juntos? ¿Quería ella algo más que sexo de él? Sostuvo la copa de la que estaba bebiendo y resistió el deseo de acabársela de un solo trago.

—Aunque cada vez soy más consciente de la suerte que he tenido.

—¿Pero?

—Fue una infancia extraña. Cuanto más pienso en ella más rara me parece.

—¿En qué aspecto?

Alexander pasó el dedo por el borde de la copa y se quedó pensativo.

—El contraste entre la abundancia material y la frialdad emocional, por ejemplo. Nuestro padre no estaba en casa casi nunca. Creo que solo quería una familia para tener algo que mostrar a los demás, pues nunca se interesó por nosotros como individuos. Cuando estaba en casa el ambiente era muy denso. Todos pasaban de puntillas por delante de él y había una sensación constante de rabia, desilusión y un montón de cosas más que yo no entendía entonces, pero creo que estaban relacionadas con las continuas infidelidades de mi madre.

Se quedó mirando la copa. A veces aquello era casi insoportable: las riñas, el miedo, la agresividad. Él intentaba liberarse de esa atmósfera sofocante. Isobel lo miró con sus ojos grises, que transmitían tranquilidad, y él continuó:

—Mis hermanos, Peter y Natalia, hacían todo lo posible para que mi padre los viera y valorara. En toda mi vida no le he oído decir ni una sola palabra amable a ninguno de nosotros. Tal vez no la merecíamos, pero era lo que más deseaban tanto Peter como Nat.

—¿Tú no?

—No. Yo solo quería que mi padre no me viera.

—¿Has dicho que tu madre era infiel?

¡Mierda! Se le había escapado. No había hablado nunca de ello, ni con Natalia ni con Peter ni con ninguna otra persona. Nadie sabía lo que él había visto, lo que había oído. Su madre tenía una gran necesidad de reconocimiento. ¿Cuántas conversaciones telefónicas entre susurros había oído? ¿Cuántas veces ella había desaparecido? «Mamá va a salir un momento. Pórtate bien, Alexander. No llores.»

—Mi madre era una típica ama de casa de clase alta. A veces creo que se habría sentido mejor si hubiera tenido algo que hacer, porque su estado de ánimo cambiaba de manera constante. Podía ser cariñosa y alegre y, un momento después, estar furiosa. O fría. Nunca sabías cuándo iba a cambiar ni lo que habías hecho para provocarlo.

Ahora creía que todo debía de estar relacionado con los líos que ella tenía: el elogio o el rechazo la influía. Pero de pequeño estaba seguro de que era por su culpa.

—Pero tú y Natalia os llevabais bien, ¿no podíais apoyaros el uno en el otro?

—Sí, hicimos piña. Ella cuidó de mí —dijo sonriendo.

Durante toda su infancia contó con la presencia estable y fuerte de Natalia. ¿Él estaba también a su lado o solo era algo que se daba por supuesto?

—Lo molesto es que mi padre odiaba que yo me llevara tan bien con Natalia. Solía burlarse de mí por ello, decía que no debía estar con chicas todo el tiempo. Una vez, cuando yo tenía cinco o seis años, estábamos los dos solos. Era un fin de semana; no recuerdo dónde estaban mi madre y Peter, pero Natalia y yo debíamos quedarnos con mi padre. Se enfadó conmigo por algo y me castigó llevándosela a ella y dejándome a mí en casa. Creo que se fueron al Skansen. A Natalia siempre le han gustado mucho los animales y estaba muy contenta de que mi padre quisiera estar con ella. Me quedé solo todo ese día, que era festivo. No dije nada, no quería estropearle a ella el día —contó Alexander con voz temblorosa.

Sonaba mal decirlo, pero pasó mucho miedo y aún podía sentir aquel pánico tremendo. No sabía cuándo iban a volver, si es que lo hacían.

Isobel estiró la mano y le apretó la suya.

—Suena cruel.

—Así era mi padre. Cruel.

Alexander levantó la mano e hizo señas para pedir otra copa.

—Natalia no es su hija biológica, ¿lo sabías?

Isobel asintió.

—Lo leí en la prensa.

—La quiero igual que antes, por supuesto.

—¿Y Peter?

—Él también. Debo decir a su favor que no ha cambiado su relación con Natalia en lo más mínimo.

De repente sintió una oleada de agradecimiento hacia Peter. Estaba convencido de que traicionaría a su hermana y, sin embargo, se mantuvo a su lado, al menos por lo que sabía Alexander. Aunque eso no podía borrar de ningún modo todo lo que Peter había hecho.

Isobel lo miró. No dijo nada. Aún así, él era consciente de que estaba esperando el resto. Llegó su segundo vodka pero no lo tocó.

—¿Continúo?

—Sí.

—Sucedió algo en la familia que nos afectó a todos. Fue durante la Navidad previa a mi duodécimo cumpleaños. Todo cambió de un día para otro y fue como si la familia al completo se encontrara en una especie de crisis silenciosa.

—¿Qué ocurrió?

Alexander se acarició la barbilla.

—En ese momento no me enteré de lo que pasaba de verdad.

¿Has vivido alguna vez una situación así, cuando eres consciente de que ha ocurrido algo terrible pero todos fingen que no ha pasado nada?

Oía voces furiosas que callaban cuando él entraba en la habitación. Palabras no pronunciadas que suponía estaban relacionadas con él. Miradas y estados de ánimo raros. Alexander pensaba que se había vuelto loco. O que había hecho algo.

—¿Llegaste a averiguar a qué se debía?

Alexander cogió la copa y la hizo girar hasta que el líquido claro empezó a dar vueltas. Isobel lo escuchaba con la barbilla apoyada en la mano.

—Pues sí, el verano pasado. Aquel otoño Peter había violado a una chica en el internado. Él y varios compañeros de clase más la violaron y la maltrataron hasta el punto de que hubo que llevarla al hospital. Mi padre lo silenció todo. Ha sido un secreto durante más de quince años, pero obviamente nos ha afectado a todos nosotros. La historia salió a la luz el verano pasado.

Tomó un sorbo de vodka y decidió no decir quién era la chica. Revelar su nombre no era asunto suyo.

Isobel lo miró muy seria. No parecía estar impresionada, pero ella tampoco era una persona que se sobrecogiera con facilidad. Con una leve inclinación de cabeza le indicó que continuara.

—Después de enterarme de esa historia fue como si entrara en caída libre. El otoño me resultó bastante duro. Parte de ello debes de haberlo leído ya. Siempre me han gustado las chicas. De pequeño me encantaba jugar con ellas, aunque mi padre lo odiaba. Por eso tenía que ir al bosque a matar animales. Para ser más viril y tener amigos. Cuando me hice mayor empecé a gustarles a las chicas por otros motivos. No me jacto de nada, Isobel, es un mero hecho. Pero a mí me resultaba difícil. La forma en que me miraban, cómo cuchicheaban y se reían entre ellas. Las amigas de Natalia venían a casa. Hoy entiendo qué pasaba, pero entonces era todo muy confuso. La primavera de mi décimo tercer cumpleaños, Åsa Bjelke se mudó a nuestra casa; su familia había muerto en un accidente de coche. Ella tiene seis años más que yo.

Recordaba aquel verano como si alguien se lo hubiera tallado con un punzón en el hueso frontal. Lo extraño era que nunca pensaba en esa época de forma activa. Excepto cuando se encontraba con su familia. Entonces todo volvía con una fuerza terrible. La proximidad de la familia y de Åsa; el recuerdo de la adolescencia desataba muchos sentimientos. Mucha angustia. Y vergüenza.

Nadie podía decir que no fuera una situación de ensueño para cualquier adolescente. Tenía trece años y una de las mujeres más bonitas del mundo se había mudado a su casa. Pero resultó... complicado.

—¿Ella te atraía?

—No, siempre fue más bien como una hermana mayor. Creo que somos demasiado parecidos. Hemos coqueteado, pero nada más. Pero con sus amigas era totalmente distinto. Una de ellas me sedujo. Tampoco resultó demasiado difícil. Tenía diecinueve años, era toda una experta y creo que yo me corrí en unos diez segundos. Ella solo se rio, como si fuera algo muy divertido —dijo mirando a Isobel.

—¿Y para ti? ¿Fue divertido?

Alexander hizo un gesto de desprecio.

—Al principio era emocionante. Ella decía que iba a enseñarme. Y lo hizo. Al igual que sus amigas. Me convertí en el objetivo de todas ellas. Creo que llegué a estar con diez chicas aquel verano. Pasaba de una a otra. Hablaban entre ellas de mí. Mientras lo hacíamos me parecía que era lo único que yo quería, pero después... no puedo explicarlo. No tenían mala intención, desde luego, y aunque se burlaban y me dominaban, me enseñaron a ser hábil en el sexo, a pensar en su placer. Ellas lo decidían todo y me castigaban si lo hacía mal. Fue un verano extraño.

Bajó la cabeza. Casi nunca pensaba en ello, excepto cuando se movía en los círculos que frecuentaban aquellas mujeres. Si pasaba demasiado tiempo allí, acababa afectándole. Le sacaba de quicio, hacía que se sintiera... sucio. ¿Podía entenderlo Isobel? De hecho, ¿podía entenderlo alguien? Ni siquiera él mismo lo comprendía bien.

La voz de Isobel era suave y cálida cuando se introdujo en sus reflexiones.

—Eras muy joven, Alex. ¿Sabías lo que estaba ocurriendo?

—Creo que ni siquiera la propia Åsa lo sabía. A mí nunca se me ha dado muy bien contarles cosas a los demás.

—No tenías quien te escuchara. La gente siempre dice que tendrías que haberlo contado, cree que es tu propia vergüenza la que te lo ha impedido. Sin embargo, muy a menudo se debe a que los que están alrededor son malos oyentes.

Le hubiera encantado que alguien se diese cuenta de lo que estaba pasando y hubiera detenido aquello, que alguien le hubiera dicho que era muy joven, que eran demasiadas chicas para él y que tenía derecho a negarse.

—A veces me encuentro con ellas. Algunas están casadas. Varias tienen niños. Pero nunca he hablado de esto con nadie. Tú eres la primera persona que lo sabe.

—Creo que percibí algo de eso el verano pasado. Te vi muy atormentado. Como si hubieras estado en el mismo infierno.

—No pienso en ello de ese modo, pero cuando me encuentro con ellas se convierte en algo parecido, en una especie de limbo. Fui directamente a mi casa de Nueva York y me pasé una semana bebiendo.

—¿Cómo te sientes ahora?

—Ya te lo he dicho. No pienso en ello, aunque soy consciente de que debe de haberme afectado.

—¿Y tal vez más de lo que crees?

—Lo que me resulta más difícil es esa sensación de...

Se detuvo sin saber siquiera si podría decirlo en voz alta.

—Sigue.

—De que las mujeres solo están conmigo por lo que puedo ofrecerles, tanto en el aspecto físico como en el económico.

Esperaba que ella protestara y se defendiera. Pero no sucedió nada de eso, así que Alexander continuó y por primera vez plasmó en palabras la sensación que le había atormentado durante tanto tiempo y que había marcado sus relaciones con las mujeres.

—Les gusta lo alegre, lo divertido. El sexo. La superficie. Pero ninguna está interesada en el interior.

«En mí como persona.»

Casi esperaba que Isobel se riera, que se mostrase en desacuerdo, que se burlara de él, pero no lo hizo, por supuesto. Alexander no era consciente de que era algo profundamente arraigado en su interior. Nunca entendió hasta qué punto le había marcado eso en realidad. La manera en que deseaba que lo vieran. El miedo que le producía llegar a ser como su madre y existir solo si se acostaba con alguien.

Isobel se inclinó hacia él. Las llamas de las velas parpadeaban en sus ojos grises y parecían hogueras que destellaban. Apoyó su mano en la de Alexander y él, aunque le pareciera algo ridículo, sintió un nudo en la garganta.

—Gracias por contármelo —susurró ella.

Siguieron sentados en silencio. Oían el tintineo de la porcelana a su alrededor. El olor a comida. Las conversaciones. Les llevaron los platos, pero no tenían hambre e Isobel ni siquiera tocó el suyo.

Alexander sonrió. Debía de estar impactada por el relato y por eso no tenía hambre, pensó.

—Lo siento, Alex. Lo que acabas de describir es un abuso.

—Aunque ya te he dicho que no fue ningún trauma.

Ella inclinó la cabeza hacia un lado.

—¿Quieres decir que te abandonaron, te dejaron indefenso y abusaron sexualmente de ti pero no tienes ningún trauma?

—No si te comparas con otros.

—Eso no se puede comparar. Me hubiera gustado saberlo antes de empezar a hablar del cambio de roles. Lo siento, no tendría que haberlo sugerido. Debe de ser difícil para ti, y entiendo de verdad que no quieras hacerlo.

Se quedó mirándola y sintió una extraña euforia, como si algunas cosas que ignoraba que fueran un peso para él hubiesen desaparecido. Como si esa presión constante que sentía se acabara de convertir en humo y algo distinto ocupara su lugar. Alivio sobre todo, pero también alegría, confianza y seguridad.

—Sí que quiero —dijo él, y era verdad, sentía curiosidad y quería probarlo.

—Pero lo que me has contado...

—No. Eso lo he dejado atrás. Quiero hacerlo. Y confío en ti.

Si dos meses atrás alguien le hubiera preguntado si había alguna mujer en la que confiara, Alexander habría resoplado de manera despectiva. Pero ahora confiaba en Isobel. Por completo. Y eso no era ninguna tontería.

—No debes sentirte mal. Si fuera así, prométeme que me lo dirás. Solo tenemos que estar bien. ¿Lo prometes?

—Te lo prometo.

—Imagínate que voy demasiado lejos. No estoy acostumbrada —dijo con una media sonrisa—. Y además tengo bastante fuerza.

Alexander se rio y se encontró a sí mismo: dejó al adolescente confuso que había sido y volvió a ser el adulto en el que se había convertido.

Tomó la mano de Isobel y la sostuvo encima de la mesa.

—No podrás llegar nunca demasiado lejos conmigo —dijo.

Ella enarcó una ceja.

—Está bien —admitió él ahogando la risa—. Si puedo pedirte algo, preferiría que no me metieses ningún consolador por ninguna parte.

Ella asintió con gesto benevolente y Alexander pensó que sin duda era mejor que pusiera algún límite. Sintió un súbito y desconocido escalofrío. ¿Había aceptado él todo eso? ¿En serio?

Captó la mirada de Isobel. Algo había surgido esa noche. Una intimidad que no había experimentado antes. Volvió a tender la mano y ella la tomó. Él se la llevó a la boca, presionó los labios contra su piel y aspiró su olor.

—Entonces ¿cuándo lo haremos? —preguntó en voz baja.

—Mañana —respondió Isobel, y sus ojos brillaron.

Alexander volvió a besarle la mano y murmuró:

—¿Quieres venir a mi casa?

—No, no. Te llamaré para decirte dónde nos veremos.

Él sonrió ante su tono mandón. Resultaba sexy.

—De acuerdo —convino.

—Ahora comamos —dijo ella.

Cenaron y hablaron de comida, vino y películas que habían visto, no sobre sexo. Alexander sintió que su buen humor volvía con toda su fuerza. Estaba contento de encontrarse simplemente allí, sentado con Isobel. De comer y reír con ella, de coquetear. De desearla. Se dio cuenta de que no se ocultaban nada. Ella ya lo sabía todo de él. Y viceversa. Al día siguiente iba a ser todo suyo para que hiciera con él lo que quisiese.

Alexander apenas podía esperar a mañana.

48

Gina miraba por la ventanilla del metro y veía pasar muros de piedra y andenes. La gente salía y entraba, se entretenía con los teléfonos o se limitaba a quedarse sentada mirando hacia delante. A ella le agradaba viajar en metro, le gustaba cómo unía toda la ciudad y sus diferentes distritos. Se podía viajar de Tensta a la estación central, hacer transbordo, ir hacia Östermalm y de ese modo salir de un mundo y llegar a otro totalmente distinto.

Empezar una relación con Peter había sido un grave error. Ella, que solo sabía pensar, planear y analizar, se había dejado llevar. Creía que se controlaba a sí misma y a sus emociones. Pensaba que ser tan distintos en todos los aspectos la protegería a la hora de hacerse ilusiones. Se equivocó, era evidente, porque estaba inquieta desde el momento que la besó.

Gina pasó la mano por el bolso de cuero. Regresaba a casa tras el examen. Para ella era un lujo poco común volver después del mediodía. En el bolso llevaba bibliografía técnica y los cuadernos A-4 que había comprado en la universidad y llenado de notas con su escritura apretada. Había comprado el bolso con su propio dinero y se sentía orgullosa de ello y de lo que simbolizaba, pero en ese momento lo miró con unos ojos por completo diferentes y le pareció sencillo, desgastado y barato.

Odiaba esa sensación.

Peter la había besado. De verdad. Todavía le costaba creerlo. Sin pensarlo, se pasó las yemas de los dedos por los labios y dejó la mano sobre la boca. Deseaba no pensar tanto en eso, que no le afectase tanto.

A la hora de hacer el examen, se había quedado en blanco por la impresión. Se había equivocado en una parte de la pregunta. Ya no sacaría la máxima puntuación. La sola idea le producía un horror inexplicable. En todos los exámenes parciales había obtenido la nota más alta posible. En todas las tareas y pruebas de la carrera de medicina siempre había obtenido unos resultados perfectos. Ahora iba a perder por lo menos un punto. Por estar despistada. Porque había estado haciendo tonterías por ahí en vez de concentrarse. Era insoportable. Casi no podía resistirlo.

Gina se bajó en Tensta. Recorrió el viejo andén subterráneo, subió por las escaleras al centro y luego continuó caminando hasta su casa bajo un sol de justicia. Tenía que dejarlo. De hecho, debía abandonarlo todo. El trabajo de mujer de la limpieza era una sustitución y pronto ya no acudiría a la oficina. Para entonces, lo que había ocurrido entre Peter y ella ya habría quedado lejos y sería como si nunca hubiera pasado.

Ni siquiera le iba a resultar difícil, pensó intentando convencerse a sí misma. Había superado muchas cosas a lo largo de su vida. Esto no era nada.

—¿Hola? ¡Estoy en casa! —gritó al entrar.

Oyó unas voces en la cocina. Eran su padre y Amir. El tono era tan elevado que al principio creyó que se estaban peleando, pero después se dio cuenta de que se reían. ¿Se oían tan pocas risas en su casa que apenas reconocía el sonido?

Después oyó una voz grave que reconoció enseguida: Peter.

Entró aprisa en la cocina con un cierto malestar en el cuerpo. Aquello estaba mal. Vio la cara de su hermano en primer lugar. El rostro de Amir brillaba de una manera que no recordaba haber visto, al menos desde hacía tiempo. Hablaba en voz alta, gesticulaba con sus largos brazos de adolescente y se reía.

—¿Qué está pasando aquí?

Notó la mirada ardiente de Peter, pero evitó observarle directamente.

«¿Qué es lo que ocurre?»

—Tenemos visita —dijo su padre.

—Ya lo veo —soltó ella mientras, ahora sí, miraba a Peter. Bronceado. Destacaba en el reducido espacio de la cocina.

—¿Cuándo has llegado?

—Quería darte una sorpresa —respondió él con una gran sonrisa.

Tenía el pelo un poco revuelto y se había remangado la camisa. Vio la chaqueta colgada en el respaldo de una silla de la cocina y en el suelo una bolsa de deporte en la que asomaban unas botellas de agua y ropa deportiva.

—¡Me ha comprado unas botas de fútbol! Y unas porterías, ¿te lo puedes creer? ¡Porterías de verdad! ¡Se va a cambiar de ropa y luego iremos a jugar!

Amir casi gritaba de emoción. Llevaba ropa deportiva y unas botas de fútbol largas y estrechas tan nuevas que el brillo hacía daño a la vista.

Su padre se reía mientras Peter levantaba una red llena de balones brillantes y de conos de color naranja para mostrárselos.

Gina les miró de uno en uno: Peter, su padre, su hermano. Tres contra una, pensó. ¿Era la única que veía el peligro allí?

Peter desapareció. Ella llenó un vaso de agua, se lo bebió, observó a su padre y a su hermano sin decir ni una palabra y esperó hasta que Peter volvió, ya cambiado de ropa.

—¿Quieres venir? —preguntó él con otra de sus grandes sonrisas.

Gina negó con la cabeza. Peter se dirigió a la calle junto con Amir, que parloteaba contento. La puerta principal se cerró tras ellos.

Su padre no dijo nada, cogió sus periódicos, fue a la sala de estar y se sentó en el sillón.

Gina se sentó a la mesa de la cocina. Esperó tamborileando con los dedos. La sangre le hervía.

Cuando volvieron, Amir estaba sonrosado y sudoroso. Peter reía y hablaba en voz alta de lanzamientos de falta y de jugadas de ataque.

Amir fue a ducharse. Peter se quedó de pie, sonriente, con la cadera apoyada en la encimera de la cocina. Tenía el pelo aún más revuelto y estaba colorado. Parecía satisfecho y bebía sin cesar de una botella de plástico azul.

Un hombre blanco, el centro de atención de todos.

Gina se puso a toquetear su vaso de agua. La irritación se iba apoderando de ella.

—¿Qué haces aquí, Peter?

—Jugar al fútbol —dijo él secándose la frente—. Lo hemos pasado muy bien. Tendrías que haber venido.

Ella cruzó los brazos. O él fingía no darse cuenta de que estaba enfadada o realmente no lo había notado.

—Supongo que pensabas que podías darte una vuelta por el extrarradio y repartir unas limosnas —soltó ella con frialdad—. ¿Necesitabas que te prestaran atención y aliviar un poco tu mala conciencia de clase alta, tal vez?

—No, en absoluto. Fue un impulso —replicó él—. Recordé que querías que Amir saliera más. ¿No has visto lo contento que se ha puesto? Creía que a ti también te alegraría. ¿Estás enfadada? —preguntó examinándola.

Su tono de asombro no mejoró las cosas.

—¿Y qué pasará después, cuando te canses? ¿Qué crees que ocurrirá entonces, cuando no podamos comprarle unas botas nuevas y todo se le haya quedado pequeño?

Peter frunció el ceño.

—No pensaba que... —empezó a decir.

—Exacto —le interrumpió ella, y la irritación se avivó—. No piensas porque no necesitas hacerlo. La vida es fácil para ti. Haces lo que quieres sin tener que pensar en ello. Llevas a una mujer de la limpieza a su casa en tu coche de lujo. Le compras juguetes a un chico solitario. Como si fueras un jodido Papá Noel.

—Pero...

—Has ido demasiado lejos. Deberías habérmelo consultado. ¿Cómo crees que terminará esto? Ya ves cómo vivimos. Entras aquí con tu ropa cara y tus estúpidos regalos que probablemente han costado más de lo que nosotros gastamos en comida durante un mes. ¿Qué crees que se siente? ¿O piensas que no tenemos orgullo?

—En serio, no era mi intención que...

Oyeron que Amir pedía a gritos una toalla y Peter se quedó en silencio. Esperaron mientras el padre de Gina murmuraba algo. El murmullo se extinguió poco después.

Peter bajó la voz.

—No creía que fueras a enfadarte tanto. Todavía no entiendo muy bien en qué me he equivocado. Lo único que pretendía era hacer algo por alguien.

—Pero ¿por qué, Peter? ¿Por qué crees que tienes que hacer algo por alguien de mi familia? ¿Con qué derecho? ¿Te he dado permiso para hacerlo?

—No.

La expresión del rostro de Peter se endureció. Daba igual, porque aquello no podía conducir a nada bueno. La vida no era un cuento de hadas. Habían huido hasta llegar a Suecia, un país del que ella ni siquiera había oído hablar nunca. Dejaron la tumba de la madre, todo lo que poseían excepto la ropa que llevaban puesta y sus respectivas maletas. Pasaron semanas huyendo. Ella vivió en un centro de refugiados. Vio cómo se desmembraba su familia, oyó a su padre llorar por las noches, se dio cuenta de que su hermano estaba cambiando, de que perdía la esperanza, de que dejaba de interesarse por el mundo exterior. Gina había ayudado a reconstruir aquella familia, sabía que necesitaban su fuerza y su tenacidad, que dependían de ella. No se conseguía nada esperando o creyendo que se podía confiar en otra persona, en una comunidad o en gente que venía de otro mundo. El único camino que podía seguirse era el trabajo duro, las expectativas realistas y su propia inteligencia.

—Tienes muy mala opinión de mí —dijo él.

Había dejado la botella de agua y tenía las manos metidas en los bolsillos de su brillante pantalón de chándal.

—¿Tú crees? ¿Qué soy yo para ti, Peter? ¿Qué somos los que vivimos por aquí? ¿Creías que iba a estar agradecida porque has comprado cosas que nunca nos podríamos permitir? ¿Creías que lo que más necesitábamos eran algunas cosas nuevas?

El rostro de Peter mostraba crispación.

—Eres injusta.

—¿Es que no lo sabías? La vida es injusta. Eso es lo que no entiendes.

Gina no tenía intención de enfadarse tanto con él, pero le dijo todo lo que pensaba. Sabía que lo estaba estropeando todo, que sonaba por completo irracional y que tal vez su reacción fuera exagerada, pero era como si hubiese irrumpido su otro yo y hubiera ocupado su lugar. Le dolía encontrarse en esa situación de desventaja. Estar sentada en la cocina y ser consciente de las diferencias. Y de que le hubiera afectado hasta tal punto. Peter le había hecho descentrarse últimamente; había conseguido que pensara en él en vez de hacerlo en sí misma y en el futuro que tenía que organizar a su familia.

—No puede haber nada más entre nosotros —dijo ella, sintiendo que había tomado una decisión.

Si se obligaba a mirarlo todo de forma objetiva —tenía que hacerlo así, no ver las cosas a través de un filtro sentimental imaginario—, Peter De la Grip era un hombre blanco entre otros hombres blancos. Las condiciones en que vivían él y ella eran tan distintas que bien podían proceder de distintos planetas. Con Peter, Gina se estaba reduciendo a ser algo que no deseaba. Quería ser fuerte, independiente. Sabía lo que era ser dependiente. Había sentido tanto miedo e impotencia que le bastaba y sobraba para toda la vida. No podía volver a caer en eso.

—No he venido aquí con segundas intenciones —dijo él en voz baja.

Ella rio con socarronería.

—¿En serio? ¿No tenías segundas intenciones? La verdad es que me resulta bastante difícil de creer. ¿Estás diciendo que no quieres acostarte conmigo? ¿Que no es sexo lo que buscas cuando vienes aquí a esparcir tu alegría? Creo que lo he comprendido a la perfección.

Había ido demasiado lejos. Ella misma se dio cuenta. Lo miró.

Peter abrió los brazos. La risa había desaparecido de su rostro.

—¿Qué quieres que diga? ¿Que he interpretado mal nuestra relación? Es evidente que lo he hecho.

—Una chica negra, ¿qué te esperabas? ¿Un emocionante juego entre dos rubias en un suburbio de las afueras?

Peter tenía el mismo aspecto que si hubiera recibido un puñetazo. Gina casi esperaba que hiciera algo impulsivo, que demostrara que ella tenía razón y él era una mala persona.

Vio cómo Peter luchaba con las palabras. No era una persona que las tuviera de su bando.

—No puedo pedir disculpas por ser quien soy —dijo al final—. He venido a darle a tu hermano algo que hacía mucho tiempo que no tenía y lo he hecho porque creía que te iba a alegrar. Esa era mi única segunda intención. Amir se ha divertido todo el rato y hemos conocido a un chico de su edad. Han quedado mañana. Eso es todo.

—Pero no entiendes nuestro mundo. ¿Cómo es posible que no veas las enormes diferencias?

—Claro que las veo...

—Entonces ¿cómo es posible que no entiendas las dificultades?

—Aunque en este momento eres tú la que hace distinciones entre la gente, no yo.

Gina puso los ojos en blanco.

—Qué comentario tan ingenuo, deberías avergonzarte. ¿Quieres decir que tú no haces distinciones entre las personas de tu clase y yo?

—Lo intento —respondió él—. ¿Acaso no se nota?

—No importa nada de lo que hagas. Me arrepiento de haberme metido en esto.

Peter se quedó alelado; parecía cansado.

—¿Qué quieres que diga? ¿Qué quieres que haga?

—Nada. Volverás a tu vida normal, por supuesto.

—Entonces ¿ahora tengo que desaparecer? ¿Solo has estado jugando conmigo? No lo entiendo.

Ella sabía que él pensaba en el beso. En aquel maldito beso.

—Vete, Peter —dijo.

Él abrió la boca como si fuera a decir algo más, pero volvió a cerrarla. No serviría de nada.

—Gina —dijo al fin, suplicante.

Ella negó con la cabeza. El orgullo venció. De todos modos era lo mejor.

Así que se fue. Pasó por delante de ella y recogió su bolsa, aunque se le olvidó la botella de agua. Cerró la puerta principal al salir, en silencio.

Ella parpadeó con fuerza. Había sido cruel. Había dicho cosas imperdonables. Y él no había levantado la voz ni una sola vez. Ni siquiera había dado un portazo al salir. Se había marchado en silencio. Tal vez se sintiera aliviado de que ella hubiera hecho lo que ambos sabían que tenían que hacer.

Gina respiraba de forma agitada. Levantó la cabeza. Amir y su padre la miraban desde el umbral de la cocina.

—¿Qué ha ocurrido?

—No volveré a verlo —dijo ella con voz firme. Luego fijó la mirada en Amir y añadió—: Ni tú tampoco.

Su hermano se limitó a negar con la cabeza. Se dio la vuelta, fue a su cuarto y lo cerró de un portazo.

—Sabes que he hecho lo que debía.

—Es un buen hombre, Gina —dijo su padre.

—¿Y en qué basas tu juicio?

—No seas tan arisca conmigo. Es educado y respetuoso. Se ha portado bien con tu hermano. Se dirige a mí como a un igual. Lo intenta de verdad.

—Se pueden intentar muchas cosas.

—Sabes que confío en ti —dijo su padre, negando con la cabeza—. Pero esta vez creo que te equivocas —añadió mientras se alejaba poco a poco—. Peter es un buen hombre.

49

Bonjour, maman.

Isobel besó la mejilla tersa y empolvada de su madre y luego entraron juntas en NK. Fueron hacia el café Entré, que estaba en la planta baja, y de camino sortearon a jóvenes de Östermalm bien vestidos, gente de clase alta cargada de bolsas de la compra y turistas ricachones.

—¡Blanche, espera!

El hombre que gritaba tenía la misma edad que Blanche; Isobel lo reconoció porque lo había visto en la prensa rosa: era un conde amigo del rey. La expresión de su madre se iluminó al verlo. Se pusieron a hablar en francés mientras Isobel esperaba con impaciencia. Blanche Sørensen era aún un rostro conocido y la gente se solía acercar a hablar con ella. Isobel se preguntaba a veces si de ese modo, al dejar que los hombres la admiraran, su madre mantenía a raya la preocupación por la edad. Blanche le tendió la mano y el aristócrata de pelo gris la besó con elegancia antes de inclinar la cabeza en dirección a Isobel y continuar su camino.

—Me cortejó cuando murió tu padre. Ahora está casado con una mujer treinta años menor que él —dijo negando con la cabeza—. Estos hombres...

Isobel colgó su chaqueta en el respaldo de la silla.

—¿Qué quieres, *maman*?

En el último momento pensó en decirle que no podía quedar con ella para tomar un café, pero no se atrevió. ¿Qué decía eso de

Isobel? Una mujer adulta que no se atrevía a decirle que no a su madre.

—Solo tomaré café —dijo su madre—. No tengo hambre, aunque no he tomado nada desde el desayuno. Ya sabes que como muy poco.

En circunstancias normales Isobel le habría dicho que debía comer; después su madre habría comentado algo acerca de lo poco que comía, la poca frecuencia con la que lo hacía y el escaso interés que sentía hacia la comida, para terminar pidiendo un sándwich y devorarlo en un santiamén. Pero ese día Isobel no disponía de mucho tiempo, así que solo pidió dos cafés. Echó una ojeada al reloj mientras esperaba en la caja. Iba a ver a Alexander dentro de tres horas y le quedaba un último detalle por arreglar. ¿Había estado alguna vez en su vida tan esperanzada y aterrada a la vez como en esa ocasión? ¿Se había sentido en algún momento tan viva y desinhibida, tan emocionante, excitante y atractiva como mujer? Eran preguntas estúpidas, por supuesto. Sabía que la respuesta era no y no. Dejó las tazas de café sobre la mesa. En realidad no necesitaba cafeína: ya tenía suficiente vitalidad en el cuerpo.

—Hacía días que no nos veíamos. ¿Qué es eso tan importante que no te deja tiempo ni siquiera para verme el día de la madre?

—Hemos hablado por teléfono —indicó Isobel.

—Si te parece que es suficiente...

Isobel sopesó las palabras que iba a decir mientras examinaba el traje verde de Blanche. Esa ropa pagaría muchas facturas de Medpax.

—Estuve en tu cena —le recordó—. Después apenas he estado en casa. No sé si oíste lo de Chad, fue duro. Me vi en medio de...

—Este café está frío —la interrumpió Blanche dejando la cuchara en el platillo—. Me gusta hirviendo, lo sabes. ¿Es que ni siquiera saben hacer café?

—Yo me encargaré.

Isobel se levantó, pidió otra taza de café para Blanche, se sentó y volvió a mirar el reloj. Las agujas se movían muy despacio.

—¿No puedes sentarte cinco minutos sin mirar el reloj? ¿Lo haces con todo el mundo o solo conmigo? Es de mala educación.

—Lo siento. Por supuesto que tengo tiempo. ¿Está mejor el café?

Se dio cuenta de que había conseguido que su madre se molestara.

—No entiendo por qué tiene que ser siempre tan complicado mantener una relación contigo. Todas mis amigas se lo pasan bien con sus hijas. Anne af Scheele viaja con ellas. La hija de Nina Bengtzéns es muy amable. ¿Por qué debo tener precisamente yo una hija que no se puede quedar quieta ni un momento mientras toma un café conmigo?

—*Maman*, yo...

—¿Y qué te has hecho en el pelo? ¿No eres demasiado mayor para ese peinado? Te queda mejor recogido, es más clásico. Ahora se te desparrama por todos lados. Eres de constitución ancha y debes tener en cuenta esas cosas.

Isobel se negó a entrar en un debate sobre su aspecto físico. Adoraba sus rizos, le encantaba dejarlos sueltos y en libertad.

—Mamá, por favor, ¿no podemos hablar de otra cosa? De todas maneras nunca pensamos lo mismo respecto a eso —dijo sonriendo del modo más complaciente que pudo—. Y he estado en Chad. ¿No quieres saber cómo van las cosas en el hospital?

—Perdona, no me había dado cuenta de que esta conversación solo iba a tratar de ti.

Isobel parpadeó. Le pareció inusualmente hostil, incluso para ser su madre. Pero ella no podía ganar aquella batalla porque Blanche nunca era consecuente en sus críticas. Si iba a Chad estaba mal. Si iba con MSF tampoco estaba bien. Lo triste del asunto era que en la mayoría de sus conversaciones no lograba satisfacer a su madre de ninguna manera.

—La cena que diste fue muy agradable —comentó Isobel con rapidez.

«Oh, Dios, te lo ruego, si no empezamos a discutir, nunca te volveré a pedir nada más.»

—Ya lo supongo. No fue nada especial —replicó Blanche antes de tomar un sorbo de café.

—Hace poco coincidí en una reunión con un hombre que creo

que conoces —dijo Isobel, consciente de que, después de ella misma, de lo que más le gustaba hablar a su madre era de hombres—. Eugen Tolstói. Dijo que conocía a la abuela. ¿Sabes de quién hablo?

—Creo que nos conocemos. Sé quién es: es el hermano de Ebba De la Grip, *n'est-ce pas?* Esa mujer parece un ganso, pero él tiene estilo, si lo recuerdo bien.

—He conocido a su sobrino, Alexander De la Grip —soltó Isobel a la ligera, casi sin pensarlo, mientras aguantaba la respiración. Tenía que contarle a alguien algo sobre él antes de estallar.

—¿Su escandaloso hijo? ¿Por qué diablos tiene que ser precisamente él?

—Estamos bien juntos.

Blanche casi logró fruncir su estirada frente.

—Pues no lo entiendo. ¿Por qué quiere salir contigo?

«Y yo que creía que era una mala idea hablarle a mamá de Alexander. No lo era para nada.»

—Isobel, solo digo esto por tu bien. No seas tan tonta como para creer que alguien así está interesado en ti. No te puedes fiar de los hombres, y menos de él.

—¿Cómo lo sabes?

«Bien, Isobel, empeora las cosas sin necesidad, adelante.»

—Solo quiere una cosa, como ya sabrás. Los hombres no son como nosotras: hacen lo que quieren. Piensa en ello.

«No digas nada más. Mantente callada.»

—Las cosas no siempre son negras o blancas —repuso Isobel, al parecer, incapaz de cerrar el pico aquel día.

—Eres una ingenua si crees eso. Y, lamentablemente, vas a salir lastimada; te lo puedo asegurar.

—Entonces ¿tú crees que no hay ningún hombre en el que se pueda confiar?

—No. Puedes replicarme lo que quieras, pero la vida me ha enseñado eso.

Isobel sabía que aquella frase también iba dirigida a sí misma de algún modo. Su madre había cometido la torpeza de quedarse embarazada de Isobel. Al ser católica, no podía abortar y tuvo que casarse con el padre. Solo había una foto de la boda, que Isobel encontró en la casa de su abuela y rescató. Hans Sørensen estaba con gesto sereno y Blanche, embarazada de tres meses. Los rostros no reflejaban felicidad. Un matrimonio infeliz. Y una hija que dejaron en manos de su abuela en cuanto pudieron. Una niña que siempre echaba de menos a su madre, esa bella criatura que ocasionalmente se pasaba por allí con sus expresiones francesas y sus exóticos perfumes; luego estaba su padre, que apenas aparecía por casa. Una vez oyó discutir a su madre y a su abuela acerca de quién era en realidad responsable de Isobel.

—No me hagas caso —continuó su madre, e Isobel se sacudió el viejo dolor, apartándolo como si fuera una mota de polvo. Eran heridas viejas y ya no dolían—. Pero sé de lo que hablo. He vivido más tiempo y tú nunca has comprendido a los hombres como yo.

Isobel bajó la mirada a la taza de café. Tenía que irse pronto, de lo contrario no podría evitar decir algo que luego lamentaría.

—Sé que he dicho que podía quedarme, pero debo marcharme —afirmó con determinación—. Tengo una cita. Con una modista.

—Lo mismo debería hacer yo. Antes solo tenía que entrar en un sitio para que todos los hombres me miraran. No te puedes imaginar cómo se siente una, lo difícil que resulta envejecer.

—Todo el mundo lo hace, *maman* —dijo Isobel—. Y tú sigues igual de bella —señaló, lo que además era cierto—. No hay ni un solo hombre aquí que no te haya mirado.

—Es difícil haber tenido algo y haberlo perdido. Me pregunto si para ti no será más fácil. Soy tu madre y siempre te veo guapa, como es natural. Pero ya sabes lo que quiero decir.

Isobel tuvo que levantarse. Si no se iba en ese preciso instante, su madre lograría hacer añicos toda su seguridad en sí misma.

—Lo siento, pero debo marcharme.

—Vete. No es asunto mío opinar sobre eso.

—¿Nos vemos la semana que viene?

—Llámame. Siempre estoy en casa —dijo Blanche como de costumbre, aunque aquello no era verdad en absoluto.

Su madre tenía la agenda repleta. Si Isobel hubiera tenido más ganas de discutir se lo habría dicho, pero ya había soportado suficientes críticas e indirectas por esa vez. No tenía ningún sentido aguantar aún más.

—¿Te quedas? —preguntó.

Su madre se recolocó el fular y luego se tocó los pendientes. Isobel vio que llevaba los antiguos y rutilantes pendientes de brillantes de su abuela, que le había prometido que serían para ella.

—Sí, me quedo. Una amiga se va a pasar por aquí, ya que tú te marchas...

Así que en realidad había quedado con otra persona. Isobel no iba a aprender nunca: seguiría cargando toda su vida el sentimiento de culpa que le inculcaba su madre. Se inclinó y la besó en la mejilla.

—Adiós, te llamaré.

Salió del café. Cuando Isobel se volvió para decirle adiós con la mano, su madre estaba sentada a la mesa en compañía del conde de pelo gris. No levantó la vista.

Isobel atravesó a toda prisa NK en dirección a las escaleras de salida y ya en la puerta respiró profundamente. Paró un taxi y el corto trayecto que había desde Hamngatan lo dedicó a calmarse. Cerró los ojos y, por suerte, sintió una especie de retorno al equilibrio. La expectativa de lo que iban a hacer Alexander y ella era, a pesar de todo, más fuerte que su maltrecho ego después de los ataques de su madre. Salió del taxi. Lollo abrió la puerta y le dejó pasar con una gran sonrisa.

Isobel observó la prenda que la modista había sacado.

—Será perfecta.

—¿Vas a decirme lo que piensas hacer con ella? —preguntó Lollo mientras ella cerraba con cuidado la funda protectora y le devolvía la percha.

Isobel negó con la cabeza. Levantó la funda para que no arrastrara por el suelo.

—Dios, sería capaz de matar para saber lo que vas a hacer con ella —dijo Lollo con cierta envidia.

Isobel se despidió. Quizá su madre tenía razón, pensó mientras esperaba en la calle otro taxi.

Tal vez era una ingenua y pensaba más de lo debido en la relación con Alexander. Tal vez todos los hombres eran poco de fiar. Pero ella no tenía intención de preocuparse por eso. Probablemente lo haría después, pero de ningún modo en aquel momento.

Sonrió al entrar en el taxi. No lo haría porque iba a jugar con Alexander y no había lugar para la duda.

Sería una memorable pelea por la supremacía. Tenía intención de disfrutar. Y también de ganar.

50

Alexander había recibido órdenes de Isobel de entrar en un taxi y esperar a que le enviase la dirección, así que estaba allí sentado dando vueltas, sin rumbo. Al otro lado de la ventana veía pasar Estocolmo, pero tenía dificultades para concentrarse al no saber lo que iba a ocurrir. No se había dado cuenta antes de lo acostumbrado que estaba a mantener un control absoluto sobre su vida. Desde fuera podía parecer que perdía el tiempo, que se tomaba las cosas tal como venían, pero hasta ese momento no había reparado en el extremo control que ejercía sobre su propia vida.

Sonó el teléfono. Un mensaje.

Bastugatan, 16.

Alexander le dio al conductor aquella dirección de Södermalm, se recostó contra el respaldo del asiento y se pasó las palmas de las manos por los muslos. Iba vestido totalmente de negro, como ella le había ordenado. Unos estrechos pantalones negros de tela fina y una camiseta negra. Calcetines negros, zapatos negros. Sin ropa interior. La sensación no era tan excitante como podría parecer, pero Isobel decidía y él obedecía. A un lado llevaba la bolsa donde había puesto los juguetes que compraron y, al otro, un ramo de flores envuelto en celofán.

El taxi se detuvo frente a una casa roja de finales del siglo XIX. Alexander cruzó la puerta principal y dejó que sus ojos se acostumbraran a la penumbra. Olía ligeramente a incienso.

—¿Alexander De la Grip?

Oyó la voz y apareció una mujer de cierta edad con un delantal a cuadros y rostro arrugado. Parecía una de esas porteras que se veían en las películas antiguas y por un momento tuvo la sensación de haber retrocedido en el tiempo.

—Entre, por favor.

La mujer abrió la puerta de un ascensor decorado con dragones de hierro y paredes revestidas de terciopelo rojo. Una lámpara dorada brillaba débilmente en el techo. Pulsó un botón, cerró la reja y después la puerta. El ascensor chirrió mientras subía.

Isobel estaba de pie en la puerta de un apartamento y el corazón de Alexander casi se detuvo.

—Hola —dijo ella en voz baja, y él sintió que un escalofrío le recorría el cuerpo.

Llevaba un vestido blanco que le daba la apariencia de una diosa que hubiera bajado un rato del Olimpo para divertirse, sin preocuparle si aquello era o no demasiado para un simple mortal. Tenía una mano apoyada en la cadera.

—Adelante.

—¿Qué hacemos aquí? —preguntó él al entrar en el apartamento. Dejó la bolsa en el suelo y miró a su alrededor—. ¿De quién es?

La decoración era lujosa, con colores oscuros, mucho dorado y motivos orientales. Muy lejos de lo que él habría esperado de ella.

—¿Acaso importa algo?

—Isobel...

—No, no necesito decirte ni explicarte nada. —Enarcó una ceja—. ¿Son para mí? —preguntó.

Él le entregó el ramo. Era la primera vez que le regalaba flores y estuvo pensando un buen rato en la tienda hasta que vio esas orquídeas, unas flores silvestres de lujo de color verde lima. Ella cogió el ramo mientras deslizaba su mirada por el cuerpo de Alexander. Aprobó la indumentaria negra asintiendo con la cabeza.

Se fue y volvió con un pesado jarrón. Metió allí las orquídeas y después lo puso encima de una mesa, en la sala de estar más recargada que Alexander había visto nunca. Marcos y espejos dorados, muebles oscuros, muchos cuadros y distintos adornos. Gruesas cortinas de terciopelo en las ventanas. Vistas al lago Mälaren, Kungsholmen, Norrmalm, prácticamente a toda la ciudad. De alguna forma aquello le resultaba familiar. Sabía que no había estado allí nunca, aunque reconocía el estilo. Dio un paso hacia ella pero Isobel negó con la cabeza. Se detuvo.

—Quítate la camiseta —le ordenó.

Lo hizo sin decir una palabra y la dejó caer al suelo mientras permanecía de pie. Había nacido con buenos genes, se había fortalecido con el boxeo y el entrenamiento, y no le molestaba la mirada de Isobel. Empezó a desabrocharse los pantalones pero ella movió con rapidez la cabeza.

—No, cuando yo te lo diga. Antes quiero hablar.

Su voz era firme pero él vio que le cambiaba el color de la cara, que la sangre le sonrosaba las mejillas y que los pezones se transparentaban con nitidez a través de la tela. Iba desnuda debajo de ese vestido fino y ondulante. No se vislumbraban marcas de bragas ni de sujetador.

—Hay champán —dijo ella señalando un cubo plateado—. Sírveme media copa a mí y una entera para ti. Bébetela y luego ponte otra más.

—¿Intentas emborracharme? —preguntó él divertido.

—No, pero pienso reducir tus inhibiciones.

—*Baby*, yo no tengo inhibiciones —replicó él.

Pero hizo lo que le decía: quitó el papel de aluminio, desenrolló el alambre, retorció el tapón de corcho y lo sirvió en una copa para ella y en otra para él. Levantó la suya en un brindis mientras ella probaba un sorbito de champán muy frío.

—Bebe —le ordenó ella.

Él vació la copa y se sirvió otra. Ella sonrió.

—Buen chico.

Pero había límites, incluso para él. No le gustaba que le llamasen «chico». Dio un paso hacia ella, con el que intentó de forma automática nivelar el equilibrio entre ellos y recuperar aquel control que no sabía que iba a echar tanto de menos.

—No —dijo ella, y él se detuvo—. Siéntate allí —ordenó Isobel mientras señalaba una silla de cuero con el respaldo alto y brazos.

Alexander obedeció de mala gana. Dejó la copa y se sentó recostándose contra el ornamentado respaldo de cuero. Isobel se acercó hacia él. El vestido flotaba alrededor de su cuerpo: él adivinó sus suaves curvas a través de una abertura y después ella se quedó delante del asiento. Alexander levantó las manos y las cerró alrededor de la cintura de ella, se abrió de piernas y se la acercó mientras hundía el rostro en su vientre y aspiraba su olor y su calor. Isobel le puso una mano en la cabeza. Al principio se la acarició pero después le agarró del pelo. Él echó la cabeza hacia atrás hasta que ambos se vieron las caras.

—A partir de ahora no hagas nada que yo no te haya ordenado. Ni con las manos ni con las piernas, nada.

Él parpadeó sorprendido.

Isobel le tiró del pelo y él se enderezó en la silla.

—Voy a darte una palabra de seguridad —dijo ella.

—No la necesito.

Ella le tiró un poco más del pelo y él luchó contra su impulso natural de apartarse.

—Voy a darte una palabra —repitió ella con tranquilidad—. Soy responsable de tu seguridad y tú no tienes la menor idea de lo que va a ocurrir aquí. Si dices «oro», pararé de inmediato. ¿De acuerdo?

—De acuerdo —murmuró él.

—¿Crees que serás capaz de obedecerme, diga lo que diga?

Él se enfrentó a su mirada; le resultaba difícil decidirse a contestar. Quería saber qué significaba para ella obedecer.

—Di: «Sí, Isobel» —le pidió.

—Sí.

Mierda, no creía que fuera tan difícil.

Ella le agarró el pelo con más fuerza en señal de advertencia.

—Sí, Isobel —dijo él rápidamente.

Ella sonrió con un gesto de satisfacción y lo soltó.

—Buen chico.

—Maldita sea, Isobel —replicó mientras se pasaba la mano por el pelo, que ella acababa de soltar. Odiaba que lo llamasen así.

Ella ladeó la cabeza.

—¿Quién decide?

Apretó las mandíbulas. Una parte de él deseaba levantarse y marcharse. No quería quedarse allí para que lo humillaran, no había comprendido lo que significaba de verdad someterse. Lo que se le iba a exigir.

—¿Alex?

—Tú decides —respondió.

Ella volvió a darle la copa.

—Bebe.

Hizo lo que le decía y vació la copa. Tenía el estómago vacío y el alcohol se le subió directo a la cabeza.

Ella estaba de nuevo de pie frente a él. El vestido se ajustaba provocativamente a sus formas y estuvo a punto de estirar otra vez los brazos hacia ella. Fue algo automático.

—Junta las manos detrás del respaldo de la silla —dijo Isobel.

Él dudó al principio pero obedeció a regañadientes.

Ella le recompensó con una sonrisa. Luego se subió el vestido por encima de los muslos, separó sus sensuales piernas y se deslizó a horcajadas sobre las rodillas de Alexander. Le puso sus manos fragantes en la cara y lo besó profundamente. Él se retorció mientras se besaban y ella se apretó contra su torso desnudo. Después interrumpió el beso, le agarró la cabeza y apretó su rostro contra el profundo escote de su vestido. Él besó y lamió con avidez todo lo que estaba a su alcance; quería utilizar las manos pero decidió obedecer a Isobel y mantenerlas detrás.

Cuando Isobel se incorporó y se despegó de sus rodillas, él respiraba con tanta fuerza que se estaba empezando a marear. Alcohol, testosterona y dióxido de carbono: una mezcla explosiva en su circulación sanguínea.

—Isobel, por Dios, déjame que...

—Aún no —dijo ella.

La fina tela del vestido estaba húmeda en la parte a la que habían llegado sus besos. Ella se pasó una mano por uno de los pechos y alisó la tela, que entonces se ciñó a la generosa curva. Él se quedó mirándola como si fuera capaz de hacer cualquier cosa por tenerla otra vez encima de sus rodillas.

—¿Qué te gustaría hacer en este momento? —preguntó ella con sencillez.

—Me gustaría levantarme, ponerte sobre esa mesa y follarte hasta que empezaras a gritar —respondió él con serenidad.

Ella sonrió y se quedó mirándolo, como si estuviera considerando distintas opciones.

—Tal vez terminemos así —dijo al fin.

Apoyó las nalgas en una mesa negra que parecía tener por lo menos cien años. Era firme y estable, y estaba llena de cuencos, jarros y objetos decorativos. Parte del vestido se le abrió y sus muslos quedaron al descubierto. Ella empezó a acariciarse. Casi de forma distraída se introdujo el dedo índice entre el rizado vello rojizo.

Alexander no parpadeaba. Ella fue hacia él, le introdujo el mismo dedo índice en la boca y él lo chupó. Le metió otro dedo más y después un tercero y los movió hacia fuera y hacia dentro repetidas veces, mientras usaba la boca de él como él desearía utilizar su sexo.

—Nunca he entendido qué gracia tiene masturbarse delante de otra persona —confesó ella sacando los dedos de la boca de él.

Alexander quería levantarse y volver a agarrarla, pero se quedó clavado en la silla. Ella volvió a deslizar un dedo alrededor de su rizado vello.

—Pero se puede cambiar de opinión —se corrigió a la vez que empezaba a acariciarse en serio.

Isobel puso la otra mano en el hombro de Alexander y se apoyó en él mientras movía los dedos cada vez más deprisa. Él notaba su respiración en la mejilla como bocanadas calientes y todo el cuerpo le rugía que tomara el relevo.

—Si me tocas ahora, todo habrá terminado por esta noche —dijo ella con voz ahogada—. Me voy a correr sin que ni siquiera me roces. Tú solo puedes mirar, ¿entendido?

Él no podía asentir ni responder, solo mirar.

El olor de Isobel. El calor que vibraba entre sus cuerpos. El ruido de sus ágiles dedos al moverse. El leve dolor que le producía que ella le clavara las uñas en su hombro. Todo eso resonaba en su cabeza. Ella se siguió acariciando hasta alcanzar un orgasmo silencioso, duro y profundo, y luego se quedó jadeando frente a él. Percibió el olor a sexo y a Isobel; quería comerlo, beberlo, dejar que lo envolviera. Él también había estado a punto de correrse. Ella lo miró con los ojos nublados. Le acarició los labios con un dedo y él lo atrapó en la boca y lo chupó como si fuera lo único que se interponía entre él y todo aquello que consideraba valioso.

—Isobel, por favor, deja que te penetre —dijo él con voz ronca, y sintió que sería capaz de hacer cualquier cosa para lograrlo.

—Pronto —afirmó ella.

Ella cogió su copa de champán, se sentó enfrente de él en un sofá bajo y mullido y se hundió en el oscuro terciopelo.

Alexander se humedeció los labios y siguió cada movimiento que hacía Isobel. Ella bebió un sorbo, cruzó las piernas y se retiró el pelo de la cara.

—El apartamento es de Eugen Tolstói —le confesó—. Me lo ha prestado.

Eso explicaba esa apariencia de burdel elegante. No sabía que su tío tuviera un apartamento en Estocolmo, pero Eugen siempre había sido muy reservado, así que...

—¿Sabía para qué lo ibas a usar?

Ella se mordió el labio. Se le encendieron las mejillas y parecía exactamente una diosa del sexo. Su diosa del sexo.

—¿Tú qué crees?

—No quiero saberlo. ¿Puede sentarme contigo en el sofá?

Ella asintió con la cabeza y él se sentó con rapidez a su lado.

—¿Te aprietan los pantalones?

—No te lo puedes imaginar.

Estaba tan excitado que le dolía.

Ella miró su erección, se inclinó hacia delante, deslizó la mano arriba y abajo por encima de sus pantalones hasta que él ya no pudo permanecer sentado.

—Isobel —dijo a modo de advertencia mientras la agarraba por la muñeca.

—Suéltame —le ordenó ella.

—No quiero correrme en los pantalones —le suplicó.

Ella lo miró desafiante. Sus miradas se encontraron.

—¡Mierda! —exclamó él, y le soltó la mano.

No quería correrse así, en los pantalones, como un adolescente empalmado. Ella lo acarició. Se rindió y se entregó moviéndose contra su mano. Alexander jadeó, palpitó, después empezó a contraerse y cerró los ojos. Pero cuando creía que iba a llegar al orgasmo, ella se detuvo.

—Ponte de pie.

Él abrió los ojos; no podía pensar bien, el corazón se le había disparado y prácticamente no tenía sangre en la cabeza. Pero hizo lo que le había dicho.

Isobel permaneció en el sofá.

—Quítatelos.

Se desabrochó los pantalones con cierta dificultad. Se los bajó con cuidado, se los quitó y se quedó desnudo y erecto delante de ella.

Isobel se inclinó hacia delante, lo tocó con suavidad y él tembló, tembló de verdad al notar el contacto.

Ella miró hacia arriba.

—Ahora me follarías de buena gana, ¿verdad?

Él asintió con la cabeza con un gesto grave, mientras se imaginaba cómo se la metería, con más fuerza que nunca, para devolverle todo el dolor al que le estaba sometiendo.

Isobel levantó la barbilla.

—Pero aún no he terminado.

Se levantó del sofá, le rozó el hombro y él volvió a temblar. Isobel abrió la bolsa que él le había traído y sacó el látigo blanco. Alexander casi pensó que era un juguete cuando lo compraron. Pero al verlo en la mano de ella le pareció auténtico.

—¿Ves la otomana? —preguntó ella.

Él miró a su alrededor y vio el mueble: una especie de taburete grande y pesado, sin respaldo, cuadrado, tapizado con terciopelo oscuro y con las patas en forma de doradas garras de león. Un mueble típico de Eugen. Seguramente procedente del contrabando ruso y sacado de algún antiguo palacio de un zar.

—Túmbate boca abajo. No te voy a atar... —dijo ella con una sonrisa diabólica—. De momento.

Hasta entonces había estado convencido de que iba a poder manejar cualquiera de sus proposiciones. Pero ¿incluso esa?

De mala gana se puso de rodillas. Se armó de valor y luego se tumbó en la otomana como ella le había ordenado, mientras intentaba ponerse cómodo. Isobel se situó a su lado apoyada en una rodilla. Él oyó el roce de su ropa y vio la tela blanca por el rabillo del ojo. Ella le puso una mano en los riñones y se los acarició.

—Si lo hago será a conciencia. Si no quieres puedes decírmelo. De lo contrario dirás: «Sí, Isobel».

Alexander se quedó mirando el suelo y le invadió la irreal sensación de estar desnudo y tumbado boca abajo sobre una otomana en uno de los apartamentos más decadentes que había visto en su vida. Miró las alfombras orientales que había en el suelo. Si iba a echarse atrás, era el momento de hacerlo.

Pero no quería. No podía negar que ese juego le excitaba más de lo que él creía.

—Sí, Isobel —dijo.

—Buen chico —murmuró ella.

Ella estiró la mano hacia la otomana y le cogió el pene con fuerza. Alexander no pudo reprimir un gemido al notar esa presión tan esperada, pero se obligó a mantenerse pasivo y dejar que los dedos largos y fuertes de Isobel le hicieran una paja. Nunca hubiera imaginado lo desvalido que podía llegar a sentirse, cómo esa leve sensación de inseguridad acentuaba la excitación, y lo frustrante y estimulante que era no controlar nada de lo que ocurría.

Cerró los ojos, sintió que se le contraía el escroto y la sangre se precipitaba hacia el pene. Ella lo soltó. Se puso de pie y se apartó cuando estaba a punto de correrse. Él tuvo que morderse el labio con fuerza para no soltar una grosería, para no gritarle que siguiera.

—No te muevas —le ordenó ella.

Él se obligó a relajarse, a vaciar la mente. Notó una ráfaga de aire cuando ella levantó la mano.

Oyó el silbido del látigo.

51

Isobel vio que Alexander se ponía tenso mientras ella intentaba chasquear en el aire el látigo blanco. ¿Sería capaz de hacerlo? Solo había pensado en sí misma al planearlo. Juntó todas sus fantasías y experiencias y luego simplemente decidió que sería capaz de dominarlo y obligarlo a someterse. Suponía que iba a resultar difícil pero instructivo. Lo que no esperaba era que la experiencia fuera a excitarla tanto, casi como una droga.

Masturbarse delante de Alexander había sido un impulso que le surgió en ese momento. Nunca se había corrido tan rápido y, cuando Alexander estaba tan excitado que le rogó que le permitiera penetrarla, estuvo a punto de decirle que sí y dejar que la poseyera en el suelo, contra la pared, en cualquier sitio.

Volvió a agitar el látigo en el aire y vio que los músculos de él se preparaban. Su cuerpo era un poema: bronceado, musculoso y brillante de sudor. Isobel se alegraba de habérselo tomado con calma y haber mantenido el control. Sabía que aquello solo iba a ocurrir una vez, que no era un rol que quisiera asumir en el futuro.

Pero ahora.

Deslizó las colas del látigo por su espalda y vio que temblaba.

Tenía intención de aprovechar ese momento al máximo. Levantó el látigo y le asestó un certero golpe en las nalgas. Él hizo una mueca pero no dijo ni una palabra a pesar de que debió de dolerle.

—Relájate —le ordenó—. Respira.

Alexander inspiró hondo. Isobel levantó el látigo y volvió a dejarlo caer, procurando que le golpeara solo los músculos y las partes blandas. Todo su cuerpo se sacudió y ella vaciló. Él seguía sin decir nada: solo respiraba, tal como Isobel le había ordenado. ¿Estaba siendo tal vez demasiado dura? Se arrodilló y deslizó la mano por debajo del cuerpo de Alexander. Notó con sorpresa que estaba tan excitado que apenas podía abarcar el miembro con la mano: estaba caliente y deliciosamente duro. Se acercó y le mordió una oreja. Él gimió y se movió con impaciencia contra la palma de su mano. Ella la retiró y Alexander emitió un leve ruido parecido a una queja.

Volvió a levantar el látigo y a dejarlo caer. Después otra vez, aún con más fuerza. Él seguía sin decir nada. Isobel se secó la frente.

Pensó que se cansaría pronto, que aquello era demasiado agotador para ella. Le dio dos latigazos más, uno en cada nalga, con fuerza. Oyó un leve gemido.

Se quedó quieta, dejó que su respiración se normalizara y se preguntó qué ocurría. Eso era lo que le estaba resultando más difícil, y quería que él se diera cuenta de ello.

—Ya puedes levantarte —dijo—. Ponte de pie. Y bésame.

Él se quedó inmóvil durante un momento, como si se estuviera concentrando.

Después se levantó. Desnudo, sudoroso y con la mirada perdida, se lanzó sobre ella, la besó con avidez, abrazó sus pechos, le introdujo una rodilla entre los muslos, la obligó a montarlo y la empujó hacia atrás, a la vez que la sujetaba rodeándola con el brazo como si fuera una banda de hierro.

—Espera —jadeó ella poniendo las manos en su pecho.

Él estaba a punto de tomar el control, pero todavía seguía siendo su noche.

—Isobel —murmuró pegado a su boca en tono persuasivo.

Sus dedos expertos la acariciaron, su hábil boca la besó y ella se tambaleó; era tan agradable... Esa pasión, ese deseo... Era delicioso.

—*Baby* —dijo él con voz ronca.

Ella lo miró con los ojos entreabiertos.

Alexander la respetaba, Isobel era consciente de ello sin ninguna duda. Pero se trataba de una cuestión de equilibrio de fuerzas y no estaba dispuesta a cederle el control aún. Así que lo rechazó y movió la cabeza en dirección a uno de los dormitorios que había en el apartamento.

—Allí hay una cama. Túmbate de espaldas con una mano agarrada a cada extremo del cabecero. Espérame.

Parecía que él tenía intención de protestar, así que Isobel dio media vuelta, lo dejó, fue al cuarto de baño y cerró la puerta. Qué difícil era mantener el equilibrio sobre una ola gigante, pensó. Se echó un poco de agua en la cara, se retocó el maquillaje y el pelo, y se miró en el espejo. Se vio unos ojos enormes y una piel casi luminosa. Parecía una mujer distinta.

Volvió a salir. ¿Habría hecho Alexander lo que le había ordenado?

Cuando empujó la puerta del dormitorio él estaba allí. Desnudo y tendido en aquella cama antigua con dosel. Su rostro era una mezcla de frustración, excitación e inseguridad, y no dejaba de mirarla. Pero estaba inmóvil, como ella le había ordenado, y a su entera disposición.

—Una mano en cada extremo del cabecero —le recordó.

Él obedeció con una expresión grave en el rostro.

Isobel se desabrochó el vestido y lo dejó caer al suelo. Si fingías que no te importaba la desnudez, casi parecía convertirse en algo cierto, pensó ella. Y del modo en que él la miraba era difícil no sentirse halagada.

Se subió a la cama, se puso encima de él con las piernas abiertas y una rodilla a cada lado de sus caderas y se quedó mirando sus rasgos perfectos, su pecho musculoso.

Se inclinó hacia delante y vio que él seguía cada uno de sus movimientos con la mirada. Cogió las cintas de seda que ya había anudado alrededor de los extremos del cabecero y le ató las muñecas hasta que quedó por completo inmovilizado. La seda era fuerte y resistente pero fácil de desatar. Hizo unos lazos y se rio al ver cómo habían quedado. Alexander buscó su rostro con la mirada y ella vio que estaba preocupado. Le acarició la cara.

—Sé que es difícil —dijo para tranquilizarle—. Pero tú puedes hacerlo. Confía en mí.

—Déjame que te penetre —susurró él—. Va a ser fantástico. Sé que lo deseas. Sé que te gusta. Vamos, Isobel.

—Sí, me daría mucho placer —susurró ella—. Pero antes quiero hacer otra cosa. Tú no decides qué va a pasar.

Él parecía a punto de explotar. Su cuerpo se sacudía debajo de ella como un animal.

—¡Maldita sea, Isobel! No puedo soportar más esto. Déjame que haga algo.

Ella se incorporó, se bajó de la cama y fue a buscar el cubo para hielo.

—¿Qué vas a hacer con eso?

Ella se inclinó, agarró su miembro erecto y movió la mano arriba y abajo varias veces antes de soltarlo. Estaba muy cerca de correrse, prácticamente sentía el orgasmo por todo su cuerpo.

—Todavía no —dijo ella con una sonrisa.

Llenó una copa de champán. Estaba tan frío que el cristal se empañó en un momento; aún así, ella sacó unos cubitos de hielo y los metió en la copa.

—¿Preparado? —dijo.

Él la miró con los ojos desorbitados.

—¡No! —aulló.

Derramó el champán por el vientre y la entrepierna de Alexander, quien gritó y despotricó. Ella volvió a separarle las piernas y lo chupó, lamió el champán por los muslos y el vientre, y le pasó la lengua por su miembro erecto y tembloroso. Jugueteó con los dedos hasta que él empezó a temblar. Lo acarició con mucho cuidado, tan despacio y con tanta suavidad que él, frustrado, empezó a tirar de las cintas. Estaba enfadado, lo notó; vio el fuego en sus ojos y la rabia por su limitada capacidad de movimiento.

Isobel volvió a coger el látigo. Deslizó las suaves colas alrededor del miembro erecto y vio aparecer de nuevo un rictus de preocupación en el rostro de Alexander. Aunque ella no iba a admitirlo con facilidad, asustarlo y tenerlo en su poder era muy excitante.

Él respiraba con dificultad, sin perder de vista el látigo. Tensó las piernas.

Sin embargo, era evidente que ella no pensaba usarlo en ese momento, porque se acomodó a su lado, tumbada con la cabeza hacia los pies de la cama y con sus propios pies a la altura de las caderas de Alexander para que él pudiera verla bien. Abrió las piernas y advirtió que no la perdía de vista, ni siquiera parpadeaba. Él tenía los brazos estirados, y las venas y los tendones se marcaban por encima de una de sus piernas fuertes y sudorosas. Ella se abrió más, entornó los ojos y empezó a masturbarse.

Él suspiró en voz baja y movió las caderas.

—Isobel —dijo con voz apagada.

El sudor brillaba en su pecho. El pene, que se le había encogido con el champán helado, había vuelto a endurecerse y estaba otra vez empalmado, excitado y tembloroso. Isobel se acercó lentamente al cuerpo el mango del látigo y empezó a introducírselo. El mango era corto, duro, estriado y muy excitante. Jugó con él metiéndoselo y sacándoselo mientras se acariciaba con la otra mano, hasta que Alexander tiró con tal fuerza de las cintas que la cama se sacudió debajo de ellos.

Isobel se corrió, mientras jadeaba y se movía con voluptuosidad. Apartó el mango, se puso de pie, llenó la copa de champán y se la acercó a Alexander.

—Bebe —ordenó.

Él inclinó la cabeza y bebió con rabia, por lo que derramó gran parte del contenido.

—Buen chico —dijo ella mientras se inclinaba, le besaba la boca y le lamía el cuello.

—Suéltame de una vez. Me estoy volviendo loco.

Alexander no era un hombre sumiso por naturaleza. Dominarlo era como intentar domar un toro furioso o un caballo salvaje, era cuestión de fuerza mental y física a partes iguales. Resultaba difícil pero emocionante. Era cuestión de interpretar en su rostro lo que sentía e intentar predecir cómo reaccionaría. Y obligarle a aceptar las órdenes que le daba a pesar de su resistencia. Pero él ya se había ganado lo que quería y, además, ella también le deseaba.

Isobel se estiró para alcanzar los preservativos de distintos colores que había dejado encima de la mesita de noche, cogió uno marrón y al rasgar el envoltorio percibió un suave aroma a cacao. Le puso el condón con mano experta. Hubiera preferido hacerlo con la boca, como había visto hacer en YouTube a unas mujeres que ponían condones con la boca en los vibradores; luego ella había probado a hacerlo. Por eso había comprado protectores de distintos sabores. Pero era difícil, se manchaba mucho y no le parecía nada sensual, así que prefirió hacerlo con las manos. De los sabores que había probado le gustaba el de fresa, detestaba el de menta y le encantaba el de chocolate. La de cosas que hay que hacer para ampliar las miras, pensó, mientras se ponía a horcajadas sobre él y se le acercaba. Él levantó con tal fuerza las caderas que ella estuvo a punto de perder el equilibrio en la cama. Lo miró con dureza.

—¡Quédate quieto!

—No puedo —espetó Alexander.

—Y deja de tirar de las cintas —dijo en tono severo—. Te haces daño. Si no cumples mis órdenes...

Isobel empezó a retirarse.

—Lo haré, lo haré. Vuelve aquí. Oh, Dios, vuelve aquí, por favor.

Ella le besó el pecho y mordió suavemente el anillo del pezón. Él, obediente, se tumbó sin mover un solo músculo. Pero estaba sudando, tenía las mandíbulas apretadas y ella consideró que le había presionado todo lo que podía resistir.

—Ahora te voy a desatar las cintas —dijo—. Pero no debes mover las manos hasta que te lo diga. ¿De acuerdo?

Él asintió.

Le desató una mano. Después la otra. Le sostuvo la mirada y notó su furia, aunque seguía inmóvil, tal como le había ordenado. Se deslizó sobre él y alineó el cuerpo con el suyo. Él cerró los ojos.

—Estás a punto de correrte, ¿verdad? —susurró ella—. ¿Quieres correrte?

—¡Oh, cielos! Claro que sí.

—Todavía no.

Ella lo montó muy despacio, aunque sabía que él quería que se moviera con más fuerza y más deprisa. Se valía de su fuerza de voluntad para seguir obedeciéndola.

Isobel se detuvo.

Él emitió un gruñido, pero no movió los brazos. Ella apoyó las manos sobre sus hombros y volvió a montarlo poco a poco.

—Ahora —dijo sin más.

Sintió que todo el equilibrio del poder se derrumbaba en un momento, como si estuviera sobre un bloque de hielo que se balanceaba y, después de oscilar de un lado a otro, se hundiera en una profundidad infinita. Las manos de Alexander se movieron con tal rapidez que no llegó a verlas. Hacía solo un segundo que ella decidía y, al siguiente, él la cogió de las caderas, la levantó y luego la empujó hacia abajo a la vez que se impulsaba hacia arriba con tanta fuerza que Isobel se quedó sin aliento, encantada de sentir que él había tomado el relevo.

Alexander se dejó dominar por su energía liberada y se mantuvo firme mientras se arrojaba sobre ella, le levantaba las manos, le sujetaba las muñecas a la vez que le pasaba las piernas alrededor de la cintura, la penetraba y la poseía con toda su fuerza sudando frenéticamente. Se corrió con un rugido y ella también llegó al orgasmo, como si tener otro más fuera la cosa más fácil del mundo.

Poco después se desplomó al lado de ella. Respiraba de forma entrecortada y se quejaba.

—¿Estás bien? —preguntó Isobel.

En respuesta se volvió en su dirección, hundió la cara en su pecho, la abrazó y empezó a temblar. Ella le acarició el pelo con cuidado y esperó a que reaccionara. Al cabo de un momento Alexander se movió un poco y se secó el rostro con el dorso de la mano. Isobel siguió acariciándole el pelo mientras sentía que el corazón se le aceleraba.

—Lo siento —dijo él con voz ahogada.

—No pidas disculpas. Sé lo que sientes. Está bien.

Alexander respiró hondo, ella oyó los latidos de su corazón y se quedaron en silencio. El apartamento estaba en un piso alto y no llegaba ningún ruido del exterior. Tal vez un avión a lo lejos.

—Santo cielo —dijo él al fin, y ella notó en su voz que se había sosegado—. No sé qué decir. Ha sido... intenso. Por completo distinto a todo lo que había experimentado antes. Parecías un jodido sueño húmedo —añadió mirándola.

—Por un momento parecías enfadado —dijo Isobel mientras buscaba en su cara una señal de arrepentimiento. Sin embargo se le veía tranquilo.

—Debería estarlo. Pero no. *Sorry*, tengo la cabeza hecha un lío.

—No me había dado cuenta de lo difícil que es ser tan dominante —dijo Isobel a la vez que jugaba con su cabello—. A veces no tenía ni idea de lo que iba a hacer.

—A mí me daba la impresión de que tenías un control total de tus actos.

Su voz ya era completamente estable y ella se tumbó de espaldas a su lado. Él estiró un brazo y ella apoyó la cabeza contra él.

—Ha sido muy instructivo —continuó Alexander un momento después—. Interpretar el rol de sumiso me ha resultado más difícil de lo que creía. —Se movió y gimió.

—¿Te duele?

—Tienes razón, eres fuerte —dijo riendo—. Duele más ahora que ya ha pasado.

—Es porque las endorfinas abandonan el cuerpo. Su única función es enmascarar el dolor; ayudan a que resulte más agradable. Pero cuando se van se siente el dolor de verdad —dijo Isobel a la vez que se sonrojaba un poco sin saber por qué.

Alexander la miró y la besó en la frente.

—¿Qué tal estás tú? Dime cómo te has sentido. ¿Ha sido difícil? ¿Divertido? ¿Sabes que estabas muy sexy?

—Me he sentido bien pero un poco rara. Como si hubiera quedado muy expuesta.

—Me gustaría saber cuándo vas a empezar a confiar en mí.

Pero Alexander se equivocaba, porque ella confiaba en él, al menos con respecto al sexo. Más de lo que lo había hecho en nadie. Sentía seguridad. Y terror.

Él le acarició el brazo, la besó con suavidad y le susurró frases sin demasiado sentido acerca de la suavidad y de la tersura de su piel, de lo sensual y perfecta que era, todo lo que ella necesitaba oír. Toda esa ternura... Era un amante fantástico, eso nunca lo había dudado. Pero también era una buena persona en muchos aspectos. Cada vez le resultaba más difícil ser consciente de lo distintos que eran y de las cosas tan diferentes que representaban.

Isobel cerró los ojos. Solo quería estar aquí y ahora. Era el turno de él de acariciarle el pelo.

—Qué agradable —murmuró ella.

—Sí, sé que te gusta que te toquen el pelo. Cuéntame algo sobre ti que aún no sepa. Algo que no conozca nadie.

Ella respiró con la boca pegada a la piel de Alexander, notó sus dedos en el cuero cabelludo, expertos y cautos, y las palabras brotaron sin pensar.

—A veces estoy tan cansada del trabajo de campo que solo quiero tumbarme y morir.

Después hizo una pausa, sorprendida. Ni siquiera se había dado cuenta nunca de que se sentía así. Las palabras habían brotado solas, de un modo inconsciente.

—¿En serio? —preguntó él con curiosidad—. Creía que tenías madera para eso. Y todos con los que hablo utilizan la palabra «legendaria» al menos una vez cuando se refieren a ti. ¿Por qué lo dices?

A veces sentía aquello, tenía que reconocerlo si quería ser totalmente sincero. Eran ideas que se le ocurrían durante un segundo y que enseguida apartaba de su mente.

«Tal vez exista algo más para mí.»

Toda su vida se había adaptado a las necesidades de los demás. No tenía una familia propia, nada que la retuviera en casa, ni siquiera un puesto de trabajo fijo. Para ella era una cuestión de honor poder viajar continuamente, y siempre había creído que era lo que quería. Pero ¿lo había hecho de verdad por su propio bien? Apenas se atrevía a reflexionar sobre ello.

—Una vez me secuestraron —comentó ella con calma, mientras acariciaba con el dedo el anillo de oro de él y olía su piel.

¿Podías volverte adicto al olor de una persona? ¿A su sabor?

¿Y qué ocurría si sucedía eso y después tenías que prescindir de ella? ¿Perdería la vida todo el sentido y el color? ¿Se podría superar aquello?

Alexander se quedó mirándola.

—No me lo habías dicho. ¿Cuándo? ¿Dónde?

—El otoño pasado en Liberia. Todo fue muy rápido. Tuve un ataque de pánico y cometí todos los errores posibles. Estaba muy aterrada, nunca lo hubiera imaginado. Me secuestraron en un puesto de control y me llevaron lejos de allí.

—¿Se metieron contigo? ¿Te...?

Alexander se quedó en silencio pero ella sabía lo que estaba pensando. Era lo que todo el mundo se preguntaba.

—¿Si me violaron? No. Me soltaron en cuanto supieron que era médico. No estaban interesados en mí. Todo era un caos allí abajo, un montón de grupos en guerra; fue un error.

Pero durante las horas que estuvo sentada con un arma automática apuntándole no fue especialmente valiente. Se estremeció de manera involuntaria. Alexander apretó el brazo en el que estaba apoyada y ella se acurrucó contra él, se permitió sentirse pequeña y necesitada de protección.

—Pero ¿por qué no me habías contado nada de eso? Debió de afectarte.

—No hablo nunca de ello. Solo lo sabe Leila. Por eso quería que asistiera a ese curso de seguridad. Lo raro es que cuando me evacuaron de Chad en este último viaje, muchas cosas volvieron a mi cabeza. No sé, tal vez no estoy hecha para esto a largo plazo.

—¿Quizá quieres algo más de la vida?

Ella volvió a cerrar los ojos. No podía hablar con él acerca de lo que quería de la vida. No en ese momento, no aún.

Quería tener familia. Hijos. ¿Era egoísta querer cosas para sí misma cuando había tantas necesidades en el mundo?

—Supongo que sí —dijo al fin—. ¿Te he hablado alguna vez de Marius?

Porque los niños como él eran la razón de que continuara.

—Has mencionado su nombre alguna vez.

—Vive en la calle. Tiene siete u ocho años y no tiene hogar.

Deambula por ahí. A veces desaparece, otras se va al hospital. Lo conocí durante mi estancia allí el otoño pasado. Me he encariñado con muchos niños pero me he visto obligada a dejarlos sin saber qué ha sido de ellos. Nunca te acostumbras a eso, aunque aprendes a desconectar. Pero Marius es especial.

Había donado sangre para él el otoño anterior. Era algo que no se podía hacer, había reglas que lo impedían, pero él estaba muy mal, muy pálido. No había bancos de sangre, por lo que solían preguntar a los parientes si estaban dispuestos a donar sangre en caso de que fuera necesario. Pero nadie podía o quería dar sangre a Marius y, cuando Isobel vio que el niño y ella tenían el mismo grupo sanguíneo, la decisión fue fácil. Le dio un par de decilitros de la suya y se recuperó. Marius llevaba literalmente sangre de ella en las venas.

—Le pusieron el nombre de un futbolista de Chad. Cuando pienso en él, sé que debo seguir adelante.

—No tengo ninguna intención de discutir contigo, al menos ahora —dijo él mientras la besaba con suavidad—. Eres una mujer complicada, doctora Sørensen, y alguien debe hablar muy en serio contigo. Pero no ahora. Nunca me he sentido tan bien como en este momento. El futuro tiende a solucionarse por sí solo.

Isobel tampoco quería entrar en discusiones que nunca acabarían bien. Porque, a diferencia de Alexander, ella sabía que el futuro no tendía a solucionarse en absoluto por sí mismo. Al contrario. Su experiencia era que después de los buenos tiempos llegaban inevitablemente los malos. Y no tardarían en aparecer porque le iba bien desde hacía tiempo.

—¿Hay algo para comer en esta guarida sexual?

Isobel asintió y subieron a la cocina a tomar té y comer unos sándwiches. Hablaron de arte, de cine y de viajes. Después volvieron a hacer el amor, pero en esta ocasión con tranquilidad y en paz. Bajo el dosel de la cama. Besos profundos, movimientos suaves. Con confianza e intimidad, sin nada de sexo duro. Se quedaron un buen rato tumbados solo mirándose a los ojos, sin sentirse ridículos en absoluto. Alexander se durmió antes que ella e Isobel se quedó a su lado mirándolo. En ese estado parecía distinto. Siempre se encontraba en movimiento, tenía una energía terrible, pero en ese momento era todo tranquilidad. Las cejas y pestañas oscuras le aportaban carácter a su rostro dorado. Llevaba el pelo muy corto, debía de haber ido a la peluquería hacía poco. Le rozó levemente la frente.

Estaba a punto de enamorarse de ese hombre.

Sabía que era una estupidez, que era lo último que hubiese planeado. Pero Alexander tenía un fondo y una sensibilidad contra los cuales no podía defenderse. Sentir algo tan fuerte por un hombre que era conocido por sus numerosas historias con mujeres era la mejor manera de arriesgarse a sufrir el mal de amores, y era consciente de ello. Pero tenía tan pocas posibilidades de reprimir esos sentimientos como de detener un virus maligno. La naturaleza no era buena. Era implacable y no tenía compasión. Tanto el virus como el amor debían seguir su curso. Si eras fuerte sobrevivías sin demasiadas secuelas. Isobel tiró del cobertor, se acercó más a él y cerró los ojos. Cielo santo, esperaba ser fuerte de verdad. Porque aquello tenía el potencial suficiente para destrozarla por completo.

52

—Hoy iré a ver a Natalia y a mi madre —dijo Alexander haciendo una mueca.

Isobel estaba sentada frente a él con una taza de café en las manos. Parecía relajada y él se preguntó si era humanamente posible alejarse de ella. No sabía muy bien cómo iba a manejar esos sentimientos desconocidos que hervían en su interior cuando la miraba. Lo que había experimentado en ese apartamento... Todo lo que Isobel había preparado y habían compartido... Había supuesto una experiencia única y durante esos días habían intimado mucho. La miró mientras ella leía distraída los titulares de un folleto publicitario. Llevaba una sencilla camiseta. Se había quitado el maquillaje y había guardado el sugerente vestido blanco. A él casi le gustaba más así.

—Y yo voy atrasada con un montón de papeles de trabajo —dijo Isobel mientras levantaba la vista y se enroscaba un mechón de pelo en un dedo.

Lo miró sonriente y él notó una punzada de emoción. Había experimentado cosas con esa mujer que no había hecho nunca antes con nadie. Resultaba extraña la estrecha vinculación que sentía hacia ella en ese momento.

Alexander se levantó de la mesa, fregó su taza y sirvió más café a Isobel.

—Te llamaré más tarde —dijo.

Isobel levantó la cabeza y él se inclinó y la besó. Ella le rodeó con sus brazos y él la atrajo con fuerza hacia sí. Dios, no quería marcharse, deseaba quedarse allí, besar a Isobel, respirar su olor, hundirse en su intimidad.

—Nos llamamos —murmuró ella a la vez que le acariciaba el cuello.

Alexander fue a pie hasta el museo Fotografiska; llegó temprano, cogió una mesa con vistas y enseguida empezó a pensar en sexo y en Isobel. Miró el teléfono varias veces, vacilante. Hacía media hora que se habían separado. ¿Podía enviarle ya un mensaje?

—Te veo muy serio —dijo Natalia a modo de saludo.

Alexander levantó la vista. Estaba tan inmerso en sus pensamientos que ni siquiera se había dado cuenta de la llegada de su hermana.

Se puso de pie, la abrazó y después le ofreció una silla.

—David me ha dejado en libertad. Mama está aparcando el coche, vendrá enseguida.

—¿Aparcando? No sabía que conducía.

—Ya te he dicho que ha cambiado. Alquila y conduce coches, cuida de Molly, es amable con David.

—¿Hablas en serio? —preguntó con gesto escéptico—. ¿Amable con David, el archienemigo?

—Hace lo que puede.

—¿De verdad? —dijo con una mirada de complicidad—. Entonces ¿también le has dicho a nuestra cariñosa madre que ahora tienes relación con tu padre biológico?

Natalia se puso el bolso encima del regazo y pareció avergonzada.

—En realidad no. Mamá no sabe que tengo contacto con él. Aún no. No le digas nada, por favor.

—*Oh, please*, sabes que si pudiera evitarlo ni siquiera le dirigiría la palabra.

Ella entornó los ojos.

—¿De verdad estás tan enfadado con ella?

—Es solo que no entiendo por qué la defiendes siempre, por qué tú no lo estás. Te ha tratado como a una mierda.

Natalia cogió la carta y se puso a mirarla.

—Estamos acercándonos. Es la abuela de mi hija. Y sé que también querría tener una relación mejor contigo.

Alexander intentó no quejarse en voz alta.

—Por cierto, ¿qué está haciendo ahora en Suecia? ¿No piensa volver pronto a Francia?

—No lo dice directamente, pero creo que echa de menos Estocolmo. Habla de comprarse un apartamento aquí para poder venir más a menudo. Ella sola. ¿Puedes intentarlo, por favor? ¿Al menos un poco?

Eso es lo que ocurría cuando se quedaba en Suecia demasiado tiempo, que la familia empezaba a esperar cosas de él. Miró por el ventanal del restaurante. El Fotografiska tenía vistas al mar y también se podía contemplar Djurgården y Gamla Stan al otro lado.

—¿No podemos hablar de algo que no sea mamá? —preguntó.

—Por supuesto —respondió Natalia con una inocente sonrisa—. ¿Cómo van las cosas con Isobel?

Tendría que haber imaginado que iba a entrar en ese tema.

—¿Por qué lo preguntas?

Ella lo miró fijamente; sus ojos dorados que todo lo veían lo observaron con atención.

—Estuvisteis juntos en Escania. Y parecíais muy acaramelados en la boda. No fui la única que lo vio. ¿Estáis juntos tal vez? ¿O no?

En realidad esa era la cuestión.

¿Estaban juntos Isobel y él? Alexander no tenía ni idea, solo sabía que sus sentimientos hacia ella empezaban a parecer una obsesión, que esa mañana casi no había podido salir de la cama donde habían pasado la noche, que solo podía pensar en su cuerpo, en sus pecas y en su risa.

—Bueno, la boda fue hace una eternidad —contestó él para quitarle importancia al asunto, como si no hubiera pensado en Isobel cada minuto de su vida desde entonces—. Por cierto, ¿sabes algo de Åsa? Envía un montón de fotos de palmeras y playas.

—Ja,ja,ja. Al parecer, ella y Michel son la pareja más feliz del mundo; ¿quién lo hubiera dicho? Pero no me cambies de tema. ¿Estás o no con Isobel?

—Ya me conoces. No suena muy creíble, ¿verdad? —dijo él con fingida indiferencia mientras el corazón le latía con demasiada fuerza.

Natalia se quedó mirándolo.

—Espero que sepas que mereces que te amen. En serio —dijo en voz baja.

—¿Por qué dices eso? Por casualidad sé que hay un montón de mujeres que están enamoradas de mí —replicó entre risas.

Nunca habría imaginado que Natalia pensara algo así, como si él considerara que no tenía derecho al amor. ¿O acaso ella tenía razón? ¿De verdad quería que lo amaran?

Alexander apartó la mirada. No quería hablar de eso con su hermana mayor. Era un asunto demasiado íntimo. Natalia empezaría a divagar acerca de la audacia, el carpe diem y un montón de cosas más, y no quería oír monsergas en aquel momento. Era demasiado temprano y estaba demasiado confuso.

Ella debió de percibir algo en su mirada porque dejó el tema y solo dijo en un tono suave:

—Nunca te has quedado en Suecia tanto tiempo. Supongo que debe de ser por lo bien que te encuentras en el apartamento.

Alexander se dio cuenta de que ni siquiera había invitado a su nuevo hogar a la buena de Natalia, que era la más leal del mundo.

—No sé. Tengo la mayor parte de mi vida en Nueva York.

De repente fue consciente de que ni él mismo se creía ya que eso fuera así.

—¿Vida? ¿Te refieres a irte de fiesta y aparecer en los periódicos para fastidiar a nuestros padres?

—Ahora soy una persona diferente —dijo agitando la mano.

—Eres muy inteligente, Alexander. ¿No quieres hacer otras cosas con tu vida? ¿Por tu propio bien?

No le había dicho nunca a Natalia que también trabajaba. ¿Por qué? Cada vez resultaba más difícil encontrarle la lógica a esa decisión. Estaban muy unidos y lo natural sería que se confiara a ella. Y era lista, seguro que le habría dado opiniones sensatas. Sin embargo, él había empezado a distanciarse de ella algún tiempo atrás y, a partir de ese momento, le resultó más fácil seguir así. ¿Tal vez debería hablar con Natalia de todos modos y comentarle lo que había construido en Nueva York? Sería demasiado egoísta mantenerla fuera. *So what* si ella se sentía orgullosa y se lo contaba a su madre, y todo el mundo sabía entonces que él ya no tenía nada que ocultar. Tendría que atreverse a perder su reputación de playboy y jugador. ¿Sería aquello tan peligroso? ¿No era lo bastante fuerte para cargar un par de expectativas sobre sus hombros? Reprimió una oleada de pánico cuando vio aparecer ante sus ojos palabras como «responsabilidad» «y seriedad».

—Me quedaré aquí a pasar el verano —respondió Alexander al final.

Ni siquiera era capaz de pensar en volver a Nueva York en ese momento. Quería estar donde se encontrara Isobel, así de fácil. Aunque aún no hablaban de futuro, al menos de uno en común. Cogió la carta y miró el texto sin ver nada. El día anterior había sido estupendo. Todavía notaba el olor de Isobel entre los dedos y podía revivir la sensación que experimentaba al moverse dentro de ella. Podía ver su cara delante de él cuando quería. ¿Había ido todo demasiado rápido? ¿Estaba a punto de enredarse en algo demasiado complicado? ¿Y qué quería Isobel? ¿Podía tomarse en serio una mujer como ella a alguien como él? ¿A largo plazo? ¿Servía él para algo más que para el sexo?

—Ya llega mamá —dijo Natalia levantando la mano para hacerle una señal—. Por favor, Alex —susurró suplicante.

Alexander suspiró pero se mostró lo más amable que pudo. Sospechaba que esa comida formaba parte de la campaña de Natalia para acercarlos a él y a su madre, e intentaría evitar las hostilidades en la medida de lo posible.

Su madre se acercó a ellos esquivando con elegancia las sillas de la cafetería, vestida en tonos pastel, delgada y fresca. De pequeño, Alexander creía que su madre era la mujer más bonita del mundo. Ahora era consciente de la frialdad y el egocentrismo que podía ocultar la belleza. Y se alegró de que ella no fuera ya tan importante en su vida como para poder hacerle daño.

Aquello era lo que la gente no entendía cuando hablaba de cercanía e intimidad como algo deseable. Solo si alguien te importaba, podía lastimarte. Solo si amabas a alguien, su abandono podía aplastarte por completo.

Se levantó, saludó a su madre con una inclinación de cabeza y después retiró una silla de la mesa para que se sentara, sin ofrecerle un abrazo o un beso en la mejilla, ni siquiera un apretón de manos. Aunque tenía que esforzarse porque Nat se lo había pedido, había límites.

—Gracias.

Ebba se sentó sin hacer ningún comentario sobre su falta de cordialidad, como si solo quisiera que se mantuviera de buen humor. Un cambio que siempre era bienvenido.

—Creo que no había estado nunca aquí antes —dijo.

—No, está en el lado equivocado de la ciudad; supongo que no sueles venir por esta zona —repuso Alexander.

Natalia le lanzó una mirada de reproche. Ebba solo sonrió y se puso la servilleta sobre las rodillas. Había debido de hacerse algo en la cara. La tenía más tersa de lo habitual, sin una sola arruga a pesar de que ya estaba cerca de los sesenta años.

—No soy tan ignorante como crees —replicó con amabilidad.

—Pero mamá, hasta yo había estado alguna vez en el Fotografiska.

—A fin de cuentas me parece un lugar agradable y me alegro de que Natalia lo haya propuesto. Siempre he pensado que la instrucción es buena.

Él se preguntó si le habría oído bien.

—Y yo me alegro de que podamos vernos los tres.

—Peter no podía venir —dijo Natalia rápidamente.

Gracias a Dios, solo faltaba él. Alexander no sabía cómo hubiera podido comer con su hermano y su madre a la vez sin explotar. ¿Mantendría Peter algún contacto con su madre o era solo algo que Natalia deseaba? Miró de reojo a su hermana y a su madre, que deliberaban en voz baja sobre lo que iban a pedir. Tenía que admitir que sería un poco raro que Peter se quedara aislado del resto de la familia. Una cosa era que él no soportara a su hermano, pero le parecía despiadado que su madre se distanciara de Peter, incluso siendo como era ella.

—He oído que estás saliendo con la hija de Blanche Sørensen —dijo Ebba mientras les ponían agua y pan en la mesa.

Alexander miró a su hermana.

Sin embargo Natalia negó con la cabeza y con los labios le indicó: «No le he dicho nada.»

—Nos hemos visto un par de veces.

—¿Es bonita?

—Vamos, mamá —replicó él con brusquedad.

—Solo intento mantener una conversación. ¿Acaso no puedo?

—No acerca de cosas que no son asunto tuyo.

Ebba parpadeó y él vio que empezaban a brillarle los ojos.

—No sé por qué siempre tienes que estar tan enfadado conmigo —se quejó ella.

Alexander sabía que sus palabras iban en serio.

Su madre no entendía nada. Toda la rabia que sentía él era totalmente inútil. Tanto ella como él tenían su manera de ser. Tal vez era demasiado tarde. Tal vez siempre lo había sido.

—Por favor —pidió Natalia en tono de súplica.

Él apretó las mandíbulas, tamborileó con los dedos y apartó la mirada. Sabía que estaba a punto de estropear la comida. Pero ¿acaso no sabía Nat que eso era lo que solía hacer? No le había pedido que esperara nada de él. Y si había sido así y él la decepcionaba, era culpa de ella por esperarlo.

Al menos en teoría.

Él asintió con la cabeza. Lo entendía.

No podía querer a su madre, pero tal vez podía dejar de odiarla por el bien de Natalia.

Tal vez.

—¿Pedimos?

Ebba lo miró, suplicante. Ese rostro pálido que él había amado sin límites lo miraba con humildad. En aquel momento advirtió que su piel no estaba tan tersa. Las arrugas alrededor de sus ojos y de su boca mostraban a fin de cuentas su edad. En el pasado ella le había abandonado una y otra vez. Lo manipuló, le mintió, siempre se había puesto a delante a sí misma por cuenta de sus hijos. Pero también era un ser humano.

Le dio una ligera palmada en la mano.

—Pidamos, mamá.

Miró a Natalia y le sonrió. Ella parpadeó y le hizo un par de gestos rápidos.

«Gracias.»

Y él sintió que se quitaba un gran peso de encima.

53

Isobel limpió el apartamento de Eugen. Recorrió las habitaciones, colocó los manteles, recordó las cosas que habían hecho, se ruborizó y continuó ordenando todo. De vez en cuando sonaba el teléfono, leía otro SMS de Alexander y se quedaba de pie sonriendo como una estúpida.

Le había ido bien que él tuviera que marcharse para poder respirar un poco por sí sola, lo que no impedía que le echara de menos hasta que se volvieran a ver, pensó Isobel mientras lo repasaba todo para que no quedara ningún objeto comprometido olvidado en el dormitorio o debajo de los sofás.

Colocó las últimas copas en los armarios de la cocina, se aseguró de que llevaba todos los «artilugios» en la bolsa, envolvió otra vez las flores en el celofán y bajó a la calle, donde le esperaba el taxi que había pedido.

Tenía que poner fin a todos esos viajes en taxi, decidió al entrar en el vehículo que la llevaría a casa. Subió la bolsa, buscó el jarrón más grande que tenía, herencia de su abuela, y colocó las orquídeas en la mesa de la cocina. Intentó recordar la última vez que había recibido flores de un hombre, de un amante, pero no lo logró.

Acababa de ponerse los pantalones de chándal cuando Alexander le envió otro SMS. En esta ocasión solo era un corazón rojo. Ella se quedó de pie mirándolo y notó cómo se hinchaba su propio corazón. Pensó que era una estupidez sentirse como si tuviera dieciséis años y se acabara de enamorar. Aparte de que a esa edad no había sentido nada así por nadie.

Se sentó delante del ordenador. Iba atrasada con todo, pensó mientras se ponía a abrir carpetas y trataba de centrarse en el montón de trabajo que tenía pendiente.

Logró trabajar un par de horas de forma efectiva antes de empezar a bostezar. No había dormido mucho la noche anterior. Preparó café, se dio una ducha rápida y volvió a sentarse frente al ordenador.

Un SMS, más o menos el vigésimo del día. Una pregunta:

> ¿Cuánto falta para que nos veamos?

No estaba muy segura de que fuera una idea especialmente buena permitir que Alexander le robara tanto tiempo de trabajo. Pero le echaba tanto de menos.

> Ya veremos. Tengo que trabajar.

Tomó un sorbo de café, navegó hasta una página de medicina para buscar un estudio, luego clicó en el enlace de un artículo periodístico, lo leyó, entró de nuevo en otro enlace interesante y de repente se vio navegando al azar en busca de asuntos relacionados con Alexander De la Grip. Evitó lo que ya había leído, pues no quería ver viejos chismes; en cambio, encontró un artículo sobre la carrera de Romeo Rozzi que leyó con mucho interés. Abrió a continuación una página web para ver fotos de uno de los restaurantes de Romeo, entró en otro enlace y vio una conocida terraza de Nueva York, se fijó en las elegantes personas que aparecían y allí estaba...

Frunció el ceño. Amplió la imagen.

No era posible...

Sí, era Alexander. Con dos mujeres jóvenes montadas en sus rodillas. Parecía estar borracho. Tenía un brazo alrededor de la cintura de una de ellas y una mano en un muslo de la otra. Leyó el pie de foto. En realidad no había mucha diferencia entre esa foto y las otras que había visto. Excepto una cosa. Tuvo que consultar su calendario para asegurarse y comprobar la fecha con su cuenta de Skype.

Efectivamente.

Era de su último viaje a Nueva York. El mismo día que empezaron a hablar por Skype, cuando a ella le pareció que habían estado tan cerca. Cuando le prometió y juró que no se había acostado con esa chica de nombre raro.

Se quedó sentada como si le hubieran lanzado un peso encima.

Tal vez le había dicho la verdad. O quizá siempre mentía. Ese era el problema de los hombres como Alexander, que con ellos nunca se sabía. Eso era lo que podía esperar de una eventual relación con él, pensó mientras la desesperación se colaba por todos lados en su interior. Dudas. Inseguridad. Eso la destrozaría poco a poco, era consciente de ello.

En realidad no debería sorprenderle. En el fondo él era así. Un jugador.

Debía de tener sentimientos bajo esa superficie o, al menos, fingir que los tenía. Contar cosas de sí mismo. Ser cercano y sincero. Pero el hecho era que Alexander sabía cómo dar a las mujeres lo que ellas querían. Incluso le había llegado a contar de qué manera lo había aprendido. A ella le gustaba la honestidad, así que él se la concedió. Y ella cayó. Hasta el punto de olvidarse de lo que era importante para ella y empezar a cuestionarse cosas que siempre había tenido claras.

Isobel se había dejado engañar a medida que se iba enamorando. Tal vez para él solo era una conquista más. Tenía que ser lo bastante dura para considerar al menos la posibilidad de ser solo una más entre las muchas mujeres que rodeaban a Alexander De la Grip. La probabilidad de que ella no fuera tan especial y de que él saliera con otras mujeres a la vez que flirteaba con ella. Seguro que aquello no era nada raro en su mundo. No cambiaba las cosas lo más mínimo el hecho de que ella sintiera como si algo se estuviera rompiendo en su interior.

Oyó el sonido del teléfono.

¿Quieres que nos veamos esta noche? Yo haré la cena. Entre otras cosas.

Isobel echó un vistazo al SMS con la mirada vacía. Con qué rapidez podía desvanecerse todo. La alegría y la emoción habían desaparecido y las había sustituido un frío que se le extendía por el pecho.

No tendría que estar indignada y triste. No debería sentirse como si se estuviera muriendo.

Miró la pantalla y escribió su respuesta:

Hoy no.

Se quedó mirando el mensaje unos segundos. Se preguntó si debería añadir algo.

Pero ¿qué podía escribir más? Le dio a «Enviar».

Ni siquiera pudo leer la respuesta. Puso el teléfono en silencio y volvió al trabajo.

Cuando todo lo demás se hundía a su alrededor, siempre tenía su trabajo. Sin embargo, no estaba muy segura de si aquello se trataba de una bendición o de una burla.

54

Dos días después del fracaso en casa de Gina y su familia, todo era cada vez más gris en la vida de Peter.

No habían vuelto a hablar desde la catástrofe. Todo se había acabado.

Si él tuviera esas inclinaciones tal vez se habría emborrachado hasta perder el sentido, pensó mientras observaba a las numerosas personas que pasaban por delante de él por Norrmalmstorg. Eran las cinco y la gente iría de camino a sus casas. Para ver a sus familias y amigos, para recoger a sus hijos, supuso. Ante él pasaban hombres y mujeres del mundo de las finanzas, un par de conocidos inversores de riesgo y el gerente de un banco. Vio a una portavoz de prensa novata junto a dos redactores de discursos políticos. Iban casi corriendo, tendrían prisa por llegar a algún lado. Todo iba muy deprisa en ese mundo. Jóvenes talentosos y hambrientos mordían los tobillos de la élite todo el día. En pocos años, la mitad de aquellas personas habría desaparecido mientras que el resto habría ascendido en el escalafón.

Pensó que debería levantarse y volver a casa, pero no tenía fuerzas. Solo la idea de hacerlo y entrar en su apartamento vacío le parecía casi imposible. Era una sombra de sí mismo. Una sombra patética. Y solo él tenía la culpa de ello.

Había seguido un impulso absurdo a la hora de comprarle a Amir todas aquellas cosas de fútbol.

Se frotó la cara avergonzado.

Alexander era el borracho de la familia. Natalia era la sensible que tenía talento para las cifras. Él era el obediente, el que no hacía nada de forma precipitada, el que seguía las reglas. Las pocas veces que no lo había hecho, todo había terminado de forma catastrófica. Como anteayer. Salió antes de tiempo de la oficina, llenó el coche con sus compras y se dirigió al suburbio con una sensación de alegría recorriéndole todo el cuerpo.

Al principio todo fue bien. Hasta que llegó Gina.

La verdad es que no podía entenderla, pensó avergonzado. Fue una tontería sobre la que no había reflexionado. Tendría que haber hablado antes con ella para que le dijera lo que Amir necesitaba. Pero él nunca había sido bueno con las palabras y sabía lo mucho que su hermano significaba para ella. Así que lo hizo por Gina, para intentar demostrarle sus sentimientos.

Joder, ¿se podía ser tan imbécil?

Le había salido el tiro por la culata y había perdido a una persona que le importaba mucho.

Parpadeó despacio por el reflejo del sol. Debía de hacer calor, ya que la gente iba en manga corta, pero él tenía el frío bajo la piel, metido en los huesos. Sabía que Gina no solo «le importaba». Era mucho más que eso.

Peter paseó la mirada sin rumbo por la animada plaza. Decidió con cansancio que solo estaría cinco minutos más, que después tenía que armarse de fuerzas. Siguió mirando a la calle y, cuando el flujo de personas disminuyó por un momento, de repente vio a Alexander caminando por Hamngatan. Peter entornó los ojos y lo miró, ese hermano menor irresponsable, popular y brillante que iba por allí, alto, ágil y bien vestido, entre taxis, autobuses y estresados habitantes de una gran ciudad. Alexander, como de costumbre, parecía que acabara de salir del anuncio de una lujosa loción para después del afeitado. Peter sintió una perversa satisfacción al poder estudiar a su hermano a escondidas, sin ser visto, pero no duró mucho, por supuesto. Alexander se dio cuenta de su presencia justo antes de pasar por delante de él. Aminoró el paso y pareció vacilar, como si quisiera fingir que no había visto a Peter, pero luego puso rumbo al banco donde estaba su hermano.

—¿Qué haces aquí con esa cara de deprimido? —dijo a modo de saludo.

—No estoy deprimido. ¿Qué haces tú aquí?

Alexander señaló hacia Smålandsgatan con la cabeza.

—Mi fundación está ahí. Voy hacia allá. Vengo de casa —añadió.

Exacto. Alexander tenía ahora un apartamento en Estocolmo. Se acercó y miró a Peter.

—¿Qué tal te van las cosas? Tienes un aspecto horrible.

—Gracias.

Alexander se sentó a su lado en el banco.

Peter suspiró. Tener compañía era casi lo última cosa que deseaba. No se dijeron nada. Solo miraron a la gente.

Alexander cruzó las piernas y se puso un pie sobre la rodilla.

—Natalia está preocupada por ti. Dios sabe por qué, pero lo está. ¿Por qué no la llamas?

Peter no pudo reprimir un resoplido.

—No creo que seas la persona más indicada para darle ningún consejo a nadie sobre cómo debe relacionarse con los demás.

—No era un consejo, sino una recomendación. ¿No podrías tener la amabilidad de llamarla?

—Sé que pasas totalmente de mí. No es necesario que finjas que te importo.

—No finjo en absoluto que me importas. Paso de ti total y olímpicamente. Pero no es el caso de Natalia y resulta que ella me cae bien. Llámala. —Volvieron a quedarse en silencio—. Ayer vi a mamá —continuó Alexander.

—¿En la comida? No pude acudir.

No tenía fuerzas para ir. Apenas las tenía para levantarse de la cama.

—¿Por qué? ¿Te ha ocurrido algo?

—Creía que habías dicho que no te importaba.

Alexander se pasó una mano por el pelo perfectamente despeinado y después la apoyó en el respaldo del banco. Durante los cinco minutos que llevaba sentado allí, al menos cuatro mujeres se habían dado la vuelta para mirarlo.

—¿No te resulta pesado?

Peter recordó todas las veces que Alexander, con su físico, su sonrisa y su encanto natural, había llegado como un dios y había arrasado entre las chicas. ¿Cuántas de las chicas que le gustaban a él al final las había seducido Alexander? Nadie podía competir con él, y menos Peter, un perdedor divorciado y deprimido.

—¿A qué te refieres?

—¡Bah! A nada.

—Por cierto, ¿qué hay entre Gina y tú?

—¿Por qué lo preguntas?

—No sé. Te vi hablando con ella en la boda y después en el bautizo.

—No hay nada entre nosotros. Ya no.

—Pero ¿no tienes algo con ella? —dijo Alexander en voz baja.

—¿Algo?

—Ya sabes a lo que me refiero.

—No —contestó, aunque no sabía exactamente a qué se refería Alexander—. ¿Podrías explicarme lo que quieres decir?

—Joder, Peter, no sé cómo pudiste. ¿Cómo puedes vivir contigo mismo?

Peter cerró los ojos. Había llegado el momento. Su hermano y él no habían hablado de la violación ni una sola vez. De todo lo ocurrido el verano anterior, esa era una de las cosas que más le corroían: el hecho de que Alexander lo supiera; y le odiaba por ese motivo, aunque nunca le había dicho nada.

—Yo tampoco lo sé. Tal vez pueda explicarlo, pero no justificarlo. Me arrepiento de ello de un modo que ni siquiera soy capaz de describir. Después de hacerlo me he arrepentido todos y cada uno de los días de mi vida. No puedes decirme nada que yo no me haya reprochado a mí mismo antes. Nada de lo que me puedas acusar de lo que yo no me haya acusado ya mil veces.

—Pero ¿cómo pudiste? ¿Por qué? Eso no se hace.

—No —convino él.

¿Cómo iba a explicarle a Alexander que ni él mismo lo podía entender? Le gustaba Caro. Hablaban a menudo. Ella era amable y le atraía de un modo hasta cierto punto inocente. Pero aquella noche todo se le fue de las manos. Sufrió una presión enorme por parte del grupo y al final cedió.

—No es que quiera negar mi culpa. Habíamos bebido, nos incitamos entre nosotros. Una cosa llevó a la otra y después ya era demasiado tarde para volver atrás. —Le arrastraron a hacerlo y él fue demasiado cobarde para negarse. No se disculpó ni responsabilizó a ninguna otra persona, pero intentó entender lo incomprensible—. Eso sucedió hace veinte años. Carolina y yo hemos hablado de ello. Ella me ha perdonado y ha seguido adelante con su vida. Yo voté contra papá y a favor del hermano de ella. No sé qué más puedo hacer. ¿Crees que llegaré a expiarlo algún día?

—No lo sé.

Peter sabía que había cambiado desde el verano anterior y que ahora era otro. Sin embargo, todos lo veían como era antes. Era una sensación paralizante. Haberse superado a sí mismo, haberlo intentado, pero que lo vieran como la persona que había sido. Como escoria.

—Entiendo que te sientes... ¿traicionado?

Alexander negó con la cabeza.

—Traicionado. Defraudado. Impactado. Asqueado. Elige tú mismo. Y tanto mamá como papá lo sabían. Es una putada terrible. ¿No te das cuenta de cómo ha influido esto en toda nuestra familia durante estos años?

—Sí. Y, como sabrás, yo creía que Carolina había muerto. Durante media vida pensé que había matado a una mujer. No es que me parezca que por ello he expiado mis actos, pero esa sensación no se la desearía ni a mi peor enemigo.

Alexander sonrió con ironía.

—¿Ni siquiera a mí, quieres decir?

—Tú no eres mi enemigo, Alex. Eres mi hermano. Te fallé, lo sé. Pero...

No llegó a pronunciar las últimas palabras. Deseaba decirle que le quería, pero en su familia nunca se decían esas cosas. Nadie se lo había dicho nunca a él y él tampoco se lo había dicho a nadie, ni siquiera a su exesposa.

Las mandíbulas de Alexander temblaron.

—¿Tienes alguna relación con papá? —preguntó al final.

Peter negó con la cabeza.

—Papá ya no me dirige la palabra, aunque me importa un bledo.

—¿Y mamá?

—A veces hablamos por teléfono. Ella es leal a papá, pero creo que está un poco cansada de él. Se está haciendo mayor; tal vez esté revisando sus prioridades.

—Tiene buena mano con Molly —dijo Alexander.

Peter sonrió.

—Sí, ¿quién lo hubiera imaginado de ella?

—Pensaba que te gustaba mamá.

—Puedes creerlo o no, pero me gusta mamá. Sé que es una persona bastante fría y tiene sus defectos. Pero es mi madre y no tengo derecho a juzgarla.

—¿Tienes algún contacto con Louise?

Peter negó con la cabeza.

—¿La echas de menos?

Se quedó pensativo.

—Para nada. ¿No te parece tremendo?

—No sé qué decir. Louise no era una buena persona. Ni siquiera tú merecías estar casado con ella.

—Gracias, supongo.

Esa debía de ser la conversación más larga que habían mantenido en muchos, muchos años. Había sentido envidia hacia su hermano durante un montón de tiempo, en realidad casi toda su vida. La envidia era una sensación horrible, que te iba consumiendo. Y se avergonzaba de ello. Sin embargo, Peter se dio cuenta de que ya había desaparecido. Lo había hecho cuando conoció a Gina.

—Maldita sea, todavía no puedo entender que violaras a una chica. Me entran ganas de darte un puñetazo.

—Yo mismo me lo daría de buena gana, así que te entiendo. ¿Quieres hacerlo? ¿Te sentirías mejor si lo hicieras?

—No —dijo Alexander, y suspiró.

Cogió el teléfono y lo miró con preocupación, como si esperara algo que no llegaba.

—¿Va todo bien?

—Sí, ¿por qué lo preguntas?

—Miras el teléfono todo el rato.

—Disculpa. Creía que había recibido un SMS. Solo eso.

—¿Alexander?

—¿Sí?

Peter iba a decirle que nunca más volvería a hacerle daño a una mujer. Que prefería morir antes que levantarle la mano a nadie, pero alguien lo interrumpió:

—¿Peter?

Y el mundo se detuvo.

«Gina.»

—Hola —saludó ella, y a Peter se le erizó el vello del cuerpo. Se puso de pie sin perderla de vista ni una milésima de segundo.

«Gina. Gina. Gina.»

—Hola —saludó Alexander con una sonrisa, y también se levantó.

—¿Cómo estás? ¿Qué haces por aquí?

—Trabajo aquí —respondió ella señalando con la cabeza hacia la oficina de Peter, sin mirar a Alexander, como si solo tuviera ojos para su hermano—. O trabajaba. Hacía una sustitución. Voy a buscar mis cosas —añadió en voz baja, como si tuviera dificultades para concentrarse en las palabras.

Peter la miró y ella le devolvió la mirada.

Alexander dijo algo más, pero su hermano no lo oyó. Solo miraba a Gina, intentando empaparse al máximo de sus rasgos. ¿Sería esa la última vez que se verían? ¿Le odiaría ella? ¿Había algo que él pudiera hacer?

—¿Vas a entrar en la oficina? —preguntó Gina en voz baja.

—No, ya me iba a casa. Me he sentado un rato en el banco.

—¿No has venido en coche hoy?

Él negó con la cabeza. Ni siquiera había podido disimular diciendo que tenía algún lugar al que ir después del trabajo.

—¿Te encuentras bien? —preguntó ella.

—No, me parece que no —respondió él.

—La verdad es que tiene un aspecto lamentable —apostilló Alexander.

—Aunque ahora que estás aquí me encuentro mejor —dijo Peter ignorando las palabras de Alexander. El corazón le golpeaba de tal modo en el pecho que casi no podía respirar.

Gina se mordió el labio y miró a Alexander de reojo. Peter hizo lo mismo.

Su hermano los observó con recelo.

—¿Por qué tengo la sensación de que queréis que me marche?

—¿No ibas de camino a tu fundación? —le recordó Peter mientras su mirada le decía «Vete».

Alexander negó con la cabeza.

—¿Te parece bien, Gina?

—¿El qué? —preguntó ella mientras miraba el rostro de Peter y reparaba en esos ojos oscuros y preocupados que amaba.

—Que me marche.

Gina asintió con tanta convicción que Peter casi se echó a reír. Era la primera vez que estaba con una mujer que quería que Alexander se marchase y él se quedara.

Alexander miró una vez más a su hermano, puso los ojos en blanco y se bajó las gafas de sol. Después le tendió la mano.

—Buena suerte.

Peter le miró la mano antes de estrechársela con fuerza durante un buen rato.

—Gracias —respondió con semblante serio.

—Adiós —se despidió Alexander, y se alejó.

Y Gina, increíblemente, ni siquiera lo miró.

—Tenemos que hablar —le dijo ella.

55

Gina iba a su lado sin decir palabra. Peter también estaba callado y el silencio era cada vez mayor.

—¿Adónde quieres ir? —preguntó él al final.

—¿Dónde podemos hablar?

—¿En algún café? —preguntó señalando hacia Stureplan.

—No. ¿Vives cerca de aquí?

Él asintió con la cabeza.

—Entonces vayamos a tu casa.

No dijeron nada más durante el breve trayecto que los separaba de la puerta de la casa de Peter.

—¿Vives aquí? —dijo Gina mientras alzaba la vista y miraba la fachada gris con ojos de asombro.

—Sí —respondió Peter avergonzado.

El edificio era sin dudas magnífico. Tecleó el código de acceso y sostuvo la puerta abierta para que entrara.

—No hay ascensor —explicó—. Vivo en el cuarto piso.

Sin decir una palabra subieron las grandes escaleras de mármol características de la zona de Östermalm. Gina miró de reojo los nombres de los buzones, donde predominaban los apellidos con las partículas «von» y «af», pero no dijo nada.

Peter abrió la puerta y se puso a un lado. Le ayudó a quitarse la chaqueta y la colgó de una percha.

—Vamos a la sala de estar. Si te sientas iré a preparar un poco de té.

Cuando volvió con las tazas, Gina estaba sentada en el sofá con un cojín encima del regazo.

Peter se sentó a una cierta distancia; no quería molestarla. Ella se puso a darle vueltas a una esquina del cojín entre el dedo índice y el pulgar.

—Quería pedirte disculpas —comenzó a decir ella.

—No tienes por qué. Soy yo quien debe hacerlo. Tendría que haber hablado antes contigo.

—Sé que puedo ser susceptible. Recelosa. Es algo en lo que tengo que trabajar.

—Has pasado por muchas cosas y has tenido motivos para desconfiar de la gente. Seguramente eso te ha salvado muchas veces. Créeme, no tienes que disculparte conmigo.

—Era solo una niña cuando huimos. Mi padre estaba casado entonces, no sé si te lo he dicho. Con una mujer más joven. Mi madre murió al nacer Amir. Mi padre volvió a casarse para que tuviéramos una madre. Pero ella era de un pueblo muy pequeño, tenía otros valores y un clan muy fuerte detrás. Ya has conocido a mi padre, es un hombre bueno. Su nueva esposa quería que me casara con un primo suyo. Yo tenía once años.

Peter no dijo nada. A los once años a él lo respaldaba toda la seguridad que se podía tener. Iba a la escuela y jugaba al fútbol con los compañeros.

—Aunque Amir era muy pequeño, la nueva esposa de mi padre no quería saber nada de él, lo rechazaba. Fue horrible. Mi padre intentó hablar con ella pero discutían todo el rato. Después se peleó con algunos miembros de la guerrilla. Era una situación peligrosa, así que huyó y nos llevó con él. Lo dejó todo por nosotros —dijo bajando la voz.

—Lo entiendo. ¿Qué pasó con su esposa?

—Era una mujer que siempre cuidaba sus propios intereses —dijo Gina con una sonrisa—. Sin duda se sintió aliviada al librarse de nosotros. Desde entonces estamos solos los tres. —Se limpió la mejilla rápidamente.

Peter fue a por un paquete de pañuelos, se lo dio y se sentó a su lado. Gina se secó la nariz.

—Reaccioné de forma exagerada cuando viniste a casa —dijo—. Pero tenía miedo. Sé que tus intenciones eran buenas.

—Está bien, Gina. Mi hermana siempre dice que los hombres blancos con poder son muy estructurados. Antes me parecía una pesada. Pero he cambiado en algunos aspectos, aunque todavía me queda mucho. Puedes enfadarte conmigo. Sé que a veces no he protestado, que he fingido ignorar lo que pasaba. Hay cosas que tengo que retomar.

—No estoy enfadada contigo.

Ella extendió la mano y le acarició la muñeca. El corazón de Peter casi se le detuvo en el pecho. Gina se inclinó hacia él, apoyó una mano en su hombro y lo besó en la boca. Al principio Peter apenas se atrevía a moverse, pero después le devolvió el beso, con cuidado al principio y luego profundamente.

Ella se apartó de él y lo miró con gesto serio.

—En mi país las mujeres sufren la ablación del clítoris. ¿Recuerdas que hablamos de ello?

A él le resultaba difícil respirar.

—Sí —dijo en voz baja.

Tragó saliva. ¿Solo había respondido eso? Cielo santo.

—Mi madre estaba en contra de eso, pero a la nueva mujer de mi padre le preocupaba que no me casara. Un día que mi padre había salido decidió que me practicaran la ablación. Sé que hay quien dice que se trata de una expresión cultural, pero no lo es. Es una mutilación, una muestra de crueldad y opresión hacia la mujer. Deja secuelas para toda la vida. Destruye la capacidad de tener una vida sexual plena. De tener hijos. No tiene nada que ver con la religión.

Él tenía la boca totalmente seca.

—Lo siento mucho —dijo mientras le cogía la mano con cuidado. Notó la delgadez y ligereza de la mano de Gina dentro de la suya. Ella llevaba un sencillo anillo de oro en el dedo pulgar y le entraron ganas de llorar al pensar en lo que acababa de contarle.

—Pero mi padre volvió a casa y no lo permitió —dijo ella—. Se negó, me salvó y luego huyó. Renunció a muchas cosas por mí. Y nunca me ha puesto ninguna condición. Confía en mí, pero yo también me exijo cosas a mí misma. ¿Lo entiendes?

Peter asintió aunque no lo comprendía del todo. Aquello era muy distinto a lo que estaba acostumbrado en su vida cotidiana.

—Me prometí a mí misma que esperaría a un hombre amable. Un hombre bueno. En realidad no tenía muchas esperanzas de conocer uno. He visto demasiadas cosas. Pero ahora siento que lo he encontrado.

Ella le apretó la mano y entrelazó sus finos dedos con los de él. El contraste resultaba tan bonito que Peter notó un nudo en la garganta y carraspeó.

—Pero sabes muy bien que no soy una buena persona, ¿verdad? Te he contado lo que hice. No soy el mejor de todos los hombres que has conocido, puedes estar segura de ello. —Se le quebró la voz. Si pudiera retroceder en el tiempo, deshacer sus actos, expiar sus pecados, pensó—. Sabes lo que pasó, yo...

—Idiota —lo silenció ella antes de volver a besarle.

Peter tampoco estaba muy seguro de lo que estaba ocurriendo. Pero Gina estaba sentada en su sofá y le besaba, así que decidió no analizarlo demasiado.

La atrajo hacia él con mucho cuidado, ella apoyó una mano en su nuca y el beso se hizo más intenso. Deslizó una mano por el pecho de ella, sin pensar.

Ella se puso rígida y él retiró la mano.

—Lo siento —dijo rápidamente.

—Idiota —murmuró ella contra su boca.

—Gina, no puedo... —replicó él con la voz sofocada.

Hacía una eternidad que no estaba con una mujer. Se sentía torpe. Y ella era tan bonita. Se merecía lo mejor.

—¿No quieres? —preguntó ella en voz baja.

Él se rio de la pregunta. Nada más lejos de la verdad.

—Sí, tanto que me duele —dijo con sinceridad—. Pero Gina...

—Pero ¿qué?

Ella lo miró muy seria. Ojos negros, piel de seda.

—No lo entiendo —dijo con frustración—. ¿Quieres tú? ¿Conmigo? ¿Por qué?

Gina le dio una bofetada. Fue algo tan inesperado que él simplemente se quedó mirándola. Aunque sus manos eran pequeñas y delgadas, tenía fuerza, porque notaba cierto escozor en la mejilla.

—¿Qué haces?

Ella volvió a golpearle. Con dureza. Esta vez sí que le dolió. Peter se levantó del sofá pero ella lo imitó y se puso delante de él respirando de forma agitada.

—Gina —dijo con impotencia.

¿Qué había hecho?

Ella tomó impulso, y él vio cómo su mano se acercaba y le golpeaba una vez más y con aún más fuerza. El golpe resonó en toda la habitación. Sin pausa, ella volvió a levantar la mano y Peter tensó los músculos.

La bajó y la dejó caer.

—¿Por qué? —dijo ella sin aliento—. Te explicaré el motivo. Porque eres una buena persona. Porque crees que eres malo y que tienes que mantenerte alejado de las mujeres como si fueras una especie de monstruo. Pero yo sí que he conocido a monstruos, Peter. Verdaderos monstruos. Tú no eres como ellos. Ni siquiera cuando te pego sin ningún tipo de provocación, como una loca, eres capaz de devolver el golpe. Eres un hombre educado. Eres bueno, eres considerado.

—Pero lo que le hice a Carolina...

—Todas las personas tenemos el potencial tanto para el bien como para el mal. Todas las personas pueden hacer daño. Pero es probable que ya no seas el mismo que cuando ibas a la escuela.

—No creo que pudiera volver a hacer algo así. Dios, espero que no.

Se había prometido a sí mismo que prefería morir antes que hacer otra vez algo parecido. No porque fuera una buena persona, sino porque no podría vivir con esa culpa.

—Me arrepiento muchísimo de aquello.

—Compraste lo que mi hermano quería por encima de cualquier otra cosa en el mundo. Me concedes tu tiempo. Me escuchas. Eres considerado y te implicas. Por eso. Idiota —añadió ella en tono de reproche.

—Pero...

—No —le interrumpió ella con brusquedad—. Nada de peros.

Quiero acostarme contigo. Si tú no lo deseas, *fine.* Pero si quieres hacerlo, tendrás que dejar de quejarte y no volver a decir que eres una mala persona.

—Quiero... —susurró él en voz baja.

Ella levantó la barbilla y dijo desafiante:

—Si no quieres, está bien.

—Sí que quiero. Más que cualquier otra cosa en el mundo. Pero no quiero acostarme contigo, sino hacer el amor contigo.

Ella se mordió el labio.

—Está bien.

Se volvieron a besar, de pie, abrazados. Con intensidad. Ella se retiró y bajó la vista hasta su pecho.

—Hay algo que debes saber.

—¿Qué?

Peter le acarició el brazo y pensó que tal vez él se conformaría viviendo en un mundo en el que pudiera acariciar la suave piel de Gina.

—No es nada importante —dijo ella, que seguía mirando hacia abajo y se mordía el labio inferior—. Pero será mejor que te lo diga.

—¿Qué? —repitió él.

—No te asustes ni le des demasiada importancia. Soy virgen.

—¿Bromeas?

—Por supuesto que no. Nunca me he acostado con un hombre. Y eres al único al que he besado.

Peter no podía entender cómo se lograba ir por la vida sin que te besaran, pero era lo bastante inteligente como para no decir nada que la estresase. Él también estaba nervioso ante la idea de estar con esa mujer tan joven y tan deseable. Debía hacerlo todo perfecto para ella. Invitarla a beber algo más que té. Tal vez algo de comida. Halagarla.

—¿Peter?

—Tengo que sentarme.

—No debemos sentirnos obligados a hacer nada.

Él le tomó la mano, la llevó al sofá, le puso una mano en la mejilla y la besó.

—No hay ninguna otra cosa que desee más en este momento.
No lo dijo, pero lo pensó. «Te amo.»
Una y otra vez.
«Te amo, Gina.»

El alivio hizo que a Gina le diera un ataque de risa. No estaba segura de haber tenido un ataque así en toda su vida, así que sonrió y dejó que Peter la besara. Se lo había dicho y él se lo había tomado muy bien.

No era que hubiera planeado ser virgen a los veintidós años, solo surgió así. No era una de esas chicas que tienen novio ya en el instituto. Pasaban los años sin que conociera a ningún hombre que le gustara y de repente le pareció que era demasiado mayor para estar en esa situación y sintió vergüenza. Su sentido común le decía que no podía ser la única mujer del mundo que se mantuviera virgen a su edad. Sin embargo, ella esperaba a la persona adecuada y no había aparecido hasta ahora. Un financiero blanco y divorciado. Había alguien allí arriba con mucho sentido del humor, sin duda.

Peter la cogió de la mano y fueron al cuarto de baño. Era casi tan grande como la sala de estar de la casa de Gina.

—Uau —exclamó impresionada.

—Sí, lo sé —dijo él mientras sacaba varias toallas suaves y las ponía encima de un banco—. El agente inmobiliario estaba entusiasmado cuando compré el apartamento. Me parecía que era demasiado grande, pero ahora me alegro. Ahora estás aquí. Se me ocurre que podríamos ducharnos juntos. ¿Qué te parece?

Gina asintió. Avanzó un paso más y le pareció que era como entrar en un spa. Aunque no porque hubiera estado nunca en uno, sino porque olía a limpio y a fresco. La iluminación consistía en unas lámparas minúsculas, como estrellas, que había en el techo. El resto de la luz era muy tenue, tranquila y suave. Peter se quitó la camisa y ella le miró el torso de reojo. Estaba en buena forma física. No demasiado musculoso pero con cierto equilibrio. Caderas estrechas, con una línea de vello rubio oscuro que le bajaba hasta la cintura. Debería estar avergonzada, pero era como si hubiera pasado la etapa de la timidez. Le puso una mano en el pecho y abrió los dedos sobre su pectoral. La mano oscura de Gina, casi negra, contrastaba con el leve tono bronceado de él. Peter puso una mano sobre la suya, la besó y en ese momento ella pensó que había valido la pena esperar.

Se quitaron la ropa entre los dos. Peter era tan cuidadoso con ella, con sus dedos ligeros como plumas y sus besos suaves, que se sentía como una auténtica princesa. El cuarto de baño era tan grande que hasta había un conjunto de mesa y sillas. Peter la hizo sentarse y se puso de cuclillas delante de ella. Le quitó las zapatillas de lona y las dejó a un lado con mucho cuidado. Le acarició las piernas hasta llegar a las caderas, la ayudó a quitarse las bragas y las dobló con esmero. Era tan delicado, tan tierno, que Gina simplemente se dejó llevar. Peter le besó las rodillas, el vientre y la clavícula y a continuación se metieron juntos en la ducha.

Gina llevaba casi dos semestres estudiando medicina. Conocía su anatomía. Había estudiado química, biología y constitución física. Pero, aun así, no se hubiera podido imaginar lo que era sentir el pene de un hombre en la mano, esa calidez, dureza e intimidad simultáneas que se sentía cuando lo tenías en la palma de la mano. Ni tampoco había pensado en la diferencia que suponía sentir unos dedos ajenos recorriéndole el cuerpo.

Él la enjabonó con mucho cuidado, con humildad, casi con devoción. El agua caía sobre ellos mientras se besaban. La enjuagó y secó con una toalla enorme. Se puso de rodillas y le secó los pies, las pantorrillas, los muslos.

—Eres muy hermosa —susurró.

Y Gina se sintió hermosa. No como una joven exótica, sino como una mujer adulta y deseable.

Hicieron el amor en su cama. Se tomó tiempo con ella, la besó y la acarició hasta que notó que estaba preparada. Tuvo mucho cuidado en el momento de la penetración y fue tan bonito que Gina pensó que había sido muy inteligente por su parte haberle esperado precisamente a él.

Le acarició el pelo mientras lo sentía moverse dentro de ella.

Era mejor de lo que se había imaginado. Distinto pero mejor. Más serio. Él era tan tierno, tan agradable.

Después se quedaron hablando en la cama. Se toquetearon, se acostumbraron a la nueva intimidad.

—¿Cómo te sientes? —preguntó él al menos por quinta vez, mientras le acariciaba la nariz, la frente y la boca, y la besaba.

—Creo que este es uno de los mejores días de mi vida.

—Para mí es el mejor, lo sé —dijo él—. ¿Te ha dolido?

—En absoluto. A mi pobre cuerpo le ha debido sorprender tanto el sexo que se le ha olvidado protestar.

—Si no importa que lo diga, amo tu cuerpo —dijo él.

Después se quedó en silencio y la palabra «amo» quedó flotando entre los dos.

Gina sonrió y le puso una mano en el rostro. Sentía algo muy fuerte por él, de otro modo no habría hecho lo que hizo. Pero no tenía prisa. Y sabía que Peter nunca haría que ella se precipitara.

La atrajo hacia él, se puso sobre ella y a Gina le entró otra vez la risa. Puso los ojos en blanco y luego volvió a reír.

Después hicieron el amor.

56

Alexander dejó a un lado los cubiertos. Le resultaba difícil concentrarse en aquella comida, a pesar de que la había propuesto él. Hacía dos días que no veía a Isobel. Veinticuatro horas completas sin que ella respondiera ninguno de sus mensajes de texto.

¿Qué coño había pasado?

No quería estresarla de ningún modo. ¿Por qué se había aislado? ¿Serían solo imaginaciones suyas? ¿Necesitaría pensar? ¿Había ocurrido algo? ¿Qué, en tal caso?

—¿Piensas decirme por qué querías que nos viéramos o prefieres que intente adivinarlo? —preguntó Leila mientras les servían el café.

La psicóloga lo miró con sus ojos negros que todo lo percibían; a Alexander no le habría sorprendido lo más mínimo que ella lo mirara directamente a los ojos, leyera sus pensamientos y se divirtiera haciendo una lista de sus numerosas debilidades.

—Quiero hablar de economía —dijo él mientras se preguntaba si ella sabría algo de Isobel.

—Te escucho —contestó Leila, y removió el café.

—¿Cuánto necesitarías para que Medpax siga en funcionamiento?

Ella no se inmutó, ni siquiera parpadeó.

—¿Más o menos, quieres decir?

—Sí.

—Un millón, tal vez menos. Acabamos de hacer una auditoría.

Pero nos van a revisar con el máximo rigor. No puede haber ninguna ambigüedad acerca de nada.

—Por supuesto. Hablaré con mi fundación.

Él disponía del dinero. No tenía intención de inmiscuirse ni nada por el estilo, pero no podía dejar que la organización de Isobel se hundiera. El hospital necesitaba más equipos de oxígeno y más personal; si no, muchos niños morirían. No podía donar dinero a aquellos que ya tenían otras cosas. Además, sabía que ellos se beneficiarían directamente. Medpax no pagaba sueldos altos, no tenía excesivos gastos administrativos y, sin duda, tampoco ningún cooperante que se dedicara a tomar el sol al lado de la piscina. Y además tenía ganas de ayudar a la organización de Isobel, quería hacer algo.

—¿Por qué motivo, si puedo preguntarlo?

—Pensaba intentar hacer algo por el mundo, para variar. —«Y quiero demostrar que soy digno de una mujer que me importa mucho.»

Leila se mostraba muy escéptica.

—Entonces ¿no tiene nada que ver con Isobel?

—¿Por qué lo preguntas? ¿Te ha dicho algo sobre mí?

¿Por qué no contestaba Isobel? ¿Qué podía haber ocurrido durante el breve tiempo que llevaban sin verse? Se separaron como..., bueno, como si significaran algo el uno para el otro, y después nada. ¿La había juzgado tan mal?

Leila levantó una ceja negra como el carbón.

—¿Si me ha dicho algo? ¿Como si estuviéramos en el colegio?

—Solo me lo preguntaba.

—Cuando eres psicóloga, la gente siempre supone que la vas a animar a hablar de sus cosas.

—He intentado hablar con ella, pero me evita.

Leila sonrió. Definitivamente tenía cierto aire malévolo, pensó Alexander. Pero él sentía una gran necesidad de hablar con Isobel, así que decidió que valía la pena continuar.

—Has de saber que según mi punto de vista profesional la gente en general no sabe comunicarse entre sí. Y cuando lo hace, suelen producirse malentendidos.

—Mmmm —dijo él, que parecía estar de acuerdo con aquellas palabras.

Siempre había pensado que se valoraba en exceso hablar demasiado y de temas profundos. Sin embargo, eso también significaba que no tenía idea de cómo comportarse en ese preciso momento.

—¿Qué te parece que debo hacer?

Leila estiró una mano y se miró las uñas, negras y brillantes.

—Debes entender que Isobel es alguien que me importa mucho. Estuvo en Liberia el otoño pasado, ¿lo sabías?

—Sí. Y a mí también me importa, espero que seas consciente de ello.

Leila hizo un gesto de desdén.

—Lo que no te habrá contado es que, mientras que los demás médicos se quedaron cuatro meses porque no soportaban las condiciones durante más tiempo, Isobel permaneció allí ocho meses. No te puedes imaginar todo lo que ha pasado. Es la persona más valiente que he conocido.

—Eso ya lo sé —replicó él, mientras se preguntaba adónde quería ir a parar Leila.

—No te entiendo. Si se presentara una situación en la que tuviera que elegir entre el bienestar de Isobel y tu dinero, la escogería a ella. No ha tenido nunca a nadie que luchara por ella. Es una médica valiente, pero también una persona complicada. El caso es que desde que apareciste ha cambiado.

—¿De qué modo?

—Parece un ternero que ha salido a pastar por primera vez en su vida y no se atreve a creer que es verdad. Y yo me siento un poco responsable de ello, porque al principio la alenté a que lo hiciera.

Alexander no sabía qué responder.

Leila se inclinó sobre la mesa y le lanzó una mirada severa.

—Si lo único que estás haciendo es pasar un buen rato con ella, te sugiero que te pienses muy bien lo que haces.

—No entiendo qué tienes que ver tú con todo esto.

Ella esbozó de nuevo su malévola sonrisa.

—Es solo mi opinión. Así que no me preguntes si Isobel me ha dicho algo. Habla con ella.

Alexander asintió con gesto frío. Llegó la cuenta y pagó en silencio. Se levantaron y antes de salir a la calle ayudó a Leila a ponerse el abrigo. Esta sacó un paquete de tabaco, encendió un cigarrillo y aspiró el humo.

—Te llamaré para hablar del dinero —dijo Alexander.

Ella expulsó el humo.

—Gracias por la comida.

«Idris tiene cara de estar agotado», pensó Isobel.

—¿Cómo va ese resfriado? —preguntó a través de la ventana de Skype.

—No es nada grave —respondió él, como Isobel suponía que diría.

Ningún médico reconocía que estaba enfermo a menos que se estuviera muriendo.

La calidad de la imagen de Skype empezó a empeorar e Isobel esperó mientras el tiempo, los satélites o simplemente la ley que hacía que ocurrieran todas esas malditas interferencias siguieran su curso.

—¿Cómo estás tú? —preguntó él cuando la imagen volvió a funcionar más o menos bien.

—Solo un poco afectada por el jet lag —mintió Isobel.

Sabía que ella también tenía aspecto de cansada. Pero no podía dormir y, como no quería ser una de esas médicas que en cuanto tenían dificultades para dormir empezaban a prescribirse pastillas, se quedaba en la cama despierta. Reflexionaba. Lloraba.

—¿Cómo está Marius? —preguntó.

Idris negó con la cabeza.

—No quería decirte nada sobre él. No sé dónde está. Pero ya sabes cómo es. A veces desaparece.

Isobel era consciente de que Marius siempre intentaba ir tirando y saliendo del paso. Tal vez estaba en Yamena. Quizá había muerto. Le dolía pensarlo.

—Todo irá mejor cuando llegue el médico nuevo. Ha tenido problemas con el visado y se ha quedado atrapado.

—Espero que sea así. Cuídate —dijo ella, y deseó que Idris al menos tuviera una noche tranquila. Y que Marius se encontrara a salvo en alguna parte.

Cuando se despidió, el sentimiento de culpa amenazaba con superarla. ¿Qué estaba haciendo? ¿Cómo podía imaginar una vida con un inútil como Alexander, cuando había tantas cosas que eran más importantes que ser la emocionante conquista sexual de alguien? Debería avergonzarse. Y lo hacía.

Sonó el teléfono y atendió la llamada.

—Hola, soy Leila.

Isobel frunció el ceño e intentó recordar qué día era. Viernes.

—¿Me he perdido alguna reunión?

—No, solo quería comprobar que estabas bien.

—¿Por qué no iba a ser así?

—He visto a Alexander De la Grip. Hemos comido juntos.

Merde, le dolía incluso oír su nombre.

—¿Y qué quería? —preguntó intentando encontrar el tono adecuado, aunque tenía la horrible sensación de que fracasaba por completo.

—Sugería donar más dinero a Medpax. Pero antes yo quería comprobar contigo que todo está en orden.

—Supongo que sí, ¿por qué no?

—Porque hay algo entre vosotros. Y porque se trata de mucho dinero.

—¿Cuánto?

—Un millón.

—Entiendo.

Oyó el fuerte suspiro de Leila al otro extremo del teléfono. Sí, había muchos motivos para suspirar ese día.

—Isobel, sé que dije que procuraras divertirte. Si te aconsejé mal lo lamento.

Ella casi sonrió. Para Leila no era nada fácil reconocer algo así.

—No ha ocurrido nada. O al menos ya ha pasado. No es mi tipo de hombre. Y no tengo ningún inconveniente en que done dinero a Medpax. ¿O espera algo a cambio?

—No.

Isobel quería preguntar más cosas. Si habían hablado de ella. Qué aspecto tenía. Si estaba tan preocupado como ella misma. Pero, claro, no dijo nada. Había unos límites; no iba a mostrar su calamitoso estado de ánimo al completo.

—Gracias por llamar —dijo simplemente.

En cuanto acabaron de hablar volvió a sonar el teléfono; parecía una maldita centralita.

Miró la pantalla. El corazón le latía con más fuerza solo con pensar que Alexander no se había dado por vencido, aunque no quiso reconocerlo.

«Mamá.»

Estupendo.

—Hola, mamá —dijo mientras se tumbaba en el sofá todo lo larga que era.

Miró el jarrón con las flores que él le había regalado. Parecía que iban a mantenerse frescas durante semanas.

—¿Cómo estás?

Blanche se sumergió en un monólogo sobre distintas personas que le resultaban enervantes, los artículos que iba a escribir y las cosas en las que necesitaba que ella le ayudara. Isobel cerró los ojos. Parecía la banda sonora de su desdichada vida.

—Mamá, no creo que pueda ir a verte el fin de semana.

Apenas podía levantarse del sofá.

—¿Qué tonterías son esas? ¿Estás enferma?

—No, pero...

—Estar inactivo no sirve de nada. ¿Aún no has conseguido otro trabajo? Sabes que creo que deberías hacer un doctorado; cuando yo tenía tu edad...

—Mamá, por favor, estoy un poco desanimada. Acabo de...

—¿Desanimada? ¿Qué motivo tienes para estarlo? Eres joven y tienes buena salud, no entiendo lo que te ocurre. Y además te largaste de Chad. Con franqueza, me siento un poco decepcionada contigo. Si sigues así, nunca lograrás nada.

Isobel se tapó los ojos con un brazo y procuró no quejarse en voz alta.

—No me largué. Había una guerra.

—Exageras.

No podía más, ya no aguantaba más.

—Soy tu hija. ¿Por qué eres siempre tan mala conmigo?

Un largo e hiriente silencio.

—Tengo que ser la mala de la película, como de costumbre. Yo, que solo te quiero a ti. Nadie te va a querer como tu madre. Pero, en fin, tendré que aceptarlo, como todo lo demás. Perdona si te molesto.

—Simplemente no entiendo por qué tienes que criticar todo lo que hago —dijo Isobel.

—No se puede hablar contigo cuando estás de mal humor.

—Entonces solo tienes que colgar el teléfono —le soltó sin saber de dónde venían aquellas palabras.

—¡Isobel! ¿Qué te pasa?

—Yo no tengo la culpa. Eres tú la que no para de hacerme reproches todo el tiempo. No tienes ni idea de cómo estaban las cosas en Chad ni de cómo me fue a mí. Solo me llamas para quejarte y hablar de ti misma.

—Disculpa que tenga una opinión, que respire. No entiendo por qué te ofendes con tanta facilidad. Hoy no es un buen día para hablar contigo.

Silencio. Estaba preparándose para atacar: Isobel podía notarlo.

—No es de extrañar que no haya ningún hombre en tu vida.

«No me digas eso.»

Isobel parpadeó con fuerza, bajó la mirada y notó en su interior esa sensación de impotencia que tan bien conocía. Sabía que no importaba lo que dijera o hiciese: para su madre nunca era suficiente. A lo largo de su vida se había esforzado para no alterar el buen humor de su madre, y normalmente le habría pedido disculpas en un momento así, habría desviado la conversación a un terreno seguro y habría sofocado la necesidad que tenía de valerse por sí misma. Sin embargo, acababa de ocurrir algo que no había sucedido nunca.

Había aguantado demasiado. Ya era suficiente.

—En tal caso, mamá, puedes irte al mismísimo infierno —dijo antes de cortar la conversación.

Pensó que era una pena que no pudiera lanzar con fuerza el auricular. Dejó el teléfono con la pantalla hacia abajo. Cogió una almohada, se la apretó contra la cara y se puso a gritar hasta que se quedó ronca, rugiendo contra la tela. Chilló hasta que empezó a dolerle la garganta, hasta que se quedó sin aliento; después levantó la almohada, respiró y se preparó para rugir un poco más.

Cuando oyó que llamaban a la puerta se detuvo con la almohada en el aire. Se incorporó.

Nadie llamaba nunca a su puerta. Ni siquiera había alguien que se supiera el código.

Excepto Alexander.

—Abre, Isobel, te oigo gritar ahí dentro.

Se levantó del sofá de mala gana mientras él seguía aporreando la puerta.

—¿Isobel?

—Sí, sí, ya voy —murmuró.

Se miró al pasar por delante del espejo del vestíbulo. Tenía un aspecto horrible pero decidió que le daba igual. Dio la vuelta a la llave, quitó la cadena y abrió la puerta.

—¿Puedo entrar?

Oh, mon dieu. Estaba tan guapo que deslumbraba. Ella negó con la cabeza, aunque se hizo a un lado y lo dejó entrar.

—No contestas mis SMS —dijo cuando Isobel cerró la puerta—. ¿No merezco una explicación? ¿Qué ha sucedido?

Alexander miró detenidamente a Isobel. Se sentía tan aliviado de verla sana y salva que casi se puso a gritar. La primera vez que había llamado a la puerta no oyó nada y pensó que no estaba en casa. Pero después oyó una especie de ruido ahogado y, como seguía sin abrir, se empezó a preguntar si debería derribarla. Sin embargo Isobel tenía el mismo aspecto de siempre. Un poco más pálida, con el cabello formando una mata salvaje alrededor de la cara y los hombros, pero por lo demás estaba igual. El apartamento también se encontraba tal como él lo recordaba. Limpio y ordenado por fuera, como su propietaria, pero lleno de secretos ocultos.

Isobel se quedó de pie con los brazos cruzados, transmitiendo todas las formas posibles de rechazo. Los ojos se le habían oscurecido y habían adquirido un tono gris oscuro, como un día sombrío de noviembre. Él solo quería estrecharla entre sus brazos, sentir el aroma de su cabello y de su piel, y decirle que todo estaba bien y que si algo iba mal él se encargaría de arreglarlo.

—No entiendo qué ha ocurrido —dijo mientras la seguía en dirección a la sala de estar.

Todo iba bien cuando la dejó en el apartamento de Eugen; cielo santo, ¿cómo era posible que solo hubieran pasado dos días?

—Estoy muy enfadada contigo —le soltó Isobel sin invitarle a que se sentara.

Se quedaron de pie en medio de la habitación.

—Ya me lo imaginaba. Pero ¿por qué? ¿Qué he hecho? —preguntó, a la vez que buscaba en su rostro una pista de lo que había desencadenado todo aquello.

—¿Qué hiciste la última vez que estuviste en Nueva York?

—¿A qué te refieres? —preguntó desconcertado.

—Disculpa si soy algo imprecisa. ¿Con cuántas mujeres te acostaste allí? ¿A cuántas chicas más te has follado desde que estás conmigo?

No había oído nunca ese tono de voz. Bajo. Inexpresivo, como si hablara de pastas para el café o de hojas de cálculo de Excel, no de infidelidad ni de que ya no se fiaba de él.

—A ninguna —dijo él—. ¿Qué coño piensas de mí?

—¿De verdad quieres saberlo?

—Ya te he dicho que no me acosté con Qornelia. ¿No me crees? Isobel, ¿a qué viene esto? Es una completa locura.

Ella negó con la cabeza, dio un paso hacia él y se puso a hablar como para sí misma.

—Lo oigo continuamente en el trabajo. Que hasta las mujeres más inteligentes se dejan engañar. Tal vez no quieres o no crees que te vaya a pasar a ti, que alguien pueda llegar a engañarte de esa forma tan asquerosa. Quieres confiar en la gente. Pero, en serio, ¿creías que no me iba a enterar? Si hay incluso fotos.

—Dime de una vez de qué se trata. Te juro por...

—No digas eso, por favor. Odio que la gente jure por su honor o por su vida o la de sus hijos. No significa nada. Vi una foto tuya con dos chicas en un club nocturno de Nueva York. El mismo día que hablamos por Skype.

Él suspiró. Ahora sabía al menos de qué se trataba. Eso podía arreglarlo. Además, no había hecho nada y ella seguramente lo entendería.

—Sí, lo siento. Salí y estaba borracho. Pero no estuve con ninguna, no hicimos nada, nunca haría algo así. Tienes que creerme.

Isobel se encogió de hombros. Él odiaba ese movimiento. Lo reducía a algo que no quería ser.

—Te creo, supongo. Igual que con lo de la otra chica. Pero no tiene importancia. Surgirán mujeres nuevas todo el tiempo. No soporto tanta incertidumbre. Esa preocupación constante. No estar nunca segura.

—Entonces ¿me crees cuando digo que no te he sido infiel pero no puedes aguantarlo más?

—Lo lamento, creía que podía hacer frente a una relación tan...

Él sintió que la rabia le crecía por dentro. Así que se trataba de eso. Tendría que habérselo imaginado.

—Al menos podrías ser sincera, ¿no? —dijo él en un tono frío.

—Lo soy.

—No, no lo eres en absoluto. Dime qué tipo de relación piensas que tenemos. Cómo nos ves tú.

Isobel respiró con dificultad.

—Lo que hay entre nosotros es solo sexo. Creía que sería capaz de manejarlo, pero no puedo.

—No es solo sexo. Me importas, Isobel. Mucho.

Sintió un nudo en la garganta. Aquello era insoportable.

—A mí también me importas. Demasiado. Esto no tendría que haber llegado tan lejos.

—Pero solo se trata de un malentendido. Podemos aclararlo todo.

—He oído que vas a donar más dinero a Medpax —dijo ella, a la vez que se apartaba un poco.

—De eso al menos no te puedes quejar.

—Sin embargo, lo hago. Para ti lo de Medpax es algo divertido, hasta que se te pase, digamos en un par de semanas. Pero para mí no, es lo más importante en mi vida. Jugamos en ligas totalmente distintas.

—La verdad es que no lo entiendo —dijo él con la terrible sensación de que esa conversación se le estaba yendo de las manos.

Sin embargo, ¿no era siempre así? Cuando llegaba el momento se convertía en alguien reemplazable, cuyos sentimientos no importaban.

—Tienes buenas cualidades, Alexander, lo sé. Pero crees que tu dinero te da derecho a hacer lo que quieras. Esto es una realidad para mí. No puedo trabajar un ratito con gente que tiene dificultades, decirle a todos lo buena que soy y después irme a una isla paradisíaca a descansar. Se trata de mis valores. Y son por completo distintos de los tuyos. En todos los sentidos.

—¿Así que no es que te preocupe lo que piensa la gente? Entonces ¿de qué se trata en realidad?

—¿Qué diablos quieres decir con eso?

Alexander dio un paso hacia ella.

—Que tienes mucho miedo de que alguien llegue a ver lo que hay detrás de tu fachada perfecta y de que la gente descubra que la eficiente Isobel Sørensen es solo una persona normal y corriente. Tienes defectos y fallos como todos los demás, no intentes endosármelos solo a mí. Te asusta lo que la gente pueda llegar a pensar si tuvieras una relación seria conmigo. Tienes miedo de que tus competentes colegas te juzguen si llegan a saber que te gusta un playboy. Porque en tu mundo solo vale ser perfecto, la gente no puede tener lados malos. Pero ser perfecto no es una obligación.

—Si eso fuera así, a ti te iría bien —le cortó ella.

—¿Y qué demonios significa eso?

—Que es una excusa que te pones a ti mismo para poder comportarte como un niño grande. ¿Sabes cuántas veces te he oído decir que algo solo es por diversión? Si vuelves a pronunciar esas palabras, vomitaré. Para mí, las cosas son importantes. Tú no te tomas nada en serio. Yo no puedo vivir así.

—Y tú te lo tomas todo en serio —espetó él.

Sentía que la conversación le producía una rabia y una impotencia que hacía años que no sentía. Debería estar acostumbrado a decepcionar a la gente, por supuesto. Pero no se había dado cuenta de lo mucho que le importaba la opinión de Isobel y no estaba preparado para ese ataque.

—Sobre todo te tomas en serio a ti misma, ¿verdad? Y creo que utilizas el sufrimiento de los demás como un pretexto para sentirte buena persona.

Lo que había dicho era horrible, lo sabía, pero se sentía muy dolido.

—Sí, aunque no todos podemos quedarnos en nuestros apartamentos de lujo de Manhattan mirándonos el ombligo.

Enfrentaron las miradas. Tal vez era mejor así, pensó. Era evidente que él nunca iba a estar a la altura de esa imagen del hombre ideal que ella tenía. Miró de reojo hacia el dormitorio. La puerta estaba cerrada y parecía que fueran dos personas distintas las que habían hecho el amor allí dentro.

—Bueno, pues que tengas buena suerte y que logres salvar el mundo, ya que por lo visto eres la mejor en ese aspecto. Y que consigas que tu madre esté orgullosa de ti, puesto que vives para eso, ¿no? Hasta ahora te ha ido genial.

La última frase se le había escapado. Isobel tenía los ojos brillantes pero la voz tranquila cuando le dijo:

—No creas que soy una desagradecida. Tu dinero hará mucho bien, sin ninguna duda.

—Mi dinero sirve, pero yo no. ¿Es así como tengo que interpretarlo?

No podía imaginarse que fuera a afectarle tanto, creía que era inmune. Se había convencido a sí mismo de que lo único que quería de Isobel era tener una aventura veraniega sin complicaciones. ¿Cuándo se había convertido en todo esto? Sabía que tenía que aclararlo de algún modo, pero ¿cómo? Al parecer, nada de lo que había hecho era suficientemente bueno. Compró equipos de oxígeno, bebió menos, salvó Medpax. Y le fue fiel. A él le parecía que todo aquello era evidente pero por lo visto no había límites para lo mal que podía llegar a pensar Isobel de él.

—Creía que te habías dado cuenta de que odio la infidelidad —añadió Alexander.

—No sé qué pensar. Por favor. Si seguimos hablando solo acabaremos diciéndonos cosas de las que luego nos arrepentiremos.

Él estaba perdiendo, no servía de nada. Casi tenía ganas de reírse a carcajadas. Ahora ni siquiera comía carne. Pero nada era suficiente. Era como un maldito *déjà vu.* Todo era desconfianza, desesperación.

—Isobel, por favor —dijo, consciente de que estaba a un paso de humillarse.

—Es mejor que te vayas —replicó ella en voz baja.

Él la miró: sus hombros delgados, sus líneas estilizadas, la mirada que se topaba con la suya, llena de dolor y convicción. Tal vez ella tenía razón a pesar de todo. Era una buena persona, alguien que merecía más de lo que Alexander le podía dar. Y él ya había tenido suficiente, ya no podía sentirse como un inútil.

—Tal vez tengas razón. Si quieres que me vaya lo haré.

Isobel asintió con la cabeza.

Alexander se quedó mirándola un rato. Esperaba que cambiara de opinión.

Pero ella no lo hizo, así que al final se dio la vuelta y se dirigió al recibidor. Abrió la puerta, salió y la cerró, tanto a ella como a la vida que siempre había querido tener en algún sitio.

57

Isobel oyó el ruido de la puerta al cerrarse y permaneció un rato de pie inmóvil, mirando hacia delante.

«Este puede ser el mayor error de tu vida.»

Pero ya estaba hecho y era mejor así, y si se lo repetía una y otra vez, hasta podía llegar a creérselo.

Dedicó el resto del viernes a comer todo el azúcar y toda la grasa que encontró en la cocina. Mientras chupaba la cuchara de ponche de huevo, que en realidad solo era una mezcla de yemas de huevo batidas con azúcar, ya que no tenía nada de alcohol en casa, se puso a repasar en su cabeza una y otra vez todo lo que Alexander había dicho. Era como una película mala con un final absurdo y con una heroína antipática como protagonista. Incluso podía oír la voz acusadora de Leila como banda sonora.

«Eres muy crítica, Isobel. Te crees mejor que los demás.»

Se durmió con la terrible sensación de que Alexander tenía razón y de que la equivocada era ella.

El sábado amaneció gris y para salir a la calle debía hacer un esfuerzo excesivo, así que se dedicó a limpiar. Le gustaba adecentar la casa, pasar la bayeta húmeda y el aspirador, ver luego cómo brillaba. Tirar papeles, poner las cosas en orden y sentir un cierto control. Por la tarde bajó al 7-Eleven, hizo caso omiso de toda esa gente que se reía feliz, compró golosinas y café a un precio excesivo y finalmente se tumbó en el sofá para pensar en Alexander, en lo viva que se había sentido con él. Creía que no había ningún sentimiento más intenso que el que ella notaba cuando viajaba a realizar una misión. Esa sensación de existir al cien por cien. Pero eso era antes. Lo había estropeado. Otra vez.

Se puso a masticar una nube de plátano y disfrutó de ese sabor artificial; sabía que debía parecerle asqueroso pero en el fondo le encantaba. Si quería ser sincera consigo misma, y tal vez había llegado ese momento, debía reconocer que dejar entrar a alguien en su vida había sido muy liberador. Contar cosas, dejarse ver. Y Alexander la había visto. No podían ser imaginaciones suyas. A pesar de todo lo que le había soltado de forma improvisada, hacía tiempo que sabía que él no era una mala persona. Al contrario.

Él es todo lo que siempre has querido tener, insistió su voz interior.

Pero lo había echado de su casa. Porque había tenido miedo. Miedo de lo que podía implicar que le gustara o incluso que llegara a amar a un hombre como Alexander. Miedo de lo que eso decía de ella.

Se quedó tumbada en el sofá hasta que se durmió.

La mañana del domingo comenzó a vibrar con el incesante zumbido del teléfono que estaba encima de la mesita del sofá.

Isobel, acostumbrada a ponerse en marcha en un momento, se espabiló enseguida; sabía que nadie llamaba un domingo a las seis de la mañana si no se trataba de algo serio. «Leila», leyó en la pantalla. El pulso se le aceleró y la mente le empezó a funcionar.

«¿Qué pasa ahora?»

—Isobel Sørensen —respondió.

—¿Puedes viajar a Chad?

La voz de Leila sonó precisa, profesional. Era el tono que utilizaban en su trabajo cuando se trataba de una emergencia.

—¿Qué ha ocurrido?

Isobel ya se estaba poniendo de pie.

—Idris está enfermo. No tienen ningún médico. Se trata de una cuestión de vida o muerte, como puedes imaginar.

—¿Qué tiene?

Isobel repasó en su cabeza los síntomas y, antes de que Leila se lo dijera, ya lo sabía.

—Meningitis.

«Maldita sea, Idris. No te mueras.»

—Mañana despega un avión hacia allí. Hemos conseguido la última plaza barata que quedaba. ¿Puedes ir tú? Tengo que confirmarlo enseguida, no nos la guardarán durante mucho tiempo.

Isobel necesitaba tiempo para pensar, hablar con Alexander, darle explicaciones y dejarlo todo en su sitio si era posible. Pero, lógicamente, sus necesidades carecían de importancia, comparadas con las del hospital infantil. El objetivo a partir de entonces debía ser que el caos que reinaba en el centro acabara lo antes posible.

—Sí, puedo —respondió mientras iba hacia la cómoda.

Pasaporte, bolsas de plástico con productos de higiene. Cartilla de vacunación. Repasó en su cabeza los elementos esenciales que debía llevar. Pastillas para la malaria, cinta adhesiva de aluminio, purificador de agua. Dejó a un lado todo lo demás.

—Llamaré a la compañía aérea —dijo Leila antes de colgar.

La mañana siguiente, el tren Arlanda Express iba repleto de pasajeros e Isobel tuvo que ir de pie hasta el aeropuerto. Fue la primera en bajar, con su raída mochila a la espalda, y se dirigió a los mostradores de facturación.

Alexander no la había llamado, obviamente. Ella había sido dura con él y más o menos le había echado a la calle. Tal vez en esa ocasión le había dicho cosas que él no quería o no podía perdonar. Miró el teléfono con gesto indeciso pero eligió la salida cobarde y embarcó sin llamarlo ni enviarle ningún mensaje.

En Estambul se equivocó en el aeropuerto Atatürk y estuvo a punto de perder el avión de enlace, y ya había pasado la medianoche cuando aterrizó en Yamena con varias horas de retraso. Al salir del avión el cielo estaba negro, las constelaciones eran distintas a las de casa y la impresión que tuvo fue la habitual: calor, polvo y mucho ruido, a pesar de lo avanzado de la hora.

Recogió la mochila y pasó por la aduana, donde había unos hombres que portaban armas. No había nadie esperándola. Dudó; sabía que podía ser peligroso que no hubiera ido nadie a buscarla, pero también lo era quedarse allí de pie, así que le hizo un gesto a un taxi local, le dio las señas y llegó al hotel que había reservado Leila en Yamena sin que surgiera ningún contratiempo. La adormilada recepcionista cumplimentó la hoja de registro y luego solo le dio tiempo a quitarse los zapatos, arreglar un agujero que había en el mosquitero con cinta adhesiva y sacudir las sábanas antes de caer rendida en la cama.

—*Bonjour, madame* —dijo una niña con cortesía cuando Isobel bajó a la mañana siguiente.

La niña aparentaba cinco años pero probablemente tuviera al menos nueve. No apareció ningún adulto por allí; al parecer ella era el único personal del hotel. Isobel pagó, la niña dobló con mucho cuidado los billetes y los metió en una antigua caja registradora. Isobel vaciló, pero como todavía no había ningún adulto a la vista, recogió la mochila y salió en medio del polvo, el calor y el rugido del tráfico de Yamena. Todavía llevaba en la mochila las dos botellas de agua que había comprado en Estambul y una barrita energética, así que decidió no perder el tiempo buscando un sitio donde desayunar e ir directa al hospital. Se colgó la mochila a la espalda, sacó el teléfono y lo miró. El corazón le dio un vuelco. Alexander la había llamado mientras ella hacía los trámites de salida del hotel. Y en ese mismo momento recibió un SMS.

Todo salió mal. Lo siento.

Y de repente la vida volvió a parecerle fácil. Alexander no la odiaba. Ella había sido una estúpida pero él le daba otra oportunidad.

Respondió enseguida.

Perdona todas las tonterías que te dije. He aterrizado. Te llamaré esta noche.

Un coche fue hacia ella tocando el claxon. Isobel levantó la vista. Un hombre se asomó por la ventanilla.

—*Bonjour, docteur* —dijo el conductor—. ¿Va al hospital?

Isobel asintió con la cabeza y recordó que el hombre se llamaba Ahmed y que a veces lo contrataba alguna de las otras asociaciones humanitarias para llevar a la gente. Pero nunca había trabajado para Medpax.

—¿No iba a venir Hugo a esperarme? —preguntó.

No le resultaba nada cómodo hacer el largo trayecto hasta el hospital con un hombre que no conocía. Cuando llamó al hospital no respondió nadie, y Leila no tenía más información que darle.

Ahmed se encogió de hombros en un gesto que podía significar cualquier cosa. Hugo está enfermo. Hugo está de viaje. Hugo ha muerto.

—¿Puedes llevarme hasta allí? —preguntó Isobel ya decidida. No quería quedarse en Yamena y estaba impaciente por salir de allí.

—¿Cinco dólares?

Él negó con la cabeza.

—*Non, madame, twenty.*

Ella le ofreció un billete de diez, habituada a ese tipo de negociaciones.

—*That is all* —dijo, y él aceptó con una sonrisa. Se estiró por encima del asiento del copiloto y le abrió la puerta del otro lado para que entrara en el vehículo.

Isobel dio la vuelta al coche, dejó la mochila en el suelo y entró. Miró el móvil. La cobertura iba y venía y constató que el mensaje de texto que le había escrito a Alexander no se había enviado, así que clicó de nuevo a la vez que Ahmed pisaba el acelerador. Vio que el mensaje se mandaba mientras el coche traqueteaba asustando a las cabras y gallinas, que se hacían a un lado.

A través del parabrisas vio en primer lugar la ciudad con su aglomeración de vehículos sobrecargados, animales y peatones. Cooperantes, trabajadores chinos y militares. Niños por todos lados. Algún que otro mendigo en los cruces. Y luego el paisaje rojo, con mujeres llevando cestas y fardos y aún más niños. Hacía tanto calor que el sudor le caía a chorros. Isobel bebía agua y miraba el teléfono alternativamente. Oyó que entraba otro SMS y lo leyó con una sonrisa. Era increíble que pudieran comunicarse a pesar de que estaban a uno y otro lado del ecuador.

¿Aterrizado? ¿Dónde estás?

Por alguna razón creía que Leila le habría informado, pero cuando iba a escribirle para explicárselo, el coche empezó a sacudirse de tal modo que le resultó imposible pulsar las letras correctas. Isobel apoyó la mano contra el techo y decidió que le respondería cuando llegaran al hospital. El coche siguió oscilando por la carretera llena de baches. Ahmed disminuyó la velocidad y señaló algo al final del camino.

—*Checkpoint* —dijo.

Ella lo vio. Antes no estaba allí, lo que tampoco significaba nada. Los puestos de control tenían sus propios e impredecibles ciclos de vida, pero nunca resultaban oportunos.

Isobel se secó las manos sudorosas en los pantalones. Había guardado bien la mayor parte del dinero en la mochila, pero en la billetera llevaba algunos dólares que podía darles.

«Por favor, permite que salga todo bien, déjame solo llegar pronto al hospital.»

Los dos hombres que se acercaron al coche eran jóvenes e iban armados con rifles de asalto. Llevaban unos pañuelos con los que se cubrían la cabeza, pantalones color caqui y zapatillas deportivas. Cuando miraron el interior del coche, Isobel los observó para ver si estaban bajo los efectos de alguna sustancia, pero enseguida bajó la cabeza. No había que provocarlos.

—¿Adónde vais? —gritó uno de ellos.

Vestía una camiseta roja y tenía una larga cicatriz en la mejilla que desaparecía bajo el pañuelo. Una cicatriz de machete.

—Al hospital —respondió Ahmed inclinando la cabeza hacia Isobel—. *Docteur.*

Isobel notó cómo la observaban pero siguió sentada con la mirada baja, mientras intentaba parecer lo más humilde posible y el corazón le latía como si acabara de correr cinco kilómetros. Tenía la boca seca. Se oyó el grito de un pájaro mientras el soldado metía la mano en el coche; ella tuvo que hacer un esfuerzo para no temblar. Él le cogió la botella de agua, se apartó, le gritó algo a Ahmed y después les indicó que siguieran.

Pasaron el puesto de control. Cuando Isobel miró por el retrovisor, vio al hombre que le había quitado el agua de pie con un teléfono móvil en la oreja. Ella volvió a secarse las manos en los pantalones y se dio cuenta de que le temblaban.

Ahmed aceleró, y el puesto de control y los soldados desaparecieron detrás de ellos. Isobel apoyó la cabeza en el respaldo del asiento, respiró profundamente y se obligó a relajarse. Volvió a ver pasar el paisaje llano y rojizo. El coche se balanceaba y temblaba, pero se habían salvado.

Sonrió a Ahmed con la cara pálida y el miedo aún en el cuerpo. Este se limitaba a mirar hacia delante e Isobel supuso que iba concentrado en la conducción. El rostro de Ahmed no expresaba nada. Volvió a reducir la velocidad.

—¿Qué ocurre ahora? —preguntó Isobel en francés, pero luego vio piedras, palos y neumáticos en medio del paso.

En ese tramo el camino era estrecho y no había ninguna posibilidad de salir de él. Isobel se preguntó cómo habían ido a parar allí esos escombros. El coche se detuvo. La impaciencia por llegar al hospital aumentó. Quería aclarar las cosas, acabar con esa confusión e incertidumbre, y empezar a trabajar. Pero entonces vio un coche que se dirigía hacia ellos desde el otro lado de los escombros. Iba a gran velocidad.

—¿Sabes quiénes son? —preguntó Isobel a la vez que el otro coche frenaba en seco y se abrían las puertas. Varios hombres (Isobel contó seis) corrieron hacia ellos—. ¡Tenemos que retroceder! —gritó ella mientras Ahmed no hacía nada más que levantar las manos, al tiempo que aquellos hombres rodeaban el coche y gritaban.

Fue tan rápido que a Isobel solo le dio tiempo a decir alguna palabrota antes de que abrieran la puerta. Ella también alzó las manos para mostrar que iba desarmada. Unos hombres altos con mirada grave gritaban en un dialecto local que ella no entendía bien. ¿A qué distancia estarían del hospital? ¿Una hora? ¿Quince minutos? No importaba. De repente Isobel sintió que la agarraban con fuerza del brazo y le pareció reconocer de manera vaga al hombre que la sacaba del coche tan deprisa que al salir se dio un golpe en la cabeza. Sin planearlo ni pensarlo, Isobel tiró hacia atrás el brazo a la vez que le empujaba a él con la otra mano con todas sus fuerzas. Casi se soltó, estaba preparada mentalmente para echar a correr, pero recibió un golpe de lleno en el pecho y le dolió tanto que se quedó jadeando mientras el hombre la agarraba con fuerza.

Le pusieron una capucha en la cabeza y se le metió la tela y el pelo en la boca. No entraba aire a través de la gruesa capucha y sintió pánico. Notó que otra mano le apretaba el otro brazo y la ponía de pie de un tirón. Después sintió más manos que se movían por encima de ella, recorrían su cuerpo y le rompían la ropa, y no pudo evitar defenderse de forma histérica. Los hombres siguieron rasgándole la ropa con brusquedad pero dejaron de hacerlo al cabo de un rato. Isobel se dio cuenta de que lo que se proponían era quitarle el teléfono, que no parecía que fueran a violarla en ese momento. Se oyeron voces y gritos apagados y difíciles de interpretar a través de la capucha. Un coche arrancó derrapando y luego la arrastraron por encima de los escombros. Chocó con los dedos de los pies contra algo y a continuación la lanzaron en lo que ella supuso que era el asiento trasero del coche de los soldados y se quedó con la boca y la nariz pegadas a la tela. Más tarde se golpeó la cabeza contra una superficie dura, le pusieron algo pesado en la espalda y luego el coche se puso en marcha con un bramido.

Empezaron a darle vueltas en la cabeza algunos fragmentos del curso de rehenes.

«Tienes que averiguar a dónde te llevan. Puede significar la diferencia entre la vida y la muerte.»

Después todo se oscureció.

58

Alexander miró el mensaje que acababa de recibir poco después del que le había mandado Isobel:

> Somos un grupo de amigos que vamos a viajar al Caribe. ¿Nos acompañas?

Hubo un tiempo en el que él habría respondido que sí directamente y ya estaría de camino hacia nuevos placeres. Pero en ese momento le parecía poco interesante, casi ridículo. Eso solo constataba que había cambiado, de un modo imperceptible, rápido y contra su voluntad. Porque no era algo que él deseara o que hubiera elegido. Todavía no estaba seguro de que le gustara ese cambio que, por el momento, le producía más dolor que otra cosa. Se había acostumbrado a esta manera de vivir, se había convencido de que le gustaba el sexo sin compromisos y las diversiones caras; para él aquello era más que suficiente, no necesitaba más. En algún momento de su adolescencia se dio cuenta de que el amor no era lo suyo. Tal vez no fue un acto consciente, pero sí definitivo.

Al principio ni siquiera sabía lo que le pasaba. ¿Qué le había sucedido? Era algo parecido a una enfermedad insidiosa.

Pero en realidad era amor. Amaba a Isobel.

No estaba acostumbrado a esos sentimientos, a notarlos de esa manera. Una mezcla desordenada de alegría, rabia y desesperación.

Le gustaría hablar con Romeo acerca de aquello, pedirle consejo. Pero su amigo había conocido a alguien, se acababa de enamorar y estaba insoportable.

Alexander se frotó la cara. No había recibido más mensajes de Isobel. ¿Adónde había viajado? ¿En qué lugar había aterrizado?

Revisó los SMS que se habían enviado y vio cómo la relación había ido creciendo. Debería agradarle, pero lo que sentía sobre todo era una opresión en el pecho. Marcó su número. Quería oír su voz, no se podía quedar sentado esperando un SMS. A pesar de todo, casi esperaba que ella quisiera cortar. No era capaz de manejar todos esos sentimientos.

Oyó los tonos pero no respondió nadie. Volvió a llamar.

Y siguió haciéndolo todo el día.

Pero nadie respondió. Y tampoco recibió ningún SMS.

Después de una noche de sueño intranquilo Alexander llamó a Leila, ya que de madrugada se le había ocurrido que tal vez ella supiera adónde había ido Isobel. Mientras oía los tonos de llamada empezó a ponerse el chaquetón, y a buscar las llaves y la billetera. Se estaba volviendo loco en casa, tenía que salir.

—Leila al habla —respondió ella con voz estresada.

—¿Dónde está Isobel? —dijo sin saludarla.

—En este momento debería estar en Massakory.

Alexander se detuvo con las llaves en el aire.

—¿En Chad? Acaba de volver de allí. La obligasteis a regresar porque la situación era muy peligrosa.

—Se han calmado las cosas. Y era urgente. Idris se ha puesto enfermo, estaban sin médico y ella decidió viajar. Sabe lo que hace y yo no la habría mandado allí si fuera peligroso. Chad tiene una relativa estabilidad.

—¿Habéis tenido contacto con ella? ¿Has hablado con Isobel?

Leila suspiró.

—No, todavía no.

Alexander oyó que tecleaba algo, como si estuviera pensando en otra cosa, un gesto que hacía la gente cuando perdía la concentración y desaparecía en algún rincón de la pantalla.

—¿Qué quieres, Alexander? Tengo muchas cosas que hacer.

—¿Quién puede saber algo más? —respondió enfadado. Le importaba un bledo todo lo que ella tuviera que hacer.

—¿Más de qué? —preguntó Leila, pero él notó que estaba pensando en otra cosa.

Alexander se detuvo. Pasó a utilizar un tono directo, el mismo con el que le habían educado e innato en él, esa voz de persona de clase alta que lograba que le obedecieran.

—Escúchame, Leila. ¿Con quién demonios puedo hablar que tenga alguna idea de dónde está Isobel en este momento?

Diez minutos después, Alexander tenía al teléfono al responsable de la empresa de seguridad.

Inmediatamente se produjo una situación tensa. No, no podían facilitarle ninguna información. No, no tenían conocimiento de ningún enfrentamiento en Yamena ni en Massakory. No, tampoco estaban interesados en escuchar sus puntos de vista, y no, no le iban a volver a llamar para informarle.

Alexander oyó el clic conforme cortaban la llamada.

Reflexionó sobre todo aquello mientras dirigía sus pasos hacia el centro. Al cabo de un momento volvió a llamar a Leila.

—He oído que has hablado con la empresa de seguridad —le dijo ella con indiferencia—. Estaban enfadados. Deberías dejar de molestarlos.

—Son imbéciles. Tiene que haber alguien más con quien pueda hablar.

—Alexander, te digo esto con el mayor de los respetos. Déjalo. No ha ocurrido nada. Ella está en Chad y tiene que trabajar.

Hizo una pausa y él volvió a oír cómo tecleaba su ordenador.

—¿Has pensado en algún momento que Isobel tal vez no quiera hablar contigo? A mí me dijo que habíais terminado —añadió Leila.

—Tal vez no —dijo él poniendo fin a la conversación. No quería perder el tiempo discutiendo.

¿Tenía razón la psicóloga? ¿Estaría equivocado? A lo mejor sí; cuando se trataba de Isobel, no pensaba con claridad.

¿Qué demonios iba a hacer?

Había llegado a Stureplan y se quedó parado en medio de la calle. La gente tenía que desviarse para esquivarlo.

Alexander se sentó en un banco y se puso a mirar sus contactos en el móvil. ¿Cómo podía tener una persona tantos números inútiles? Modelos, blogueras, dueños de clubes nocturnos y cocineros. Financieros, actrices y...

«Financieros.»

Marcó el número y esperó con impaciencia.

—David Hammar —respondió su cuñado, concreto y eficiente.

—Soy Alexander De la Grip. Necesito tu ayuda. ¿Dónde estás?

—En Hammar Capital.

Se levantó del banco.

—Voy hacia allí; te diré de qué se trata por el camino.

Se dirigió de nuevo hacia Nybroplan, pasó a toda prisa por delante de la bahía y siguió hasta Blasieholmen, donde estaba el edificio blanco con vistas al lago Saltsjö que ocupaba Hammar Capital. Cuando Alexander entró en HC, David ya lo sabía todo.

Tampoco es que fuera mucho.

—Le he enviado un mensaje a Tom Lexington mientras hablábamos —dijo David a modo de saludo—. Viene para acá.

¡Ah, sí!, el de la seguridad, recordó. De todas formas no podía perjudicarle su ayuda.

—Maldita sea, no sé si solo se trata de imaginaciones mías —comentó Alexander, expresando en voz alta sus dudas mientras rechazaba con la cabeza la invitación de David a tomar un café—. Tal vez lo único que pasa es no quiere hablar conmigo.

David lo miró.

—Eso sería lo mejor.

—Supongo que sí.

David siguió mirándolo con fijeza con gesto grave.

—Si se tratara de Natalia haría exactamente lo mismo que tú. Si te sirve de consuelo.

—¿No has dicho que habíais discutido? —preguntó Tom Lexington un cuarto de hora después.

Alexander se fijó en sus ojos negros. ¿Era desconfianza lo que veía en ellos o solo se lo imaginaba? Parecía que caminara sobre un pantano, no sentía estabilidad.

—Sí, pero después nos disculpamos los dos. A través de SMS. Y en uno de ellos me decía que iba a llamarme por teléfono.

A su historia le faltaba algo de consistencia, él mismo lo percibía.

—¿Cuándo?

—Tendría que haberme llamado anoche.

Se sentía como un idiota. David estaba de pie junto a la ventana con los brazos cruzados y les miraba sin decir una palabra ni mostrar ninguna emoción.

—¿Es una mujer de las que cumplen lo que prometen? —La voz de Tom sonó como un rugido de guerra, violento y brutal, y por algún motivo le pareció tranquilizadora.

—Sí.

—¿Puede tratarse de un fallo en las comunicaciones?

Alexander asintió con la cabeza. Tal vez había sido una reacción exagerada por su parte.

—Probablemente no sea nada.

—Pero si fuera algo, ¿qué podría haberle ocurrido?

—Lo más normal es que la gente haya tenido un accidente de coche. Es el mayor riesgo en esos países. Tal vez esté en el hospital y no se pueda comunicar contigo.

Alexander tragó saliva. Aquello le sonaba bastante mal.

—Si esta es la situación, necesito saber qué quieres en realidad —dijo Tom mientras intercambiaba una mirada con David que Alexander no supo interpretar.

—Quiero saber qué ha ocurrido, por supuesto —respondió Alexander de forma escueta.

¿No era obvio? Se preguntó si aquel hombre tan fornido no era un poco corto.

—Mi pregunta se refiere a cuánto quieres pagar, nada más —replicó Tom.

Alexander negó con la cabeza, no necesitaba pensárselo. ¿Por qué tenía la impresión de que estaban perdiendo el tiempo?

—Quiero saber dónde está —respondió con frialdad—. Si le ha sucedido algo. Pagaré lo que sea. El dinero es lo de menos.

—Dame media hora.

Tom se metió en el despacho de al lado, pasó un cuarto de hora allí y después volvió.

—Me he puesto en contacto con un chico que está por allí. Va a viajar a Yamena a investigar. —Escribió un número de cuenta y una cantidad en un papel y se lo dio a Alexander—. Abre una cuenta en Western Union e ingresa el dinero en ella. Empezaremos así. Mi contacto se pondrá a preguntar en hospitales y enfermerías en cuanto llegue allí. Tanto por camillas como por habitaciones, la atención médica no es precisamente moderna en esa parte del mundo. ¿Estás seguro de que se encuentra en Yamena?

Alexander apartó de la mente la imagen de Isobel herida, inconsciente en una sucia camilla, con jeringuillas usadas y chamanes locales.

—No, en el mensaje solo decía que había aterrizado, no dónde. Según Medpax hizo escala en el Atatürk de Estambul.

¿Acaso estaría equivocado y habría desaparecido en Estambul? ¿Era mejor o peor?

—De acuerdo —contestó Tom—. Vamos a esperar.

—¿A qué?

—En primer lugar a que ella llame. Todavía es lo más probable. Se trata de África, puede haber ocurrido cualquier cosa: móvil robado, batería descargada, mala cobertura. Si no sabemos nada de ella mañana a primera hora, veremos si mi contacto ha obtenido más información.

—¿Mañana? Pero ¿y si la han secuestrado? ¿No deberíamos hacer algo?

Él no necesitaba a ningún experto para quedarse quieto esperando. Alexander no pudo evitar lanzarle una mirada a David. ¿De verdad sabía Tom lo que se hacía?

—En el hipotético caso de que la hayan secuestrado, no sabremos nada de ella en varios días —contestó Tom con semblante serio—. Forma parte de la táctica del secuestro.

—¿Cómo? ¿Por qué?

—Porque es lo peor que puede hacerse —respondió Tom, y si no fuera porque Alexander suponía que el encargado de seguridad no tenía sentimientos como los de un ser humano normal, le habría parecido ver una pizca de compasión en sus ojos negros—. Hundir a la familia mediante la espera.

David dio un paso hacia ellos.

—Tom sabe de lo que habla.

Alexander asintió. Era evidente que Tom era un experto en estos temas.

—¿Puedes conseguir una foto de ella? En blanco y negro si es posible.

—Sí.

Alexander se frotó la cara. Conseguir la foto y enviar dinero. Le parecía que era insuficiente.

A la mañana siguiente seguían sin saber absolutamente nada sobre ella. No habían pasado ni siquiera veinticuatro horas desde que Alexander empezó a preocuparse en serio, pero ya estaba exhausto. Hundir a la familia mediante la espera. ¿Cómo coño se sobrevivía a eso?

Volvió a llamar a Leila.

—¿Sabes algo de ella?

—No, tendría que estar en el hospital en este momento. Pero la situación debe de ser caótica allí con Idris enfermo, es difícil conseguir hablar con alguien. Tampoco puedo localizar a Hugo, nuestro colaborador. Él tendría que haberla recogido en el aeropuerto. Pero es posible que perdiera el avión en Estambul, que el vuelo llegara con retraso o que a Hugo se le haya olvidado... Esas cosas suelen pasar, pero Isobel ya está acostumbrada. Está capacitada para hacer frente a todo tipo de acontecimientos imprevistos.

—¿No crees que tendría que haber llamado?

Leila vaciló.

—Tenemos un protocolo para esas cosas. Vamos a esperar un poco y ver qué pasa —dijo finalmente.

Alexander cortó la llamada. Si una persona más le decía que esperara a ver qué pasaba, rompería algo.

—Mi contacto, Lutz, ha llegado a Yamena. Estaba por los alrededores.

Alexander removió el café que había pedido y se preguntó qué se podía hacer «por los alrededores de Yamena», pero evitó formular la pregunta.

Tom Lexington, que estaba sentado de espaldas a la pared mirando a los clientes de la cafetería, tenía el aspecto de un hombre que conocía a gente que vivía en los peores lugares del mundo y que estaba a la espera de que le encomendaran la tarea de buscar a una médica de campo.

—Lutz ha investigado por la zona. Ninguna mujer herida en ninguna parte. Y ha ido al hospital infantil, donde le han dicho que ella aún no se ha pasado por allí. No encuentra a nadie que la haya visto en el hotel. Pero en el registro figura una firma que podría ser la de ella.

Tom le mostró la foto en el móvil. Alexander asintió: reconocía la letra de Isobel. Entonces sí que había llegado a aterrizar en Yamena. En el fondo esperaba que aún estuviera en Estocolmo, que simplemente hubiera decidido ignorarle, pero ahora sabía que había llegado a Yamena y después había desaparecido.

—Un colaborador local llamado Hugo es el que tendría que haber ido a recogerla —continuó Tom—. Es el contacto que tienen allí abajo, pero se puso enfermo, fue al chamán y este le dio algo que lo dejó fuera de combate varios días. En resumen: ella fue del aeropuerto al hotel pero después desapareció sin dejar rastro. Ahora vamos a tratar de comprobar los movimientos de su teléfono. ¿Tienes su número? —Alexander se lo dio—. Lutz va a dirigirse a su compañía telefónica para intentar obtener información. Tendrá que sobornar al personal.

—¿Cuánto?

—Envía mil. Dólares.

Tom se puso de pie.

—Te llamaré en cuanto sepa algo más.

—Gracias.

Mientras Tom se marchaba Alexander hizo la transferencia a través del móvil. Teclear la cantidad, enviar dinero al otro lado del hemisferio terrestre. Esperar, esperar, esperar. Le parecía que se estaba volviendo loco.

Tom volvió a llamar por la noche.

—Su teléfono ha sonado en medio del desierto —dijo sin saludarlo.

—¿Eso qué significa?

—Por desgracia, creo que tenemos que empezar a asumir que le ha ocurrido algo.

—¿El qué?

—Solo puedo especular. O le han robado el teléfono o la han secuestrado. El teléfono está en el desierto, eso es lo único que sabemos con seguridad. Pero está lejos del hospital infantil, lejos del centro, lejos de todo.

Alexander miró por la ventana. Era una tarde de verano normal y corriente en Suecia. La gente paseaba al lado del agua. Se cogían de la mano, comían helado. ¿Qué podía responder a eso?

—Tengo tiempo libre —dijo Tom al otro extremo de la línea—. Si quieres puedo viajar allí abajo y continuar la búsqueda.

—Sí —respondió Alexander de manera directa. Eso era lo que quería por encima de cualquier otra cosa, que Tom fuera a Chad a buscar a Isobel—. Tengo dinero suficiente para eso —continuó—. Lo digo en serio. Compra un avión y vete allí. Ahora mismo.

—Yo siempre viajo en vuelo regular. Hay uno mañana.

Alexander miró el reloj. Ni siquiera eran las seis de la tarde.

—¿Mañana? ¿No podemos viajar ahora?

Tom resopló.

—No «vamos» a ir a ninguna parte. Y yo tengo que hacer la maleta.

—Tom —dijo Alexander en un tono frío—. Si crees que me voy a quedar en Estocolmo cuando puede que alguien haya secuestrado a mi chica en un desierto de África, estás por completo equivocado. Te acompañaré. Haré la reserva de los billetes y me encargaré del dinero. Puedes enviarme un mensaje con todo lo que tengo que llevar. Te acompañaré, ¿entendido?

Tom guardó silencio al otro lado del teléfono y Alexander contuvo la respiración.

—Me parece genial —respondió Tom antes de colgar.

Cuando hicieron escala en Estambul a última hora del día siguiente, Alexander y Tom no habían intercambiado ni diez palabras.

En el aeropuerto de Yamena les esperaba un hombre con la cabeza rapada y la piel bronceada que, con acento sudafricano, se presentó como Lutz. Tenía un aire vagamente violento, como si tuviera la muerte en los talones. En lo que a Alexander se refería, le daba igual que llevara la palabra «Legionario» tatuada en la frente. Yamena no se parecía a nada que hubiera visto antes. Aunque Alexander ya había estado en África, de su viaje anterior recordaba las emocionantes excursiones por el desierto, las imprudentes prácticas de surf y los yates más lujosos del mundo. Copas, personal a su servicio y bellas mujeres.

Yamena se componía de asfalto en malas condiciones, hombres mirando y un tráfico por completo demencial. Jeeps y camionetas traqueteando por las calles, niños escuálidos y casas encaladas con letras árabes en los carteles.

Siguieron a Lutz, se sentaron en un café y les sirvieron un té dulce. Alexander miró el reloj. Había activado un cronómetro en el teléfono que contaba de un modo inexorable el tiempo que había transcurrido desde la desaparición de Isobel. Los segundos pasaban tan deprisa como la arena de un reloj.

Lutz extendió un plano. Los tres se inclinaron para mirarlo.

—El teléfono de ella está en algún lugar de esta zona —dijo Tom haciendo un círculo con un dedo sobre las borrosas líneas y números—. Por el momento suponemos que está allí. Pueden habérsela llevado porque es médica. Es posible que alguna tribu necesitara su ayuda. En tal caso la tratarán estupendamente.

Lutz sonrió.

—En caso de que se trate de un secuestro, puede ser brutal. A los de aquí no les gustan los blancos —refunfuñó—. Creen que todos los occidentales tienen dinero. Maldita gentuza.

Alexander le miró a los ojos azul claro. Decidió que odiaba a ese asesino sudafricano.

—Podemos empezar a formar un equipo —explicó Tom—. Yo he empezado a mover los hilos, pero si no sabemos dónde está ella no podemos hacer nada. ¿Todavía no hay ningún testigo?

Lutz negó con la cabeza.

—Pero ¿no habéis dicho que está aquí? —preguntó Alexander indicando un punto en el mapa.

—Sí —respondió Tom.

—¿No podríamos ir simplemente a buscarla?

Lutz dejó escapar una risa burlona y a Alexander le entraron ganas de levantarse y golpearlo con fuerza, lanzarse sobre él y descargar toda la ira y frustración que sentía.

—Esa zona es tan grande como Escania —dijo Tom en voz baja.

—Lo único que podemos hacer por ahora es esperar.

Sonó el teléfono de Alexander. Leila. Hubiera preferido no atender la llamada; todo eso era por su culpa, por su maldita culpa. Aun así contestó.

—¿Tienes alguna novedad?

—No. Solo quería preguntar si ya habías oído algo. Estoy empezando a preocuparme.

Él cortó la llamada y volvió a mirar el cronómetro. Una y otra vez.

59

Las necesidades básicas son aire, líquido, sueño y comida. Más o menos en ese orden. Las necesidades fisiológicas son lo fundamental, lo que requiere una persona para sobrevivir. ¿Y qué venía después? Isobel intentó recordarlo. ¿Era la seguridad? ¿El amor? Después de las necesidades fisiológicas iban las psicológicas, eso lo recordaba con toda seguridad. ¿Formaba el amor parte de las mismas o en realidad era un invento reciente? Alguien le había dicho que el amor era una creación moderna. Alexander, ¿verdad? Intentó recordar sus palabras exactas pero en ese momento no lo consiguió. Se había convertido a toda velocidad en alguien que solo pensaba en saciar su sed.

Se humedeció los labios, aunque sabía que era una tontería. ¿Cuánto tiempo habría transcurrido desde que la sacaron del coche, la obligaron a cambiarse de ropa, le quitaron los zapatos y la dejaron allí, donde estaba ahora? Enseguida pensó que debía intentar conservar la noción del tiempo. Pero todo estaba oscuro. Habían transcurrido por lo menos dos noches, ya que hubo dos períodos largos de tiempo en los que pasó tanto frío que los dientes le castañeteaban. Ahora era otra vez de día. Lo sabía porque hacía tanto calor que no podía pensar. Así que habían pasado dos noches, pero creía que podían ser más. ¿Habría pasado una semana? No tenía ni idea. Le daban muy poca comida y notaba que la piel le colgaba, así que debía de llevar unos días adelgazando.

Tal vez fuera una semana.

No debería haber sucedido aquello. No debería estar encerrada en una choza de barro sin más compañía que sus pensamientos.

Debería haber habido un final feliz.

Se habría dado cuenta de lo que de verdad sentía, se habría atrevido a apostar por Alexander y habría vivido feliz el resto de sus putos días.

Pero probablemente se iba a morir.

Sola.

Ni siquiera le habían dado una manta. Solo había suelo, paredes y techo. Una ventanita en la que habían clavado unas tablas de madera. Un cubo. Si no se la llevaba el frío o la sed, siempre estaban los mosquitos y la malaria. O los malos tratos.

Tantas formas de morir.

Se avergonzaba de lo asustada que estaba.

Y lamentaba no haber podido decir a Alexander que lo amaba, porque lo amaba de veras.

Tal vez debería estar contenta y agradecida porque le había dado tiempo a conocer el amor, pero solo estaba enfadada: todo era una maldita estupidez.

Sabía quiénes eran los que la retenían.

El hombre al que se le murió su hijo. El padre del pequeño Ahmed era uno de ellos. Él la odiaba. No estaba segura de qué querrían los otros.

Tal vez fuera su destino. Su abuelo había muerto allí, asesinado por la población local. Era arrogante suponer que iban a tratarla mejor a ella. Era una forastera, una occidental vanidosa y había matado a uno de sus niños.

La habían golpeado, pero no había resultado herida de gravedad, al menos por el momento y por lo que ella podía apreciar. Volvió a examinarse el cuerpo. No había huesos rotos ni órganos vitales en peligro; los riñones funcionaban, la respiración también y el corazón le latía.

Oyó voces y se puso tensa. Santo cielo.

Se abrió la puerta. La prisión estaba tan oscura que le molestó la luz.

Tragó saliva cuando se acercaron. No quería que vieran su debilidad. Deseaba mostrarse digna, probar que se merecía su respeto y que podía serles de utilidad.

Sin embargo, Isobel solo era un ser humano y se echó a llorar cuando finalmente la dejaron en paz.

60

Alexander y Tom dejaron el hotel de manera temporal aquella noche y fueron a cenar a Yamena. Alexander hubiera querido quedarse en el mismo lugar donde se había alojado Isobel y la habían visto por última vez, pero Tom lo descartó con argumentos acerca de la seguridad y los riesgos, así que eligió otro. A Alexander no le quedaban fuerzas para discutir.

Lutz había dejado toda la documentación a Tom y se había marchado de viaje. Supuestamente iba ya de camino a Irak, a Siria o a algún sitio por el estilo.

Se sentaron y les dieron los menús. Había niños por todos lados, unos chavales flacos que se movían alrededor de las mesas y observaban con mirada atenta a los clientes, en su mayoría chadianos ricos y extranjeros. También se acercaban a ellos para pedir limosna u ofrecerles cosas en cuanto el personal de servicio o los vigilantes miraban hacia otro lado.

Fruta, limpiar el calzado. Masaje.

Un niño pequeño que iba bastante sucio se acercó a su mesa pero enseguida lo ahuyentó el personal del restaurante. Miró a Alexander con ojos suplicantes y desapareció tras pelearse con un camarero.

Pidieron la comida. Alexander ordenó sin protestar lo que Tom le fue diciendo.

—No conviene ponerse mal del estómago ahora —afirmó Tom de forma concisa, así que pidieron agua embotellada en vez de una jarra de agua—. Y evita el hielo.

Alexander tamborileó con los dedos en el mantel con impaciencia. No quería estar sentado en un restaurante charlando sobre la comida local. Quería hacer algo. El niño que iba sucio se coló de nuevo en el restaurante y fue hacia ellos. Estaba escuálido y llevaba la ropa hecha jirones, que colgaban alrededor del cuerpo. No dejaba de mirar a Alexander.

—*Monsieur?* —susurró en francés.

Tom negó con la cabeza en señal de advertencia mientras el chico cogía un mendrugo de pan, se lo metía en la boca y lo masticaba de forma rápida y efectiva.

—No le des nada. No nos los quitaremos de encima.

Alexander sacó una moneda con gesto provocativo y se la dio al niño. Tom puso los ojos en blanco y se estiró para coger la botella de cerveza que había pedido.

—Allá tú.

El niño cogió la moneda pero se quedó al lado de la mesa. Movió los labios a la vez que tiraba a Alexander de la mano.

—*Le docteur* —dijo.

Alexander miró al niño con interés.

—¿Qué dices?

—*Monsieur* —repitió mirando a su alrededor con ojos asustados. El camarero se acercaba con paso firme—. Usted está buscando a la doctora Isobel. Yo la he visto.

Tom bebió un trago de la botella de cerveza y miró al niño. El camarero estaba a punto de llegar a la mesa.

El chico se quedó de pie con expresión desafiante. De vez en cuando miraba su cena. ¿Cuándo tiempo llevaría sin comer?

—¿Cómo te llamas? —preguntó Alexander. Luego le dio un trozo de pan con olor a ajo que les habían servido para acompañar el guiso y le indicó al camarero que se retirara.

El niño cogió el pan y se lo guardó en un bolsillo.

—Marius —respondió en un tono casi inaudible.

Alexander se incorporó.

—Sé quién eres. La conoces, ¿verdad?

El niño asintió con la cabeza.

—*Oui*, del hospital.

—Oye, sé quién es este chico —dijo dirigiéndose a Tom—. Isobel me ha hablado de él varias veces.

Tom se volvió y miró a Marius con escepticismo.

—¿Qué has visto? —preguntó en francés al niño escrutándolo.

—Vi cuando se llevaban a la doctora Isobel. En el camino estrecho. En un coche. Yo estaba allí, iba al hospital. Ella gritó.

Tom le lanzó una rápida mirada a Alexander y este hizo gala de todo el autocontrol que le quedaba, y se obligó a quedarse sentado y en silencio. No serviría de nada que mostrara su rabia, su impotencia. Tom volvió a mirar a Marius: aún dudaba. El hombre era receloso por naturaleza.

—¿Sabes quiénes son? ¿A qué clan pertenecen?

—*Oui, monsieur.* —Marius señaló su mejilla—. Tenían dibujos en el rostro.

—¿Tatuajes?

—*Oui, monsieur.*

—Está bien —decidió Tom—. Lo llevaremos a la habitación del hotel para ver si puede señalar el sitio en el mapa.

—Veamos, tenemos un testigo presencial que afirma que ha sido secuestrada —dijo Tom después de que Marius demostrara que había visto cómo se llevaban a Isobel.

Hablaban en voz baja. El niño dormía en un sofá en la habitación de Alexander, que estaba cerrada, ya que Tom no quería dejar que el niño se fuera de allí.

—Eso si nos podemos fiar de él. No hay que descartar la posibilidad de que alguien le haya enviado hasta aquí para que nos dé una información falsa.

—¿Puede tratarse de eso?

—No creo, pero no debemos correr ningún riesgo.

—¿Y qué vamos a hacer con él?

—Por ahora no puedo dejarle marchar —dijo Tom negando con la cabeza.

—¿Quieres decir que lo vamos a secuestrar?

—Llámalo como quieras —respondió el encargado de seguridad sin perder de vista el mapa de Chad—. Veamos, probablemente sabemos dónde se encuentra retenida y por quién. Sin embargo desconocemos si el motivo es político o económico, o ambas cosas a la vez. Lo que deberíamos hacer ahora es marcharnos a casa, informar a la policía de que una ciudadana sueca ha sido secuestrada y dejar que ellos y el Ministerio de Asuntos Exteriores se hagan cargo del caso. Pero supongo que eso no es lo que tú quieres.

Alexander no dijo nada. No iba a irse de Chad sin Isobel; era así de sencillo.

—Si vamos a liberarla nos va a costar gente y dinero —siguió razonando Tom—. Y todavía no tenemos una información segura. Solo la palabra de un chico de la calle.

—Parece creíble.

—Sí.

—En concreto. ¿Qué necesitas?

—Necesitaría realizar una búsqueda en esa aldea del desierto que el chico ha señalado. Verificar que ella está allí de verdad. Organizar un equipo de rescate. Un explorador y un francotirador, seis hombres que la liberen; ocho personas en total. Armas. Dos o tres coches. —Tom frunció el ceño, concentrado—. Y un helicóptero, creo. Para mí.

—¿Se puede organizar todo eso aquí?

—Todo se puede arreglar. Solo es cuestión de una cosa.

—¿Dinero?

Tom asintió.

Alexander sonrió desganado.

—Tengo dinero. Hazlo.

Tom giró la muñeca y miró el reloj.

—Empiezo de inmediato. Mantén al chico vigilado.

Tom se fue y Alexander se quedó sentado mientras caía la noche sobre Yamena y aquel hotel ostentoso hasta lo ridículo.

—He estado haciendo algunas llamadas —dijo Tom cuando se encontraron para comer el día siguiente.

Se oía la llamada a la oración entre las casas. Alexander había descansado intranquilo, mientras que Marius había dormido doce horas seguidas en el sofá, se había comido todo lo que le ponían y después se había sentado sin protestar con el mando a distancia delante del televisor encendido.

—Vienen hacia aquí procedentes de varias partes de África. Traen armas, vehículos y el resto del equipo que necesitamos.

—¿Legionarios?

Tom se encogió de hombros.

—Ninguno de ellos es lo que llamarías un buen chico, pero harán todo lo necesario mientras se les pague. Ahora saldré a comprar bolsas. Mañana iremos al banco y lo vaciaremos de dólares y euros.

—¿Y ahora qué hacemos? —preguntó Alexander al día siguiente cuando salieron del banco.

Llevaban cada uno una bolsa negra llena de dinero en efectivo. Dos de los mercenarios de Tom, que habían llegado esa mañana, les acompañaban en silencio y con total serenidad.

—Sacar mucho dinero en este país es casi sinónimo de una muerte segura, así que necesitamos guardaespaldas —explicó Tom sin rodeos.

—Pongámonos en marcha —respondió Alexander.

Volvieron rápido al hotel y pusieron las bolsas encima de la mesa de la habitación de Tom.

—¿Y ahora qué hacemos? —preguntó Alexander con impaciencia mientras Tom corría las cortinas y cerraba la puerta con llave.

Todo iba tan lento.

Isobel llevaba seis días desaparecida pero no habían oído nada de sus captores. ¿Seguiría viva? ¿Podía haber muerto sin que él sintiera nada? Se negaba a creerlo y se agarraba a lo que Tom le había dicho: «Ella vale dinero para ellos de todos modos».

Pero Tom negó firmemente con la cabeza mientras procedía a vaciar sus bolsillos sobre la mesa. Esparció monedas, objetos electrónicos y trozos de papel, y empezó a clasificarlos.

—A partir de ahora no hay ningún «nosotros». No puedo llevar a ningún civil conmigo.

«Ajá, eso es lo que quiere.»

—De acuerdo —dijo Alexander, que se cruzó de brazos y se apoyó contra la pared mientras Tom recogía sus cosas, doblaba mapas y empezaba a meter el equipo en una bolsa de deporte.

—Debo encontrar una base de operaciones avanzada. Algún sitio donde nos podamos reunir, disparar, practicar, hacer planes.

Alexander asintió con la cabeza. Una base, sonaba lógico.

—Excelente, ¿tal vez en el desierto? —dijo, dispuesto a ayudar.

Tom lo miró con recelo.

—Necesito hacer pruebas con el helicóptero. Tenemos que repasar la táctica. Será duro.

—De acuerdo, suena muy bien.

Tom cerró la cremallera de la bolsa de un tirón.

—Serán dos, tal vez tres días en el desierto. Las peores condiciones que se puedan imaginar. Tendremos que dormir debajo de los coches, comer arena y beber agua sucia mientras esperamos.

—Lo entiendo.

Tom suspiró con fuerza y aplastó un insecto que tenía en el cuello.

—Sigues pensando en acompañarnos, ¿verdad?

—Sí.

—Joder, eres peor que una peste.

—De eso nada. Soy un recurso.

—¿Serás capaz de hacerlo? ¿De saber que ella está sufriendo mientras que nosotros tenemos que entrenarnos y hacer planes? Tal vez la torturarán y es probable que al final lo único que recojamos sea su cadáver violado. ¿Eres consciente de que quizá tengas que identificar lo poco que quede de ella?

Alexander sabía que las palabras de Tom eran deliberadamente brutales. Se armó de valor. No tenía que pensar en ello.

—Seré capaz de hacerlo.

—¿No fuiste paracaidista?

—Jefe de escuadrilla. Buenísimo.

—En ese caso irás con los exploradores. Te conseguiremos armas.

—De acuerdo. ¿Qué hacemos con Marius?

—Se quedará con nosotros hasta que se complete la misión. Y punto. No me fío de nadie, es la única forma de sobrevivir aquí. El chico vendrá con nosotros y yo lo vigilaré hasta que sea demasiado tarde para avisar a algún enemigo; entonces se podrá ir. Es un chico de la calle, no va a tener dificultades. Voy al encuentro de los que han llegado. Están en la entrada. ¿Vive la madre de ella?

—Sí.

—¿Cuál es su nombre de soltera?

—Blanche Pelletier.

—¿Francesa?

—Sí.

—Una cosa más —dijo Tom lanzándole una de sus miradas más oscuras.

—¿Sí?

—Contesta ese maldito teléfono de una vez —espetó, antes de cerrar la puerta al salir.

Alexander ni siquiera lo había oído sonar, pero tenía llamadas perdidas de Leila, de David y de Natalia.

Llamó a Leila en primer lugar, pero ella sabía aún menos que él. En cuanto colgó, el móvil empezó a sonar de nuevo. Era David Hammar.

—Tu hermana está preocupada —respondió David con brevedad antes de pasarle el teléfono a Natalia.

—David me esconde algo, así que supongo que lo que estás haciendo es grave. ¿Quieres que te diga lo mucho que me molesta que me traten como si fuera tonta?

—Perdona, pero es algo muy serio. Isobel ha desaparecido.

—¿De verdad estás en África? ¿Con Tom Lexington?

—Sí —respondió él, y sabía que su hermana era demasiado aguda para no entender lo mal que podía acabar eso—. ¿Natalia? Si... si no me va bien a mí pero ella sale ilesa, ¿podrías decirle a Isobel que...? Ya sabes.

—Alexander, eso tienes que decírselo tú.

—¡Está secuestrada, joder!

Pero Natalia lo conocía demasiado bien y no se dejó despistar por su arrebato.

—Ya me lo habían dicho. Tienes que escribirlo o hacer algo, no puedes marcharte y tal vez morir sin decirle lo que sientes con tus propias palabras. Debes comprenderlo.

—No pienso morir.

—Nadie piensa nunca que se va a morir.

—Te acuerdas de mi amigo Romeo Rozzi, ¿verdad? Si te envío su número por SMS, ¿podrías llamarlo para decírselo?

—Por supuesto. Peter también está aquí. Espera.

Antes de que le diera tiempo a decir que no quería hablar con su hermano, este ya estaba al teléfono.

—Acabo de oírlo. ¿Cómo estás?

Lo último que se esperaba Alexander era que se sentiría tan bien al escuchar la voz de Peter. Su hermano mayor. Podía verlos delante de él, a sus hermanos y a David, juntos, preocupados por él.

Tal vez era lo más irónico que había experimentado nunca: darse cuenta de lo mucho que significaban para él, justo en el mismo momento en que se enfrentaba a lo más peligroso que había hecho jamás en su vida. Estaba casi seguro de que iba a sobrevivir, no era eso lo que le preocupaba, y suponía que ellos, en el otro extremo de la línea, eran conscientes de ello.

—Estoy bien —respondió Alexander.

Dejando a un lado el hecho de que al parecer se iba a una guerra en el desierto y tal vez había perdido a la única mujer que había amado.

—¿Hay algo que pueda hacer por ti?

—Vamos a tener que salir de aquí por aire. Nos vendría bien un avión medicalizado.

—Yo me encargaré de eso. Tienes mi palabra.

Y Alexander sabía, sin la menor sombra de duda, que si Peter le había hecho una promesa, la iba a mantener.

—Te enviaré un mensaje con todos los detalles que se me ocurran.

—Yo me encargo —dijo Peter, y después hizo una pausa—. Te quiero, hermano —soltó al final. Las palabras sonaron entrecortadas y extrañas en su boca—. Quiero que lo sepas.

Alexander notó un nudo en la garganta.

Si lograba evitar meter demasiado la pata, Tom y los otros lo cubrirían. No era el miedo a morir lo que hacía que se rompiera por dentro de preocupación. No era eso lo que hacía que esa conversación pareciera una despedida. Sabía lo que significaba la foto de Isobel, por qué le había dicho Tom que le consiguiera una foto en blanco y negro. Simplemente, así era más fácil identificar un cuerpo torturado o un cadáver. Era más sencillo ver más allá del tejido rajado y la hinchazón en rojo, azul y verde mediante una foto en escala de grises.

El riesgo de que no tuvieran éxito en la misión era, en otras palabras, inminente.

Y si Isobel moría allí... Si la perdía...

—Tengo que irme —dijo, y colgó.

No podía escuchar las consideraciones de sus hermanos. Respiró hondo, tembloroso. Se pasó la mano por la cara. Notó arena, sudor y la barba que le había crecido.

Y si Isobel moría... entonces él no volvería a casa, así de simple.

—¿Alexander?

Oyó la voz de Tom al otro lado de la puerta. ¿Cuánto tiempo llevaría llamándole?

Alexander abrió la puerta y se encontró con la mirada escudriñadora de Tom. Se sosegó. No iba a morir ni tampoco se iba a derrumbar. Le escribiría una carta a Isobel, le enviaría el número de teléfono de Romeo a Natalia y un mensaje a Peter diciéndole de qué tenía que encargarse. Tenía un plan...

—Estoy bien. ¿Qué hacemos ahora?

Tom hizo una mueca que Alexander supuso que era lo más parecido a una sonrisa para el encargado de seguridad.

—Ahora nos vamos directos al infierno.

61

Hoy la habían vuelto a golpear. Más aún. Le dolía al respirar y eso no era bueno. Menos mal que no le habían roto las costillas. No quería que se le perforaran los pulmones.

También le gritaron. Cosas horribles. Le hubiera gustado poder decir que había sido valiente y se había mostrado impasible pero no fue así.

La vez anterior ni siquiera llegó a estar prisionera medio día. ¿Cuánto tiempo llevaba ahora ahí? No tenía ningún sentido del tiempo y además iba perdiendo poco a poco el autocontrol. Ellos decidían sobre su cuerpo y su libertad, pero cada vez tenía menos control sobre sus pensamientos. La sed le hacía actuar a sabiendas de que cometía errores. Cuando le dieron una taza de agua turbia se la bebió, a pesar de que sabía que podía contener bacterias que la eliminarían más deprisa que cualquier tortura.

¿Qué estaba pasando ahí fuera, en el mundo? ¿Habían exigido algún rescate? ¿Por qué se la llevaron? ¿Había sido por dinero? En tal caso la mantendrían viva, ¿no? ¿Era un acto de venganza por el niño que murió? Entonces tal vez la matarían para dar ejemplo. Filmarían su muerte y luego la subirían a YouTube. Los pensamientos y las preguntas eran completamente inútiles y trataba de salir de ese bucle autodestructivo.

Había decidido aprenderse sus nombres, por lo que se los repetía a sí misma; nombre, características, edad y peculiaridades.

Pero ¿y si nadie sabía que estaba allí? ¿Por qué tardaban tanto entonces? Suponía que Medpax pagaría por ella, o Alexander. Él tenía dinero y sin duda pediría un préstamo si era necesario. ¿O se había ido a Nueva York después de la bronca que le había echado? ¿Se habría cansado al no recibir ningún mensaje de respuesta? Tal vez en aquel momento estaba en cualquier club de Nueva York acariciando a mujeres atractivas e invitándolas a copas, y había dejado de pensar en una médica peleona y complicada con serios problemas de confianza.

«Basta. No cedas ante estos sermones absurdos. Mantente firme, Isobel. Sé digna y educada.»

«Demuéstrales que tienes un valor.»

Se sentó, cruzó las piernas, se frotó la cara y se alisó el pelo. De manera metódica se obligaba a repasar en su cabeza libros de texto. Primer semestre. «La persona sana.» Después repetiría todo lo que había aprendido en el curso de rehenes. Y más tarde, si no le dolía demasiado, intentaría hacer algún tipo de ejercicio físico. Tal vez. Isobel casi sonrió. Ni siquiera el cautiverio evitaba que le diera prioridad al entrenamiento.

La puerta se abrió sin previo aviso.

Tuvo que volver la cabeza y cerrar los ojos. La luz le molestaba demasiado. El hombre que había abierto la puerta gritó, pero a ella le resultaba difícil entender ese dialecto. Luego se adentró en la choza y le tiró del pelo hasta que empezó a llorar.

Frases y fragmentos del curso bailaban en su cabeza: «Si empiezan a tratarte peor, eso es malo, significa que han decidido deshacerse de ti.» Pero la golpeaban desde el principio, la amenazaban y le hacían pasar hambre. ¿Cómo podía saber si el trato había empeorado?

«Intenta que te vean como una persona.» La histeria amenazaba con brotar. Era difícil hacer que te consideraran como una persona cuando un hombre te cubría los ojos con una venda y otro oprimía un metal frío contra tu sien gritando algo que sonaba como: «Ahora vas a morir».

62

Alexander y el francotirador que había llegado con el resto del equipo de Tom dejaron el Land Rover verde oscuro en el lugar convenido del desierto. El francotirador se hacía llamar Kill Bill, tenía veintidós años como mucho y el cabello tan rubio que parecía casi blanco. Kill Bill no hablaba demasiado, pero Tom le había dicho que estaba entre los diez mejores francotiradores del mundo, así que a Alexander lo demás no le importaba.

Después de dejar el jeep, amparados por la oscuridad de la noche, hicieron a rastras los últimos quinientos metros que había hasta las colinas desde las que iban a efectuar la búsqueda de la aldea del desierto.

Si encontraban a Isobel, Tom y el resto del equipo atacarían en cuarenta y ocho horas, que era el tiempo mínimo requerido para prepararse y coordinar el ataque.

Alexander y Kill Bill se situaron detrás de las colinas. Se cubrieron con la tienda de camuflaje, sacaron unos potentes prismáticos de visión nocturna, localizaron la aldea e iniciaron la espera. Mientras la helada noche del desierto se transformaba en una mañana de tonos anaranjados, Alexander informaba a Tom a través de la radio de lo poco que veía.

Cuando salió el sol empezó a haber movimiento en el patio. Los perros volvieron a la vida, empezó a salir humo de una de las chozas y la gente salió de sus casas. Alexander contó. Una y otra vez. Mujeres, niños, jóvenes, viejos.

Tom y su equipo estaban a veinte kilómetros de allí, con el resto de los legionarios. Recibían toda la información y Alexander suponía que construían modelos en la arena y ensayaban diferentes escenarios mientras esperaban. En ese aspecto se parecía al póquer, pensó: cuanto más se sabía acerca del adversario, mejor.

—Pero no podemos atacar una aldea si no sabemos a ciencia cierta que ella se encuentra recluida allí —dijo Tom con gesto adusto.

Alexander se vio obligado a mostrarse de acuerdo. A regañadientes.

—¿Cómo está Marius?

—¿El chico? No le falta de nada.

Alexander quiso preguntar más, pero Tom había desaparecido de la radio, así que cogió el cigarrillo que le ofrecía Kill Bill, lo encendió y aspiró el humo.

El día seguía su curso. El sol quemaba y los insectos se arrastraban por encima de ellos. Bebieron agua tibia que sabía a productos químicos, pero al menos así pudieron enjuagarse la arena de los dientes.

Alexander escuchaba las conversaciones que captaban los auriculares. Hablaban en un inglés de comando, brusco y con un fuerte acento, y a veces intercalaban frases en francés.

Dos soldados de la aldea, vestidos de caqui y con armas automáticas, aparecieron de pronto en su mira telescópica. Se dirigían a la choza más alejada del lugar de vigilancia. Alexander siguió a los hombres con los prismáticos. Abrieron la puerta y se metieron en una choza baja de barro. Esperó. Era la primera vez que había alguna actividad en esa vivienda. La puerta se volvió a abrir y los dos soldados salieron. Había algo entre ambos.

—¿Es ella? —preguntó Kill Bill, que tenía un ángulo distinto del pueblo a través de la mira del rifle.

Alexander quería decirle que bajara el arma, que no se arriesgara a tener a Isobel en el punto de mira, pero en ese momento él la vio. Pelo rojo. Un caftán largo, igual que la mayoría de los aldeanos, indescriptiblemente sucia. La llevaban entre los dos hombres y los pies le arrastraban por el suelo.

—Es ella —confirmó—. ¿Está viva?

Entonces vio que tosía y se incorporaba. Uno de los hombres la zarandeó y luego los tres desaparecieron en el interior de otra choza. Alexander, sereno, informó en la radio.

—Mujer localizada. Probablemente retenida en la choza situada más al norte.

Diez minutos después, los hombres volvieron a salir con Isobel entre ambos. Abrieron la puerta de la choza que estaba más apartada de las demás, entraron y después salieron. Sin ella.

El resto del día Alexander se quedó mirando la cabaña donde estaba Isobel. No entraba ni salía nadie de allí. ¿Tendría ella comida? ¿Agua? Ya sabía que iba a resultarle difícil pero aquello no era complicado, sino insoportable. ¿Estaría muriéndose en ese momento allí dentro?

—Deberías dormir un poco —le aconsejó el francotirador sin moverse.

Alexander asintió con la cabeza.

—¿Cómo va todo? —oyó decir a Tom por la radio.

—Nada nuevo —respondió él intentando contener la frustración que transmitía su voz. Debía confiar en Tom, sabía que solo tenían una oportunidad y que habían de administrarla al máximo. Pero la espera era lo peor que había vivido nunca. No sabía que existiera una preocupación como esa.

—Necesitamos estar un día más aquí —le dijo Tom—. Has de mantenerte en forma. Come. Duerme. Cuando nos pongamos en marcha, Kill Bill y tú seréis nuestros ojos allí arriba. Vamos a entrar a oscuras. Bill proporcionará fuego de cobertura cuando sea necesario. Tú tienes que dirigirnos. Necesito saber que eres capaz de hacerlo.

—Puedo hacerlo.

Lo había hecho una y otra vez en el servicio militar cuando era explorador, durante varios días y en las condiciones más extremas. Entonces era una aventura, una oportunidad para sentir que era bueno de verdad para algo. Ahora se trataba de una situación de vida o muerte.

Cuando Alexander se despertó era de noche. El francotirador había esperado despierto hasta que él se sentó con los prismáticos; después se bajó la capucha y se durmió de inmediato.

—Entraremos cuando esté más oscuro. —La voz de Tom en la radio se oía completamente tranquila, como si estuviera leyendo la parte posterior de un envase de detergente—. Con *nightvision*. Combate nocturno, y además con edificios, será muy complicado; es de esperar que haya bajas civiles. No será como en las películas, nada de descensos desde el aire ni puertas explotando. Si todo va según lo previsto, ella estará fuera en menos de un minuto. Después subirá al helicóptero y nos marcharemos.

La voz de Tom era nítida al cien por cien. ¿Habría dormido algo?

—¿Suele ir según lo planeado?

La radio rugió.

—Nunca. No hay manuales para el rescate de rehenes. Pero tenemos planes alternativos. Dos coches esperando. Una camilla preparada. Todo el mundo sabe lo que tiene que hacer. Nos hemos entrenado para esto.

—¿Cómo vais a entrar en la choza?

—Vosotros no habéis visto nada que indique que hay minas, así que lo haremos por la puerta. Pero tenemos que saber cuánto pesa ella.

Alexander pensó en su curvilíneo cuerpo. Isobel era alta para ser mujer, pero ahora se la veía muy demacrada.

—Setenta y cinco kilos, tal vez setenta. ¿Por qué?

—Estamos preparando una inyección. Tal vez tengamos que darle analgésicos y no queremos matarla con una sobredosis de morfina. Lo haremos mañana por la noche. En menos de veinte horas.

La radio se quedó en silencio. Alexander sacó su teléfono. Miró de reojo el cronómetro que contaba el tiempo que Isobel llevaba secuestrada. Se acercaba a las doscientas horas.

63

Los seis soldados avanzaban escondidos en la noche del desierto. Alexander los siguió con sus binoculares. Todos llevaban prismáticos con visión nocturna y chalecos antibalas, además de ir fuertemente armados con rifles de asalto y pistolas enfundadas sobre las caderas. Se movían con lentitud porque la visión nocturna hacía que todo les pareciera de color verde, eliminaba la percepción de profundidad y les obligaba a ser cautelosos. Sabía que se movían en absoluto silencio, pues cada pieza suelta iba sujeta con cinta adhesiva. Eran expertos en entrar de manera furtiva, liberar a rehenes y matar a quien se opusiera.

«*T minus ten*», oyó en la radio. Quedaban diez minutos.

En ese momento el helicóptero debía de estar en la base con el motor a bajas revoluciones, listo para elevarse. Los coches ya estaban escondidos a quinientos metros de la aldea.

Alexander y su francotirador dirigían a los soldados que se arrastraban mediante susurros a través de la radio. Desde la parte alta de la colina daban sus órdenes: alto, espera, continúa. Cuando la fuerza de asalto estaba a cien metros de la aldea, Alexander vio que uno de los soldados dejaba una camilla en el suelo. Si Isobel estaba herida la llevarían en ella.

«*T minus five*.»

Se sabía el plan de memoria, minuto a minuto. Ahora Tom dejaría que el helicóptero acelerara, se elevara y atacara exactamente al mismo tiempo que abrían fuego los francotiradores que estaban en tierra. Tom entraría por uno de los lados y los soldados le proporcionarían fuego de apoyo.

Toda la fuerza de asalto llevaba tejido fluorescente en los cascos para que quienes disponían de visión nocturna pudieran verlos y así evitaran disparar a los suyos. Al menos ese era el plan. La radio chirrió.

Faltaban unos segundos, y después:

«*Showtime.*»

Isobel se despertó al oír un ruido que no reconocía. Sonaba como un rugido sordo pero no podía determinarlo. ¿Mal tiempo?

Se sentó en el suelo. Estaba tan oscuro que no veía ni su propia mano. Se apoyó contra la pared y se abrazó las rodillas. El corazón le latía muy deprisa. ¿Se había imaginado aquel ruido?

No, se oía cada vez más cerca. Dunk-dunk-dunk.

Y entonces el mundo explotó a su alrededor. Ruido de motor, disparos y aullidos, y después la puerta de la choza saltó por los aires y unos hombres muy altos empezaron a gritar en inglés. Detrás de ellos se oían el caos y la muerte.

Isobel levantó rápidamente las manos y mostró sus palmas. No quería recibir un disparo por error.

—*Identify yourself!* —gritó uno de los hombres mientras le acercaba una lámpara a la cara.

No veía nada.

—Isobel Sørensen —dijo ella con voz ronca; tenía dificultades para hablar alto.

—¿El nombre de soltera de tu madre?

Isobel parpadeó y luego gritó:

—Blanche, Blanche Pelletier.

Sabía que aquella era la brutal manera de ese hombre de obtener una prueba de que era ella.

Entraron dos individuos fuertemente armados, la agarraron y la pusieron de pie.

Alexander estaba tan centrado en los soldados que habían entrado en la choza de Isobel que en un primer momento no se dio cuenta de lo que ocurría en el exterior.

De pronto oyó la voz de Tom en el auricular.

—Le han dado a mi tirador. ¡Maldita sea!

Alexander dirigió los prismáticos hacia el helicóptero y vio que oscilaba.

—¡Joder! Le han dado en la cola. —El helicóptero se sacudía cada vez con más violencia—. Estoy perdiendo el control. Vamos a estrellarnos.

Alexander vio con impotencia cómo caía el helicóptero; las palas del rotor se estrellaron en el suelo, el cuerpo del aparato se resquebrajó y después explotó formando una enorme columna de humo. Alexander se quedó mirando; le escocían los ojos. El helicóptero ardía como una bola de fuego. No había saltado nadie.

Se levantó y empezó a correr.

Lo primero que vio Isobel cuando la sacaron de la choza fue un incendio gigantesco. Había oído un estruendo. Algo grande había explotado. Una avioneta o tal vez un helicóptero.

—¡Medicinas! —gritó uno de los hombres.

—¿Qué es eso? —preguntó ella con atención cuando un hombre joven cargado de armas y bártulos, y ataviado con un casco y una especie de prismáticos en la frente, fue hacia ella con una jeringuilla. Aún no estaba del todo segura de si la habían salvado o simplemente la habían vuelto a secuestrar.

—*Painkiller.*

—¡No! —chilló ella exagerando el tono de médico. No quería nada que la noqueara—. Estoy ilesa. *No need.*

El soldado vaciló; parecía que tenía ganas de pincharle.

—¡Tenemos que salir de aquí! —gritó el que ella suponía era el líder.

Oyó fragmentos de la conversación, hablaban a través de una especie de equipo de comunicación.

—*Negative, no sign of them.*

—Plan B.

—Tenemos que llevarla a los coches.

Y después oyó una voz conocida.

—¡Isobel!

Ella parpadeó con fuerza. Era imposible. No podía creer lo que oía.

—¡Isobel!

Ahora estaba más cerca, no era ninguna alucinación.

—¡Alexander! —gritó ella también, mientras intentaba orientarse entre la oscuridad, la lluvia de balas y el caos. Los soldados empezaron a tirar de ella y luego sintió cómo un brazo fuerte y muy conocido rodeaba sus hombros.

—¡Isobel!

—Estás loco. ¿Cómo has venido hasta aquí?

—¡Tenemos que irnos! —le gritó él al oído—. ¿Estás herida? ¿Puedes andar un poco más?

Ella se quedó mirando. El aire estaba lleno de humo y de llamas, y el rostro de Alexander estaba sucio. Isobel no podía creer que de verdad fuera él, vestido de militar y con una carabina automática en las manos, prismáticos sobre el casco y unas pesadas botas para el desierto.

—¿Qué haces aquí? —preguntó tosiendo mientras corría agachada todo lo rápido que podía.

—Quedan doscientos metros para llegar a los coches.

Ella asintió.

Él le tendió la mano, encerró la de ella en la suya y luego fueron corriendo hacia los jeeps. Alexander abrió la puerta de uno, se lanzó a su interior y ella le siguió. El coche se puso en marcha; un potente motor rugió al acelerar y se los llevó de allí a gran velocidad.

—¿Y Tom? —preguntó Alexander mientras desenroscaba el tapón de una botella verde de agua y se la daba a ella.

Ella bebió un par de sorbos y se detuvo porque sabía que si tragaba más no iba a retener el líquido.

Uno de los soldados respondió negando con la cabeza.

—¿No se salvó? ¿Estás seguro?

—*Positive. He's dead!* —gritó otro soldado por encima del ruido del motor—. Se quedó atrapado en el helicóptero cuando se estrelló. Ni él ni el francotirador sobrevivieron.

—¿No deberíamos llevarnos el cuerpo?

Pero cuando Isobel siguió la mirada de Alexander y vio la aldea supo que era una idea imposible, que sería un suicidio volver. Ella había visto el mar de fuego. Nadie podía haber sobrevivido a aquello.

—¡Ya! —gritó el soldado.

—¿Quién era Tom? —preguntó Isobel mientras atravesaban el desierto a una velocidad vertiginosa.

—Dirigía la operación. Era amigo de David Hammar. Lo conociste, estuvo en la boda.

Alexander sacudió la cabeza con resignación.

—Dios mío —dijo ella, y se llevó la mano a la boca.

Habían muerto varias personas para salvarla. Tom y otro hombre en el helicóptero. Tal vez también algunos habitantes de la aldea. Había mujeres y niños allí. ¿Habría muerto alguno de ellos? Eso no era fácil de digerir. Luchó contra la náusea que sentía.

—Lexington era un soldado —afirmó el conductor por encima del hombro mientras el coche avanzaba dando botes—. Sabía de qué iba esto. La misión era sacarte de allí y lo logramos.

Isobel apretó la mano de Alexander, sin poder creer que aquello fuera cierto. Todas aquellas personas habían colaborado para sacarla de la aldea. Además de Alexander, que había viajado hasta allí. Se apoyó en su hombro y se dejó zarandear por el coche mientras pensaba que tal vez no le habría sentado mal un poco de analgésico ahora que su cuerpo empezaba a liberar la adrenalina. Tosió. Bebió un poco más de agua, poco a poco.

—¿Cómo me encontraste? —preguntó Isobel al rato.

Todavía tenía una fuerte sensación de irrealidad. Y era probable que estuviera un poco en estado de shock.

—Tu Marius los vio cuando te cogieron. Se puso en contacto con nosotros en Yamena.

—¿Qué hacía en Yamena? Es peligroso. ¿Fue andando desde Massakory? Un adulto tarda treinta horas en hacer ese trayecto. ¿Estaba herido? ¿Dónde se encuentra ahora?

—Sigue en la base. No te va a gustar, pero Tom lo ató en el interior de uno de los coches. No tardarán en soltarlo.

—Puede ser peligroso para él que os ayudara. No tiene a nadie que lo proteja. Lo matarán.

Alexander le apretó el hombro con cuidado.

—Lo sé —dijo en un tono grave.

—¿Adónde vamos? —preguntó ella en cuanto salieron a un camino más ancho y el conductor pudo acelerar.

Se preguntaba también cómo estaría Idris, pero hasta ella se daba cuenta de que en aquel momento no podían ir al hospital infantil. Ella solo sería una carga.

—Mi hermano ha fletado un avión privado. Nos llevan hasta allí. Dispone de equipo médico y personal propio. Subiremos a bordo y nos iremos volando de aquí.

Isobel miró por la ventanilla del coche. Había tomado una decisión. Estaba tallada en piedra.

—Marius tiene que venir con nosotros —dijo mirándolo fijamente a los ojos: tenía la cara sucia y surcada de líneas a causa de la tensión de aquellos días de estrés. Sin embargo asintió con la cabeza.

—Vamos a buscarlo.

Alexander le dio una orden al soldado que conducía. El coche hizo un giro brusco e Isobel se relajó.

Se apoyó en el respaldo del asiento. Cerró los ojos unos segundos y decidió quedarse así un poco más.

Dos horas después subían a bordo del avión que les esperaba. Marius iba de la mano de Isobel y se la apretaba con fuerza. Alexander fue a hablar con el piloto antes del despegue.

Habían quitado los asientos y habían colocado una camilla, y en vez de periódicos, fruta y carritos con productos libres de impuestos, Isobel vio que estaban casi todos los elementos necesarios para realizar primeros auxilios, además de analgésicos. Una enfermera se ofreció a ayudarla pero ella se lavó sola las heridas y después miró a Marius. Estaba desnutrido y sucio pero el corazón y los pulmones parecían estables. Le puso una camiseta demasiado grande para él y lo tapó con una manta. Después le dieron a ella ropa para que se cambiara: pantalones, camiseta y un suéter caliente. A continuación tomaron una sopa que les sirvió el personal de a bordo, tranquilo y eficiente. Al terminarla puso a Marius en una fila de asientos abatidos y lo arropó con torpeza por la falta de costumbre, pero con un instinto protector cada vez más fuerte.

Los ojos del niño empezaron a oscilar y ella le dijo:

—Duerme un poco, no me iré a ningún lado.

Le hizo una señal a la enfermera para que se sentara al lado del niño y lo vigilara.

Alexander volvió. Se había quitado el casco y todo el equipo de seguridad. Le ofreció una botella.

—Bebe. Es una especie de alimento. —Se quedó de pie mientras ella probaba aquello—. ¿Isobel? —preguntó al poco rato.

—¿Sí? —contestó ella limpiándose la boca.

—Te amo, no sé si te habrás dado cuenta.

Ella sonrió.

—Yo también te amo a ti.

Los ojos de Alexander brillaban.

—Tengo que decirte que me alegro mucho. ¿No lo dirás solo porque te he salvado la vida?

—Te agradezco que lo hayas hecho, pero ya te amaba antes. Y mucho.

Él le cogió la mano y le besó la palma.

—¿Qué vamos a hacer con Marius? —preguntó ella mirando al niño de reojo.

Era muy pequeño, apenas ocupaba espacio. Isobel había actuado de forma impulsiva, pero no podía soportar la idea de volver a abandonarlo, sobre todo cuando había sido una pieza clave en su rescate; sin embargo, los problemas habían empezado a acumularse en su cabeza. Marius no tenía papeles ni pasaporte. ¿Podía un niño pedir asilo? ¿Había hecho bien arrancándole de todo lo que conocía?

—Lo solucionaremos. Haremos escala en Suiza para repostar combustible, y cuando lleguemos a Suecia arreglaremos todos los papeles. Te prometo, Isobel, que pase lo que pase lo resolveré.

Hacía que todo sonara fácil, pensó ella.

Alexander se inclinó hacia Isobel y la besó con ternura, a pesar de que iba sin afeitar y tenía la cara llena de polvo, y ella decidió confiar por una sola vez en alguien que le hacía una promesa, porque en ese caso iba a cumplirla. Ella le cogió la cabeza y la acercó a la suya.

De repente oyó que él se quejaba.

—¡Maldita sea! —gritó él.

—¿Qué?

—Tendría que haber dicho algo, pero solo quería salir de allí.

—¿Qué ha ocurrido?

—Lo siento mucho. Debería haber salido bien.

Alexander levantó la mano y se la miró con gesto grave. Estaba cubierta de sangre. Una mancha se extendía rápidamente por su vientre y le subía hacia el pecho. Tenía el rostro cada vez más pálido.

—Debió de abrirse al quitarme el chaleco.

—¿Estás herido? —preguntó ella, y se levantó de inmediato—. ¿Por qué no has dicho nada?

—Por alguna estúpida idea machista, supongo. Soy un imbécil. Perdona —dijo con voz muy débil. Y se derrumbó.

64

Alexander intentó enfocar la vista. El rostro angustiado de Isobel flotaba por encima de él. Estaba llena de esparadrapos y hematomas pero vivía. Él la había salvado. Eso debería darle algunos puntos cuando llegara el momento de hacer el recuento de sus pecados. Le ardía la garganta pero tenía que decirlo antes de que fuera demasiado tarde. Había mucho ruido a su alrededor. Tenía una vaga sensación de que debería poder identificar el ruido. ¿Una tormenta?

—Te amo —dijo con voz ronca. Le dolía al hablar. Pero también cuando no lo hacía, así que continuó—: Lo sabes, ¿verdad?

Le parecía muy importante que Isobel supiera que la amaba. Que era lo mejor que le había pasado.

—Sí, Alexander —dijo ella.

Una bendita mano fría le tocó la frente. Quería decirle que sus manos eran las más frescas y suaves que existían. Parpadeó lentamente. El rostro de ella flotaba a su alrededor.

—Te amo —murmuró él—. Te amo.

—Ya lo has dicho veinte veces —repuso Isobel—. Y como no te tranquilices, tendré que quitarte la morfina y entonces va a empezar a dolerte de verdad.

—¡Ah! ¿Por eso me siento tan bien? Creía que era por el amor, pero es gracias a la morfina —dijo sonriendo—. Amo la morfina.

A Isobel le temblaron las comisuras de los labios; Alexander sabía que haría cualquier cosa por conseguir esa sonrisa.

—Creo que he recibido un pequeño disparo —dijo él—. Tal vez habría que decirle a alguien que le echara un vistazo. Si no es mucha molestia...

—Tenías una herida considerable —respondió Isobel—. Te he extraído una bala y te he tenido que hacer una buena sutura.

Volvió a acariciarle la frente. Tenía que pensar alguna forma para que ella continuara haciendo eso; era muy agradable.

—Sangraba como un cerdo.

—Sí —dijo ella. Su rostro se iba desvaneciendo.

—¿Me has puesto puntos?

El rostro de ella volvió. Una luz empezó a brillar detrás de ella y hacía que pareciera un ángel. Era su ángel.

—Sí. No te muevas, tengo que ponerte una inyección.

Se quedó quieto, obediente. Se le ocurrió algo.

—Si me pusiste tú las grapas, debía de estar condenadamente mal.

—Sí, Alex, lo estabas.

La luz desapareció y empezó a temblar.

—¿Dónde estamos?

—El avión está a punto de aterrizar en Arlanda.

—Isobel, tienes que ser sincera conmigo ahora.

Ella asintió con la cabeza.

—¿Saldré de esta?

—Sí —dijo ella con un brillo en los ojos.

—¿Y te encuentras bien?

—Sí, solo tengo algunos rasguños.

—¿Nada más?

—No, te lo prometo.

—¿Te puedo decir una cosa que nunca le he dicho a nadie?

Ella asintió con la cabeza.

—Te amo.

Isobel se inclinó hacia delante. Puso sus suaves labios en la boca de Alexander y le susurró:

—Y yo te amo a ti.

—¿Entonces? ¿Qué dices? ¿Vamos a vivir felices toda la vida?

—Me parece que ya va siendo hora.

Alexander cerró los ojos. Pensó que tendría que haberle dicho otra vez que la amaba. Pero se conformó pensando que iba a tener tiempo de sobra para decírselo en el futuro. Es decir, durante el resto de su vida.

65

—¿Cómo estás? —preguntó Natalia al entrar en el recibidor y abrazar a Alexander, que sostuvo a su elegante y querida hermana mayor un momento más. Las últimas seis semanas lo llamaba todos los días, pero una vez pasado el peligro, se la veía contenta.

—Bienvenida. No me duele pero tengo una cicatriz impresionante. Un regalo de mi novia. ¿Quieres verla?

—No, gracias. Déjate la ropa puesta, por favor. Mi interés por las cicatrices es bastante limitado. Tenemos que procurar evitar más heridas de bala en lo sucesivo, empiezas a resultar bastante insoportable. ¿Ha llegado mamá? Dijo que llegaría temprano.

—Está ahí. Fue a recoger a Eugen a la estación de tren. Ahora nos está ayudando a servir las mesas.

—¿No me digas? ¿Ayudando?

—¿Crees que puede haberla reemplazado un alienígena?

—Vamos a ver, mi hermano menor fue a África a salvar a su novia de los rebeldes del desierto, así que ahora puedo creerme cualquier cosa.

Natalia oyó el murmullo que procedía del interior y entró en el salón; David, que llegó justo después de ella, entró en el vestíbulo y le estrechó la mano a Alexander.

—Yo también me alegro de que estés bien y tampoco quiero ver ninguna cicatriz —dijo David. Llevaba a Molly en brazos. La niña miraba con curiosidad a Alexander moviendo el chupete de arriba abajo.

Alexander acarició la mejilla de su sobrina antes de decir:

—Gracias. Mira, sé que no quieres hablar de ello, pero quiero que sepas que lamento mucho que Tom no esté entre nosotros.

—Gracias.

Percibió una sombra en el rostro de David. Una de las peores cosas que Alexander había tenido que hacer en su vida fue decirle a su cuñado que Tom había muerto en un accidente de helicóptero. Sabía que la muerte del encargado de seguridad había golpeado con fuerza a David, pues eran amigos desde hacía mucho tiempo. Todos estaban muy afectados por la pérdida.

Isobel, que se mantuvo firme durante todo el vuelo, había sufrido un grave bajón después del regreso a casa. Peter y David se encargaron de todo al principio. Rellenaron papeles, hicieron las llamadas necesarias y superaron obstáculos burocráticos. Se aseguraron de que Isobel visitara a un equipo de psicólogos de apoyo, de que Alexander recibiera tratamiento inmediato y de que Marius se sintiera seguro. La que peor se encontraba de los tres era Isobel. Seguía teniendo pesadillas y estaba triste, pero iba mejorando. O, como Leila decía: «Hace falta algo más que un secuestro, unos legionarios y unas explosiones para acabar con nuestra doctora Sørensen».

—Tom era un soldado. Sabía en lo que se metía. Es una mierda, pero sigo sin poder hablar de ello. Lo siento —dijo David con los ojos brillantes. Le dio una palmada en el hombro a Alexander y después siguió a su esposa hasta el interior del apartamento.

Alexander vio que David le pasaba un brazo por los hombros a su esposa y le besaba el cabello oscuro. Los eslabones de oro de Natalia brillaron cuando pasó el brazo alrededor de la fuerte y resistente cintura de él.

Alexander se volvió hacia la puerta al oír que llamaban de nuevo y la abrió.

—Hola, Gina —saludó a la siguiente invitada—. Bienvenida a mi casa.

—Gracias —dijo ella. A pesar de su aspecto de serenidad, Alexander sospechó que estaba nerviosa.

Peter estaba detrás de ella, la ayudó a quitarse el abrigo y se lo dio a Alexander. Este lo colgó y luego siguió con la mirada a la chica, que ya estaba hablando con Natalia al final del pasillo.

—¿Así que estáis juntos? —le preguntó a Peter.

—Sí.

—Es demasiado joven para ti.

—Sí —convino Peter—. Demasiado joven. Demasiado buena. Demasiado todo. Pronto empezará el tercer semestre. Si tengo suerte tal vez no se canse de mí.

—Entonces espero que tengas suerte —dijo Alexander con sinceridad.

—Gracias, hermano. Gina tiene muchas ganas de ver a Isobel. No ha dejado de hablar de ella en el coche cuando veníamos, de lo mucho que la admira. Al parecer es alguien especial.

—Sí, lo es. Se trata de una de las personas buenas de verdad que hay en este mundo. No eres el único que tiene una mujer que no se merece.

Se miraron el uno al otro. Peter tenía un aspecto fresco, menos tenso que antes. Ya no era tan estricto.

Su hermano se acercó a él, le dio un abrazo y se abrazaron el uno al otro por primera vez en su vida. Un abrazo fuerte que transmitía reconciliación, buenos deseos y futuro.

Alexander carraspeó. Su hermano se secó con rapidez el rabillo del ojo.

—Pues ya está —dijo Peter.

—Hay bebidas y aperitivos ahí dentro —le informó Alexander—. Solo tienes que servirte.

Hubiera querido decirle algo más; por ejemplo, que tanto él como Natalia iban a apoyar a Peter cuando fuera necesario, y que nunca lo habían visto tan feliz durante su matrimonio con Louise, pero las ocasiones iban y venían con demasiada rapidez.

Peter asintió y se unió a los demás en el salón. Ya que todos los invitados habían llegado, Alexander los imitó. Miró a su alrededor.

Allí estaban todos, al menos aquellos que significaban algo un día como ese. Los tres hermanos con sus respectivas parejas, por supuesto. Su madre y Eugen. Blanche. Leila. Hasta Romeo, que había viajado en avión desde Nueva York con su novio y no le permitió a Alexander que sirviera nada de comer que no fuera de su restaurante. Åsa y Michel, bronceados y risueños después de su luna de miel. Y los niños, por supuesto: Marius y Molly. Lo dicho. Allí estaban todas las personas que significaban algo en la vida de ambos, por lo que Isobel y él querían comunicarles de forma oficial que vivían juntos.

Buscó a Isobel con la mirada. Vio a Marius, que estaba de pie, cogido de la mano de su madre. Ebba aplaudió juntando su mano con la de Marius mientras sonreía cálidamente a Peter y después le dio un rápido abrazo a Gina, que ya desde un principio le resultó una persona muy cordial.

Al parecer, la época de los milagros había llegado allí para quedarse.

Alexander fue hacia el pequeño grupo. Intercambió una mirada con Peter y después pasó un brazo protector alrededor de los hombros de Marius. El niño estaba aún demasiado delgado, pero según el pediatra iba por buen camino para ponerse al día en cuanto a peso. El próximo otoño empezaría la escuela y ya hablaba bastante bien el sueco.

—Gracias, mamá —dijo Alexander en voz baja—. Gracias por todo.

—No hay de qué. Sé que tú no lo crees, pero tengo buena voluntad.

Ebba miró a Peter y a Gina, que admiraban a Molly.

—Son nuevos tiempos, pero hago las cosas lo mejor que puedo —añadió Ebba—. Sois mis hijos, tan solo quiero que seáis felices.

—¿Aunque ello implique que nos casemos con el enemigo, que adoptemos a niños africanos y que vivamos con alguien que forma parte del personal de servicio?

—No hace falta que seas tan vulgar, Alexander, pero sí. Aunque echéis abajo todo lo que yo creía que representaba —afirmó con un gesto de complicidad—. Incluso aunque Natalia vea a su padre biológico.

—¿Lo sabías? —dijo él asombrado.

—Solo quiero que os sintáis bien. Es lo único que he deseado siempre.

—No siempre se ha notado.

—No, ya lo sé. Espero que puedas perdonarme algún día.

Era la primera vez que ella reconocía que había hecho algo mal. Tal vez Natalia tenía razón, quizá su madre había cambiado.

—Probablemente no haya sido una buena madre. Mi objetivo es ser una buena abuela.

Alexander le puso una mano en el brazo y lo apretó con suavidad.

—Gracias, mamá. Eso significa mucho para mí.

Ebba estaba a punto de echarse a llorar, así que se dio la vuelta.

Alexander miró a Natalia por encima de la cabeza de su madre. Estaba emocionada. Santo cielo, aquello ya se estaba convirtiendo en un encuentro sentimental.

Isobel se lavó las manos y se miró la cara en el espejo del cuarto de baño. No quedaban señales de las contusiones. Tenía el mismo aspecto de siempre. Había empezado a sentirse como antes.

Las primeras semanas fueron terribles. Físicamente no tenía ninguna secuela, a diferencia de Alexander, que mostraba con agrado un par de cicatrices impresionantes. Y en cuanto a lo psíquico se estaba recuperando, aunque fue muy duro por un tiempo. La golpearon, por suerte solo eso. Le habían amenazado, maltratado y asustado, pero no la habían violado. No sabía aún por qué no lo habían hecho. Pero el secuestro era un negocio, el dinero siempre era una fuerza impulsora y ella se alegraba de haber sobrevivido. Y cada vez se sentía mejor. Era lo que todos decían: cuando tienes gente que te quiere a tu alrededor, puedes superarlo casi todo. Sí, en definitiva había cambiado.

Cerró la puerta al salir del lavabo y sonrió al oír el murmullo de los invitados.

Ella y Alex se habían vuelto inseparables las últimas semanas, pero hoy iban a anunciar de manera oficial que vivían juntos. De camino al salón pasó por el cuarto de Marius, que tenía el aspecto de cualquier habitación de un niño de siete años, con sábanas de colores, juguetes de Lego y estanterías con libros infantiles. Pasó por delante de la habitación de ellos dos y sonrió pensando en los secretos que podían esconder algunos dormitorios bajo una apariencia de normalidad. Entornó la puerta; le parecía demasiado privada para tenerla abierta, aunque a simple vista no se percibiera nada.

Llevaban unas semanas en las que se lo habían tomado con calma y solo se revolcaban en la intimidad. Pero habían acordado que en el futuro iban a mezclar el sexo duro con el sexo vainilla. Ella todavía no se había acostumbrado a lo espontáneo que se mostraba Alexander con todo aquello. Y agradecía mucho que Marius fuera un niño que dormía con un sueño profundo y que hubiera mucha gente en la familia que quería cuidarlo; Natalia, Peter y las dos abuelas ya se habían ofrecido.

Se coló en la cocina.

—¿Cómo te va? —preguntó a Romeo, que supervisaba a su personal y todo lo referente a la presentación y organización de los distintos platos.

—*Ciao, bella* —respondió él dándole una palmadita a su novio, que intentaba llevarse a escondidas una porción de hojaldre relleno.

Isobel apoyó la cadera en una de las encimeras de la cocina y respiró hondo un par de veces.

—¿Qué pasa? —preguntó Romeo.

—Tengo que tranquilizarme antes de salir.

—¿Estás nerviosa?

—Un poco.

Aún tenía dificultades cuando había mucha gente: le entraban frecuentes ataques de pánico y se sentía acorralada.

Leila fue hacia ellos. Miró al hermoso Romeo con gran interés antes de volverse hacia Isobel.

—Ya te he encontrado. ¿Puedo fumar aquí?

Romeo soltó una retahíla de palabrotas italianas a voz en grito y Leila puso los ojos en blanco y luego se echó a reír.

—¿Han venido todos?

—Alexander está sirviendo las bebidas y una especie de aperitivos que asegura que ha hecho él. La gente se relaciona entre sí. El ambiente está tranquilo y todo el mundo parece bueno, al menos durante un rato.

—Vamos a ver cuánto tiempo tardan las abuelas en pelearse —repuso Isobel.

—Sí, es fascinante ver cómo intercambian cuchicheos y frases de cortesía a la vez. Por supuesto son ridículamente similares, aunque no se dan cuenta. Y el bueno de Eugen ha asumido la responsabilidad de mediar entre ellas. Sin embargo, parecía estar ya bastante borracho, así que es posible que pronto haya derramamiento de sangre. ¿Cómo van las cosas entre Blanche y tu?

Isobel hizo una mueca. Cogió un trozo de pepino cuando Romeo desvió la mirada.

—Si esto hubiera sido una película la habría mandado al infierno hace tiempo, pero en la vida real eso no se hace.

—No —convino Leila—. La mayoría de las personas soporta a sus padres sin importarle lo deplorables que sean. A eso se le llama ser adulto. Pero tú no tienes que sentirte obligada a hacer nada.

—Ya lo sé, sueles decirlo —dijo Isobel tirándose del pendiente.

Su madre le había dado los brillantes de la abuela y un cuadro como regalo por ese día. Era lo más cerca que podía llegar su madre de una disculpa, pero para ella ya era suficiente.

—¿Has hablado con Idris?

—Está mucho mejor y trabaja sin parar. Te manda saludos y espera que Marius tenga tiempo para conectarse con él por Skype.

La historia había terminado tan bien que ella todavía no se podía creer que fuera cierto. Idris se había recuperado y pocos días después llegó un médico de MSF.

—Me siento tan aliviada —afirmó Isobel masticando el pepino. Vaciló antes de decirle a Leila—: Escucha, tengo que contarte una cosa. Alexander ya lo sabe. He aceptado un puesto en el Karolinska Institutet, un servicio de investigación en medicina de desastres. He decidido que voy a dejar de trabajar para Medpax. Voy a dejar de ir de misiones y el trabajo de ayuda humanitaria en general.

Leila no parecía sorprendida lo más mínimo.

—Vas a hacer más por el mundo de ese modo, si te conozco bien. Lo estaba esperando. Sven se ha ofrecido para viajar a Chad.

—¿Y qué dice su mujer?

—Lo ha dejado por uno de esos gladiadores que salen por la tele.

—Ha debido de ser triste para él.

—Mucho.

Isobel se mordió el labio para no sonreír.

—De todos modos me siento como si estuviera traicionando a alguien.

—Mmm. Pero eso te pasa siempre.

—¿Es que ni siquiera puedes fingir empatía? He estado secuestrada durante nueve días.

—No eres una traidora. Los sentimientos no son la verdad. Te lo voy a bordar en un cuadro como regalo de boda.

—¿Es que me voy a casar?

—¿No os vais a prometer?

—No que yo sepa.

Pero Isobel sospechaba que Alexander planeaba algo para esa noche.

Él entró en la cocina y, como siempre ocurría, fue como si el sol entrara a raudales por todas las ventanas. Llevaba el pelo muy corto y había dejado a un lado los trajes absurdamente caros. Como si hubiera madurado. Era curioso, pero ella lo amaba cada día más: nunca hubiera creído que se podía sentir tanto cariño por otra persona. Reprimió unas lágrimas inoportunas, pues no quería echar a perder lo que era un maquillaje casi perfecto. Y si Alexander tenía intención de casarse con ella quería estar muy guapa.

—¿Nos disculpas un momento, Leila? —preguntó él.

—Preferiblemente no —dijo ella, aunque se marchó.

Alexander rodeó a Isobel con sus brazos.

—Marius está hablando con mi madre.

—¿Y se llevan bien?

—¿Me creerás si te digo que sí?

—Ella ha sido muy amable conmigo.

—Yo soy el primer sorprendido. ¿Has hablado con Leila de tus planes?

—Sí, y se lo ha tomado muy bien.

—Bueno, pues ahora ya es demasiado tarde para echarse atrás. Ahora vivimos juntos.

—No quiero echarme atrás.

—Tengo mucho miedo de no estar a tu altura.

—No creo que sea para tanto.

Alexander la tomó de la mano y fueron a reunirse con los demás. Él le dio una copa, la miró a los ojos y no se apartó de su lado.

Claro que estaba a su altura, pensó Isobel mientras le oía hablar con Gina e interesarse por sus estudios. Más de lo que se podía imaginar. Ese hombre servía comida vegetariana por ella, invitaba a su familia y amigos para demostrar que la cosa iba en serio, había luchado contra los rebeldes del desierto y aceptado que Marius los acompañara de vuelta sin dudarlo ni siquiera un momento.

Se sentaron a la mesa e Isobel miró a su alrededor. La gente reía y hablaba. Hasta su madre parecía estar satisfecha sentada entre Eugen y Peter.

Alexander se puso de pie y levantó la copa.

—Quiero daros las gracias a todos por haber venido a celebrar este día con Isobel, Marius y yo. —Hizo una pausa y le brillaron los ojos antes de continuar—: Isobel, eres una gran médica. Una voz para los que no disponen de ella. Una inspiración y un ejemplo a seguir. Eres bella, divertida e inteligente, y la persona más increíble que he conocido. Estoy muy contento de que Marius y tú queráis vivir conmigo.

Se detuvo. Se metió la mano en el bolsillo y sacó una caja de terciopelo negro en forma de corazón. Se oyeron unos suspiros entre los asistentes. Marius dio un bote en la silla y empezó a aplaudir.

Alexander abrió la caja y luego se puso de rodillas.

Isobel apenas podía respirar. Era ese momento ideal que todos hemos imaginado aunque no creemos que vaya a ocurrir nunca en la vida real. Pero era evidente que ella tenía un lado romántico y también le gustaban todas esas cosas. ¿De qué otro modo se podía explicar ese nudo que notaba en la garganta?

Alexander la miró fijamente a los ojos. La habitación estaba en absoluto silencio.

—¿Quieres ser mi esposa?

Ella se mordió el labio e intentó contener la emoción pero se le escapó un sollozo. El maquillaje se le iba a estropear sin remedio. Tomó la mano de Alexander entre las suyas y la apretó con ternura.

—Sí, con mucho gusto.

Él respiró aliviado.

—Gracias a Dios —dijo, y la alegría estalló.

Los invitados aplaudieron sonrientes y se empezaron a abrazar entre sí. Las botellas de champán volaron por el aire, se llenaron las copas y luego las mujeres se reunieron en torno a Isobel para admirar el anillo. Alexander, por su parte, no dejaba de recibir abrazos y felicitaciones.

Isobel vislumbró la mirada de él y, en medio del tumulto, se repitió mentalmente una sola cosa, una y otra vez: «Esto es la felicidad».

Epílogo

Tom Lexington abrió los ojos.

Sentía dolor, lo que significaba que aún estaba vivo. Un día más.

Tenía la boca tan seca que no podía tragar. Si pudiera elegir, la forma de morir que prefería no era de sed precisamente.

Lo ideal era no morir, de ningún modo. Aunque en los últimos tiempos había tenido algunos días en los que sus ideas sobre ese tema se empezaban a tambalear.

Oyó voces al otro lado de la puerta antes de que se arrancara y le atrapara las piernas. Fue terrible. No pudo contener un gemido de dolor. No había una parte de su cuerpo que no le doliera.

Lo arrastraron y lo dejaron allí bajo el sol y el calor. La gente casi nunca pensaba en eso.

En que había alternativas que eran peores que la muerte.

Le empujaron y lo pusieron de rodillas, y en ese momento Tom se dio cuenta de que pronto iba a experimentar al menos un par de ellas.

Agradecimientos

Nunca hubiera podido escribir este libro sin la ayuda de un gran número de personas. Personas increíblemente generosas y serviciales que han respondido con paciencia mis preguntas acerca de todo, desde organizaciones humanitarias, empresas de seguridad privada y BDSM, hasta medicina, racialización, migración, castillos de Escania y un montón de cosas más. Os quiero dar las gracias desde lo más profundo de mi corazón a todos los que habéis aportado vuestro tiempo, conocimientos y experiencia con tanta generosidad.

Todo lo que haya salido bien ha sido gracias a vosotros. Lo que haya salido mal se debe por completo a mis propias deficiencias.

También quiero dar las gracias a Petra Ahrnstedt, Carina Hedberg, Trude Lövstuhagen, Katarina Bivald, Carina Bergfeldt, Susanna Ericsson y Erik Lewin. Y en especial a Åsa Hellberg, amiga, compañera de editorial y excelente consejera (cuando se lo pido).

Un cálido agradecimiento a mi editora Karin Linge Nordh, a mi redactora Kerstin Ödeen, a mi asesor John Häggblom y, por supuesto, al resto del entusiasta y superprofesional equipo de Bokförlaget Forum. Es un lujo poder seguir trabajando con todos vosotros. Gracias también a mi agente literaria Anna Frankl, de Nordin Agency, que se encarga de que mis libros se publiquen también en otros países.

Y por último. Un enorme agradecimiento a mis encantadores hijos. No sé qué habré hecho para mereceros, pero sois los mejores del mundo.

Simona Ahrnstedt,
Estocolmo, 2015

El papel utilizado para la impresión de este libro
ha sido fabricado a partir de madera
procedente de bosques y plantaciones
gestionados con los más altos estándares ambientales,
garantizando una explotación de los recursos
sostenible con el medio ambiente
y beneficiosa para las personas.
Por este motivo, Greenpeace acredita que
este libro cumple los requisitos ambientales y sociales
necesarios para ser considerado
un libro «amigo de los bosques».
El proyecto «Libros amigos de los bosques» promueve
la conservación y el uso sostenible de los bosques,
en especial de los Bosques Primarios,
los últimos bosques vírgenes del planeta.